Rosa Zapato
Der Duft des Regenwalds

PIPER

Zu diesem Buch

Berlin, 1910: Die Malerin Alice Wegener begibt sich auf eine große Reise zu ihrem Bruder nach Veracruz. Ihr Bruder Patrick ist nach Mexiko ausgewandert, um dem Archäologen Dr. Scarsdale bei der Erforschung einer Maya-Ruine zu helfen, und möchte ihr nun sein geliebtes Mexiko zeigen. In Veracruz wird Alice von dem attraktiven Mexikaner Juan Ramirez abgeholt, der ihr die Zeit vertreiben soll, bis Patrick aus dem Dschungel zurückkehrt. Juan und Alice verstehen sich blendend, doch ihr Glück wird getrübt, als Dr. Scarsdale ihnen die Nachricht überbringt, dass Patrick im Dschungel Opfer eines Verbrechens wurde. Als Alice näheres zu den Umständen wissen möchte, stößt sie überall auf eine Mauer des Schweigens, sogar Juan wendet sich von ihr ab. Ausgerüstet mit Patricks Tagebuch beschließt Alice nun, den Dingen auf den Grund zu gehen. Im Zuge ihrer Nachforschungen bringt sie nicht nur die Wahrheit über Patricks Unglück ans Licht, sondern kommt auch dem charismatischen Benicio näher …

Rosa Zapato hat Romanistik studiert und dabei auch Spanisch-Kurse besucht. Sie interessierte sich schon als Schülerin für Archäologie, fremde Kulturen und ferne Länder. Mit einer Rundreise durch Mexiko und der Besichtigung alter Maya-Ruinen erfüllte sie sich einen langen Traum, der schließlich zu der Entstehung des vorliegenden Romans führte.

Rosa Zapato

Der Duft des Regenwalds

Roman

Piper München Zürich

Mehr über unsere Autoren und Bücher:
www.piper.de

FSC
www.fsc.org
MIX
Papier aus verantwortungsvollen Quellen
FSC® C014496

Originalausgabe
April 2013

Umschlaggestaltung: Cornelia Niere, München
Umschlagmotiv: Thomas Pickard/Aurora/laif
Satz: Satz für Satz. Barbara Reischmann, Leutkirch
Gesetzt aus der Adobe Garamond
Papier: Pamo Super von Arctic Paper Mochenwangen GmbH, Deutschland
Druck und Bindung: GGP Media GmbH, Pößneck
Printed in Germany ISBN 978-3-492-27430-2

Lakamha' (heutiges Palenque), 830 n. Chr.

Heute schenkte ich meinem Papageien die Freiheit. Ich tat es im ersten Licht des Tages, noch bevor meine Magd Ix Chel erschien, um mir Maisfladen und Kakaw zu bringen, die ich gewöhnlich noch auf meinem Lager zu mir nehme. Doch an diesem Tag hatte mich gleich nach dem Erwachen Unruhe befallen, und ich trug U-Ch'ix-K'an zum offenen Fenster, wo er sich zunächst auf meiner Hand festkrallte. Mein Vater hatte mir diesen Vogel geschenkt, als ich vor zwanzig Jahren meine Heimat verließ, um die Gemahlin Janaab Pakals, des Herrn von Lakamha', zu werden. Ich benannte ihn daher nach dem großen Kriegerkönig, der vor langer Zeit die berühmte Stadt gründete, den prächtigsten Ort des Reiches, meine zukünftige Heimat.

U-Ch'ix-K'an hat mehr Zeit mit mir verbracht als irgendein Mensch außer der treuen Ix Chel. Es schmeichelte mir, wie schwer es ihm fiel, sich von mir zu trennen, denn sonst wird mich kaum jemand vermissen, wenn ich diese Stadt verlasse. Mein Gemahl hat nur Hunde als Lasttiere bei unserer Abreise gestattet und befohlen, selbst seinen geliebten Jaguar zu töten, da er ihn nicht mitnehmen konnte. Ich schlug mit beiden Händen gegen das steinerne Gemäuer, um meinen Vogel zu erschrecken, denn blieb er bis zu unserem Aufbruch im Palast, könnte ihn ein ebensolches Schicksal ereilen.

U-Ch'ix-K'an kreischte, ob aus Panik oder Zorn, dann spreizte er seine Flügel und segelte über die Stadt hinweg. Ich sah, wie er den zinnoberrot bemalten Spitzen der Tempelpyramiden auswich, um schließlich im satten, schweren Grün des Waldes zu verschwinden. Dort leben viele seiner Art, aber ich weiß nicht, wie sie ihn empfangen werden. Eine Weile starrte ich ihm versonnen hinterher, erstaunt, wie sehr mich dieser Abschied schmerzte. Dann fiel mir die Zeit wieder ein, als ich mich danach gesehnt hatte, aus meinem Fenster in die Weite des Dschungels fliegen zu können und nach jenem Ort zu suchen, wo Ahmok sich verbarg. Es musste an dem bevorstehenden Aufbruch liegen, denn ich hatte mir schon lange verboten, an ihn zu denken. Ix Chel rettete mich vor dieser sinnlosen Schwermut, indem sie mein Morgenmahl hereintrug.

»Wir sollen bis zur Mittagszeit zum Aufbruch bereit sein, Herrin«, ermahnte sie mich vorsichtig. Ich verzehrte rasch den Maisfladen, nahm mir aber etwas Zeit, den duftenden, scharf gewürzten Kakaw zu genießen, denn ich wusste nicht, ob wir dieses Getränk während der Reise zubereiten könnten. Der Schaum, das köstlichste Element dieses Getränks, bedeckte meine Lippen, die ich genüsslich ableckte. Indessen trugen einige Sklaven einen Bottich herein, sodass ich mich in Ruhe waschen konnte, vielleicht zum letzten Mal für lange Zeit. Ix Chel gab sich wie immer Mühe, mich herzurichten, auch wenn ich mich wieder einmal fragte, welchen Sinn all diese Anstrengungen noch hatten. Mein Gemahl hatte schon seit einem Jahrzehnt nicht mehr nach mir rufen lassen. Mein Haar ist grau, und fahre ich mir mit den Händen über das Gesicht, so fühlt sich meine Haut schlaff an wie ein zu oft gewaschenes Tuch. Mich wird kein Mann mehr mit Verlangen ansehen.

Ix Chel zog mir einen bestickten Huipil an, der bis zu meiner Taille reichte, band dann den Rock um meine Hüften und gab mir Sandalen. Sie vertrödelte viel Zeit damit, mein Haar in Zöpfe zu flechten. Als sie vorschlug, auch noch meine Arme zu bemalen, protestierte ich. Die Tätowierungen von Schlangen und Panthern, die ich kurz vor meiner Hochzeit erhalten hatte, scheinen mir Verzierung genug.

»Du sollst noch mit deinem Gemahl im alten Stadttempel erscheinen«, erklärte meine Magd hartnäckig und begann, in Tontöpfen Farbpulver mit Wasser zu mischen. Mir wurde unwohl. Ich habe den Tempel seit Ahmoks Tod nicht mehr betreten, allein bei seinem Anblick nehme ich den eigentümlichen Geruch menschlichen Blutes in der Nase wahr. Ich war dankbar, wenn Janaab Pakal auch bei den Zeremonien nicht mehr die Anwesenheit seiner ersten Gemahlin verlangte, doch wusste ich, dass ich mich seinem Befehl nicht verweigern konnte, sonst würde es mir am Ende ergehen wie dem Jaguar, den er weitaus mehr geliebt hatte als mich.

»Denkst du manchmal noch an Ahmok, deinen Gemahl?«, fragte ich Ix Chel, die gerade ein Muster aus gelben und schwarzen Streifen auf meine erschlafften Unterarme malte. Sie war so überrascht, dass sie erstarrte und ein paar Tropfen Farbe auf den Boden fielen. Ihr Blick streifte mich leicht tadelnd, denn es gilt als unschicklich, dass eine Dienerin mit ihrer Herrin über persönliche Dinge plaudert, obwohl dies natürlich ständig geschieht. Aber meine Ix Chel ist sehr gewissenhaft, so gewissenhaft, dass sie mir manchmal fast beschränkt erscheint.

»Mein Gatte starb, weil es der Wunsch der drei großen Götter war. Sein Tod bewahrte die Stadt vor Unheil«, erklärte sie, ohne mich anzusehen. Ihre Stimme verriet keinerlei Gefühl. Ich weiß bis zum heutigen Tage nicht, ob sie mir dankbar dafür war, dass ich sie mit einem so klugen und gut aussehenden Mann wie Ahmok verheiratete. Sie nahm ihn hin, so wie sie alles hinnahm, was die Götter ihr vorsetzten, klaglos und ohne viele Worte. Sie gebar ein Kind nach dem anderen, während sich in meinem eigenen Leib kein Leben regte, doch diese Schwangerschaften ließen ihr Gesicht nicht erstrahlen, wie ich es von anderen Frauen kannte.

Ahmok war ein Sklave meines Vaters, kam in meinem Gefolge nach Lakamha'. Ich hatte ihn von Kindheit an gekannt, er war frecher und mutiger gewesen als die anderen Diener, sodass ich von ihm lernte, im Garten Eidechsen zu fangen und in die Wände des Palastes heimlich Schriftzeichen zu ritzen, die wir beide nur nachahmten, ohne ihre Bedeutung zu kennen. Niemand außer den Priestern darf die Kunst des Schreibens lernen. Ahmok missfiel meinem Gemahl vom ersten Moment an, vielleicht lag es an der Wachheit seines Blicks, dem Stolz in seiner aufrechten Haltung. Er verbot seine Anwesenheit in den Frauengemächern. Stattdessen wurde Ahmok dem Neffen meines Gemahls, dem obersten Priester, als Diener zugeteilt, was ihn für immer aus meinem Leben entfernte. Ich gab ihm meine Magd zur Frau, dadurch konnte eine Verbindung zwischen uns bestehen bleiben. Leider erwies sich Ix Chel nicht als redselig, verriet mit keinem Wort, wie ihr das Eheleben gefiel, und ich musste vorsichtig sein, nicht durch allzu deutliche

Fragen meine geheimen Wünsche zu verraten. Niemand durfte wissen, dass ich bereitwillig all meine Juwelen und prächtigen Huipils fortgegeben hätte, um eine einzige Nacht lang neben Ahmok in einer Hütte zu liegen. Der Wille der Götter ließ mich Abend für Abend darauf warten, dass Janaab Pakal mich wieder zu sich rief. Unfruchtbar blieb ich trotzdem, ebenso wie alle Nebenfrauen hier im Palast.

Falls Ix Chel mein Geheimnis durchschaute, so verriet sie mich nicht. Als ich sie eines Tages bat, um des Wohles von Lakamha' willen Ahmok in mein Gemach zu schmuggeln, denn er hatte mit ihr bereits fünf Kinder gezeugt, da flehte sie mich weinend an, nicht das Leben ihrer ganzen Familie zu gefährden.

Ich drängte sie nicht, versuchte nicht, ihr zu drohen, denn ich wusste, dass Ahmok mich für ein solches Verhalten verachtet hätte.

»Du solltest die Kette tragen, Herrin«, sagte Ix Chel. Meine Magd hat ein besonderes Talent, mich vor sinnlosen Grübeleien zu bewahren. Sie holte das längst vergessene Schmuckstück aus einer Kiste. Die schweren Edelsteine drückten gegen mein Schlüsselbein. Ich gab mir nicht die Mühe, sie anzusehen, denn sie sind unwichtig geworden.

Janaab Pakal hatte mir diese Kette aus Malachit, Onyx und Jade geschenkt, als ich vor einer Ewigkeit als junge Braut in Lakamha' eingetroffen war. Damals gefiel ich ihm. Er hoffte, ich würde einen Erben gebären, und zudem versprach unsere Vermählung ihm einen mächtigen Verbündeten, den Herrn über Tikal, meinen Vater, mit dessen Hilfe sich die angriffslustigen Heere der Tonina abwehren ließen. Nun fragte ich mich, ob er mir die Kette wieder abnehmen wird, wenn er mich mit ihr sieht. Der Erbe wurde nicht geboren. Mein Vater ist tot, mein Bruder, sein Nachfolger, hat sich mit den Tonina verbündet, um Tikal vor deren Angriff zu bewahren. Wir hingegen müssen fliehen, da sie bereits im Umland lauern.

Ix Chel begleitete mich aus meinem Gemach durch den Gang, wo die anderen Nebenfrauen hausten, zu den Stufen, die aus dem Palast führten. Vor mir glänzten die mächtigen Bauten Lakamha's in der Sonne. Der Turm des Palastes ragte in meinem Rücken empor, und ich sah hinauf zum Stadttempel, der auf einem Sockel aus breiten Stufen gebaut ist. Bei meiner Ankunft in Lakamha' hatte die Pracht dieser Stadt mich bezaubert. Ich erinnere mich an viele vornehme Herrschaften, die zwischen den Bauten herumspazierten, an die kunstvollen Bemalungen ihrer Körper und jene schweren Schmucksteine, die an Hälsen und Ohrläppchen baumelten. Tänzer und Sänger hatten alte Legenden zum Leben erweckt. Die geschicktesten Handwerker waren regelmäßig in die Stadt geströmt, um ihre Waren anzubieten. Ich hatte mich nicht sattsehen können an bestickten Huipils, so farbenfroh wie ein Blumengarten, an Tonfiguren und kostbaren Schmuckstücken, die hier auf zahlungskräftige Abnehmer mit erlesenem Geschmack warteten. Nun scheint die Stadt fast ausgestorben. Auf dem Ballspielplatz hinter dem Palast, wo Kriegsgefangene gegeneinander antraten, bevor sie den Göttern geopfert wurden, haben die Pflanzen des Waldes bereits ihre grünen Finger ausgestreckt, um ihn wieder für sich zu beanspruchen. Bis auf die engsten Bediensteten sind alle einfachen Leute in den Dschungel geflohen, um den Tonina nicht in die Hände zu fallen. Die Edlen des Landes besuchen uns nicht mehr, denn es hat sich herumgesprochen, dass eine seltsame Krankheit die Einwohner Lakamha's dahinrafft. Aber die Priester sind geblieben, ich sah sie gemeinsam die Stufen des Tempels hinabsteigen, mit ihren flach gedrückten Stirnknochen und schweren Schmuckketten an Hälsen, Armen und Fußknöcheln. Ihr Haar war zu komplizierten Gebilden geformt, in denen bunte Federn leuchteten. Die schlichten, weißen Lendenschurze und Hemden bildeten einen erstaunlichen Gegensatz zu all dieser Pracht. Sobald der Oberpriester zu sprechen begann, erhaschte ich einen Blick auf seine spitz geschliffenen Zähne, die an einen Jaguar erinnern.

Ich weiß noch sehr gut, wie beeindruckt ich als Kind vom Anblick der Priester war. Damals schienen sie mir gottgleiche Wesen, allein aufgrund ihrer auffälligen Erscheinung. Wie viel Mühe sie aufwenden, um ebendiese Wirkung zu erzielen, das habe ich erst von Ahmok erfahren.

Der Stadttempel vor dem Palast gehört zu den ältesten Bauwerken von Lakamha', und der größte aller Herrscher, Pakal I. ist in seinen Tiefen begraben. Gleich daneben stehen zwei Tempel, die den Totengöttern geweiht sind. In dem mittleren Gebäude dieser Anlage ist die höchste der Totenpriesterinnen beigesetzt worden, deren Namen niemand mehr zu nennen wagt. Nur wenn der Augenblick gekommen ist, da wir in das Reich ihrer Götter eingehen, flüstern wir ihn leise. Es gibt noch drei weitere, größere heilige Bauten, jeweils einem der Stadtgötter geweiht, jenseits des kleinen Wasserlaufs, der Lakamha' in zwei Hälften teilt. Meist fanden die wichtigen Zeremonien dort statt, doch nun hatte man es eilig und wollte alle Götter gleichzeitig ehren, damit sie auf der Reise eine schützende Hand über den großen Herrscher und seine Priester hielten. Ich selbst mochte diesen kleinen Stadttempel stets am liebsten, denn mir gefielen die zahlreichen, feinen Inschriften an seinen Wänden, obwohl ich sie nicht zu entziffern vermochte. Sie erzählen von den großen Herrschern Lakamha's, wie man mir nach meiner Ankunft erklärte. Wir stiegen die Stufen zu den zwei kleineren Tempeln der Totengötter hinauf und verneigten uns, um ihren Segen für die bevorstehende Zeremonie zu erflehen. Mir fiel das Totenkopfrelief unten am Pfeiler des rechten Gebäudes auf. Unser Leben in dieser Welt ist nur ein Traum, und wenn er zu Ende geht, kehren wir in die wirkliche Welt zurück.

Die Priester schritten weiter, vorbei am Grabmal der hohen Priesterin zum Stadttempel. Ich folgte ihnen, ohne weiter nachzudenken, obwohl eine Ahnung in mir aufstieg, der unmittelbar der Geschmack des Kakaw auf meiner Zunge folgte, als wolle mein Magen dieses Getränk nicht verdauen.

Ein paar Lastenträger schleppten einen Käfig die Stufen hoch. Reglose Gestalten saßen darin, zwei Jünglinge und eine Frau, die man in der fast ausgestorbenen Stadt noch aufgetrieben hatte. Plötzlich überkam mich Zorn auf diese dummen Menschen, denen es nicht gelungen war, rechtzeitig zu fliehen. Ihre Arme und Gesichter waren schwarz bemalt worden, und sie trugen weiße Gewänder wie die Priester. Einst war es eine Ehre gewesen, den Göttern geopfert zu werden, und die Wahl war auf die Sprösslinge der höchsten Adelsfamilien gefallen. Dann sorgten ebenjene Adelsfamilien dafür, dass Kriegsgefangene anstatt ihrer Söhne und Töchter starben. Sobald uns die Kriegsgefangenen ausgingen, wurden sie durch Diener und Sklaven ersetzt, die als schwierig galten. Nun hatten die Priester einfach jene Menschen genommen, derer sie noch habhaft werden konnten. An dem stumpfen Blick der Gefangenen erkannte ich, dass sie bereits betäubt worden waren, damit das Ritual ohne Widerstand vollzogen werden konnte.

Auch Ahmok war damals nicht mehr bei Sinnen gewesen. Speichel war aus seinen Mundwinkeln getropft, und seine Augen hatten ins Leere geblickt, während man ihn an den Haaren die Stufen des Tempels hinaufzog. Ich hatte ihn niemals zuvor so hilflos gesehen und wusste zudem genau, was ihm bevorstand. Er war noch auf die alte Weise geopfert worden: Man hatte die Adern an seinen Händen und Füßen mit Dornen durchstochen, seine Mundwinkel bis zum Kiefer aufgeschnitten, um möglichst viel Blut aus seinem Körper fließen zu lassen, bevor man ihn durch ein Abschlagen des Kopfes von aller Qual erlöste. Damals hatte ich mir eingeredet, dass es nicht wirklich er selbst war, der da vor meinen Augen verblutete, und es war mir gelungen, während der Zeremonie ruhig zu bleiben.

Nun, da ich den kleinen, dunklen Raum des Tempels betrat, begriff ich, wie sehr Ahmoks Tod mich verändert hatte. Ich hatte vorher zahlreiche Menschenopfer gesehen, bereits in meiner Heimatstadt Tikal, doch sie waren mir stets als notwendige Erfüllung göttlicher Wünsche erschienen. Aber damals wusste ich, dass Ahmok bei den Sklaven und Bauern gegen die Priester gesprochen hatte, deren Lebenswandel er als ihr Diener unmittelbar miterlebte. Dann war er als Opfer erwählt worden. Ich sah die grimmige Entschlossenheit in den Augen des Hohen Priesters, seine Befriedigung, nachdem die Aufgabe ausgeführt war. Ganz leise war der Zweifel in mir erwacht, so wie ein dünner Ast aus der Erde sprießt, um über die Jahre zu einem Baum zu wachsen. Ahmoks Tod hat das Unheil nicht von Lakamha' abgewandt. Es trifft uns nun mit dreifacher Kraft – durch Krankheit, verdorrte Ernten und durch die Tonina.

Aber wieder stand ich nur da und sah zu, wie nacheinander alle drei Gefangenen ausgestreckt wurden, damit ein Priester ihnen nach langen rituellen Gesängen das Herz aus der Brust schneiden konnte. Dies ist eine neue, schnellere Art der Opferung, die bei anderen Völkern üblich sein soll. Sie ist weniger schmerzhaft für die Opfer, denn sie sterben schon nach wenigen Augenblicken. Mein einziger Widerstand bestand darin, dass ich die Augen schloss, sobald der zuckende rote Fleischklumpen in den Händen des Priesters lag und das Blut über seine Arme auf das weiße Hemd floss. Mir war schwindelig, und mein Magen schmerzte, als brenne ein Feuer darin. Hilflos griff ich um mich, doch Ix Chel war nicht zugegen, um mir eine Stütze zu sein. Als einfache Frau darf sie den heiligen Raum des Tempels nicht betreten.

Daher war ihr damals auch der Anblick von Ahmoks qualvollem Tod erspart geblieben.

Die Leichname wurden fortgeschafft, nachdem ihr Blut in einer Schüssel gesammelt worden war. Dann überreichte der Priester Janaab Pakal ein Messer. Er ergriff es, um seinerseits die Götter um Gunst und Schutz anzuflehen, indem er seinen Lendenschurz anhob und jenem Teil seines Körpers, das einst regelmäßig in den meinen gedrungen war, einen Schnitt zufügte. Sein Gesicht zuckte nur kurz, denn er ist diesen Schmerz gewöhnt. Der Priester hielt ein Stück Stoff hin, um das königliche Blut aufzufangen. Manchmal löst der Verlust von Blut Träume aus, die uns ins Reich der Götter führen, doch mein Gemahl hatte nicht tief genug geschnitten, um eine solche Wirkung zu erzielen. Wir hatten alle nicht viel Zeit. Ich atmete erleichtert auf, sah dieses Ritual als beendet an, doch die Hand des Priesters hielt das Messer plötzlich in meine Richtung. Ich spürte den Blick meines Gemahls, hart und fordernd. Lange war ich zu unwichtig gewesen, als dass die Götter mein Blut verlangt hätten, doch nun war die Not so groß, dass kein Versuch unterlassen werden durfte, sie milde zu stimmen.

Ich legte meine Finger um den kühlen Stein des Messergriffs. Meine Hände zitterten, und ich fror so erbärmlich, dass ich meine Zähne leise klappern hörte. Dennoch floss der Schweiß über meinen Rücken.

Die Zunge, beschloss ich. Mir fehlte die Kraft, jener zarten Stelle zwischen meinen Beinen Wunden zuzufügen, obwohl daraus das heiligste Blut einer Königin floss. Meine Mutter, die erste Gemahlin des Herrn über Tikal, hatte ein bohnengroßes Loch in der Zunge gehabt, durch das sie bei Ritualen regelmäßig eine Schnur mit Dornen zog. Mir war es bisher gelungen, mich einer solchen Prozedur zu entziehen. Nun öffnete ich den Mund, um die Klinge in mein Fleisch schneiden zu lassen, doch in diesem Moment verweigerte mein Körper mir den Gehorsam. Speichel quoll auf den Stoff, in dem der Priester mein Blut auffangen wollte, gefolgt von einem gelbgrünen Schleim, den Resten des Morgenmahls in meinem Magen. Rasender Schmerz durchfuhr meine Eingeweide, ich krümmte mich und blieb als wimmerndes Bündel auf dem Boden liegen. Die Schriftzeichen an den Wänden verschwammen. Ich erkannte Gesichter über mir. Janaab Pakals Blick durchbohrte mich, während die Priester entsetzt flüsterten.

Ich hatte das Ritual verdorben.

»Steh auf!«, herrschte mein Gemahl mich an. »Geh nach draußen!«

Ich gehorchte, obwohl ich die Strecke zum Ausgang kriechend zurücklegen musste. Das Sonnenlicht blendete mich, und mein Kopf drohte zu zerspringen, als ich endlich die Tempelstufen erreichte.

»Herrin!«, rief meine treue Ix Chel und kam mir auf den hohen Stufen entgegengelaufen, obwohl sie auch das nicht durfte, und richtete mich auf.

»Dein Körper ist glühend heiß«, flüsterte sie ängstlich. »Ich glaube, du fieberst.«

Ich lehnte mich an ihre Schulter, ohne etwas zu erwidern. Wir wussten beide, dass die Krankheit nun auch in mir tobte.

Ix Chel half mir, wieder in mein Gemach zu gelangen, wo wir warteten, bis zum Aufbruch gerufen wurde. Drei weitere Becher Kakaw und einer jener Kräutersude, die meine Magd zubereiten kann, stärkten mich und beruhigten meinen Magen. Für eine Weile hoffte ich, dass ich wieder genesen würde, sobald wir Lakamha' verlassen hatten, denn die Götter hatten diese Stadt verflucht.

Meine Habseligkeiten waren zu Bündeln gepackt. Ich half Ix Chel, sie zu tragen, denn es waren nicht genug Diener zurückgeblieben. Zusammen mit den Nebenfrauen Janaab Pakals wartete ich schließlich am Eingangstor des Palastes, während die Sklaven alle Tragestühle in den Innenhof trugen. Ich beobachtete erstaunt, dass sie alle Hunde, die in Lakamha' noch aufzufinden waren, unter den Eingangsstufen zusammentrieben, dann begriff ich, dass Säcke sich auch an den größeren Tieren festbinden ließen. Für die Edlen würden die Tragestühle bleiben, von denen mein Gemahl recht viele besitzt. Doch als ich meinen Blick über die emsig herumeilenden Diener schweifen ließ, wurde mir klar, warum unsere Lage trotzdem sehr unerfreulich war. Selbst wenn die Tragestühle für Janaab Pakal, seine Gemahlinnen und die Höchsten unter den Priestern reichen würden, denn Rangniedere hatten ohnehin zu Fuß zu gehen, so mangelte es uns an den nötigen Trägern. Meine versammelten Gefährtinnen mussten dies noch schneller erfasst haben, denn ich sah sie schubsend und schreiend zu den Tragestühlen rennen und sogleich alle kräftigen Diener, die sich zufällig in der Nähe aufhielten, zum Bleiben auffordern. Die Männer gehorchten, denn sie hatten ihr Leben lang gelernt, welch unerfreuliche Dinge jenen widerfuhren, die es nicht taten. Dies hatte zur Folge, dass einige Säcke, Tontöpfe und Kisten einfach liegen blieben, da sich niemand mehr um sie kümmerte. Aber es wäre ohnehin zu viel Gepäck gewesen. Bald schon waren die Sänften mit Menschen gefüllt. Manche meiner Gefährtinnen waren klug genug, sich eine zu teilen, was den Trägern die Arbeit erschweren würde, aber über solche Dinge hatten wir Palastdamen uns kaum jemals den Kopf zerbrochen. Ich staunte, wie friedlich sie auf dem beengten Raum nebeneinanderzusitzen vermochten, hatte doch all die Jahre im Palast erbarmungslose Rivalität unter uns geherrscht. Nun sah ich nichts als angespannte Gesichter von Menschen, die wussten, dass sie ein vielleicht nicht geliebtes, aber dennoch vertrautes Leben für immer hinter sich lassen mussten.

Ich beobachtete all dies, als fände es in weiter Ferne statt, denn das Fieber hatte mich langsam und träge werden lassen. Erst als Ix Chel mich am Arm zupfte, wurde mir klar, dass ich als Einzige der Ranghöheren noch auf dem Boden stand. Meine Magd versuchte gerade, Janaab Pakals letzte Lieblingsfrau zu überreden, mich noch mit in ihre recht breite Sänfte aufzunehmen, doch die geschmeidige Schöne wehrte ab. Ich fürchte, sie mochte mich nie besonders leiden. Vielleicht hat sie auch die Krankheit in meinen Augen glänzen sehen.

»Wir müssen deinen Gemahl um Hilfe bitten«, riet Ix Chel. »Du bist seine erste Frau, die Herrin in dieser Stadt. Er kann dich nicht einfach hier stehen lassen.«

Ich hielt weiter zwei große Bündel im Arm und wartete.

Mein Gemahl saß in der größten aller Sänften, wie es seinem Rang gebührte. Die Vorhänge waren mit leuchtenden Quetzalfedern verziert, und Schlangenleiber wickelten sich um die Tragestäbe. Ich dachte, dass darin sicher auch genug Platz für mich sein müsste, und blickte hoffnungsvoll zu ihm hoch. Janaab Pakal betrachtete mich aus den Augenwinkeln, als ich auf ihn zuschritt. Mir fiel auf, wie sehr er in den letzten Jahren gealtert war. Die Haut an seinen Wangen hing schlaff herab, und ein Bauch wölbte sich wie ein Sack unter seinem Hemd. Dunkle Schatten unter seinen Augen drückten Erschöpfung aus. Wir musterten einander mit verhaltener Abneigung, dann hob mein Gemahl seine Hand als Zeichen zum Aufbruch und zog die Vorhänge zu. Seine Lastenträger, er beanspruchte sogar vier für sich, hievten ihn mit vereinten Kräften in die Höhe. Sogleich wurden auch die Sänften der Priester angehoben und schließlich die der fürstlichen Gemahlinnen. Die Kolonne begann, sich zu bewegen.

Ich begriff, dass ich zu Fuß gehen musste wie die Bediensteten. Sollte es die Strafe dafür sein, dass ich im Tempel das Missfallen der Götter geweckt hatte? Janaab Pakals Denken habe ich niemals wirklich begreifen können, es ist von Launen und plötzlichen Eingebungen bestimmt. Allerdings hört er auf seinen Neffen, den Hohen Priester. Doch wer auch immer über mein Schicksal entschieden hat, ändern konnte ich daran nichts.

Ix Chel hat stützend ihren Arm um mich gelegt, denn wenigstens die Bündel wurden uns von ein paar Sklaven abgenommen. Ich setze Fuß vor Fuß, obwohl das Feuer in meinen Eingeweiden brennt und jeder Schritt meinen Körper schwerer werden lässt. Über mir höre ich Vögel kreischen und sehne mich danach, dass U-Ch'ix-K'an aus dem grünen, feuchten Dickicht des Waldes flattert, um auf meiner Schulter zu landen. Ich glaube, außer Ahmok habe ich nur diesen Vogel wirklich lieben können.

Ich weiß nicht, welchen Weg die Priester gewählt haben, um uns an den Kriegern der Tonina vorbeizuführen, und in welcher Stadt wir noch mit einer freundlichen Aufnahme rechnen können, obwohl Lakamha' den Fluch der Götter auf sich zog.

Aber ganz gleich, wohin diese Reise auch geht, ich, Mayauel, Tochter des großen Herrschers von Tikal, Gemahlin des Janaab Pakal, werde das Ziel nicht mehr lebend erreichen.

1. *Kapitel*

Alice zog die Vorhänge zurück und lehnte sich aus dem Fenster. Vor ihr lag eine breite, von Kutschen und Trambahnen befahrene Straße, die auch kurz vor Mitternacht nicht ganz zur Ruhe kam. Sie liebte die Geräusche der Großstadt, deren Vertrautheit sie gewöhnlich beruhigt in den Schlaf sinken ließ, doch diesmal hielt die Aufregung sie wach. Morgen war Sonntag, sie würde so lange schlafen können, wie es ihr gefiel, da sie seit zwei Monaten nicht mehr an den Wochenenden arbeiten musste.

Sie trat zu der alten Kommode und schenkte sich ein Glas Portwein ein. Zwar hatte sie bereits genug Champagner getrunken, aber das Gefühl der Euphorie floss mit solcher Kraft durch ihre Adern, dass sie für andere Rauschzustände unempfänglich wurde. In ihrem Ohrensessel sitzend, nippte sie an dem Glas und zündete eine Zigarette an. Das Rauchen gehörte zu den Lastern, die sie von Harry gelernt hatte, doch beschränkte sie sich aus finanziellen Gründen auf ein Minimum. Sie beobachtete, wie der Rauch langsam zur Zimmerdecke schwebte. Der Putz wies schwarze Flecken auf, die noch vom Vormieter oder dessen Vorgängern aus dem vergangenen Jahrhundert stammen mussten. Die Tapete war an zahlreichen Stellen vergilbt, und das Polster, auf dem Alice saß, sah aus, als wäre ein Unbekannter mit einem Messer darauf losgegangen. Kurz meinte sie, die Stimme ihres Vaters zu hören, der ihr eine Zukunft in Schmach und Elend prophezeit hatte, als sie sein Haus verließ. Diese Wohnung wäre für ihn nur ein erster Schritt in diese Richtung gewesen. Alice verjagte entschlossen den Schatten von Unbehagen, der sich plötzlich in ihre Welt geschlichen hatte. In dieser neuen Wohnung, die sie am vierten Februar 1903 hatte beziehen können, gab es wenigstens kein Ungeziefer, und die Nachbarn schrien nachts nicht herum. Zwar verfügte sie nur über ein einziges, schäbiges Zimmer, aber ihre erste Ausstellung war ein Erfolg gewesen. Darauf vor allem kam es an.

Sie leerte ihr Weinglas und fühlte, wie wohlige Wärme sich in ihrem Körper ausbreitete. Nun würde sie friedlich schlafen können und morgen in Ruhe über jenes Problem nachdenken, das wie ein unsichtbarer Stein auf ihrer Seele lastete. Mit geübtem Griff zog sie die Nadeln aus ihrem Haar. Schmetterlinge und verspielte Blüten aus Schmucksteinen zierten sie gemäß der neuesten Mode. Alice streifte ihre Strümpfe ab. Sie war zu müde, um sich noch die Schminke abzuwaschen. Dafür war morgen Zeit genug.

Als sie sich das Kleid über den Kopf ziehen wollte, hörte sie den Schlüssel in der Tür. Sie erschrak, doch hier im wohlhabenden Charlottenburg gab es weitaus lukrativere Adressen für einen Einbruch, und zudem verfügten Einbrecher gewöhnlich nicht über Wohnungsschlüssel. Als ihr klar wurde, um wen es sich handelte, atmete sie zwar erleichtert auf, war aber auch ein wenig verärgert, derart in ihrer Privatsphäre gestört zu werden. Vielleicht war es keine gute Idee gewesen, Harry einen Schlüssel zu geben.

Er spazierte auch schon herein. Die Kappe saß schräg auf seinem Kopf, das Hemd war schief geknöpft, und das hellbraune Haar wucherte in alle Richtungen. Alice fühlte ein warmes Kribbeln in ihrem Unterleib. Harry stand nichts besser als schlampige Lässigkeit.

»Nun, wie erging es meiner Schneekönigin heute Abend? Hat sie all die kultivierten Schöngeister mit ihrem unterkühlten Charme bezaubert?«

Ohne eine Antwort abzuwarten, ging er zur Kommode, schenkte sich Portwein ein und zog eine Zigarette aus Alice' Packung. Sie protestierte nicht. Harry zu versorgen gehörte zu den niemals ausgesprochenen, aber allmählich gewachsenen Regeln ihrer Beziehung. Er hatte sie Otto Julius Bierbaum und anderen einflussreichen Kritikern der Kunstszene vorgestellt. Zwar hatte sie als Kellnerin im Café Josty bekannte Literaten bedient, doch hätte sie niemals den Mut aufgebracht, diese mit ihren persönlichen Belangen zu behelligen. Harry besaß jedoch den beneidenswerten Vorzug eines frechen Mundwerks, kombiniert mit Gleichmütigkeit, sodass er abweisende Reaktionen gelassen hinnahm. Man fragt einfach so lange, bis jemand Interesse zeigt, lautete sein Prinzip. Ohne seine Unterstützung wäre es nicht zu der heutigen Ausstellung gekommen. Als Gegenleistung bot sie Harry bei seiner Odyssee von einer Arbeitsstelle zur anderen und den wechselnden Wohnsitzen einen Rettungsanker, wann immer es ihm danach verlangte. Seine Besuche fielen unregelmäßig aus und wurden so gut wie nie angekündigt. Sie störte sich nicht wirklich daran. Ein derart unzuverlässiger Liebhaber hatte seine Vorteile, da er keine falschen Hoffnungen weckte.

»Es lief gut«, beantwortete Alice seine Frage. »Ich habe ein paar Bilder verkauft. Mit etwas Glück bekomme ich einen Auftrag, für die Münchner Kunstzeitschrift ›Jugend‹ ein paar Illustrationen anzufertigen. Einer der Besucher der Ausstellung fragte mich, ob ich Interesse hätte.«

Nun, da es ausgesprochen war, begann Alice das ganze Ausmaß des Erfolges zu begreifen. Sie brauchte sich keine Sorgen mehr zu machen, ob sie diese winzige Wohnung auf Dauer bezahlen konnte. Die Arbeit im Café Josty würde sie auf drei Tage in der Woche reduzieren, um sich in Ruhe der Malerei widmen zu können. Vielleicht machte es nun Sinn, sich um eine Aufnahme im Verein der Berliner Künstlerinnen zu bewerben. Bisher hatte ihr dazu schlichtweg die Zeit gefehlt. Ohne zu überlegen, schenkte sie sich ebenfalls ein weiteres Glas Portwein ein. Wenn es einen Tag gab, an dem sie sich betrinken durfte, dann war es dieser.

»Na, dann auf deine Zukunft, meine Schöne«, meinte Harry grinsend und stieß mit ihr an. »In ein paar Jahren hängen deine Arbeiten vielleicht Unter den Linden. Wer könnte einer Frau wie dir einen Wunsch verweigern?«

Alice fühlte Ärger in ihrem Magen kribbeln, was nicht allein an seinem unüberhörbar spöttischen Tonfall lag.

»Es geht dabei um meine Bilder, nicht um mein Aussehen«, meinte sie und erschrak selbst ein wenig über ihren eisigen Tonfall. Harry lachte auf.

»Dein Aussehen könnte dir durchaus helfen, denn Kunstkenner sind Ästheten«, widersprach er gelassen. »Leider weigerst du dich, es zu deinem Vorteil einzusetzen. Aber so bekomme ich wenigstens keine Konkurrenz.«

Er legte seine Arme um Alice' Taille, hob sie hoch und trug sie zielstrebig zu dem Bett, wo sie sich vor einer Weile in Ruhe hatte hinlegen wollen. Nun spürte sie Wellen freudiger Erregung durch ihren Körper strömen, obwohl eine leise Stimme in ihrem Kopf flüsterte, dass sie sich wie die Heldin eines schlechten Liebesromans benahm, die dem frechen Charme des charakterlosen Schurken erlag. Doch leider hatte dieser Charme tatsächlich eine unwiderstehliche Wirkung auf sie.

Sie hatte Harry im Café Josty kennengelernt, wo er bei seinen gelegentlichen Besuchen durch schlampige Kleidung, blendendes Aussehen und freche Kommentare aufgefallen war. Er verbrachte Stunden damit, eine einzige Tasse Kaffee zu trinken, da ihm wohl das Geld für weitere Bestellungen fehlte. Dabei kritzelte er ständig in einem Notizbuch herum, nannte sich Journalist, doch gelang es ihm nur sehr selten, einen Artikel zu veröffentlichen. Er hatte völlig schamlos und offen mit allen Kellnerinnen geflirtet. Alice war verärgert gewesen, dass so viele, durchaus intelligente junge Frauen in seiner Gegenwart nur noch erröten und dumm kichern konnten. Sie hatte ihn die ganze Wucht ihrer eisigen Ablehnung spüren lassen und zum ersten Mal erlebt, dass ein Mann sich davon nicht eingeschüchtert zeigte.

Harry hatte alle Mauern, hinter denen sie sich seit Jahren versteckte, überwunden, indem er ihre Existenz schlichtweg ignorierte. Irgendwann hatte sie über seine maßlose Frechheit lachen müssen, ihn um seine Nonchalance und Sorglosigkeit beneidet. Es hatte sie selbst überrascht, wie einfach und selbstverständlich es gewesen war, seine Geliebte zu werden. Ein Teil ihres Wesens, den sie bisher beflissen ignoriert hatte, war durch ihn nach außen gelockt worden. Nun umschlangen sie einander, keuchten und stöhnten, bis Alice für einen Moment nur noch fühlen und nicht mehr denken konnte.

Laut atmend grub sie ihren Kopf in das Daunenkissen. Ihr war nicht entgangen, dass Harry wie immer vorsichtig gewesen war. Auch das schätzte sie an ihm, denn freie Liebe und Fruchtbarkeit vertrugen sich schlecht.

Sie fühlte, wie seine Finger sanft, fast andächtig über ihr Gesicht strichen.

»Du bist so unglaublich schön«, flüsterte er. Alice zuckte zusammen. Das Kompliment passte nicht zu Harrys bisherigem Verhalten, denn der spöttische Tonfall war verschwunden.

»Ich werde bald für längere Zeit fortgehen«, sagte sie ohne jede Vorwarnung und musterte aufmerksam Harrys Gesicht. Es zeigte keinerlei Enttäuschung, nur Staunen, was sie erleichterte.

»Eine aufregende Reise mit ein paar anderen Schöngeistern, vermute ich. Paris, Venedig oder einfach nur München, wo sich jetzt auch viele moderne Künstler tummeln sollen?«, fragte er.

Alice schluckte.

»Mexiko«, erwiderte sie. Seltsamerweise war in diesem Augenblick der Entschluss endgültig gefallen. Harry fuhr auf und stieß ein kurzes Lachen aus.

»Das ist doch ein Witz, oder? Was willst du irgendwo in der Wildnis?«

Alice begann zu frösteln. Diese Frage hatte sich die letzten zwei Wochen wie ein Kreisel in ihrem Kopf gedreht.

»Ich muss nach meinem Bruder sehen, das ist alles«, entgegnete sie.

»Einmal kurz nach deinem Bruder sehen, das klingt, als würdest du einen Ausflug nach Potsdam machen«, entgegnete Harry kichernd. »Dabei fährst du um die halbe Welt. Allein die Reise wird Wochen dauern. Jetzt fängst du endlich an, hier ein bisschen bekannt zu werden. Du solltest dich weiterhin mit Leuten aus Künstlerkreisen treffen, an deinen Bildern arbeiten statt …«

»An meinen Bildern kann ich auf der Reise arbeiten«, unterbrach Alice ihn. »Und ich lasse mir von niemandem vorschreiben, was ich zu tun habe, vor allem nicht von einem solchen Sturkopf wie dir, der es sich selbst zur Lebensaufgabe gemacht hat, gegen sämtliche Konventionen zu verstoßen und einfach zu tun, was er will.«

Harry hatte bereits begonnen, seine Kleidung aufzusammeln. In Hemd und Hose ging er wieder zur Kommode, um sich eine weitere Zigarette anzuzünden.

»Weißt du, was mich an dir so überrascht?«, sagte er ruhiger. »Du wirkst wie eine Eisprinzessin, die in erster Linie an ihre Malerei denkt, dann an sich selbst, und anschließend kommt erst einmal sehr lange gar nichts. Aber wenn es um deinen Bruder geht, dann verwandelst du dich plötzlich in eine fürsorgliche Glucke. Der Kerl ist doch erwachsen, verdammt! Wer hat ihn denn gezwungen, irgendwo zwischen Giftschlangen und Riesenspinnen an uralten Steinen herumzukratzen, als ob es in der Welt nichts Wichtigeres zu tun gäbe?«

Alice kämpfte ihren Ärger nieder. Harry verhielt sich beinahe eifersüchtig, was sie irritierte.

»Du weißt nicht, was alles dahintersteckt«, begann sie zu erklären. »Patrick hat mir sehr geholfen. Selbst als mein Vater nichts mehr von mir wissen wollte, schickte er mir heimlich Geld. Nach dem Tod meines Vaters überließ er mir freiwillig ein Drittel seines Erbes, obwohl ich im Testament nicht einmal erwähnt wurde. Ansonsten gäbe es diese Wohnung nicht, und ich hätte niemals die Zeit gefunden, genug Bilder für eine Ausstellung zu malen. Ich habe ihn ermutigt, seinen Traum von der Archäologie wahr zu machen. Daher trage ich eine gewisse Verantwortung für ihn.«

Harry setzte sich wieder auf die Bettkante, wandte ihr aber den Rücken zu, während er rauchte.

»Na gut, wie du meinst. Wann fährst du los? Kannst du die Fahrkarte überhaupt bezahlen?«

»Natürlich kann ich das«, zischte Alice. Hielt er sie denn für ein hilfloses, kleines Mädchen? Als Harry auf den giftigen Tonfall nicht reagierte, setzte sie zu einer Erklärung an.

»Dr. Scarsdale, dieser amerikanische Archäologe, der mit meinem Bruder zusammenarbeitet, hat mir eine Fahrkarte geschickt. Er meint, ich solle unbedingt kommen. Patrick ist im Begriff, eine große Dummheit zu begehen, weil er sich in die falsche Frau verliebt hat. Er gefährdet das ganze Projekt und verärgert wichtige Leute. Es könnte übel ausgehen, ich meine, Mexiko ist ein ziemlich wildes Land.«

Harry zuckte mit den Schultern.

»Ich weiß, sich zu verlieben, das ist für reine Kopfmenschen wie dich eben eine große Dummheit«, spöttelte er und schnürte bereits seine Schuhe zu. Alice erstarrte. Sie wollte vor Wut schreien, denn

Harry hatte ihr stets klargemacht, dass tiefe Empfindungen für ihn der größtmögliche Fehler einer Frau sein könnten, da sie Besitzansprüche und Hoffnungen nach sich zogen. Doch kein Wort kam über ihre Lippen. Sie hasste Gefühlsausbrüche.

»Ich wünsche dir eine gute Reise, meine Schöne«, meinte Harry, steckte noch zwei Zigaretten aus Alice' Packung in seine Jackentasche. »Ich hoffe, du schmilzt unter der glühenden Sonne nicht ganz dahin. Und jetzt gehe ich, damit deine feinen Nachbarn nicht im Morgengrauen etwas von dem Männerbesuch mitbekommen.«

Ein Lächeln, ein knappes Kopfnicken zum Abschied, dann war die Tür hinter ihm zugefallen. Alice blieb verstört zurück, strich mit der Hand über das zerwühlte Laken, auf dem noch die Wärme von Harrys Körper zu spüren war. Sie wusste nicht, ob er vor ihrer Abreise noch mal kommen würde. Wenn sie nach Berlin zurückkehrte, dann würde es sicher bereits eine neue Frau geben, die den charmanten Taugenichts durchfütterte und ihn heimlich in ihr Schlafgemach schleichen ließ.

Die Vorstellung, Harry vielleicht zum letzten Mal gesehen zu haben, löste ein Gefühl der Wehmut aus, doch als sie die Details der bevorstehenden Abreise zu planen begann, verflog es allmählich.

An einem unerwartet kühlen Tag im Mai stand Alice am Hamburger Hafen und hielt ihren Koffer umklammert, während sie sich auf der Gangway zwischen den aufgeregten Menschen durchschob. Ihre Staffelei hatte sie, sorgfältig verpackt, unter den anderen Arm geklemmt, das Ridikül mit Geld und ihren Papieren baumelte um ihren Hals. Sie war sich bewusst, eine keineswegs damenhafte Erscheinung abzugeben, doch konnte sie sich keinen Träger für ihr Gepäck leisten. Hinter ihr drängte eine mehrköpfige Familie vorwärts. Kurz vor dem Schiffsdeck hatte sich eine Wand aus menschlichen Rücken gebildet, an der niemand vorbeikam. Unter all diesen brüllenden, fluchenden und angesichts des bevorstehenden Abschieds manchmal auch weinenden Menschen fühlte Alice sich verloren. Es gab niemanden, der sie bis nach Hamburg begleitet hatte. Die anderen Mädchen aus dem Café Josty hatten ihr zum Abschied ein spanisch-deutsches Wörterbuch, einen Baedeker über Amerika und einen Reisebericht über Mexiko geschenkt, die alle in ihrem Koffer lagen. Wider Erwarten hatten diese Geschenke ihr Tränen in die Augen getrieben, denn sie wusste selbst, wie mager der Lohn der Serviererinnen war. Alle gemeinsam mussten mehrere Wochen gespart haben, um diese Bücher erwerben zu können.

Während Alice sich auf das Oberdeck des Dampfers vorkämpfte, überlegte sie, warum ihr Leben in den letzten Jahren so einsam gewesen war, dass sie nun eine verlorene Gestalt in einer riesigen Menschenmenge war. Allein reisende Frauen waren allgemein ein ungewohnter Anblick, vor allem aber auf einem Dampfschiff, das zu einer Fahrt um die halbe Welt aufbrach. Seit sie ihr Elternhaus verlassen und alle Brücken hinter sich abgebrochen hatte, war sie entschlossen einem Ziel gefolgt. Ihr Leben hatte fast ausschließlich aus Arbeit bestanden, als Kellnerin, als kleine Aushilfskraft in den Kontoren von Geschäftsleuten, und wenn es bereits dunkel war, stand sie vor ihrer Staffelei. All diese Aufgaben hatten ihr Leben ausgefüllt, keinen Raum mehr für engere Kontakte zu anderen Menschen gelassen. Es war nicht ihre Schuld, beschloss sie und verdrängte ihre Enttäuschung, dass Harry, für den sie erstmals eine Ausnahme gemacht hatte, nicht nach Hamburg mitgekommen war. Sie entdeckte eine winzige Lücke in der Menschenmenge und schob sich mitsamt ihren Habseligkeiten hinein. Ihr nächstes Ziel bestand darin, heil in die Kabine zu gelangen, wo der Griff des Koffers endlich nicht mehr wie ein Messer in ihre Handfläche schneiden würde.

Sie hielt einem uniformierten Mann ihre Fahrkarte und ihren Pass entgegen, dann lief sie über das Deck des Schiffs, um schließlich in ein unterirdisches Labyrinth von Gängen und Räumen hinabzusteigen. Dr. Scarsdale hatte ihr eine eigene Kabine der zweiten Klasse gegönnt, was sie ihm hoch anrechnete, denn die Vorstellung, mehrere Wochen lang der unmittelbaren Nähe fremder Menschen ausgesetzt zu sein, trieb ihr den Schweiß aus den Poren. Ihr wurde wieder bewusst, wie sehr sie ihre Einsamkeit im Grunde liebte.

Zwei Stockwerke tiefer und am Ende eines verwinkelten Ganges war sie endlich am Ziel. Eine winzige Kammer tat sich auf, spärlich eingerichtet mit einem Bett, Nachtkästchen und einem Waschbecken, aus dessen rostigem Wasserhahn in regelmäßigen Abständen Wasser tropfte. Es gab eine Toilette am anderen Ende des Ganges. Alice wollte nicht wissen, mit wie vielen Leuten sie diese in den nächsten Wochen würde teilen müssen, doch es war kaum zu erwarten gewesen, dass Dr. Scarsdale ein Vermögen ausgeben würde, um ihr eine luxuriöse Reise zu ermöglichen. Eine runde Luke ließ durch milchige dicke Scheiben spärliches Licht eindringen, zum Glück stand daneben eine Gaslampe. Alice stellte ihr Gepäck in einer Ecke ab, wodurch der Raum noch ein wenig zu schrumpfen schien. Dann ließ sie sich auf das schmale Bett fallen, streifte ihre Schuhe ab und atmete tief durch. Der erste Teil des Abenteuers war überstanden, und sie beschloss, erst einmal zufrieden mit sich zu sein, da sie alle Schwierigkeiten gemeistert hatte. Die nächsten Wochen würde sie kaum etwas anderes tun können, als zu warten, bis dieses Ozeanungetüm sein Ziel erreichte. Ein schriller Ton erklang, die Kabine erzitterte, und die kleine Welt, in der Alice nun fast einen Monat leben sollte, setzte sich Richtung Atlantik in Bewegung. Sie schloss die Augen, denn all das Ruckeln und Beben wirkte beruhigend wie das Schaukeln einer Wiege. Die letzten Nächte hatte sie vor Aufregung kaum schlafen können, nun überfiel sie eine bleierne Müdigkeit. Geräusche drangen an ihr Ohr. In der Nebenkabine schrien Kinder auf Spanisch, gelegentlich unterbrochen von dem Zetern ihrer Mutter, die über noch mehr Stimmgewalt verfügte. Die Vorstellung, wie viel Zeit sie mit diesen Nachbarn würde verbringen müssen, entlockte Alice einen Seufzer. Draußen eilte hektisch ein fluchendes Paar vorbei, das offenbar seine Kabine noch nicht gefunden hatte. Irgendwo in der Ferne wurde mit falschen Tönen eine Opernarie geschmettert. Alice grübelte, ob der mittelprächtige Sänger wohl auf eine Karriere in Mexiko hoffte, dann schlief sie endlich ein.

Das Läuten einer Glocke riss sie aus Träumen von Schlangen und riesigen Spinnen, die über jene breiten, symmetrischen Gebäude krochen, von denen Patrick ihr Zeichnungen geschickt hatte. Sie fuhr auf, rieb sich die Augen und war erleichtert, die enge Kabine zu erblicken. Noch befand sie sich in der Zivilisation. Benommen drehte sie die Gaslampe auf, denn hinter der runden Scheibe zeichnete sich ein bereits dunkelgrauer Himmel ab. Dann verspürte sie die Leere ihres Magens. Außer einem belegten Brötchen am Hamburger Bahnhof hatte sie nichts mehr gegessen, und das war früh am Morgen gewesen. Ihr wurde bewusst, dass gerade zum Abendessen gerufen wurde, was ihren Bedürfnissen entsprach.

Sie öffnete den Koffer, denn ihr Rock war bereits vor der Zugfahrt völlig zerknittert gewesen, und auf ihrer Bluse hatte der am Hamburger Bahnhof erworbene, heiß ersehnte Kaffee ein paar braune Tupfen hinterlassen. Rasch packte sie ein dunkelblaues Kleid mit weißem Spitzenkragen aus, zog sich um und steckte die Nadeln in ihren Haaren wieder fest. Eine in Silber gefasste Kette mit einem Saphiranhänger hing um ihren Hals, und ähnliche Schmucksteine baumelten an ihren Ohrläppchen, ein paar letzte Erbstücke ihrer Mutter. Den Großteil ihrer Besitztümer hatte Alice in der kleinen Wohnung zurückgelassen, deren Miete sie dank Patricks Großzügigkeit im Voraus bezahlen konnte. Wer brauchte schon Schmuck und schöne Kleider in der Wildnis? Nun war sie mit ihrem Äußeren zufrieden, sie wirkte elegant, aber auch dezent und unauffällig. Es war an der Zeit, den Ozeanriesen genauer in Augenschein zu nehmen.

Auf dem Korridor waren bereits Schritte von Gleichgesinnten zu vernehmen. Als Alice die Tür öffnete, stieß sie fast mit einer kleinen, rundlichen Frau zusammen. Sie entschuldigte sich hastig und wurde von haselnussbraunen Augen neugierig gemustert.

»Sie also unsere Nachbarin! Wir denken, die Kabine leer, so still. Ich bin Emilia Grünwald, darf ich vorstellen meine Familie?«

Ohne eine Zustimmung abzuwarten, wies Emilia Grünwald auf ihre vier Kinder und schließlich auch auf einen dünnen, schlaksigen Mann mit Halbglatze, den sie Günter nannte. Alice begriff, wer bei der Abfahrt für den Lärm verantwortlich gewesen war. Emilias kaffeebraune Haut, der zarte, dunkle Flaum auf ihrer Oberlippe und das gebrochene Deutsch ließen auf eine mexikanische Herkunft schließen. Herr Grünwald jedoch konnte seine nordeuropäischen Vorfahren kaum verleugnen, dazu war sein Gesicht zu fahl und das schüttere Haar von zu hellem Braun.

»Mi esposo aus Bremerhaven. Wir besuchen Familie, jetzt fahren zurück. Er Juwelier in Ciudad de Mexico, seit fünfzehn Jahren«, plapperte Emilia weiter. Unaufgefordert hakte sie sich bei Alice ein. »Sie reisen ganz allein?«

Die Frage klang mitfühlend. Alice straffte trotzig die Schultern, nickte aber.

»Por que?«

Alice verstand die Worte nicht, aber ihr war klar, dass eine Erklärung verlangt wurde. Zorn über so viel Aufdringlichkeit kribbelte in ihrem Magen, während sie von Emilia weitergezogen wurde.

»Ich besuche meinen Bruder. Er arbeitet als Archäologe in Mexiko.«

»Ah, su hermano. Er sicher froh, Sie zu sehen.«

Alice hoffte, dass diese Aussage der Wahrheit entsprach. Mit leichtem Unmut ließ sie sich von Emilia vorwärtsschieben, denn es wäre unhöflich gewesen, die kleine, unablässig plappernde Frau abzuschütteln.

Sie erreichten einen großen Saal, in dem es vor Menschen wimmelte wie auf einer Einkaufsstraße. Der Geruch von Kohl und gebratenem Fleisch stieg in ihre Nase. Obwohl er ranziges Fett erahnen ließ, hörte Alice ihren Magen sehnsüchtig knurren.

»Essen mit uns. Nicht allein, das nicht gut für junge Frau«, bestimmte Emilia. Alice fehlte die nötige Dreistigkeit, das Angebot abzulehnen, sodass sie von Emilia zu einem kleinen Holztisch gelotst wurde. Die vier Kinder schubsten sich gegenseitig herum, bis es auf unerklärliche Weise zu einem Waffenstillstand bezüglich der Platzverteilung kam. Günter Grünwald setzte sich auf einen freien Stuhl. Emilia schimpfte auf Spanisch die Kinder aus, was keine besondere Wirkung zeigte, dann nahm sie ebenfalls Platz und zog Alice neben sich auf einen Stuhl. Schwarz gekleidete Kellner mit weißen Schürzen huschten herum, um Teller zu füllen. Es gab Grünkohl, dazu fetttriefendes Rindfleisch und matschige Kartoffeln. Alice seufzte leise. Ob es wohl möglich wäre, gegen einen Aufpreis mit den Passagieren der ersten Klasse zu speisen? Leider fehlte ihr dazu die angemessene Kleidung.

»Wo arbeitet Ihr Bruder denn als Archäologe, Fräulein Wegener?«, fragte Günter Grünwald. Alice staunte, wie viel er von ihren Aussagen aufgenommen hatte, denn er hatte einen geistesabwesenden Eindruck gemacht.

»In Palenque. Das liegt im Süden von Mexiko, im Bundesstaat Chiapas.«

Sie war sehr stolz, sich diese fremden Namen gemerkt zu haben.

»Ach, Nueva Alemania, da, wo Kaffeeplantagen«, mischte sich Emilia ins Gespräch. Sie ließ anderen Menschen niemals viel Gelegenheit zum Reden. »Ich dir immer sagen, kaufen Land, das besser als Laden, aber du nicht hören«, meinte sie, an ihren Ehemann gewandt.

»Ich bin Juwelier, mein Herz, kein Kaffeebauer«, erwiderte Günter kauend. Emilia schnaufte laut, widersprach aber nicht.

»Wieso neues Deutschland?«, fragte Alice, insgeheim erfreut, wie viel sie nach kurzem Blättern im Wörterbuch bereits verstand.

Günter holte Luft, doch Emilia war wie immer schneller.

»Weil dort viele Deutsche Land gekauft. Als billig war, weil neuer Präsident es nehmen von Indios und geben Leuten, die besser verwalten.«

Alice war verwirrt.

»Wie konnte man einfach jemandem Land wegnehmen, dem es bisher gehörte?«, fragte sie interessiert.

»Ach, neue Regierung, neue Gesetze, alles möglich«, meinte Emilia ungeduldig angesichts einer ihrer Meinung nach überflüssigen Frage und überschüttete dann ihre ältere Tochter, die ein Wasserglas umgeworfen hatte, mit einem Schwall spanischer Wörter. Günter nutzte die Gelegenheit, um zu einer längeren Erklärung anzusetzen. So erfuhr Alice, dass nach der Hinrichtung des von den Franzosen eingesetzten Kaisers Maximilian 1867 ein gewisser Benito Juarez, gebürtiger Indio, ins Präsidentenamt aufgestiegen war und umfassende liberale Reformen durchführte. So war die Macht des Militärs und der Kirche, die bisher in Mexiko das Sagen gehabt hatten, eingeschränkt worden, und alle Menschen, unabhängig von ihrer Herkunft, wurden vor dem Gesetz für gleichwertig erklärt. Die darüber ungehaltenen konservativen Kreise brachten jedoch fünf Jahre später Porfirio Díaz an die Macht, der das Rad energisch wieder zurückdrehte.

»Im Augenblick ist die Regierung sehr konservativ, unterstützt die Großgrundbesitzer und die Kirche«, beendete Günter seine Erklärung und trank einen Schluck Bier. »Doch das führte auch zu einer bemerkenswerten Stabilität nach vielen Jahren des Chaos.«

»La politica es aburrida!« Damit fegte Emilia das für sie langweilige Thema vom Tisch. Günter verstummte folgsam. Die Kellner räumten inzwischen die Teller ab. Gleich darauf wurden zum Nachtisch Kaffee und Apfelkuchen serviert, die besser rochen als alle bisher dargebotenen Speisen. Alice' Stimmung verbesserte sich ein wenig. Vielleicht war der für die zweite Klasse zuständige Koch nicht ganz so untalentiert wie befürchtet.

»Wie kommt es, dass Sie nicht verheiratet sind?«, fragte plötzlich ein zartes Mädchen an ihrer Seite, als Alice gerade ein Stück weichen, süßen Teig auf ihrer Zunge zergehen ließ. Emilias ältere Tochter, die ungefähr zwölf Jahre alt sein musste, sah sie mit großen, schwarzen, ernsten Augen an.

»Alberta, so etwas fragt man nicht, taktlos!«, schalt die Mutter. Die Übeltäterin errötete und sackte auf ihrem Stuhl zusammen. Alice' Mitgefühl war geweckt.

»Weil ich es eben nicht bin«, erwiderte sie so beiläufig wie möglich. »Es gefällt mir, allein zu leben. Ich bin Malerin, da bleibt mir nicht viel Zeit für eine Familie.«

Nicht nur Alberta, sondern auch Emilia und die drei anderen Kinder warfen ihr befremdete Blicke zu. Alice straffte die Schultern. Sie war es gewöhnt, wegen dieser Einstellung als seltsam angesehen zu werden.

»Na, sie ist noch jung und hat eine Menge Zeit. Es wird sich alles fügen, so wie es sein soll«, beendete Günter zu ihrer Erleichterung das Thema. Emilia aß nun ebenfalls Kuchen, der ihr ausnehmend gut zu schmecken schien, da sie für eine Weile schwieg. Nur Alberta musterte Alice weiterhin verstohlen aus den Augenwinkeln.

»So eine schöne Frau und ledig!«, erklärte sie völlig unerwartet. »In Mexiko werden sich die Männer um Sie prügeln, da bin ich mir sicher.«

Emilia tadelte die vorlaute Tochter noch mal auf Spanisch. Alice lächelte, um die Situation zu entspannen. Albertas Blicke ruhten voll aufrichtiger Bewunderung auf ihr, was sie zu ihrem eigenen Staunen sogar als schmeichelhaft empfand.

Vermutlich gab es in Mexiko nicht allzu viele Blondinen, überlegte sie. Sie würde sich gleich nach der Ankunft einen Hut besorgen, der ihr Haar verbarg. Das Letzte, wonach sie sich sehnte, waren gierig glotzende Kerle, die hinter ihr herliefen.

Nach dem Abendessen flüchtete Alice unter dem Vorwand, müde zu sein, in ihre Kabine, denn das unablässige Stimmengewirr in dem riesigen Speisesaal hatte in ihr ein Bedürfnis nach Stille und Alleinsein geweckt. Sobald die Tür hinter ihr zugefallen war, kramte sie den Reiseführer aus dem Koffer. Günter Grünwalds Ausführungen hatten sie wirklich neugierig gemacht, mehr über Mexiko zu erfahren. Sie erkannte den üblichen roten Baedeker-Einband. Die Ausgabe befasste sich hauptsächlich mit Nordamerika, schlug aber auch einen Ausflug nach Mexiko vor, für das es bisher keine eigenen Reiseführer zu geben schien, sodass die Mädchen aus dem Café Josty sich für dieses schwere, sicher nicht billige Buch entschieden hatten. Alice blätterte herum, doch sie erfuhr über Veracruz, das erste Ziel ihrer Reise, nur, dass es Touristen nicht viel Sehenswertes zu bieten hätte. Ungeduldig griff sie zum Reisebericht. Er war von einer Frau verfasst, Caecilie Seler-Sachs, deren Mann sich der Erforschung präkolumbianischer Altertümer gewidmet hatte. Patrick hatte mit ihm eine Weile in Briefkontakt gestanden, fiel ihr ein. In diesen Briefen beschrieb sie ausführlich ihre erste Reise durch Mexiko und Guatemala, doch sie erwähnte im Inhaltsverzeichnis fast nur Namen von Orten, mit denen Alice nichts anfangen konnte: Oaxaca, Mixteca Alta, Isthmus. Außerdem enthielt das Buch Zeichnungen von Statuen mit grimmigen Gesichtern, die Alice bereits von Patricks Briefen kannte. Auf einigen Illustrationen waren auch Menschen mit breitkrempigen Hüten und Speeren in der Hand zu sehen, die ihr lebendige Ausgaben der Statuen schienen, denn auch sie blickten nicht besonders freundlich drein. Nach einer Weile ließ sie das Buch wieder sinken. Es gefiel ihr nicht. Sie hätte lieber mehr über diesen Benito Juarez erfahren, der tatsächlich versucht hatte, das Licht der Moderne in ein Land zu bringen, das seit Jahrhunderten vom Recht des Stärkeren bestimmt worden war. Ein gebürtiger Indio. Patricks Berichte über die indianischen Völker des alten Amerika hatten blutige Menschenopfer beschrieben und in ihr die Vorstellung von einer streng autoritär geführten, hierarchisch strukturierten Gesellschaft geweckt. Sie hatte nicht verstehen können, was ihren sanftmütigen Bruder an dieser fremden, blutrünstigen Kultur faszinierte. Doch waren auch Indios wohl in der Lage, aufgeklärtes Denken zu begreifen.

Verwirrt angesichts der rätselhaften Widersprüche dieser Welt und ihrer Bewohner, rieb sie sich die Schläfen. Wieder wurden ihre Augenlider schwer. Sie schaffte es noch, das Kleid gegen ein Nachthemd zu tauschen und sich an dem rostigen Wasserhahn zu waschen. Dann schaukelte das Schiff sie in den Schlaf, trotz der lautstarken Auseinandersetzungen der Grünwalds hinter der dünnen Wand. Diesmal schlichen sich jene kleinen, braunen Menschen mit schmalen Augen und breiten Gesichtern, die sie auf den Zeichnungen in Patricks Forschungsbüchern gesehen hatte, in ihre Träume, kletterten statt der Spinnen und Schlangen an den Gebäuden herum. Sie schlief dennoch friedlich, bis ein weiteres Klingeln sie zum Frühstück weckte.

2. *Kapitel*

Alice gewöhnte sich daran, dass die Welt jenseits des Schiffs nur aus verschiedenen Tönen von endlosem Blau bestand. Wasser und Himmel verschmolzen am Horizont miteinander, verdunkelten in der Abenddämmerung ihre Farbe, manchmal von aufregend goldroten Sonnenuntergängen bereichert, zu denen sich fast alle Passagiere an Bord versammelten. Am finsteren Nachthimmel entdeckte Alice einen Reichtum an Sternen, der ihr in Berlin stets verborgen geblieben war. Tagsüber sprangen manchmal Delfine um das Dampfschiff herum, denen Kinder Brotkrumen zuwarfen. Einige Male wühlte starker Wind das Wasser auf, doch ein wirklicher Sturm blieb ihnen erspart. Zu ihrem eigenen Erstaunen litt Alice nicht unter Seekrankheit wie viele ihrer Mitreisenden. Es gefiel ihr, vormittags in einem Liegestuhl auf dem Schiffsdeck zu sitzen. Nach dem Mittagessen verschwand sie meist in ihrer Kabine und versuchte, all jene neuen Eindrücke in ihrem Kopf zu sortieren und auf die Leinwand zu bannen. Bisher war sie keine Landschaftsmalerin gewesen, hatte Frauengestalten, Szenen aus Kaffeehäusern und Tanzveranstaltungen und manchmal auch reine Phantasiewesen gemalt, doch die Weite des Ozeans war zu überwältigend, um sich ihr zu entziehen. Sie hatte Markus Severin, dem Besitzer der kleinen Galerie, die ihre ersten Bilder ausgestellt hatte, bei ihrer für Januar geplanten Rückkehr bereits mindestens zehn neue Arbeiten versprochen und war entschlossen, diese auch termingerecht fertigzustellen. Noch nie im Leben hatte sie so viel Muße zum Malen gehabt wie hier auf dem Schiff, doch seltsamerweise schlich sich dadurch eine gewisse Trägheit in ihren Tagesablauf. Sie genoss es, lange und aufmerksam beobachten zu können, Farben, Formen und deren allmähliche Veränderung zu studieren, bevor sie sich an die Arbeit machte. Neben Himmel, Ozean und Sternen nahm auch Emilia Grünwald auf der Leinwand Gestalt an, gemeinsam mit dem schlaksigen deutschen

Ehemann. Günter brachte trotz Emilias Protesten einen scharfen mexikanischen Schnaps mit, den sie gemeinsam tranken, sobald Alice den Pinsel niederlegte. Sie gewöhnte sich daran, diese Familie fast ständig um sich zu haben, was ihr weitaus weniger einengend erschien als ihre bisherigen Erfahrungen mit verwandtschaftlicher Geselligkeit.

Mit jedem Tag wurde es ein wenig wärmer, und bald schon flüchteten etliche Passagiere um die Mittagszeit in ihre Kabinen. Alice kramte ein cremefarbenes Sommerkleid aus ihrem Koffer. Es war ihr einziges bei diesen Temperaturen tragbares Kleidungsstück, stellte sie besorgt fest. Da sie den riesigen Koffer mit Farbtöpfen, Pinseln, Holzrahmen und Leinen vollgestopft hatte, war nicht viel Platz für andere Dinge geblieben. Sie würde sich in Veracruz luftige Kleidung besorgen müssen, denn ihr war bisher nicht klar gewesen, dass Hitze derart schweißtreibend sein konnte. Ihre geliebten hochgeschlossenen Rüschenblusen fühlten sich auf einmal wie schwere Pelze an.

Emilia hatte eine Gruppe anderer Mütter um sich geschart, hauptsächlich Mexikanerinnen auf der Heimreise, mit denen sie ausgelassen über Unarten von Kindern und Ehemännern plauderte. Alice beobachtete fasziniert die flatternden Hände und das lebhafte Mienenspiel dieser Frauen, wenn spanische Wörter wie Geschosse aus den Mündern flogen. Ihr lautes Gelächter zog manchmal missbilligende Blicke der Damen aus der ersten Klasse auf sich, was Alice amüsierte, doch sie vermochte aufgrund ihres ruhigeren Wesens und vor allem wegen ihres Desinteresses an einer Familiengründung nicht Teil dieses eingeschworenen Kreises zu werden. Sie verbrachte daher mehr Zeit mit Günter und manchmal auch mit Alberta, die einen Narren an ihr gefressen hatte. Sie rechnete es Emilia hoch an, dass sie keine Anstalten machte, den Gemahl zurückzupfeifen, denn gewöhnlich schlug Alice eifersüchtige Feindseligkeit entgegen, wenn sie mit Ehemännern anderer Frauen allzu gern plauderte. Aber Emilia schien zu wissen, dass Günter vertrauenswürdig war, ja sie ermunterte ihn gar, Alice zu den Tanzveranstaltungen auf dem Schiff zu begleiten, wohl in der Hoffnung, die fehlgeleitete junge Frau würde schließlich doch einen Mann finden, der sie für den Stand der Ehe begeistern konnte. Alice fand ihn nicht, aber sie war dankbar, dass Günters Anwesenheit sie vor aufdringlicher Kontaktaufnahme bewahrte.

Nach zwei Wochen auf See sahen sie einen weiteren Ozeanriesen an sich vorbeiziehen und winkten den Passagieren auf dem Weg nach Europa aufgeregt zu. Die Grüße wurden durch fröhliches Rufen erwidert. Alice lehnte neben Günter an der Reling. Sie ließen die Sonne auf ihre Gesichter brennen und rauchten.

»Ich schätze, es dauert ungefähr noch eine Woche, dann sind wir in Veracruz«, sagte Günter, dessen Blick auf den Horizont gerichtet war. Alice verspürte, wie ihr Magen sich zusammenzog. Sie hatte sich an das Leben auf dem Schiff gewöhnt, doch mit jeder Stunde kam sie dem Augenblick näher, da sie es verlassen müsste, um eine unbekannte Welt zu betreten.

»Ich bin diese Strecke das letzte Mal vor fünfzehn Jahren gefahren«, erzählte Günter. »Damals schickte meine Familie mich nach Mexiko, um dort günstig Edelsteine zu erwerben. Ich verliebte mich in das Land, noch bevor ich Emilia traf. Aber erst diese zweite, noch größere Liebe ließ mich bleiben.«

Alice klopfte die Asche ihrer Zigarette in den riesigen Atlantik.

»Mein Bruder liebt Mexiko auch. Es war seine Leidenschaft, seit er Bücher über alte amerikanische Kulturen las. Ich fahre eigentlich nur dorthin, weil ich meinen Bruder liebe. Ansonsten stelle ich mir das Land sehr wild und gesetzlos vor.«

Günter zog eine nachdenkliche Miene.

»Das ist es in gewisser Hinsicht auch. Aber mit etwas Geld lässt es sich dort gut leben. Für Künstler hat es eine große Anziehungskraft, all diese Farbenpracht, würde ich sagen. Halten Sie sich aus der Politik heraus, Fräulein Wegener, das ist eine Angelegenheit der Einheimischen. Machen Sie sich eine schöne Zeit. Wollen Sie auch nach Chiapas fahren?«

Alice zuckte ratlos mit den Schultern. Darüber hatte sie sich bisher kaum Gedanken gemacht.

»Ich will vor allem meinen Bruder wiedersehen und mit ihm ein paar wichtige Dinge besprechen. Dann sehe ich mich vielleicht ein bisschen im Land um, aber spätestens im nächsten Frühjahr muss ich wieder in Berlin sein, um meine nächste Ausstellung vorzubereiten.«

Günter lächelte sie so nachsichtig an, wie er es manchmal bei seinen Kindern tat, während Emilia zeterte.

»Immer in der Pflicht, nicht wahr? Im Süden kann man lernen, die Dinge gelassener zu sehen und manchmal einfach sein Leben zu genießen.«

Alice nickte, denn ihr war nicht nach Streit zumute, obwohl sie derartige Belehrungen hasste. Sie genoss ihr Leben als Malerin, die ausstellen und Bilder verkaufen konnte, und war keineswegs bereit, diese Existenz wegen einer Laune aufs Spiel zu setzen.

Günter Grünwald behielt recht. Eine Woche später tauchte Land am Horizont auf, zunächst nur als schmaler Streifen, der sich allmählich in Umrisse von Schiffen, Kirchtürmen und Gebäuden verwandelte. Hektik brach unter den Passagieren aus, sie huschten in ihre Kabinen, um ihre Habseligkeiten einzupacken, plapperten aufgeregt und applaudierten, da der Kapitän sie so rasch ans Ziel gebracht hatte. Die Reise über den Ozean war zu Ende.

Alice deckte das inzwischen getrocknete Ozean-Ölbild sorgfältig mit einem Tuch ab, um es dann in den Koffer zu legen. Das Bildnis der Grünwalds wollte sie ihnen zum Abschied schenken, denn sie wusste inzwischen, dass sie ihr durch die zunächst aufdringliche Fürsorge eine angenehme Reise ermöglicht hatten. Rasch verstaute sie ihre restlichen Habseligkeiten und setzte sich auf den Koffer, um ihn schließen zu können. Ihr Herz schlug schnell. In den letzten Nächten hatte sie manchmal von Harry geträumt, was sie sich durch jene Verlorenheit erklärte, die sie als Einzelwesen unter Familien manchmal überkam. Aber bald schon würde sie Patrick gegenüberstehen, ihrem Bruder, der sie besser kannte und verstand als jeder andere Mensch auf der Welt.

Sie schleppte ihr Gepäck erneut über die Gangway. Das Schubsen und Schreien war ebenso heftig wie beim Betreten des Schiffes, doch nun brannte eine erbarmungslose Sonne am Himmel. Alice hatte keine Hand frei, um sich den Schweiß von der Stirn zu wischen. Sie ahnte, dass ihr Sommerkleid bereits an den Achselhöhlen durchnässt war, und war dankbar für den Strohhut auf ihrem Kopf, denn sonst wäre ihr Gehirn vielleicht geschmolzen. Hinter ihr plapperte Emilia.

»Ich hoffe, Ihr Bruder hier, Señorita Wegener. Veracruz nicht gute Stadt für junge Frau allein, viele böse Menschen, kriminell.«

Alice unterdrückte einen Seufzer, denn diese Beschreibung klang nicht unbedingt beruhigend. Sie erblickte am Ufer eindeutig europäische Steingebäude, exotische Palmen und Verkaufsstände. Menschen in grell bunter Kleidung liefen herum, schrien und redeten ohne Unterlass wie Emilia. Selbst die Luft schmeckte anders in ihrer Kehle. Drei Schritte noch, dann standen ihre Füße wieder auf festem, wenn auch fremdem Boden. Zahllose dunkle Augen in braunen Gesichtern starrten ihr entgegen, und überall ertönten heisere Stimmen. Alice wurde schwindelig. Sie passte einfach nicht in dieses laute, bunte, chaotische Land. Vielleicht könnte sie noch an der fremdartigen Luft ersticken. Kurz schloss sie die Augen, denn Panik drohte, noch mehr Schweiß aus ihrem Körper zu pressen, und dann würde sie tatsächlich zerfließen wie eine Schneekönigin im Hochofen.

»Können Sie irgendwo Ihren Bruder sehen, Fräulein Wegener?« Günter Grünwald holte sie auf den Boden der Tatsachen zurück. Aus Rücksicht auf Emilia unterdrückte sie den Impuls, sich an ihn zu lehnen, denn er war das einzig Vertraute in dieser Fremde. Stattdessen sah sie sich aufmerksam um, erblickte auch ein paar hellhäutige, europäisch wirkende Menschen, aber Patrick war nicht darunter. Ein kleiner Mann mit einem breiten Hut wollte ihr den Koffer aus der Hand reißen, sie wich erschrocken zurück und sah, wie Emilia den vermeintlichen Dieb mit lauten Schimpfworten verscheuchte.

»Er wollte nur Ihren Koffer tragen«, erklärte Günter. »Aber Sie sahen nicht gerade begeistert aus. Es ist natürlich vernünftig, wenn Sie Ihr Geld erst einmal sparen wollen.«

Alice fiel ein, dass sie kein mexikanisches Geld besaß. Dr. Scarsdale hatte ihr ein paar Dollarscheine geschickt, dann steckten noch deutsche Geldscheine in ihrem Portemonnaie, die sie bei Bedarf wechseln würde. Sobald sie irgendwo untergekommen war, musste sie ihre finanziellen Reserven zählen. Sie sog die schwüle Luft mit all den fremden Gerüchen in ihre Lungen. Es gab keinen Grund zur Hysterie, beruhigte sie sich. Sie würde Schritt für Schritt vorgehen, Patrick finden und Pläne schmieden.

Doch sie fand ihren Bruder nicht. Um sie herum wurde gelacht und geweint, Menschen fielen einander um den Hals, Koffer wechselten ihre Träger, und von Pferden gezogene oder auch motorisierte Gefährte beförderten die Reisenden in ihre neue Behausung. Alice stand steif da und starrte, während die Menschenmenge sich langsam lichtete und die Gangway des Dampfers hochgezogen wurde. Tränen schossen in ihre Augen und vermischten sich mit dem Schweiß, der über ihr Gesicht floss.

»Nicht da, su hermano? Vielleicht kommt später«, sagte Emilia und strich ihr tröstend über die Schulter.

»Wir bleiben natürlich bei Ihnen, bis alles geklärt ist«, versicherte Günter. Alice hätte die Familie am liebsten umarmt. Sie überlegte, ob sie ihr Rückfahrticket umtauschen konnte, um gleich den nächsten Dampfer nach Deutschland zu nehmen. Aber wo in Gottes Namen steckte Patrick?

Sie entdeckte einen großen, mehrstöckigen Kiosk an der Uferpromenade, an dem sich bereits etliche Menschen auf Stühlen niedergelassen hatten, um nach langer Trennung ausgiebig zu plaudern, und empfand die Sehnsucht nach ihrem Bruder als einen Stich in ihrem Herzen. Plötzlich löste sich eine Gestalt aus der Menge, aber sie war zu dunkelhäutig und zu elegant gekleidet, um Patrick sein zu können.

»Sehen Sie, da winkt Ihnen jemand zu. Ein sehr gut aussehender Mann. Dem gefallen Sie sicher«, plapperte Alberta mit leuchtenden Augen und zerrte an Alice' Arm. Tatsächlich kam der junge Herr in tadellos geschnittenem Anzug auf sie zu. Alice fragte sich, wie er bei dieser die Hitze so frisch aussehen konnte. Dunkle, große Augen blinzelten im Sonnenlicht, pechschwarzes, glatt frisiertes Haar glänzte unter einem Strohhut. Sie hatte sich mexikanische Männer klein und grimmig vorgestellt. Dieser hier hätte Harry mühelos in den Schatten gestellt, so perfekt saß der Anzug an seinem hochgewachsenen, schlanken Körper, während er sich geschmeidig wie eine Katze bewegte.

»La Señorita Alice Wegener?«, fragte er, als er schließlich vor ihr stand. »Une vraie beauté, comme on m'a dit.«

Alice spürte, wie ihr Gesicht zu glühen begann. Hoffentlich ließ sich ihr Erröten durch die Hitze erklären.

»Je suis Alice Wegener«, erwiderte sie und dankte im Geiste ihrer einst verhassten Gouvernante für den langjährigen Unterricht in französischer Sprache. »Mais où es mon frère?«

Der junge Mexikaner verbeugte sich und küsste zu ihrem Entsetzen ihre Hand, die sicher schweißnass war. Wegen der Hitze hatte sie auf Handschuhe verzichtet. Seine Augen blitzten wie Karfunkelsteine, als er Alice wieder anblickte. Sie fühlte ihr Herz flattern und schämte sich, von der Aufmerksamkeit eines tatsächlich sehr gut aussehenden Mannes derart verunsichert zu werden. Es musste an der Fremde liegen und an ihrem Gefühl der Verlorenheit.

»Ihr Bruder konnte leider nicht kommen. Er ist mit seinen Ausgrabungen beschäftigt und schickte daher mich, um Sie abzuholen«, erklärte der schöne Herr in seinem fehlerfreien Französisch. »Mein Name ist Juan Ramirez. Ich bin ein guter Freund Ihres Bruders und der Schwager von Hans Bohremann.«

Alice verstand, dass der deutsche Name ihr ein Begriff sein sollte. Sie meinte, ihn auch schon einmal gehört zu haben, doch konnte sie ihn nicht zuordnen.

»Hans Bohremann gehört eine große Kaffeeplantage in Chiapas«, erklärte er. »Er hat Ihrem Bruder und auch Dr. Scarsdale seine Gastfreundschaft angeboten, wenn sie nicht gerade in Palenque bei den Maya-Ruinen sind. Ich habe die Ehre, Sie hier ein paar Tage in Veracruz herumzuführen, bevor die zwei Gelehrten eintreffen. Nun erlauben Sie mir bitte, Sie in Ihr Hotel zu begleiten.«

Bevor Alice etwas erwidern konnte, waren ein paar kleinwüchsige Indios erschienen, um ihr Koffer und Staffelei aus der Hand zu reißen. Juan Ramirez lud sie mit einer schwungvollen Handbewegung ein, ihm zu folgen. Ratlos sah sie sich nach den Grünewalds um.

»Sollen wir erst einmal mitkommen?«, fragte Günter, die Stirn gerunzelt. Alice schüttelte den Kopf. Der Mexikaner wirkte durchaus seriös, und zudem gab es bei ihr kaum etwas zu stehlen.

»Dann viel Vergnügen in Mexiko, Fräulein Wegener«, erwiderte Günter und drückte ihr ein Stück Papier in die Hand. »Unsere Adresse in Mexiko-Stadt. Sie können mit dem Zug hinfahren, wenn Sie Hilfe brauchen, es kostet nicht viel. Wir danken Ihnen von Herzen für das Bild.«

Es folgten Umarmungen von Emilia und Alberta. Die kleine Frau Grünwald blinzelte ihr zum Abschied verschmitzt zu.

»Sehr schöner Mann, aber Vorsicht, er weiß, wie schön er ist.«

Bevor Alice etwas erwidern konnte, war Günter schon im Begriff, das Gepäck der Grünwalds auf einen der wartenden Karren zu laden, während Emilia mit dem Fahrer den Preis bis zum Bahnhof aushandelte. Sie winkte ihnen kurz zu, dann spürte sie den erwartungsvollen Blick von Juan Ramirez auf sich ruhen.

»Es ist nicht weit bis zum Hotel. Möchten Sie ein Stück zu Fuß laufen?«

Außerstande, in dieser überwältigend fremden Welt eine eigene Entscheidung zu treffen, nickte sie nur und folgte dem Mann, der hier auf sie gewartet hatte. Als sie sich von der Hafengegend entfernt hatten, ließ das Gedränge und Geschrei ein wenig nach, sodass Alice sich in Ruhe umsehen konnte. In der Stadt pulsierte jenes Leben, das unablässig von den Schiffen an Land geschwemmt wurde: kaffeebraune, tief schwarze und vertraut kalkblasse Gesichter, umgeben von leuchtenden Farben und fremden Gerüchen. Die größeren Gebäude der Stadt wirkten durchaus europäisch, breit, steinern und unerschütterlich. Kutschen mit eleganten Herrschaften zogen vorbei, ebenso wie Trambahnen. Von den kleinen braunen Indios, die sie auf Patricks Zeichnungen gesehen hatte, begegneten ihr keineswegs so viele wie erwartet. Die Ureinwohner dieses Landes verschwanden fast in der Masse späterer Einwanderer, die Veracruz seinen südländisch beschwingten Charakter gegeben hatten. Händler boten am Straßenrand gebackene Maisfladen, Tortillas genannt, an, ebenso wie Tamales, ein Gemisch aus Maisbrei, Hackfleisch und Chili, das in Bananenblätter gewickelt war. Juan Ramirez erwarb unterwegs einige davon und überredete Alice, sie zu probieren. Nach dem ersten Bissen meinte sie, ihre Zunge würde verbrennen, doch allmählich breitete sich ein angenehmer würziger Geschmack in ihrem Mund aus. Dennoch beschloss sie, den Rest dieser exotischen Speise zunächst ihrem Begleiter zu überlassen, der sie weiter durch ein Geflecht von Straßen führte, die vor Menschen fast überquollen. Alice entdeckte weitere Stände mit Schmuck aus Muscheln und Korallen, mit Strohhüten und Kleidung, deren leuchtende Farben sie fesselten. Sie wollte den energisch vorausschreitenden Juan Ramirez nicht aufhalten, zumal sie noch die kräftigen Kofferträger im Schlepptau hatte, war aber fest entschlossen, ein paar dieser Dinge zu erwerben, bevor sie wieder in ihre Heimat aufbrach. Mexiko begann seine Reize zu entfalten, auch wenn Alice sich in der schwülen Hitze immer noch wie benommen fühlte.

Das Hotel erwies sich als imposantes, cremefarben getünchtes Gebäude mit zahlreichen Balkonen. Alice' erster Gedanke war, dass sie sich die Unterkunft hier niemals leisten könnte, doch sie wusste nicht, wie billigere Hotels in Veracruz aussahen. Es war wohl vernünftiger, sich zunächst auf Juan Ramirez zu verlassen.

»Das ›Hotel del Jardin‹ ist eine gute Adresse«, teilte er ihr mit. »Sauber und komfortabel eingerichtet. Es wird Ihnen gefallen.«

Als Alice durch ein schmiedeeisernes Gitter in den Vorhof trat, gefiel die Umgebung ihr nicht nur, sondern sie bezauberte sie vom ersten Moment an. Der Garten war ein Kunstwerk aus Blumenbeeten, Sträuchern und Palmen. Farben strahlten mit solcher Intensität, dass alle Naturschönheit, die Alice jemals gesehen hatte, in ihrer Erinnerung zu verblassen begann. Sie sog gierig süße Düfte in ihre Lunge und sehnte sich nach ihrer Palette, um die Ölfarben so lange zu mischen, bis sie die richtigen Nuancen gewann. Allmählich begann sie zu ahnen, warum Günter Grünwald dieses Land als Paradies für Künstler bezeichnet hatte.

»Wir lassen jetzt Ihr Gepäck hineinbringen.« Juan Ramirez riss sie aus ihren Gedanken. »Dann wollen Sie sicher Ihr Zimmer sehen. Es wird mindestens eine Woche dauern, bis Ihr Bruder mit Dr. Scarsdale hier eintrifft. Sie haben noch genug Zeit, nach Herzenslust durch den Garten zu flanieren.«

Alice folgte ihm gehorsam ins Innere des Hotels. Tatsächlich war es weitaus edler als alle Herbergen, die sie in den letzten Jahren besucht hatte. Das verzierte Geländer an der elegant geschwungenen Treppe erinnerte sie ein wenig an ihr Elternhaus, doch hier sorgten farbenfrohe Tapeten und mit üppigen Blüten gefüllte Vasen für weniger kahle Strenge. Die Indios übergaben den Koffer und die Staffelei den Hausdienern und verschwanden, nachdem Juan Ramirez ihnen ein paar Münzen in die Hand gedrückt hatte. Nach einem kurzen Gespräch mit einem uniformierten Herrn an der Rezeption wurde Alice ins zweite Stockwerk geführt. Juan Ramirez begleitete sie zu einer Tür am Ende des Ganges, dann verbeugte er sich.

»Ihr Zimmer, Señorita Wegener. Ich wohne gegenüber. Falls Sie etwas brauchen, können Sie jederzeit bei mir anklopfen. Vermutlich wollen Sie sich eine Weile ausruhen. Ich würde mir gern erlauben, Sie in drei Stunden zu einem gemeinsamen Abendessen abzuholen. Bei der Gelegenheit kann ich Ihnen auch mehr von der Stadt zeigen.«

Alice fühlte sich von so viel Höflichkeit zu überwältigt, um mehr als nur lächelnd nicken zu können. Sie bat um Badewasser, das aber angeblich schon für sie vorbereitet wurde. Dann öffnete sie die Tür zu ihrem nächsten vorübergehenden Zuhause.

Das Zimmer war groß und hell, insgesamt weitaus einladender als ihre winzige Dachwohnung in Charlottenburg. Wieder verbreitete ein Blumenstrauß betörenden Duft, umgeben von einer mit ähnlich bunten Blüten bestickten Tischdecke. Bilder von exotischen Vögeln und Palmen zierten die Wände. Sie trat erfreut ein, ließ sich in einen gepolsterten Sessel fallen und schlüpfte aus ihren Schuhen. Sie würde luftigeres Schuhwerk brauchen, ebenso wie ein paar neue Sommerkleider. Als die Kofferträger das Gepäck abstellten, fiel ihr ein, dass sie für den geplanten abendlichen Ausflug mit Juan Ramirez nichts zum Anziehen hatte. Das mit Pailletten verzierte, für ihre erste Ausstellung erworbene Abendkleid aus Rohseide war in Berlin geblieben, denn sie hatte nicht damit gerechnet, es hier zu brauchen. Zu ihrem Erstaunen war dieser Umstand höchst ärgerlich für sie, da sie neben dem geschmeidig eleganten Mexikaner nicht wie eine verschwitzte, zerrupfte Vogelscheuche aussehen wollte. Nach ungefähr zehn Minuten wurde endlich eine Wanne mit warmem Wasser hereingebracht. Alice bedankte sich und drückte dem Personal ein paar deutsche Münzen in die Hand, da sie keine anderen besaß. Dann knöpfte sie erleichtert ihr Sommerkleid auf. Sie würde zunächst sich selbst vom Schweiß befreien, dann ihr Kleid gründlich waschen. Bei diesen Temperaturen musste es bis zum Abend getrocknet sein. In ihrem Koffer steckten Spitzenhandschuhe und samtene Haarbänder, die ihrer Erscheinung etwas mehr Eleganz verleihen könnten. Leise summend machte Alice sich ans Werk. Immerhin war sie Künstlerin.

Durch das offene Fenster blies bereits etwas kühlere Abendluft, als Alice ihr Gesicht gründlich puderte. Sie hoffte, nun für die nächsten Stunden gegen glänzende Schweißflecken geschützt zu sein. Ein dunkelblaues Band hielt ihr Haar in Form, das sie offen über ihre Schultern fallen ließ. Das Kleid war tatsächlich rechtzeitig trocken geworden und glücklicherweise einigermaßen glatt. Alice drehte sich vor dem Spiegel. Sie war zufrieden mit ihrer Erscheinung, fühlte sich sauber und frei von schweißtreibend enger Kleidung. Sie hatte bereits vor Jahren aufgehört, Korsetts zu tragen, und da sie beim Malen häufig Mahlzeiten vergaß, war sie inzwischen zu dünn, um wirklich eines zu brauchen.

Es klopfte, und sie eilte zur Tür. Juan Ramirez wirkte nun noch eindrucksvoller in einem strahlend weißen Hemd und einer dunklen Weste. Sein Schnurrbart glänzte wie mit schwarzem Lack aufgemalt über makellos weißen Zähnen, als er Alice anlächelte.

»Bonita, muy bonita«, murmelte er anerkennend und bot ihr den Arm an. Sie hakte sich ohne Zögern bei ihm ein. Als sie gemeinsam die Treppe hinabgingen und aus dem Hotel hinaustraten, spürte sie anerkennende Blicke in ihrem Rücken. Es befremdete sie, wie viel Freude das in ihr auslöste.

Am Abend schien Veracruz noch lebendiger. Alice sah an allen Ecken und vor sämtlichen Lokalen Straßenmusiker mit Gitarren und hölzernen Xylofonen, die Marimbas genannt wurden, spielen. Manchmal wetteiferten sie lautstark um Zuhörer, was zu einem unangenehmen, disharmonischen Übermaß an Klängen führte, doch meist siegte auch in diesem Durcheinander die Vernunft, die Musiker ließen einander geduldig zu Ende spielen, bevor der Nächste an die Reihe kam. Bunt gekleidete Händler mit dem üblichen Tand und plaudernd flanierende Pärchen schoben sich an Alice vorbei. Juan Ramirez führte sie in ein niedriges hölzernes Gebäude, wo sie an einem großen Tisch Platz nahmen.

»Hier ist es richtig mexikanisch«, sagte er mit dem üblichen strahlenden Lächeln. »Das Essen schmeckt scharf, ich warne Sie. Aber Sie sind sicher nicht um die halbe Welt gefahren, um wie in Europa zu speisen.«

Alice nickte. Die Momente der Panik waren vorüber, sie empfand nur noch neugierige Aufregung und war bereit, alles anzunehmen, was dieses fremde Land ihr bot. Zunächst einmal waren das viele Männer, die in diesem Lokal beieinanderhockten. Sie rauchten, spielten Karten und redeten laut, so wie es auch in Berliner Kneipen üblich war, doch ihre Gesichter waren hier dunkler und fremder. Alice spürte Blicke wie Messerspitzen auf ihrer Haut und straffte ihre Schultern. An das Gaffen würde sie sich wohl gewöhnen müssen, denn die wenigen Frauen in diesem Lokal waren ebenso dunkelhäutig wie die Männer. Juan Ramirez blickte sich um, und ein Lächeln erhellte sein Gesicht, während er das sorgfältig gebundene Plastron an seinem Hals glatt strich und ein wenig zu wachsen schien. Eitler Gockel, dachte Alice für einen Moment, denn sie fühlte sich wie ein Schmuckstück an seiner seidig glänzenden Weste, das ihn glücklich machte, da es Aufsehen erregte. Dann begannen ein paar Musiker mit Gitarren, Geigen und Trompeten eine gefällige Melodie zu spielen. Alice' Füße wippten im Takt, und ihre Laune wurde wieder besser. »Siempre me dejaron las mujeres«, klagte ein kleiner Sänger mit vorquellendem Bauch und kunstvoll geschwungenem Schnurrbart. Alice überlegte, ob dieser mangelnde Erfolg beim schönen Geschlecht vielleicht auf seine etwas lächerliche Aufmachung zurückzuführen war, denn er trug einen Hut, der halb so groß schien wie sein ganzer Körper, und war von Kopf bis Fuß mit Goldbordüren und silbernen Beschlägen verziert, wodurch er sie entfernt an Christbaumschmuck erinnerte. Juan Ramirez teilte ihr indessen mit, es handle sich hier um Mariachi, traditionell mexikanische Musiker, die den Chorro trugen, einen hierzulande sehr beliebten Männeranzug für festliche Angelegenheiten. Eine kleine mollige Frau stellte eine Flasche von jenem scharf schmeckenden Schnaps, den Günter Grünwald Alice bereits während der Reise angeboten hatte, auf den Tisch. Juan Ramirez füllte sogleich zwei kleine Gläser.

»Das nennt sich Tequila«, meinte er und stieß mit Alice an. Sie kippte das Getränk ebenso schnell wie er hinunter. Vielleicht war es die Erschöpfung nach der langen Reise oder die Verwirrung durch all das Fremde, aber das kleine Gläschen reichte für einen wohltuenden Rausch. Auf einmal gefiel es ihr, dass Juan Ramirez stolz war, mit ihr am Tisch zu sitzen. Die schlichten Melodien der Musiker wurden zu einer kunstvollen Darbietung, die ihren ganzen Körper mit eingängigen Rhythmen erfüllte. Sie erhielt einen Teller mit einer Mischung aus Bohnen, Fleisch und Kartoffeln, die zwar einem gewöhnlichen Eintopf glich, sich auf ihrer Zunge aber in einen Feuerbrand verwandelte. Tränen schossen ihr in die Augen, während sie verzweifelt nach ihrem Wasserglas griff. Juan Ramirez schüttelte den Kopf und schenkte ihr noch mal Schnaps ein.

»Wasser hilft nicht«, erklärte er. Alice leerte also ein zweites Glas Tequila, wodurch die zuckenden Flammen in ihrem Mund tatsächlich zu einem leichten Schwelen wurden. Vielleicht waren auch einfach ihre Sinne betäubt.

»Ich habe gehört, dass Sie Malerin sind?«, begann ihr Begleiter eine Unterhaltung, sobald sie sich ein wenig gefangen hatte. Sie nickte höflich. Konversation zu machen erschien ihr im Augenblick etwas anstrengend, aber wohl zwingend notwendig.

»Welchen Stil bevorzugen Sie?«, fragte Juan Ramirez. »Ich selbst liebe die Impressionisten. Als ich vor fünf Jahren einmal Paris besuchen durfte, ging ich oft in Ausstellungen. Ich war hingerissen von

Monet und Degas. Die hellen Farben, das Licht. Ältere Bilder wirken auf mich oft sehr steif und vor allem düster.«

Alice hatte nicht damit gerechnet, dass dieser schöne Geck sich für Kunst begeistern konnte, seine Zeit in Galerien verbrachte und dabei sogar Vorlieben entwickelte. Mit ungewohnter Spontanität sprach sie über ihre eigene Einschätzung, erklärte, wie die Einflüsse asiatischer Kunst europäische Maler leichter und farbenfroher arbeiten ließen, von ihrer Liebe zu gewöhnlichen Alltagsmomenten, die ihr auf der Leinwand viel reizvoller schienen als heroische Ereignisse der Geschichte oder stolze Gesichter wichtiger Personen. Sie musste sehr laut reden, um die Musik und die Unterhaltungen der Männer an den anderen Tischen zu übertönen, doch obwohl die Stimme ihr ab und an versagte, glitt sie völlig unverkrampft in ein Gespräch, das ihre Aufmerksamkeit fesselte.

Eine Weile später spazierte sie mit Juan Ramirez in der Stadt herum und versuchte, ein Gedicht Stefan Georges über den Hochsommer aus dem Gedächtnis ins Französische zu übersetzen, um so deutlich zu machen, was sie mit der Wichtigkeit kleiner Details meinte. Bedauerlicherweise geriet sie an die Grenzen ihrer Kenntnis der fremden Sprache, obwohl Juan Ramirez versicherte, ihm sei durchaus klar, was sie meinte. Dann lenkte er ihre Aufmerksamkeit auf die Details der Stadt.

»Das ist der Zócalo, die bekannteste Plaza der Stadt.«

Auf einem von ehrwürdigen Gebäuden umschlossenen, großzügig bepflanzten Platz tummelten sich Musikanten, Straßenhändler sowie Unmengen von Leuten, die einfach nur flanieren und miteinander plaudern wollten. Juan Ramirez wies auf den von prächtigen Arkaden durchbrochenen Regierungspalast und die schneeweißen Kuppeln der Kathedrale. Sie folgte mit dem Blick seiner Hand, wurde aber sogleich wieder von dem Menschengetümmel um sie herum abgelenkt. Farben überwältigten ihr vom Tequila berauschtes Gemüt. Veracruz war ein Ort der eitlen Pfauen, denn Frauen in bunt leuchtenden, weiten, gerüschten Röcken spazierten neben Männern, deren Aufmachung eine etwas bescheidenere Ausgabe des Chorro der Mariachi war. Kurz schloss Alice die Augen und sah diesen Ort auf ihrer Leinwand, ein durch Pinselstriche und Ölfarben dauerhaft fixierter Augenblick.

»Hier wird gleich getanzt werden«, erzählte Juan Ramirez. »Der Danzon. Flüchtlinge aus Kuba haben ihn hier vor einigen Jahrzehnten beliebt gemacht. Es ist ein einfacher Volkstanz, aber vielleicht wollen Sie eine Weile zusehen.«

Alice war zu einem stetig nickenden Wesen geworden, das sich widerstandslos lenken ließ. Vor zahlreichen Cafés waren Stühle aufgestellt, und Juan erkämpfte zwei freie Plätze. Er bestellte ihnen starken, aromatisch duftenden Kaffee, der in Alice' Kopf für ein wenig Ernüchterung sorgte, doch diese wurde bald schon von lauer Abendluft und dem Anblick zahlreicher Paare in strahlend bunter Kleidung, die sich auf dem Platz aufstellten, vertrieben. Die weiten Röcke der Frauen erinnerten an Schmetterlingsflügel, bunte Blumen leuchteten an pechschwarzen Flechtfrisuren, und auf den Köpfen der Männer ruhten breitkrempige, mit glitzernden Bändern verzierte Hüte. Alice ahnte, dass sie diese Aufmachung zu Hause vielleicht als allzu grell empfunden hätte, doch sie passte in dieses Land mit seiner schwülen Luft, die verborgene Sehnsüchte an die Oberfläche lockte. Musiker stellten sich auf dem Platz auf. Sie trugen klassisch geschnittene Anzüge und begannen, eine bedächtige, durchaus elegante Melodie zu spielen, die Paare jedoch unterhielten sich völlig unbeirrt weiter. Dann begann plötzlich der Tanz, ausgelöst durch ein Zeichen, das alle zu kennen schienen, obwohl es Alice entgangen war. Die Paare umarmten sich wie bei einem Walzer und vollführten alle exakt dieselbe Schrittfolge, was sie in ein bewegliches Muster auf dem Platz verwandelte. Nach einer Weile hörte der Tanz ebenso abrupt wieder auf, obwohl das Orchester weiterspielte. Erneut lachten und redeten die Paare, einige verharrten dabei in ihrer Umarmung, die sogar enger wurde, da sie keine einstudierten Bewegungen mehr ausführten. Bald schon begannen sie alle von Neuem, ihre Tanzschritte darzubieten. Die weiten Röcke entfalteten schwingend ihre Farbenpracht, Körper bewegten sich geschmeidig, doch sie blieben eine aufeinander abgestimmte Einheit, fast wie eine professionelle Tanztruppe, die ihre Choreografie sorgfältig einstudiert hatte. Alice staunte, zu wie viel Disziplin diese lauten, impulsiven Menschen fähig waren.

»Gefällt es Ihnen?« Juan Ramirez beanspruchte wieder ihre Aufmerksamkeit. Sie bejahte und wandte sich in seine Richtung, denn ihr wurde bewusst, dass jene häufige Geistesabwesenheit, zu der sie neigte, anderen Menschen sehr unhöflich erscheinen musste.

»Meine Eltern haben hier früher oft getanzt. Meine Schwester und ich saßen ein Stück daneben unter den Bäumen und sahen zu.«

»Sie stammen aus Veracruz?«, fragte Alice interessiert. »Ich dachte, Sie kommen auch aus Chiapas, weil Ihre Schwester dort geheiratet hat.«

»Männer aus Chiapas können auch manchmal Veracruz besuchen. Es ist eine wichtige Hafenstadt«, belehrte er sie nachsichtig. »Meine Eltern hatten hier am Hafen eine Imbissbude. Meine Schwester Rosario begegnete dort dem reichen Deutschen. Sie verkaufte ihm eine Schüssel ihrer selbst gekochten Fischsuppe, die so hervorragend schmeckte, dass er immer wieder kam.«

Er lachte und ließ Alice erneut seine makellosen Zähne bewundern. Es erstaunte sie, dass dieser sorgfältig herausgeputzte, betont kultivierte Mann von jenen schlichten Menschen abstammen sollte, die sie am Hafen gesehen hatte. Auf einmal wollte sie mehr über ihn erfahren, wagte es aber nicht, direkte Fragen zu stellen, denn die Erziehung zu damenhafter Diskretion saß tief. So verging der Abend mit angenehmem, wenn auch belanglosem Geplauder, und nachdem der Himmel über ihnen sich in ein schwarzes, sternbesticktes Tuch verwandelt hatte, brachen sie wieder zum Hotel auf. Es sei nur ein kurzer Weg durch ein paar enge Gassen, wie Juan Ramirez versicherte. Alice, der in dieser Stadt jegliche Orientierung fehlte, überließ sich wieder seiner Führung. Er schlug gerade Unternehmungen für den nächsten Tag vor, als neben ihnen plötzlich bunte Frauenröcke an einer Hauswand aufleuchteten. Alice erkannte eine sorgfältig verschlungene Frisur mit zwei Rosen ein Stück oberhalb der Schläfen, die sie vor Kurzem an einer der Tänzerinnen bestaunt hatte, da sie auf kuriose, reizvolle Weise an Hörner erinnerten. Nun schien diese Haarpracht zerzaust, als habe eine unruhige Hand in ihr gewühlt. Ein Mann hatte sich dicht an die Tänzerin gepresst, seine Arme unter ihre Kniekehlen geschoben und den Stoff ihres Kleides zerdrückt. Die linke Gesichtshälfte der Frau war gegen das Gemäuer gepresst, und ihre Finger kneteten den Rücken des Mannes. Sie keuchte zunächst nur sehr leise, als sei sie vom Tanz erschöpft. Sobald sie zu schreien begann wie eine lüsterne Katze, verschwanden Alice und ihr Begleiter um die nächste Ecke, denn hilfreiches Eingreifen war hier nicht vonnöten.

Alice heftete ihren Blick auf das Straßenpflaster, damit niemand die widersprüchlichen Empfindungen an ihrem Gesichtsausdruck ablesen konnte. Widerwillen mischte sich mit der Faszination des Verbotenen, denn obwohl sie diese Tänzerin für ihre Schamlosigkeit verurteilte, hatte sie sich für einen winzigen Augenblick gewünscht, an ihrer Stelle sein zu können. Es musste an diesem Land liegen, das sie umstülpte wie einen ungeschickt ausgezogenen Handschuh und das nach außen brachte, was verborgen bleiben sollte.

»Die Menschen hier sind vielleicht etwas … impulsiver, als Sie es von zu Hause gewöhnt sind«, kommentierte Juan Ramirez das Erlebnis. Alice nickte, ohne den Kopf zu heben. Die Haltlosigkeit, deren Zeuge sie beide geworden waren, hatte einen Keil der Verlegenheit zwischen sie beide getrieben. Als sie die prachtvolle Fassade des Hotels erkannte, atmete sie erleichtert auf. Nun würde sie ihren Rausch ausschlafen und vielleicht trotz aller Hitze mit einem klaren Kopf aufwachen.

Der Garten duftete noch stärker als nach ihrer Ankunft. Er war so leer und unerwartet still, dass sie das Geräusch ihrer Schritte als laut empfand.

»Ich hoffe, der erste Abend in meiner Heimat hat Ihnen gefallen, Mademoiselle Wegener«, sagte er mit der üblichen tadellosen Höflichkeit. Alice wagte, Juan Ramirez wieder anzusehen. Sein Gesicht war plötzlich sehr ernst, fast andächtig. Harry hatte sie in manchen, sehr intimen Momenten so verzückt betrachtet, doch ihr war das immer unangenehm gewesen. Nun schien eine solche Verehrung von einem wunderschönen Mann einfach nur schmeichelhaft. In ihrem Unterleib kribbelte eine von Hitze, Farben und Tequila aufgewühlte Sehnsucht. Plötzlich hoben ihrer beider Hände sich gleichzeitig, als folgten sie den Vorschriften eines einstudierten Tanzes. Alice schlang ihre Arme um die schmalen Schultern, während er sie an sich zog und seine Lippen auf die ihren presste. Der Schnurrbart kratzte sie. Sie atmete den Duft von Rasierwasser ein, als sie Juan Ramirez gierig küsste. Seine Hände huschten über ihren Rücken. Alice keuchte und spürte, wie sie auf das harte Holz einer Bank gedrückt wurde. Gleich würden sie gemeinsam seufzen, stöhnen und schreien wie die zwei Tänzer an der Hauswand. Ihr Unterleib drängte sich sehnsüchtig an den seinen, während der Sternenhimmel über ihr Karussell fuhr. Dann schob sich plötzlich ein anderes, mühsam vergessenes Bild in ihr Bewusstsein. Zwei kreideweiße Männerschenkel, aus denen dunkle Borsten stachen, zuckten über einem Frauenleib, dessen Beine hilflos in der Luft zappelten. Ein Strumpf war bis zum Fußknöcheln hinabgerutscht, der andere saß noch tadellos, ein winziges Detail der Sittsamkeit in einem Arrangement, das nicht sein durfte. Alice wurde kalt. Etwas in ihr brach zusammen. Sie stemmte sich mit aller Kraft gegen den männlichen Körper, der sie niederdrückte.

»Nein!«, rief sie auf Deutsch. Als das verstörte Gesicht von Juan Ramirez sich zwischen Nacht und Sterne schob, sammelte sie mühsam ihre Gedanken.

»Cela n'est pas une bonne idée.«

Er richtete sich auf, zog seinen Plastron zurecht und fuhr sich durch das zerzauste Haar.

»Pardonnez-moi«, murmelte er hastig. Alice strich ihren Rock glatt.

»Wir sollten schlafen gehen«, meinte sie und flüchtete in das Hotel. Der Anblick des uniformierten Portiers trieb ihr die Schamesröte ins Gesicht. Wie hatte sie sich nur im Garten eines großen Hotels mitten in einer belebten Hafenstadt so gehen lassen können? Als die Zimmertür hinter ihr zugefallen war, lehnte sie sich heftig atmend dagegen. Die Grünwalds hatten recht gehabt, dieses Land war gefährlich, wenn auch auf andere Art als erwartet.

Als sie erwachte, floss der Sonnenschein bereits heiß in ihr Zimmer. Er stach in ihre Augen, sodass sie ihre Lider wieder schloss. Schmerz pochte in ihren Schläfen. Der Tequila. Die Hitze. Dieses verfluchte Land.

Erst als bereits schwüle Tageshitze herrschte, zwang sie sich, aus dem Bett zu kriechen, denn je länger sie dalag, desto heftiger schlugen Hämmer von innen gegen ihre Schädeldecke. Hilflos streckte sie die Hand nach einer Karaffe mit Wasser aus und leerte mehrere Gläser hintereinander. Der Kopfschmerz ließ ein wenig nach. Sie goss sich den Rest des Wassers über das Gesicht und hörte ein Klopfen an der Tür, das sie aufforderte, sich wieder dem Leben zu stellen. Alice bemerkte, dass sie in ihrem Leibchen geschlafen hatte. Das Kleid lag achtlos hingeworfen am Boden. Sie wickelte sich in die Decke und rief: »Entrez!«, denn sie hatte vergessen, wie man Leute auf Spanisch zum Eintreten aufforderte. Der Kopf von Juan Ramirez schob sich durch den Türspalt. Seine Frisur saß wieder tadellos, aber der strahlende Blick schien von Unsicherheit getrübt, irrte zunächst durch den Raum, bevor er sich auf Alice richtete.

»Ich habe schon ein paarmal nach Ihnen sehen wollen, aber Sie schliefen noch. Ich hoffe, es geht Ihnen gut.«

Alice versicherte sogleich, wohlauf zu sein.

»Wenn Sie noch ein Frühstück wollen, sollten Sie sich beeilen«, schlug er vor. Sie nickte und versprach, in einer Viertelstunde angekleidet zu sein. Nachdem die Tür wieder zugefallen war, lief sie zu dem Waschbecken in der Zimmerecke und stellte erleichtert fest, dass lauwarmes Wasser aus dem Hahn floss. Sie wusch sich mit einem Stück angenehm duftender Seife, zog dann einen dunkelblauen Leinenrock und eine weiße Bluse mit Puffärmeln, die bis zu den Ellbogen reichten, aus ihrem Koffer. Beides war auf dem Dampfer noch einmal gründlich gewaschen worden, sodass es für den ersten Tag in Veracruz reichen musste. Mit geübten Handgriffen schlang sie ihr Haar zu einem fest sitzenden Knoten, um sich dann noch einmal prüfend im Spiegel zu mustern. Ihr Gesicht hatte die vertrauten, ebenmäßigen Züge mit einer schmalen, vielleicht etwas zu langen Nase und grauen, ernsten Augen. Klassisch, so war es immer bezeichnet worden, fast makellos schön, wenn sie ihre Lippen geschlossen hielt und der leicht schiefe Schneidezahn verborgen blieb. Sie erinnerte sich, wie oft ihre Tante Grete, die sich nach dem Tod ihrer Mutter für ihre Erziehung zuständig fühlte, sie ermahnt hatte, beim Lächeln nicht den Mund zu öffnen, deshalb aber nicht ganz aufs Lächeln zu verzichten, da übertriebene Ernsthaftigkeit bei einem jungen Mädchen auf Verehrer abschreckend wirke. Eisprinzessin, Schneekönigin, spöttelte Harrys Stimme in ihrem Kopf. Was würde wohl zutage treten, wenn die sorgsam aufrechterhaltene Fassade der Unnahbarkeit in der Hitze Mexikos schmolz?

Sie riss sich zusammen. Ein Moment der Schwäche war sicherlich verzeihlich angesichts der Umstände. Sie musste nur auf Patrick warten, herausfinden, in welche Schwierigkeiten er sich zu verstricken drohte, und dann konnte sie ihr vertrautes Leben in Berlin wieder aufnehmen. Mit entschlossen erhobenem Kopf ging Alice die Stufen hinab und wurde von dem Portier ins Speisezimmer gewiesen.

Juan Ramirez wartete bereits, wieder mit tadellos gebundenem Plastron, einer dezent gemusterten Weste und Zähnen, die so weiß strahlten wie sein Hemd, als er sie zur Begrüßung anlächelte.

»Da sind Sie ja. Was möchten Sie frühstücken?«

»Zunächst einmal brauche ich Kaffee«, erklärte Alice, bevor eine Auflistung traditioneller mexikanischer Morgengerichte möglich war, der sie im Augenblick nur schwer hätte folgen können. In ihrem Kopf brummte immer noch ein letzter Rest von Schmerz. Juan Ramirez lachte kurz auf.

»Das lässt sich einrichten.«

Bald schon stand eine stark duftende Tasse vor ihr. Alice leerte sie schnell und fühlte neue Energie in ihrem Körper. Ihr Magen knurrte. Als ein Gericht aus Eiern und Bohnen folgte, war sie bereit, es gierig zu verschlingen. Ein Räuspern drang an ihre Ohren, während sie kaute.

»Mademoiselle Wegener, gestern Abend, da … da habe ich mich wohl ein wenig ungehörig benommen«, sagte Juan Ramirez. Seine Stimme floss glatt dahin, doch sie war etwas leiser als bisher. Alice hob den Kopf. Es erleichterte sie, einen Hauch von Verlegenheit in seinen Augen wahrzunehmen. Ihm schien die ganze Angelegenheit ebenso unangenehm zu sein wie ihr.

»Vergessen wir es einfach«, schlug sie vor. »Es lag an diesem Tequila, von dem ich jetzt erst einmal die Finger lassen werde.«

Er atmete tief durch und ließ seine Zähne aufblitzen.

»Nun gut, dann zeige ich Ihnen heute Veracruz, meine Heimatstadt.«

Eine Woche später wusste Alice, dass Veracruz die erste von Europäern gegründete Niederlassung in Mexiko war. Hernan Cortez war im Jahre 1519 an einem Freitag dort gelandet und hatte den Ort daher Villa Rica de la Verdadera Cruz, die reiche Stadt des wahrhaftigen Kreuzes, genannt. Bereits im 16. Jahrhundert hatte man afrikanische Sklaven in die wohlhabende Kolonie gebracht, da die Ureinwohner den harten Arbeitsbedingungen oft nicht gewachsen waren. So kam es zu jener Vermischung, aus der dunkelhäutige Menschen mit lautem, ruhelosem Wesen hervorgegangen waren, denn sobald irgendwo mehrere Mexikaner aufeinandertrafen, waren Momente der Stille so selten, dass Alice sich manchmal nach ihnen sehnte. Gleichzeitig bewunderte sie die biegsame Lässigkeit, mit der die Frauen sich bewegten, als habe ihnen niemals jemand beigebracht, dass es höchst unschicklich war, durch aufreizende Hüftschwünge männliche Blicke zu fesseln. In den zahllosen Kirchen knieten Leute vor goldverzierten Heiligenbildern und Kruzifixen, um zu beten oder auch lautstark zu klagen. Sie hatte bereits die meisten der berühmten Gebäude, die allesamt völlig europäisch wirkten, besichtigt, als Juan Ramirez einen Ausflug zu einer Insel namens San Juan de Ulúa vorschlug, wo eine alte, ursprünglich zur Abwehr von Piraten errichtete Festung stand, die nun als Gefängnis diente. Sie umrundeten das wuchtige Bauwerk mit einem Ruderboot, das Juan Ramirez am Hafen aufgetrieben hatte und in dem sie sich an den Eisenpanzern der riesigen Dampfschiffe vorbeischlängelten. Die Ozeanungeheuer und Handelsschiffe wurden nach einer Weile seltener, sodass ein ungetrübter Blick auf die Fassade der Stadt mit ihren Türmen und farbenfrohen Häusern möglich war. Am Ufer zogen Eselkarren ebenso vorbei wie prächtige Kutschen und manchmal gar Automobile. Immer wieder drang Musik an ihr Ohr. Sie schloss die Augen, da die Sonne sie blendete, und zog sich den neu erworbenen Strohhut in die Stirn. Je weiter sie sich vom Hafen entfernten, desto angenehmer wurde die Luft, Gerüche des Ozeans mischten sich mit dem Duft von Gewürzen, der vom Ufer zu ihnen wehte. Alice lauschte dem Geräusch der Ruder beim Eintauchen ins Wasser.

»Wenn Sie wollen, können wir in einem Dorf am Stadtrand eine Pause machen und etwas essen«, schlug Juan Ramirez vor. Sie nickte wie gewohnt. Bisher hatte ihr Aufenthalt in Mexiko sich sehr angenehm gestaltet, ganze Tage waren vergangen, ohne dass sie mit ungeduldiger Sorge Patricks Ankunft herbeigesehnt hatte. Das Boot glitt langsam zum Ufer und wurde an einem Strauch festgebunden. Juan Ramirez half ihr aus dem Boot, wie es sich für einen Kavalier gehörte, doch er hielt ihre Hand noch einen Moment lang fest, als sie bereits auf festem Boden stand. Alice störte sich nicht daran. Je länger sie diesen Mann kannte, desto vielschichtiger und angenehmer erschien ihr sein Wesen. Der eitle Schönling hatte durchaus reizvolle Facetten bekommen.

Sie liefen gemeinsam eine sandige Straße ins Landesinnere entlang, bis schließlich ein paar Hütten und eine kleine weiße Kirche vor ihnen auftauchten. Juan Ramirez schritt voran, um den herbeieilenden Bewohnern des Dorfes Anweisungen zu erteilen. Ein wackeliger Tisch wurde aufgestellt, und Frauen in bunten Röcken brachten schon bald die üblichen Tortillas. Es war Alice unangenehm, dass ihretwegen ein derartiger Aufwand betrieben wurde, doch die Leute lächelten freundlich, als sie ihr und ihrem Begleiter Schemel anboten. Alice aß und trank wider bessere Vorsätze ein Glas Tequila. Die Dorfleute wahrten respektvollen Abstand, obwohl sie bei jeder Bewegung neugierige Blicke auf ihrer Haut spürte.

»Wollen wir unsere Gastgeber nicht auffordern, mit uns zu essen?«, fragte sie Juan Ramirez, der sie fassungslos ansah.

»Das sind Indios, Mademoiselle Wegener, einfache Bauern. Wir machen ihnen eine Freude, denn sie werden großzügig dafür bezahlt, dass sie uns bewirten.«

Alice nahm diese Erklärung hin, und nach genaueren Überlegungen befand sie, dass es doch recht anstrengend gewesen wäre, sich mit diesen fremden Leuten unterhalten zu müssen. So betrachtete sie die bunt bestickte Kleidung und den Schmuck der jungen Mädchen, deren runde Gesichter mit den schmalen Augen asiatisch anmuteten.

»Es mögen gewöhnliche Bauern sein, aber ihre Tracht gefällt mir«, meinte Alice beiläufig, doch Juan Ramirez winkte sofort eine der älteren Frauen herbei, die nach kurzer Unterhaltung loslief, um mit einem Stapel von Stoffbündeln zurückzukehren. Lange Röcke und kurze farbenprächtige Blusen wurden neben Alice auf einer Decke ausgebreitet. Die Frau hob energisch ein Stück nach dem anderen hoch, um es ihr hinzuhalten. Sie roch nach Schweiß, ihre Hände waren von Schwielen bedeckt, und unter den kurzen Nägeln konnte Alice schwarze Halbmonde erkennen. Sie schämte sich, weil sie instinktiv vor den Zeichen der Armut zurückgewichen war, doch die Indio-Bäuerin schien daran nichts Schlimmes zu finden. Sie fuchtelte mit den Händen und redete auf ihre exotische Besucherin ein. Eines der jungen Mädchen kam kurz darauf mit einem Strohsack angelaufen, aus dem sie Ketten und Ohrringe schüttelte. Zwei dunkle, mandelförmige Augen sahen Alice mit einer Mischung aus Hoffnung und Neugier an. Alice wurde klar, dass sie nun ein paar Dinge kaufen musste, um nicht unhöflich zu sein.

Nach längeren Überlegungen, die von dem ebenso energischen wie unverständlichen Gerede der älteren Bäuerin unterbrochen wurden, entschied sie sich für einen blauen, mit weißer Kreuzstickerei verzierten Rock zum Umwickeln und für eine Bluse voller farbenfroher Blüten. Dank der Erklärung von Juan Ramirez lernte sie, dass diese von allen Indio-Frauen getragenen Oberteile Huipil hießen, ein Wort aus der alten Maya-Sprache. Gemeinsam mit einem Paar Muschelohrringen verstaute sie die erworbenen Kleidungsstücke in einem Jutesack, den die Indio-Frau ihr anbot. Juan Ramirez hatte den Preis auf fünf mexikanische Pesos heruntergehandelt, was ihr ein lächerlich geringer Betrag für all die prachtvolle Handarbeit schien, aber die Indios lächelten unbeirrt weiter und brachten neuen Tequila.

»Diese Leute haben mit Ihnen das Geschäft ihres Lebens gemacht«, kommentierte Juan Ramirez den Vorfall belustigt, als sie wieder auf dem Rückweg zum Boot waren. »Ich muss sagen, Sie sind eine charmant verrückte Frau.«

»Was meinen Sie damit?« Alice spazierte zufrieden durch kniehohes Gras. Der Ausflug hatte ihr gefallen.

»Nun, ich meine, dass keine Mexikanerin, die etwas auf sich hält, die Kleidung einer Indio-Bäuerin anziehen, ja auch nur erwerben würde.«

Alice zuckte mit den Schultern.

»Die Farben sind wunderschön«, verteidigte sie ihre Entscheidung. »Ich würde gern Bilder von diesen Menschen malen.«

Wieder lachte ihr Begleiter auf freundliche Weise.

»Wenn Sie glauben, dass irgendjemand im kultivierten Europa sich für unsere Ureinwohner interessiert, dann können Sie es ja versuchen. Sie haben Mut, das muss man Ihnen lassen.«

Alice blieb unter der sengenden Sonne stehen. Schweißtropfen liefen an ihren Schläfen, ihrem Nacken und ihrem Rücken herab.

»Wie ich schon sagte, der Alltag, die Schönheit kleiner Details ist mir wichtig«, erklärte sie. »Für einen Menschen, der Europa noch nie verlassen hat, ist dieses Land ein Rausch aus Farben und Gerüchen. Ich habe nicht wirklich damit gerechnet, dass mir Mexiko gefallen würde, aber nun bin ich sehr froh, hier zu sein.«

Juan Ramirez verharrte an ihrer Seite. Sie spürte das Funkeln seiner schwarzen Augen wie ein Knistern auf ihrer Haut.

»Und ich, Mademoiselle Wegener, habe nicht damit gerechnet, wie viel Vergnügen es mir bereiten würde, Ihnen meine Heimat zu zeigen. Als mein Schwager mich losschickte, eine deutsche Dame zu unterhalten, da erwartete ich eine hochnäsige Person, die ununterbrochen klagt und alles hier fürchterlich primitiv findet. Aber Sie sind, wie ich schon sagte, eine reizende Verrückte.«

Alice vermochte sich nicht zu regen. Sie war glücklich, endlich einmal nicht als unnahbar bezeichnet zu werden, sondern verschwitzt und mit staubigen Schuhen unter einer brennenden Sonne zu stehen, während ein immer noch tadellos schöner Mann sie bewundernd ansah. Vielleicht war es nicht so verkehrt, wenn mehr aus ihrem Inneren nach außen drang.

Sie nahm seine Umarmung als selbstverständlich hin, schmiegte sich an einen Körper, der anders als der ihre nicht nach Schweiß roch, und sank in einen Kuss. Diesmal war es kein ungeduldiges Drängen, das sie zueinandertrieb, sondern eine erste, zaghafte Annäherung, in der die Hoffnung auf das Wachsen von Vertrautheit lag. Hand in Hand schlenderten sie zu dem Boot zurück. Alice verdrängte die geplante rasche Rückkehr nach Berlin, wollte sich nicht den Kopf zerbrechen, wie all das weitergehen sollte, sondern nur den Augenblick genießen. Mit halb geschlossenen Augen saß sie im Boot, ergriff schließlich eines der Ruder, damit Juan Ramirez weiterhin ihre Hand halten konnte. Auf diese Weise kamen sie nur langsam voran, erreichten aber dennoch den Hafen von Veracruz.

Das städtische Treiben brachte eine gewisse Ernüchterung, aber Juan Ramirez hatte entschlossen seinen Arm unter ihren Ellbogen geschoben, während er sie zurück zum Hotel lotste. Alice fühlte ihr Herz hüpfen. Bei Harry hatte sie sich niemals so beschwingt, so vogelfrei gefühlt. Das also war jene Verliebtheit, von der die anderen Mädchen im Café Josty geschwärmt hatten und die ihr stets albern, wenn nicht gar gefährlich erschienen war.

Sie durchquerten den Garten und betraten das Hotel. Dann teilte der Portier ihnen mit, dass sie bereits erwartet würden, und wies in den Speisesaal.

»Americano«, verstand Alice, doch sie konnte damit zunächst nichts anfangen. In dem Saal sah sie einen kleinen, hageren Mann in einem schäbigen Anzug, der sie durch dicke Brillengläser anblickte, während er aufstand und auf sie zukam. Er schien ihr in diesem Moment hoffnungslos europäisch, vergeistigt und gehemmt, doch als er auf Englisch zu reden begann, war der amerikanische Akzent nicht zu überhören.

»Miss Wegener? Es ist mir eine Ehre, Sie endlich persönlich kennenzulernen. Ich bin Jonathan Scarsdale.«

Er streckte ihr seine Hand entgegen, die sie höflich ergriff. Seine Haut fühlte sich trocken an wie altes Papier. Sie ertastete ein paar Schwielen unterhalb des Daumens, ein Widerspruch zu seiner intellektuellen Erscheinung. Juan Ramirez trat an ihre Seite.

»Schön, Sie wiederzusehen, Doctor«, sagte er, ebenfalls auf Englisch. In dieser Sprache war sein Akzent wesentlich ausgeprägter. »Ist Patrick auch schon hier?«

Alice befand, dass Verliebtheit tatsächlich bedenkliche geistige Verwirrung auslöste. Wie hatte sie den Namen des Archäologen, mit dem ihr Bruder zusammenarbeitete, nicht gleich erkennen können? Erwartungsvoll sah sie sich um, doch sie konnte Patrick nirgendwo entdecken. Es passte nicht zu ihm, ständig andere Leute zu schicken, anstatt sie selbst zu empfangen, doch vielleicht war er ganz von seiner Arbeit in Anspruch genommen, ein Zustand, den sie selbst gut kannte.

»Wann kommt denn mein Bruder?«, fragte sie ungeduldig. Dr. Scarsdale wich ihrem Blick aus. Sein linkes Augenlid zuckte leicht. Sie bemerkte dunkle Schatten unter seinen Augen, die ihn sehr erschöpft, fast ausgelaugt wirken ließen.

»Bitte setzen Sie sich für einen Moment, Miss Wegener«, sagte er. Alice gehorchte, auch wenn es sie verärgerte, dass er ihre Frage nicht gleich beantwortete.

»Un tequila por la señorita!«, rief Dr. Scarsdale dem Portier zu. Alice hob abwehrend die Hände. Sie hatte für den heutigen Tag bereits genug von diesem Getränk und wollte zudem gern selbst bestimmen, was sie bestellte.

»Bitte, Miss Wegener, hören Sie mir jetzt zu.«

Dr. Scarsdale setzte sich an ihre Seite. Angst lag in seinen Augen, jene nervöse Art von Angst, die Vögel erschrocken aufflattern und Mäuse in Löchern verschwinden ließ, wenn laute Geräusche erklangen.

»Ich muss Ihnen etwas mitteilen.«

»Was denn bitte?«, drängte Alice, als er ein paar Sekunden lang geschwiegen hatte. Eine ungute Ahnung drückte ihren Magen zusammen.

»Miss Wegener … es tut mir außerordentlich leid, aber … aber Ihr Bruder wird nicht kommen.«

Alice legte die Hände auf den Tisch. Sie wollte eine sichere, verlässliche Fläche spüren, an der sie sich würde festhalten können.

»Warum sollte er denn nicht kommen?«, fragte sie scharf, fast wütend. Irgendein böses Spiel war im Gange. Dr. Scarsdale wartete, bis der Tequila vor ihr stand. Sie atmete nur kurz den Alkoholgeruch ein, doch er schien auf einmal ekelerregend. Unter der dünnen Haut des Archäologen waren rote Adern auf Wangen und Nasenflügeln zu sehen, und aus dem grauen Haar rieselten ein paar Schuppen, als er es zurückstrich.

»Miss Wegener, Patrick … Ihr Bruder … er ist tot.«

3. Kapitel

Es dämmerte bereits, als sie wieder erwachte. Durch das geöffnete Fenster strömte kühle Abendluft herein, und als sie die hellen Möbel und angenehm leuchtenden Farben der Bilder an den Wänden erblickte, war sie für einen Augenblick glücklich. Zufrieden reckte sie sich wie eine schnurrende Katze. Sie hatte einen Mann geküsst und dabei weder Ekel noch Furcht vor allzu heftiger Leidenschaft empfunden, sondern sich endlich wie eine normale junge Frau verhalten. Sie fühlte sich sicher in ihrer ersten Verliebtheit, anders als bei Harry, bei dem sie ständig zwischen rebellischer Zügellosigkeit und kalter Zurückweisung schwankte.

Sie setzte sich auf. Die Zunge klebte wie ein übel schmeckender Lappen an ihrem Gaumen, und ihr Kopf begann nach der schnellen Bewegung so heftig zu schmerzen, dass sie ihre Hände an die Schläfen presste. Hatte sie zu viel getrunken? An Tequila erinnerte sie sich, der Geschmack stieg aus ihrer Kehle hoch, sie würgte. Ein Indio-Dorf fiel ihr ein, das aus der Ferne malerisch bunt, bei genauem Hinsehen jedoch sehr ärmlich gewirkt hatte. Dort war dieses Land immer noch aufregend in seiner Fremdheit gewesen, aber dann war irgendetwas geschehen. In ihrem Gedächtnis schwebte ein schwarzer, bedrohlicher Schatten, dem sie zu entkommen versuchte, doch obwohl sie sich hin und her wälzte, die Decke über den Kopf zog und hartnäckig ihre Augen schloss, holte er sie ein, verwandelte sich allmählich in Bilder mit klaren Farben und Formen.

Sie sah eine scharfe Klinge aufblitzen und rote Fontänen, die aus einem wehrlosen Körper schossen. Entsetzt presste sie ihre Hände auf den Mund, biss sich auf die Knöchel, bis sie Blut schmeckte. Dann fing sie an zu schreien, als könnte sie die Zeit allein mit der Kraft ihrer Stimme zurückdrehen, Patrick in Berlin dazu überreden, einen soliden Beruf zu ergreifen, statt in der Wildnis nach den Ruinen eines blutrünstigen Volkes zu suchen.

Die Zimmertür flog auf.

»Alice! Que pasa?« Ein Strom spanischer Worte prasselte auf sie nieder, als Juan Ramirez an ihrer Seite auftauchte und sie entsetzt an den Schultern packte. Sie wurde gegen den Batiststoff seines Hemdes gedrückt, atmete den Duft von Rasierwasser ein. Es erstaunte sie, wie warm und tröstend ein männlicher Körper sein konnte. Eine Weile klammerte sie sich an ihn, befleckte das teure Hemd mit Speichel und Tränen, während sie gestreichelt wurde wie ein verletztes Kind.

»Es tut mir leid, so schrecklich leid. Ich hatte gehofft, unser Land würde dir gefallen«, flüsterte er auf Französisch, während sich Alice allmählich wieder beruhigte. In dem Bewusstsein, ein elendes, verheultes Wesen zu sein, entzog sie sich schließlich seiner Umarmung.

»Dein Land hat mir gefallen«, gestand sie, während sie ihre Gedanken zu ordnen versuchte. »Ich hasse es auch jetzt nicht, ich verstehe nur nicht, wie …«

Sie sog Luft in ihre Lungen. Ihr Körper fühlte sich immer noch zerstört an, als wäre sie vor einen fahrenden Zug geworfen worden. Aber sie wollte verstehen, was wirklich geschehen war.

»Wo ist Dr. Scarsdale? Ich muss noch einmal mit ihm reden. Ich bin mir sicher, er hat mir alles Wichtige gesagt, aber ich war nicht in der Lage, es zu begreifen.«

Plötzlich ließ Juan seine Arme sinken. Sie meinte, in einen kalten Abgrund zu fallen.

»El doctor hat hier ein eigenes Zimmer. Ich kann ihn holen. Aber vielleicht brauchst … brauchen Sie noch einen richtigen Arzt, Mademoiselle Wegener. Man hat Ihnen bereits ein Beruhigungsmittel gegeben, damit Sie eine Weile schlafen konnten. Etwas mehr Ruhe würde Ihnen sicher guttun.«

Er strich sein Hemd glatt und rückte die Weste zurecht, als sei er bereits im Aufbruch begriffen.

»Ein Arzt und seine Medikamente können nichts an dem ändern, was geschehen ist«, erwiderte Alice. »Ich möchte noch einmal genau hören, wie … wie mein Bruder starb. Es ist mir unbegreiflich, wie so etwas geschehen konnte.«

Juan Ramirez trat ein paar Schritte zurück.

»Ich gebe Dr. Scarsdale Bescheid, dass Sie mit ihm reden wollen«, versprach er dann. »Wenn Sie wünschen, erkundige ich mich auch gleich am Hafen, wann der nächste Dampfer nach Deutschland fährt. In Ihrer Heimat können Sie sich sicher schneller von dem Schock erholen.«

Alice riss die Augen auf. Täuschte sie sich oder war etwas an Juans Verhalten anders geworden? Er schien auf einmal sehr förmlich und abweisend.

»Wer sagt denn, dass ich gleich nach Hause will? Ich kann doch nicht so einfach davonlaufen, nachdem ...« Sie verstummte für einen Moment, atmete tief durch und beschloss, sich den Tatsachen zu stellen. »Ich will dieses Land nicht verlassen, bevor ich nicht genau erfahren habe, warum mein Bruder auf solch grausame Art ermordet worden ist.«

Juan Ramirez ging rückwärts zur Tür. Erstaunlicherweise wich er dabei ihrem Blick aus.

»Wie Sie meinen, Mademoiselle. Ich werde mit Dr. Scarsdale reden.«

Dann verschwand er nach draußen. Alice streckte sich auf ihrem Bett aus. Irgendwann würde das Grauen Normalität werden. Sie würde jeden Tag aufstehen, essen, arbeiten und schließlich wieder einschlafen, in dem Wissen, dass sie keinen Bruder mehr hatte. Zu dem Zeitpunkt, da ihre Mutter starb, war sie noch ein kleines Kind gewesen, das nicht wirklich begriff, was geschehen war. Vom Tod ihres Vaters vor zwei Jahren hatte sie durch Patrick erfahren. Die Nachricht war wie ein schwerer Schlag auf den Kopf gewesen, der sie kurzfristig betäubte. Danach war das Leben weitergegangen. Sie hatte keine Tränen vergossen, aber auch keine Erleichterung empfunden, dass ein Mann, den sie lange gefürchtet und schließlich gehasst hatte, vom Erdboden verschwunden war. Stattdessen war sie manchmal von einer unsichtbaren Last niedergedrückt worden, die sie ignorieren, aber niemals ganz abschütteln konnte. Doch niemals hatte der Tod einen solchen Abgrund in ihre Welt gerissen.

»Ein indianisches Ritual«, wiederholte sie langsam Dr. Scarsdales Worte. In ihren Händen hielt sie eine weitere Tasse starken, wohlschmeckenden Kaffee. Ihr Kopf fühlte sich an, als habe man ihn mit Watte ausgestopft, was vermutlich an den Beruhigungsmitteln lag. Koffein würde vielleicht helfen, ihren Verstand wieder zu schärfen.

»Patrick erzählte mir davon, dass in den alten indianischen Kulturen Menschenopfer üblich waren.« Sie war stolz auf sich, weil sie völlig ruhig sprechen konnte, so als wäre dies eine Unterhaltung zwischen kulturinteressierten Weltenbummlern. »Aber das ist doch schon sehr lange her. Soviel ich weiß, sind die Mexikaner jetzt fast alle Katholiken.«

Dr. Scarsdales Augen waren von so hellem Blau, dass die Farbe manchmal kaum zu erkennen war und sie wässerig wirkten. Für das heiße Klima Mexikos schien er ebenso wenig geschaffen wie Alice selbst. Sie staunte, wie blass seine Haut war, denn er musste während der Ausgrabungen häufig der Sonne ausgesetzt gewesen sein. Vermutlich hatte er einen breitkrempigen Hut getragen, überlegte sie, denn Patrick hatte in einem seiner Briefe erwähnt, dass die Hitze in Palenque kaum zu ertragen sei. Die Hände des Archäologen waren sonnenverbrannt, knotig und von dicken Adern durchzogen. Sie erinnerte sich an die Schwielen, die sie gespürt hatte, als er ihr die Hand gab. Jetzt wurde ihr bewusst, dass er trotz akademischen Titels vermutlich mit den Händen arbeitete. Doch nun lagen seine Hände ruhig auf dem Tisch, während er Alice ernst ansah.

»Die meisten Mexikaner sind Katholiken, das stimmt, aber dennoch haben sich indianische Traditionen gehalten. Diese Völker sind zwangsweise christianisiert und brutal unterdrückt worden«, erklärte er. »In ihrem Widerstand versuchten sie immer wieder, Kraft aus ihren alten Ritualen zu ziehen.«

Alice nickte. In ihrem eigenen Leben hatte sie Traditionen stets als Fesseln empfunden, die Menschen das Leben erschwerten. Doch es schien ihr nicht angebracht, jetzt darüber zu diskutieren.

»Wie können Menschen Kraft aus einem Mord schöpfen?«, fragte sie. »Und warum soll auf einmal, nach Hunderten von Jahren, ein solcher Mord wieder stattgefunden haben? Es … es ergibt keinen Sinn. Ich glaube, es muss alles ganz anders gewesen sein, ich meine, es gab andere Gründe für diesen Mord.«

Als ein paar der Kaffee trinkenden Hotelgäste sich nach ihr umsahen, wurde ihr bewusst, dass sie sehr laut gesprochen hatte. Dr. Scarsdales Finger formten Bögen auf der Tischdecke.

»Sie sind sehr aufgebracht, Miss Wegener. Das verstehe ich. Aber ich habe fast zwei Jahre in diesem Land verbracht. Gerade in Chiapas hatte ich viel Umgang mit indianischen Ureinwohnern. In dieser Region wurden sie erst vor einigen Jahrzehnten von der Zivilisation, ich meine natürlich unsere Zivilisation, berührt. Daher sind sie noch sehr stark ihrem alten Denken verhaftet. Man hält die Mayas meist für friedlicher als die Azteken, welche später die Herrschaft hierzulande an sich rissen. Aber ich habe ihre Tempel und Götterstatuen gesehen. Sie drücken alle archaische Wildheit aus, eine Art von Unschuld, bei der Menschen sehr grausam werden können, da ihnen das Üble an ihren Taten nicht bewusst ist. Ihr Bruder, Miss Wegener, hat leider einige Fehler gemacht. Er ging zu enge Beziehungen mit diesen Leuten ein.«

Alice fuhr zusammen.

»Sie meinen, er wurde umgebracht, weil er sich ihnen gegenüber freundschaftlich verhielt?«

Dr. Scarsdale hob abwehrend die Hände.

»Das allein war es nicht. Ich fürchte, er geriet in etwas hinein, das ihm über den Kopf wuchs. Er hatte ein sehr … sehr enges Verhältnis zu einem Indio-Mädchen.«

Kurz tupfte der Archäologe sich seinen Mund mit einer Serviette ab. Alice ahnte, dass es ihm nicht leichtfiel, über diese Dinge zu reden. Sie versuchte, sich den kleinen, bebrillten Mann in den Armen einer Frau vorzustellen. Es gelang ihr nicht.

»Das gefiel den traditionellen Indios nicht«, fuhr Dr. Scarsdale fort. »Zudem scheint sich in der Region ein Aufstand angebahnt zu haben. Die Indios halten weiße Männer für sehr mächtig. Sinn und Zweck der … der Menschenopfer ist es, die Gunst der Götter zu gewinnen, aber auch die Kraft der Getöteten für eigene Zwecke zu nutzen.«

Alice krallte ihre Hände um die Stuhllehne. Ihr war so unerträglich heiß, dass sie fürchtete, in Wasser und Tränen zu zerfließen.

»Das klingt wie die Geschichte aus einem Schauerroman oder wie eine Sage aus barbarischen Zeiten. Wir leben seit drei Jahren im zwanzigsten Jahrhundert!«

»Aber die Menschen in diesem Land leben in barbarischen Zeiten«, entgegnete der Archäologe ruhig. »Oder so scheint es wenigstens. Begreift man ihr Denken, so hat es durchaus seine Logik.«

Er winkte den Kellner herbei, um noch zwei Gläser kühler Limonade zu bestellen.

»Der Mörder Ihres Bruders ist bekannt, und es wird nach ihm gesucht«, erklärte er. »Hans Bohremann, ein sehr einflussreicher deutschstämmiger Besitzer mehrerer Kaffeeplantagen, mit dem ich persönlich bekannt bin, wird sich dafür einsetzen, dass zügig eine angemessene Bestrafung vollzogen wird. Eine Hinrichtung ist angesichts der Schwere des Verbrechens die einzige Möglichkeit.«

Alice griff gierig nach dem kühlen Glas und trank mit einem Schluck fast die Hälfte der Limonade.

»Und wer soll das sein, der Mörder meines Bruders?«

Dr. Scarsdale entspannte sich ein wenig, als sei dies in seinen Augen endlich eine vernünftige Frage gewesen.

»Ein Indio namens Andrés Uk'um, mit dem Ihr Bruder sich anfreundete. Er gilt als Aufwiegler. Ihr Bruder verbrachte viel Zeit mit ihm, es war daher leicht, ihn in eine Falle zu locken. Seit der Ermordung ist dieser Andrés verschwunden, doch es ist nur eine Frage der Zeit, bis er gefasst wird. Glauben Sie mir, Miss Wegener, man wird für Gerechtigkeit sorgen.«

Die ruhige, eindringliche Stimme von Dr. Scarsdale schien Alice' Gedanken zu ordnen. Patrick war ein Träumer gewesen, ein unvorsichtiger, schwärmerischer Mensch. Für ein Land, in dem wilde, barbarische Zustände herrschten, war er nicht geschaffen, was sie hätte wissen müssen. Das Gefühl von Schuld würde sie vermutlich bis an ihr Lebensende begleiten.

»Was ist mit Patricks Leichnam?«, fragte Alice leise.

»Er wird nach Deutschland überführt werden, keine Sorge. Die deutschen Kaffeebarone in der Region werden sich darum kümmern, sie haben gute Kontakte zu den lokalen Behörden und auch zu Reedereien in Veracruz. Sie selbst, Miss Wegener, sollten sich nun um das Arrangement der Beerdigung kümmern und auch um seinen Nachlass. Ihr Bruder hatte ein beachtliches Vermögen geerbt, soviel ich weiß.«

Alice lehnte sich zurück.

»Unser Vater war Bankier«, berichtete sie. »Er war mäßig erfolgreich, aber Patrick war der Alleinerbe. Er litt keine Not, konnte … konnte seinen Neigungen folgen.«

Sie wollte nicht hinzufügen, dass ebendies ihn sein Leben gekostet hatte. Wäre er in Berlin geblieben und hätte er die Nachfolge seines Vaters angetreten, wie dieser es immer gewünscht hatte … Dr. Scarsdale unterbrach diese Gedanken.

»Die nächste Erbin dürften Sie sein, Miss Wegener. Sorgen Sie dafür, Ihr Recht durchzusetzen, notfalls mithilfe eines Anwalts. Ihr Bruder sprach stets mit viel Wärme von Ihnen. Ich weiß, es wäre sein Wunsch gewesen, dass Sie sein Erbe nutzen, um ungestört an Ihrem Fortkommen als Malerin arbeiten zu können.«

Alice wusste, dass dies stimmte. Patrick hatte den Archäologen bewundert und ihm wohl auch viele persönliche Dinge anvertraut.

»Eine Sache noch«, begann sie schließlich. »Als … als man Patrick das Herz aus der Brust schnitt, hat er da noch gelebt?«

Wieder musste sie sich an der Stuhllehne festhalten. Dr. Scarsdale blinzelte kurz.

»Er war bereits tot, laut Aussage des Arztes. Ein Schlag auf den Kopf, heißt es, vermutlich von hinten. Das Ritual war einfacher zu vollziehen, wenn man ihn vorher außer Gefecht setzte.«

Sie stand langsam auf und stellte fest, dass ihre Füße ihr Gewicht tragen konnten.

»Ich danke Ihnen für die Zeit, die Sie sich genommen haben. Jetzt sollte ich mich vielleicht wieder eine Weile hinlegen.«

Ein mitfühlendes Lächeln huschte über das Gesicht von Dr. Scarsdale.

»Wenn Sie nicht einschlafen können, dann geben Sie mir Bescheid, und ich lasse den Arzt rufen. Er gibt Ihnen wieder ein Mittel. Sie müssen sich ausruhen. Ich erkundige mich indessen, wann Sie nach Hause fahren können. Der Leichnam Ihres Bruders ist bereits identifiziert, Hans Bohremann und ich werden uns um alle Formalitäten kümmern. Hierzulande ist das viel unkomplizierter.«

Alice, die bereits im Begriff war, den Raum zu verlassen, fuhr herum.

»Wer sagt denn, dass ich gleich wieder nach Deutschland fahren will?«, sagte sie. Auf einmal stand sie fest auf dem Boden. »Ich brauche noch ein oder zwei Tage, um mich zu erholen. Dann will ich nach Chiapas reisen und mehr darüber erfahren, was mit Patrick geschehen ist.«

Dr. Scarsdale zuckte zusammen. Kurz vermeinte sie, Ärger in seinen klugen Augen aufblitzen zu sehen.

»Schlafen Sie erst einmal. Dann reden wir weiter«, sagte er freundlich. Alice nickte und ging, denn ihr fehlte die Kraft zu einer weiteren Auseinandersetzung.

Die nächsten Tage verbrachte sie in einem unruhigen Dämmerzustand. Im Schlaf suchten sie Albträume heim. Sie sah dunkle Gesichter mit geschwollenen Lippen und krummen Adlernasen, die Messer in Patricks schmächtigen Leib bohrten. Sein Herz pochte als roter Klumpen in ihren blutüberströmten Händen. Jedes Mal erwachte sie schweißgebadet, empfand kurz einen Moment tiefer Erleichterung, wenn sie die vertrauten Wände des Hotelzimmers sah, doch gleich darauf brach die Erinnerung an Patricks Tod über sie herein. Manchmal stand sie auf und drehte Runden durch das Zimmer, denn Weinkrämpfe machten es ihr unmöglich, nach draußen zu gehen. Sie wartete, bis der Schmerz an Schärfe verlieren würde. Da sie immer wieder vergaß, das Fenster zu schließen und das Moskitonetz zuzuziehen, war sie bald von Stichen übersät. Als sie in den Spiegel sah, glich ihr Gesicht aufgequollenem Teig mit vielen roten

Tupfen. Im Geiste hörte sie Tante Gretes tadelnde Stimme. So wirst du keinem Mann gefallen, Kind. Sie begann zu lachen, bis wieder Tränen über ihre Wangen liefen.

Dreimal täglich erschien ein mexikanisches Mädchen in schwarzem Kleid und weißer Schürze, um ihr Mahlzeiten zu bringen. Sie warf stets einen besorgten, aber auch befremdeten Blick auf die im Nachthemd auf der Matratze ruhende Fremde, um dann mit einem künstlichen Lächeln das Tablett neben dem Bett abzustellen. Alice versuchte zu essen, aber mehr als ein paar Scheiben trockenen Brots wollte ihr Magen nicht aufnehmen. Ihre größte Sehnsucht galt Juan Ramirez, denn er war bisher der einzige Mensch in diesem fremden Land, dem sie sich nahefühlte. Bisher hatte sie niemals in ihrem Leben ein derartiges Verlangen nach der Nähe eines Mannes empfunden, nach einer Berührung, nach ein paar tröstenden Worten. Sie wollte noch einmal in seinen Armen weinen können. Aber er betrat ihr Zimmer nicht mehr, und eine letzte Stimme der Vernunft hinderte sie daran, laut nach ihm zu rufen. Mitunter glaubte sie, seine Stimme auf dem Gang zu vernehmen. Er redete in schnellem, unverständlichem Spanisch mit dem Dienstmädchen, einmal auch auf Englisch mit Dr. Scarsdale, doch diese Unterhaltung war zu leise. Alice verließ ihr Zimmer nur, wenn ihr Körper sie zwang, sich zur Etagentoilette zu schleppen. Selbst dann wartete sie stets ab, bis es völlig ruhig war. Sie wusste, dass sie keinen akzeptablen Anblick bot, wenn sie sich, in eine Decke gehüllt, an der Wand abstützte, um vorwärtszukommen.

Nach vier qualvollen Nächten gelang es Alice, das Moskitonetz bei Einbruch der Dämmerung zuzuziehen und in einen tiefen, traumlosen Schlaf zu fallen. Sie erwachte erst, als die Mittagssonne in das kleine Zimmer fiel, doch sie fühlte sich weniger geschwächt. Mit unerwartetem Heißhunger verzehrte sie drei Brötchen, die neben ihr auf dem Nachttisch lagen, bestrich sie vorher großzügig mit fast geschmolzener Butter und süßer Erdbeermarmelade. Sie vermochte wieder Freude am Essen zu empfinden. Nachdem sie eine große Tasse lauwarmen Kaffee geleert hatte, überkam sie plötzlich der unüberwindliche Drang, dieses Zimmer zu verlassen.

Ihr war nicht mehr schwindelig, als sie aufstand. Sie ging zum Waschbecken und spritzte sich kaltes Wasser ins Gesicht. Nach einer schnellen, aber gründlichen Wäsche zog sie den blauen Rock an und holte eine weitere Rüschenbluse aus dem Koffer. Sie war zerknittert, aber daran ließ sich nichts ändern. Alice kämmte ihr feuchtes Haar und brachte es mit ein paar Spangen in Form. Der Besuch der Etagentoilette bereitete ihr keine Mühe mehr. Gedanken drehten sich in ihrem Kopf. Sie musste Tante Grete ein Telegramm schicken, da die Schwester ihres Vaters ihre einzige noch lebende Verwandte war. Ihr war unwohl bei der Vorstellung, diesen Kontakt wiederaufleben zu lassen, denn bei ihrem letzten Gespräch hatte die Tante Alice eine verwöhnte, selbstsüchtige Göre genannt, einen Schandfleck der Familie, der im Hause nicht mehr erwünscht war. Vielleicht wäre unter diesen Umständen eine kurze, sachliche Kommunikation möglich. Zudem musste der Generalbevollmächtigte des Bankhauses Wegener benachrichtigt werden, in dessen Hände Patrick alle Entscheidungsgewalt gelegt hatte. Dummerweise wollte ihr sein Name nicht einfallen, da sie sich nie um solche Dinge gekümmert hatte. Aber Tante Grete würde ihn sicher kennen. Sie musste nur herausfinden, wo sich in Veracruz ein Telegrafenamt befand.

Entschlossen drückte sie die Klinke nieder und trat auf den Gang. Das Muster des Teppichs bestand aus ineinanderfließenden, harmonisch abgestimmten Farbstreifen. Alice wollte einen Pinsel ergreifen, um Ölfarben zu mischen, bis sie die richtigen Nuancen traf. Jeder Winkel in diesem Land verlangte danach, gemalt zu werden, und als die Umrisse von Bildern in ihrem Kopf entstanden, fühlte sie sich völlig frei von Angst und Schmerz.

Sie klopfte an der Tür von Juans Zimmer. Eine Weile blieb es still. Sie überlegte, dass er ausgegangen sein musste, als plötzlich das vertraute attraktive Männergesicht in dem Türspalt erschien.

»Mademoiselle Wegener. Ist Ihnen nicht wohl? Soll ich einen Arzt rufen?«

Er schien unwillig, die Tür ganz zu öffnen. Alice straffte die Schultern.

»Es geht mir jetzt besser. Ich will nicht dauernd in meinem Zimmer herumliegen. Können Sie mir in Veracruz das Telegrafenamt zeigen?«

Ein Stachel saß in ihrer Brust. Sie schämte sich, dass sie ein paar Tage nach dem Tod ihres Bruders darunter litt, von einem einst glühenden Verehrer kühl empfangen zu werden, vermochte aber nichts daran zu ändern.

»Aber ja, natürlich, das Telegrafenamt. Sie müssen Ihre Familie benachrichtigen. Warten Sie bitte einen Moment.«

Die Tür fiel zu. Eine Ewigkeit schien zu vergehen, bis Juan Ramirez, tadellos gekleidet und nach Rasierwasser duftend, vor ihr auftauchte, um sie zu begleiten. Sie liefen eine Weile durch die vor Leben sprudelnde Stadt, wo das Bimmeln von Trambahnen und Wiehern von Pferden sie für einen Moment an Berlin erinnerten. An die spanische Sprache und an die Melodien, die hier an allen Ecken erklangen, hatte sie sich inzwischen ebenfalls gewöhnt, denn diese Geräusche waren beständig an ihr Ohr gedrungen, als sie in ihrem Zimmer vor sich hingedämmert hatte. Nachdem sie einige Male abgebogen waren, standen sie schließlich vor einem riesengroßen, weiß getünchten Prachtbau, der sich Edificios de Telégrafos y Correos nannte. Alice schickte ihre Nachricht an Tante Grete ab, wobei sie auch die Adresse des Hotel del Jardin angab. Bis eine Antwort eintraf, würde sie Veracruz nicht verlassen können.

Als sie wieder hinaustraten, wies Juan Ramirez den Weg zu einem Kaffeehaus in der Nähe des Zócalo. Es schien eine vornehme Adresse, denn die Kellner in steifen, tadellos sitzenden blütenweißen Hemden blickten ebenso stolz drein wie ihre Gäste. Als Alice einen Milchkaffee bestellte, wurde eine spärlich mit pechschwarzer, stark duftender, dickflüssiger Brühe gefüllte Tasse gebracht. Sie blickte unzufrieden auf. Dann schlug der Kellner einen Gong, so laut, dass sie zusammenfuhr. Ein jüngerer, ebenso vornehm gekleideter Mann erschien, um die Tasse bis zum Rand mit schäumender Milch vollzugießen. Obwohl Alice diese Prozedur etwas umständlich erschien, wurde ihr bereits nach dem ersten Schluck klar, dass sie niemals köstlicheren Kaffee getrunken hatte.

»Das Café del Portal hat einen sehr guten Ruf in Veracruz«, bestätigte Juan Ramirez diese Erkenntnis. Alice bestellte sich ein Stück Sahnetorte. Der Heißhunger, den sie plötzlich empfand, schien ihr ein Geschenk des Himmels, denn mit jedem Bissen fühlte sie ihre Lebensgeister erwachen. Sie hatte sich lange genug gehen lassen.

»Es freut mich sehr, dass Sie sich wieder besser fühlen«, sagte Juan Ramirez. Sie lächelte ihn scheu an. Dies waren die ersten freundlichen Worte, die er gesprochen hatte, seit sie unerwartet vor seiner Zimmertür aufgetaucht war. Vielleicht hatte er sich nur von ihr ferngehalten, um sie zu schonen. Es war falsch, von Männern allzu viel zu erwarten, hatte Tante Grete sie stets ermahnt, in emotionalen Angelegenheiten stellten sie sich oft ungeschickt an, dies sei eben ihr Naturell. Alice hatte ihre Tante daraufhin einmal gefragt, wozu eine Frau denn überhaupt Männer in ihrem Leben brauche, wenn diese doch hauptsächlich grobe Klötze waren, und sich als Antwort eine Backpfeife eingehandelt.

Juan sah ihr für den Bruchteil einer Sekunde in die Augen, und sie glaubte, das vertraute Strahlen in ihnen aufblitzen zu sehen. Dann blickte er rasch zum Fenster.

»Das verspricht wieder ein sehr heißer Tag zu werden. Vielleicht möchten Sie ihn doch lieber im Hotel verbringen.«

Alice schluckte. Diese Worte grenzten bereits an Unhöflichkeit. Aber sollte sie ihn anflehen, sie weiter in der Stadt herumzuführen? Sie kam sich vor wie ein grober Klotz, wenn sie so kurz nach Patricks Tod nach Vergnügungen suchte, doch sie fürchtete sich vor der stillen Einsamkeit des Hotelzimmers, wo sie ihren Gedanken und Albträumen ausgeliefert wäre. Ihre Finger verkrampften sich. Irgendwie musste sie die Zeit überbrücken, bis eine Antwort von Tante Grete eintraf. Sie blickte ebenfalls durchs Fenster nach draußen und sah zwei Mädchen mit geflochtenen Zöpfen vorbeigehen. Ihre strahlend bunte, mit Stickereien verzierte Kleidung wies sie eindeutig als Indio-Frauen aus. Alice' Blick folgte ihnen, bis sie um die Ecke verschwunden waren, saugte sehnsüchtig die Farbenpracht in sich auf.

Sie wusste, wie sie die restliche Zeit in dem Hotel verbringen würde. Sobald sie ihre Leinwand aufgebaut und bespannt hatte, würde sie endlich wieder das tun, wozu sie sich wirklich geschaffen fühlte.

»Die Antwort Ihrer Tante dürfte schon im Laufe des nächsten Tages eintreffen.« Juan Ramirez riss sie aus ihren Gedanken. »Danach können Sie die Rückreise antreten. El doctor hat sich bereits umgehört. Übermorgen fährt ein Dampfschiff nach Europa, nach Liverpool, doch von dort aus könnten Sie den Zug nehmen. Ich habe mich am Hafen erkundigt, ein Umtausch Ihrer Fahrkarte wäre möglich.«

Alice ließ ihre Kuchengabel, mit der sie ein paar Krümel aufgesammelt hatte, so rasch fallen, dass es laut klirrte.

»Ich habe Dr. Scarsdale ausdrücklich gesagt, dass ich zunächst hier in Mexiko bleiben will«, erwiderte sie. Erneut drehten sich ein paar Köpfe um, denn für gewöhnlich traute man zerbrechlichen Blondinen keine besondere Stimmgewalt zu.

Juan Ramirez wich unmerklich zurück. »Jetzt hast du es endgültig verdorben«, flüsterte Tante Grete in Alice' Kopf.

»Mademoiselle Wegener, ich bitte Sie, es wäre doch nur in Ihrem Interesse. Dieses Land ist Ihnen völlig fremd, und die Umstände machen es kaum möglich, dass Sie noch große Freude daran finden könnten, es genauer kennenzulernen. In Ihrer schweren Lage braucht ein Mensch die Nähe und Wärme seiner Familie.«

Er hatte sich leicht vorgebeugt und beide Hände auf den Tisch gelegt. Nur ein paar Zentimeter trennten seine Finger von den ihren, doch obwohl er wieder lächelte, spürte sie sehr deutlich, dass etwas sich verändert hatte. Die leichte, spielerische Vertrautheit, die zwischen ihnen innerhalb einiger Tage gewachsen war, war verschwunden.

Kurz senkte sie den Blick. Es war ihr auf einmal peinlich einzugestehen, dass in Wirklichkeit niemand auf sie in Berlin wartete. Harry hatte sich vermutlich schon anderweitig getröstet, und die Vorstellung, Tante Grete vor die Augen treten zu müssen, weckte tiefes Unbehagen in ihr. Patrick war der Mensch gewesen, mit dem sie ihre Träume und Ängste geteilt hatte, und jetzt gab es niemanden mehr. Erstaunlicherweise erschreckte der Zustand sie nicht mehr so sehr wie noch vor einigen Tagen. Sie war es gewöhnt, allein zu sein, doch dies einem Menschen zu sagen, der so selbstsicher über das gesellschaftliche Parkett zu gleiten verstand wie Juan Ramirez, widerstrebte ihr, da sie nicht auf Verständnis hoffen konnte.

»Wenn ich offen reden darf«, begann sie, »diese ganze Angelegenheit kommt mir merkwürdig vor. Ich komme hier an, weil Dr. Scarsdale mich aus irgendwelchen Gründen unbedingt in Mexiko haben wollte. Mein Bruder erscheint nicht, um mich abzuholen, dann taucht eine Woche später Dr. Scarsdale auf, teilt mir mit, dass mein Bruder tot ist, und will mich auf dem nächsten Dampfer wieder nach Hause schicken. Warum hat niemand von der Polizei mit mir gesprochen? Wo ist die ärztliche Bestätigung von Patricks Tod? Es ist, als wolle man mich einfach nur loswerden, um dann alles nach eigenem Gutdünken regeln zu können.«

Sie atmete tief durch. Ihr war klar, dass sie deutliches Misstrauen geäußert hatte, das auch Juan Ramirez galt, doch sein Gesicht blieb unbewegt. Der Schnurrbart glänzte, das Hemd saß tadellos, und sie musste sich eingestehen, dass er ihr immer noch gefiel.

»Ich begreife, dass Ihnen all dies merkwürdig erscheint, aber Chiapas liegt nicht in Europa«, erklärte er. »Hier in Veracruz haben Sie vielleicht den Eindruck gewonnen, dieses Land sei inzwischen zivilisiert. Teile davon sind es auch, vor allem die großen Städte, aber Chiapas ist hauptsächlich von den Ureinwohnern bevölkert. Unser neuer Präsident, Porfirio Díaz, ist sehr bestrebt, Mexikos Entwicklung voranzutreiben. Daher überließ er europäischen Siedlern zu sehr günstigen Preisen Land in Chiapas, auf dem sie Kaffeeplantagen gründeten. Sie erwiesen sich als tüchtig und wurden schnell reich. Als Gegenleistung wird von ihnen erwartet, dass sie in der Region für Ordnung sorgen. Natürlich gibt es einen von der Regierung ernannten Gouverneur in der Hauptstadt Tuxtla Gutiérrez, doch in seinen Entscheidungen richtet er sich weitgehend nach dem Willen der Kaffeebarone. Sie halten die wahre Macht in ihren Händen, und unsere Regierung überlässt es daher gerne ihnen, Straftaten aufzuklären.«

Alice zerdrückte die letzten Kuchenkrümel mit ihrer Gabel. In Gedanken hörte sie Harrys spöttische Bemerkungen über eine solche Art der Gerichtsbarkeit.

»Eine Oligarchie also«, gab sie jenes Wissen weiter, das Harry ihr durch lange politische Vorträge vermittelt hatte. Kurz verzog sich Juan Ramirez' Gesicht und ließ ihn ratlos aussehen.

»Die Herrschaft von wenigen über viele«, half Alice ihm aus der Verlegenheit. Nun meldete sich wieder die Stimme von Tante Grete in ihrem Kopf und wies sie spöttisch darauf hin, wie sehr Männer es liebten, von neunmalklugen Frauen belehrt zu werden.

»Ja, so in etwa«, gab er zu. »Aber die wenigen können fähiger sein als die vielen anderen.«

Alice legte die Kuchengabel zur Seite.

»Selbst wenn Sie damit recht haben, so möchte ich doch mitbekommen, wie in diesem Fall verfahren wird.«

Ein Schatten huschte über das schöne Männergesicht. Für einen Moment sah Juan Ramirez fast wütend aus, dann lächelte er wieder.

»Sie sind eine sehr hartnäckige Frau. Aber überschätzen Sie sich bitte nicht. Veracruz ist noch ein recht angenehmer Ort für eine europäische Dame, doch in Chiapas erwarten Sie nichts als Dschungel, Berge und ein paar Kaffeeplantagen. Dazu kommen Moskitos, Schlangen, Skorpione und Indios mit barbarischen Sitten. Mit Verlaub, Mademoiselle Wegener, für eine solche Region sind Sie nicht geschaffen.«

Das Lächeln war zu einem festen Bestandteil seines Gesichts geworden. Alice überkam plötzlich der Wunsch, es zu zerkratzen.

»Wenn dies Ihre Meinung ist, dann kann ich daran nichts ändern«, erwiderte sie spitz. »Aber ich versichere Ihnen, dass ich nach Chiapas fahren werde. Wenn weder Sie noch Doktor Scarsdale mich dorthin begleiten wollen, dann schaffe ich es auch allein.«

Sie legte beide Hände auf den Tisch. Angst stieg in ihr hoch, doch nachdem dieser Entschluss ausgesprochen war, würde sie ihn nicht mehr zurücknehmen können.

Juan Ramirez musterte die kristallenen Lüster des Kaffeehauses. Er hatte recht, befand Alice, man konnte in diesem großen Saal mit

Stuckdecke, Spiegeln und gediegenen Ölbildern an den Wänden tatsächlich den Eindruck gewinnen, in Europa zu sein.

»Wie Sie meinen«, sagte er schnell. »Ich werde Ihren Entschluss dem doctor mitteilen.«

Dann winkte er den Kellner herbei.

Juans Benehmen blieb von kühler, wenn auch tadelloser Höflichkeit, als er sie zurück zum Hotel begleitete. Alice empfand die Erinnerung an den Ausflug in das Indio-Dorf als quälend, denn allzu groß war der Unterschied zwischen dem fürsorglichen Verehrer, der sie in der glühenden Mittagshitze geküsst hatte, und jenem distanzierten Begleiter, dessen Gedanken sich hinter artiger Konversation verbargen. Ein wenig fühlte sie sich an die Empfänge im Hause ihres Vaters erinnert, als sie dem endlosen Gerede wichtiger Männer hatte lauschen müssen, wobei Tante Gretes Adlerblick in ihren Rücken stach, um jede ihrer Gesten zu kontrollieren. Als sie auf Juans Ausführungen zu den unterschiedlichen Wetterverhältnissen in Frankreich und seiner Heimat nur sehr einsilbig antwortete, gab er das Reden schließlich auf, was sie erleichterte. Schweigend durchquerten sie den Garten, wo sie einander noch vor einer Woche in die Arme gefallen waren. Alice staunte, wie schnell ihre Wahrnehmung dieses Landes sich änderte. Zunächst hatte eine Woge fremder Eindrücke sie überrollt, dann hatte sie betörende Schönheit entdeckt, um sich nun einfach so unerwünscht zu fühlen wie angespültes Strandgut.

Der Portier nickte zum Gruß, doch in seinem Blick lag keine Bewunderung mehr. Alice fragte sich, ob sie sich all dies nur eingebildet hatte und, berauscht von zu viel exotischer Fremdheit, einer völligen Illusion erlegen war. Wenn eine Frau dem Drängen eines Mannes zu schnell nachgab, vergaß er sie ebenso schnell, hatte Tante Grete ihr einst eingebläut. Juan Ramirez war bescheidener in seinen Ansprüchen gewesen als Harry. Sie spürte Bitterkeit in ihrer Kehle und schalt sich innerlich dafür. Sie wollte Malerin sein, nicht Ehefrau oder Geliebte, und damit war sie zufrieden gewesen, solange Patrick lebte. Welch klaffendes Loch sein Tod in ihr Leben gerissen hatte, begann ihr nun, da der erste lähmende Schmerz langsam nachließ, erst wirklich bewusst zu werden.

Im Gang blieben sie beide stehen, denn nun trennten sich ihre Wege in die verschiedenen Zimmer. Alice wollte sich mit einem höflichen Nicken abwenden, doch auf einmal ergriff Juan Ramirez ihre Schultern. Für einen winzigen Augenblick begann die distanzierte Fassade zu bröckeln, seine Lippen wurden schmal, und Falten gruben sich in seine Stirn.

»Alice«, flüsterte er, während er sie an sich zog, »bitte, fahr nach Hause. Du hast deine Malerei und musst dich um das Erbe kümmern. Deinen Bruder kannst du nicht mehr lebendig machen, also bring dich selbst nicht unnötig in Gefahr.«

Ihr Körper verkrampfte sich störrisch. Sie hatte sich von der unverhofften Berührung etwas anderes erwartet als die Ermahnung, dass sie so schnell wie möglich aus seinem Leben verschwinden sollte.

»Danke für den guten Rat, aber meine Entscheidung steht fest«, sagte sie schnell, um dann in ihr Zimmer zu flüchten.

Alice verbrachte den Rest des Tages vor der Leinwand. Sie mischte kräftige, strahlende Farben, malte einen Hintergrund aus Blüten, Palmen und einer Veranda, auf der ein gestreifter Teppich lag. Eine männliche Gestalt sollte diese gefällige Harmonie in Aufruhr versetzen, doch in ihrer Phantasie wollte kein Gesicht entstehen. Patrick war zu sanft, zu europäisch, Juan Ramirez zu geschniegelt und zudem undurchschaubar. Sie dachte an Dr. Scarsdale, an seine verknitterte Blässe. Erstaunlicherweise schien er zu passen, um in eine leuchtend exotische Farbenpracht gequälte, trockene Rationalität eindringen zu lassen. Was hatte ihn nur dazu gebracht, sich ausgerechnet in dieses heiße, wilde Land zu begeben, da er doch, ganz anders als Patrick, eher Pragmatiker als Schwärmer zu sein schien? Nachdenklich ließ Alice den Pinsel sinken. Das Klopfen an der Tür bemerkte sie erst, als es zu einem dringlichen Pochen geworden war.

»Entrez!«, rief sie, da ihr das spanische Wort nicht einfiel. Die Tür wurde ruckartig geöffnet, um ebenjenes Gesicht im Zimmer auftauchen zu lassen. Alice staunte, wie vertrocknet Dr. Scarsdale trotz der heißen Temperaturen schien. Seine Haut wies an den Wangen schuppige Flecken auf. Das hochgeschlossene Hemd, über dem er sogar ein Jackett trug, war völlig frei von Schweißflecken, und sein Haar wirkte so porös, dass sie nicht gewagt hätte, es zu berühren, da es unter ihren Fingern zu Staub zerfallen könnte.

»Miss Wegener«, begann er nach einem Räuspern, »Juan Ramirez hat mir Ihren Entschluss mitgeteilt, den ich natürlich akzeptiere. Wir brechen in drei Tagen nach Tuxtla Gutiérrez auf. Leider muss ich Ihnen mitteilen, dass die einzigen Eisenbahnlinien dieses Landes alle nach Mexiko-Stadt oder in die Vereinigten Staaten führen. Wir werden daher mit einem Pferdewagen reisen. Ich würde Sie bitten, sich bequeme Kleidung zu besorgen, in der Sie den heißen Temperaturen dieses Landes gewachsen sind. Allzu angenehm wird diese Reise nicht, darauf müssen Sie sich einstellen.«

Alice nickte, blickte an sich hinab und versuchte, ihre Erscheinung mit seinen Augen zu betrachten. Sie sah eine junge Frau, die als höhere Tochter aufgewachsen war, blond und zart, da sie leider manchmal das Essen vergaß. Schmale Finger, die im Café Josty mitunter schwere Tabletts umklammert hatten, doch dadurch waren keine Schwielen entstanden. Allein Farbtupfer zeugten davon, dass sie ihre Hände nicht nur im Schoß gefaltet hielt, wie Tante Grete ihr beigebracht hatte. Kurz überkam sie Verunsicherung. Sie würde bald schon eine der wenigen Bastionen der Zivilisation in einem fremden, wilden Land verlassen und wusste nicht, ob sie dem, was sie erwartete, gewachsen war. Dann fiel ihr ein, dass Dr. Scarsdale einem vergeistigten Gelehrten glich, dem der Staub von Bibliotheken anhaftete. Sie straffte die Schultern.

»Gut, ich werde Ihren Rat befolgen. Nun möchte ich Sie noch ein paar Dinge fragen. Setzen wir uns doch für einen Moment.«

Sie sank auf den Stuhl und wies auf ein kleines Canapé in der Zimmerecke. Der Archäologe gehorchte widerstandslos, fuhr sich kurz mit der Hand über die Stirn. Alice erahnte Schuppen, die durch die warme Luft schwebten.

»Sie hatten Briefverkehr mit meinem Bruder, bevor Sie sich persönlich kennenlernten. Ist das richtig?«

Ihr war bewusst, dass sie eine Art Verhör begann, doch sie wollte mehr über Patricks Verhältnis zu dem Amerikaner erfahren. Taktisches Geschick im Umgang mit Männern war niemals ihre Stärke gewesen. Dr. Scarsdales Miene blieb von dieser Direktheit unberührt, schien wie erstarrt in ihrem unnahbaren, vergeistigten Ausdruck. Gefühle musste er wohl wie jeder Mensch haben, aber er hatte gelernt, sie nicht zu zeigen.

»Ich bin Professor für Altgriechisch an der Universität von Columbia«, begann er ohne Zögern. »Zunächst hatte ich jahrelang davon geträumt, eine solche Position zu erreichen, doch als es mir gelungen war, setzte auf einmal Langeweile ein. Ich war es leid, bereits tausendfach übersetzte Texte zu studieren, und stellte mir vor, wie es wäre, uralte Schriften oder Gegenstände in den Händen zu halten, die seit Jahrhunderten kein Mensch mehr berührt hatte. Ich hatte natürlich von dem Deutschen Heinrich Schliemann gehört, der die Stätten einer uralten Kultur ans Licht des Tages gebracht hat. Danach träumte ich davon, mir könnte etwas Ähnliches gelingen.«

Alice, die zunächst etwas irritiert gewesen war, dass er so weit ausholte, um ihre Frage zu beantworten, beobachtete staunend, wie Leben in seine magere Gestalt kam. Er hatte sich aufgerichtet, und das Leuchten seiner Augen, die plötzlich graublau waren, überstrahlte seine allgemeine Farblosigkeit. Für einen Augenblick vermeinte Alice, einen klugen, interessanten Mann vor sich zu sehen.

»Aber warum ausgerechnet Maya-Ruinen? Damit hat Heinrich Schliemann sich nie beschäftigt.«

Er hob mit einem angenehmen Lachen die Hände.

»Nun, ich bin Amerikaner. Ihr Europäer haltet uns für kulturlos. Ich habe lange die Zivilisation der Griechen und Römer bewundert, sie für die Quelle aller menschlichen Weisheit gehalten. Dann überreichte ein alter Freund mir eines Tages die Übersetzung des Popol Vuh, des heiligen Buches der Maya. Es wurde 1702 von einem Dominikanerpriester im heutigen Guatemala gefunden. Eigentlich wäre der Mann Gottes verpflichtet gewesen, das heidnische Teufelswerk zu vernichten, doch da er das Herz eines Gelehrten besaß, vermochte er nichts Derartiges zu tun. Einige Maya-Priester hatten bereits die lateinischen Schriftzeichen gelernt und das Werk aufgezeichnet. Daher war es dem Dominikaner Francisco Ximénez, der inzwischen die Sprache der Maya beherrschte, möglich, eine spanische Übersetzung anzufertigen. Diese lag über hundert Jahre unbeachtet in einer Universitätsbibliothek von Guatemala, bis ein Franzose sie entdeckte und in weitere Sprachen übertrug. Ich hatte Glück, weil mir eine englische Ausgabe davon in die Hände fiel. Bisher hatte ich mich kaum mit der Geschichte meines Kontinents vor der Ankunft der Europäer beschäftigt. Nun las ich diese uralte Schöpfungsgeschichte eines ausgelöschten Volkes. Etwas Neues, bisher kaum Erforschtes. Darauf hatte ich lange gewartet.«

Er lehnte sich auf dem Canapé zurück. Alice hatte gebannt gelauscht, verspürte in dem Tonfall seiner Stimme jene Begeisterung, die sie an sich selbst kannte, wenn es um das Malen ging. Dieser Mann lebte für das, was er tat, und schien dadurch plötzlich eine verwandte Seele zu sein.

»Patrick las einen Artikel, den Sie für eine ethnologische Fachzeitschrift verfasst hatten. Es ging um die bisherigen Erforschungen der Maya-Ruinen, die recht dürftig ausgefallen sind. Danach trat er mit Ihnen in Kontakt«, erzählte sie die Geschichte ihrem Wissen gemäß weiter. Dr. Scarsdale nickte.

»Ich war froh, einen Menschen kennenzulernen, der meine Passion teilte. Die Reise nach Mexiko hatte ich bereits geplant und wollte mir zuallererst Palenque ansehen. Die finanziellen Mittel waren allerdings knapp. Glücklicherweise konnte Ihr Bruder ebenfalls seinen Beitrag leisten, sodass wir uns gemeinsam einen Traum erfüllten.«

Alice streckte die Beine aus. Im Wesentlichen war ihr diese Geschichte bereits bekannt, doch sie hatte Patricks Version von Dr. Scarsdale bestätigt hören wollen. An dem, was er sagte, erkannte sie tatsächlich nichts Neues. Patrick hatte das Vermögen der Wegeners dazu verwendet, sich in ein Abenteuer zu stürzen und seine Schwester dabei zu unterstützen, ungestört ihre Bilder zu malen. Plötzlich vermeinte sie, Tante Gretes vorwurfsvolles Gesicht vor sich zu sehen. Mehrere Generationen der Wegeners hatten mit emsigem Fleiß und Sparsamkeit ein Bankhaus aufgebaut, nun wurden die

Früchte ihrer Mühen von zwei rebellischen Träumern verschleudert. Sie wusste nicht, ob sie lachen oder sich ein wenig schämen sollte. Auf jeden Fall würde sie Tante Grete ausbezahlen, wenn sie das Bankhaus verkaufte.

»Sie trafen also vor ungefähr einem Jahr hier in Veracruz zum ersten Mal mit meinem Bruder zusammen und machten sich beide auf den Weg nach Chiapas«, fuhr sie fort. »Patrick schrieb mir regelmäßig. Er bewunderte Ihre Kenntnisse der alten Maya-Kultur und die Präzision, mit der Sie Ausmessungen vornahmen und Scherben zusammenfügten, um alte Gefäße und Figuren zu rekonstruieren. Ich hatte den Eindruck, zwischen Ihnen beiden herrschte bestes Einvernehmen. Aus welchem Grunde wollten Sie mich plötzlich hierherholen?«

Dr. Scarsdale beugte sich vor und legte beide Hände auf die Knie. Das Strahlen war erloschen.

»Patrick begann, sich ungeschickt zu benehmen, das sagte ich bereits. Ich wusste aus seinen Erzählungen, wie viel er auf Ihr Urteil gab. Ich dachte, Sie könnten ihn zur Vernunft bringen. Er gefährdete unser Projekt und auch sich selbst.«

Alice presste beide Mittelfinger an ihre Schläfen, um den Schmerz abzuwehren. Es gelang ihr nicht ganz.

»Ich verstehe es immer noch nicht«, sagte sie. »Patrick schloss Freundschaften mit indianischen Arbeitern, haben Sie mir erzählt. Außerdem hatte er eine indianische Geliebte. Wie sollte er dadurch irgendetwas gefährden?«

»Aber er schloss Freundschaft mit gefährlichen Aufwieglern«, erwiderte Dr. Scarsdale. »Hans Bohremann und einige andere der ansässigen Plantagenbesitzer konnte ich von meinem Vorhaben begeistern. Sie halfen mir, indem sie uns Unterkunft gewährten, Arbeitskräfte zur Verfügung stellten und uns alle Auseinandersetzungen mit den Behörden ersparten. Wir waren ihnen zu Dank verpflichtet. Patrick begann auf einmal, für die Ideen von Leuten zu schwärmen, die erklärte Feinde unserer Förderer waren. Seine Sichtweise der indianischen Bevölkerung war leider von höchst romantischen Vorstellungen getrübt.«

Alice versteifte sich in dem Bemühen, ihren toten Bruder vor derartigen Vorwürfen in Schutz nehmen, doch wollten ihr nicht die richtigen Worte in den Sinn kommen. Patrick hatte in der Tat von der spirituellen, naturverbundenen Lebensart in den alten Indio-Reichen geschwärmt, was ihr angesichts von Menschenopfern ein wenig schönfärberisch vorgekommen war. Überhaupt hatte er dazu geneigt, in Menschen vor allem das Gute zu sehen, was ihrem eigenen misstrauischen Wesen widersprach und worum sie ihn manchmal beneidet hatte.

»Die Nachfahren der alten Maya und Azteken, der Erbauer großartiger Tempelanlagen, deren Erforschung wir uns widmen wollten, haben den Bezug zu ihrer Kultur verloren.« Dr. Scarsdale setzte zu einer längeren Erklärung an. »Sie haben seit ungefähr vierhundert Jahren wie Sklaven gelebt und eine ähnliche Mentalität entwickelt: unterwürfig und eher stumpfsinnig, wenigstens die Mehrzahl von ihnen. Doch der Hang zur Grausamkeit, der sich bereits bei den blutigen Menschenopfern manifestierte, ist erhalten geblieben. Das bekam Ihr Bruder leider auch zu spüren.«

Alice verschränkte die Arme vor der Brust. Für einen Moment fröstelte sie.

»Ich hoffe, dass ich all Ihre Fragen beantwortet habe«, sagte Dr. Scarsdale und erhob sich. »Ich muss nun los, um unsere Abreise vorzubereiten. Ich werde Hans Bohremann telegrafieren und ihm mitteilen, dass Sie mitkommen wollen. Er wird Ihnen sicher eine Unterkunft auf seiner Hazienda anbieten. Dort haben auch Patrick und ich eine Weile gewohnt.«

Alice nickte erleichtert. Die Aussicht, im Haus eines deutschstämmigen Siedlers unterzukommen, schien auf einmal beruhigend und versprach an dem fernen Ziel einen Ort, der nicht völlig fremd war wie der Rest dieses riesigen, unbekannten Landes.

Einen Tag arbeitete sie noch an ihrem Bild, um die begeistert funkelnden Augen des Archäologen festzuhalten, bevor dieser Eindruck in ihrer Erinnerung verblasste. Dann beschloss sie, sich den Tatsachen zu stellen und für eine mehrwöchige Reise durch wildes

Gelände zu packen. Diese Aufgabe brachte unerwartete Probleme mit sich. Sie hatte fast ihr ganzes bisheriges Leben in Berlin verbracht, kannte den Lärm, den Gestank und die Unruhe der Großstadt. Ihr Bedürfnis nach Natur war durch gelegentliche Besuche von Parks zur Genüge befriedigt worden, sodass sie es kaum gewohnt war, keine Häusermauern mehr in unmittelbarer Nähe zu wissen. Sie legte das cremefarbene Sommerkleid schweren Herzens in die Tiefen ihres Koffers, denn sein zarter Stoff würde in der Wildnis vermutlich schnell zerreißen. Auch andere geliebte Kleidungsstücke wurden zum Zwecke der Schonung als Reisekleidung aussortiert. Übrig blieben schließlich der blaue Rock und noch ein brauner aus dickerem Leinenstoff, in dem sie vielleicht schwitzen würde, der aber dem rauen Holzboden im Wagen genug Widerstand bot, um heil zu bleiben. Hinzu kamen drei Rüschenblusen, alle in strahlendem Weiß. Sie würde sie bei jeder sich bietenden Gelegenheit waschen, beschloss sie, denn ihr graute davor, eine nach Schweiß stinkende Reisende zu sein. Vermutlich hatten Dr. Scarsdale und Juan Ramirez recht: Sie war völlig verrückt, sich auf ein solches Abenteuer einzulassen. Ratlos klappte sie den Koffer zu, kletterte auf das Bett und rollte sich für einen Moment zusammen. Noch konnte sie absagen. Die Herren wären vermutlich sehr erleichtert, sie als lästige Begleiterin losgeworden zu sein. Sie sehnte sich nach der übersichtlichen Enge einer Schiffskabine, dem Weg über den Ozean Richtung Heimat, wo zahlreiche Aufgaben auf sie warteten. War es Trotz, der sie hierbleiben ließ? Ein sinnloses Pflichtgefühl gegenüber Patrick, an dessen Tod sie sich eine Mitschuld gab? Oder gar der Wunsch, Juan Ramirez nicht zu verlassen, weil sein Verhalten ihr gegenüber sich vielleicht wieder ändern könnte?

Sie drehte sich auf den Rücken und starrte die honigfarben gestrichene Zimmerdecke an. Das Moskitonetz wehte im leichten Wind des anbrechenden Abends wie ein zarter Damenschleier. Sie dachte über ihre Selbstvorwürfe nach, verwarf den Trotz und auch ihre Hoffnungen bezüglich Juan Ramirez. Nur was Patrick betraf, musste sie sich eingestehen, dass sie tatsächlich ihr Gewissen beruhigen wollte, indem sie sich ebenfalls in Gefahr begab. Aus diesem Grund war der Schritt notwendig.

Mit neu erwachender Energie richtete sie sich auf. Ihr kamen die blütenreinen Batisthemden und Seidenwesten von Juan Ramirez in den Sinn. Wenn ein derart eitler Mann durch Chiapas reisen konnte, dann würde es auch einer Blondine in Rüschenbluse gelingen.

4. Kapitel

Der Karren war nicht ganz so primitiv, wie Alice befürchtet hatte. Es gab sogar zwei davon, einen, auf den das Gepäck geladen wurde, wobei ihres den meisten Raum einnahm. Der zweite Wagen war mit gepolsterten Sitzbänken ausgestattet und mit einem Verdeck versehen, sodass er fast einer europäischen Kutsche glich, nur hingen an seinen Seiten die üblichen bunt gestreiften Decken herab, von farbenfrohen Fransen verziert. Vor jedem Gefährt stand ein kleines, zotteliges Pony, dessen stämmiger Körper und gutmütiger Blick Alice ein wenig beruhigten. Diese Tiere schienen längere Strecken durch unebenes Gelände zu verkraften, sodass sie ihnen gern ihr Schicksal anvertraute. Die Kutscher waren braun gebrannte Mexikaner, Vater und Sohn, wie es bereits aufgrund des Altersunterschiedes deutlich wurde, und zudem hatten sie beide ähnlich breite Nasen über den kräftig wuchernden Schnurrbärten. Sie nickten kurz, um die Reisenden zu begrüßen, doch ihre Blicke blieben an Alice hängen, die sich verärgert abwandte. Es war an der Zeit, dass die Abfahrt begann, denn dann mussten die neugierigen Kerle sich auf die Straße konzentrieren, anstatt ihren weiblichen Fahrgast anzustarren.

Zu ihrer Erleichterung wurde eine lederne Plane über das Gepäck gezogen, sodass ihr zurechtgeschnittenes Leinwandpapier, die fertigen Bilder, die Farbtuben, Dosen und Pinsel einigermaßen vor möglichem Unwetter geschützt waren. Irgendwann musste es auch in diesem Land einmal regnen, denn es bestand keineswegs aus Wüste. In dem Reisewagen saß sie Juan Ramirez und Dr. Scarsdale gegenüber. Die Vorstellung, dass sie es bis zu zwei Wochen auf derart engem Raum miteinander aushalten müssten, löste eine unangenehme Beklemmung aus. Sie strich den blauen Rock glatt und richtete sich auf.

»Nun, jetzt geht es los«, meinte sie auf Englisch mit einem gekünstelten Lächeln. Juan Ramirez musterte sie eingehend von Kopf bis Fuß. Dann griff er in einen Beutel, den er bei sich trug.

»Hier, das wird Sie besser vor der Sonne schützen als Ihr geblümter Strohhut«, meinte er und hielt ihr ein breitkrempiges Exemplar entgegen, das sie bisher bei mexikanischen Männern gesehen hatte.

»Sie selbst tragen so etwas nicht«, widersprach Alice und erntete ein nachlässiges Lächeln.

»Ich bin die Sonne gewöhnt. Sie nicht. Bitte nehmen Sie den Hut, sonst werden Sie noch krank.«

Alice gehorchte widerwillig. Sie würde dieses Monstrum nicht freiwillig aufsetzen, beschloss sie, doch eine Ablehnung wäre allzu unhöflich gewesen.

Sie durchquerten die Stadt, vorbei an hohen Steingebäuden, weiß, rosa oder blau gestrichenen Häusern und Hütten mit Strohdächern, die allmählich immer seltener wurden. Eselskarren kamen ihnen entgegen, und manchmal war es schwierig, ihnen auf der engen Straße auszuweichen. Kleinwüchsige Indios schleppten Lasten auf ihren Rücken, die fast so groß waren wie sie selbst, doch sie schritten kraftvoll aus. Wieder bewunderte Alice die farbenfrohe Kleidung. Die Frauen trugen schlichte graue Hüte, die in Europa wohl eher Teil von Herrenkleidung gewesen wären. Ihre Kinder trugen sie in Rucksäcken ähnlichen Tüchern auf dem Rücken, sodass sie beide Hände freihatten, um den vorbeiziehenden Reisenden Früchte, Tortillas, Tongeschirr, Schmuck aus bunten Glasperlen und bestickte Bänder anzubieten. Alice erwarb eine weitere Kette mit passenden Ohrringen, wobei sie diesmal den geforderten Preis zahlte.

»Man wird Sie ausnehmen, wenn Sie so weitermachen«, kommentierte Juan Ramirez spöttisch. Sie warf ihm einen wütenden Blick zu.

»Diese Leute sind entsetzlich arm. Es ist mir unangenehm, ihre Preise herunterzuhandeln.«

Er lächelte, als hätte er den scharfen Tonfall nicht wahrgenommen.

»Ihr mitfühlendes Herz in allen Ehren, aber wenn Sie allen Armen dieser Welt helfen wollen, dann sind Sie selbst bald arm.«

Alice wandte verärgert das Gesicht ab, denn ihr fiel im Moment keine passende Antwort ein, und zudem wollte sie die Reise nicht gleich mit einem Streit beginnen. Streng genommen hatte Juan Ramirez nicht einmal unrecht, ihre finanziellen Reserven waren beschränkt, sie wollte nicht weiterhin auf die Großzügigkeit von Dr. Scarsdale angewiesen sein und wusste nicht, wann sie Patricks Erbe beanspruchen könnte. Zunächst einmal wäre es wohl vernünftig, sich bei Einkäufen zurückzuhalten.

Sie hatten die letzten Gegenden, in die die Stadt Veracruz ihre Finger ausstreckte, inzwischen hinter sich gelassen und fuhren in der prallen Sonne zwischen Feldern hindurch, auf denen etwas angebaut wurde, das entfernt an Schilf erinnerte.

»Zuckerrohr«, erklärte Dr. Scarsdale, der ihrem Blick gefolgt war. »Es wird hier in der Gegend am häufigsten angepflanzt. In Chiapas hingegen bevorzugt man Kaffee und Kakao. Wir haben Glück, dass wir den größten Teil der Strecke über bereits gerodetes Flachland fahren. Erst kurz vor unserem Ziel werden wir das Hochland von Chiapas erreichen, um uns dann nach Tuxtla Gutiérrez durchzuschlagen. Das dürfte der anstrengendste Teil der Reise werden, denn die Straßen in den Bergen der Sierra Madre sind schlecht.«

Alice nahm erleichtert zur Kenntnis, dass es bis dahin noch mindestens zehn Tage dauern würde, und ließ ihren Blick weiter über die Felder schweifen, ein grüner Ozean, der sich endlos dahinzog, um schließlich mit dem Horizont zu verschmelzen. Vereinzelt tauchten Strohdächer und weiß getünchte Kirchtürme auf, ein beruhigendes Zeichen, dass sie nicht durch völlig unbewohnte Wildnis fuhren. Bald schon sah sie auch Menschen, die diese Halme mit langen Messern abhackten und bündelten, um sie anschließend auf Kopf oder Schultern wegzutragen. Fast alle dieser Arbeiter waren an ihrer Kleidung als Indios zu erkennen, und sie entdeckte zahlreiche Kinder darunter, die kleiner waren als das Rohr, das sie schnitten.

»Wem gehören diese Plantagen?«, fragte sie Dr. Scarsdale.

»Der Oberschicht des Landes«, antwortete er. Alice erkannte, dass ihre Frage eigentlich überflüssig gewesen war.

»Ich dachte, es gibt vielleicht auch kleine Felder, die von ihren Besitzern selbst bearbeitet werden«, erklärte sie, um nicht als dümmlich dazustehen.

»Natürlich gibt es die«, versicherte Dr. Scarsdale. »Doch es werden immer weniger, da die Besitzer der großen Plantagen den Markt zunehmend dominieren. Es gibt in diesem Land natürlich auch eine Mittelschicht. Sie setzt sich aus Händlern, Handwerkern und kleinen Angestellten zusammen.«

»Außerdem kluge Leute wie Ärzte und Lehrer«, fügte Juan Ramirez hinzu, der es nicht einem Ausländer überlassen wollte, die Verhältnisse in seiner Heimat zu erläutern.

»Sind darunter auch einige der … der Ureinwohner zu finden?«, fragte Alice weiter, denn das Thema begann allmählich, ihr Interesse zu wecken.

»Selten. Sehr selten«, antwortete Dr. Scarsdale. »Sie haben kaum Gelegenheit, auch nur eine rudimentäre Schulbildung zu erhalten.«

Juan Ramirez fuhr verärgert auf.

»Pero Andrés …«, begann er, bis ein strenger Blick des Archäologen ihn zum Schweigen brachte. Alice staunte, wie viel Zorn darin gelegen hatte.

»Andrés«, wiederholte sie nachdenklich den Namen, bis ihr klar wurde, wann sie ihn bereits gehört hatte. »Hieß dieser Indio, der meinen Bruder getötet haben soll, nicht so?«

Juan Ramirez nickte, bevor Dr. Scarsdale ihr eine Antwort geben konnte. Kurz tauschten beide einen Blick, dann räusperte sich der Archäologe.

»In der Tat. Sie haben ein gutes Gedächtnis.«

Er lächelte. Es passte nicht zu ihm, dachte Alice. Seine Augen blieben davon unberührt, und sie fühlte sich an eine grinsende Karnevalsmaske erinnert.

»Andrés Uk'um war ein ungewöhnlich begabter Knabe«, erklärte der Archäologe. »Er hatte Glück. Die wohltätige Ehefrau eines deutschen Kaffeebarons hatte eine Schule für Indio-Kinder eröffnet und bemerkte sein rasches Begriffsvermögen. Der Ehemann dieser Dame finanzierte dem Jungen eine höhere Schulbildung und auch ein Studium. Er wurde Ingenieur.«

Alice hob die Hand, um Schweißtropfen von ihrer Stirn abzuwischen.

»Ich dachte, er sei ein blutrünstiger Wilder, der Menschen das Herz aus der Brust reißt«, erwiderte sie spitz. Ihr Magen rumorte bei der Vorstellung dieser Tat, aber sie schaffte es, sich zusammenzureißen.

»Niemand erwartete das von ihm«, entgegnete Dr. Scarsdale. »Doch als er nach vielen Jahren in seine Heimat zurückkehrte, da begann er, die anderen Indios gegen die Besitzer der Kaffeeplantagen aufzuhetzen. Er war mit demokratischen Ideen in Berührung gekommen, was ihn zum Unruhestifter machte. Es gibt Gründe, warum man Indios hierzulande keine Schulen besuchen lässt.«

Der Archäologe kicherte trocken. Juan Ramirez hatte verärgert den Kopf abgewandt und musterte die vorbeiziehenden Zuckerrohrfelder. Alice staunte, wie viel Aufmerksamkeit er den Pflanzen widmete, die ihm nicht so fremd sein konnte wie ihr. Sie lehnte sich zurück.

»Warum sollte ein studierter Ingenieur, der an die Ideale der Demokratie glaubt, meinen Bruder auf eine derart … brutale Weise töten?«

»Er glaubte vielleicht nicht an dieses alte Ritual, aber er wusste, dass es seinen Leuten Kraft schenken würde«, erklärte Dr. Scarsdale. »Vielleicht war dies der einzige Weg, sie aus jener Lethargie zu reißen, in die sie nach der spanischen Eroberung gefallen waren.«

»Die meisten Leute dieses Landes haben indianisches Blut«, mischte sich Juan Ramirez ins Gespräch. »Auch die Ladinos, die spanischstämmigen Mexikaner wie meine Schwester und ich. Wir stellen hier die Mehrheit der Bevölkerung dar und sind keine Mörder.«

Alice schenkte ihm ein beruhigendes Lächeln, denn er machte den Eindruck, zu einem längeren Vortrag ansetzen zu wollen, den sie nicht wirklich hören wollte. Ihr Rücken schmerzte bereits von dem ständigen Holpern des Wagens, die Rüschenbluse war schweißdurchtränkt, und sie sehnte sich nach einer Gelegenheit, frisches Wasser über ihren Körper laufen zu lassen. Es würde allerdings keinen guten Eindruck machen, wenn sie schon wenige Stunden nach der Abreise zu klagen begann.

»Ich bin nicht davon ausgegangen, dass alle Leute dieses Landes Mörder sind«, beruhigte sie Juan Ramirez. »Ich versuche nur zu begreifen, was meinem Bruder widerfahren ist.«

Er nickte. Zum ersten Mal war sein makelloses Gesicht von Schweiß bedeckt. Er trug ein schlichteres Hemd als in Veracruz und Hosen aus robustem Leinen. Ohne die Fassade des kultivierten Dandys sah er weitaus mexikanischer aus, dachte Alice. Sie konnte sich ihn erstmals als Kind einfacher Leute mit einem Stand am Hafen vorstellen. Erstaunlicherweise wurde er ihr dadurch wieder sympathisch.

»Dieser Andrés Uk'um wollte eine Revolution.« Dr. Scarsdale übernahm die Rolle des Dozenten. »Wie wir aus der europäischen Geschichte wissen, Miss Wegener, laufen Revolutionen nicht ohne Blutvergießen ab.«

»Ja«, sagte Alice, »das ist mir bewusst.«

Sie hatte das Gefühl, wie ein Schuldmädchen belehrt worden zu sein. Benahmen Männer sich allgemein überheblich, oder war sie nur besonders empfindlich?

Sie fand keine Antwort auf die Frage, denn die Karren rollten zu einer Behausung, vor der sie zum Stillstand kamen.

Es war ein einstöckiges Gebäude, um das sich zahlreiche Ställe und Lagerräume gruppierten. Ein unangenehmer, aber nicht völlig unbekannter Geruch stieg Alice in die Nase. Sie brauchte eine Weile, bis ihr die Ferienreise in die Alpen wieder einfiel, die sie als Halbwüchsige mit ihrer Familie unternommen hatte. Das behäbige Muhen, mit dem sie begrüßt wurden, machte ihr klar, dass es nach Kuhfladen roch, obwohl im Augenblick kein Rind zu sehen war.

Ein paar Indios kamen herbeigelaufen, starrten die Gäste neugierig an und holten nach einer kurzen Unterhaltung mit Dr. Scarsdale schließlich den Hausherrn, der ebenso dunkelhäutig und klein war. Seine Frau, die in fleckiger Schürze und mit bis zu den Ellbogen hochgekrempelten Blusenärmeln kurz darauf ebenfalls heraustrat, überragte ihn um einen halben Kopf. Ihre hellbraunen Locken, die zerzaust über ihre Schultern fielen, ließen sie europäisch aussehen. Aus dem braun gebrannten Gesicht blinzelten graublaue Augen, abschätzend und etwas misstrauisch angesichts des unerwarteten Besuchs. Juan Ramirez schenkte ihr sein strahlendstes Lächeln und begann, auf Spanisch zu sprechen, doch der mürrische Blick der Hausherrin machte klar, dass sie keinerlei Schwäche für schöne Männer empfand. Der Hausherr hingegen mischte sich lautstark in das Gespräch, seine Arbeiter stimmten sogleich ein, und schließlich fürchtete Alice, von dem allgemeinen Gezeter Kopfschmerzen zu bekommen. Dann sah sie, wie die Haustür erneut geöffnet wurde.

»Wir bekommen hier ein Mittagessen und können uns ein bisschen ausruhen«, erklärte Juan Ramirez die Lage. Dr. Scarsdale nickte. Alice stieß einen Seufzer der Erleichterung aus. Vielleicht würde sie sich hier irgendwo kurz waschen können.

Das allgemeine Geplapper wollte kein Ende finden, als sie in einen Raum geführt wurden, wo auf einem langen Tisch das Essen bereitstand. Alice nahm an der Seite von Juan Ramirez Platz, denn die Hausherrin hatte Dr. Scarsdale nach einer kurzen Unterhaltung zu ihrem Favoriten auserkoren und wies ihn auf einen freien Stuhl an ihrer Seite. Die Indios saßen etwas weiter unten am Tisch, ebenso wie die zwei Kutscher. Alice spürte ein paar neugierige Blicke auf sich ruhen, nachdem sie den Hut abgenommen hatte, doch glücklicherweise beanspruchten die dampfenden Töpfe bald mehr Aufmerksamkeit als ihr Blondhaar. Eine Mischung aus Bohnen, Kartoffeln und Hackfleisch schwamm darin. Alice' Magen knurrte sehnsüchtig. Sie konnte sich nicht erinnern, jemals so hungrig gewesen zu sein, was zur Folge hatte, dass es ihr ungewohnte Freude bereitete, ihren Teller zu füllen und einen Löffel voll mit der dampfenden Mischung zum Mund zu führen. Das Gehackte stammte erwartungsgemäß von Rindern, war aber so scharf gewürzt, dass der ursprüngliche Geschmack des Fleisches nicht mehr zu schmecken war. Alice aß schicksalsergeben und musterte dabei ihre Umgebung. Wenigstens schien der schlichte Raum einigermaßen sauber. Ein paar farbenfrohe, kindlich anmutende Stickereien hingen als einziger Schmuck an den Wänden. Bei genauerer Betrachtung bekam ihre Farbgewalt eine gewisse Sogwirkung, sodass Alice den Blick nicht abwenden konnte.

»Ich hoffe, es schmeckt Ihnen einigermaßen.« Sie wurde von Juan Ramirez abgelenkt und fragte sich, ob er sie auf subtile Art darauf hinweisen wollte, dass ihre andauernde Schweigsamkeit unhöflich war.

»Aber ja, nur etwas scharf gewürzt. Das ist man in Europa nicht gewöhnt«, erwiderte sie und bemühte sich, das Gespräch fortzusetzen. »Ist dies das Haus eines der Plantagenbesitzer?« Juan Ramirez lachte auf.

»Aber nein, das ist ein gewöhnlicher Rancho. Diesen Leuten gehören ein paar Leguas Land für ihr Vieh und zwei oder drei Felder. Die Besitzer der Plantagen wohnen auf Haziendas und sind nicht darauf erpicht, gewöhnliche Reisende zu bewirten. Warten Sie, bis wir in Chiapas sind. Mein Schwager und meine Schwester, die wohnen auf einer richtigen Hazienda.«

Nach dem Essen wurde noch eine Runde Tequila ausgegeben, dann holte einer der indianisch aussehenden Arbeiter eine Gitarre und klimperte darauf eine jener Melodien, die bereits in Veracruz in etlichen Lokalen zu hören gewesen waren. Ihre zwei Kutscher, die, wie Alice erfahren hatte, beide Ernesto hießen, begannen gemeinsam ein Lied zu singen, das dem Gitarristen bekannt zu sein schien, denn er konnte sie ohne Mühen begleiten. Alice' spärliche Kenntnisse des Spanischen machten ihr klar, dass es von einer schwarzen Taube handelte. Der Hausherr und auch etliche seiner Arbeiter stimmten in den Gesang ein. Alice nahm mit gewisser Erleichterung das gequälte Gesicht von Dr. Scarsdale wahr. Wenigstens war sie nicht die einzige Nörglerin.

Als das Lied endlich beendet war, stimmte der Gitarrist zu Alice' Entsetzen eine weitere, schwermütige Melodie an. Diesmal erhob die Hausherrin ihre Stimme, die für eine Frau tief und heiser schien. Dennoch lag so viel pulsierende Kraft darin, dass niemand sich einmischte und Alice plötzlich spürte, wie ihr ein Schauer über den Rücken lief. Der Gesang war die in die Welt hinausgeschriene Klage einer gequälten Seele.

»Worum geht es in dem Lied?«, fragte sie Juan Ramirez, der sie mit feucht glänzenden Augen ansah.

»La Llorana, ein alter Mythos um eine Frau, die um ihre Kinder klagt. In vielen Versionen hat sie ihren Nachwuchs selbst ertränkt, nachdem der Vater dieser Kinder sie im Stich gelassen hat. Jetzt schleicht sie als Geist am Fluss herum und weint.«

Alice staunte, dass ihr zu dieser Geschichte nicht sogleich eine spitze Bemerkung entwischte. Gewöhnlich hasste sie Legenden über klagende Mütter und sonstige tragische Frauengestalten. Sie schienen ihr wehleidig, da sie nichts weiter als hilflose Hinnahme des Schicksals ausdrückten. Doch die Stimme der Hausherrin ließ sie frösteln.

»In dem Lied erzählt ein Mann, dass er Llorona liebt, sie aber niemals haben kann, da sie bereits ein Geist ist«, führte Juan Ramirez seine Erklärungen zu Ende.

»Wie ungünstig«, witzelte Alice, denn das war ihr zu viel an Tragik. »Man scheint in diesem Land sehr gern in Schwermut zu schwelgen.«

Juan Ramirez lächelte.

»Nun, wir singen und erzählen gern von der Liebe. Euch Europäer scheint das aber manchmal anzustecken, wenn ihr hierherkommt, und ihr benehmt euch dann viel radikaler, als wir es tun würden. Ihrem Bruder erging es jedenfalls so.«

Alice runzelte die Stirn.

»Sie meinen, weil er ein Indio-Mädchen heiraten wollte? Was ich ihm wohl ausreden sollte?«

Er nickte.

»Ja, so war es. Patrick verlor ein wenig den Kopf, und Dr. Scarsdale hoffte auf Ihren Einfluss.«

Sein stetes Lächeln verrutschte ein wenig, als die Worte ausgesprochen waren. Vermutlich hatte er begriffen, dass sie angesichts der Umstände als taktlos ausgelegt werden könnten, doch Alice nahm es ihm nicht übel, denn sie war dadurch auf eine Idee gekommen. Plötzlich hörte sie die Musik nicht mehr.

»Wo ist Patricks Liebste jetzt eigentlich? Kann ich sie in Chiapas treffen?«, fragte sie ungeduldig. Warum war ihr das nicht schon früher eingefallen?

Juan Ramirez zuckte mit den Schultern.

»Vielleicht. Aber als ich abreiste, da war sie verschwunden. Ebenso wie Andrés.«

»Was heißt verschwunden? Und warum? Sie wird doch nicht etwa auch verdächtigt?«

Ihre Stimme war laut geworden. Sie spürte ein paar Blicke auf sich ruhen und lächelte beruhigend.

»Nein, verdächtigt wird sie meines Wissens nicht«, sagte Juan Ramirez deutlich leiser. »Aber Indios haben ihre eigene Lebensart, vor allem in Chiapas. Da sind sie noch recht wild. Das Mädchen ist sozusagen untergetaucht, irgendwo im Dschungel. Vielleicht haben ihre eigenen Leute sie auch verschleppt, da ihnen ihre Verbindung mit einem Weißen nicht gefiel. Ich bezweifle, dass die junge Frau jemals wieder auftaucht.«

Alice senkte den Kopf. Sie verstand nicht, warum auf einmal jene Schwermut sie erfasste, die sie aus den Liedern herausgehört hatte. Sie wäre gern der Frau begegnet, die Patricks letzte und wohl auch erste Liebe gewesen war, ganz gleich, wie irrsinnig seine Leidenschaft auch gewesen sein mochte.

Die Hausherrin riss sie aus diesen Überlegungen. Sie lief hinaus, um dann mit einer Holzkiste zurückzukommen, die sie stolz vor Dr. Scarsdale abstellte. Der Archäologe hatte gerade seine Brille geputzt, nun setzte er sie wieder auf, um den Inhalt der Kiste zu inspizieren. Sein Gesicht bekam schlagartig Farbe, als sei ihm plötzlich Blut in die Wangen geschossen. Die dicken Brillengläser vergrößerten seine leuchtenden Augen, als er kleine Figuren aus Stein und Ton in die Höhe hielt. Es waren hockende, stämmige Gestalten, teilweise mit breiten Segelohren, die Alice häufig auf Patricks Zeichnungen gesehen hatte.

»Hat die Frau das selbst gemacht?«, flüsterte sie Juan Ramirez ratlos zu. Er schüttelte den Kopf.

»Nein, diese Figuren waren hier früher leicht zu finden, wenn man ein bisschen grub und sich umsah. Es sind uralte indianische Arbeiten. Doña Bernadetta, so heißt unsere Gastgeberin, hat bereits eine Sammlung von ihrem Vater geerbt, der aus Portugal einwanderte. Sie hat in den letzten Jahren fleißig weitergesucht, auch in der

Nachbarschaft. Vor sieben Jahren fand in Amerika eine Kolumbus-Ausstellung statt. Da hat unsere Regierung uns aufgefordert, solche Fundstücke abzuliefern. Aber Doña Bernadetta war schlau. Sie behielt ihre Schätze, weil sie wusste, dass irgendwann jemand kommen würde, der bereit wäre, dafür gutes Geld zu zahlen.«

Tatsächlich hatte Dr. Scarsdale schon seinen Geldbeutel herausgezogen. Nach einer kurzen Verhandlung, bei der die Hausherrin entschieden ihre Hände in die Hüften stemmte, wanderten ein paar Dollarscheine über den Tisch. Doña Bernadetta warf ihrem kleinen Ehemann einen triumphierenden Blick zu, während sie ihren Gewinn einsteckte.

»Am Ende hat sie die meisten davon doch selbst gemacht«, flüsterte Alice Juan Ramirez spöttisch zu. Allmählich begann sie, ihm sein wortloses Beenden ihrer kurzen Romanze zu verzeihen, denn die gemeinsame Reise führte sie auf eine andere, entspanntere Art zusammen.

»Nein, das wäre zu viel Aufwand gewesen. Bis vor einigen Jahren galten solche Figuren als völlig wertlos.«

Er neigte sich ihr zu.

»Als ich in Veracruz aufwuchs, da hatte meine Mutter eine solche Steinfigur, eine ziemlich große sogar, in ihrer Küche stehen. Sie fand sie hübsch, und deshalb schleifte sie stets ihre Messer daran. Ich wage bis heute nicht, dies dem doctor zu erzählen. Ich glaube, er bekäme auf der Stelle einen Ohnmachtsanfall.«

Alice musste kichern, obwohl sie wusste, dass auch Patrick über einen derartigen Missbrauch eines Kunstwerks entsetzt gewesen wäre.

»Was wurde aus der Figur?«, fragte sie. »Sie war vermutlich sehr wertvoll.«

Juan Ramirez ließ seine weißen Zähne aufblitzen. »Meine Mutter starb, und die Figur verschwand. Vermutlich warf mein Vater sie weg. Ich hatte damals ganz andere Sorgen. Nun sind meine Eltern beide tot. Wir waren bettelarm, hatten einen Schatz in der Küche stehen und wussten nichts davon. Das Leben kann manchmal verrückt sein.«

Alice erwiderte sein Lächeln. Es mochte an dem Tequila liegen oder an der fröhlichen, geselligen Atmosphäre in diesem Bauernhaus, dass sie sich im Mexiko wieder wohlzufühlen begann.

Bald darauf ging die Reise weiter. Sie zogen an Zuckerrohrfeldern, Viehweiden mit braunen Rindern, in deren Nähe stets große, weiße Vögel saßen, und kleinen Ortschaften vorbei. Dazwischen schob sich immer wieder ein letzter Rest an unberührter Landschaft aus Palmen und Sträuchern. Vögel mit schillernd buntem Gefieder schossen aufgeschreckt in die Lüfte, sobald die Karren sich näherten. Alice dachte an Tante Gretes roten Papagei, dessen Leben sich innerhalb eines engen, runden Gefängnisses aus sorgsam polierten Metallstäben abgespielt hatte, bis er eines Tages einfach von der Stange gefallen war, um endlich zu sterben. Damals hatte sie seinen Tod als erleichternd empfunden, da ein wenig Ruhe eingekehrt war. Sein Krächzen hatte stets die Strafpredigten der Tante begleitet und Alice Kopfschmerzen verursacht. Nun begriff sie plötzlich, welches Leben diesem Vogel vorenthalten worden war, und sie empfand einen zusätzlichen Groll gegen ihre Verwandte, die im Übrigen noch keine Antwort auf ihr Telegramm geschickt hatte. Hatte sie alle Welt einsperren wollen wie diesen Papagei, da sie alles hasste, das sich ihrer Kontrolle entzog?

Hier kreischten die Vögel ebenfalls, vermutlich inspiriert von den trällernden Kutschern. Doña Bernadetta hatte die Lust am Gesang in ihnen geweckt, und nun schmetterten sie unermüdlich Lieder über schwarze Tauben und klagende Kindesmörderinnen. Alice gewöhnte sich an die Misstöne, fand sie sogar ein wenig reizvoll.

Gegen Abend rollten die Karren in eine weitere Ortschaft, wo sie sogleich von neugierigen Anwohnern begrüßt und zu einer Art Herberge gelenkt wurden. Es war ein einstöckiges, breit angelegtes Gebäude mit zartrosa Wänden. In einem kleinen Innenhof sprangen Hunde und Affen herum, während die Katzen auf den Bänken gelangweilt die Köpfe hoben, als sie der Karren ansichtig wurden. Alice fand die Tiere hübsch und kletterte begeistert vom Wagen herab. Bisher hatte sie Affen nur im Zoo bewundern können, nun wurde sie von ihnen mit kreisrunden, dunklen Augen angestarrt, in denen sich ein beängstigend menschenähnliches Begriffsvermögen zeigte. Sie lächelte eines dieser Tiere freundlich an und trat ihm ein paar Schritte entgegen. Irgendwann würde es sicher die Flucht ergreifen, dachte sie, doch als der Affe sich in Bewegung setzte, kam er in ihre Richtung. Mit ein paar Sätzen hockte er vor ihr und streckte seinen Arm aus, um nach dem Saum ihres Rockes zu greifen. Plötzlich sah Alice kräftige, gelbe Zähne und scharfe Krallen, eine merkwürdige Mischung aus tierischer Wildheit und wachem Verstand in einem Gesicht, das dem eines Menschen ähnelte. Sie wich mit einem Aufschrei vor dieser unheimlichen Kreatur zurück. Der Affe trollte sich daraufhin missmutig wie ein abgewiesener Verehrer. In ihrem Rücken plapperte der junge Ernesto, und gleich darauf begann der ältere Ernesto schallend zu lachen.

»Sie meinen, dass Sie dem Affen gefielen«, sagte Juan Ramirez mit spöttischem Funkeln in seinen Augen. Alice straffte trotzig die Schultern. Männer konnten unausstehlich sein.

»Hat der Affe Sie gekratzt?«, fragte Dr. Scarsdale. »Dann sollte die Wunde gleich desinfiziert werden.«

»Nein, mir ist nichts passiert«, versicherte Alice, dankbar dafür, außer gesangsbegeisterten Kutschern mit Sinn für Humor auch einen sachlich denkenden Gelehrten bei sich zu wissen.

Dem Gästehaus mangelte es an Gästen, denn außer Alice und ihren Reisegefährten hielt sich dort nur ein altes mexikanisches Ehepaar auf, das seine in Yucatán verheiratete Tochter besuchen wollte. Der Besitzer des Hauses war ein Amerikaner namens Frederic Palmer, hochgewachsen, blass und strahlend blauäugig. Er lebte mit Elaine, einer kleinen, runden, weichen Frau, zusammen, deren Vater angeblich Franzose gewesen war, was sich durch zwei Ahnenporträts an den Wänden des Eingangsraumes nachweisen ließ. Elaine selbst hatte deutlich indianische Gesichtszüge, doch dieser Teil ihrer Herkunft war ohne großen Einfluss auf die Einrichtung des Hauses geblieben. Sie trug allerdings jene farbenfrohe Kleidung, die Alice an Indio-Frauen bewundert hatte, obwohl bei ihr alles sauberer und frischer aussah. Das Haar war zu zwei Zöpfen geflochten, in denen bunte Bänder steckten. Insgesamt schien sie Alice die reizvollste weibliche Erscheinung seit ihrer Ankunft in Mexiko. Sie begann, sich nach Leinwand und Pinsel zu sehnen, während Elaine sie in ein helles, gemütlich eingerichtetes Zimmer führte, wo drei Betten standen.

»Hier schlafen die weiblichen Gäste«, sagte sie auf Französisch. »Das Bett am Fenster hat bereits die alte Señora belegt, Sie können sich aussuchen, welches Sie wollen.«

Alice überlegte nicht lange, denn beide Betten standen in der dunkleren Hälfte des Raumes, und es machte kaum einen Unterschied, welches sie nahm. Sie versank in den Tiefen einer weichen Matratze. Die Decke war dick und schwer, etwas unpassend für tropische Temperaturen, doch sie verbreitete ein Gefühl häuslicher Gemütlichkeit. Ein kleiner, breitschultriger Indio-Junge trug Alice' Koffer auf dem Kopf herein. Als er ihn abstellte, wechselte er ein paar Worte mit Elaine Palmer in einer Sprache, die sich nicht nach Spanisch anhörte.

»Ist das ein Verwandter von Ihnen?«, fragte Alice frei heraus, als er wieder verschwunden war. Elaine nickte.

»Ja, der Sohn einer Cousine. Meine Mutter gehörte den Tzotzil-Maya an. Sie arbeitete im Haus einer reichen Familie als Muchacha, als Hausmädchen, und lernte so meinen Vater kennen, der dort den Töchtern das Zeichnen beibrachte.«

In Erwartung eines längeren Gesprächs hatte Elaine sich auf das gegenüberliegende Bett gesetzt. Alice fiel auf, dass ihre Augen von hellem Grau waren. Kleine dunkle Punkte in den Pupillen ließen Alice an Granit denken.

»Das klingt nach einer aufregenden Romanze«, kommentierte sie die Geschichte. Elaine lachte glucksend.

»Ganz so romantisch war es nicht. Mein Großvater redete ungefähr zehn Jahre lang nicht mit meiner Mutter, weil sie keinen Mann aus ihrem Volk hatte wählen wollen. Die Malerei erschien dem störrischen Bauern als höchst dubiose Art des Gelderwerbs. Ach, Verzeihung, ich vergaß, der junge Señor hat mir erzählt, dass Sie auch malen.«

Alice fragte sich, warum Juan Ramirez so viel über sie redete.

»Ja, aber ich unterrichte nicht«, erwiderte sie. Sie wollte nicht hinzufügen, dass sie bereits Bilder ausgestellt hatte, denn das hätte sich allzu wichtigtuerisch angehört.

»Mein Vater versuchte auch, ein paar Bilder zu verkaufen, denn mit einer India als Gemahlin war er den meisten vornehmen Herrschaften als Hauslehrer suspekt geworden.« Wieder lachte Elaine auf eine Art, die sie sehr jung aussehen ließ. Alice verspürte einen Stich von Neid. Warum fiel es ihr immer so schwer, ihre steife Zurückhaltung abzulegen? Es war, als stecke sie in einem Panzer fest, den sie nicht abschütteln konnte.

»Aber reich wurde er so nicht. Diese Herberge war die Idee meiner Mutter. Sie stellte sehr viel Verwandtschaft ein, und ihre Familie verzieh ihr allmählich, denn sie bekamen von niemandem so gute Löhne wie von meinem Vater. Ich wuchs hier auf. Frankreich habe ich nie gesehen, meine dortige Familie kenne ich nur von den zwei Bildern am Eingang. Ich weiß nicht, ob ich ihnen wirklich willkommen wäre.«

Sie hob eine Hand, an der bunte Armreife klapperten, und warf sich einen Zopf über die Schulter.

»Sie sollten auf jeden Fall einmal nach Europa fahren, wenn sich eine Gelegenheit ergibt«, riet Alice. Zwar wollte sie sich nicht ausmalen, was ihr Vater und Tante Grete zu einer derart exotischen Verwandten gesagt hätten, wenn sie plötzlich vor ihrer Tür gestanden hätte, aber es mussten nicht alle europäischen Familien wie die ihre sein.

»Ja, vielleicht«, antwortete Elaine ohne große Begeisterung. »Frederick will mit mir erst einmal nach Texas, aber bisher konnten wir uns die Reise nie leisten. Er hat vor über zehn Jahren hier haltgemacht, da war er Handelsreisender, kein besonders erfolgreicher, fürchte ich.«

Wieder gluckste sie fröhlich.

»Ich konnte ihn jedenfalls davon überzeugen zu bleiben. Seit dem Tod meiner Eltern führen wir die Herberge allein.«

Sie erhob sich.

»Ich muss jetzt in die Küche. Sie sind sicher hungrig.«

Alice nickte dankbar. Es musste an der frischen Luft liegen, dass ihr Appetit zu einem gierigen Wolf geworden war, den sie in ihrem Inneren verbarg. Elaine warf noch einen kurzen Blick auf den Koffer und dann auf Alice.

»Ich fürchte, Sie schwitzen hier entsetzlich in Ihrer Kleidung«, meinte sie. Alice fehlte die Kraft, dies abzustreiten. Sie wollte nicht genau hinsehen, in welchem Zustand ihre einst so blütenweiße Rüschenbluse mittlerweile war.

»Wenn ich Ihnen einen Rat geben darf, dann kleiden Sie sich ein wenig wie die Frauen hierzulande. Wenigstens während der Reise. Wir wissen, wie man es am besten in der Hitze aushält. Ach ja, und ich werde Ihnen natürlich gleich Wasser für ein Bad bringen lassen.«

Elaine lächelte zum Abschied, dann eilte sie davon. Ein Windhauch von Energie und Lebensfreude schien nach ihrem Verschwinden noch kurz durch den Raum zu wehen. Alice freute sich, sie beim Abendessen wiedersehen zu können, denn seit der Nachricht von Patricks Tod war sie noch von niemandem auf derart selbstverständliche Art aufgeheitert worden. Kurz darauf erschien der Junge mit einem emaillierten Becken, das mit köstlich kühlem, frischem Wasser gefüllt war. Alice konnte es kaum erwarten, die verschwitzte Bluse abzustreifen. Bald schon perlte das Nass über ihre Haut. Sie staunte, wie viel Freude die Möglichkeit, sich gründlich zu waschen, ihr bereitete, rubbelte sich mit einem Handtuch trocken und öffnete den Koffer. Sie würde auch ihr Unterkleid wechseln, beschloss sie, obwohl sie nicht genügend von solchen Wäschestücken besaß, um täglich ein neues anzuziehen. Vielleicht würde es kühler werden, sobald sie sich den Bergen näherten. Gerade hatte sie nach einer Bluse gegriffen, als ihr Blick auf bunte Stoffe aus schlichtem, etwas grobem Leinen fiel. Die während ihres Ausflugs erworbene Indio-Kleidung hatte sie nach der Rückkehr ins Hotel einfach in den Koffer geworfen, betäubt von der Nachricht über Patricks Tod, und seitdem vergessen. Nun sah sie die kleine, energische Frau mit rauen Händen und Halbmonden unter den Fingernägeln wieder vor sich, mit der Juan Ramirez über den Preis gefeilscht hatte. Spontan zog sie den

Wickelrock und das Oberteil heraus, befühlte den Stoff und bewunderte die leuchtenden Farben der Stickereien. Der Rock verbarg ihre Pantalons, als sie ihn um ihre Hüften schlang. Dann verschwand auch ihr blütenweißes Unterkleid unter der Farbenpracht der indianischen Bluse. Sie drehte sich um die eigene Achse, denn ihr war tatsächlich wohler in dieser Kleidung, als könne ihr Körper unter den einheimischen Stoffen leichter atmen. Dann kämmte sie rasch ihr Haar und setzte einen braunen Samtreif auf, bevor sie wieder in ihre Schuhe schlüpfte. In Veracruz, wo viele Europäer und wohlhabende Mexikaner unterwegs gewesen waren, hätte sie sich als hellhäutige, blonde Frau in einer solchen Aufmachung unwohl gefühlt, doch hier in dieser kleinen Ortschaft fand sie es unwichtig, was man von ihr dachte. Mit knurrendem Magen stieg sie die Stufen hinab.

Ihre männlichen Reisegenossen saßen bereits am Tisch, und Dr. Scarsdale unterhielt sich angeregt mit Frederick Palmer. Er hatte die kleinen Figuren Doña Bernadettas auf dem Tisch ausgebreitet.

»Es ist entsetzlich, wie viele wertvolle Kunstgegenstände in diesem Land immer noch missachtet, weggeworfen und allmählich zerstört werden«, sagte er und schenkte Alice nur einen flüchtigen Blick, als sie eintrat. »Kürzlich besuchte ich in Chiapas die Ruinen der Tonina, eines Volks, das häufig gegen die Herrscher von Palenque Krieg führte. John Lloyd Stephens hat 1839 als einer der ersten Forscher die Überreste des Palastes gesehen und von den Wandmalereien geschwärmt. Nun sind sie alle abgebröckelt, Schlingpflanzen ziehen sich durch die Gebäude, und wenn nicht bald etwas geschieht, werden spätere Generationen nur noch ein paar im Dschungel herumliegende Steine zu sehen bekommen.«

Frederick Palmer nickte eher gleichmütig, als sei dies ein vielleicht unerfreulicher, aber nicht wirklich wichtiger Umstand. Alice warf Juan Ramirez, der ebenfalls gewaschen und frisch eingekleidet war, einen verschwörerischen Blick zu, den er mit leichtem Grinsen erwiderte. Es wäre wirklich keine gute Idee gewesen, Dr. Scarsdale etwas über den ungewöhnlichen Schleifstein der alten Señora Ramirez zu erzählen.

Sie fragte sich, was Patrick zu der Geschichte gesagt hätte, ob seine Liebe zu den altindianischen Kunstwerken oder sein Sinn für Humor stärker gewesen wären. Schmerzhaft wurde ihr bewusst, dass sie niemals die Gelegenheit haben würde, ihm davon zu berichten.

»Diese Kleidung sieht wunderschön an Ihnen aus«, sagte Elaine Palmer, und Alice war dankbar für die Ablenkung. »Mein Vater hätte Sie auf jeden Fall malen wollen, Mademoiselle Wegener.«

Alice lächelte geschmeichelt. Sie fühlte Juan Ramirez' Blick auf sich ruhen, konnte ihn aber nicht deuten. Vielleicht fand er ihre Verkleidung albern, doch diese Vorstellung störte sie nicht.

»Ich werde Ihnen später noch ein paar indianische Handarbeiten zeigen, wenn Sie wollen«, bot Elaine sich an. »Meine Nichten und Cousinen können wunderschöne Stoffe weben.«

Alice nickte höflich.

»Ich würde auch gern die Bilder Ihres Vaters sehen, falls Sie noch einige haben.«

»Natürlich, sie hat viele davon«, mischte sich Frederick Palmer mit einem Französisch, das von texanischem Akzent verflacht und in die Breite gezogen wurde, ins Gespräch. »Der gute Robert malte bis an sein Lebensende.«

Elaine verschwand in die Küche, um bald darauf mit Schüsseln und Brettern zurückzukehren, gefolgt von drei Mädchen, die vermutlich zu ihrer weitverzweigten indianischen Familie gehörten. Sie trugen gebratenes Fleisch, die üblichen Maisfladen, gekochtes Gemüse und verschiedene Getränke auf. Alice griff gierig zu, denn sie begann sich allmählich an das scharfe Essen zu gewöhnen.

»Versuchen Sie das einmal. Pozol, eine Mischung aus Maismasse und Wasser«, sagte Elaine, als sie ihr einen Becher mit einer weißlichen Flüssigkeit entgegenhielt. Alice nahm das Getränk an und nippte daran. Es war ungefähr so geschmacksneutral wie reines Wasser, doch es half, den durch scharfes Essen entstandenen Brand auf ihrer Zunge zu löschen.

»Indios trinken das, wenn sie lange Wege zurücklegen müssen, denn es kräftigt«, setzte Elaine ihre Ausführungen fort. »Wenn Sie wollen, kann ich Ihnen morgen auch Atole zubereiten. Das ist ebenfalls ein aus Maismasse hergestelltes Getränk, doch da ihm Zucker und Milch beigemischt werden, ist es etwas schmackhafter.«

Alice schenkte ihr wiederum ein höflich interessiertes Nicken und bedankte sich für das Angebot. Ihre Einstellung zu den Ureinwohnern war durch den Tod ihres Bruders deutlich misstrauischer geworden, doch sie wollte die freundliche Hausherrin nicht kränken, indem sie schlecht über deren Verwandtschaft sprach.

Im Hintergrund erklang ein Räuspern. Das alte mexikanische Ehepaar am Ende des Tisches war bisher so still und unauffällig gewesen, dass Alice seine Anwesenheit kaum wahrgenommen hatte. Nun erhob ein kleiner, grauer Mann in einem schäbigen Frack seine Stimme.

»Unsere Tochter lebt in Campeche«, sagte er in gebrochenem Französisch, »alle Leute dort haben Angst vor dem nächsten Angriff dieser teuflischen Indianer, die seit Jahrzehnten Angst und Schrecken verbreiten. Ich wünschte mir, der Regierung würde es endlich gelingen, sie auszumerzen. Dann hätten wir Frieden.«

Seine Frau, die ihr Haar trotz der Wärme unter einer dunklen Haube verbarg, nickte mit betrübter Miene.

Elaine Palmer fuhr auf. Frederick warf ihr einen beruhigenden Blick zu, Juan Ramirez hatte wieder eine undurchdringliche Miene aufgesetzt, während Dr. Scarsdale versonnen seine indianischen Figuren musterte. Alice wartete einfach nur ab. Es war still geworden, allein das Schmatzen der zwei Ernestos drang noch an ihre Ohren. Sie beneidete die Kutscher um ihren Gleichmut.

Elaine Palmer begann auf Spanisch zu reden, erstaunlich ruhig trotz des Umstandes, dass ihre Augen granitgraue Funken sprühten. Alice erfasste nur ungefähr den Sinn ihrer Worte, in denen es um die Armut der Indios ging, denen nach und nach immer mehr Land genommen wurde. Der alte Herr gab eine heftige Antwort, mehrfach unterbrochen von seiner Frau, die über mehr Stimmgewalt verfügte, als ihre schmächtige Gestalt erahnen ließ. Bald schon flogen Worte wie Geschosse hin und her. Alice sah verwirrt zu Dr. Scarsdale, der vielleicht ebenfalls Schwierigkeiten hatte, dem Gespräch zu folgen. Aber er schien sich nicht einmal darum zu bemühen, sondern war weiter in die Betrachtung seiner Figuren vertieft.

»Basta«, mischte sich Frederick Palmer ins Gespräch, so entschieden und laut, dass er für einen winzigen Moment alle zum Schweigen brachte. Als er weitersprach, war sein Spanisch langsam und klar, sogar für Alice verständlich.

»Wir alle sollen hier zusammen in Frieden leben, und genau darum müssen wir uns bemühen.«

Das alte Ehepaar erwiderte nichts, schien aber den Appetit verloren zu haben, denn die beiden starrten schweigend auf ihre Teller. Elaine atmete tief durch, sah ihren Mann halb verärgert, halb dankbar an, dann widmete sie sich wieder der Nahrungsaufnahme. Auf ihren Appetit hatte der Streit keine dämpfende Wirkung gehabt. Die zwei Ernestos begannen, mit ihr und den indianischen Mädchen zu plaudern. Langsam kehrte wieder Frieden ein, doch der alte mexikanische Herr stand bald auf, um zu verkünden, dass seine Frau und er müde seien. Der Abschied fiel ein wenig kühl aus, fand Alice, und die noch halb vollen Teller wurden von einem der indianischen Mädchen rasch in die Küche getragen.

Um die Stimmung zu heben, holte Frederick Palmer eine Flasche Whisky und schenkte den Gästen großzügig ein. Während die Männer damit beschäftigt waren, die Gläser zu leeren, führte Elaine Alice in ein kleines Nebenzimmer, wo sie ihr zahlreiche Gemälde und Zeichnungen ihres Vaters zeigte. Er war ein fleißiger, gründlicher, wenn auch nicht sehr origineller Maler gewesen, dachte Alice, war aber bemüht, sich lobend zu äußern. Elaine nahm dies eher gleichmütig hin, dann lief sie in eine Kammer, um farbenfrohe Indio-Kleidung, Schmuck und auch geflochtene Ledersandalen zu holen, die sie vor Alice ausbreitete.

»Huaraches.« Sie wies auf die Sandalen. »Sehr bequem. Das ideale Schuhwerk in dieser Hitze.«

Alice begann allmählich zu ahnen, dass es Elaine vor allem darum ging, die Früchte emsiger Arbeit ihrer Verwandtschaft gewinnbringend zu verkaufen. Da sie selbst in den letzten Jahren gelernt hatte, wie hart der Kampf ums tägliche Überleben sein konnte, fühlte sie sich nicht wirklich gekränkt, sondern erwarb ein Paar jener Schuhe, einen weiteren Rock und zwei Blusen, die, wie Elaine erklärte, Huipil genannt wurden. Mit dem Versprechen, morgen vor der Abreise zu zahlen, trug sie ihren neuen Besitz die Treppe hoch. Unten tranken die Männer weiter. Die zwei Ernestos hatten leider wieder zu singen begonnen, Frederick Palmer stimmte mit ein, und schließlich glaubte Alice, auch Elaines tiefe, kräftige Stimme zu hören. Sie selbst fühlte sich auf einmal derart erschöpft, dass ihr fast die Augen zufielen. Im Obergeschoss brannte nur eine einzige Lampe in einer Nische, die spärliches Licht auf die Wände warf. Alice tastete sich zu dem Zimmer vor, in dem weibliche Gäste untergebracht waren. Leise Schnarchgeräusche drangen an ihr Ohr, die sie zunächst verwirrten, bis ihr die alte Señora wieder einfiel. Die Fensterläden hatte sie offen gelassen, sodass Mondlicht ins Zimmer drang. Alice eilte zu ihrem Bett, nur noch angetrieben von dem Wunsch, unter die Decke kriechen und die Augen schließen zu können. Ihr Fuß stieß gegen etwas Hartes, und Schmerz zuckte durch ihren Knöchel. Mit einem leisen Fluch ließ die neu erworbene Kleidung fallen.

Sie landete dort, wo sie hingehörte: im Koffer, der offen stand und an dessen Deckel Alice sich gerade angestoßen hatte. Verwirrt rieb sie sich die Schläfen, denn etwas schien nicht zu stimmen. Sie war sich völlig sicher, den Koffer geschlossen zu haben, bevor sie das Zimmer verließ. Ratlos sank sie aufs Bett, das sie in seine weichen Tiefen lockte. Sie warf noch einen kurzen Blick auf ihre zerwühlten Habseligkeiten, die sie ordentlich zusammengelegt hatte. Zum Glück waren sämtliche Malutensilien unter der Plane auf dem Karren geblieben, sodass niemand sie durch Unachtsamkeit hatte beschädigen können.

Aber wer war es gewesen, der in ihrem Koffer herumgewühlt hatte? Ihr fiel nur die alte Señora ein, die vielleicht größere Not litt, als sie zugeben wollte, und daher nach Diebesgut gesucht hatte. Leider passte diese Vorstellung nicht zu dem frommen Gesichtsausdruck der alten Frau, sodass es Alice widerstrebte, sie zu wecken und zur Rede zu stellen. Unruhig tastete sie nach dem Beutel mit ihrem Schmuck und trug ihn zum Fenster. Ihre bescheidene Sammlung war vollständig, und da ihre sämtlichen finanziellen Reserven sich in dem Ridikül befanden, das sie stets bei sich trug, sah sie keinen Grund zur Beunruhigung.

Vermutlich hatte die alte Mexikanerin ihr Gepäck aus reiner Neugier durchwühlt, erwog Alice, bevor sie endlich die Augen schloss.

Sie bekamen von Elaine noch ein herzhaftes Frühstück aus Hackfleisch, Kartoffeln und Eiern serviert, das von einer pechschwarzen Bohnensauce bedeckt war. Dann ging die Reise weiter. Alice übergab der Gastgeberin die geforderte Geldsumme, denn angesichts Elaines Freundlichkeit schien es ihr unhöflich zu feilschen. Zu ihrer Überraschung gesellte das alte mexikanische Paar sich zu ihnen, bevor sie wieder den Wagen bestiegen, und begann eine Unterhaltung mit Juan Ramirez.

»Die fragen, ob sie mit uns fahren können. Bis nach Minatitlán. Sie würden sich auf den Straßen sicherer fühlen«, übersetzte er und sah Dr. Scarsdale fragend an. Der Archäologe blickte mit gerunzelter Stirn von Señor zu Señora und schließlich zu ihrem recht klapprigen Gefährt, vor dem ein Maultier mit gesenktem Kopf der Dinge harrte.

»Diese Leute werden uns unterwegs vielleicht aufhalten«, sagte er auf Englisch zu Juan Ramirez, der schwieg. Alice tat das hilflose, unerwünschte Ehepaar plötzlich leid.

»Eine Weile können wir sie ja mitnehmen und sehen, wie es geht«, mischte sie sich in die Entscheidung ein, obwohl niemand nach ihrer Meinung gefragt hatte. »Die Frau könnte neben mir in unserem Wagen sitzen. Dann hat das alte Maultier weniger Last zu schleppen und kommt vielleicht schneller voran.«

Kurz überlegte sie, ob Dr. Scarsdale über ihre Einmischung verärgert sein könnte, nachdem sie sich ihm ja schon selbst als Mitreisende aufgedrängt hatte, doch er zerzauste nur nachdenklich sein dünnes Haar und nickte.

»Na gut, dann versuchen wir es auf diese Weise. Vielleicht können die beiden noch ihre zwei Koffer auf unseren Lastkarren legen, um ihr Maultier zu schonen.«

Alice atmete erleichtert auf, da sich der Archäologe nicht nur für uralte Tonfiguren interessierte. Juan Ramirez übersetzte den Vorschlag ins Spanische, und die zwei alten Leute nahmen nach kurzer Unterhaltung an. Die Señora schenkte Alice sogar ein freundliches Großmutterlächeln, als sie zu ihr in den Wagen kletterte. Den Streit über die Indios vom Vorabend hatte sie entweder bereits vergessen oder lastete ihn den Fremden nicht an. Alice dachte einen Augenblick lang an den durchwühlten Koffer, schob die Erinnerung aber beiseite. Nichts von ihren Habseligkeiten war verschwunden, wie sie heute Morgen festgestellt hatte. Vielleicht hatte sie den Koffer selbst in diesem Zustand zurückgelassen, erschöpft von der Reise und verwirrt durch zahllose neue Eindrücke. Sie nahm den Geruch von Mottenpulver wahr, als die Señora ihre schwarzen Röcke auf dem Sitz ausbreitete, und hoffte, er würde mit der Zeit nachlassen. Die Sonne brannte bereits erbarmungslos, doch es wehte auch ein frischer Wind. Frederick und Elaine Palmer waren wieder auf dem Hof erschienen, um ihre einzigen Gäste zu verabschieden. Alice wünschte ihnen von Herzen, dass es bald andere Reisende in diesen kleinen Ort verschlagen würde, denn sie hatte hier eine angenehme Zeit verbracht. Wieder sah sie die zahlreichen Tiere der Hausbesitzer um ihren Karren herumspringen, als seien auch sie gekommen, um Abschied zu nehmen. Links neben ihr hockte der kleine schwarze Affe, von dem sie gestern noch in die Flucht geschlagen worden war. Nun, da er neugierig zu ihr hochblickte, schien er plötzlich wieder ein harmloses, possierliches Wesen. Alice griff in den Beutel mit Früchten, den Elaine ihr als Reiseproviant mitgegeben hatte, und warf ihm eine Mango zu. Der Affe verzehrte ihre Gabe, während sie aus dem Hof hinaus und über die staubigen Straßen des Ortes fuhren, um wieder in die freie Natur zu ziehen. Alice stellte fest, dass sie dem neuen Tag freudig aufgeregt entgegensah.

Eine Woche verging, bis sie Minatitlán, die erste größere Stadt nach Veracruz, erreichten. Alice erfuhr unterwegs, dass die alte Señora Aurelia Duarte hieß und ihr ganzes Leben in Ciudad de México, der Hauptstadt des Landes, zugebracht hatte. Ihr Mann namens Benito war dort Schullehrer gewesen, bis er vor drei Monaten in den Ruhestand getreten war. Aurelias einzige Tochter Carmen hatte ihr Herz an einen Studenten der Rechtswissenschaften verloren, dem sie bereits vor zehn Jahren in seine Heimatstadt Campeche gefolgt war. Aurelia beschrieb mit nervösem Hüsteln die ständigen Gefahren, denen ihre Tochter in dieser abgelegenen, noch reichlich unzivilisierten Region ausgesetzt war, wo Indios immer wieder Reisende und kleine Ortschaften überfielen. Internationale Hilfe war nötig gewesen, um eine Rebellion blutrünstiger Stammeshäuptlinge niederzuschlagen, die vor fünfzig Jahren die ganze Halbinsel Yucatán bedroht hatten. Trotz der Aufregung, die Aurelias Stimme mitunter erzittern und dann wieder ein paar Oktaven in die Höhe schießen ließ, gab sie sich große Mühe, langsam und deutlich spanisch zu sprechen, was Alice dabei half, diese Sprache allmählich zu lernen. Juan Ramirez kommentierte ihre Ausführungen gelegentlich, doch da er noch nie in Yucatán gewesen war, konnte er nicht allzu viel beitragen. Dr. Scarsdale, der Aurelia Duartes Wortschwall lästig zu finden schien, meinte, dieser Aufstand sei die unausweichliche Eskalation einer lange gärenden Spannung gewesen, die durch Unterdrückung der indianischen Bevölkerung entstanden sei. Aurelia zeigte sich von seiner Erklärung nicht sehr angetan, doch sie schien großen Respekt vor akademischen Titeln zu hegen, sodass sie diese Worte mit missmutigem Blick hinnahm. Schließlich nahm sie eine sorgfältig verschlossene Lederflasche und zwei Holzbecher aus ihrem Beutel. Ein köstlich süßer Duft drang wie ein Geist aus der Flasche, sobald sie geöffnet worden war, und dickflüssige Schokolade floss in die Becher, die unter den Reisenden die Runde machten. Alice staunte, denn obwohl sie in ihrem Leben viele Süßspeisen zu sich genommen hatte, hatte keine ihren Gaumen derart betört wie dieses herbsüße Getränk. Dr. Scarsdale erklärte, dass Schokolade erst nach der Eroberung Lateinamerikas auch in Europa bekannt wurde. Aurelia Duarte nahm diese Ausführungen ohne Missbilligung zur Kenntnis. Alice freute sich erstmals von Herzen, dass Kolumbus einst eine so weite, abenteuerliche Reise gewagt hatte.

Minatitlán war eine mittelgroße Handelsstadt, an einem Fluss namens Coatzacoalcos gelegen. Alice brauchte mehrere Versuche, bis sie dieses Wort fehlerfrei aussprechen konnte. Laut Dr. Scarsdale stammte es aus der Sprache der Azteken und bedeutete »Ort, an dem sich Schlangen verbergen«. Das klang nicht unbedingt einladend, doch ihr gefielen die bunt bemalten Häuser, Palmen und farbenfrohen Verkaufsstände, an denen sie vorbeizogen. Wieder ermahnte sie sich, dass sie sparsam sein musste. Dr. Scarsdale hatte bisher alle Unterkünfte bezahlt, doch sie war entschlossen, ihn irgendwann dafür zu entschädigen. So beschämend es auch war, sie musste froh sein, dass ihr Patricks Erbe zustand, denn sonst hätte sie sich diese Reise niemals leisten können.

Sie hielten vor einer kleinen, aber gut besuchten Herberge im Stadtkern. Alice und Aurelia bezogen ein gemeinsames Zimmer mit Fenster zum Hafen, wo sie Segelschiffe und kleine Kähne vorbeiziehen sahen. Für Dampfer war die Stadt nicht erreichbar, da die Zufahrt auf dem Fluss zu eng war.

Kurz nach ihrer Ankunft sorgte ein heftiger Regenguss für Abkühlung. Sie bekamen ein Mahl aus Bohnen, Tortillas und Bier serviert, das in einem überfüllten, verrauchten Speisesaal eingenommen wurde. Anschließend wollte Dr. Scarsdale sich zurückziehen, um seine Aufzeichnungen über die erworbenen Tonfiguren fertigzustellen. Juan Ramirez war von ein paar anderen mexikanischen Männern am Tisch in eine Unterhaltung verwickelt worden und nahm deren Einladung zu einem Kartenspiel an. Alice schluckte enttäuscht. Nun, da das Prasseln des Regens nachgelassen hatte und frische Luft durch geöffnete Fenster hereinwehte, sehnte sie sich nach Bewegung, doch sie wagte es nicht, allein in die fremde Stadt aufzubrechen.

»Wir werden kurz in die nächste Kirche gehen, um Gott für den bisher problemlosen Verlauf der Reise zu danken«, meldete sich Aurelia Duarte nach kurzer Rücksprache mit Benito zu Wort. Alice blickte auf. Für gewöhnlich mied sie Kirchenbesuche, doch war die Möglichkeit, wenigstens einen kurzen Blick auf die Stadt zu werfen, allzu verlockend.

»Ich würde gern mitkommen«, bot sie sich an. Aurelia nickte zufrieden, als hätte sie ihre Mitreisende bisher des Atheismus verdächtigt und sei nun zu ihrer Erleichterung eines Besseren belehrt worden.

Die Kirche San Pedro war ein weiß und dunkellila bemaltes Gebäude von jener fast kindlich anmutenden, lieblichen Buntheit, die Alice am hiesigen Baustil gefiel. Doch kaum hatte sie die Kirche betreten, überkam sie plötzlich Unbehagen. Es musste an Harrys Einfluss liegen, vielleicht auch an der protestantischen Erziehung durch Tante Grete, dass sie dieses Übermaß an Farbe und religiöser Symbolik als aufdringlich empfand. Den Anblick eines sich in Todesqualen am Kreuz windenden Jesus kannte sie bereits, doch hier war er von einer lebensechten, barbarisch anmutenden Deutlichkeit, die sie an blutige Menschenopfer denken ließ. Rasch wandte sie den Blick ab und musterte den von zahlreichen Heiligenfiguren und betenden Menschen überfüllten Raum. Aurelia Duarte hatte sich bereits auf eine der Kirchenbänke gesetzt und andächtig die Hände gefaltet. Viele andere Frauen und auch ein paar Männer knieten vor dem Altar oder den einzelnen Schreinen, murmelten Gebete und zündeten Kerzen an. Alice fühlte sich, als sei sie in eine Welt geraten, die sich ihr niemals erschließen würde. Sie konnte sich nicht erinnern, irgendwann in ihrem Leben völlig zweifelsfrei an einen Gott geglaubt zu haben.

»Dios! Misericordia Dios!«, krächzte eine winzige, sich auf dem Boden krümmende Frau, deren Kopf immer wieder die hölzernen Füße einer Heiligenfigur berührte. Alice musterte ihre schmutzigen Lumpen und die verklebten, grauen Strähnen unter dem ausgewaschenen Kopftuch. Was diese Frau brauchte, waren ein Bad und saubere Kleidung, nicht die Gnade irgendeines Gottes, dachte sie verärgert. In ihrem Kopf lachte Harry spöttisch. Ebendas erwartet sie doch von Gott oder von seinen Dienern auf Erden, aber darauf wird sie lange warten können, meinte Alice ihn flüstern zu hören. Sie staunte, wie sehr die zynische Weltsicht ihres Liebhabers sie beeinflusst hatte. Sie wollte sich neben die ausgemergelte Alte knien und ihr zuflüstern, dass Gott meist nur denen half, die sich selbst zu helfen wussten, doch sie brachte es nicht fertig, die Frömmigkeit einer alten Frau derart zu verhöhnen. Stattdessen griff sie rasch in ihr Ridikül, um einen Peso herauszukramen. Im Vorbeigehen ließ sie die Münze so unauffällig wie möglich neben die Betende fallen, die kurz aufblickte und ein paar Worte murmelte, doch Alice hatte sich bereits zu weit entfernt, um sie verstehen zu können. Die alte Frau ergriff sichtlich ratlos das Geldstück und drehte sich nach Alice um, die ihrem Blick verlegen auswich. Nach einigem Zögern wischte die Alte die Münze mit dem letzten schmutzfreien Zipfel ihres Rockes sauber, um sie zu Alice' Entsetzen in eine Holzkiste neben dem Schrein zu werfen. Anschließend zündete sie eine der Kerzen an, sichtlich zufrieden, diese bezahlen zu können. Bald darauf setzte das krächzende Lamentieren von Neuem ein.

»Verzeihen Sie bitte, aber ich muss nach draußen gehen. Mir ist nicht ganz wohl«, flüsterte Alice der betenden Aurelia Duarte zu, die nur kurz mit dem Kopf nickte. Kaum war das Kirchenportal hinter ihr zugefallen, atmete Alice befreit auf. Sie genoss die vom Regen saubere Luft und die Klarheit des Lichts. Harry musste eine profunde Atheistin aus ihr gemacht haben, überlegte sie, während sie sich nach Benito Duarte umsah, der ebenfalls nicht in der Kirche hatte bleiben wollen. Sie entdeckte ihn auf dem Platz davor unter einer Palme sitzend, wo er mit ein paar anderen alten Männern redete und eine Zigarre rauchte, was er in Aurelias Gegenwart nie zu tun wagte. Mit einem freundlichen Nicken ging sie an ihm vorbei, denn sie wollte seine Unterhaltung nicht stören. Im Hintergrund hatten ein paar Indios Verkaufsstände mit Tortillas, Pozol und buntem Perlenschmuck aufgebaut. Alice flanierte an den dargebotenen Waren vorbei, als ein kleiner Mann in einem gestreiften Überwurf sie am Ärmel zupfte.

»Señorita mag indianische Sachen? Mitkommen. Schauen.«

Alice wurde bewusst, dass sie die von Elaine erworbene Kleidung trug, ebenso wie den breiten Hut, den Juan Ramirez ihr gegeben hatte, denn er schützte tatsächlich besser als ihr eigener vor der sengenden Sonne und ermöglichte es ihr zudem, ihr Haar zu verbergen, sodass sie nicht ständig angestarrt wurde. Allerdings konnte diese Aufmachung durchaus als Vorliebe für einheimische Kleidung ausgelegt werden. Sie hätte auch gerne etwas eingekauft, erinnerte sich aber an ihren Vorsatz, in Zukunft sparsamer zu sein. Dennoch, es würde nichts kosten, sich die Waren dieses Mannes anzusehen, überlegte sie, und nach dem unangenehmen Erlebnis in der Kirche war sie dankbar für ein wenig Ablenkung.

Sie folgte ihm in eine kleine Gasse, die vom Kirchplatz wegführte. Es roch dort nach faulem Wasser, was an der Nähe zum Fluss liegen konnte. Alice sah sich mehrfach um, damit sie den Weg zurück finden konnte, und stellte beruhigt fest, dass die Gasse schnurgerade war, auch wenn sie immer enger und dunkler wurde. Sie watete inzwischen durch klebrigen Schlamm.

»Wie weit ist es noch? Ich habe nicht viel Zeit«, sagte sie etwas verärgert zu dem kleinen Indio, der ihr nicht verraten hatte, dass sie einen längeren Weg vor sich hatten.

»Keine Sorge. Gleich da.«

Er ließ lächelnd drei dunkle Zahnlücken sehen. Auf dem Kirchplatz war er eine beklagenswert arme, aber harmlose Erscheinung gewesen, doch nun vermeinte sie ein verschlagenes Funkeln in den dunklen Augen zu erkennen. Beunruhigt blieb sie stehen.

»Es tut mir leid, aber ich muss zur Kirche zurück. Man wartet auf mich«, murmelte sie und wandte sich rasch zum Gehen.

»Gleich da. Ein Moment. Gleich da«, wiederholte er und packte ihren Ärmel. Empört wollte Alice sich losreißen, aber sein Griff war hartnäckig, umklammerte nicht mehr nur den Stoff ihrer Bluse, sondern auch ihren Ellbogen.

»Was soll das? Lass mich los!« Der Indio reagierte nicht, und ihr wurde bewusst, dass sie deutsch gesprochen hatte. Auch ein hartnäckiges, empörtes Zerren half nicht, sich ihm zu entwinden. Aus dem eben noch lächelnden Gesicht war alle Freundlichkeit gewichen, es hatte sich innerhalb weniger Augenblicke in eine jener grimmigen, archaischen Masken verwandelt, die sie auf Patricks Zeichnungen gesehen hatte. Alice' Zorn wurde von einer Welle der Angst hinweggespült, sie trat nach dem kleinen Mann und protestierte laut auf Spanisch, doch er hatte inzwischen beide Arme um ihre Taille gelegt, um sie in einen Hauseingang zu zerren. Trotz seiner kleinen Gestalt verfügte er über erstaunlich viel Kraft. Mit rauer Stimme rief er unverständliche Worte, die das Getrappel von Schritten nach sich zogen. Als Alice weitere männliche Indianer herbeieilen sah, öffnete sie den Mund zu einem gellenden Schrei. Erst die Klinge eines Messers an ihrer Kehle ließ sie verstummen. Ihr wurde das Ridikül aus der Hand gerissen. Sie schloss die Augen. Wenn die vier oder fünf Indianer, von denen sie inzwischen eingekeilt war, wieder verschwänden, wäre alles nicht so schlimm. Sie hörte die Wilden in ihrer kehligen Sprache debattieren, während die Klinge weiter an ihren Hals gedrückt wurde. Schweiß floss über ihren Rücken, und sie fürchtete, sich jeden Augenblick übergeben zu müssen.

Wieder hörte sie Schritte, laut und trampelnd, die diesmal aus der entgegengesetzten Richtung kamen. Ihr Herzschlag setzte aus. Wenn man sie nun in den Urwald oder auf ein Schiff verschleppte, würden Dr. Scarsdale und Juan Ramirez sie niemals finden können. Gruselgeschichten, die Tante Grete ihr einst über unartige, von bösen Räubern gefangene Kinder erzählt hatte, schossen ihr durch den Kopf. Sie dachte an Freudenhäuser und an Zwangsarbeit als gerechte Strafe Gottes für sündhafte Aufsässigkeit.

»Lasst auf der Stelle die Señorita los, gottverdammtes Indianerpack!«, schrie jemand, dessen Stimme ihr bekannt vorkam. Sie schlug die Augen auf, das Messer verschwand von ihrer Kehle. Die Indios krächzten noch ein paar unverständliche Worte, dann traten sie den Rückzug an. Alice sah Benito Duarte einen Spazierstock schwingen, drei andere Männer, die ihm hinterherrannten, hatten bereits Pistolen gezückt. Es knallte. Alice presste beide Hände auf ihre Ohren, denn ihr schien, als könnte dieser Lärm die ärmlichen Hütten zum Einsturz bringen. Sie hörte einen der Indios laut aufheulen, dann verschwanden sie plötzlich alle, als wären sie in den Schlamm der Gasse eingetaucht. Erlösende Stille trat ein, für einen Moment hörte sie nichts weiter als ihren eigenen rasselnden Atem.

»Sind Sie verletzt, Señorita? Bei Gott, wir werden diese dreckigen Indios an einem Baum baumeln lassen, wenn wir sie finden.«

Benito Duarte hatte tröstend eine Hand auf ihre Schulter gelegt.

Alice schnappte keuchend nach Luft. Allmählich ließen Schwindelgefühl und Übelkeit nach. Die Welt nahm wieder klare Formen an. Sie sah eng beieinanderstehende, ärmliche Hütten mit Strohdächern, roch verfaultes Wasser, Schlamm und Dreck. Sie wollte fort von hier.

»Mir ist nichts geschehen. Sie wollten mit Waren anbieten, aber dann verlor ich das Interesse. Ich glaube, ein Mann wurde wütend, und dann kamen andere und … und ich weiß nicht, was sie genau wollten.«

Sie lehnte sich gegen die Hauswand.

»Jedenfalls haben sie mir nichts getan, nur mein Geld …«

Sie warf einen Blick auf die stinkenden Schlammpfützen. Das kunstvoll bestickte Ridikül lag ein Stück neben ihrem rechten Fuß. Rasch hob sie es auf und schüttelte es, um die klebrige braune Flüssigkeit abtropfen zu lassen, dann öffnete sie vorsichtig den Verschluss. Das Ridikül war vermutlich verdorben, auch ihre Taschentücher würde sie wegwerfen können, doch die silberne Puderdose hatte den Sturz in den Schmutz heil überstanden, auch der lederne Geldbeutel war intakt und fühlte sich nicht leichter an. Die Indios hatten zum Stehlen keine Gelegenheit gehabt. Alice lobte sich für die weise Voraussicht, mit der sie ihre Reisepapiere im Koffer gelassen hatte, und beschloss, ihren Geldvorrat in der Herberge noch mal zu zählen.

»Es ist eigentlich gar nichts passiert. Ich habe einen Schrecken bekommen, nichts weiter«, versicherte sie Benito Duarte. Ihr Lachen klang gekünstelt. Ihre Beine zitterten immer noch, doch sie konnte den Indios nur vorwerfen, ein Messer an ihre Kehle gehalten und ihr das Ridikül entrissen zu haben. Sie verspürte keinen Wunsch nach Rache, wollte nur den Angstschweiß von ihrem Körper waschen.

»Ich würde jetzt gern zur Herberge gehen«, sagte sie zu ihrem Retter. Die drei Pistolenträger waren bereits in der Gasse verschwunden, vermutlich auf der Jagd nach den flüchtigen Indios. Nur Benito Duarte stand immer noch an ihrer Seite, ein freundlicher, alter, leicht erschöpfter Herr, dem es kaum zuzutrauen war, dass er noch vor wenigen Minuten schreiend seinen Spazierstock geschwenkt hatte.

»Wie Sie wünschen, Señorita«, erwiderte er. »Die Behörden sollten dieses Indianerpack verfolgen, aber wenn Ihnen nichts geschehen ist, dann ziehen wir weiter.«

Er klang erleichtert, nicht unnötig aufgehalten zu werden. Alice folgte ihm auf den Kirchplatz zurück, wo Aurelia bereits unter den Palmen wartete. Nachdem Benito ihr von dem Vorfall erzählt hatte, stieß sie einen leisen Schrei aus und zog Alice in ihre Arme.

»Ay dios mio, was haben Sie angestellt, so einfach mit diesen Wilden mitzugehen. Die hätten Sie umbringen können. Sie sind hier nicht in Europa.«

Alice fühlte sich an eine scheltende Großmutter erinnert, doch es lag zu viel echte Sorge in dem Blick der alten Señora, um wütend zu werden. Sie verkniff sich auch den Hinweis, dass diese Indios wie ganz normale Straßenhändler ausgesehen hätten und dass es auch in Europa zu Überfällen kommen konnte, und ließ sich als eine in letzter Minute aus selbst verschuldeter Gefahr gerettete Schutzbefohlene zur Herberge führen. In ihrem Zimmer zählte sie das Geld und stellte zu ihrer Erleichterung fest, dass tatsächlich nichts fehlte. Aurelia Duarte plapperte aufgeregt weiter. Alice fehlte die Geduld, sich auf das rasche Spanisch zu konzentrieren, doch es hörte sich nach Ermahnungen an. Für gewöhnlich reagierte sie gereizt auf solch ein Verhalten, doch nun war ihre Erleichterung, unbeschadet und mit all ihren Besitztümern wieder auf ihrem Bett zu sitzen, groß. Ein schweigsames, unauffälliges Dienstmädchen trug ein Becken mit Wasser herein. Alice wusch den Angstschweiß von ihrer Haut. Aurelia Duarte wandte ihr dabei taktvoll den Rücken zu und weigerte sich standhaft, auch nur eine Schicht ihrer schwarzen Kleidung abzulegen, solange sie sich nicht allein im Raum befand. Alice zog rasch ihr cremefarbenes Sommerkleid an, denn sie verspürte den Wunsch, sich wieder in eine attraktive Europäerin zu verwandeln. Mit frisch frisiertem Haar ging sie in den Speisesaal hinab.

Dr. Scarsdale, Benito Duarte und Juan Ramirez warteten bereits. Als Alice eintrat, sprang Juan auf und lief ihr entgegen.

»Madre de dios, was haben Sie heute angestellt, Alice?«

Seine Finger bohrten sich in ihre Schultern. Sie wich unwillig zurück, doch sie konnte in dem zornigen Funkeln seiner Augen Sorge und Angst erkennen.

»Miss Wegener, Sie sollten nicht vergessen, dass Sie sich hier nicht in Europa befinden«, mischte sich nüchtern Dr. Scarsdale ein. »Dieses Land ist kein Vergnügungspark, durch den Sie nach Herzenslust flanieren können.«

»Europa ist auch kein Vergnügungspark«, gab Alice trotzig zurück. Sie kam sich vor wie ein Schulmädchen, das für unartiges Verhalten gescholten wurde. Da der Archäologe nichts erwiderte, ließ sie sich zum Essen nieder. Aurelia Duarte erschien bald darauf. Sie hatte sich nicht umgezogen, und Alice nahm beißenden Schweißgeruch wahr, der den Gestank des Mottenpulvers verdrängte. Die alte Señora schien ein Relikt aus längst vergangenen Zeiten, zu eigen und empfindsam, um deshalb verlacht zu werden.

Alice verschlang die üblichen Tortillas und ein Gemisch aus Hackfleisch und Bohnen und spülte alles mit einem großen Becher Bier hinunter. Müde geworden, entschuldigte sie sich und ging zurück in ihr Zimmer.

Der Koffer sah unberührt aus. Alice fiel erleichtert auf ihr schmales Bett, hörte Federn quietschen und meinte, in unergründlichen Tiefen zu versinken. Dennoch tat es gut, so weich zu liegen. Sie schloss die Augen, zu erschöpft, um die Gaslampe auszudrehen. Aurelia Duarte würde sicher bald kommen und dankbar für das Licht sein.

Die Gesichter der Indios tauchten vor ihr auf, breit, dunkel und grimmig. Sie sah das gierige Funkeln, spürte die Hand, die ihr das Ridikül entrissen hatte. Dies also waren die Leute, von denen Patrick getötet worden war. Sie fuhr kurz auf, rieb sich die Augen und zog die Decke über ihren Kopf, um endlich schlafen zu können.

Am nächsten Morgen erfuhr Alice, dass es ein Stück mit der Eisenbahn weitergehen sollte, die von Minatitlán nach Tenhuatepec fuhr. Es erleichterte sie, nicht völlig abgeschnitten von sämtlichen Errungenschaften moderner Technik zu sein, zumal sie davon ausging, einen derartigen Zustand eine Weile in Chiapas hinnehmen zu müssen. Die Eisenbahnlinie war vor zwölf Jahren fertiggestellt worden und verband den Stillen Ozean mit dem Golf von Mexiko, an einer Landenge, genannt Isthmus de Tehuantepec. All dies erzählte Dr. Scarsdale, während sie am nächsten Morgen die unter der üblichen pechschwarzen Bohnensauce verborgenen Eier verspeiste. Sie hatte unerwartet gut geschlafen und war voller Energie erwacht, doch ein Blick in das missmutige Gesicht des Gelehrten gab ihr das Gefühl, sich am Vortag durch Dummheit blamiert zu haben.

»Was ist mit unseren Karren und den Pferden?«, fragte sie.

»Die nehmen wir natürlich nicht mit«, erwiderte der Gelehrte. »Die Duartes haben weiterhin Verwendung für sie, denn nach Yucatán fährt keine Eisenbahn.«

Alice warf einen Blick auf das vertraut nebeneinandersitzende grauhaarige Paar.

»Heißt das, wir trennen uns nun?«, fragte sie, selbst überrascht, wie sehr diese zwei schrulligen alten Menschen ihr ans Herz gewachsen waren.

»Das eine ergibt sich zwangsweise aus dem anderen, Miss Wegener«, sagte Dr. Scarsdale. »Da wir in zwei verschiedene Richtungen fahren, können wir es schlecht gemeinsam tun.«

Sie hörte, wie Juan Ramirez sich verlegen räusperte, und ließ langsam ihre Gabel sinken.

»Ich entschuldige mich für meine mangelnden Kenntnisse der Geografie Mexikos«, sagte sie lauter als notwendig. »Wenn meine dummen Fragen Ihre Geduld derart strapazieren, Mr Scarsdale, werde ich mich in Zukunft selbstverständlich an jemand anderen wenden.«

Die Duartes warfen sich ratlose Blicke zu, denn sie verstanden beide kein Wort Englisch, hatten aber sehr wohl Alice' eisigen Tonfall wahrgenommen. Juan Ramirez stieß einen leisen Pfiff aus. Die blassen Augen von Dr. Scarsdale musterten Alice mit ehrlichem Staunen.

»Ich bedauere mein Benehmen«, sagte er unumwunden. »Die Ereignisse der letzten Zeit haben meine Nerven sehr strapaziert, ebenso wie vermutlich auch Ihre, Miss Wegener. Bitte entschuldigen Sie meinen unfreundlichen Tonfall.«

Sie atmete auf und lächelte ihn an. Die Erkenntnis, dass auch rechthaberische Männer manchmal mit sich reden ließen, versöhnte sie mit diesem Tag.

»Also, wenn man Schokolade richtig zubereitet«, begann Aurelia Duarte, während sie beide ihre Habseligkeiten in Koffer legten, »müssen die Kakaobohnen zunächst geröstet und dann auf einem Mahlstein zerquetscht werden, ähnlich wie Mais für die Tortillas. Dann wird zu einem Drittel Zucker hinzugemischt oder auch andere Gewürze, je nach Geschmack, und alles noch mal durchgeknetet, bis eine gleichmäßige, zähflüssige Masse entsteht. Die formt man zu Kugeln oder Tafeln und lässt sie an der Luft trocknen. Wenn Sie die Schokolade trinken wollen, dann erhitzen Sie Wasser oder Milch und …«

»Vielen Dank für diese Ausführungen«, unterbrach Alice sie, die sich ein wenig an Tante Gretes besserwisserische Fürsorge erinnert fühlte. »Aber unterwegs werde ich kaum Möglichkeiten haben, Schokolade zuzubereiten. Ich halte mich hier nur für ein paar Monate auf, bin sozusagen auf der Durchreise, und in meiner Heimat, da habe ich nicht einmal eine eigene Küche.«

Aurelia Duarte musterte sie erstaunt.

»Irgendwann wollen Sie doch sicher ein Zuhause und eine Familie haben«, meinte sie ein wenig empört. »Und unterwegs, also in Chiapas, da gibt es nicht überall Herbergen, wo Reisende großzügig bekocht werden. Ich dachte einfach, es wäre eine Hilfe für Sie, wenn Sie wissen, wie Sie selbst Ihre Schokolade zubereiten können.«

Alice klappte ihren Koffer zu und sank seufzend auf das Bett. Warum wollte sie mit dieser mütterlichen alten Dame streiten?

»Das war auch sehr freundlich von Ihnen«, gab sie nach. »Ich wollte nur vermeiden, dass Sie sich meinetwegen unnötig Mühe machen.«

»Aber das tue ich doch gern!«

Das faltige Gesicht leuchtete auf über die unerwartete Anerkennung, sodass Alice sich fast schämte, die Señora nicht mehr beachtet zu haben. Dann fiel ihr plötzlich wieder ein, weshalb sie zunächst

Abstand von dieser Frau gewahrt hatte. Sie holte Luft. Auf einmal drängte es sie, die Wahrheit zu erfahren.

»Señora Duarte, vielleicht erinnern Sie sich an den Abend, als wir uns das erste Mal gemeinsam ein Zimmer teilten.«

Die alte Dame legte sorgfältig ihr Nachthemd zusammen, obwohl es im Koffer ohnehin wieder verknittern würde.

»Ja, ich erinnere mich. Es war eine schöne Herberge, sehr sauber und nett eingerichtet. Nur hatten die Besitzer ein paar merkwürdige Ansichten.«

»Meinungen gehen eben oft auseinander«, erwiderte Alice und fuhr fort:

»Aber an diesem Abend ging ich später ins Bett als Sie. Und da, verzeihen Sie mir bitte, da sah mein Koffer durchwühlt aus. Und ich dachte …«

Sie bemerkte, wie die Augen der alten Dame sich ungläubig weiteten.

»Ich habe natürlich nicht gedacht, dass Sie mich bestehlen wollten«, fügte sie hastig hinzu. »Aber vielleicht gab es einen Grund, ich meine, vielleicht brauchten Sie dringend etwas, und ich war nicht da und daher…«

»Aber Sie waren doch da!«, unterbrach die Señora sie plötzlich. »Sie waren kurz in dem Zimmer. Ich wachte von einem Geräusch auf, da sah ich, dass Ihr Koffer geöffnet worden war, und bemerkte gerade noch, wie jemand hinausging. Ich dachte, Sie hätten noch etwas holen wollen.«

Alice schüttelte sich.

»Aber Sie sahen nicht mich, ich meine, Sie haben mich nicht erkannt?«

Aurelia Duarte verschloss ihren Koffer.

»Ich sah nur eine Gestalt hinausgehen. Ich hatte bereits geschlafen, und es war dunkel. Also waren Sie es nicht? Ich hoffe, Ihnen wurde nichts gestohlen, ich meine, obwohl es eine schöne Herberge war, stammte die Besitzerin von Indios ab und …«

»Schon gut, mir wurde nichts gestohlen«, versicherte Alice. »Jetzt, da Sie darüber reden, fällt mir ein, dass ich wirklich noch mal in das

Zimmer zurückgegangen bin, um … um ein bisschen Geld zu holen. Ich hatte es nur vergessen.«

Es gab keinen Grund, die alte Dame unnötig zu beunruhigen, dachte sie und machte sich daran, ihren Koffer hinauszuschleppen. Die Staffelei und ihre übrigen Habseligkeiten waren bereits auf den Karren verladen worden, der sie alle gemeinsam zum Bahnhof bringen würde.

»Gott sei Dank hatten Sie kein Geld im Koffer«, sagte Aurelia Duarte leise. »Ich hatte Ihnen ja damals geraten, es nicht darin liegen zu lassen.«

Alice konnte sich an keinen derartigen Rat erinnern, widersprach aber nicht, denn sie wollte sich in Frieden von dieser großmütterlich fürsorglichen Mexikanerin trennen. Aurelia Duarte zog eine kleine Kette aus ihrem Beutel.

»Hier, nehmen Sie das. Es soll Ihnen Glück bringen. Und passen Sie während des Rests Ihrer Reise gut auf sich auf.«

Alice nahm die Gabe höflich an, dann schleppten sie beide ihr Gepäck in den Gang, wo es von einem Diener abgeholt wurde.

Sie saß bereits in dem Zug, als sie endlich die Zeit fand, das Geschenk wieder aus ihrem Ridikül zu ziehen und eingehend zu mustern. Es war eine schlichte Silberkette, an der das Bildnis einer Heiligen baumelte, vermutlich der Jungfrau Maria. Harry hätte es nur ein spöttisches Lachen entlockt, denn es strahlte in kräftigen, grellen Farben wie fast alles in diesem Land und erinnerte an die Zeichnung eines Kindes. Doch Alice fand Gefallen an der mexikanischen Kunst.

5. Kapitel

Es regnete fast während der ganzen Zugfahrt, und Alice war erleichtert, nicht in einem Karren sitzen zu müssen. Die an ihnen vorbeiziehende Landschaft verschwand dadurch hinter einem Dunstschleier. Alice musterte das glänzende Grün des Regenwalds, in den sie eindrangen, sah Scharen leuchtend bunter Vögel vor der herandonnernden Bahn auffliegen und musterte sumpfige Gewässer, aus denen manchmal verdächtig nach Alligatorenschwänzen aussehende, grün geschuppte Gliedmaßen auftauchten. Hinter der Sicherheit einer geschlossenen Fensterscheibe schien diese Welt über magischen Zauber zu verfügen, lockte durch ihre Farbenpracht und ungezügelte Wildheit. Alice versuchte vergeblich, sich die Farbtöne und Formen unbekannter Blüten zu merken, um sie zu einem günstigen Zeitpunkt auf die Leinwand übertragen zu können, denn es waren zu viele Eindrücke. Allerdings hielt sich ihr Verlangen, der überschaubaren Sicherheit des Abteils zu entkommen und sich unmittelbar in jene aufregend fremde Wildnis zu begeben, in Grenzen.

Gelegentlich hielt der Zug an winzigen Ortschaften, die nur aus ein paar Hütten zu bestehen schienen. Indios kamen herbeigeeilt, um durch das Fenster Wasser, Pozol und auch ein milchig weißes Getränk namens Pulque zu verkaufen, einen aus dem Saft von Agaven gewonnenen Schnaps, der beim einfachen Volk offenbar weitaus beliebter war als der Alice bereits bekannte Tequila. Auf das Drängen von Juan Ramirez hin nahm sie einen der hölzernen Becher und nippte vorsichtig an der Flüssigkeit. Bitterer Geschmack breitete sich auf ihrer Zunge aus. Sie musste husten wie meist, wenn sie starken Alkohol trank.

»Dieses Getränk gibt es bereits seit der Zeit der Azteken«, wurde sie von Dr. Scarsdale belehrt, der seit dem Vorfall beim Frühstück von ausgesuchter Freundlichkeit war. Alice stellte fest, dass es ihr trotzdem nicht besonders schmeckte, doch sie trank tapfer weiter, um nicht unhöflich zu sein. Beim nächsten kurzen Rastplatz erwarben sie noch ein paar Tortillas, da ihre Mägen allmählich zu knurren begannen. Zwar reisten sie zweiter Klasse, aber der Zug war fast leer, sodass sie die Beine ausstrecken und immer wieder kurze Nickerchen einlegen konnten. Eine Flasche Tequila aus den persönlichen Vorräten von Juan Ramirez machte die Runde. Alice fiel recht schnell in einen tiefen Schlaf, den nur einzelne spanische Wortfetzen aus der Unterhaltung ihrer zwei Mitreisenden durchdrangen.

»Sabe nada«, meinte sie zu verstehen, doch als sie kurz die Augen öffnete und murmelte, wer denn nichts wusste, wurde es schlagartig still.

»Sie haben geträumt«, versicherte Juan Ramirez lächelnd. »Wir sprachen über die aktuelle Politik des Präsidenten Porfirio Díaz und sind eigentlich beide der Meinung, dass er genau weiß, was er tut.«

Alice nickte gähnend und schlief weiter. Es war unglaublich, wie müde dieses Reisen sie machte.

Kurz darauf wurde sie aber noch mal geweckt, denn sie hatten das Ziel ihrer Bahnfahrt erreicht, ein mittelgroßes Städtchen namens San Juan Guichicovi. Außer ihnen stiegen nur ein paar mit Lasten beladene Indios aus dem Zug, und der Ort als solcher schien eine überschaubare Ansammlung aus Häusern mit einer Kirche und dem üblichen begrünten Platz, Alameda genannt. Geplant war, Pferde, Lasttiere und auch einen indianischen Führer aufzutreiben, denn von hier aus sollte der Weg durch das Gebirge der Sierra Madre beginnen. Wieder fand sich eine kleine Herberge, und während Alice dort am frühen Abend im Patio saß, bemerkte sie hinter der geöffneten Tür eine Prozession vorbeiziehender indianischer Frauen, die bunte Federn schwangen, Flöten spielten und eine kleine Heiligenfigur auf einem Podest vor sich hertrugen. Ihre Kleidung war weitaus prächtiger, als sie es bisher bei Indios gesehen hatte. Riesige leuchtend bunte Stickereien zierten Röcke und Blusen, am Saum hing noch eine breite Schicht weißer Spitze, die den Gewändern mehr Schwung verlieh. Wieder bewunderte Alice Flechtfrisuren, in denen frische Blüten steckten, oder aus weißer Spitze gefertigte Kopfbedeckungen. Rasch lief sie zum Eingangstor des Patio, um besser sehen zu können, und zog den Skizzenblock aus ihrem Ridikül. Wenigstens ein paar Eindrücke musste sie mit Bleistift festhalten, denn diese Frauen schienen ihr das Schönste, was sie bisher in Mexiko zu Gesicht bekommen hatte. Wie steif und künstlich waren im Vergleich dazu all jene vornehmen Damen, die in Veracruz französische Mode vorgeführt hatten! Alice ließ ihren Stift über das winzige Blatt Papier gleiten, um möglichst viele von den dunklen Gesichtern mit ihren buschigen Brauen und schmalen, wachen Augen einzufangen. An diese Farben würde sie sich erinnern können, das wusste sie.

Hinter ihr knirschten Schritte, und sie fuhr verärgert herum.

»La Señorita quiere fumar?«

Wider Willen besserte sich Alice' Laune angesichts eines schmalen, braunen Zigarillos in den gepflegten Händen von Juan Ramirez. Die eigenen Zigaretten waren ihr gestern ausgegangen, und sie hatte Dr. Scarsdale nicht weiter verärgern wollen, indem sie die nächste Abreise unnötig verzögerte, um Einkäufe zu erledigen. Juan Ramirez setzte sich in einen Stuhl an ihrer Seite und streckte die Beine aus. Sie bemerkte aus den Augenwinkeln, dass er sehr gut aussah. Kurz nach der Ankunft in der Herberge musste er ebenso wie sie selbst eine schnelle Wäsche vorgenommen und frische Kleidung angezogen haben.

»Ich habe den Eindruck, es gefällt Ihnen weiterhin in unserem Land«, meinte er und blies Rauschschwaden in die warme Abendluft.

Alice fragte sich, ob dies ein Vorwurf sein sollte, dass sie den Tod ihres Bruders allzu schnell überwand.

»Die Reise ist notwendig. Ich versuche, das Beste aus ihr zu machen.«

Juan Ramirez nickte.

»Darf ich?«, fragte er und blickte auf ihre Zeichnung, ohne eine Antwort abzuwarten.

»Sehr geschickt dafür, dass es nur eine Skizze ist. Sie haben wirklich Talent.«

»Muchas gracias. Kann es sein, dass ich deshalb auch schon eine Ausstellung hatte?«

Alice schnaubte leise und stellte zu ihrem Ärger fest, dass sie sich trotzdem über das Lob freute. Juan Ramirez rauchte unbeeindruckt weiter, und sie folgte seinem Beispiel. In Veracruz war er höflicher gewesen, dachte sie, doch die schlechten Manieren passten unerwartet gut zu ihm.

»Ich könnte Ihnen noch etwas anderes zeigen«, schlug er beiläufig vor. »Mexiko, wie Sie es bisher noch nicht gesehen haben, weil niemand es einer Dame wie Ihnen zumuten würde. Ein paar Straßen weiter findet gerade ein Hahnenkampf statt. Fast alle Männer des Ortes sind dort, während die Frauen irgendein traditionelles Fest feiern.«

Er musterte sie mit einem breiten Grinsen. Alice hatte den Eindruck, nun den wahren Juan Ramirez kennenzulernen, weitaus mehr als das wahre Mexiko. Von Hahnenkämpfen hatte schon Harry erzählt, der einige Jahre in London verbracht hatte.

Sie ließ den Zeichenblock sinken. Ihr war klar, dass sie dieses Angebot in Veracruz vielleicht sogar angenommen hätte, um nicht als zerbrechliches Frauchen zu gelten. Aber sie würde es keinem Mann so leicht verzeihen, sie nach der ersten Annäherung plötzlich wie Luft behandelt zu haben.

»Herzlichen Dank, aber irgendein Gemetzel unter armen Kreaturen, bei dem Männer glauben sich nur durch Zusehen als richtige Kerle hervorzutun, brauche ich nicht. Ich entscheide gern selbst, was ich sehen muss, um ein Land kennenzulernen.«

Sie schluckte, nachdem diese Worte ausgesprochen waren. Die Schneekönigin war bisher nicht geschmolzen, stellte sie fest, ohne dies wirklich zu bedauern. Juan Ramirez stand mit einem Schulterzucken auf. Das Grinsen war nicht ganz von seinem Gesicht gewichen, doch es schien etwas verrutscht, als wisse er selbst nicht, ob er lachen oder zornig werden sollte.

»Tehuantepec passt zu Ihnen«, stellte er fest. »Es gilt als die einzige Region Mexikos, wo die Frauen herrschen.«

Dann stolzierte er davon. Alice spürte ein kurzes Bedauern, vertiefte sich aber gleich wieder in ihre Zeichnung. Eine Region, wo die Frauen herrschten, ging es ihr durch den Kopf. Vermutlich hatten sie deshalb so prächtige Gewänder. Sie erwog, selbst ein solches zu erwerben, doch ihr nordeuropäisches Gesicht hätte in all der Farbenpracht wie blasser Stoff gewirkt, der zu oft gewaschen worden war.

Am nächsten Tag begann der wirklich beschwerliche Teil der Reise, denn nun würden sie nicht mehr über breite Straßen fahren können. Eine einzige Straße führte direkt nach Guatemala, doch sonst gab es nur schmale Pfade durch das bergige Gelände, über die die Karren nicht fahren konnten. Daher standen ihnen nur drei kleine, stämmige Pferde mit Sattel zur Verfügung, ebenso wie vier Esel zum Transport des Gepäcks. Alice wurde flau im Magen, denn sie fürchtete, ihre Malutensilien oder die bereits fertigen Bilder könnten unterwegs in tiefe Schluchten oder reißende Gewässer stürzen, wenn sie nicht sicher genug befestigt waren. Der von Dr. Scarsdale engagierte indianische Führer war ein kleiner, magerer, schweigsamer Kerl, dessen Hautfarbe Alice an Tante Gretes geliebten Nusskuchen erinnerte. Zwei seiner Söhne beteiligten sich an der Reise, um die Esel zu beaufsichtigen, doch sie schienen nicht älter als sieben Jahre zu sein, was sie wenig vertrauenserweckend machte. Ihre sicheren, gezielten Handgriffe ließen dennoch auf längere Übung schließen. Beide waren ernste Jungen, denen die lebhafte, Aufmerksamkeit fordernde Art vieler Altersgenossen fehlte.

Nachdem Alice festgestellt hatte, dass ihr kostbarstes Gepäck sich an einem einigermaßen sicheren Platz befand, galt es, sich selbst in die richtige Reiseposition zu schwingen. Sie war natürlich bereits geritten, da es zur Ausbildung einer jungen Dame gehörte, auch ein paar Reitstunden zu nehmen. Allerdings fehlten hier der Damensattel sowie das kleine Podest, damit sie mühelos aufs Pferd steigen konnte. Sie würde breitbeinig dasitzen müssen wie ein Mann, doch sie besaß kein einziges Paar Hosen und hätte es niemals gewagt, in diesem fremden Land ein derart undamenhaftes Kleidungsstück zu erwerben. Nach langem Grübeln in der vergangenen Nacht war ihr eine Idee gekommen, wie sie ihre bunt zusammengewürfelte Reisekleidung reittauglich kombinieren konnte. Sie trug ihre langen, weißen Pantalons unter einem jener weit schwingenden Indio-Röcke, die sie von Elaine Palmer erworben hatte. Indio-Frauen saßen manchmal wie Männer auf ihren Reittieren, das war ihr aufgefallen, und trugen dennoch keine Hosen. Die Huaraches erwiesen sich als recht robustes Schuhwerk, mit dem sie sicher im Steigbügel steckte, als sie den ersten Versuch unternahm, sich auf das bräunliche, zum Glück recht gutmütig dreinblickende Pferdchen zu schwingen. Beim ersten Mal gelang es ihr nicht, doch als Juan Ramirez sich hilfsbereit näherte, warf sie ihm einen wütenden Blick zu, stemmte und zog, bis sie endlich sicher im Sattel saß. Ein Gefühl des Triumphes überkam sie. Sie war kein so zerbrechliches, in dieser Wildnis völlig hilfloses Wesen, wie alle, einschließlich ihrer selbst, zunächst gemeint hatten. Erstmals an diesem Tag gönnte sie sich einen ausgiebigen Blick auf die weite Landschaft vor ihnen. Gedämpfte Grüntöne und kahle Felsen wiesen auf ein kühleres Klima hin, als sie es bisher in Mexiko kennengelernt hatte. Die Sträucher, Wälder und grasbewachsenen Täler hätten auch eine europäische Gebirgslandschaft sein können, dachte Alice, obwohl sie sich sicher war, dass hier auch ein paar ihr unbekannte Pflanzen wuchsen. Der Sonnenschein war angenehm milde in den Morgenstunden, und mitunter wehten frische Windböen. Dr. Scarsdale hatte sie gewarnt, dass es nachts recht kalt werden könnte. Doch sie fühlte sich in der Lage, all diesen Widrigkeiten zu trotzen, und ließ ihr Pferd hinter den anderen hertrotten.

Bereits am späten Vormittag begann diese Zuversicht wieder zu schwinden, denn ihr Rücken schmerzte ebenso wie ihre Oberschenkel von der ungewohnten Haltung im Sattel. Der Wind frischte auf, und Regen setzte ein. Es gab nicht einmal mehr eine Plane, die sie hätte zuziehen können, und die Decke, die Dr. Scarsdale ihr gnädig überließ, war bald so durchnässt, dass sie nur eine zusätzliche Last auf Alice' Schultern war. Kälte fraß sich allmählich in ihre Knochen. Wenn es noch lange so weiterging, dann würde sie am nächsten Tag krank sein.

»Sobald die nächste Siedlung auftaucht, müssen wir Rast machen«, sagte zu ihrer Erleichterung Juan Ramirez. Dr. Scarsdale meinte, dass er an diesem Tag gern etwas weiterkäme, doch sein mexikanischer Begleiter erwies sich diesmal als ungewohnt hartnäckig. Dennoch schien der Rest des Weges endlos, die Landschaft, welche Alice noch am Morgen als zwar weniger exotisch, aber dennoch reizvoll empfunden hatte, wirkte nur noch trist und feindselig. Auch ihre Begleiter machten einen erschöpften Eindruck, bis auf die Indios, an denen Wind und Regen abzuprallen schienen. Sie hatten Überwürfe aus geflochtenen Grashalmen angelegt, die sie wie Stacheltiere aussehen ließen, aber ein hervorragender Schutz gegen die Nässe waren. Selbst die Kinder gingen ohne Murren neben den Eseln einher, als hätten sie seit ihrer Geburt nichts anderes getan, als Stürmen zu trotzen. Alice wusste nicht, ob sie Bewunderung oder Mitgefühl empfinden sollte, doch letztendlich war sie zu sehr mit sich selbst beschäftigt, um sich ihren Begleitern widmen zu können. Als endlich ein paar bunt bemalte Steinhäuser hinter einem Felsen auftauchten, schossen ihr Tränen der Erleichterung in die Augen, und ihr Körper aktivierte neue Energien. Sie gelangten in eine mittelgroße Siedlung, wo fast alle Anwohner vor dem Wetter ins Innere ihrer Häuser geflohen waren. Erst die Rufe der Indios sorgten dafür, dass sich ein paar Türen öffneten und fragend blickende Gesichter erschienen. Danach erhielten die Ankömmlinge gleich mehrere Angebote, ins Trockene zu gelangen. Die laut gestikulierenden Anwohner einigten sich schließlich untereinander, ihnen das größte Haus zur Verfügung zu stellen, das einem Eisenwarenhändler gehörte. Zu Alice' Erstaunen erwies er sich als Landsmann, ein Schwabe namens Heinrich Gütlein, dessen Familie vor ungefähr dreißig Jahren in Mexiko eingewandert war. Kein Einzelfall, wie sie erfuhr. Selbst im weit entfernten Chiapas begannen sich immer mehr Europäer niederzulassen, denn noch gab es dort günstiges Land und viele Möglichkeiten, Geschäfte zu machen.

»In ein paar Jahren wird vielleicht auch Tuxtla Gutiérrez, die Hauptstadt von Chiapas, an die Eisenbahnlinie angeschlossen«, erzählte Heinrich Gütlein, während seine mexikanische Frau den völlig durchnässten Gästen erst einmal eine heiße Brühe auftischte. »Dann wird es viel leichter, Waren hierherbringen zu lassen. Bisher müssen sie entweder an der Küste entlang per Schiff oder durchs

Gebirge transportiert werden, und das ist langwierig. Doch unsere neuen Kaffeebarone stärken die Wirtschaft des Landes, daher bekommen wir ihretwegen hoffentlich auch die Eisenbahn.«

Dr. Scarsdale stürzte sich sogleich in eine längere Unterhaltung zu dem Thema, während die Hausherrin Alice zuwinkte. Sie folgte der Einladung und fand sich zu ihrer großen Freude bald in einem Raum wieder, wo ein Zuber mit warmem Wasser auf sie wartete. Sie konnte es kaum erwarten, sich ihrer nassen Kleidung zu entledigen, und nahm es daher auch hin, dass die Señora sich dabei nicht aus dem Raum entfernte, sondern entschlossen schien, ihr beim Bad zu helfen.

»Muy bonita!«, murmelte sie, als sie eine rätselhafte Tinktur in Alice' nasses Haar mischte. »Bald machen hier alle Männer verrückt!«

Alice war zu erschöpft, um darauf hinzuweisen, dass sie nichts Derartiges im Sinn hatte, doch sie lobte höflich das Deutsch ihrer Gastgeberin. Bald darauf wurde sie in eine Decke gewickelt und in eine kleine Kammer geführt, wo neben einem Tisch ein schmales Bett stand. Sie fiel wie ein Stein auf das Laken und nahm nur noch wahr, wie einer der indianischen Jungen ihren Koffer brachte.

Am nächsten Tag schien wieder die Sonne. Alice stellte fest, dass sie über zwölf Stunden geschlafen hatte, aber sie fühlte sich völlig gesund und wohl. Ihr Magen knurrte, sodass sie rasch in frische Kleidung schlüpfte und aus dem Zimmer trat. Der Geruch gebratener Eier lag in der Luft. Sie fuhr sich rasch durchs Haar und merkte, dass es sich tatsächlich weitaus weicher anfühlte als in den letzten Wochen. Als ihr das Frühstück aufgetischt wurde, warf sie der Hausherrin einen dankbaren Blick zu. Dr. Scarsdale drängte zum Aufbruch, sodass ihr kaum Zeit blieb, die üppige Mahlzeit mit einer zweiten Tasse Kaffee hinunterzuspülen, und schon saß sie wieder auf ihrem Pferd, diesmal unter sanft wärmenden Sonnenstrahlen. Die Landschaft zeichnete sich klar am Horizont ab, als habe der Regen sie reingewaschen. Wieder trotteten sie auf Felsen und Hügel zu, tauchten in Wälder ein und gingen an einem tosenden Wasserfall vorbei, den zu zeichnen es Alice leider nicht möglich war, da sie die Gruppe nicht unnötig aufhalten wollte. An einer Stelle wurde der Bergpfad so steil und schmal, dass sie absteigen und ihre Pferde führen mussten. Alice tastete sich an der Felswand entlang, griff nach Baumwurzeln und Sträuchern und führte vorsichtig das Pferd den Pfad entlang. Sie vermied es geflissentlich, nach unten zu blicken, denn unmittelbar neben ihr fiel der Fels steil ab zu einem tosenden Fluss.Plötzlich rutschte ihr Fuß an einem kleinen Stein ab, sie stolperte und verlor das Gleichgewicht. Mit einem Schrei krallte sie sich an einer Pflanze fest, die aber nachgab und aus der spärlichen Erde gerissen wurde. Hinter ihr schnaubte das Pferd, sie hörte Schritte, dann wurde sie gepackt und auf den Pfad zurückgezogen. Alice schnappte nach Luft. Ihr Herz schlug so schnell und laut, dass es jedes andere Geräusch verdrängte, und zum ersten Mal wünschte sie sich, sie hätte auf Dr. Scarsdale gehört und wäre mit dem nächsten Dampfer zurück nach Europa gefahren. Sie sah sich nach ihrem Retter um. Sie wusste nicht genau, wen sie erwartet hatte, denn Juan Ramirez und Dr. Scarsdale gingen voraus, doch sie konnte ihrer Wahrnehmung kaum trauen, als der Jüngere der zwei Indio-Jungen sie stolz anblickte. Er musste älter als sechs oder sieben Jahre sein, überlegte sie, vermutlich war er eben klein wie die meisten Menschen seines Volkes.

»Muchas gracias«, murmelte sie und lächelte den Knaben an. Er strahlte über das ganze Gesicht, als hätte sie ihm ein großzügiges Geschenk gemacht. Alice staunte. Manchmal mochte es durchaus Vorteile haben, eine junge Frau von gefälligem Äußeren zu sein.

»Ist etwas passiert? Wo bleiben Sie, Miss Wegener?«, rief Dr. Scarsdale, der bereits das Ende des Pfades erreicht hatte und sich zu ihr umwandte. Ein Stück neben ihm entdeckte sie Juan Ramirez.

»Keine Sorge, alles in Ordnung. Ich komme gleich«, versicherte Alice, denn der im letzten Moment verhinderte Absturz war ihr ebenso peinlich wie der Überfall der Indios in Minatitlán. Sie wusste, dass sie nicht für derartige Abenteuer geschaffen war, denn niemals in ihrem Leben hatte sie das Verlangen verspürt, über enge Bergpfade zu wandern. Aber sie wollte Dr. Scarsdale nicht in seiner

Annahme bestätigen, dass sie auf dieser Reise nichts weiter als ein lästiges Anhängsel war.

»Dann beeilen Sie sich. Wir müssen weiter«, drängte der Gelehrte. Alice setzte sich in Bewegung und warf dem Indio-Jungen ein verschwörerisches Lächeln zu. Sie teilten jetzt ein Geheimnis.

Bis zum Nachmittag verlief die Reise ohne weitere Zwischenfälle. Alice stellte fest, dass ihr Rücken etwas weniger schmerzte als am Vortag, da sie sich an das Reiten zu gewöhnen begann. Mittags wurde in einem kleinen Dorf haltgemacht, wo sie mit schlichten Tortillas und Pozol versorgt wurden, doch diese Mahlzeit schmeckte in der bergigen Umgebung unerwartet gut und schenkte neue Energie. Kurz nachdem sie das Dorf verlassen hatten, schloss sich ihnen ein kleiner, brauner, zotteliger Hund mit riesigen Ohren an, der bis auf die Knochen abgemagert war. Alice beobachtete, wie die Indio-Jungen eine der Tortillas an ihn verfütterten, und beschloss, auch von ihrer Ration etwas abzugeben. Die Kinder wichen zurück, als sie sich näherte, doch sobald sie ihre Absichten erkannt hatten, traten sie grinsend an ihr Pferd heran und sahen dem Hund beim Fressen zu. Alice, die sich bisher nichts aus Kindern gemacht hatte, staunte, wie viel Freude sie über diesen zaghaften Vertrauensbeweis empfand. Allein der Vater hielt weiterhin Abstand, musterte sie mit einem misstrauischen, fast feindseligen Blick, als sei sie eine Verführerin unschuldiger Seelen, und rief seinen Söhnen ein paar barsche Worte zu, woraufhin sie wieder zu ihren Eseln liefen.

Die nächste Rast fand erst am späten Nachmittag statt, da es kälter zu werden begann und Dr. Scarsdale erneut Decken verteilte. Alice nutzte den Moment, um ihre restlichen Tortillas zu verzehren, denn sie wusste nicht, wann sie die nächste Herberge erreichen würden. Juan Ramirez ließ sich ein Stück neben ihr auf einem Felsen nieder und aß ebenfalls. Dann holte er die Tequilaflasche aus seiner Jacke, um sie Alice anzubieten. Sie nippte dankbar daran, denn sie wusste, dass ihr dadurch wärmer wurde und ihre Lebensgeister erwachten. Dr. Scarsdale war in eine Landkarte vertieft, sodass sie alle eine Weile ausruhen konnten. Der Hund begann bellend loszulaufen, vermutlich angelockt durch den Geruch eines Wildtieres, und die zwei Indio-Jungen rannten hinter ihm her. Ihr Vater brüllte ein paar Worte, doch als sie ihm wider Erwarten nicht gehorchten, nahm auch er die Verfolgung des Hundes auf, sodass sie alle auf der anderen Seite des Felsens verschwanden. Alice lächelte. Ein wenig beruhigte es sie, dass Kinder sich nirgends auf der Welt problemlos erziehen ließen.

»Un cigarillo?«, bot Juan Ramirez noch mal an, und Alice griff zu. Kurz lächelten sie einander an. Er sah immer noch sehr gut aus, befand Alice und ärgerte sich, dass seine Nähe sie auf einmal wieder verlegen machte.

»Nicht bewegen!«, sagte er plötzlich mit todernster Miene. Seine Augen schienen größer geworden zu sein.

»Aber warum …«

»Bewegen Sie sich nicht, und sehen Sie nicht nach unten!«

Es klang so dringlich, dass Alice gehorchte. Sie sah, wie er sich zu ihren Füßen hinabbeugte und schnell und energisch seine Hand bewegte.

»Alles in Ordnung«, sagte er dann erleichtert. Alice musste kichern.

»Wollten Sie mir die Schuhe abwischen?«

Juan Ramirez warf ihr einen Blick zu, den sie überheblich fand.

»Nein, ich habe nur einen Skorpion von Ihrem Fuß entfernt. Die Kleinen sind am gefährlichsten.«

Alice schnappte nach Luft.

»Ist es in diesem Land eigentlich niemals möglich, einfach entspannt dazusitzen, ohne dass man fürchten muss, überfallen oder von giftigen Tieren gestochen zu werden?«, fragte sie, ohne genau sagen zu können, woher ihr Ärger kam. Juan Ramirez lächelte selbstgefällig.

»Man muss sich hier auskennen«, entgegnete er. »Für Fremde ist es schwer. Aber ich bin gern bereit, Ihnen als Ratgeber zur Seite zu stehen.«

Alice hatte das Gefühl, er wolle einen Arm um ihren Rücken legen, und schoss in die Höhe. Sie mochte dieses Beschützergehabe nicht.

»Ich sehe mal nach dem Hund und unseren Indios«, sagte sie und ging los, bevor er etwas erwidern konnte. Auf der anderen Seite des Felsens führte ein breiterer Pfad nach unten. Sie machte ein paar Schritte, da hörte sie auch schon ein Bellen und das Rufen der Kinder, das erstaunlich wehleidig klang. War dem Hund etwas geschehen? Dann nahm sie tiefere Stimmen wahr, die Befehle zu rufen schienen. Alice wurde von einem unguten Gefühl erfasst. Sie erwog kurz, ihre zwei männlichen Begleiter zu holen, doch die Lage war vielleicht dringlich, und daher lief sie weiter, um nachzusehen.

Sie erblickte den Hund, der völlig unversehrt zwischen den zwei Jungen ein Stück weiter unten auf dem Pfad saß. Eine lange Menschenkette trottete an ihnen vorbei, allesamt Indios, die sich mit gesenkten Köpfen dahinschleppten, als seien sie bereits am Ende ihrer Kräfte. Ihre Füße waren mit Seilen aneinandergebunden, sodass es dem Einzelnen unmöglich war, sich aus der Gruppe zu entfernen. Unmittelbar daneben entdeckte sie den Vater der zwei Jungen. Er hing in dem eisernen Griff eines großen, wuchtigen Mannes, der dunkle Haut hatte, doch über mehr Autorität zu verfügen schien als die Gefesselten. An seiner Seite stand ein weiterer Mann mit hellbraunem Haarschopf, der herumbrüllte. Alice vermochte die Lage nicht wirklich zu erfassen, aber sie ahnte, dass ihrem Reisebegleiter Gefahr drohte.

»Que pasa?«, rief sie nach unten, um auf sich aufmerksam zu machen. Die Kinder blickten hoch, und auf ihren Gesichtern zeigte sich Erleichterung. Einer lief zu den zwei Männern, die seinen Vater festhielten, wies auf Alice und sagte irgendetwas.

Alice wünschte sich Dr. Scarsdale oder Juan Ramirez an ihrer Seite, doch sie wagte es nicht umzukehren, sondern eilte entschlossen auf diese Leute zu. Als sie angekommen war, wurde ihr bewusst, welchen Anblick sie bieten musste. Eine blonde Frau in indianischer Kleidung, unter deren Rock die Spitzen von Pantalons zu sehen waren! Zudem hatte sie den mexikanischen Männerhut auf dem Kopf, da Juan Ramirez sie auf die Notwendigkeit hingewiesen hatte, sich gerade in den Bergen trotz kühlerer Temperaturen vor der Sonne zu schützen. Sie straffte die Schultern, als sie in die neugierigen Gesichter der Männer blickte. Sogar unter den ausgezehrten Indios sorgte ihr plötzliches Auftauchen für staunende Rufe.

»Wer sind Sie?«, kam es barsch auf Spanisch. Ihr war klar, dass der Mann mit dem hellbraunen Haar gesprochen hatte, und sie wandte sich ihm zu.

»Mein Name ist Alice Wegener. Ich bin Deutsche.«

Sie wusste nicht genau, warum sie ihre Nationalität erwähnt hatte, doch es schien Eindruck zu machen. Die Miene des Mannes wurde ein wenig respektvoller. Er hatte helle, europäische Haut und indianisch schräge Augen. An seinem Gürtel hing eine Pistole, wie Alice zu ihrem Unbehagen bemerkte.

»Was machen Sie hier, Señora?«, fragte er in einem normalen Tonfall.

»Ich bin auf dem Weg nach … Tuxtla … also der Hauptstadt von Chiapas. Dort erwartet mich ein deutscher Kaffeebaron namens Hans Bohremann.«

Sie dankte einem Gott, an den sie nicht glaubte, dass sie wenigstens diesen Namen behalten hatte. Etwas wie Erkenntnis blitzte in den Augen des braunhaarigen Mannes auf, und er tauschte ratlose Blicke mit dem Kerl, der den Indio festhielt.

»Sie reisen doch nicht allein?«, knurrte er abfällig. Alice wurde bewusst, wie hilflos sie als Frau allein in dieser Wildnis war, wie sehr auf männlichen Schutz angewiesen. Sie hasste diesen Zustand.

»Ich reise mit einem amerikanischen Archäologen und dem Schwager von Hans Bohremann. Beide können gleich hier sein, wenn ich sie rufe«, erklärte sie, was keinen großen Eindruck machte. Der Braunhaarige sah sie abwartend an.

»Und dieser Indio« – sie wies auf den Vater der Jungen –, »das ist der Führer, den wir bereits bezahlt haben, damit er uns sicher ans Ziel bringt. Daher bitte ich Sie, ihn wieder loszulassen, denn wir können auf seine Dienste schlecht verzichten und … und Herr Bohremann wäre sehr ungehalten, wenn wir verspätet einträfen.«

Sie hatte selbstbewusst und überzeugend geklungen, wie sie an der freundlicher werdenden Miene des Mannes erkannte. Kurz beriet er sich mit dem breitschultrigen Kerl an seiner Seite, dann bekamen die zwei Jungen ihren Vater zurück. Sie pressten sich stumm an ihn, während er ihnen mit den Fingern durchs Haar fuhr. Alice warf er nur einen knappen Blick zu. Sie ahnte, dass es ihm unangenehm war, ausgerechnet von einer Frau gerettet worden zu sein. Angesichts der erschöpften Mienen der anderen Indios, die mit Stockhieben weitergetrieben wurden, konnte Alice ihm seinen Männerstolz vergeben. Gemeinsam mit dem Hund stiegen sie alle wieder den Felsen hinauf. Alice sah sich kurz um und überlegte, ob es sich um Sträflinge handelte. Aber warum wäre dann der Vater der zwei Jungen fast mitgenommen worden?

»Gracias, Señorita«, murmelte der Jüngere der zwei Knaben, während er sie am Ärmel zupfte. Alice lächelte ihn an. Endlich einmal hatte sie in diesem verfluchten Land etwas richtig gemacht!

»Was wollten die denn von deinem Vater?«, fragte sie neugierig. Der Blick des Jungen verdüsterte sich.

»Ihn wieder auf die Plantage holen. Er hat letztes Jahr etwas unterschrieben, und seitdem machen sie mit ihm, was sie wollen«, antwortete sein Bruder. Auch er musste älter sein, als Alice ihn zunächst eingeschätzt hatte, denn seine Stimme klang erwachsen, klug und vor allem wütend.

»Aber was hat er denn unterschrieben?«, fragte sie.

»Ein Papier«, erwiderte der Jüngere, was nicht unbedingt hilfreich war. »Unsere Mutter war krank, und um den Arzt zu bezahlen, da …«

Der Indio, der ein Stück vor ihnen herlief, drehte sich um und herrschte seine Söhne an.

»Und warum soll ich den Mund halten, erkläre mir das bitte? Warum soll es niemand wissen?«, gab sein älterer Sohn trotzig zurück, um sich dann wieder an Alice zu wenden.

»Männer kamen in unser Dorf. Ladinos.«

Diesen Begriff kannte Alice inzwischen. Ladinos waren Mischlinge aus Weißen und Indianern, manchmal wurden auch alle Nichtindianer so genannt.

»Sie versprachen gut bezahlte Arbeit bis zum nächsten Frühjahr auf den Plantagen im Soconusco. Mein Vater nahm das Angebot an, damit er die Rechnung beim Arzt bezahlen konnte, aber meine Mutter starb trotzdem, und ihn verschleppte man auf die Plantage. Als er wieder zurückkam, war er geschwächt und hatte Fieber. Geld brachte er keines mit. Angeblich hatte er Schulden und sollte nächstes Jahr wieder auf die Plantage, um sie abzuarbeiten.«

»Dann kam das Angebot, euch nach Tuxtla Gutiérrez zu bringen, und er dachte, er wäre weg, wenn die Männer kommen, ihn zu holen«, fuhr der jüngere Bruder fort. »Aber leider liefen wir hier auch solchen Männern über den Weg. Sie hatten meinen Vater letztes Jahr auf der Plantage gesehen und konnten sich an ihn erinnern.«

Alice schüttelte verwirrt den Kopf. Vielleicht hatte der Mann den gesamten Arbeitslohn verspielt oder versoffen und dabei auch noch Schulden gemacht. Allerdings hatte sie ihn seit Beginn der gemeinsamen Reise kein einziges Mal angetrunken erlebt.

»Was stand denn in dem Vertrag, den er unterschrieben hat?«, fragte sie in der Hoffnung, das Rätsel auf diese Weise lösen zu können. Vielleicht hatte es eine Verpflichtung zu mehrjähriger Arbeit gegeben, die er übersehen hatte.

Der jüngere Bruder sah sie mit großen, staunenden Augen an, der Ältere schnaubte wütend. Alice begriff, dass sie eine sehr dumme Frage gestellt hatte.

»Wie heißt ihr zwei eigentlich?«, fragte sie, um von dem verlegenen Schweigen abzulenken. Zwei Tage nach dem gemeinsamen Aufbruch erfuhr sie, dass der ältere Junge Carlos hieß, sein Bruder Julio. Der Vater, der sich immer noch weigerte, ein Gespräch mit ihr zu beginnen, trug den Namen Marco García.

»Und wie sollen wir den Hund nennen?« Alice versuchte, für Unterhaltung zu sorgen, als bereits die Pferde vor ihnen auftauchten. Carlos gab ihr durch Schweigen zu verstehen, dass er sich nicht mit derartigem Kinderkram befasste, doch Julio taufte das kleine braune Tier Mariana.

»So hieß unsere Mutter«, erklärte er ernst. »Und dieses Tier ist eine Hündin.«

Alice nahm es hin, dass sie nun selbst als unwissend entlarvt worden war.

»Das waren Enganchadores«, erklärte Juan Ramirez, während er rauchend neben ihr auf dem breiten Pfad ritt. »Sie werden im September und Oktober losgeschickt, um Arbeiter für die Kaffee-Ernte anzuwerben. Diese waren aus irgendeinem Grund schon früher unterwegs.«

»Und warum werden die Arbeiter wie Sträflinge verschleppt?«, fragte Alice. Juan Ramirez wich ihrem Blick aus und blies Rauch in den klaren Himmel. Sie kamen an einer Eiche vorbei, auf der strahlend weiße Orchideen wuchsen, und der Zauber dieses Anblicks lenkte Alice für einen Moment ab. Ein paar kleine, milchfarbene Wolken tummelten sich am Horizont, und die Sonne begann hinter den Bergen zu versinken. Dr. Scarsdale hatte versichert, zur nächsten Herberge sei es nicht mehr weit.

»Viele von ihnen unterschreiben zunächst den Vertrag, aber dann überlegen sie es sich anders«, erklärte Juan Ramirez nach einer kurzen Pause des Nachdenkens. »Sie wollen die eingegangene Verpflichtung nicht erfüllen. Sogar unterwegs würden sie weglaufen, wenn man sie nicht bewacht.«

Alice schüttelte den Kopf.

»Aber warum sollten sie eine Arbeit zunächst wollen und dann wieder nicht? Das sind noch meist sehr arme Leute. Sie könnten froh sein, sich etwas Geld dazuzuverdienen.«

Juan Ramirez hob seine Hände, um Ratlosigkeit auszudrücken.

»Die Arbeit ist wohl härter, als sie erwarten«, schlug er als mögliche Erklärung vor. »Und der Lohn ist nicht üppig, denn als reicher Mann ist noch keiner der Plantagenarbeiter zurück in sein Dorf gekommen. Aber der Kaffeeanbau dient unser aller Wohl, da unser Land dadurch reicher wird. Diese Entwicklung verlangt eben auch Opfer.«

Alice fragte sich, welches Opfer er brachte, doch sie beschloss, ihn nicht unnötig zu provozieren.

Es war bereits ziemlich dunkel geworden, als sie ein kleines Indianerdorf erreichten und von dem Dorfältesten, Kazike genannt, mit ausgesuchter Höflichkeit begrüßt wurden. Alice nahm schicksalsergeben zur Kenntnis, dass ihnen hier nichts weiter zur Verfügung stand als eine Lehmhütte, in der Hängematten aufgehängt wurden. Eine der Indio-Frauen winkte ihr taktvoll zu, um sie zu einer anderen Hütte zu führen, damit sie nicht im selben Raum schlafen musste wie die Männer. Die Frauen des Dorfes hatten diesen kleinen Raum anscheinend für sie als Schlafplatz hergerichtet, denn es befanden sich etliche Säcke darin, doch keinerlei Möbelstücke. Auch ein Moskitonetz gab es nicht, das in den Bergen allerdings auch nicht nötig war, da es nachts recht kalt wurde. Erwartungsgemäß konnte sie in dem Dorf keine Toilette entdecken, sodass sie hinter den Hütten ins Gebüsch kriechen musste und sich dabei schmerzhafte Bisse von Ameisen an Schenkeln und Waden einhandelte. Leise fluchend ging sie zu den Hütten zurück, wo man bereits ein Abendessen aus Bohnen, Tortillas, Pozol und Pulque aufzutischen begann. Nun, da sie auf einer Decke auf dem Boden kauerte, fiel ihr die eigenartige Kleidung der Männer dieses Dorfes auf. Sie trugen weite weiße Hemden und gestreifte Umhänge, wie es bei Indios üblich war, doch ihnen fehlten bis auf einen Lendenschurz die Beinkleider. Alice schaute sie fassungslos an, dann senkte sie den Blick, denn es war ungehörig, mit weit aufgerissenen Augen auf dunkle, muskulöse Männerbeine zu starren. Dass diese unbehosten Kerle kleine Strohhüte auf den Köpfen trugen, wirkte fast komisch.

»Das sind Tzeltal. Sie haben ihre eigentümliche Tracht noch nicht aufgegeben, trotz des Entsetzens der Priester«, flüsterte Juan Ramirez ihr ins Ohr. Er grinste, als könne er Alice' Verlegenheit erahnen. »Sie gelten überhaupt als das verstockteste Indianervolk von ganz Chiapas.«

Alice musterte die kleinen, muskulösen Männer und entdeckte einige hölzerne Speere in ihren Händen. Sie fühlte sich in längst vergangene Zeiten versetzt, sah altägyptische Bilder, die sie vor vielen Jahren bei einer Ausstellung bewundert hatte, wieder vor ihrem inneren Auge auftauchen. Etwas an diesen Männern war anders als bei den übrigen Indios. Als sie sich an die gefesselten Erntearbeiter erinnerte, wurde es ihr bewusst. Die Leute in diesem Dorf lebten unter einfachsten Bedingungen, doch sie schienen sich ihre Würde bewahrt zu haben.

Die Hängematte erwies sich als unerwartet bequem und schützte, wie Juan Ramirez ihr versicherte, zudem zuverlässig vor Skorpionen und Ameisen, wenn sie in der richtigen Höhe aufgehängt wurde. Alice hatte dies vertrauensvoll den Indios überlassen, die sich sicher am besten auskannten. Sie fühlte bleierne Müdigkeit in allen Gliedern und empfand einen Anflug von Ärger, als die Tür zu der Hütte plötzlich wieder aufging. Eine zahnlose, verschrumpelte Alte trat unaufgefordert ein, lächelte Alice an und überschüttete sie mit einem Schwall indianischer Worte. Alice erklärte so höflich wie möglich auf Spanisch, dass sie nichts verstand. Die Alte nickte lächelnd und fuhr unbeirrt fort. Alice unterdrückte einen Seufzer. Sollte das nun die ganze Nacht so gehen? Doch schließlich setzte die Frau einen Korb auf dem Boden ab, der Bananen und Papayas enthielt, neigte leicht den Kopf und verschwand. Alice begriff, dass man ihr Nahrung für die Nacht gebracht hatte oder für den frühen Morgen, falls sie in aller Eile weiterreisen wollte. Sie erinnerte sich, wie arm dieses Dorf war. Sie selbst hätte einen Fremden nicht so großzügig bewirtet, wenn er unangekündigt auf ihrer Türschwelle aufgetaucht wäre, überlegte sie, während sie sich zum Schlafen zusammenrollte.

6. Kapitel

Tuxtla Gutiérrez war eine sehr moderne Stadt, die den eigentümlich verträumten Charakter der bisher besuchten Orte vermissen ließ. Sie lag in einem Tal, wo die Vegetation üppig war und schwüle Hitze die Menschen träge machte. Die Tierra templada, erklärte Dr. Scarsdale, war nicht ganz tropisch, aber deutlich wärmer als die Tierra fria der Sierra Madre. Fast begann Alice die Frische der Berge zu vermissen. Der Mittelpunkt der Stadt war ein vor Kurzem errichtetes Regierungsgebäude aus weißem Backstein. Alice genoss einen kurzen Spaziergang über die von großen Bäumen überschattete Alameda, dann kehrte sie in ihr Hotelzimmer zurück. Immerhin kam sie wieder in den Genuss eines eigenen Bettes, auf dem sie sich für eine Weile ausstreckte, um sich dann einen großen Zuber voll Badewasser bringen zu lassen. In diesem Ort, ganz gleich, wie hässlich, staubig und heiß er sein mochte, gab es so etwas wie Zivilisation. Der schlimmste Teil des Abenteuers lag hinter ihr, und sie wollte nicht an den Rückweg denken, der ihr irgendwann bevorstand. Als sie gebadet hatte und, in eine Decke gewickelt, nach sauberer Kleidung in ihrem Koffer suchte, klopfte es an der Tür.

»Miss Wegener, Hans Bohremann ist eingetroffen und wartet unten im Speisesaal«, verkündete Dr. Scarsdale und verschwand sogleich wieder. Alice spürte, wie ihr die Decke von den Schultern glitt. Ihre Hände zitterten vor Aufregung. Sie wühlte im Koffer, bis sie ihr cremefarbenes Sommerkleid fand. Nun konnte sie nicht mehr in der Kleidung indianischer Bäuerinnen herumlaufen, sondern musste sich schleunigst in eine Dame von Welt verwandeln. Glücklicherweise hatte sie das Kleid noch im Hotel in Veracruz waschen lassen. Es hatte während der Reise ein paar Falten bekommen, doch daran war nichts zu ändern. Sie kleidete sich sorgsam und legte den Saphirschmuck an. Ihr Haar war nach der besonderen Pflege durch die Frau des Eisenwarenhändlers noch seidig glatt und weich, sodass sie nur einen schwarzen Reif aufsetzte und es über ihre Schultern fallen ließ. Sobald die inzwischen vertrauten Huaraches gegen schmale, feine Lederschuhe eingetauscht waren, wagte sie es, aus ihrem Zimmer zu treten.

Hans Bohremann war groß, dünn und weizenblond. Als Alice ihm die Hand zum Kuss reichte, fühlte sie sich erstmals in ihre Heimat zurückversetzt, denn der Schwabe in den Bergen der Sierra Madre hatte nicht ganz so sauber und korrekt gewirkt.

»Es ist mir eine Ehre, Sie hier in Chiapas zu begrüßen, Fräulein Wegener. Doch ich wünschte, die Umstände wären anders«, sagte er mit natürlicher Ehrlichkeit. Alice sah ihm in das blasse Gesicht, auf das die Hitze ein paar rote Flecken gemalt hatte. Er wirkte zu weich für dieses Land, fast wie ein Buchhalter, der sich in die Wildnis verirrt hatte. Sie schätzte ihn auf nicht älter als vierzig Jahre. Sein Anzug war aus teurem Stoff und tadellos geschnitten. Ähnlich waren die Herren bei den Empfängen ihres Vaters gekleidet gewesen, doch hier in Mexiko hatte sie zum letzten Mal in Veracruz Fracks und Stehkrägen gesehen.

»Ich danke Ihnen, dass Sie meinetwegen hierhergekommen sind«, antwortete sie. Dann fragte sie sich, ob Dr. Scarsdale oder Juan Ramirez Deutsch verstanden. Es war unhöflich, in einer Sprache zu reden, der sie nicht folgen konnten.

»Nun, es wäre verantwortungslos, eine junge Dame hier allein ihrem Schicksal zu überlassen«, erwiderte Hans Bohremann in ihrer beider Muttersprache. Alice vermeinte einen missmutigen Unterton zu hören. Vermutlich empfand auch der Kaffeebaron ihre Anwesenheit hier als unnötig und lästig.

Falls dem so war, ließ er es sich nicht anmerken, sondern winkte den Kellner herbei, um ihnen ein Abendessen zu bestellen. Alice fragte sich, wie viel Geld sie Dr. Scarsdale bereits schuldete, der unterwegs alle Rechnungen in den Herbergen beglichen hatte. Sie hatte völlig den Überblick über ihre Finanzen verloren, was ihr in Berlin niemals passiert war. Das Licht der Lüster blendete sie und verursachte ein Stechen an ihren Schläfen. So vieles in ihrem Leben war völlig durcheinandergeraten, und sie, die immer Wert auf klare Verhältnisse gelegt hatte, musste sich nun Stück für Stück durch ein Dickicht kämpfen.

Die Kellner trugen Fischsuppe auf und schenkten Weißwein ein. Alice freute sich auf ein abwechslungsreiches Mahl, denn in den letzten Tagen hatte ihre Nahrung hauptsächlich aus Tortillas bestanden, doch sie wurde enttäuscht. Die Suppe schmeckte nach nichts, und der Wein war nicht kühl genug. Vermutlich fehlte es dem Hotel an Eis, doch in diesem Fall wäre ihr Pulque fast lieber gewesen.

»Nun, da wir uns am Ziel unserer Reise befinden«, begann Dr. Scarsdale auf Englisch, »könnten Sie uns vielleicht mitteilen, was Ihre Pläne für die nächsten Tage sind, Miss Wegener. Ich möchte so bald wie möglich zu meiner Grabungsstätte zurückkehren, wofür Sie hoffentlich Verständnis haben.«

Alice verzieh ihm diese Unhöflichkeit, denn sie verstand, wie wichtig ihm seine Forschungen waren. Gleichzeitig spürte sie ein blaues und ein dunkelbraunes Augenpaar erwartungsvoll auf sich ruhen. Alle drei Herren warteten auf eine Antwort. Sie ließ den Löffel sinken. Auf einmal schien ihr Kopf leer zu sein. Sie hatte an den Ort gelangen wollen, wo Patrick gestorben war, aber was wollte sie dort tun?

»Was die Überführung des … des Leichnams betrifft, so habe ich bereits alle Vorkehrungen getroffen«, sagte Hans Bohremann diesmal auf Englisch. »Der hier residierende Provinzgouverneur ist ein guter Freund von mir, machen Sie sich also keine Sorgen wegen eines möglichen Papierkriegs. Vielleicht wäre es in diesem Fall aber besser, den Seeweg zu wählen, von Tapachula an der Pazifikküste aus.«

Alice seufzte. Sie hatte nicht die geringste Ahnung, wo Tapachula lag und wie ein Schiff von dort aus nach Deutschland gelangen konnte. Sie fühlte sich von den Informationen erschlagen, als wollten die drei hier versammelten Männer alles an ihrer Stelle regeln und sie baldmöglichst wieder nach Hause schicken.

Eine Idee keimte in ihrem Kopf. Patrick hatte sein Leben lang davon geträumt, Mexiko zu sehen. Er hatte hier die Liebe gefunden, ganz gleich, ob dieses Mädchen nun eine Betrügerin gewesen war oder nicht.

»Mein Bruder könnte auch hier beerdigt werden«, sagte sie ohne Zögern. »Die Überführung des Sarges nach Berlin wäre höchst umständlich. Er mochte dieses Land, das stand alles in seinen Briefen.«

Hans Bohremann räusperte sich, Dr. Scarsdale machte zum ersten Mal, seit Alice ihn kannte, einen verblüfften Eindruck, und Juan Ramirez grinste für einen kurzen Augenblick, als gefalle es ihm, wie sie alle aus dem Konzept gebracht hatte.

»Ihr Bruder war Protestant, vermute ich.« Hans Bohremann griff ihren Vorschlag auf. Alice wollte darauf hinweisen, dass weder sie selbst noch ihr Bruder jemals besonders gläubig gewesen waren, doch im letzten Augenblick verkniff sie sich diese Bemerkung, denn eine innere Stimme flüsterte ihr zu, dass sie bereits unkonventionell genug wirkte.

»Er wurde protestantisch getauft«, sagte sie daher nur. »Aber ich bin mir sicher, dass er nichts gegen eine katholische Beerdigung einzuwenden gehabt hätte.«

Kurz zerriss wieder der Schmerz ihre Brust. Wie gerne hätte sie hier in diesem Hotel mit der prächtigen Fassade, hinter der sich ein Mindestmaß an Komfort und miserables Essen verbargen, ihren Bruder begrüßt, um ihm die Eindrücke ihrer Reise mitzuteilen und zu erfahren, wie weit er mit den Ausgrabungen vorangekommen war. Sein Gesicht tauchte vor ihrem inneren Auge auf, der oft gesenkte, unsichere Blick, die hohen Wangenknochen und das scheue Lächeln.

»Wir haben eine protestantische Kirche in Tapachula.« Hans Bohremann riss sie aus ihren Träumereien. »Doch wenn Sie eine katholische Beisetzung wünschen, rede ich mit dem Bischof. Auch er ist ein guter Bekannter.«

Alle wichtigen Leute hier waren gute Bekannte von Hans Bohremann, stellte Alice fest. Es überraschte sie nicht wirklich, denn bereits im Hause ihres Vaters hatte sie die Bedeutung des Geldes in dieser Welt kennengelernt.

»In San Cristóbal de las Casas, einer sehr alten Stadt nicht weit von hier, gibt es herrliche Kirchen«, schlug Juan Ramirez hilfsbereit vor. Alice nickte. Patrick sollte ein schönes Begräbnis bekommen.

»Haben Sie denn in der Heimat keinerlei Verwandtschaft?«, fragte der Kaffeebaron. »Ich meine, scheint es Ihnen denn richtig zu sein, Ihren Bruder hier in der Fremde zu begraben, ohne dass der Rest der Familie sich von ihm verabschieden kann?«

Alice schluckte. In ihrem Kopf nörgelte Tante Grete bereits, und angesichts des ernsten Blicks des Kaffeebarons spürte sie tatsächlich einen Hauch von schlechtem Gewissen. Tante Grete hätte eine große Beerdigung mit zahlreichen Gästen gewünscht, doch dies wären hauptsächlich Leute gewesen, denen Patrick zu Lebzeiten aus dem Weg gegangen war. Alice holte Luft. Sie würde die Dinge so regeln, wie ihr Bruder es sich gewünscht hätte. Noch war Tante Grete weit weg und hatte auch auf ihr Telegramm aus Veracruz nicht geantwortet. Alice hätte eine ganze Ozeanreise lang Zeit, um sich auf das Gespräch mit ihrer Tante vorzubereiten.

»Meine Familie wird Verständnis für meine Entscheidung haben«, log sie, ohne mit der Wimper zu zucken. »Ich wäre Ihnen sehr verbunden, wenn eine Beerdigung in einem eindrucksvollen, alten Gebäude möglich wäre, denn mein Bruder liebte Altertümer. Und in der Zwischenzeit …«

Sie holte Luft und warf einen Blick in die Runde. Auf einmal hatte sich in ihrem Kopf alles wieder klar zusammengefügt, all jene Ideen, die sie seit dem Aufbruch aus Veracruz ausgebrütet hatte.

»Ich möchte den Ort sehen, an dem mein Bruder starb«, fuhr sie fort. »Hier in dieser Stadt ist es wohl nicht gewesen. Ich will die Grabungsstätte besuchen, mit Menschen reden, die ihn kannten und die er mochte. Wenn es möglich sein sollte, dann will ich auch dieses Indio-Mädchen treffen, das seine Geliebte war, und auch … auch jenen Mann, der ihn umgebracht haben soll. Ich will einfach verstehen, was geschehen ist.«

Sie lehnte sich in ihrem Stuhl zurück. Der Speisesaal des Hotels war fast leer, bis auf fünf mexikanische Männer, die sich lautstark unterhielten. Das Schweigen an ihrem eigenen Tisch aber füllte den

Raum, ließ eine Atmosphäre der Beklommenheit aufkommen. Der Kellner sammelte die Teller ein, dann entfernte er sich rasch, als wolle er derart bedrückte Gäste lieber sich selbst überlassen. Hans Bohremann füllte die Weingläser, räusperte sich wie immer, wenn er etwas Wichtiges zu sagen hatte, und schenkte Alice dann einen aufrichtig wohlwollenden Blick.

»Ich verstehe Ihr Bedürfnis, die Gründe für diesen tragischen Vorfall zu begreifen«, sagte er. Alice war ihm dankbar, dass er nicht darauf hinwies, wie wenig sie die Mentalität der Indianer kannte, und dass sie kaum Zeit haben würde, sie kennenzulernen. »Ihr Bruder starb nicht in der Grabungsstätte. In den Sommermonaten ist es zu heiß, um dort zu arbeiten, und außerdem regnet es viel. Ich bot ihm und Dr. Scarsdale meine Hazienda in den Bergen an, denn auch ich kann die Hitze auf der Plantage in diesen Monaten kaum ertragen. Wenn Sie wünschen, Fräulein Wegener, können Sie mir dorthin folgen. Meiner Frau wird es ein Vergnügen sein, sich um Sie zu kümmern.«

Alice bedankte sich und atmete erleichtert auf. Nun hatte sie einen Plan für die nächsten Tage, auch wenn sie das Gefühl nicht abschütteln konnte, nichts weiter zu sein als ein lästiger Eindringling. Die Gastfreundlichkeit der Mexikaner während ihrer Reise hatte aufrichtiger gewirkt. Aber sie klagte nicht, verspeiste den harten Rinderbraten mit geschmacksneutralen Kartoffeln und trat einen letzten Abendspaziergang durch die Alameda an, um etwas frische Luft zu schnappen. Die drei Herren begleiteten sie in einigem Abstand, da sie in ein Gespräch vertieft waren und Alice ihnen versichert hatte, sich daran nicht zu stören. Sie genoss es, eine Weile mit ihren Gedanken allein zu sein, und hatte ihre Runde gerade beendet, als sie plötzlich am Ärmel gezogen wurde.

»Señorita«, flüsterte eine Kinderstimme aus einem Gebüsch dicht neben dem Bürgersteig, der zum Hotel führte. Alice beugte sich vor und erkannte im Licht der Straßenlaternen Julio, ihren Lebensretter aus den Bergen.

»Was hockst du denn hier in den Büschen? Komm her!«, sagte sie, aber er schüttelte den Kopf. »Ich darf den Gehsteig nicht betreten«, flüsterte er. »Mein Vater, mein Bruder und ich, wir gehen morgen wieder nach Hause. Wir wurden bezahlt, aber mein Vater meint, wir können Mariana nicht mitnehmen. Als Jagdhund taugt sie nicht.«

Er hielt ihr den Hund entgegen. Alice streckte zögernd die Hand aus und kraulte die spitzen Ohren. Der Hund war vorher allein durch die Wildnis gestreunt, überlegte sie, doch er war halb verhungert gewesen. Da er zahm war, musste er von Menschen aufgezogen worden sein. Die regelmäßige Gabe von Tortillas hatte etwas Fleisch auf seine Knochen gebracht, das er sicher schnell verlieren würde, wenn er wieder sich selbst überlassen war.

Alice nahm Mariana entgegen, denn es war ihr nicht möglich, sich von den großen, braunen bittenden Augen des Jungen abzuwenden. Für eine Weile würde sie den Hund versorgen können, und wenn sie abreiste, konnte sie ihn vielleicht irgendwo unterbringen. Sie wollte sich noch von Julio verabschieden, doch der war verschwunden, sobald die Schritte der drei Männer sich näherten. So stand Alice mit einem Hund im Arm da, der vermutlich gerade ihr bestes Kleid beschmutzte, und lächelte ihren drei Begleitern verlegen zu.

»Ein Abschiedsgeschenk der Indios, die uns hierherbrachten«, erklärte sie Hans Bohremann, denn Dr. Scarsdale und Juan Ramirez kannten den Hund ja bereits.

»Das ist ein gewöhnlicher Straßenköter. Die gibt es hierzulande zuhauf«, sagte der Kaffeebaron stirnrunzelnd. Alice drückte Mariana enger an sich und kraulte ihren Kopf. Als gleich darauf ihre Hand abgeleckt wurde, staunte sie, wie wenig nötig war, um die Dankbarkeit eines Tieres zu wecken.

»Dass es kein teurer Rassehund ist, habe ich auch gemerkt«, erwiderte sie und fragte sich, warum sie Männern gegenüber immer so schnell scharfzüngig wurde. »Ich mag ihn und will mich um ihn kümmern, solange ich hier bin«, fügte sie als Erklärung hinzu. Hans Bohremann zuckte mit den Schultern, als sähe er keine Notwendigkeit, sich über die närrische Idee einer dahergelaufenen Malerin aufzuregen.

»Meine Schwester mag sicher keine Tiere in ihrem Haus«, wandte

Juan Ramirez ein. Alice seufzte angesichts der zu erwartenden Probleme. Mit ordentlichen Hausfrauen hatte sie sich niemals besonders gut verstanden.

»Ich werde es mit ihr regeln, wenn ich dort bin«, versicherte sie. »Mariana wird sicher keinen Ärger machen.«

Es war nichts weiter als ein leeres Versprechen, denn Alice hatte bisher nur Tante Gretes fetten, schnaufenden Mops gekannt und nicht besonders geliebt. Mariana machte einen gutmütigeren Eindruck, aber ein Hund war sie trotzdem, und daher würde sie wohl kaum eine Toilette aufsuchen, wenn dies vonnöten war. Alice beschloss, sich mit diesem Problem auseinanderzusetzen, wenn sie die Hazienda erreicht hatten.

»Ich weiß nicht, ob Hunde im Hotel erlaubt sind«, warf Dr. Scarsdale ein. Alice unterdrückte den nächsten Seufzer, denn sie wollte nicht allzu selbstmitleidig wirken. Wie war es möglich, dass ein kleines, braunes, umgängliches Tier derartige Komplikationen auslöste?

»Ich werde mit dem Besitzer des Hotels sprechen«, meldete sich Hans Bohremann zu Wort. »Er ist ein guter Bekannter.«

Alice verkniff sich die Bemerkung, dass der gute Bekannte einen ziemlich schlechten Koch hatte. Auf einmal war sie froh, Hans Bohremann an ihrer Seite zu haben, denn er konnte ihr den Aufenthalt in diesem Land in vielerlei Hinsicht erleichtern.

In ihrem Zimmer zog sie rasch das Kleid aus und wischte die Schmutzflecke, die Marianas Pfoten darauf hinterlassen hatten, sorgfältig ab. Dann fiel sie auf die Matratze, froh, sich wieder zwischen Steinmauern in einem richtigen Bett zu befinden, auch wenn die Hängematte in der Indio-Hütte sehr bequem gewesen war. Sie schätzte eine einigermaßen vertraute Umgebung. Mariana rollte sich neben ihr auf dem Fußboden zusammen und sorgte zunächst einmal für keine weiteren Probleme.

Am nächsten Tag fuhren sie eine Weile auf einem Kahn den Rio Chiapa entlang, der durch Tuxtla Gutiérrez floss, dann ging die Reise über Land weiter. Diesmal wurde Alice in einer Sänfte zwischen zwei Pferden getragen, sodass sie nicht über Rückenschmerzen zu klagen brauchte. Der Weg zu Hans Bohremanns Hazienda schien sorgfältig ausgebaut worden zu sein, denn er war breit, frei von Geröll und so angelegt, dass alle steilen Abhänge gemieden wurden. Alice konnte nun endlich die frischen Farben der Landschaft und die reine, klare Luft genießen, ohne Angst vor einem falschen Schritt zu haben. Die Mischung aus vertrauten Gewächsen wie Eichen und strahlenden, exotischen Blüten sowie stacheligen Kakteen, die daran erinnerten, wie weit weg von der Heimat sie war, hatte einen ganz eigentümlichen Reiz, zumal man sich hier nicht von der Hitze erdrückt fühlte. Mariana sprang manchmal aus der Sänfte, um hechelnd mitzulaufen, aber am Ende gefiel es ihr, neben Alice zu sitzen und zuzusehen, wie die Welt an ihr vorbeizog, ohne dass sie sich anstrengen musste. Die Sonne versank bereits hinter den Bergen, als sie ihr Ziel erreichten. Es war eine riesengroße, weiß getünchte Anlage, deren Eingangstor von bewaffneten Männern bewacht wurde. Alice wurde ein wenig unwohl, doch der Anblick von Hans Bohremann hoch zu Ross genügte, damit die Torflügel sich öffneten und ihr den Blick auf ein irdisches Paradies freigaben.

Zunächst einmal lag ein weiter, grasbewachsener Hof vor ihr, der von mittelgroßen Häusern gesäumt wurde und insgesamt schlicht und zweckmäßig wirkte. An seinem Ende ragte ein weißer, mit Rundbögen über den Fenstern und Balkonen verzierter Prachtbau in die Höhe. Nur in Veracruz hatte sie Gebäude von solchem Ausmaß erblickt, die an europäische Paläste erinnerten. Ein schnurgerader, von breiten Pflastersteinen geebneter Weg führte dorthin. Das Tor stand bereits einladend offen. Der Patio, ein Innenhof, wie er in fast allen mexikanischen Häusern zu finden war, tat sich auf, doch er war größer als alles, was Alice bisher gesehen hatte. Pfirsichbäume wuchsen in ihm, Rosenstauden, Orchideen und andere Pflanzen, die Alice unbekannt waren. Der Garten des Hotels in Veracruz war armselig gewesen im Vergleich zu jener Pracht, die sie hier erblickte. Bunte Papageien flatterten kreischend herum, als hätten sie freiwillig beschlossen, diesen Ort zu ihrer Heimat zu machen. Zwei davon ließen sich sogleich auf der Schulter von Hans Bohremann nieder, der sie so liebevoll wie leibliche Kinder begrüßte. Dienstboten huschten geräuschlos im Hintergrund herum. Erst als Alice' Sänfte auf dem Boden abgesetzt worden war, bemerkte sie einige jener Gestalten, die stumm auf Anweisungen warteten. Sie hatten allesamt indianische Gesichter, doch europäisch anmutende Kleidung in gedämpften Farben, die nicht so recht zu all dieser exotischen Pracht passen wollte.

Eine mittelgroße, schlanke Frau schritt bedächtig die Stufen in den Hof hinab, um die Neuankömmlinge zu empfangen. Sie trug einen schlichten, streng geschnittenen Rock aus schwarzem Tuch und eine blütenweiße, hochgeschlossene Bluse. Ihr glattes schwarzes Haar war zu einem Knoten geflochten. Sie bewegte sich mit der Eleganz einer Tochter aus begüterten Kreisen, die von klein auf damenhaftes Auftreten gelernt hatte, und hätte durchaus eine europäische Dame sein können, doch dafür war ihr Gesicht um die Wangen zu breit und die Haut ein klein wenig zu dunkel. Das fremde, vermutlich indianische Blut in ihren Adern ließ sich nicht verleugnen, auch wenn sie sich die größte Mühe zu geben schien. Alice überlegte, dass ein paar landesübliche Blumen im Haar nicht geschadet hätten, um die puritanische Strenge dieser Erscheinung abzumildern, doch als die Frau unmittelbar vor ihr stand, vermochte sie nur noch zu starren. Sie hatte niemals derart harmonische Gesichtszüge gesehen –, elegant geschwungene, schwarze Brauen und makellos geformte, große Augen unter dichten Wimpern. Das Gesicht war frei von Schminke, doch wirkten die Lippen so tiefrot und weich, dass man Sehnsucht empfand, sie zu berühren. Diese Frau war dazu geboren, Malern als Modell zu dienen, dachte Alice und fragte sich, womit sie hier wohl ihre Tage zubrachte.

Hans Bohremann sprang von seinem Ross und schloss die dunkle Schöne vor allen Versammelten innig in die Arme. Diese Begrüßung verriet weitaus mehr Gefühl, als Alice diesem Mann zugetraut hätte.

»Rosario, meine Frau«, erklärte er mit unverhohlenem Stolz. Dr. Scarsdale machte eine kurze Verbeugung, während Juan Ramirez seine Schwester anlächelte. Alice bemerkte die Ähnlichkeit zwischen beiden, jene harmonische Form von Gesicht und Augen, die bei beiden Geschlechtern anziehend wirkte, doch Rosario war etwas steifer als ihr Bruder, kontrollierter und vorsichtiger. Trotz ihrer traumhaft schönen Erscheinung konnte Alice sich diese Frau nicht wirklich in Boheme-Kreisen vorstellen.

»Das ist die Schwester von Patrick Wegener«, wurde Alice vorgestellt. »Sie möchte verständlicherweise mehr über die Umstände des Todes ihres Bruders erfahren, und ich habe ihr daher angeboten, für eine Weile unser Gast zu sein.«

Rosarios Lippen formten ein Lächeln, doch ihre Augen blieben davon unberührt.

»Es ist mir eine Freude, Sie in unserem Heim begrüßen zu dürfen. Fühlen Sie sich wie zu Hause«, sagte die dunkle Schöne auf Deutsch. Ihre Aussprache war mit einem harten Akzent behaftet, doch bemerkte Alice, dass ihr kein einziger Grammatikfehler unterlaufen war.

»Das ist sehr freundlich von Ihnen. Ich werde mir die größte Mühe geben, Ihnen nicht zur Last zu fallen«, versicherte sie. Es waren hohle Worte, das wusste sie, denn sie würde allen und jedem zur Last fallen, wenn sie sich davon eine Klärung der Umstände von Patricks Tod erhoffte.

»Ich werde ein Abendessen auftragen lassen, denn nach der langen Reise sind sicher alle hungrig«, bot die Hausherrin großzügig an. Alice versteifte sich. In Wahrheit war sie unerträglich müde, wollte nichts weiter als ein paar Happen essen und dann auf ein Bett fallen. Allerdings wusste sie inzwischen, dass in Mexiko oft sehr spät gegessen wurde und dass Leute sehr empfindlich reagierten, wenn ihre Gastfreundschaft abgelehnt wurde.

»Vielen Dank, aber das ist nicht nötig«, versuchte sie es trotzdem. »Ich könnte auf der Stelle einschlafen und brauche nur eine Kleinigkeit zu essen. Eine besonders gute Gesellschaft wäre ich jetzt ohnehin nicht.«

Sie sah sich unsicher nach Dr. Scarsdale und Juan Ramirez um, an deren Gesichtern sie sicher ablesen könnte, ob sie gerade unhöflich gewesen war. Sie verzogen keine Miene. Gleichzeitig bemerkte sie, wie Rosario ihren deutschen Ehemann ratlos anblickte. Als er kurz mit dem Kopf nickte, lächelte der wunderschöne Mund erneut.

»Gut, dann bringe ich Sie zu Ihrem Zimmer.«

Auch Rosario schien erleichtert, als sei sie selbst etwas unsicher im Umgang mit Fremden.

»Folgen Sie mir«, sagte sie zu Alice, die sich in Bewegung setzte, gefolgt von Mariana. Rosario wandte den Kopf, musterte den Hund und warf Alice einen fragenden Blick zu.

»Die Hündin gehört zu mir. Sie schläft in meinem Zimmer. Keine Sorge, sie wird nichts schmutzig machen.«

Rosarios Antwort war ein knappes Schulterzucken.

»Natürlich können Sie Ihren Hund mitnehmen. Die Diener kümmern sich um alles.«

Alice stieß einen Seufzer der Erleichterung aus. Es ging Stufen hinauf, die zu jenem Gebäude führten, das den Innenhof umrahmte. Mit Blumen bepflanzte Balustraden erstreckten sich über mehrere Stockwerke, dahinter lagen Türen zu den einzelnen Räumen, die anders als in Europa nicht durch innere Korridore miteinander verbunden waren. Alice hatte derartige Häuser schon oft in Mexiko gesehen, doch niemals waren sie so groß und prächtig gewesen. Rosario lief langsamer, als wolle sie auf dem breiten Balkon neben Alice gehen. Schließlich standen sie wirklich Seite an Seite vor einer geschlossenen Tür.

»Ich weiß nicht, ob es Ihnen recht ist«, sagte Rosario Bohremann in ihrem harten, makellosen Deutsch, »aber ich dachte, wenn Sie mehr über das Leben Ihres Bruders hier herausfinden wollen, dann möchten Sie vielleicht das Zimmer beziehen, in dem er wohnte, wenn er unser Gast war.«

Eine kalte Hand legte sich um Alice' Herz. Angst krampfte ihren Magen zusammen.

»Ich habe es herrichten lassen, denn mein Mann ließ einen Boten vorausschicken, um mich über Ihre Ankunft in Kenntnis zu setzen.«

Bei den Bohremanns war alles perfekt organisiert, dachte Alice.

Sie holte Luft. Sie wollte tatsächlich mehr über Patricks Leben hier erfahren, auch wenn sie gern mehr Zeit gehabt hätte, sich innerlich auf das Betreten seines Zimmers vorzubereiten.

»Ich werde dort natürlich einziehen. Vielen Dank für Ihr Entgegenkommen«, stimmte Alice höflich zu.

»Gut, dann zeige ich Ihnen das Zimmer.«

Rosario öffnete eine unverschlossene Tür, tastete sich durchs Halbdunkel und drehte eine Gaslampe auf. Alice sah sich um. Es war ein gewöhnliches Gästezimmer mit einem Bett, einem winzigen Tisch, vor dem ein Stuhl stand, und nichtssagenden Landschaftsbildern an der Wand. In der Ecke befand sich eine hölzerne Kiste, in der Patrick vermutlich seine Habseligkeiten verstaut hatte, wenn er hier wohnte. Aber man konnte sehen, dass sich schon eine ganze Weile niemand mehr hier aufgehalten hatte. Alles wirkte sehr ordentlich, als sei der Raum gründlich vorbereitet worden, um einen neuen Gast zu begrüßen. Alice blieb auf der Türschwelle stehen. Sie konnte nicht sagen, wovor sie Angst hatte, denn sie war niemals abergläubisch gewesen und glaubte daher auch nicht an Geister. Doch irgendwo hier in diesem fremden Raum meinte sie, Patrick zu spüren. Mariana lief unbeirrt in das Zimmer und rollte sich auf einem bunten Teppich zusammen. Alice war der Hündin dankbar, dass sie den Bann gebrochen hatte.

»Es ist ein schönes Zimmer. Es war sehr nett von Ihnen, es meinem Bruder zur Verfügung zu stellen«, sagte sie höflich, als ihr Rosarios Gegenwart wieder bewusst wurde. Die Hausherrin schenkte ihr ein Lächeln, das ebenso gekünstelt wirkte wie Alice' Worte.

»Wir taten es gern. Ich werde den Dienern sagen, Ihr Gepäck hierherzubringen. Natürlich bekommen Sie noch eine Erfrischung. Ich freue mich darauf, Sie morgen beim Frühstück zu sehen.«

Alice lächelte, nickte und lächelte wieder. Sie sehnte sich danach, endlich mit Mariana allein zu sein. Als hätte Rosario diesen Wunsch erahnt, warf sie im Hinausgehen noch einen letzten Blick auf den Hund.

»Ich weiß nicht, woher Sie dieses Tier haben«, sagte sie. »Aber sind Sie sich sicher, dass es keine Flöhe hat?«

Alice schluckte verlegen, denn daran hatte sie nicht gedacht. Der

Blick der Hausherrin schien ein wenig abfällig, als sei Rosario nicht wirklich überrascht von ihrem mangelnden Sinn für praktische Fragen.

»Schon gut, ich werde morgen eine Dienerin beauftragen, sich darum zu kümmern. Hans hatte lange einen alten Kater, den er ständig im Haus haben wollte. Da hatten wir leider auch manchmal Probleme mit Flöhen. Und dann diese jungen Indio-Frauen, die aus den Dörfern kommen und eine Stelle als Hausmädchen suchen, die muss ich auch immer erst entlausen lassen.«

Rosario hatte sehr gelassen gesprochen, als wolle sie Alice das Gefühl geben, keine unnötigen Schwierigkeiten zu machen. Gleichzeitig war etwas in ihrem Blick, das maß, abschätzte und urteilte, und zwar nicht unbedingt zu Alice' Gunsten. Als die Tür hinter der Hausherrin zufiel, war Alice erleichtert. Diese Frau war anstrengend. Sie glaubte nicht, jemals ihre Freundschaft gewinnen zu können, doch sie ahnte, dass es keine gute Idee wäre, sie sich zur Feindin zu machen. Gott sei Dank hatte sie die Geistesgegenwart besessen, für die Reise ihren langen, dunkelblauen Rock und eine weiße Bluse aus dem Koffer anzuziehen. Rosario Bohremann hätte ihre Indio-Kleidung sehr wahrscheinlich für peinlich und unpassend gehalten.

Alice setzte sich auf das Bett. Irgendwo hier in diesem Zimmer lag alles, was noch von Patrick geblieben war, aber sie fühlte sich außerstande, danach zu suchen.

»Wir schlafen jetzt erst einmal, und morgen sehen wir uns um«, sagte sie zu Mariana, die sofort herbeilief, um ihr die Hände abzulecken. »Du wirst von den Hausdienern wahrscheinlich gründlich geschrubbt werden, aber das ist notwendig.«

Alice streifte ihre Schuhe ab und streckte sich auf dem Bett aus, um auf das Abendessen zu warten. Es fiel ihr schwer, die Augen offen zu halten. Als eine der Indio-Frauen in schwarzem Kleid und weißer Schürze erschien, um ihr einen Teller mit scharfer Salami, Brot und Früchten hinzustellen, schaffte sie es gerade einmal, zwei Pfirsiche zu verspeisen, während Mariana sich über die Salami hermachte. Dann fiel Alice trotz allen Unbehagens, im Zimmer ihres toten Bruders zu liegen, in einen tiefen Schlaf.

Sie schlief sehr lange. Der Raum hatte nur eine Fensteröffnung zum Patio, vor der sie die schweren Vorhänge zugezogen hatte. Ein paar spärliche Sonnenstrahlen zeichneten helle Streifen auf die Fliesen, als sie endlich die Augen aufschlug. Draußen kreischten die Papageien. Sie griff nach einem weiteren Pfirsich, denn nun spürte sie, dass sie am Vortag mit einem fast leeren Magen ins Bett gegangen war. Mariana saß vor der Tür und sah sie mit großen Augen erwartungsvoll an. Alice ahnte, was der Hund sich wünschte, zog rasch ihren Rock und eine einigermaßen saubere Bluse an, um dann unauffällig die Tür aufzuschieben. Mariana schoss wie ein Pfeil hinaus, rannte die Stufen hinab und lief im Patio hinter einen Kübel mit Pflanzen. Dort hockte sie sich auf eine Weise hin, die nur eine mögliche Erklärung zuließ. Alice bemerkte ein paar missbilligend dreinblickende Dienstboten, doch als sie auf die Balustrade trat und darauf hinwies, dieser Hund gehöre ihr, konnte Mariana in Ruhe ihre Notdurft verrichten. Insgesamt lief alles recht glimpflich ab, Mariana scharrte noch etwas herum, trank aus einem Eimer und lief dann wieder zurück, um zufrieden auf dem Teppich Platz zu nehmen. Alice erhielt indessen eine mit Wasser gefüllte Schüssel, ein Stück Seife und zwei Handtücher von jener Bediensteten, die gestern auch das Essen gebracht hatte.

»Die Señora erwartet Sie unten zum Frühstück«, sagte sie leise in einem leicht gebrochenen Spanisch. Die kleine Frau wirkte in der Kleidung eines europäischen Dienstmädchens plump, die landesübliche bunte Tracht hätte vermutlich besser zu ihr gepasst. Es fiel Alice schwer, ihr genaues Alter einzuschätzen. Die meisten dieser Frauen verwandelten sich sehr schnell in faltige Wesen mit sonnenverbrannten Gesichtern und schwieligen Händen.

»Wie heißt du?«, fragte sie, als die Bedienstete sich entfernen wollte.

»Marcella, Señorita«, erwiderte die Frau erstaunt.

Die Tür fiel schnell zu.

Alice hatte sich so präsentabel wie möglich gemacht und lief etwas ratlos die Stufen in den Patio hinab, denn sie hatte keine Ahnung, wo Rosario Bohremann auf sie wartete. Dienstboten winkten sie zu ein paar Pfirsichbäumen, unter denen ein Tisch und mehrere Stühle standen. Es war ein angenehm warmer Tag, wie geschaffen dazu, im Freien zu sitzen. Rosario trug ein weißes Kleid, das am Saum mit ein paar Rüschen verziert war, und hatte ihr Haar zu einem schlichten Zopf geflochten. Alice sehnte sich nach ihrem Skizzenblock, denn diese Frau schien dazu geboren, gelassen dazusitzen, bewundert und gemalt zu werden.

»Ich hoffe, Sie haben gut geschlafen«, begrüßte Rosario Alice. Ein anderes, jüngeres Dienstmädchen goss Schokolade in zarte Porzellantassen.

»Mein Mann ist schon wach, aber mit seinen Geschäftsbüchern beschäftigt«, erklärte Rosario. »Mein Bruder, fürchte ich, schläft gern lange, und der amerikanische Professor hat natürlich immer etwas zu tun, wie es eben die Art wahrer Gelehrter ist. Ich dachte, wir können uns in Ruhe eine Weile unterhalten, bevor das Frühstück im Salon serviert wird.«

Alice stimmte höflich zu, obwohl sie sich unwohl fühlte. Vielleicht lag es an der makellosen Erscheinung der Señora Bohremann, dass sie sich wie ein linkisches Schulmädchen vorkam, das Angst hatte, im nächsten Moment eine der kostbaren Tassen umzustoßen.

»Ihr Bruder sprach viel von Ihnen, als er hier war«, begann Rosario, nachdem sie an ihrer Schokolade genippt hatte. »Ich glaube, Sie standen einander sehr nahe.«

Alice nickte. Tränen schossen ihr in die Augen, und sie blickte schnell weg.

»Zwischen mir und Juan ist es ebenso. Nach dem Tod meiner Eltern war er der einzige Mensch, den ich noch hatte. Bevor Hans kam. Sie selbst sind noch unvermählt, soviel ich weiß.«

Noch mal senkte Alice zustimmend den Kopf. Sie fragte sich, ob ledig zu sein in Rosarios Augen ein Makel war. Vermutlich verhielt es sich so, denn sie schien eine sehr konservative Frau.

»Ich hoffe, dass Sie in Ihrer Heimat bald den richtigen Mann fürs Leben finden«, meinte Rosario. Sie vermochte zu reden, ohne dabei das geringste Gefühl auszudrücken. »Das Leben ist hart für eine Frau allein.«

»Ich denke, ich komme im Notfall auch allein zurecht«, erwiderte Alice, der solche Versuche des Trostes zuwider waren. Sie musste aufgebracht geklungen haben, denn Rosarios Augenlider zuckten ein wenig. Selbstbeherrschte Menschen hassten Unbeherrschtheit bei anderen.

»Nun, wie Sie meinen. Aber was ich Ihnen eigentlich sagen wollte …« Rosario verstummte für einen Moment und ließ ihren Blick über die Pfirsichbäume schweifen. »Sie befinden sich hier in einem Land, das Ihnen völlig fremd ist. Ich denke, es wird nicht einfach für Sie sein, unsere Sitten zu verstehen. Aber respektieren Sie bitte, dass hierzulande nicht alles so ist, wie Sie es vielleicht aus Ihrer Heimat kennen. Einmischung von Fremden ist … wie soll ich sagen … meist unangebracht und könnte Sie in unnötige Schwierigkeiten bringen.«

Alice begann leicht zu frösteln und legte ihre Hände um die wärmende Tasse Schokolade. Sie glaubte, aus diesen Worten eine unausgesprochene Drohung heraushören zu können.

»Sie meinen, ich soll nicht dieselben Fehler machen wie mein Bruder«, sagte sie spontan. Rosario zuckte leicht zusammen, und Alice verfluchte wieder einmal ihre Neigung zu taktloser Direktheit, mit der sie Menschen unnötig verschreckte. Eine vage Ahnung war kein ausreichender Grund für einen derartigen Angriff.

Rosario seufzte leise. Ein unglücklicher Zug legte sich um ihren Mund, und sie hielt den Blick gesenkt. Es fiel ihr offenbar nicht leicht, Menschen in die Augen zu sehen. Alice erahnte Gefühle hinter der makellosen Fassade, jener Mauer, die eine tief verletzte, verstörte Seele um sich aufbaute.

»Ich mochte Ihren Bruder, Fräulein Wegener«, sagte Rosario leise. »Glauben Sie mir bitte. Er war ein besonderer Mensch, jemand, der aufrichtig an das Gute in anderen glaubt. Aber leider ist diese Welt nicht der richtige Ort für solche Menschen.«

Alice holte Luft, denn sie wollte Genaueres hören, doch Rosario stand auf.

»Die Männer warten auf uns. Wir wollen doch nicht, dass sie uns alles wegessen, oder?«

Ihr Lachen klang falsch, und Alice blieb nichts anderes übrig, als ihr in den Salon zu folgen.

Nun gab es Kaffee, Brötchen und Marmelade wie in Deutschland, eine Sitte, die wohl Hans Bohremann aus der Heimat eingeführt hatte. Dr. Scarsdale und Juan Ramirez sahen beide sehr ausgeschlafen, frisch und sauber aus, als hätten Rosarios allgegenwärtige Dienstboten ihnen rechtzeitig frische Hemden gebracht. Alice ging im Geiste ihren Vorrat an für die Hazienda akzeptabler Kleidung durch und stellte fest, dass sie dringend waschen lassen müsste, um neben der makellos eleganten Hausherrin keinen hoffnungslos ungepflegten Eindruck zu machen. Sie ahnte, dass Rosario Bohremann Männern gegenüber zu mehr Großzügigkeit bereit war, während sie eine junge, alleinstehende Frau eher mit Skepsis betrachtete wie einen Gegenstand, der noch nicht seinen angestammten Platz in dieser Welt gefunden hatte und daher störte. Dennoch würde sie ihre Gastgeberin demnächst um Hilfe bitten müssen. Ihr wurde bewusst, dass es unklug gewesen war, sich bereits in Veracruz nichts weiter als hübsche, bunte Indio-Kleidung zu besorgen, doch wie hätte sie ahnen können, dass sie am Ende ihrer Reise ein Märchenpalast erwartete, in dem es ähnlich vornehm zuging wie in ihrem Elternhaus?

»Ich werde in den nächsten Tagen einen Ausflug auf die Plantage machen. Die Erntezeit beginnt erst im November, aber ich muss mich überzeugen, dass alles gut vorbereitet ist«, sagte Hans Bohremann, und da er deutsch gesprochen hatte, galt die Botschaft wohl Rosario. Sie nickte, übersetzte die Nachricht kurz für ihren Bruder und wandte sich dann an Dr. Scarsdale.

»Wann beginnen Sie wieder mit Ihren Grabungsarbeiten? Die Regenzeit ist dieses Jahr nicht so schlimm, und Sie sollten sich rechtzeitig gute Arbeiter besorgen, bevor alle jungen, kräftigen Männer auf den Kaffeeplantagen verschwinden.«

Alice stellte anerkennend fest, dass Rosario Bohremann fast ebenso gut Englisch sprach wie Deutsch und tatsächlich sehr viel Sinn fürs Praktische besaß. Vermutlich neigte sie auch dazu, andere

Menschen gern herumzukommandieren, da sie davon ausging, fast immer recht zu haben.

Dr. Scarsdale rückte seine Brille zurecht und kaute bedächtig an einem Brötchen. Von so viel Tatendrang fühlte er sich offensichtlich überfahren.

»Ich brauche noch ein oder zwei Wochen, um mich vorzubereiten. Zudem ist eine Beisetzung von Patrick in Mexiko geplant, an der ich natürlich teilnehmen möchte«, erwiderte er. Rosarios Augen weiteten sich, und sie warf ihrem Mann einen ratlosen Blick zu. Hans Bohremann bestätigte die Aussage durch ein Nicken.

»Fräulein Wegener möchte ihren Bruder hier in unserem Land beisetzen lassen. Wir dachten an San Cristóbal de las Casas, dort gibt es sehr schöne Kirchen.«

Alice hatte ihre erste Tasse Kaffee geleert, und nach dem Verzehr von zwei Marmeladebroten machte sich ein angenehmes Sättigungsgefühl in ihrem Magen breit. Nun spürte sie den Blick der Hausherrin auf sich ruhen, was sie ein wenig nervös machte.

»Wir werden Ihnen selbstverständlich dabei helfen, eine schöne Zeremonie zu arrangieren«, versicherte Rosario. Alice ahnte, dass wer auch immer etwas gemeinsam mit Rosario tat, sich entweder ihren Weisungen fügen oder ständig mit ihr streiten musste. Zwar hatte sie bereits Dr. Scarsdale, Juan Ramirez und auch Hans Bohremann die Stirn geboten, doch seltsamerweise hatte sie Angst vor Auseinandersetzungen mit dieser Frau. Vielleicht wäre es tatsächlich einfacher, alles ihr zu überlassen, denn sie kannte dieses Land und schien, nach dem perfekten Zustand dieses riesigen Heims zu urteilen, ein wahres Organisationstalent. Alice warf ratlos einen Blick in die Runde. Alle hatten hier Zukunftspläne, außer vielleicht Juan Ramirez, der hauptsächlich gut aussah und seiner Schwester vermutlich gern Gesellschaft leistete. Sie selbst würde zweifellos geduldet werden, bis Patrick beerdigt war, aber dann hätte die Gastfreundschaft der Bohremanns sicher auch irgendwann ihre Grenzen erreicht. Es war nötig, ihre Pläne in die Tat umzusetzen.

»Könnte ich bitte etwas Wichtiges erfahren?«, fragte sie ohne Vorwarnung auf Spanisch und wurde sofort zum Mittelpunkt der allgemeinen Aufmerksamkeit. »Ich würde gern wissen, wo genau mein Bruder … wo er getötet wurde. Bisher hat es mir niemand gesagt, aber ich habe auch nicht danach gefragt, da ich viel zu verwirrt war.«

Rosario warf ihrem Bruder einen fragenden Blick zu. Er schüttelte leicht den Kopf und vermied es, Alice anzusehen. Insgesamt beachtete er sie so gut wie gar nicht, seit er sich im Haus seiner Schwester befand. Dr. Scarsdale sah kurz zu Hans Bohremann, dann sagte er:

»Wir hatten die Forschungen während der Regenzeit unterbrochen und befanden uns hier, um unsere bisherigen Funde auszuwerten und Zeichnungen zu sortieren. Patrick machte einen Ausflug zu der Plantage an der Küste, wo Herr Bohremann sich einige Wochen aufhielt. Es geschah auf dem Weg dorthin, in den Bergen, kurz bevor der Abstieg begann.«

Alice stellte mit Erleichterung fest, dass sie sich diese Neuigkeiten anhören konnte, ohne von Trauer erdrückt zu werden. Sie würde von nun an einen klaren Kopf brauchen.

»Reiste er denn allein?«, fragte sie.

»Nein«, mischte Rosario sich ins Gespräch. »Er hatte ein Mädchen dabei, eine … Eingeborene von einem der Indio-Stämme, die in der Nähe von Palenque leben und die er dort traf. Sie kochte und sorgte für ihn. Indios kennen sich mit allen Pfaden sehr gut aus, daher diente sie ihm auch als Führerin.«

Alice bemerkte, mit welch entschiedenem Taktgefühl verschwiegen wurde, was dieses Mädchen noch für Patrick gewesen war. Darin glich Rosario ihrer Tante Grete. Ungehörige Zustände gab es nicht, solange niemand von ihnen sprach.

»War nicht auch Andrés Uk'um dabei?«, fragte Hans Bohremann. Rosario schluckte.

»Wir fürchten, dass es so war. Ihrem Bruder wurde vermutlich eine Falle gestellt, Fräulein Wegener.«

Alice nahm einen weiteren Schluck Kaffee. Allmählich fiel ihr dieses Gespräch immer schwerer, doch sie musste damit irgendwie fertig werden.

»Er zog also mit zwei Leuten los, die ihn unterwegs umgebracht haben sollen«, fasste sie die bisherigen Erkenntnisse zusammen, ohne sie besonders überzeugend zu finden.

»Die beiden allein waren es mit Sicherheit nicht«, erwiderte Hans Bohremann. »Wir vermuten, dass Ihr Bruder an eine geheime Opferstätte gelockt oder verschleppt wurde. Es gibt Gerüchte über solche Orte, doch wo sie liegen, ist nur den Indios bekannt, die darüber eisern schweigen. Wir fanden ihn auf einer flachen, breiten Stelle auf einem Pfad, der zur Plantage führt, aber dort wurde er nicht getötet, denn wir sahen kaum Blut. Jemand hatte seinen Leichnam dorthin gebracht. Wir können Ihnen die Stelle natürlich zeigen, wenn Sie wollen, aber ich fürchte, das wird Sie nur unnötig aufregen.«

Sein Blick war besorgt, beinahe väterlich. Alice presste ihre Füße auf den glatt polierten Parkettboden.

»Ich werde die Aufregung ertragen, keine Sorge. Doch was veranlasst Sie zu der Annahme, dass dieses Mädchen und dieser … dieser Mann, der mir als Patricks Mörder genannt wurde, auch wirklich schuldig sind? Die Beweise scheinen mir dürftig.«

Hans Bohremann runzelte die Stirn, und Alice wurde klar, dass sie durch ein zu forsches Auftreten alle seine Sympathien zu verlieren drohte. Rosario wechselte wieder Blicke mit ihrem Bruder, als mache sie ihn für das Verhalten dieser Fremden verantwortlich, die er hierhergebracht hatte.

»Sie sind nach seinem Tod beide verschwunden«, erwiderte die Hausherrin mit Nachdruck, als seien damit alle Fragen beantwortet.

»Aber sie können doch auch entführt oder ebenfalls getötet worden sein«, widersprach Alice. Zu ihrem Erstaunen sah sie ein Lächeln über die Lippen von Juan Ramirez huschen, als fände er Gefallen an ihrer Hartnäckigkeit.

»Dann hätten wir Leichen gefunden oder wenigstens Gerüchte gehört«, widersprach Hans Bohremann. »Diese Gegend erscheint Ihnen vielleicht unzivilisiert, aber ich habe auf meinem Land für ein Mindestmaß an Ordnung gesorgt. Das Mädchen mag in den Augen seines Stammes entehrt worden sein, als es sich mit einem Weißen einließ, doch es gab für die Indios keinen Grund, Andrés Uk'um zu töten, der ein Aufwiegler und Unruhestifter war.«

»Warum?« Alice hatte sich vorgebeugt und lauschte angespannt. Endlich erfuhr sie etwas über die Hintergründe.

»Weil er unter den Arbeitern für Unruhe sorgte, indem er ihnen von ... von Politik erzählte, die zu begreifen sie gar nicht in der Lage sind«, fuhr Rosario energisch dazwischen. »Dies sind Dinge, die hierzulande auf angemessene Weise erledigt werden und bei denen fremde Einmischung unerwünscht ist.«

Selbst Hans Bohremann sah staunend zu seiner Angetrauten. Falls er Frauen allesamt für zarte, zerbrechliche Wesen hielt, so schien er den Menschen an seiner Seite gerade wirklich kennenzulernen. Rosario schalt sich vermutlich bereits dafür, derart gegen die Regeln der Höflichkeit verstoßen zu haben.

»Wenn die Indios Politik nicht verstehen, dann hätten sie auch nicht aufgewiegelt werden können«, fuhr Alice hartnäckig fort, obwohl in ihrem Kopf eine leise Stimme flüsterte, dass sie sich unklug verhielt. Rosario musterte sie mit unverhohlener Abneigung. Alice wurde unwohl. Sie hatte sich diese Frau nicht zur Feindin machen wollen, doch Harry schien sie mit seiner respektlosen frechen Art gegenüber den Reichen und Mächtigen dieser Welt angesteckt zu haben.

»Es ist einfach so, Miss Wegener«, sagte Dr. Scarsdale ruhig, »die Indios haben schlichte Gemüter und sind ohne jede Bildung. Sie denken wie Kinder, denn ihnen fehlt jedes Abstraktionsvermögen. Es gibt für sie nur klare Kategorien von Gut und Böse. Daher sind sie leicht gegen vermeintliche Feinde aufzuhetzen, da sie die Hintergründe nicht begreifen. Ein Mann wie Andrés Uk'um, der zu ihnen gehört, aber gleichzeitig über einen brillanten Verstand verfügt, konnte sie auf hervorragende Weise lenken und zu seinen Werkzeugen machen.«

Alice senkte den Kopf, denn diese Worte klangen durchaus überzeugend.

»Dieser Mann hing der Politik des früheren Präsidenten Benito Juarez an, der der indianischen Bevölkerung mehr Rechte verschaffen wollte«, fuhr der Professor fort. »Ich weiß, das klingt edel und großmütig, doch diese Leute waren bereits während dessen Regierungszeit nicht in der Lage, diese Rechte wahrzunehmen, sodass sie ihnen nicht viel nützten und nur zu unnötigem Chaos führten. Porfirio Díaz, der gegenwärtige Präsident, versteht es, Eigentum in jene Hände zu geben, die damit umzugehen verstehen. Indem Chiapas, das bisher kaum erschlossene Hinterland Mexikos, Leuten wie Hans Bohremann überlassen wurde, kann es erstmals sinnvoll bewirtschaftet werden. Auch meine Bemühungen der Erforschung indianischer Kulturen werden unterstützt, während uralte Denkmäler von unschätzbarem Wert vorher zerschlagen wurden, um die Steine für neue Bauten zu nutzen. Sie müssen einsehen, dass sich hier alles zum Besseren wandelt. Andrés Uk'um hetzte seine Landsleute gegen jenen Mann auf, der Wohlstand und Moderne in ihre rückständige Welt zu bringen versucht.«

Dr. Scarsdale wischte sich nach der langen Erklärung mit einer Serviette den Mund ab. Alice saß schweigend da. In ihrem Magen rumorte der Zorn, denn sie kannte diese Art der wortreichen Vorträge von ihrem Vater. Irgendwo gab es sicher eine Schwachstelle, wo sie ansetzen könnte, um dieses aus Logik und Wissen konstruierte Gebilde auseinanderzuhebeln, doch dazu fehlten ihr die nötigen politischen Kenntnisse. Harry hätte vermutlich zu antworten gewusst. Aber letztendlich war Harry auch nur ein frecher Schwätzer gewesen. Sie hatte hier andere Dinge zu erledigen.

»Sie mögen recht haben, Dr. Scarsdale«, lenkte Alice ein, »mir geht es in erster Linie um meinen Bruder. Wenn Sie alle gestatten, dann würde ich mich jetzt gern in mein … in sein ehemaliges Zimmer zurückziehen und mich ein wenig umsehen. Ich entscheide danach, ob ich noch irgendeinen Ort hier sehen möchte. Ich werde Ihnen sicher nicht länger zur Last fallen als notwendig.«

Mit einem bemüht freundlichen Lächeln stand sie auf.

»Sie fallen uns nicht zur Last«, versicherte Hans Bohremann. Es klang aufrichtig. Anders als seine Frau verbarg der Kaffeebaron sein wahres Wesen nicht hinter einer Maske der Vorsicht und des Misstrauens. »Sie können so lange bleiben, wie Sie wollen.«

Rosario schwieg und starrte in ihre Kaffeetasse. Juan Ramirez sah Alice kurz an und lächelte, doch dann senkte er den Blick, als fühle er sich bei einem Fauxpas ertappt.

»Das ist sehr freundlich von Ihnen. Ich weiß Ihre Gastfreundschaft zu schätzen«, versicherte Alice dem Hausherrn. »Aber jetzt entschuldigen Sie mich bitte. Mir ist nicht ganz wohl, und ich möchte nach meinem Hund sehen.«

Alice war sich bewusst, dass ihr Rückzug aus dem Salon einer Flucht glich. Ihr erster Auftritt in diesem Haus war alles andere als eindrucksvoll gewesen, doch es gab wichtigere Dinge, als sich darüber den Kopf zu zerbrechen. Sie erreichte den Patio und ging die Treppe hinauf ins erste Stockwerk, erleichtert, wenigstens ihr Zimmer problemlos wiederfinden zu können. Mariana begrüßte sie mit einem freudigen Bellen und sprang an ihr hoch. Alice schloss den Hund in die Arme und bemerkte eine Futterschüssel dicht neben der Eingangstür, in der noch ein paar Fleischstücke lagen. War es Rosario gewesen, die hier wirklich an alles dachte, während Alice sich einen Hund anschaffte, aber völlig vergaß, dass er auch gefüttert werden musste? Alice verjagte diese Gedanken. Der Indio-Junge hatte sicher nicht geahnt, welch großzügiges Geschenk er ihr machte, indem er sie nicht völlig allein in diesem Land zurückließ.

Sie setzte sich auf das Bett und atmete tief durch. Sie hatte das Gefühl, als müsse sie sich ohne jede Hilfe durch einen Dschungel kämpfen. Aber da sie diesen Weg nun einmal eingeschlagen hatte, würde sie ihn auch zu Ende gehen.

Sie sah sich in dem Zimmer um, in dem Patrick die letzten Wochen, wahrscheinlich sogar Monate seines Lebens verbracht hatte. Irgendwo mussten Aufzeichnungen über seine Tätigkeit als Archäologe liegen, die ihr vielleicht auch Einblick in seine Gedanken geben konnten. Hatte ihr Bruder sich ebenso unwohl in diesem Haus gefühlt wie sie selbst, verfolgt von dem Bewusstsein, auf Schritt und Tritt anzuecken? Sie bezweifelte es, denn Patrick war ruhiger und umgänglicher gewesen als sie und hatte lieber nachgegeben, als unnötig Streit zu provozieren. Doch wie war es möglich gewesen, dass ihr fügsamer, verträumter Bruder in den Sog eines Revolutionärs geraten war? Sie schloss die Augen und versuchte, sich jenen Indio vorzustellen, der ihr die ganze Zeit beschrieben wurde: ein kluger Mann mit einem Ingenieursstudium, was für Alice recht langweilig klang. Ein charismatischer, gefährlicher, manipulativer Volksverhetzer und schließlich ein blutrünstiger Mörder. Erinnerungen an diverse Männergesichter, die sie in Mexiko und auch schon in Deutschland gesehen hatte, schwirrten wie Stücke eines Puzzles durch ihren Kopf, doch sosehr sie es auch versuchte, sie konnte sich kein Bild von Andrés Uk'um machen.

Schließlich stand sie auf und sah sich noch mal alle Bilder in diesem Zimmer an, die sicher nicht Patricks Wahl gewesen waren, denn er hatte sich nie um die Einrichtung von Räumen gekümmert. Dann atmete sie tief durch und öffnete entschlossen die Truhe.

Zunächst holte sie zahlreiche Zeichnungen von altindianischen Gebäuden, Statuen und Reliefs heraus. Patrick hatte über Talent verfügt, auch wenn er keinerlei künstlerische Ambitionen gehabt hatte. Ein paar kleine Figuren waren sorgfältig in Papier eingewickelt und aufbewahrt worden. Sie überlegte, ob sie diese Funde nicht Dr. Scarsdale übergeben sollte, verschob diese Entscheidung aber auf später. Nun folgte eine Schicht aus schmutzigen, verschwitzten Hemden. Die Truhe musste die ganze Zeit ungeöffnet gewesen sein, denn ansonsten hätte Rosario diese Kleidungsstücke sicher schon längst waschen und bügeln lassen. Vielleicht hatte man beabsichtigt, sie gemeinsam mit dem Leichnam nach Europa zu schicken. Jedenfalls konnte den Bohremanns Diskretion nicht abgesprochen werden. Unter den Hemden stieß Alice auf Bücher, hauptsächlich Reiseberichte von Forschern, die Chiapas bereits besucht hatten: Graf von Waldeck, ein Abenteurer von unklarer Herkunft, John Lloyd Stephens, Alfred P. Maudslay und ein paar weitere Namen, die sie nicht kannte. Sie begann, deren Werke neben der Truhe zu stapeln. Ein paar Briefe fielen heraus, und sie erkannte ihre eigene Handschrift. Wieder stieß ein unsichtbares Messer mit unerwarteter Heftigkeit in ihre Brust, denn sie erinnerte sich, wie sie in ihrem Zimmer in Berlin gesessen und die Zeilen an ihren Bruder verfasst hatte, um ihn über die neuen Entwicklungen in ihrem Leben in Kenntnis zu setzen. Den letzten Brief, in dem sie ihm stolz von der geplanten Ausstellung berichtete, hatte er noch erhalten, doch sie würde ihm nie mehr von ihrem Erfolg erzählen können und der Freude, die sie darüber empfand. Noch auf dem Schiff hatte sie sich ausgemalt, wie sie nach dem ersten Wiedersehen gemeinsam mit mindestens einer Flasche Champagner feiern würden! Nun gab es nichts als die Leere, die Patrick hinterlassen hatte.

Sie setzte sich neben der Truhe auf den Boden. Mariana trippelte über die hölzernen Fliesen. Es war erstaunlich, wie schnell der Hund merkte, wann sie Trost brauchte. Alice vergrub ihr Gesicht in dem braunen Strubbelfell, ohne auch nur einen Gedanken daran zu verschwenden, dass sich darin vielleicht Flöhe verbargen. Eine Weile saß sie völlig still da, zu ausgelaugt, um Tränen zu vergießen, und genoss die Nähe des Hundes in ihren Armen. Dann machte sie sich daran, den Rest der Truhe auszuräumen. Sie hatte es schon fast geschafft, da glitten ihre Finger über feinen, glatten Stoff. Alice' Herzschlag setzte für einen Moment aus, als sie ein schmales, in hellblaue Seide gebundenes Buch herausholte, das sie ihrem Bruder kurz vor seiner Abreise geschenkt hatte. Mit zitternden Fingern schlug sie einzelne Seiten auf und erkannte die kleine, präzise Schrift ihres Bruders. Patrick Wegener, persönliche Aufzeichnungen – das war sein erster Eintrag auf dem Deckblatt. Danach folgten zahllose eng beschriebene Zeilen. Alice musste sich an die Kiste lehnen und tief durchatmen, denn nun hatte sie tatsächlich so etwas wie den Geist ihres verstorbenen Bruders aus der Truhe befreit.

»Jetzt können wir endlich mehr darüber erfahren, was hier wirklich vorging«, sagte sie zu Mariana, die ihr mit freudig wedelndem Schwanz zum Bett folgte, um sich dort an ihre Seite zu schmiegen. Alice überflog die ersten Seiten, auf denen Patrick seine eigene Überfahrt nach Veracruz beschrieb. Es folgte die erste Begegnung mit Dr. Scarsdale, von dessen Fachkenntnis und Arbeitseifer er sehr beeindruckt gewesen war. Alice blätterte ungeduldig weiter. Später würde sie sich die Zeit nehmen, alle ersten Eindrücke ihres Bruders von diesem Land genau zu lesen und mit den eigenen zu vergleichen, doch nun drängte die innere Unruhe sie, nach relevanten Informationen zu suchen. Sie überflog die ausführliche Beschreibung der ersten Arbeiten in Palenque. Die Lektüre versprach länger zu werden als erwartet. Sie legte das Buch kurz zur Seite, um sich an die

Wand zu lehnen, und als sie es wieder nahm und nach der Stelle suchte, wo sie zu lesen aufgehört hatte, glitt plötzlich ein loses Blatt heraus.

Alice griff danach und erstarrte. Das präzise umrissene und bis ins letzte Detail schraffierte Gesicht eines jungen Mädchens sah ihr entgegen. Dunkle Augen blickten aus einem eindeutig indianischen Gesicht mit breiten Wangen und dichten Brauen, die über der Nase zusammenwuchsen. Das Mädchen schien sehr jung, schlicht und von einer natürlichen Unschuld zu sein, die selbst Alice berührte, obwohl ihr die Mühen besorgter Väter, ihre Töchter behütet und ahnungslos aufwachsen zu lassen, inzwischen von Grund auf verhasst waren. Sie zweifelte keinen Moment, dass es sich um Patricks Geliebte handelte, denn sie spürte in jedem einzelnen, sorgfältigen Strich dieser Zeichnung die Liebe des Schöpfers für sein Modell. Um den Hals des Mädchens hing eine Kette aus großen Steinen, die Patrick bunt ausgemalt hatte, obwohl der Rest der Zeichnung nur aus hellen und dunklen Schraffuren bestand. Den Steinen fehlte der sorgsame Schliff jenes Schmucks, den Alice aus ihrer Heimat kannte. Dennoch schienen sie wertvoller als all der bunte auf ihrer Reise erworbene Tand, da es sich nicht um Holz handeln konnte. Patrick hatte in aller Klarheit die unebenen, mitunter rauen Flächen gezeichnet. Es konnten durchaus Edelsteine sein, die, in ihrer rohen Form zu einer Kette aufgereiht, sehr archaisch wirkten. Sie verliehen diesem eher unscheinbaren Mädchen einen Hauch von der Furcht einflößenden Macht einer heidnischen Göttin.

»Wie heißt du?«, flüsterte Alice. »Und wo versteckst du dich jetzt, falls du noch lebst?« Ihr wurde bewusst, dass sie auf Spanisch gesprochen hatte, als erwarte sie von einem gemalten Gesicht auf einem Blatt Papier tatsächlich eine Antwort. Patrick hatte das Mädchen so lebendig gezeichnet, dass es Alice nicht überrascht hätte, wenn die schraffierten Lippen sich plötzlich bewegt hätten.

»Ich wünschte, unser kleiner Freund von der Reise durchs Gebirge wäre noch hier«, sagte sie zu Mariana, die sie vertrauensvoll ansah. »Er machte einen schlauen Eindruck. Vielleicht hätte er sich für mich umhören können, ob jemand hier dieses Mädchen gesehen hat.«

Dann beschloss sie, dass sich mit etwas Geduld vielleicht ein anderer Helfer finden ließ, und las weiter.

Die Sonne stand bereits hoch am Himmel, als Alice das Zimmer verließ. Mariana rannte die Stufen zum Patio hinab, um sich wieder auf einen Eimer Wasser zu stürzen. Alice folgte ihr fast ebenso schnell, denn sie hatte entdeckt, wonach sie suchte. Juan Ramirez saß rauchend unter den Pfirsichbäumen, nun wieder in einem blütenweißen Batisthemd. Ebenso wie seine Schwester verstand er sich sehr gut darauf, anscheinend ohne jede Anstrengung anspruchsvollen Künstleraugen einen Anreiz zu bieten, doch im Augenblick hatte Alice andere Dinge im Kopf als die Sehnsucht nach ihrem Skizzenblock.

»Ich muss kurz mit Ihnen reden«, begann sie ohne jeden Versuch, auf höfliche, beiläufige Weise eine Konversation zu beginnen. Juan Ramirez blickte auf. Freudige Überraschung schien in seinen Augen aufzublitzen, doch dann legte sich ein Schatten der Zurückhaltung darüber. Sie wurde aus diesem Mann nicht schlau.

»Selbstverständlich, Mademoiselle.« Er wies auf einen Stuhl an seiner Seite. Alice fiel ein, dass sie dort bereits während ihres Gesprächs mit Rosario Bohremann gesessen hatte. Nur gab es diesmal keine Schokolade, lediglich ein Zigarillo, das Juan Ramirez ihr anbot.

»Ich habe das Tagebuch meines Bruders gefunden.«

Sie hatte den Eindruck, dass er zusammenzuckte, bevor er wieder gelassen Rauch in die frische Spätsommerluft blies.

»Erstaunlich. Ich wusste nicht, dass er eines schrieb.«

»Mein Bruder behielt viele Dinge für sich«, erwiderte Alice. »Aber ich glaube, Sie kannten ihn besser, als Sie mir bisher erzählt haben.«

Juan Ramirez zog eine Augenbraue hoch. Sie kannte diese demonstrative Lässigkeit von Harry und fand sie angesichts der Umstände ärgerlich.

»Sie hätten mir mehr über sein Leben hier erzählen können«, fuhr sie fort. »In seinem Tagebuch bezeichnet er sie als einen seiner Freunde, mit denen er abends oft trank und redete.«

Juan Ramirez zuckte mit den Schultern.

»Das tun Männer eben gern zusammen. Ja, ich mochte Ihren Bruder. Er war ein umgänglicher Mensch und sehr gebildet. Er konnte stundenlang über die Geschichte meiner Heimat erzählen, ohne dabei so altklug zu klingen wie el doctor. Als er sich auf dieser Hazienda aufhielt, habe ich viel Zeit mit ihm verbracht. Dass er einen Freund in mir sah, wusste ich nicht, aber ich fühle mich geehrt.«

Er lächelte gefällig. Alice zog an ihrem Zigarillo und scharrte mit den Füßen im Kies.

»Hat er Ihnen etwas über seine Beziehung zu diesem Mädchen erzählt?«

Sie hielt die Zeichnung hoch. Juan Ramirez warf nur einen kurzen Blick darauf. Seine Augenlider zuckten, wie es ihr auch an Rosario aufgefallen war, als sie nervös wurde.

»Das ist eine gewöhnliche India. Ich habe schon Tausende von ihrer Art gesehen, nur nicht mit einer solchen Kette um den Hals.«

»Für meinen Bruder war sie keine gewöhnliche India. Er muss von ihr gesprochen haben.«

Juan Ramirez schenkte ihr einen nachsichtigen Blick.

»Frauen plaudern untereinander ständig über Herzensangelegenheiten, ich weiß. Aber Männer sind da anders. Patrick war keiner, der mit Eroberungen prahlte, er schien überhaupt sehr verschlossen in diesen Dingen zu sein. Ich hörte natürlich Gerüchte, dass er eine indianische Geliebte hatte. Aber das haben viele Männer hierzulande. Es schien mir nicht wichtig.«

Alice unterdrückte einen Seufzer. Die dandyhafte Fassade dieses Mannes war aalglatt.

»Aber warum erzählte mir niemand, dass dieser Andrés Uk'um einer der Arbeiter war, die man nach Palenque schickte, um bei den Ausgrabungen zu helfen? Warum sollte ein studierter Ingenieur als einfache Arbeitskraft eingesetzt werden?«

»Eine Strafmaßnahme«, erwiderte Juan Ramirez. »Andrés kehrte zu seiner Familie zurück, die für einen ebenfalls deutschstämmigen Plantagenbesitzer arbeitet. Zunächst setzte man Hoffnungen in ihn, dass er sein Wissen in den Dienst der Patrons stellen würde. Aber er benahm sich nicht den Erwartungen entsprechend, wie Sie ja bereits gehört haben. Daher schickte man ihn in den Dschungel, um alte Steine auszubuddeln.«

Alice sortierte die neuen Informationen in ihrem Kopf. Patrick war die Intelligenz des jungen Indianers aufgefallen, und er hatte immer wieder versucht, Gespräche mit ihm zu beginnen, war aber zunächst nur auf misstrauisches Schweigen gestoßen. Erst als er sich bereit zeigte, Chinin an fieberkranke Arbeiter zu verteilen, wurde Andrés ihm gegenüber zugänglicher. Patrick betraute ihn daraufhin mit der Aufsicht über die Arbeiter, wogegen die anderen Aufseher, allesamt Ladinos, zunächst protestiert hatten. In seinem Tagebuch beschrieb Patrick einige Streitgespräche mit Dr. Scarsdale, der ihm vorgeworfen hatte, für unnötigen Aufruhr zu sorgen. Auch das Chinin war ohne die Einwilligung des amerikanischen Gelehrten verteilt worden, der es für zu kostbar gehalten hatte, um es einfach zu verschenken.

»Patrick mochte Andrés sehr und förderte ihn«, fasste Alice ihre Eindrücke zusammen. »Er empfand fast Stolz darüber, diesen Indianer als Freund gewonnen zu haben. Welchen Grund hätte Andrés also gehabt, ihn zu töten?«

Juan Ramirez seufzte.

»Sie sind überaus hartnäckig, Mademoiselle. Ihr Bruder war ein sehr idealistischer Mensch, der sein Herz allzu leicht öffnete. Er traute Andrés mehr, als dieser es verdiente, würde ich sagen.«

»Aber laut Patricks Tagebuch waren auch Sie Andrés' Freund!«

Nun scharrte Juan Ramirez mit seinen Füßen im Kies.

»Es ist ungewöhnlich, einen gebildeten Indio zu treffen, und daher war ich neugierig auf Andrés. Wir sind hierzulande nicht alle so voreingenommen, wie Sie vielleicht meinen. Ich betrank mich mit Andrés und mit Patrick und manchmal auch mit beiden gemeinsam. Warum auch nicht? Aber ich glaube, Ihr Bruder hat das Wort Freund allzu großzügig verwendet.«

Aber wer ist überhaupt dein Freund, dachte Alice.

Sie sprach diesen Gedanken nicht aus, denn in ihrem Kopf wuchs schon der nächste Plan heran, wie sie sich ein bisschen weiter durch dieses Dickicht aus Schweigen und scheinbarer Gleichgültigkeit kämpfen konnte.

»Wo lebt die Familie von diesem Andrés Uk'um?«

Juan Ramirez blickte auf. Nun sah er tatsächlich überrascht aus.

»Im Soconusco, einige Meilen von der Hauptstadt Tapachula entfernt. Sie arbeiten für einen anderen Deutschen, Herrn Bernhard, der Andrés einst auch sein Studium finanzierte. Aber falls Sie diesen Leuten einen netten Besuch abstatten wollen, Mademoiselle, so muss ich Sie warnen. Die meisten Indios sprechen nur ihren indianischen Dialekt, kein Wort Spanisch.«

Alice fühlte ihren neu gewonnenen Enthusiasmus erlahmen, aber sie war entschlossen, sich die Enttäuschung nicht anmerken zu lassen. Wenn sie doch nur den gewitzten Julio bei sich haben könnte! Aber vielleicht würde sich in diesem Tapachula ein anderer Indianer finden, der für sie übersetzen könnte.

»Ihr Schwager bricht doch bald zu seiner Plantage auf, die in der Nähe von Tapachula liegt?«, fragte sie, ohne das Sprachproblem weiter zu kommentieren. Juan Ramirez nickte.

»Sehr gut. Dann teilen Sie ihm bitte mit, dass ich ihn gern auf dieser Reise begleiten würde. Ich werde gleich alles Nötige packen. So höflich, wie Herr Bohremann ist, wird er mir diesen Wunsch sicher nicht abschlagen.«

Sie stand auf, lächelte Juan Ramirez an und stieg wieder die Stufen hoch. Mariana trabte hinterher. Wieder war sie froh, wenigstens den Hund als Unterstützung bei sich zu haben.

Als die Tür hinter ihr zufiel, sank Alice mit einem Seufzer der Erleichterung aufs Bett. Bisher hatte sie Mexiko aufregend, bunt und mitunter auch gefährlich gefunden, doch nun, auf dieser Hazienda, deren Pracht die aller ihr bekannten europäischen Häuser mühelos in den Schatten stellte, empfand sie ihre Umwelt erstmals als regelrecht feindselig, ohne Gründe dafür nennen zu können. Es musste etwas mit Rosarios distanzierter, misstrauischer Art zu tun haben, die auf andere Menschen abfärbte.

An Mariana gekuschelt, wollte sie noch mal einige Stellen in dem

Tagebuch genau durchlesen, als sie ein zaghaftes Klopfen an der Tür vernahm. Sie gab auf Spanisch die Erlaubnis einzutreten, während sie Mariana schnell auf den Boden setzte und selbst eine repräsentable, aufrechte Haltung einnahm. Als die Tür aufging, war sie geradezu erleichtert, Marcellas breites, faltiges Gesicht zu sehen.

»Die Señora sagt, Sie brauchen vielleicht eine Erfrischung. Und Wasser für Hund.«

Alice musste beschämt schlucken, obwohl Marcella nicht wissen konnte, wie schlecht sie gerade eben über die fürsorgliche Hausherrin gedacht hatte. Wahrscheinlich wollte Rosario nicht, dass Mariana weiter aus den Kübeln in ihrem prächtigen Patio trank. Doch es war sehr fürsorglich von ihr, Alice mit Pfirsichen und Mangos zu versorgen, ebenso wie mit eisgekühlter Zitronenlimonade in einer bildschönen Kristallkaraffe.

»Vielen Dank«, sagte sie lächelnd zu der Indio-Frau, die Limonade und Früchte auf dem kleinen Tischchen abstellte, um dann dem Hund Wasser zu geben. In leicht gebückter Haltung huschte Marcella zur Tür.

»Warte bitte einen Moment!«, rief Alice, einer plötzlichen Eingebung folgend, und zog Patricks Zeichnung aus dem Tagebuch. Für Juan Ramirez war es nur eine von tausend Indias, aber die Leute ihres Volkes vermochten einander sicher besser zu unterscheiden.

»Hast du dieses Mädchen schon einmal gesehen? Weißt du vielleicht, wo sie jetzt ist?«

Marcellas Augen huschten nur kurz über das Papier, da wich sie schon einen weiteren Schritt zurück.

»Ich kenne sie nicht. Ich weiß nichts.«

Die Tür war zugefallen, bevor Alice ein weiteres Wort sagen konnte. Sie streckte sich niedergeschlagen auf dem Bett aus und griff nach einem Pfirsich, während Mariana lautstark Wasser trank. Dass Dienstboten nicht unbedingt erfreut waren, in persönliche Gespräche verwickelt zu werden, hatte sie bereits im Haus ihres Vaters erlebt. Doch sie kam nicht gegen den Eindruck an, dass Marcella regelrecht verängstigt gewesen war, als sie Patricks Zeichnung gesehen hatte.

7. Kapitel

Falls die Bohremanns ihren beharrlich geäußerten Wunsch, Hans zu seiner Plantage zu begleiten, ärgerlich fanden, so ließen sie es sich nicht anmerken, sondern behandelten Alice weiterhin mit zuvorkommender Höflichkeit. Ihre verschwitzte Reisekleidung wurde gründlich gewaschen und kam perfekt gebügelt wieder in ihrem Zimmer an. Sie erhielt zudem eine geschmackvoll bestickte Gobelintasche, da es für ein paar Tage nicht nötig wäre, einen ganzen Koffer zu packen. Alice fragte sich, ob es etwas gab, das Rosario nicht voraussah und plante, und kam nicht gegen das Gefühl an, einer eindrucksvollen Gegnerin die Stirn bieten zu müssen.

Am Tag der Abreise wurde die Tasche von Marcella nach unten getragen und einigen Männern übergeben, die sie auf den Rücken eines Maultieres banden. Alice stellte erleichtert fest, dass man wieder eine Sänfte für sie vorbereitet hatte. Sie besaß keine vorzeigbare Reitkleidung und hätte es nicht gewagt, neben Hans Bohremann in weiten Indio-Röcken auf ein Pferd zu steigen. So begann sie in sehr bequemer Lage den Abstieg vom Gebirge der Sierre Madre zur Pazifikküste, wo wieder tropische Gewächse und feuchtschwüle Hitze auf sie warteten.

Die Plantage trug den Namen Lubeka, da die Bohremanns ursprünglich aus Lübeck eingewandert waren. Während der zwei Tage, die der Abstieg zum Küstengelände dauerte, berichtete der Kaffeebaron Alice mit redseliger Offenheit von seinen Vorfahren. 1860 hatte sein Großvater noch auf einem Segelschiff die monatelange Reise nach Guatemala hinter sich gebracht, um dort zunächst als Verwalter auf der Plantage eines anderen Deutschen zu arbeiten. Er bekam nur einen Hungerlohn und lebte kaum besser als die Arbeiter. Nach zehn Jahren konnte er endlich eigenes Land erwerben, was stets sein Traum gewesen war. Die Familie lebte dort im Dschungel unter noch primitiveren Bedingungen als auf der Plantage. Sie mussten sich mit eigenen Händen ein Haus bauen und dann Bäume fällen, um Felder anlegen zu können. Zwei Tanten von Hans Bohremann starben bereits im ersten Jahr an einem schweren Fieber, ausgezehrt von harter Arbeit und einem ungesunden Klima. Er hatte sie niemals kennengelernt, aber er wusste, dass seine Großmutter den Verlust ihrer einzigen Töchter niemals überwunden hatte. Er selbst hatte Glück, denn als er geboren wurde, begann die kleine Kaffeeplantage bereits genug Gewinn abzuwerfen, um ihm das Leben in einem Steinhaus und den Besuch einer Schule zu ermöglichen.

»Mit einundzwanzig Jahren wurde ich für ein Jahr nach Deutschland geschickt«, erzählte er, während sein Pferd neben Alice' Sänfte einherschritt. »Ich sollte Möglichkeiten finden, wie wir unseren Kaffee besser vermarkten konnten. Bereits auf der Überfahrt lernte ich die Repräsentanten zweier großer Handelshäuser kennen, die mir von den Möglichkeiten in der Gegend von Soconusco erzählten. Porfirio Díaz, der neue Präsident von Mexiko, verteilte das Land sehr günstig an europäische Siedler. Man musste nur ein Drittel bezahlen, den Rest erhielt man umsonst. Ich erkannte unsere Chance und schrieb meinem Vater, sobald ich in Lübeck angekommen war. Bereits nach zwei Monaten trat ich die Rückreise an, nachdem ich von einer Bank Kredit erhalten hatte. So erwarb ich vor zehn Jahren mein Land.«

Alice fühlte sich wider Willen beeindruckt, denn sie achtete Menschen, die ihren eigenen Weg gingen. Hans Bohremann hatte sich Ziele gesetzt und diese Schritt für Schritt verwirklicht.

»Lebten Sie denn anfangs auch im Dschungel?«

Er schüttelte den Kopf.

»Nein, für mich war es bereits leichter. Ich konnte Mexikaner bezahlen, die Arbeitskräfte für mich anwarben. Andernfalls wäre es mir gar nicht möglich gewesen, eine so große Fläche von teilweise sehr bergigem Land urbar zu machen. Wasserbecken und Schleusen mussten für die Verarbeitung der geernteten Kaffeekirschen angelegt werden. Ich brauchte Maschinen zur Entpulpung, also das Ablösen des Fruchtfleisches von der Bohne, und außerdem musste ein kleines Wasserkraftwerk errichtet werden, um diese Maschinen zu betreiben. Alle dazu notwendigen Geräte musste ich in Deutschland erwerben und über den Ozean transportieren lassen. Außerdem war es gar nicht so einfach, die Genehmigung zur Nutzung des Flusses für mein Kraftwerk zu bekommen. Nach der Ernte werden die Bohnen zum Trocknen ausgelegt und dann in Säcke gepackt. Für den ganzen Prozess ist eine Vielzahl an Arbeitern nötig. Eine Familie allein schafft das bei einer Plantage dieser Größe nicht. Die Röstung der Bohnen erfolgt glücklicherweise erst in Deutschland, denn sonst bräuchte ich noch weitere Maschinen.«

Er lachte stolz. Alice dachte, dass er vielleicht bereits nach Möglichkeiten suchte, sich diese Maschinen zu beschaffen.

»Ich hatte keine Ahnung, wie kompliziert die Ernte ist«, gestand sie. »Ich bin ein Stadtmensch. Kaffee kenne ich nur in Form von dunklen Bohnen, die gemahlen werden müssen. Ich stellte mir immer vor, dass diese Bohnen eben irgendwo wachsen, nichts weiter.«

Hans Bohremann lächelte sie an, nachsichtig, aber ohne jede Herablassung.

»Sie sind Künstlerin, ich weiß. In Ihrem Leben gibt es andere Prioritäten. Ich schätze die Kunst, Fräulein Wegener, ebenso wie die Wissenschaft. Daher habe ich auch Dr. Scarsdale und Ihren Bruder unterstützt. Mexiko hat eine einzigartige Geschichte, die nicht in Vergessenheit geraten sollte.«

Er klang ehrlich wie ein fleißiger Geschäftsmann, der aber auch bereit war, die Welt jenseits seines Horizonts zu respektieren. Alice konnte keinen Grund finden, diesen Mann zu verurteilen, und sie fühlte, wie ihre Anspannung nachließ. Ihr Unbehagen im Haus der Bohremanns musste in erster Linie durch Rosario ausgelöst worden sein.

»Was ist mit Ihrer Familie in Guatemala? Wollen die Verwandten nicht lieber auf Ihrer Hazienda wohnen?«, fragte sie.

Hans Bohremann biss sich auf die Lippe und blickte kurz in die Weite des Himmels über ihnen.

»Mein Vater hängt an seinem Haus. Meine Schwestern sind in Guatemala verheiratet. Ich war der einzige Sohn. Ich habe meinen

Vater mehrfach eingeladen, aber ich befürchte, er missbilligt meine Ehe mit Rosario.«

Alice blickte auf. Er vermied es immer noch, sie anzusehen, und sie begann zu ahnen, dass er ihr durch dieses Geständnis ungewöhnliches Vertrauen bewies. Hans Bohremann war kein Mensch, der seine eigenen Probleme gern mit anderen besprach.

»Aber warum? Ihre Frau scheint die geborene Hausherrin einer Hazienda zu sein. Sie ist sehr tüchtig.« Sie forderte ihn zum Weitersprechen auf, teils aus persönlicher Neugier, aber auch in der Hoffnung, vielleicht einen hilfreichen Rat geben zu können.

»Rosario hat alles, was ein Mann sich nur von einer Frau wünschen kann«, erklärte er mit Nachdruck.

Alles außer Herzenswärme, dachte Alice, schalt sich aber gleich darauf für ihre Voreingenommenheit. Nur weil Rosario ihr gegenüber distanziert war, musste sie sich nicht bei allen Leuten so zeigen.

»Aber sie ist Mexikanerin«, fuhr Hans Bohremann fort. »Unter den deutschen Siedlern ist es üblich, Mädchen aus befreundeten und benachbarten Familien zu heiraten, die allesamt auch deutscher Abstammung sind. Die Söhne reicher Kaffeebarone holen sich ihre Frauen oft aus Deutschland, weil ihnen die hier aufgewachsenen Mädchen nicht vornehm genug sind. Manchmal verbindet man sich mit den führenden Familien Mexikos, aber selbst das wird mit Skepsis betrachtet. Rosario stammt aus einfachen Verhältnissen. Doch als ich sie sah, da wusste ich, dass sie die einzig wahre Frau für mich ist. Ich habe es nicht bereut, obwohl mein Vater mich dafür verurteilt.«

Alice begann zu ahnen, was die Gründe für Rosarios stete Wachsamkeit und ihr tief sitzendes Misstrauen sein konnten. Wer stets gegen Ablehnung anzukämpfen hatte, dem fiel es sicher nicht leicht, sich Neuankömmlingen gegenüber herzlich zu zeigen, wie sie aus eigener Erfahrung wusste. Hatte Rosario womöglich vermutet, sie könnte auch von ihr wegen ihrer Herkunft als Frau Bohremann nicht anerkannt werden? Das würde die kühle Zurückhaltung erklären und auch den Perfektionismus, der Alice eingeschüchtert hatte.

»Ich denke, es war sehr mutig von Ihnen, diese Frau zu heiraten«, sagte sie ehrlich. Hans Bohremann lächelte sie an, und sie glaubte plötzlich, ihn mögen zu können. Dann rief einer der Männer nach ihm, und sein Pferd trabte davon.

Die nach Lübeck benannte Kaffeeplantage lag unmittelbar zu Füßen der Berge, die sich wie eine schützende Mauer hinter ihr erhoben. Die Kaffeekirschen wuchsen auf ungefähr mannshohen Bäumen mit feucht glänzenden Blättern, die in parallelen, schnurgeraden Reihen gepflanzt worden waren. Schmale Pfade dazwischen waren für die Erntearbeiter angelegt worden. Im November würde die Erntezeit beginnen, wie sie bereits von Dr. Scarsdale gehört hatte. Bis dahin war über vier Monate Zeit, doch man schien bereits mit Vorbereitungen beschäftigt zu sein, denn als die kleine Kolonne der Reisenden näher kam, liefen etliche Leute auf den Feldern und auch um das Herrenhaus herum. Es war kein solcher Prachtbau wie die Hazienda, aber dennoch ein hübsches Haus aus weißem Stein mit einer großen Veranda, die Ausblick über die Weite der Landschaft bot.

Hans Bohremann sprang vom Pferd und war sogleich von einer Handvoll Männer umringt, die ihn mit Fragen überhäuften. Alice stieg aus ihrer Sänfte und fühlte sofort neugierige Blicke auf sich ruhen. Sie setzte ihren breiten Hut auf, um ihr blondes Haar so weit wie möglich zu verbergen.

»Kommen Sie her. Ich werde Sie vorstellen«, rief Hans Bohremann ihr nach einer Weile zu, und sie folgte der Aufforderung. Sobald sie neben dem Kaffeebaron stand und er sie als seinen Gast bezeichnet hatte, senkten sich ein paar Köpfe, und Begrüßungen wurden gemurmelt. Alice wurde wieder einmal bewusst, wie sehr sie hier in dieser Wildnis männlichen Beistand brauchte.

»Das ist Alfons Kernhagen, mein Verwalter«, erklärte Hans Bohremann und wies auf einen stämmigen Kerl mit freundlicher Miene, dessen Haut ebenso sonnenverbrannt war wie die der anderen Männer. Allein seine Größe ließ auf eine nördliche Herkunft schließen.

»Die Übrigen sind Arbeiter, die auf der Plantage leben und sie instand halten. Die Leute für die Ernte werden erst in den nächsten Wochen eintreffen, aber ein paar der Kirschen scheinen bereits reif, sodass man sie pflücken sollte.«

Er wandte sich wieder an seine Arbeiter und begann auf Spanisch Anweisungen zu erteilen. Sie trabten los, und er führte Alice zu dem Herrenhaus, wo sie von einer großen, dünnen Blondine in Empfang genommen wurde. Alice wurde bewusst, dass sie sie vermutlich auf eine unhöfliche Art anstarrte, denn es war sehr lange her, seit sie eine Frau gesehen hatte, deren Haarfarbe der ihren glich.

»Ich zeige Ihnen Ihr Zimmer«, sagte die Frau barsch in einem schwer verständlichen Dialekt, sodass Alice sich wünschte, sie würde Spanisch mit ihr sprechen.

»Sind Sie …?«

»Isolde Kernhagen aus Ulm. Wir sind seit zwanzig Jahren hier. Sie sind neu, wie ich gehört habe.«

Allmählich wurde das Deutsch verständlicher, vielleicht weil Isolde sehr laut sprach, als halte sie Alice für schwerhörig.

»Ich lebe in Berlin. Ich bin nur auf einer Reise hier.« Alice wollte die Unterhaltung fortsetzen, erhielt aber nur ein knappes »hm« als Antwort. Dann wurde sie auf fast grobe Weise in ein kleines Zimmer geschubst.

»Hier sollen Sie schlafen, hat der Patron gesagt.«

Die Tür fiel zu. Alice schnappte nach Luft angesichts dieser Unverschämtheit, dann sah sie sich um. Der Raum war kleiner und spärlicher eingerichtet als ihr Zimmer auf der Hazienda, doch sie hatte während der Reise nach Chiapas in Herbergen übernachtet, wo es viel schlimmer ausgesehen hatte. Zumindest schien hier alles sauber und frei von Ungeziefer. Alice wartete geduldig, bis ihre Gobelintasche hereingeschoben wurde, dann packte sie eine frische Bluse aus und wartete erneut. Tatsächlich wurde bald ein Bottich mit warmem Wasser gebracht. Auch hier schien alles perfekt organisiert, als reiche der Arm von Rosario Bohremann sogar an jene Orte, an denen sie selbst sich nicht aufhielt.

Ungefähr eine Stunde später wurde Alice von einer mürrischen

Isolde Kernhagen mitgeteilt, dass gerade Essen aufgetragen worden sei. Sie war erleichtert, denn ihr Magen knurrte bereits erbärmlich. Wieder einmal erwachte die Sehnsucht nach einer richtigen Stadt wie Veracruz, wo es nicht schwierig gewesen war, sich schnell etwas zu essen zu besorgen. Hier auf dem Land war sie von ihren Gastgebern abhängig.

Isolde führte sie in einen mittelgroßen Raum, wo bereits ein gedeckter Tisch wartete. Hans Bohremann saß dort neben seinem Verwalter. Die anderen Arbeiter, vermutete Alice, waren hier nicht willkommen. Lediglich Isolde setzte sich noch dazu. Das Essen wurde von einer indianischen Magd aufgetragen. Es gab Rindfleisch, Kartoffeln und Bohnen. Alice griff gierig zu und ignorierte das beharrliche Schweigen um sie herum.

»Fräulein Wegener ist die Schwester des verstorbenen Archäologen Patrick Wegener«, sagte Hans Bohremann unvermittelt. Alice blickte kurz auf. Alfons Kernhagen schien überrascht zu sein. Seine Frau murrte leise.

»Sie wollte sehen, wo ihr Bruder die letzten Monate seines Lebens zubrachte, und wünschte deshalb nach Chiapas zu kommen«, setzte der Kaffeebaron seine Erklärung fort.

»Hier gibt's aber nichts zum Ausgraben für Archäologen«, erwiderte Isolde sofort. Ihr Mann warf ihr einen mahnenden Blick zu, und sie brummelte etwas lauter.

Alice hatte das Gefühl, eine Erklärung abgeben zu müssen, was sie ein wenig ärgerte. Den wahren Grund für ihre Anwesenheit wollte sie Hans Bohremann nicht nennen.

»Ich wollte sehen, wie Kaffee angebaut wird«, sagte sie, die erste Lüge, die ihr einfiel.

»Wusste nicht, dass das so spannend ist für feine Damen«, erwiderte Isolde betont höflich. Wieder trat betretenes Schweigen ein. Alice suchte nach einer schnippischen Antwort, beschloss dann aber, dass dies angesichts der Umstände unklug wäre.

»Wir wissen nicht, was Damen aus der Stadt interessiert«, wandte Alfons Kernhagen ein. »Wir leben beide seit unserer Geburt zwischen Kaffeefeldern.«

Er stieß ein lautes Lachen aus und aß dann weiter. Hans Bohremann folgte seinem Beispiel, und schließlich führte auch die missmutige Isolde ein paar Bissen zum Mund. Alice' Appetit hatte nachgelassen, aber sie wusste, dass sie einen vollen Magen brauchte, um klar denken und handeln zu können. Aus der feindseligen Isolde würde sie nicht viel herausbekommen, also blieb nur ihr Mann, der einen gutmütigen Eindruck machte. Leider hatte Alice keine Ahnung, wann sie ihn allein antreffen würde. Als die Männer nach dem Essen aufbrachen, um die Entpulpungsmaschinen zu inspizieren, stand sie auf und äußerte den Wunsch, sie zu begleiten. Isolde schnaubte spöttisch und rief dann nach der Indio-Frau, um den Tisch abräumen zu lassen.

Die Maschinen waren hässliche Kreaturen mit Rädern und Walzen, die Alice an Monster aus Eisen erinnerten. Sie waren zwischen Schleusen aufgebaut, wo, wie ihr erklärt wurde, das Fruchtfleisch der Kirschen und die Kaffeebohnen nach der Entpulpung in verschiedene Becken geleitet wurden. Alfons Kernhagen machte Hans Bohremann darauf aufmerksam, dass sich bei einer Maschine die große Walze nicht richtig drehte, und beide Männer fingerten mit ernster Miene an dem störrischen Gerät herum.

»Vielleicht müssen die Räder geölt werden«, schlug Hans Bohremann vor.

»Das habe ich schon getan. Es hat nichts genützt. Die Indios sagen, ein böser Geist hat sich hier eingenistet«, erwiderte Alfons und lachte erneut kurz auf.

»Wenn dieser Andrés wieder hier wäre, dann würde die Maschine auf Wunsch sogar Kapriolen schlagen. Der konnte aus jedem Gerät sämtliche störrischen Geister vertreiben wie ein richtiger Medizinmann«, fügte er gutmütig kichernd hinzu.

Alice riss staunend die Augen auf und sah, wie Hans Bohremann die Stirn runzelte.

»Wir kommen auch ohne ihn zurecht. Morgen nehmen wir das Gerät auseinander. Dann sehen wir schon, wo es klemmt.«

Er wischte sich die Hände mit einem Taschentuch ab und forderte Alfons Kernhagen dann auf, die anwesenden Arbeiter zusammenzurufen, da es ein paar Dinge zu besprechen gab. Sobald der Verwalter sich entfernt hatte, wandte er sich an Alice.

»Es tut mir sehr leid. Diese Bemerkung von Alfons war sehr taktlos angesichts der Umstände.«

Kurz hob er die Hand, als wollte er sie tröstend berühren, doch als sie vorsichtig zurückwich, blieb er hilflos stehen.

»Das muss alles sehr hart für Sie sein, Fräulein Wegener. Vielleicht möchten Sie sich eine Weile ausruhen.«

Alice stimmte zu, denn sie verspürte keinerlei Verlangen, noch weitere Maschinen zu inspizieren. Sie musste in Ruhe nachdenken und eine Gelegenheit suchen, allein mit Alfons Kernhagen zu reden. Vielleicht ergab sich auch eine Möglichkeit, die störrische Isolde etwas milder zu stimmen.

Den Nachmittag verbrachte sie auf der Veranda, wo die indianische Magd ihr kalte Limonade servierte. Alice' Versuche, ein Gespräch anzufangen, scheiterten an dem echten oder vorgetäuschten Sprachproblem der Bediensteten, die immer nur lächelnd nickte und alle Fragen mit »sí« beantwortete. Schließlich beschloss Alice, dass sie eine andere Gesprächsparterin brauchte.

»Können Sie die Frau des Verwalters holen? Isolde Kernhagen? Ich müsste dringend mit ihr reden.«

Erstaunlicherweise verstand die Dienerin Alice' Bitte und huschte davon.

»Was gibt es?«

Isolde stand auf der Veranda wie eine kampfbereite Walküre. Alice straffte die Schultern. Die bloße Körpergröße dieser Frau wirkte einschüchternd und machte ihr bewusst, wie klein und zerbrechlich sie selbst im Vergleich dazu wirkte. In den graublauen Augen der Schwäbin lag unverhohlene Verachtung.

»Sie sind über meine Anwesenheit hier nicht unbedingt erfreut«, sagte Alice, denn sie sah keine andere Möglichkeit als eine offene Aussprache. Isolde schien für einen kurzen Moment verunsichert, dann warf sie ihr einen giftigen Blick zu.

»Rosario Bohremann ist die klügste und beste Dame, für die ich jemals gearbeitet habe«, verkündete sie laut und richtete sich zu ihrer vollen Größe auf. Alice zweifelte nicht, dass diese Frau alle mexikanischen Männer auf der Plantage um einen ganzen Kopf überragte.

»Ja, und? Ich habe doch nicht gesagt, dass sie dumm oder schlecht wäre«, erwiderte Alice verwirrt.

Isolde Kernhagen verzog keine Miene.

»Ich weiß, in diesem Land ist es normal, dass Männer mit ihren Liebschaften prahlen. Aber Herr Bohremann ist Deutscher. Bisher hat er sich auch immer tadellos verhalten.«

Nun wurde Alice von einem vorwurfsvollen Blick durchbohrt, als sei sie persönlich verantwortlich dafür, dass der Patron jetzt nicht mehr das gewünschte Verhalten an den Tag legte. Sie fühlte, wie sie von Isoldes prüfenden Augen abgeschätzt wurde. Hübsch und nutzlos, so lautete das Urteil, denn Isolde Kernhagen schien kräftig genug, um im Dschungel Bäume zu fällen, was Alice kaum vermocht hätte. Allmählich begann Alice zu begreifen und legte eine Hand auf den Mund, um ihr Kichern zu unterdrücken. Sie hatte keinen Augenblick lang gedacht, für eine ernsthafte Konkurrentin der bildschönen Rosario gehalten zu werden.

»Ich bin die Schwester von Patrick Wegener, der in diesem Land ermordet wurde«, setzte sie zu einer Erklärung an. »Ich will die Hintergründe herausfinden. Ich kam nur hierher, weil ich mit der Familie von Andrés Uk'um sprechen will, der als Mörder meines Bruders gilt und sich hier eine Weile aufgehalten hat. Gegenüber Ihrem Patron wage ich den Wunsch nicht zu äußern, denn es würde ihn nur verärgern, dass ich an seinem Urteil zweifele. Wenn Sie mir helfen, diese Leute zu finden, verschwinde ich so schnell, wie ich gekommen bin.«

Isolde Kernhagen musterte sie mit unverhohlenem Misstrauen, doch die Feindseligkeit in ihrem Blick verwandelte sich in staunende Neugier.

»Ich bespreche das mit meinem Mann«, murmelte sie, als sie sich rasch entfernte.

Nach dem Abendessen zog sich Alice in ihr winziges Zimmer zurück und versuchte vergeblich einzuschlafen. Sie vermisste Mariana, die sie auf der Hazienda zurückgelassen hatte, und auch ihren Skizzenblock. Seit ihrer Ankunft bei den Bohremanns hatte sie nicht mehr den Drang verspürt zu zeichnen, doch nun sehnte sie sich nach der klaren, entrückten Welt, in die sie beim Malen stets eintauchte. Aber Patricks Tod hatte sie ganz und gar in die Wirklichkeit zurückgezerrt. Wieder blätterte sie in dem Tagebuch, als sei es ein rätselhaftes Orakel, das es zu entschlüsseln galt. Patrick beschrieb, wie er ein indianisches Mädchen vor der Zudringlichkeit einiger Aufseher beschützte, und klagte, dass sie indianische Frauen als Freiwild betrachteten. Alice dachte, dass Frauen einfacher Herkunft überall auf der Welt so gesehen wurden und dass es Patricks idealistischem Weltbild entsprochen hatte, darüber empört zu sein. Wieder hatte es wegen seiner Einmischung Aufruhr gegeben, doch das Mädchen, das sich offenbar zur Grabungsstätte geschlichen hatte, um verwandten Arbeitern Essen zu bringen, kam am nächsten Abend unaufgefordert in Patricks Zelt. Er freute sich und suchte nach Möglichkeiten, ein Gespräch zu beginnen. Das Mädchen konnte aber kein Wort Spanisch. Sie versuchten, sich durch Gesten zu verständigen, und mit der Zeit entwickelte sich eine schlichte Art der Kommunikation. Das Mädchen hieß Ix Chel, was Alice beim ersten Überfliegen des Textes überlesen hatte. Das Gesicht auf der Zeichnung hatte einen Namen, doch es blieb ihr trotzdem fremd. Patrick schwärmte ausführlich von der Natürlichkeit und Unverdorbenheit indianischer Frauen. Alice ließ das Tagebuch seufzend sinken. Ihr Bruder hatte sich in seinen Traum von der schlichten, naturverbundenen Welt der Indianer verliebt, ohne diese Frau wirklich zu kennen, denn wie konnte man jemanden verstehen, mit dem man nicht sprechen konnte?

Wieder einmal holte sie die Zeichnung hervor und starrte in ein Gesicht, dessen Züge ihr mittlerweile so vertraut waren, dass sie es unter Tausenden von Indias wiedererkannt hätte.

»Wer bist du, Ix Chel?«, flüsterte sie. »Die reine Unschuld, die mein Bruder in dir sah? Oder eine gerissene Betrügerin? Wolltest du

Patricks Geld, oder warst du der Lockvogel in eine Falle, die dein Volk ihm stellte?«

Die Zeichnung antwortete nicht, und Alice wandte sich wieder dem Tagebuch zu. Es waren nur noch wenige Seiten übrig. Patrick träumte von einem Leben mit Ix Chel in einer schlichten Hütte und eigenem Land. Dabei hatte er genug Geld geerbt, um eine ganze Hazienda kaufen zu können! Sie schüttelte den Kopf und verstand plötzlich Dr. Scarsdale, der ihrem Bruder laut Tagebuch immer wieder mangelnden Realitätssinn vorgeworfen hatte. Ix Chel musste auf jeden Fall mutig gewesen sein, dachte Alice, denn brave Bauernmädchen schlichen sich für gewöhnlich nicht in die Zelte fremder Männer. Die unbekannte Indianerin wurde ihr etwas sympathischer, und sie gönnte ihrem Bruder glückliche Liebesnächte, die er allerdings unerwähnt ließ. Überhaupt begannen seine Einträge spärlich zu werden, als sei er mit anderen Dingen beschäftigt gewesen als dem abendlichen Schreiben beim Licht einer Öllampe. Ix Chel blieb lange unerwähnt. Als im Juni die Regenzeit begann, fuhr Patrick mit Dr. Scarsdale zu den Bohremanns, da es zu heiß für weitere Grabungen geworden war. Zu diesem Zeitpunkt hatte Dr. Scarsdale Alice bereits den ersten Brief geschrieben, um sie nach Mexiko zu holen, damit sie ihrem Bruder gut zuredete. Patrick indessen beschrieb seine wachsende Freundschaft mit Juan Ramirez, den er für einen gutmütigen Lebemann hielt und in dem seines Erachtens mehr Talente steckten, als dieser selbst erkannte. Sie fragte sich, was dies für Talente sein mochten. Andrés' Name tauchte wieder auf. Juan Ramirez hatte ihn gekannt, gemocht und mit ihm sympathisiert. Patrick wünschte sich, der Mexikaner hätte auch den Mut, dies gegenüber den Bohremanns offen zu äußern. Er hoffte, Hans Bohremann wieder mit Andrés versöhnen zu können, da er davon ausging, ein Missverständnis hätte die beiden auseinandergebracht. Plötzlich schrieb Patrick: »Meine Frau ist zu mir gekommen.« Es musste sich um Ix Chel handeln, auch wenn sie nicht beim Namen genannt wurde. Das war der letzte Eintrag, am 30. Mai. Ungefähr einen Monat später war sie selbst in Veracruz angekommen, um zu erfahren, dass Patrick ermordet worden war.

Sie schloss die Augen, und wieder einmal verspürte sie den Wunsch, weinen zu können. Vielleicht sollte sie Patrick beerdigen lassen und wieder nach Hause fahren, wo ihr eigenes Leben auf sie wartete. Auf diese Weise könnte sie diesem Albtraum entkommen, aber sie ahnte, dass unbeantwortete Fragen sie den Rest ihres Lebens verfolgen würden. Sie war es Patrick schuldig, die Umstände seines Todes aufzuklären.

Plötzlich klopfte es an der Tür. Alice ließ das Tagebuch sinken und öffnete. Alfons Kernhagen stand vor ihr und trat von einem Fuß auf den anderen.

»Isolde hat mich geschickt.«

Er grinste breit, und Alice bat ihn einzutreten. Sein Blick huschte durch das Zimmer, als wolle er sich versichern, dass Hans Bohremann hier nicht irgendwo verborgen war. Als er den Patron nicht entdecken konnte, entspannte er sich ein wenig.

»Sie wollen mit den Eltern von Andrés Uk'um sprechen.«

Es war mehr eine Feststellung als eine Frage. Alice nickte.

»Sie haben ihn gekannt«, stellte sie fest.

»Ja, natürlich. Er hat hier gearbeitet, als der Herr Bernhard ihn nicht mehr wollte. Hans Bohremann ist nicht engstirnig, verstehen Sie. Er war froh über einen klugen indianischen Arbeiter. Doch leider redete Andrés zu viel, und die anderen Indianer verstanden es manchmal falsch, also, so sehe ich das. Er ist kein übler Kerl. Und die Maschinen lieben ihn. Er braucht sie nur anzusehen, und sie funktionieren wieder.«

Alice zwang sich zu lächeln, um keinen unfreundlichen Eindruck zu machen. Maschinen waren ihr ziemlich gleichgültig, und in dem vermeintlichen Mörder ihres Bruders einen netten Kerl zu sehen fiel ihr schwer. Alfons Kernhagen hielt ihn offenbar für unschuldig, sonst hätte er nicht so gesprochen. Aber sie beschloss, dieses Thema nicht weiter zu verfolgen.

»Sie können mich zu seinen Eltern bringen?«, fragte sie.

Er nickte.

»Ja. Morgen Nachmittag. Der Patron lässt einen Mechaniker von einer anderen Plantage kommen, wegen der Maschine. Ich werde eine Entschuldigung finden, für eine Weile zu verschwinden, denn wirklich helfen kann ich dabei nicht. Andrés' Eltern wohnen nicht weit weg von hier in einem Dorf. Wir reiten hin und wieder zurück. Am besten ist es, wenn der Patron nichts erfährt. Ich will keinen Ärger, verstehen Sie.«

Alice nickte.

»Ich werde nichts sagen. Und danach verschwinde ich wieder. Das ist versprochen.«

Alfons Kernhagen blickte erleichtert auf.

»Ich warte morgen in meinem Zimmer auf Sie«, versicherte Alice. Nachdem er sich mit knappen Worten von ihr verabschiedet hatte, fiel sie erschöpft auf das Bett.

Der Ausflug begann erstaunlich problemlos. Alfons Kernhagen bot sich an, das deutsche Fräulein ein bisschen herumzuführen, und der Patron stimmte zu, sichtlich erleichtert, dass er diese Aufgabe nicht selbst übernehmen musste, sondern sich seiner bockigen Maschine widmen konnte. Isolde kam mit, um den Anstand zu wahren. Alice zwang sich schweren Herzens mit ihrem blauen Leinenrock in den Sattel eines Pferdes, denn es gab keine andere Möglichkeit, auch wenn sie ihn durch den Ritt ruinierte. Sie wollte sich gar nicht erst vorstellen, was Isolde Kernhagen für ein Gesicht gemacht hätte, wenn sie nach der Sänfte verlangt hätte.

Sie ritten eine Weile über flaches Land, das satter, grüner und weitaus farbenprächtiger war als das Gebirge der Sierra Madre, doch die Hitze machte Alice bald zu schaffen. Das Indio-Dorf, in dem die Kernhagens schließlich anhielten, glich allen anderen, die sie bisher gesehen hatte. Hütten aus dünnen Baumstämmen, manchmal mit Lehm verstärkt, die allesamt nur einen Raum aufwiesen, waren willkürlich aufgebaut. Hunde dösten in der Sonne, während Geflügel und Schweine frei herumliefen. Ein alter, kleiner Mann kam ihnen, einen Stab in der Hand, entgegen. Trotz seiner geringen Körpergröße wirkte er eindrucksvoll, was an seiner aufrechten Haltung liegen mochte. Er grüßte Alfons mit einem respektvollen Kopfnicken.

»Das ist Claudio Uk'um, Andrés' Vater. Der Kazike dieses Dorfes.

So etwas wie ein Bürgermeister«, flüsterte Isolde Alice zu. Sie bemühte sich, den Mann so freundlich wie möglich anzulächeln, als sie vom Pferd stieg und ihn grüßte.

»Der versteht kein Wort Spanisch«, mischte Isolde sich spöttisch ein, doch ihr Mann kam Alice unerwartet zu Hilfe, indem er in einer fremden Sprache zu sprechen begann.

»Ihr Mann kann die Sprache der Indios?«, flüsterte Alice beeindruckt.

»Ein wenig von dem Kauderwelsch musste er ja lernen, sonst könnte er nicht mit den Arbeitern reden«, erwiderte Isolde schulterzuckend. Indessen hatte Alfons auf Alice gewiesen, als sei er im Begriff, sie vorzustellen. Wieder lächelte sie, bemüht, einen freundlichen und harmlosen Eindruck zu machen, damit die Leute Vertrauen zu ihr fassten. Inzwischen waren es deutlich mehr Indios geworden, die neugierig aus ihren Hütten kamen. Kinder grinsten und plapperten miteinander, wurden jedoch durch einen strengen Blick ihrer Eltern sofort zum Schweigen gebracht. In ihren Augen funkelte dennoch jene aufmerksame Neugier, die Alice bei Julio gesehen hatte. Die Erwachsenen hingegen verhielten sich wie Julios Vater, misstrauisch, schweigsam und sehr zurückhaltend, als könnten sie den Augenblick, wenn der unangekündigte Besuch wieder verschwand, kaum erwarten.

»Sie freuen sich, uns hier zu begrüßen«, übersetzte Alfons die Worte des Kaziken. Alice musste ein Grinsen unterdrücken. Überall auf der Welt wurde aus Höflichkeit gelogen. »Sie fragen, ob wir ihnen die Ehre erweisen, ein bescheidenes Mahl mit ihnen einzunehmen«, fügte der Verwalter hinzu.

Sie wollte bereits zustimmen, doch Isolde kam ihr zuvor.

»Natürlich essen wir hier nichts. Erstens könnten wir uns vergiften, und zweitens gehört es sich nicht. Sie sollen Patrone in uns sehen, keine Gleichgestellten, die mit ihnen an einem Tisch sitzen.«

Obwohl Alice Widerspruch auf der Zunge lag, sah sie ein, dass sie sich fügen musste, denn ohne die Unterstützung der Kernhagens wäre sie verloren. Sie trat einen Schritt vor, stellte sich neben Alfons und spürte sehr deutlich Isoldes ungeduldigen Blick im Rücken, als sie zu sprechen begann.

»Sagen Sie ihnen, dass ich sehr dankbar für ihr Angebot der Gastfreundschaft bin, es aber leider nicht annehmen kann, weil ich gleich wieder fortmuss.«

Sie hörte, wie ihre Worte in der fremden Sprache wiedergegeben wurden. Die unbewegten Mienen der Indios ließen keinerlei Aufschluss darüber zu, ob sie Alice als höfliche Lügnerin durchschauten oder nicht. Entmutigt fuhr sie fort:

»Erklären Sie ihm jetzt bitte, dass ich die Schwester jenes Mannes bin, den sein Sohn umgebracht haben soll. Sagen Sie, dass ich von der Geschichte nicht völlig überzeugt bin und gern seine Version hören würde. Glaubt auch er, dass sein Sohn ein Mörder ist?«

Alfons räusperte sich, aber er begann zu übersetzen. Alice konnte nicht wissen, ob er wirklich alles korrekt wiedergab, aber plötzlich kam ein wenig Leben in das runzelige Gesicht des Kaziken. Er musterte sie zum ersten Mal eindringlich, als habe sie sich von einem Augenblick zum nächsten in eine Kreatur verwandelt, die ein wenig Neugier verdiente. Ein Schatten huschte über sein Gesicht. Im Hintergrund hörte Alice Gemurmel. Eine Gestalt schlüpfte aus der Hütte hinter dem Kaziken. Alice erblickte eine Frau mittleren Alters, deren dunkle Augen wie eine hartnäckige Berührung auf sie gerichtet waren.

Der Kazike sprach länger, lauter und entschlossener als zuvor. Die Frau verzog sich wortlos wieder in die Hütte.

»Er sagt, Andrés sei nicht mehr sein Sohn«, übersetzte Alfons Kernhagen. »Die Ladinos haben ihn mit ihrer Schule verdorben. Er verließ sein Volk, um in Mexiko-Stadt zu studieren, und jetzt ist er ein Fremder geworden. Er weiß nicht, was dieser Fremde getan hat. Es interessiert ihn auch nicht.«

Die Worte schienen so vernichtend, dass Alice zusammenzuckte.

»Das war deutlich. Ich glaube, wir können jetzt gehen«, murmelte Isolde, und Alice sah keine Möglichkeit, ihr zu widersprechen, denn auf dem Gesicht des alten Indianers lag eine eiserne, feindselige Entschlossenheit. Bald schon ritten sie wieder unter der glühenden Sonne zurück. Alice kämpfte verzweifelt gegen ein Gefühl völliger Niedergeschlagenheit an, denn sie hatte sich weitaus mehr von dem Gespräch mit Andrés' Familie erhofft. Das harte braune Gesicht des Kaziken tauchte immer wieder auf, wenn sie ihren Blick über die Landschaft schweifen ließ. Es war bereits in ihr Gedächtnis gebrannt.

»Dein Sohn tat wohl nicht das, was du von ihm wolltest, und jetzt kennst du ihn angeblich nicht mehr«, murmelte sie so leise, dass es niemand hörte. »Du bist ein sturer, alter Bock, genau wie mein Vater.«

Es überraschte sie, dass sie vor mühsam unterdrückter Wut zitterte.

Alice verbrachte die nächsten vier Tage auf der Terrasse des Herrenhauses, denn es gab kaum etwas für sie zu tun. Isolde Kernhagen servierte ohne Murren kalte Limonade, doch selbst wenn sie in Alice keine Feindin mehr sah, war dies für sie doch kein Grund, längere Gespräche mit einer Frau zu führen, die nicht in ihre Welt passte. In Ermangelung einer anderen Ablenkung ließ Alice ihren Blick über die weite Landschaft schweifen, die atemberaubend war. Im Hintergrund ragten die Berge der Sierre Madre in den wolkenverhangenen Himmel, als wollten sie einen Weg in die Weite des Universums weisen. Auf der entgegengesetzten Seite breiteten sich die halb hohen, glänzenden grünen Kaffeebäume aus, gezähmte, sorgsam arrangierte Gewächse, die von ein paar höheren Bäumen mit weit ausladenden Ästen überschattet wurden. Schmetterlinge tanzten durch die warme Luft, und an dem fast wolkenlosen Himmel zog ein Schwarm von Vögeln entlang, die Spatzen glichen, aber türkisfarbenes Gefieder aufwiesen. Hinter der Plantage erstreckte sich flaches Land mit Palmen und Kakteen, das bis zum Pazifischen Ozean reichen musste. Wenn Alice aufmerksam schaute, meinte sie manchmal in der Ferne einen Streifen des endlosen Blau zu entdecken. Da sie ihr bisheriges Leben in Städten verbracht hatte, wurde ihr manchmal schwindelig von all der Weite. Doch so beeindruckend die Ausmaße, Formen und Farben dieser fremden Welt auch sein mochten, Alice verspürte keine Lust, sie zu malen. Ihre bisherigen Versuche, die Hintergründe von Patricks Tod zu klären, waren an einer Mauer allgemeiner Verschwiegenheit abgeprallt. Sie sehnte sich nach ihrer kleinen Wohnung in Berlin, hätte gern mit den anderen Mädchen im Café Josty geplaudert, und manchmal vermisste sie sogar Harrys sarkastische Kommentare. Vermutlich würde er ihre Erfahrungen in Mexiko mit ein paar knappen Sätzen in eine schlichte Episode verwandeln, deren Absurdität durchaus amüsant war. Sie sehnte sich danach, gemeinsam mit ihm darüber zu lachen. Sie las nicht mehr in dem Tagebuch, versuchte, so wenig wie möglich nachzudenken, und wartete. Sobald Patrick beerdigt war, würde sie die Heimreise antreten. Es gab niemanden, den sie hier vermissen würde, außer vielleicht Mariana.

Schließlich, nachdem sie drei Tage lang Berge und Kaffeebäume betrachtet hatte, teilte Hans Bohremann ihr die bevorstehende Rückkehr zur Hazienda mit. Alice hatte ihre Sachen schnell gepackt und wartete ungeduldig vor dem Herrenhaus auf ihre Sänfte. Emsig herumlaufende indianische Arbeiter schnallten die Gobelintasche wieder auf ein Maultier, ließen Alice jedoch stehen, obwohl sie sich selbst wie ein Teil des Gepäcks vorkam, das im Auftrag des Kaffeebarons zu transportieren war. Der Patron stand indessen im vollen Bewusstsein seiner Wichtigkeit vor dem Herrenhaus und erteilte noch einige Anweisungen an Alfons Kernhagen, der aufmerksam lauschte. Isolde schien über den bevorstehenden Aufbruch des Kaffeebarons erleichtert zu sein. Sie gehörte zu den Menschen dieser Welt, die ihre Gefühle schlecht verbergen konnten. Alice ahnte, dass es ihr durchaus gefiel, hier die Hausherrin zu spielen, da Rosario wohl selten auf die Plantage kam.

Als endlich die Sänfte herbeigetragen wurde, kam Bewegung in die Gruppe der versammelten Indios. Alice vernahm schrilles Geschrei, das von einer Frau stammen musste, und sah sich ratlos um. Außer ihr war Isolde das einzige weibliche Wesen hier, und die schwieg. Das Schreien wurde lauter, und kräftige Ellbogen stießen ein paar der Arbeiter zur Seite, um einer Indio-Frau in schwarzem Rock und bunt bestickter Bluse Platz zu verschaffen. Alice starrte die Frau ratlos an, die dicht vor ihr stehen blieb und dabei weiter unverständliche Worte rief. Es dauerte eine Weile, bis sie das glatte, mondförmige Gesicht erkannte, denn sie hatte es in dem Dorf nur sehr kurz gesehen. Der eindringliche Blick der Augen war ihr allerdings sogleich vertraut.

»Das ist eine Verwandte von Andrés' Vater«, sagte sie zu Alfons Kernhagen. »Was ruft sie die ganze Zeit?«

Der Verwalter holte Luft, doch ein Blick von Hans Bohremann brachte ihn zum Schweigen. Der Kaffeebaron hob die Hand. Sofort wurde die Frau von einigen der umstehenden Männer gepackt und fortgezerrt. Alice öffnete den Mund, um zu protestieren, doch ihr wurde klar, dass niemand ihren Wünschen Gehör schenken würde. Mit Bedauern sah sie der Indianerin nach, als diese entfernt wurde.

»So, jetzt können wir endlich aufbrechen«, verkündete Hans Bohremann. Alice ballte ihre Hände zu Fäusten.

»Wer war das? Und was hat sie gesagt?«, rief sie auf Spanisch in die Runde der versammelten Männer. Niemand antwortete. Man wich ihrem Blick aus.

»Ich habe ein Recht, es zu erfahren. Sonst habe ich das Gefühl, man will mir etwas verheimlichen!«, beharrte Alice, an Alfons Kernhagen gewandt, da sie wusste, dass er die Sprache der Indianer beherrschte. Sie vernahm das ungeduldige Schnauben von Isolde, die wohl heimlich hoffte, dass die hübsche, lästige Fremde zur Not mit Gewalt in ihre Sänfte gezerrt wurde und endlich verschwand.

»Das war die Mutter von Andrés Uk'um«, sagte Hans Bohremann plötzlich auf Deutsch. »Und ich will gar nicht wissen, woher sie Sie kannte. Sie sagte, ihr Sohn sei ein guter Junge, der niemals jemanden töten würde. Aber so denken die meisten Mütter über ihren Nachwuchs. Es hat nichts zu bedeuten.«

Er hob die Hand zum Aufbruch. Niemand zwang Alice in die Sänfte, und kurz erwog sie, einfach zu bleiben und nach der Mutter eines unbekannten Mannes zu suchen, der vielleicht Patrick umgebracht hatte, vielleicht auch nicht. Doch sie wusste nicht, was sie von dieser Frau erfahren könnte, selbst wenn sie beide in der Lage wären, sich miteinander zu unterhalten, wovon nicht auszugehen war. Sollte sie händeringend nach einem Übersetzer suchen, nur um sich am Ende anzuhören, welch guter, wohlerzogener Junge Andrés Uk'um gewesen war, als er noch an Mutters Rockzipfel hing? Die Vernunft, gemischt mit Angst, ohne Hans Bohremanns Schutz in dieser fremden Welt zurückzubleiben, gewann die Oberhand, und Alice kletterte wieder in ihre Sänfte.

Mariana begrüßte sie mit freudigem Gebell, leckte ihr das Gesicht ab und verzierte den bereits reichlich zerknitterten blauen Rock noch mit ein paar bräunlichen Abdrücken ihrer Pfoten. Alice staunte, als ihr Tränen in die Augen schossen, denn sie war es nicht gewöhnt, bei einer Heimkehr derart stürmisch begrüßt zu werden. Die Vorstellung, sich bald schon von Mariana trennen zu müssen, versetzte ihr einen Stich. Vielleicht konnte Hans Bohremann für sie herausfinden, wie schwierig es wäre, einen Hund auf einem Schiff nach Europa mitzunehmen.

Sie warf die Gobelintasche aufs Bett und schloss Mariana in die Arme, vergrub ihr Gesicht in dem braunen Strubbelfell. Als sie mit ihren Händen über die dünnen Beine fuhr, winselte Mariana leise. Alice zuckte zurück. Tatsächlich schien der linke Vorderlauf des Hundes am Oberschenkel leicht geschwollen zu sein, als sei Mariana dort verletzt worden. Alice untersuchte die Stelle genauer, konnte jedoch keine offene Wunde feststellen.

»Was hast du denn angestellt, während ich weg war? Dich kann man ja keinen Tag allein lassen«, murmelte sie und kraulte Mariana zwischen den Ohren. In Gedanken hörte sie Harry lachen. Sich Sorgen um die Verletzungen von Tieren zu machen und mit ihnen zu reden, als wären sie kleine Kinder, sei ein offensichtliches Alarmzeichen, dass eine Frau zur einsamen alten Jungfer zu werden drohe. Sie forderte ihn in Gedanken auf, den Mund zu halten, und machte sich an das Auspacken ihrer Tasche. Dass sie nach der bevorstehenden Beerdigung ihres Bruders wieder nach Veracruz zurückkehren wollte, hatte sie Hans Bohremann bereits auf dem Rückweg mitgeteilt, und er hatte mit der ihm eigenen Höflichkeit versichert, eine möglichst komfortable Reise für sie zu arrangieren. Lange würde sie hier nicht mehr bleiben. Der Raum war in ihrem Bewusstsein bereits unpersönlich wie ein Hotelzimmer geworden, sie assoziierte ihn nicht mehr mit Patrick und wartete auf den Augenblick, da sie ihn verlassen würde.

Es klopfte an der Tür, und Marcella brachte ein Tablett mit Früchten und Limonade herein.

»Danke, dass du für mich auf den Hund aufgepasst hast«, sagte Alice. Sie überlegte bereits, dass sie der Bediensteten vor der Abreise vielleicht noch ein paar Münzen zustecken sollte, als ihr Marianas geschwollenes Bein einfiel.

»Kann es sein, dass mein Hund einen Unfall hatte, als ich weg war? Sein Bein ist verletzt.«

Marcellas blickte nicht auf, als erwarte sie eine Strafpredigt.

»Es tut mir sehr leid, Señorita«, flüsterte sie.

»Es ist nicht weiter schlimm. Sie humpelt nicht einmal«, versuchte Alice die Wirkung ihrer Worte etwas zu mildern. »Aber wie ist das überhaupt passiert?«

»Ich weiß nicht!« Nun war Marcellas Stimme laut, fast klagend geworden. »Es war schon dunkel. Nacht. Ich habe den Hund bellen und dann winseln hören. Ich bin sofort hierhergekommen, aber da lief schon jemand über den Balkon weg.«

Alice war hellhörig geworden. Gänsehaut überzog ihre nackten Unterarme, und sie nahm einen Schal aus ihrer Reisetasche. Es beruhigte sie ein klein wenig, sich in schützende, weiche, warme Wolle zu hüllen.

»Du meinst, jemand war hier in meinem Zimmer und hat nach Mariana getreten, weil sie bellte?« Alice fasste ihre Überlegungen zusammen. Ihre Stimme klang so scharf, dass die Dienerin zusammenzuckte.

»No lo sé«, beteuerte sie noch mal. Erstaunlicherweise sprach sie im Brustton der Überzeugung, wenn sie behauptete, etwas nicht zu wissen. »Hund hat gewinselt. Jemand lief weg. Jetzt muss ich auch weg.«

Die Tür war bereits zugefallen, als Alice gerade eine weitere Frage stellen wollte.

Alice atmete heftig, so schnell war sie die Treppen in den Patio hinabgelaufen, doch sie sah nur indianische Bedienstete in europäischer Verkleidung, die ihre Worte entweder tatsächlich nicht verstanden oder es auf höchst überzeugende Weise vortäuschten. Ebenso schienen sie es im Voraus zu ahnen, wenn Alice sie ansprechen wollte, und nutzten die nächste Gelegenheit, um sich aus dem Staub zu machen. Schließlich lief Alice in das Zimmer, wo die Mahlzeiten serviert wurden, doch es war leer. Sie drehte sich um die eigene Achse, dann hörte sie ein zartes Lachen in ihrem Rücken, blieb stehen und wandte sich dann ruhig um.

»Die Dienstboten berichteten mir, dass Sie aufgebracht im Hof herumliefen.«

Rosario Bohremann war makellos schön in einem dunkelblauen Kleid, das ihren Körper züchtig bis zum Hals einhüllte, dabei aber auch seine Formen zur Geltung brachte. Sie verzichtete auf den auffällig glitzernden Schmuck, der Alice an Mexikanerinnen gefiel. Ihre schmale Taille war nicht in ein starres Korsett gezwängt, der Stoff floss weich wie Wasser über die Hüften, die weder zu breit noch zu schmal erschienen, als seien sie von einem Künstler gezeichnet worden, der weiblicher Schönheit huldigen wollte. Alice strich schnell ihren eigenen Rock glatt, auf dem die Abdrücke von Marianas Pfoten zu sehen waren.

»Ich würde gern Ihren Bruder sprechen, Frau Bohremann. Es ist … recht dringend.«

Ein Hauch von Missfallen huschte über Rosarios Gesicht, aber sie zwang sogleich ein Lächeln auf ihre Lippen.

»Natürlich können Sie ihn sprechen. Ich werde ihn holen. Warten Sie einen Moment.«

Die Hausherrin schritt hinaus. Alice atmete tief durch. Sie kam nicht gegen das Gefühl an, sich blamiert zu haben, doch sie verscheuchte diesen missliebigen Gedanken aus ihren Kopf. All dies war jetzt nicht wichtig.

Juan Ramirez betrat mit der üblichen Gelassenheit das Zimmer. Sein Hemd war frei von Flecken, wenn auch am Kragen falsch geknöpft. Bartstoppeln wucherten auf Kinn und Wangen, als habe er in den letzten Tagen sein Äußeres in ungewohnter Weise vernachlässigt.

»Meine Schwester sagte, dass Sie mich sehen wollen, Mademoiselle Wegener.«

Alice glaubte, ein freudiges Funkeln in seinen Augen wahrzunehmen. Wider Willen wurde ihr warm ums Herz.

»Haben Sie jemandem davon erzählt, dass ich das Tagebuch meines Bruders gefunden habe?«, sprudelte es aus ihr heraus. Das Leuchten in seinen Augen erlosch, während seine Mundwinkel leicht nach unten sackten.

»Ich bitte Sie, Mademoiselle, ich bin kein Klatschweib, und so wichtig war es auch nicht, dass Ihr Bruder ein Tagebuch schrieb.«

Er hob lächelnd die Hände. Für einen Moment kam Alice sich hoffnungslos albern vor.

»Jemand hat sich in mein Zimmer geschlichen, als ich auf der Plantage war, und meinen Hund getreten«, erklärte sie. Juan Ramirez zog in gewohnt lässiger Weise eine Augenbraue hoch.

»Vielleicht störte ihn das Gebell. Ich vermute, es war ein Bediensteter, dem es missfiel, dass ein Straßenhund in einem schöneren Raum leben kann als er selbst und dabei noch schrecklichen Lärm macht.«

Alice blieben für einen Augenblick die Worte im Hals stecken, denn diese Erklärung klang durchaus einleuchtend.

»Aber … aber mein Koffer wurde schon einmal durchsucht. In dieser Herberge von Elaine Palmer. Die Señora Duarte hat es mir bestätigt. Sie sah, wie jemand hinausging, und das war nicht ich, denn ich war mit Elaine noch unten.«

Juan Ramirez setzte sich auf einen freien Stuhl und streckte die Beine aus.

»Die alte Dame tratschte offenbar gern. Wurde etwas gestohlen?«

»Nein. Aber ich habe gemerkt, dass jemand den Koffer durchwühlt hatte.«

»Alice … ich meine, Mademoiselle Wegener. Setzen Sie sich doch für einen Moment. Sie scheinen mir sehr aufgebracht.«

Mit großzügiger Geste wies er auf einen Stuhl. Alice gehorchte.

»Also«, begann Juan Ramirez, »Ihre Sachen waren durcheinandergeraten, und die Señora Duarte erzählte von einem unbekannten Eindringling. Was ist Ihrer Meinung nach die naheliegendste Erklärung?«

Alice schnaubte leise.

»Diese Idee hatte ich zunächst auch. Aber die alte Dame schien mir zu anständig. Ich glaube einfach nicht, dass sie so etwas tun würde.«

»Und ich«, erwiderte er unerbittlich, »ich glaube es durchaus. Eine junge Frau aus der Fremde, die sich ungewöhnlich benimmt und auch noch ungewöhnlich schön ist, das beflügelt die Phantasie einer alternden Frau, die vielleicht einiges in ihrem Leben versäumt hat. Vielleicht wollte sie einfach nur Ihr Parfum riechen oder anrüchige Bilder finden. Ich weiß es nicht. Aber ich weiß, dass Sie sich in die Idee einer Verschwörung hineinsteigern, die allein in Ihrem Kopf existiert.«

Er streckte eine Hand aus. Alice folgte einem inneren Impuls und legte ihre Finger in die seinen. Die Berührung jagte ein nervöses Kribbeln über ihren Rücken, tat aber erstaunlich gut.

»Mein Schwager sagte mir, dass Sie bald nach Hause fahren wollen«, fuhr Juan Ramirez fort. »Das ist sehr vernünftig. Sie brauchen die Ruhe einer vertrauten Umgebung, die Nähe von Verwandten und Freunden. Dort werden Sie Trost finden und endlich begreifen, dass Ihr Leben weitergehen muss, auch wenn Sie einen geliebten Bruder verloren haben. Wenn Sie wünschen, dann begleite ich Sie wieder nach Veracruz.«

Alice senkte verwirrt den Blick. Ihr Herz schlug schneller, als es sollte. Sie war glücklich, doch hinter diesem Glück lauerte Schmerz. Juan Ramirez wollte bei ihr sein, solange sie sich noch in Mexiko aufhielt, doch dann würde er sie einfach auf einen Dampfer verfrachten und fortschicken.

Sie straffte die Schultern. Die letzten drei Jahre ihres Lebens hatte sie von Unabhängigkeit geträumt, und nun bestimmte das Verhalten dieses eitlen, trägen Gecken ihr Lebensgefühl. Wenn er sie nach der Abreise vergaß, gab es keinen Grund für sie, ihn nicht ebenso als belanglose Episode in ihrem Leben zu betrachten.

»Es liegt bei Ihnen, ob Sie mich begleiten wollen oder nicht«, erwiderte sie kühl, stand auf und betrat wieder den Patio, um in ihr Zimmer hinaufzugehen. Dort wartete Mariana, deren Liebe bedingungslos war.

8. Kapitel

San Cristóbal de las Casas war eingebettet zwischen grün bewachsenen Bergen in einer Talebene, doch es lag nicht so tief wie Tuxtla Gutiérrez, denn es herrschte ein angenehm mildes Klima. Alice hatte in Mexiko bisher keinen schöneren Ort gesehen als diese Stadt mit den erbsengrünen, tomatenroten und zartrosa Häusern, in deren Patios duftende Blüten und Schaukelstühle zum Verweilen einluden. Sie fragte sich, warum das moderne, reizlose Tuxtla Gutiérrez zur Hauptstadt von Chiapas gewählt worden war. San Cristóbal konnte eine lange Geschichte aufweisen, denn es war bereits im 16. Jahrhundert als Villa Real de Chiapa gegründet worden und verdankte seinen gegenwärtigen Namen einer kleinen Kirche, die außerhalb der Stadt auf einem Hügel thronte. Der Zusatz »de la Casas« bezog sich auf den Bischof Bartolomé des las Casas, der sich vor Ort für die Rechte der Indianer eingesetzt hatte, doch gleichzeitig sollte er den Handel mit afrikanischen Sklaven angeregt haben, die deren Platz als Zwangsarbeiter einnahmen. All dies erfuhr Alice von einem unablässig plaudernden Juan Ramirez auf dem Weg zu der schmucken, barocken, senfgelben Kathedrale, in der die Totenmesse für Patrick stattfinden sollte.

Alice trug eine ihrer weißen Rüschenblusen und einen schwarzen Rock, denn Trauerkleidung besaß sie nicht. Zu der Beerdigung ihres Vaters hatte Tante Grete sie nicht eingeladen, und selbst wenn, so hätte sie das schwarze Kleid sicher nicht nach Mexiko mitgenommen. Hans Bohremanns weißen Hemdsärmel zierte eine Trauerbinde. Rosario sah auch in Schwarz sehr schön aus, hatte ihr Haar zu einem tadellosen Knoten gebunden und hörte dem Gerede des Priesters mit unbewegter Miene zu. Ein schwarzer, gehäkelter Schleier bedeckte ihren Kopf ebenso wie den von Alice. Es war nicht einfach, die Abfolge von Knien, Stehen und Sitzen, wie sie bei katholischen Messen üblich war, zu begreifen. Alice folgte dem Beispiel der spärlichen Anwesenden und hatte das Gefühl, Teil einer Gruppe von Marionetten zu sein, die von unsichtbaren Schnüren gezogen wurden. Die üppige Farbenpracht der Kleidung des Priesters und der Ausgestaltung des Kirchengebäudes reizte ihr Auge, doch gleichzeitig überkam sie ein Gefühl des Unbehagens. An der Wand hinter dem Altar prangte für ihren Geschmack entschieden zu viel Gold. Sie mochte diesen von Heiligen und Mysterien beherrschten Glauben nicht. Der Priester predigte auf Latein, doch sie hätte ihn auf Spanisch vermutlich ebenso wenig verstanden.

Patricks Leichnam lag vor dem Altar in einer schwarzen Kiste. Er hatte darin bereits im Leichenhaus von Tuxtla Gutiérrez gewartet, um entweder nach Deutschland verschifft oder in mexikanischer Erde beigesetzt zu werden. Von einer Öffnung des Sarges anlässlich der Beerdigung hatte man abgeraten, und Alice hatte ohne Zögern zugestimmt. Sie fürchtete sich davor, einen Toten zu sehen. Patricks toter Körper war für sie nichts weiter als eine leere Hülle. Alles, was von ihrem Bruder blieb, waren Erinnerungen.

Sie mochte den Geruch von Weihrauch nicht, und die schwermütige Orgelmusik, die einsetzte, bedrückte sie. Sie ballte die Hände zu Fäusten, um die Fassung zu wahren. Als die Musik verstummte und die Kirchenbänke um sie herum sich zu leeren begannen, atmete sie erleichtert auf. Nun wurde Patricks Sarg hinausgetragen. Alice, die sich hinter dem Priester in den Trauerzug einreihte, wandte kurz den Kopf, um zu sehen, wer sie begleitete. Dr. Scarsdale war gekommen, doch er wirkte geistesabwesend, als sei auch er nicht empfänglich für die Macht uralter Rituale. Dann folgten die Bohremanns, Juan Ramirez und ein paar Beamte aus Tuxtla Gutiérrez, die zu dem weitläufigen Freundeskreis des Kaffeebarons gehörten. Von den anderen deutschstämmigen Plantagenbesitzern war keiner gekommen. Alice führte dies darauf zurück, dass Patrick den Umgang mit wohlhabenden Menschen meist gemieden hatte, obwohl er durch sein Erbe einer von ihnen geworden war.

Der Friedhof lag außerhalb der Stadt, sodass sie eine längere Strecke zurücklegen mussten. Ein paar Trompeter folgten dem Trauerzug. Ihre Melodie war dem Anlass entsprechend feierlich, doch nicht ganz so schwermütig wie die Orgelmusik in der Kirche. Alice betrachtete die zahllosen farbenfrohen Kränze auf Patricks Sarg und beschloss, dass sie sich noch im Laufe des Nachmittags bei Rosario bedanken würde. Sie selbst hätte es niemals geschafft, eine so perfekte Beerdigung zu organisieren, nicht einmal zu Hause in Berlin. Allerdings fiel ihr auf, dass niemand weinte. Sie selbst hatte einen Teil ihrer Trauer um den toten Bruder bereits abgeschlossen, der Schmerz zerriss sie nicht mehr, sondern schwebte als dunkle Wolke über ihr. Nun galt es, sich in einem Leben zurechtzufinden, in dem Patricks Tod eine klaffende Lücke hinterlassen hatte.

Der Anblick des Friedhofs riss sie aus ihrer Versunkenheit und holte sie zurück zu den leuchtenden Farben dieses Landes. Goldverzierungen umgaben kleine Paläste, in denen die reichen Anwohner der Stadt ihre Angehörigen beigesetzt hatten. Mittelalterliche Burgen, barocke Schlösser und auch die schönen Häuser von San Cristóbal waren in Miniaturform nachgebaut worden. Diese verspielten Produkte menschlicher Phantasie konnten dem Tod ein wenig von seinem Grauen nehmen.

Der Pfarrer las einen kurzen Bibeltext, dann wurde Patricks Sarg in das Grab gesenkt und mit Erde zugeschüttet. Alice musterte den schlichten Grabstein, der nichts weiter aufwies als Patricks Namen und seine Lebensdaten. Vielleicht hätte sie Rosario einen Rat geben können, um das Grab wenigstens mit einem Spruch zu versehen, der zu ihrem Bruder passte. Doch welchen Sinn hätte dies gehabt? Sie würde vermutlich niemals mehr hierherkommen. Dass die Bohremanns Patricks Grab besuchen würden, schien ihr unwahrscheinlich, doch sie traute Rosario zu, jemanden mit dessen regelmäßiger Pflege zu beauftragen. Irgendwo in diesem Land gab es ein Indio-Mädchen, das Patrick als seine Frau bezeichnet hatte. Aber Ix Chel würde wohl niemals den Weg hierherfinden, auch wenn sie keine Schuld an seinem Tod trug. Alice' Kehle wurde eng. War es wirklich richtig gewesen, den einfachsten Weg zu gehen und ihren Bruder hier in der Fremde beisetzen zu lassen? Würde er ihr grollen, weil sie sich in Verschwörungstheorien verstiegen und sein Tagebuch studiert hatte, anstatt seine Beerdigung sorgfältig zu planen?

Dabei wusste sie nicht einmal, ob noch irgendetwas von dem, was Patrick gewesen war, existierte, um über ihr Verhalten zu urteilen.

Gesichter zogen an ihr vorbei und sprachen Worte, die sie kaum verstand, da es ihr an Aufmerksamkeit mangelte. Dem ernsten Tonfall entnahm sie, dass es sich um Beileidsbekundungen handelte. Die Beerdigung näherte sich dem Ende. Alice lächelte krampfhaft, dann wurde ihr bewusst, dass man bei Beerdigungen naher Verwandter betrübt auszusehen hatte. »Ein paar Tränen wären jetzt wirklich angebracht«, mahnte Tante Gretes Stimme in ihrem Kopf, doch Alice gelang es nicht, sich angemessen zu verhalten. Obwohl sie gerade an der Existenz eines Gottes gezweifelt hatte, dankte sie ihm nun, dass die Anzahl der Trauergäste überschaubar war. In der Hazienda war eine kleine Trauerfeier geplant, doch es würde mindestens zwei Tage dauern, bis alle dort eingetroffen waren. Danach stand Alice' Heimreise nichts mehr im Weg. Sie vermutete, dass die emsige Rosario bereits im Begriff war, auch diese zu organisieren.

»Señorita Wegener, por favor.« Eine unbekannte Männerstimme riss Alice aus ihren Gedanken. Vor ihr stand ein mittelgroßer Herr in dunklem Traueranzug. Sein rundliches Gesicht wirkte eher nichtssagend. Alice konnte sich nicht erinnern, ihn jemals irgendwo gesehen zu haben, doch schien er ihr kein Mensch, an den man sich erinnerte. Er musste einer jener Staatsbeamten sein, die von den Bohremanns geladen worden waren, damit der Trauerzug nicht zu kurz ausfiel und Patrick angemessen verabschiedet wurde. Alice lächelte, eine mechanische Reaktion, die ihr einst eingebläut worden war, wenn sie den Gästen ihres Vaters vorgestellt wurde. Rasch schüttelte sie die Hand des Unbekannten, dessen Griff sehr fest war.

»Ich müsste dringend allein mit Ihnen reden«, flüsterte er hastig, nachdem er sich mit einem raschen Seitenblick versichert hatte, dass niemand nahe bei ihnen stand. »Ich habe Ihren Bruder gekannt und weiß, wo seine indianische Geliebte sich aufhält.«

Alice fühlte, wie schlagartig Leben in ihren erschöpften Körper kam und die Gedanken sich in ihrem Kopf überschlugen. Sie würde die heutige Nacht in einem Hotel verbringen und morgen schon sehr früh zu der Hazienda aufbrechen. Irgendwie würde es ihr gelingen, an diesem Nachmittag der Beobachtung der Bohremanns zu entkommen.

»Am späten Nachmittag, so gegen sechs Uhr«, entgegnete sie leise. »Ich komme wieder zu dem Grab.«

Man würde sicher Verständnis zeigen, dass sie noch einmal in Ruhe Abschied von Patrick nehmen wollte, bevor sie Mexiko endgültig verließ.

Das Hotel lag im Stadtkern, in unmittelbarer Nähe des Arco Torre del Carmen, einem stämmigen roten Turm im maurisch anmutenden Stil mit weißer Verzierung, der bereits im 17. Jahrhundert erbaut worden und einst der Glockenturm der benachbarten Kirche gewesen war. Alice hatte den Wunsch geäußert, sich vor dem Abendessen eine Weile auszuruhen, und schlich dann unbemerkt davon. Den Weg zum Friedhof hatte sie sich eingeprägt, wusste aber, dass ihr ein längerer Fußmarsch bevorstand. Leichtes Unbehagen überkam sie, denn ihre Erinnerung an den ersten Ausflug, den sie ganz allein in einer mexikanischen Stadt unternommen hatte, waren nicht die besten, doch Neugier und Aufregung trieben sie vorwärts. Vielleicht würde sie bald schon herausfinden, was wirklich mit ihrem Bruder geschehen war.

Sie bog auf eine breite Straße ein, die von bunt gestrichenen Häusern gesäumt wurde. Überall liefen Indios herum, denn in Chiapas machten sie noch eindeutig den Großteil der Bevölkerung aus. Ihre Frauen brieten Tortillas, versahen Stoffe mit den für ihre Kleidung eigentümlichen, kunstvollen Stickereien oder spielten mit ihren Kindern, von denen auf jede Frau, ganz gleich, wie jung sie war, mindestens vier kamen. Trotz ihrer unübersehbaren Armut wirkten sie bei alldem glücklich. Die Männer schleppten manchmal Lasten oder schoben Karren. Dabei wichen sie den hohen, schmalen Bürgersteigen vor den Häusern aus, die sie nicht betreten durften. Doch oft lagen sie einfach nur herum und regten sich kaum, während Vorbeigehende über sie hinwegstiegen.

Alice hastete aus der Stadt hinaus. Als sie den fast menschenleeren Friedhof erreicht hatte, begann die Sonne bereits zu sinken. Die

Nacht brach in den Bergen sehr schnell herein und verdrängte die sommerliche Wärme des Tages, sodass es in diesem Teil Mexikos so frisch werden konnte wie in Alice' Heimat. Alice blieb stehen, um Luft zu holen und sich umzusehen, denn sie wusste nicht mehr genau, in welcher Richtung Patricks Grab lag. Mit gerunzelter Stirn versuchte sie, Bilder aus ihrer Erinnerung heraufzubeschwören, und kam zu dem Ergebnis, dass sich eine kleine weiße Kapelle hinter ihr befunden hatte, als Patrick beigesetzt wurde. Während sie in die ungefähre Richtung lief, überlegte sie, ob sie den unbekannten Mann wiedererkennen würde, denn er hatte ausgesehen wie tausend andere Mexikaner auch. Vermutlich war es ihm deshalb gelungen, unbemerkt auf der Beerdigung aufzutauchen und nach seiner kurzen Unterhaltung mit ihr wieder zu verschwinden.

Wider Erwarten erkannte sie ihn sofort, als er ungeduldig um das Grab ihres Bruders herumlief. Seine Pünktlichkeit überraschte sie angenehm, denn in diesem Land war sie keine Selbstverständlichkeit. Er nickte zur Begrüßung.

»Kommen Sie schnell. Sie haben sicher nicht viel Zeit.«

Seine Hand legte sich mit eisernem Griff um die ihre. Alice widersetzte sich.

»Wo wollen Sie mit mir hin? Wie heißen Sie überhaupt, und woher kannten Sie meinen Bruder?«

Der Mann warf ihr einen verärgerten Blick zu.

»Das erzähle ich Ihnen später. Die Geliebte Ihres Bruders wartet auf Sie.«

Alice lief aufgeregt ein paar Schritte mit.

»Ix Chel?«

Der Mann drehte sich noch mal zu ihr um.

»Was haben Sie gesagt?«

»Ix Chel heißt die Geliebte meines Bruders. Wie kommt sie überhaupt hierher? Und ist Andrés Uk'um auch hier?«

»Später. Sie erfahren alles später.«

Alice wurde weitergezogen, während eine mahnende Stimme in ihrem Kopf immer lauter wurde. Diese Situation gefiel ihr nicht. Auf einem öffentlichen Friedhof hatte sie sich mit dem Fremden sicher gefühlt, doch nun zog er sie entschlossen in Richtung Stadt. Alice hoffte, bald schon die hübsch bemalten Kirchen und Häuser sehen zu können, was ihr ein Gefühl der Sicherheit gegeben hätte. Ihr Begleiter aber hatte nicht den Kern der Stadt als Ziel gewählt. Er führte sie durch immer enger und schmutziger werdende Gassen, die hauptsächlich von Indianern bewohnt wurden. Das passte, denn wo sonst würde Ix Chel sich verstecken? Der Drang, dieser India, deren Bild sie lange ratlos betrachtet hatte, endlich gegenüberzustehen, wurde übermächtig, sodass Alice gehorsam mitlief.

Schließlich erreichten sie eine schlichte Lehmhütte, die zwischen niedrigen, ähnlich verwahrlosten Gebäuden eingezwängt war. Alice wünschte sich, für eine Weile mit dem Atmen aufhören zu können, so erbärmlich stank es hier. Ihre Schuhe waren bereits derart verdreckt, dass die hellbraune Farbe nicht mehr zu erkennen war, und leider hatte Alice es in der Eile nicht geschafft, ihren Rock zu raffen, indem sie ihn anhob. Sie würde sich in ihrem Hotelzimmer schnell umziehen müssen, damit niemand Verdacht schöpfte.

Ihr Begleiter rief ein paar Worte in der Indianersprache, und die Tür zu der Hütte ging auf. Ein kleiner bulliger Indio begann zu reden. Sein Atem roch derart nach Alkohol, dass Alice fast übel wurde. Dahinter tauchte eine Frau auf, doch das Gesicht war zu faltig, um Ähnlichkeit mit Patricks Zeichnung zu haben.

»Wo ist Ix Chel?«, drängte Alice.

»Drinnen. Wir müssen reingehen«, erwiderte der Mann. Alice graute es davor, diese elende, schmutzige Behausung zu betreten, aber sie sah ein, dass Patricks Geliebte nicht gesehen und erkannt werden wollte. Kurz hielt sie den Atem an, dann versuchte sie, sich an den Geruch von Fäulnis und Verwahrlosung zu gewöhnen, der sie wie ein böser Geist empfing. In dem Indio-Dorf in der Sierra Madre war die Einrichtung der Hütten ähnlich schlicht gewesen: ein Tisch, zwei Schemel und ein Mahlstein für die Zubereitung von Pozol und Tortillas. Doch hier wirkte all dies so heruntergekommen, dass Alice an die Worte von Dr. Scarsdale denken musste. Die Ureinwohner dieses Landes hatten ihre Würde verloren und waren zu elenden Sklaven geworden, die sich an kein anderes Leben mehr erinnern konnten.

»Wo ist Ix Chel?«, wiederholte sie laut und deutlich ihre Frage. Sie wollte keinen Moment länger als notwendig an diesem Ort bleiben.

Ein paar Worte wurden gewechselt. Der Indio hatte sich in eine Ecke gehockt und nippte an einer verdreckten Flasche. Seine Frau schob eine weitere Tür auf. Sie winkte Alice zu und wies in einen Hinterraum.

»Ist Ix Chel da drin?«

Die India antwortete nicht, deutete nur mit der Hand in die kleine Kammer. Alice trat zögernd einen Schritt näher. Sie konnte nichts weiter als braune Lehmwände entdecken, aber wenigstens schien es da drinnen weniger zu stinken.

»Dort wartet Ix Chel«, hörte sie die Stimme ihres Begleiters in ihrem Rücken, spürte plötzlich einen Stoß und taumelte über die Schwelle. Während sie versuchte, ihr Gleichgewicht wiederzufinden, fiel die Tür hinter ihr zu. Alice stützte sich auf einem Tisch in der Mitte der Kammer ab. Sein Holz war morsch, und er wackelte, doch gab er ihr Halt. Verwirrt sah sie sich um. Der winzige Raum enthielt einen Strohsack, einen erstaunlich sauberen Nachttopf und eine Karaffe Wasser. Ansonsten herrschte nur gähnende Leere.

»Ix Chel ist nicht hier«, sagte sie leise, mehr zu sich selbst. Erst als ihr bewusst wurde, dass ihre Stimme ungehört blieb, drehte sie sich um und stieß gegen die Tür, die sich aber nicht mehr öffnen ließ. Alice begann zu treten, zu hämmern und empört zu schreien. Sie hörte andere Stimmen, die lachten, plauderten, manchmal auch brüllten, doch verstand sie kein Wort, denn niemand hier sprach Spanisch. Sie war allein unter Indianern. Ihr Begleiter musste diese elende Gegend bereits wieder verlassen haben.

Sie setzte sich auf den Strohsack und vergrub ihr Gesicht in den Händen, verzweifelt bemüht, die Panik niederzukämpfen und ihre Lage so klar wie möglich zu erfassen. Sie war in eine Falle getappt. Man hielt sie gefangen, doch sie wusste nicht, warum. Sobald im Hotel das Abendessen serviert wurde, würde ihre Abwesenheit auffallen. Vermutlich würden die Bohremanns jemanden in ihr Zimmer schicken, um nach ihr zu sehen. Dann müssten alle begreifen, dass sie verschwunden war. Zum ersten Mal war sie von Herzen froh, einen Mann wie Hans Bohremann zu kennen, der unter den einflussreichen Herren dieser Region zahlreiche Freunde hatte. War irgendeinem Angestellten aufgefallen, wie sie das Hotel verließ? In diesem Fall musste sie befürchten, dass man zunächst abwarten würde, ob sie nicht von selbst wiederkam. Aber spätestens nach Anbruch der Dunkelheit konnte sie mit einer gründlichen Suche in allen Straßen von San Cristóbal de las Casas rechnen. Kurz vermochte diese Vorstellung sie zu beruhigen, doch bald zersetzten Zweifel den kurzen Moment der Erleichterung. Wie sollte jemand ihre Spur in diese elende Hütte verfolgen und einen unauffälligen Mann ausfindig machen, mit dem sie sich nur kurz auf der Beerdigung unterhalten hatte? Doch sie würde sich nicht so einfach ergeben, wie ein dummes Lamm abwarten, ob sie geschlachtet werden sollte oder nicht. Entschlossen richtete sich Alice auf und begann, in dem Zimmer herumzulaufen, und trat ein paar Holzteile zur Seite, die zu besseren Zeiten vielleicht Möbelstücke gewesen waren. Es gelang ihr, ihrer Wut ein wenig Luft zu machen, doch änderte sich dadurch kaum etwas an ihrer Lage. Schließlich zerrte sie am Rahmen der winzigen Fensteröffnung und schrie lautstark auf Spanisch um Hilfe. Ihre Stimme verhallte. In einem letzten Versuch, sich gegen ihre aussichtslose Lage aufzubäumen, versuchte Alice, die Tür oder eine Wand einzutreten, doch dazu fehlte ihr die nötige Kraft. Schließlich sank sie auf den Strohsack und schloss die Augen. Ihr blieb nichts anderes übrig, als zu warten und auf ein Wunder zu hoffen.

Eine Ewigkeit verging. Draußen färbte der Himmel sich dunkel, und kühle Luft wehte durchs offene Fenster. Als Alice die Stimme einer Frau vernahm, eilte sie zur Tür, die sich einen Spaltbreit öffnete. Sie sah das müde Gesicht der Bewohnerin dieser Hütte. Es schien freundlich, fast mitleidig. Ein Teller mit zwei Tortillas wurde zu ihr hereingeschoben, dann fiel die Tür wieder zu. Alice schrie noch mal auf Spanisch, bot Geld an, wenn man sie herauslassen würde, doch tief in ihrem Inneren wusste sie, dass niemand sie verstehen konnte.

Alice verspeiste die Tortillas und trank gierig aus der Wasserkaraffe, obwohl sie danach den Nachttopf benutzen musste. Man hielt sie gefangen, überlegte sie. Es musste einen Grund dafür geben. Sterben sollte sie hier sicher nicht, sonst hätte man ihr keine Nahrung gebracht. Aber was hatte man mit ihr vor?

Ideen fügten sich Stück für Stück in ihrem Kopf zusammen, was ihr den letzten Seelenfrieden raubte. Patrick war in eine Falle geraten und das Opfer eines grausamen Rituals geworden. Hatte Ix Chel all dies inszeniert, um nun auch ihrer habhaft zu werden und sie auf ähnliche Weise zu töten? Nackte Angst schnürte Alice die Luft ab, und sie presste sich eine Hand auf den Mund, um nicht wieder zu schreien. Die Indianer, die sie bisher in dieser Stadt gesehen hatte, wirkten verängstigt und manchmal abgestumpft, aber nicht brutal. Doch vielleicht war all dies eine Fassade, hinter der sich uralte Gier nach Blut verbarg. Wieder trat sie zur Tür und schlug dagegen, bis das Blut über ihre Handgelenke floss, während sie langsam in die Knie sackte.

Stimmen rissen sie aus ihrer Erstarrung. Die Frau klagte, während ihr Mann kurz zu brüllen begann, um dann, nachdem ein dumpfes Geräusch erklungen war, zu verstummen. Das Jammern der Frau wurde heftiger, als flehe sie um ihr Leben. Andere Männer begannen mit befehlsgewohnter Lautstärke zu reden. Die Frau winselte nur noch wie ein Hund, der auf eine gnädige Strafe hoffte. Ratlos, was all dies zu bedeuten hatte, kroch Alice von der Tür weg und wollte sich hinter dem Strohsack verstecken. Schmutz und Gestank begannen ihr gleichgültig zu werden, je mehr ihre Angst zunahm, doch gleichzeitig war ihr Verstand nun scharf wie ein frisch geschliffenes Messer. Sie durfte sich keinesfalls zu erkennen geben, solange sie nicht wusste, wer diese neuen Eindringlinge waren. Doch vielleicht ergab sich durch den Aufruhr die Möglichkeit zur Flucht. So kauerte sie hinter dem Sack und wartete mit angespannten Muskeln, bereit, jeden Augenblick aufzuspringen und loszurennen. Doch die nächste Stimme, die sie hörte, war ihr wohlbekannt und sprach zudem auf Französisch.

»Mademoiselle Wegener, sind Sie hier?«

Sie lief so schnell zur Tür, dass sie gegen den Tisch stieß. Heftiger Schmerz durchfuhr ihre Hüfte, konnte sie aber nicht aufhalten. Die Tür öffnete sich, und sie fiel geradewegs in die Arme von Juan Ramirez, der sie schützend auffing. Alice fühlte, wie ihr Tränen der Erleichterung über die Wangen liefen. Zum ersten Mal in ihrem Leben hatte sie keinen anderen Wunsch, als von einem Mann festgehalten zu werden.

Die India hatte wieder zu sprechen begonnen. Einer der Männer, die mit Juan Ramirez gekommen waren, herrschte sie erneut an, sodass sie verstummte. Ihr Mann hockte mit blutig geschlagener Schläfe in einer Ecke, eine Schnapsflasche in der Hand.

»Sind Sie verletzt?«, fragte Juan Ramirez besorgt. Alice schüttelte den Kopf.

»Ich will nur so schnell wie möglich weg von hier. Im Hotel ein Bad nehmen. Dann brauche ich erst einmal ein großes Glas Tequila oder Pulque.«

Ihr Retter lachte auf und führte sie aus der Hütte hinaus. Alice begriff, dass ihr ein weiterer Fußweg durch das Elendsviertel bevorstand, doch umgeben von fünf bewaffneten Männern, fühlte sie sich sicher.

»Wie haben Sie mich gefunden?«, fragte Alice ihren Retter.

»Es war gar nicht so schwer. Ihr Entführer muss ein ziemlicher Dummkopf gewesen sein. Eine blonde, europäische Frau fällt in dieser Gegend auf. Außerdem müssen Sie da drinnen ein höllisches Geschrei veranstaltet haben. Als ich auf die Idee kam, ein paar Indio-Jungen Geld für hilfreiche Auskünfte anzubieten, hatte ich Sie recht schnell gefunden. Leider waren ein paar der Hinweise, die man uns gab, falsch, sodass es doch ein bisschen dauerte.«

Er hatte Alice seinen Arm gereicht, und diesmal hakte sie sich wieder dankbar bei ihm ein, so wie einst in Veracruz.

»Es war nicht gerade klug von diesen Leuten, mich so einfach schreien zu lassen«, sagte sie. Juan Ramirez stieß ein leises Lachen aus.

»So, wie ich es verstanden habe, gingen sie nicht davon aus, dass jemand nach Ihnen sucht. Sie hatten Besuch von einem Caxlán, so nennen die Indios weiße Herren, bekommen, der seiner schönen, störrischen Geliebten eine Lektion erteilen wollte. Sie sollte glauben, entführt worden zu sein, und ein paar Tage Angst haben, bevor er sie selbst wieder holte. Dafür versprach er diesen Indios eine stattliche Summe Geldes. Sie sollten nur unter Verschluss gehalten und mit Nahrung versorgt werden, nichts weiter. Niemand wollte Ihnen etwas Böses antun.«

Alice fielen die Schauergeschichten ein, die sie sich in ihrer Panik ausgedacht hatte, und seufzte. Meist war die Wirklichkeit viel banaler, aber zum Glück auch weniger gefährlich.

»Aber nun erklären Sie mir bitte, wie Sie in diese missliche Lage geraten sind«, drängte Juan Ramirez. Sie holte Luft. Wahrscheinlich wurde sie für ihn durch diese Geschichte endgültig zu einem dummen Mädchen, das unsinnigen Verdächtigungen nachhing, aber sie hatte keine andere Wahl, als die Wahrheit zu erzählen.

»Dieser Mann«, berichtete sie, als sie dem Elendsviertel entkommen waren und in Richtung Hotel gingen, »er muss gefunden werden, damit ich erfahre, was man mit mir vorhatte.«

Juan Ramirez' Zähne blitzten im Licht der Straßenlaternen, als er sie nachsichtig anlächelte.

»Ich kann mir gut vorstellen, was man mit Ihnen vorhatte. Und der Kerl wird nicht leicht zu finden sein. Sobald ihm zu Ohren kommt, dass Sie befreit wurden, macht er sich aus dem Staub und sucht an einem anderen Ort nach hübschen Frauen, die auf seine Geschichten hereinfallen und die er dann irgendwo an ein Bordell verkaufen kann, wenn er selbst genug von ihnen hat.«

Alice' Magen zog sich zusammen. Sie hätte sich ohrfeigen können wegen ihrer naiven Gutgläubigkeit.

»Aber«, widersprach sie einen Augenblick später, »er wusste so viel über mich und vor allem über Patrick. Wie sollte ein gewöhnlicher Mädchenhändler das in kurzer Zeit herausbekommen? Mir scheint es, dass er im Auftrag einer anderen Person handelte.«

Dass es ihrer Meinung dabei nicht darum gegangen war, sie an einen Bordellbesitzer zu verschachern, sondern ihre Nachforschungen über Patricks Tod zu beenden, sprach sie vorsichtshalber nicht aus, um Juan Ramirez nicht gegen sich aufzubringen. Sie hatten nun das Hotel erreicht, sodass er ohnehin nicht auf ihre Überlegungen eingehen konnte. Ein paar Leute hatten sich bereits im Patio versammelt. Alice wurde bewusst, welchen Anblick sie in ihrer völlig verschmutzten Kleidung bieten musste, doch das schien ihr im Augenblick unwichtig. Ein sichtlich erleichterter Hans Bohremann kam ihr entgegen und wollte sich versichern, dass sie unverletzt war. Dr. Scarsdale stand ein Stück hinter ihm. Alice fühlte sich von seinem Gelehrtenblick abgeschätzt wie ein neues Fundstück. Sobald er sich von ihrer Unversehrtheit überzeugt hatte, trat auch er näher, um zu erfahren, was geschehen war. Sie überließ das Reden nun Juan Ramirez, der ihren Bericht knapp zusammenfasste und darauf verzichtete, sie als allzu großes Dummchen hinzustellen. Sie selbst fügte lediglich hinzu, dass nach ihrem Entführer gesucht werden sollte.

»Leider ist er schwer zu beschreiben, denn er sieht einfach wie ein ganz gewöhnlicher Mexikaner aus«, sagte sie. »Aber wenn er vor mir steht, dann erkenne ich ihn sofort.«

»Das weiß er vermutlich und wird sich Ihnen niemals mehr freiwillig zeigen«, sagte Rosario. Der Blick, den sie Alice zuwarf, schien etwas abfällig. Die anwesenden Männer mochten von dem Schrecken, den sie hatte erleben müssen, berührt sein, doch eine Frau erkannte sofort, wenn eine andere Frau sich durch eigenes Verschulden in Schwierigkeiten brachte.

»Ich bin erschöpft.« Alice versuchte, den Rückzug anzutreten. »Wenn Sie mich entschuldigen, dann würde ich gern in mein Zimmer gehen.«

Niemand widersprach. Hans Bohremann fragte lediglich, ob sie eine Verhaftung der zwei Indios, von denen sie gefangen gehalten worden war, wünschte. Alice verneinte nach kurzem Überlegen, denn diese Maßnahme schien ihr überflüssig. Die beiden hatten ihr nichts getan, und viel erfahren würde sie von ihnen sicher nicht. Rosario versprach ihr, dass sie noch eine Mahlzeit erhalten würde. Alice fühlte sich außerstande, einen Bissen hinunterzubringen, doch sie wollte das Angebot von Frau Bohremann nicht zurückweisen.

Das kleine Hotelzimmer wirkte plötzlich wie ein irdisches Paradies, sauber, vertraut und friedlich. Alice erhielt bald schon einen Zuber voll warmem Wasser, streifte erleichtert ihre verschwitzte, schmutzige Kleidung ab und stieg hinein. Die Wärme half, die Verkrampfung ihrer Muskeln zu lösen. Allmählich vermochte sie ruhig zu atmen, doch ihr steckte die Erinnerung an ihre Hilflosigkeit noch in allen Gliedern. Sie zweifelte, dass sie in dieser Nacht den ersehnten Schlaf finden würde, und die Sehnsucht nach ihrer Heimat wurde immer größer. Mexiko hatte seine farbenprächtige Anziehungskraft verloren, schien mörderisch, gefährlich und undurchschaubar.

Als sie sich in ihren Morgenmantel gehüllt hatte, klopfte es an der Tür. Das versprochene Abendessen, dachte Alice. Auf einmal verspürte sie Appetit und öffnete erwartungsvoll. Vor ihr stand ein tadellos gekleideter Juan Ramirez mit einer Flasche in der Hand.

»Bitte entschuldigen Sie die Störung. Sie sagten, Sie wollten noch etwas trinken, damit Sie besser schlafen können.«

Er hielt ihr die Flasche entgegen. Alice ergriff sie und lächelte verlegen. Sein Auftauchen bereitete ihr unerwartete Freude, denn sie fürchtete sich plötzlich vor dem Alleinsein. In ihrem gegenwärtigen Aufzug konnte sie ihn kaum hereinbitten, ohne im Hotel für Gerede zu sorgen. Allerdings würde sie diese Stadt ohnehin bald verlassen, also brauchte sie sich nicht darum zu kümmern, was man von ihr dachte.

»Wir können gemeinsam ein Gläschen trinken«, schlug sie vor. Juan Ramirez warf rasch einen Blick in den Gang, als sei auch ihm das Problem der Schicklichkeit bewusst. Dann trat er ein und schloss schnell die Tür.

»Na gut, es hat mich keiner gesehen. Und sobald das Glas leer ist, schleiche ich mich wieder in mein Zimmer.«

Alice nickte. Sie entdeckte neben dem Waschbecken zwei schlichte Holzbecher, die er großzügig mit einer hellen Flüssigkeit füllte.

»Das ist Comiteco, ein Schnaps, für den Chiapas berühmt ist.«

Sie prosteten einander zu.

»Auf dass Sie sicher in Ihre Heimat kommen. Ich begleite Sie nach Veracruz.«

Alice lächelte.

»Das freut mich.«

Sie sprach die Wahrheit. Ihre Freude über seinen Besuch war ungetrübt, denn sie konnte sich noch gut erinnern, wie sicher und geborgen sie sich in seinen Armen gefühlt hatte.

»Vielleicht schreiben Sie mir, wenn Sie in Deutschland angekommen sind. Ich würde mich freuen«, sagte er. Alice versprach, dies zu tun.

»Es soll noch Essen gebracht werden«, sagte sie dann. Juan Ramirez schüttelte den Kopf.

»Ich habe es abbestellt. Ich dachte, der Comiteco wäre Ihnen lieber.«

Wieder blitzten seine Zähne weiß auf, als er lächelte. Alice war aufgeregt, denn nun würde niemand mehr kommen, um ihre Zweisamkeit zu stören.

Es geschah so plötzlich wie damals in Veracruz. Sie konnte später nicht mehr sagen, von wem die erste Berührung ausgegangen war, nur dass der Wunsch, ihre Hände auf seine glatte hellbraune Haut zu legen, übermächtig geworden war. Der Rausch pulsierte in ihren Adern so wie früher bei Harry. Ihre Körper verschlangen sich ineinander, und sie krallte sich voller Ungeduld an ihn, als er sie auf das schmale Hotelbett trug. Alles ging sehr schnell, war vorbei, bevor Alice einen klaren Gedanken fassen konnte, doch sie lagen danach in satter Zufriedenheit beieinander, als wäre ein lang gehegter, gemeinsamer Wunsch endlich erfüllt worden.

»Ich sollte jetzt gehen«, sagte Juan Ramirez nach einer Weile des Schweigens. »Morgen früh würde es auffallen, wenn ich aus deinem Zimmer komme.«

Alice widersprach nicht. Sie beobachtete, wie er sich rasch ankleidete, bevor er sich mit einem flüchtigen Kuss auf ihre Wange verabschiedete. Als die Tür hinter ihm zufiel, empfand sie nichts weiter als Erleichterung. Sie war entspannt und bereit einzuschlafen. Das Alleinsein ängstigte sie nicht mehr, denn eine neue intensive Erfahrung hatte die Erinnerung an Todesangst und Wehrlosigkeit verdrängt. Den Gedanken, dass sie die Dinge weiter verkompliziert hatte, schob sie von sich. Sie hatten sich beide gierig geholt, wonach es ihnen seit dem ersten Zusammentreffen in Veracruz verlangt hatte, doch jenseits davon vermochte sie keine gemeinsame Zukunft zu erkennen. Sie beschloss, dass am nächsten Tag noch genug Zeit wäre, darüber nachzudenken.

Beim Frühstück sah Juan Ramirez wieder tadellos aus, schenkte Alice allerdings kaum Beachtung, als sie in den Speisesaal des Hotels trat. Sie führte dies auf die Anwesenheit der Bohremanns und von Dr. Scarsdale zurück, kämpfte entschlossen gegen ein Gefühl des Ärgers an, da er sogar ihre Begrüßung nur mit einem Kopfnicken abtat. Sollten die Spiele des schönen Mexikaners einfach weitergehen, sodass auf die gestrige Nacht nun längere Nichtbeachtung folgen würde? Sie hatte plötzlich den Wunsch, ihm gegen das Schienbein zu treten, hielt sich aber wegen der anderen zurück.

»Es gibt Neuigkeiten, die Sie sicher interessieren werden, Miss Wegener«, sagte Dr. Scarsdale, als sie sich gerade den ersten Kaffee einschenken wollte. »In den frühen Morgenstunden traf ein Bote von der Hazienda ein. Man hat Andrés Uk'um, den Mörder Ihres Bruders, gefasst.«

Alice starrte ihn fassungslos an. Juan Ramirez war unwichtig geworden, ebenso wie ihr Plan, bald schon nach Hause zu fahren, in weite Fernen rückte.

»Der Kaffee«, hörte sie Rosario Bohremann sagen und bemerkte, dass sie für einen immer größer werdenden braunen Fleck auf der weißen Tischdecke verantwortlich war.

»Oh, das tut mir leid.«

Sie warf einem der Kellner einen schuldbewussten Blick zu.

»Nun, wann kann ich diesen Andrés Uk'um sehen?«, fragte sie ungeduldig Hans Bohremann.

9. Kapitel

Der Gefangene war in einem winzigen Raum am hintersten Ende des Vorhofes untergebracht worden, bewacht von zwei Männern, an deren Gürteln Pistolen hingen. Alice schien der Anblick völlig unpassend, als sei eine Bande von Verbrechern in die elegante Welt der Hazienda eingedrungen.

»Ihn andernorts unterzubringen wäre zu riskant«, sagte Hans Bohremann. »Die Indios könnten versuchen, ihn zu befreien.«

Alice sah, wie ihre Reisetasche wieder einmal abgeladen und in ihr Zimmer getragen wurde. Mariana kam zur nächsten stürmischen Begrüßung die Stufen heruntergerannt. Diesmal schien sie völlig unversehrt.

»Sie wollen sich sicher etwas frisch machen, bevor das Mittagessen aufgetragen wird«, meldete sich Rosario zu Wort, die ebenfalls in einer Sänfte gereist war. Sie hatten fast zwei Tage gebraucht, um wieder auf die Hazienda zu gelangen. Alice wollte vor allem Andrés Uk'um sehen, doch das ausweichende Verhalten der Bohremanns machte ihr klar, dass sie vielleicht nicht zu sehr drängen sollte. Sie ging daher in ihr Zimmer, wo alles, auch Patricks Tagebuch, unberührt an seinem Platz lag. Rasch zog sie ein frisches Kleid an, steckte ein paar gelöste Haarsträhnen in den Knoten und trat den Weg in den Speisesaal an, jenen Ort, an dem sie ihre entscheidende Schlacht zu schlagen gedachte, sobald ein inneres Gefühl ihr sagte, dass der richtige Augenblick gekommen war.

»Wenn es möglich ist, würde ich Andrés Uk'um gern bereits am Nachmittag sehen. Das Gespräch ist mir sehr wichtig«, sagte sie, als Eiscreme zum Dessert aufgetragen wurde. Sie hörte Rosario leise seufzen. Juan Ramirez hatte den Blick abgewandt, wie meistens in letzter Zeit, was Alice aber kaum störte, da sie mit anderen Dingen beschäftigt war.

»Es leuchtet uns allen nicht ganz ein, was Sie sich von einem solchen Gespräch erhoffen«, erwiderte Dr. Scarsdale nüchtern. Alice fragte sich, weshalb es überhaupt einer Rechtfertigung bedurfte, zog es aber vor zu antworten.

»Ich würde gern seine Sichtweise der Dinge erfahren. Er hat meinen Bruder doch auch gekannt.«

In den Blicken, die sie trafen, lag so viel Staunen und Missbilligung, dass sie unter dem Tisch die Hände zu Fäusten ballte.

»Er wird vor Gericht die Möglichkeit haben, seine Sichtweise der Dinge darzulegen. Wenn Sie wünschen, können Sie bis zu der Gerichtsverhandlung weiter unser Gast sein.«

Hans Bohremanns gastfreundliches Angebot hatte nicht mehr ganz so herzlich geklungen wie zuvor, aber Alice zweifelte nicht, dass er es ernst meinte.

»Wo wird die Gerichtsverhandlung stattfinden?«, fragte sie.

»In Tuxtla Gutiérrez, der Hauptstadt dieser Provinz. Ich habe bereits eine Nachricht an den Gouverneur geschickt, damit alles schnell erledigt werden kann.«

Alice nippte an ihrer Limonade.

»Der Gouverneur ist ja ein guter Freund von Ihnen. Der Richter, vermute ich, auch.«

Rosario strafte sie mit einem weiteren abfälligen Blick. Das Gesicht des Archäologen blieb unbewegt. Juan Ramirez musterte die Blumen in der Vase auf dem Tisch.

»Was wollen Sie damit andeuten, Fräulein Wegener?«

Der Kaffeebaron hatte noch niemals derart scharf mit ihr gesprochen. Alice erschrak ein wenig, beschloss aber, den eingeschlagenen Weg konsequent weiterzuverfolgen.

»Mir scheint es, dass Sie die Dinge Ihren eigenen Interessen entsprechend regeln wollen. Dieser Andrés Uk'um ist Ihnen aus diversen Gründen ein Dorn im Auge. Dass er meinen Bruder auf dem Gewissen hat, ist ja durchaus möglich. Nur fürchte ich, dass er einfach verurteilt werden wird, um diese unschöne Angelegenheit zu einem schnellen Abschluss zu bringen. Niemand scheint ernsthaft bemüht, die Wahrheit herauszufinden.«

Sie lehnte sich in ihrem Stuhl zurück. Wahrscheinlich hatte sie sich gerade eben sehr unhöflich und zudem ungeschickt verhalten, doch gleichzeitig erleichterte es sie, endlich das ausgesprochen zu haben, was sie seit Wochen quälte.

Hans Bohremann erschreckte sie, indem er so schnell aufsprang, dass sein Stuhl umzukippen drohte. Die tadellosen Manieren des Hausherrn ließen Alice manchmal vergessen, wie viel Macht er in diesem Land besaß. Nun, da er in seiner ganzen Größe vor ihr stand, wirkte er fast einschüchternd.

»Ich bedauere, wie wenig Vertrauen Sie mir entgegenbringen, Fräulein Wegener«, begann er. Alice wollte sogleich einwerfen, dass er sie missverstanden hatte, doch er ließ ihr keine Gelegenheit dazu.

»Sie sollen keinesfalls den Eindruck gewinnen, dass ich hier willkürlich vorgehe. Es würde durchaus in meiner Macht stehen, diesen Andrés Uk'um am nächsten Baum aufhängen zu lassen, aber ebendies tue ich nicht, sondern ich will ihm die Möglichkeit einer Gerichtsverhandlung geben. Doch wenn Sie darauf bestehen, sich mit einem Mörder zu unterhalten, dessen Mentalität Ihnen völlig fremd ist, dann werde ich es Ihnen nicht verweigern. Ich hoffe nur, dass Ihre Nerven diesem Gespräch gewachsen sind.«

Er setzte sich und würdigte sie keines weiteren Blickes mehr. Alice fühlte sich in ihre Kindheit zurückversetzt. Sie war oft für allzu forsches, taktloses Verhalten gerügt worden und hatte dann beschämt in einer Ecke gesessen, ohne ihr Naturell ändern zu können. Ihr Sieg, die Aussicht auf das gewünschte Gespräch, wurde durch Hans Bohremanns Benehmen zu einer Niederlage, denn sie hatte die Sympathien eines einflussreichen Mannes verspielt. Sie atmete tief durch, um Ordnung in ihren Kopf zu bringen. Morgen würde sie versuchen, sich mit dem Kaffeebaron zu versöhnen, doch heute stand ihr eine Begegnung mit dem vermeintlichen Mörder ihres Bruders bevor, auf die sie sich innerlich vorbereiten musste.

»Ich danke Ihnen«, sagte sie höflich. »Meine Nerven werden es überstehen, keine Sorge.«

Hans Bohremann blickte nur kurz auf. Dann winkte Rosario die Dienstboten herbei, um das Geschirr abzutragen.

Alice war im Begriff, sich alle Fragen aufzuschreiben, die sie Andrés Uk'um stellen wollte, als es an ihrer Tür klopfte. Sie erwartete Marcella mit Früchten oder Limonade, rief daher nur »herein«. Die Tür öffnete sich. Rosario Bohremann trat schweigend ein. Alice legte rasch ihren Füllfederhalter zur Seite und erhob sich.

»Ich … bin sehr erfreut, Sie zu sehen«, log sie. Die schöne Mexikanerin verzog keine Miene, vermied es auch, sich auf das Bett zu setzen, denn es gab nur einen einzigen Stuhl, der unmittelbar hinter Alice stand.

»Sie haben meinen Mann heute sehr gekränkt«, begann Rosario ohne jedes höfliche Geplänkel. »Ich glaube, Sie begreifen nichts von unserem Land, maßen sich aber an, ein Urteil über uns zu fällen.«

Das war ein Schlag ins Gesicht. Alice straffte die Schultern. Wenn diese Frau eine Auseinandersetzung wollte, dann sollte sie sie bekommen.

»Dann erklären Sie mir bitte, was ich nicht verstehe. Mir fehlen überzeugende Beweise, warum ein gebildeter Mann, offenbar geschickt im Umgang mit modernen Maschinen, meinen Bruder bei einem archaischen blutrünstigen Ritual geopfert haben soll. Das passt nicht zusammen. Zudem hat mein Bruder Andrés Uk'um geschätzt und ihn in vielerlei Hinsicht unterstützt.«

Rosario entspannte sich ein wenig. Sie nahm auf dem Bett Platz.

»Mexiko ist ein Land, das Europäer schnell durch seine Farbenpracht begeistert und ihnen fast wie ein irdisches Paradies erscheint. So hat Ihr Bruder mir seine ersten Eindrücke beschrieben. Aber in Wahrheit herrscht hier seit Jahrhunderten das Recht des Stärkeren. Lange habe ich es als selbstverständlich empfunden, dass Männer mit einem Gewehr in der Hand tun und lassen können, was ihnen gefällt.«

Sie verstummte für einen Moment, und ein Schatten legte sich über ihr Gesicht. Alice staunte über die Offenheit der Hausherrin, der sie ohne jeden Groll zuhörte.

»Als ich Hans traf, lernte ich erstmals in meinem Leben einen Mann mit Geld und Einfluss kennen, der andere Ziele hatte, als einfach sein Bedürfnis zu stillen. Der nach Prinzipien der Gerechtigkeit und des Anstands handelte, obwohl viele seiner Standesgenossen ihn deshalb verlachten. Es ist schwer für mich zu ertragen, wenn er von einer Fremden als Tyrann bezeichnet wird.«

Sie richtete wieder anklagend ihren Blick auf Alice, doch zum ersten Mal lag echtes Gefühl in ihren Augen. Alice wurde klar, dass Hans Bohremann durch seine Heirat mit dieser Mexikanerin aus einfachen Verhältnissen eine Verbündete von unbedingter Loyalität gewonnen hatte. Wer auch immer ihm Übles wollte, bekäme es mit Rosario zu tun, die mehr Kampfgeist zu besitzen schien als zehn Hans Bohremanns zusammen. Das allein sprach für die Klugheit des Kaffeebarons, denn ein verwöhntes Mädchen aus reicher Familie wäre vermutlich viel kritischer und anspruchsvoller gewesen.

»Es freut mich, dass Sie solches Glück bei der Wahl Ihres Ehemannes hatten, und ich hatte nicht die Absicht, seine Gefühle zu verletzen«, sagte Alice versöhnlich. »Doch wie gesagt, ich bin wirklich nicht überzeugt davon, dass seine Einschätzung der Umstände, die zum Tod meines Bruders führten, richtig ist. Es ist durchaus möglich, dass ich mich täusche. Ich wollte nur eine persönliche Unterredung mit dem Verdächtigen, nichts weiter. Nun wurde sie mir gestattet. Ich bedauere außerordentlich, dass dafür ein Streit vonnöten war.«

Sie richtete sich auf, denn sie war sehr zufrieden mit ihrem Versuch, die Wogen durch die richtige Wortwahl zu glätten. Rosario sah auch nicht mehr so angriffslustig aus, sondern beugte sich in fast vertraulicher Weise zu Alice vor, um leiser fortzufahren:

»Sie kennen die Indios nicht, Fräulein Wegener. Ich hingegen bin mit ihnen aufgewachsen. Manche von ihnen besitzen erstaunliche Talente, aber dennoch sind sie einem zutiefst primitiven, brutalen Volk verbunden, allein aufgrund ihrer Herkunft. Soll ich Ihnen erzählen, was während eines Aufstandes vor ungefähr fünfzig Jahren geschah?«

Alice nickte und sank auf ihren Stuhl.

Als sie zwei Stunden später für ihren Besuch bei Andrés Uk'um abgeholt wurde, saß ihr das Grauen noch in den Knochen, aber sie hatte ihre Liste mit den Fragen vollendet. Zusammengefaltet ruhte sie in ihrer Hand und gab ihr bei all der Aufregung und Angst, die sie empfand, ein Gefühl der Sicherheit. Sie hatte einen Leitfaden, der sie durch die schwierigste Unterhaltung lotsen sollte, die sie in ihrem Leben jemals geführt hatte.

Der Bedienstete sprach kurz mit den zwei Wachmännern, die Alice abschätzig musterten, bevor sie mehrere Riegel an der Tür zurückzogen, um sie zu öffnen. Dunkelheit tat sich auf, und der Gestank nach Schweiß und verbrauchter Luft schlug Alice entgegen. Sie musste würgen, denn sie fühlte sich an jene grauenhaften Stunden erinnert, die sie vor Kurzem als Gefangene verbracht hatte. Die zwei Wachmänner machten Anstalten, ihr zu folgen, doch Alice winkte energisch ab. In Gegenwart dieser bewaffneten Gestalten wäre sie nicht in der Lage, ein vernünftiges Gespräch zu führen. Kurz tauschten die Wächter ratlose Blicke. Alice hatte hier nichts zu sagen, allein der Umstand, dass sie ein Gast des Patrons war, verlieh ihr ein wenig Einfluss. Schließlich gingen die zwei grimmigen Gesellen nach draußen. Alice hörte die Tür in ihrem Rücken zufallen und versuchte verzweifelt, sich an die schlechte Luft zu gewöhnen. Durch eine schmale Öffnung am hinteren Ende des Raumes drang ein spärlicher Lichtstrahl, der einzige, schwache Hinweis auf den strahlenden Sonnenschein draußen. Wieder kroch Panik in ihr hoch. Sie stützte sich an der Wand ab, während ihre Augen sich langsam an das Dunkel gewöhnten. Im Hintergrund raschelte es. Alice holte Luft.

»Señor Uk'um?«

»Sí.«

Eine Gestalt erhob sich von einem Haufen Stroh und kam langsam auf sie zu. Alice trat wider Willen einen Schritt zurück. Befand sie sich nun in einem engen Raum mit einem blutrünstigen Mörder? Sie zwang sich, ihre Atmung zu kontrollieren. Wenn sie hysterisch wurde, machte sie sich endgültig zum Gespött der Hazienda.

»Was wünschen Sie?«

Die Stimme klang ruhig und vernünftig, was Alice ein wenig beruhigte. Sie sah den Sprecher an, erkannte im Dunkeln die Umrisse eines indianischen Gesichts mit markanten Wangenknochen und schmalen Augen, die hinter Brillengläsern verborgen waren. Diese Unstimmigkeit weckte in ihr den Wunsch nach ihrem Skizzenblock, denn sie hatte in Mexiko bisher keinen Indio gesehen, der eine Brille trug. Das rechte Brillenglas war zerbrochen. Der vermeintliche Mörder ihres Bruders war hochgewachsen für einen mexikanischen Indianer, er überragte Alice um einige Zentimeter. In Europa hätte man ihn als mittelgroß bezeichnet. Eine Schwellung verunstaltete seine rechte Wange, und an einem Mundwinkel war verkrustetes Blut zu sehen. Seine Verhaftung in einem kleinen Indio-Dorf in den Bergen war nicht ohne Gewaltanwendung abgelaufen.

»Sie sind Patricks Schwester, nicht wahr? Die Malerin.«

Er hatte englisch gesprochen, mit amerikanischem Akzent. Alice fühlte sich an Dr. Scarsdale erinnert.

»Wie haben Sie mich erkannt?«

Er lachte.

»Patrick hat viel von Ihnen gesprochen. Und es gibt nicht viele blonde Frauen in Chiapas.«

Alice sah ein, dass ihre Frage dumm gewesen war.

»Ich bin Alice Wegener«, stellte sie sich vor, obwohl es unnötig war. »Und ich möchte eine Weile mit Ihnen reden.«

»Natürlich. Warum nicht? Dort in der Ecke ist ein Stuhl. Setzen Sie sich.«

Alice kam der Aufforderung nach. Andrés ging vor ihr in die Hocke und nahm seine Brille ab. Seine Augen wurden dadurch größer. Sie staunte über deren klugen, klaren Blick. Wäre sie diesem Mann unter anderen Umständen begegnet, hätte sie ihn zunächst einmal als außergewöhnlich intelligent eingeschätzt. Er schien zu beobachten, abzuwägen und vorsichtig in seinem Urteil zu sein. Diese Ausstrahlung flößte ihr Vertrauen ein, was sie verwirrte. Sie hatte während des Gesprächs Distanz wahren und sich langsam der eigentlichen Frage nähern wollen. Nun allerdings sprach sie einfach aus, was ihr auf dem Herzen lag.

»Haben Sie meinen Bruder getötet?«

Wieder lachte er auf, und das machte sie wütend.

»Nein«, erwiderte er ohne jedes Zögern. »Und ich bedauere von Herzen, was Patrick widerfahren ist, denn ich mochte ihn. Aber wenn ich schuldig wäre, würde ich Ihnen eine ähnliche Geschichte erzählen. Meine Antwort hilft Ihnen nicht weiter, Miss Wegener.«

Sie rutschte auf dem Stuhl herum. Diese Direktheit war entwaffnend und raubte ihr die letzte Stütze durchdachter, geplanter Gesprächsführung.

»Warum sind Sie geflohen, wenn Sie unschuldig sind?«, fragte sie. Er schwieg eine Weile, musterte das Stroh, auf dem er saß.

»Ihr Bruder war zu der Plantage unterwegs. Er wollte mit Hans Bohremann reden, der sich gerade dort aufhielt. Es hätte ein unangenehmes Gespräch werden können, denn obwohl er seinen Landsmann mochte, wollte er ihm schwere Vorwürfe machen. Ix Chel und ich begleiteten ihn. Ich ging los, um nach einem Dorf zu suchen, wo ich Nahrung besorgen konnte. Patrick wäre für andere Indios nicht vertrauenswürdig gewesen. Als ich zurückkam, waren er und Ix Chel verschwunden. Ich suchte vergeblich die Gegend ab, dann lief ich wieder in das Dorf und verbrachte dort den Rest der Nacht. Am nächsten Tag konnte ich ein paar Männer aus dem Dorf überreden, mir bei der Suche zu helfen. Wir fanden Patricks Leichnam an jener Stelle, wo ich mich von ihm getrennt hatte. Jemand musste ihn über Nacht wieder dort hingebracht haben.«

Er verstummte für einen Moment und rieb sich die Augen. Alice musterte ihn staunend. Zum ersten Mal hörte sie eine zusammenhängende Beschreibung der Ereignisse.

»Was geschah dann? Warum liefen Sie einfach weg und ließen meinen Bruder liegen?«, fragte sie ungeduldig.

»Der Kazike des Dorfes sagte, wir sollten alle verschwinden, denn man würde uns für den Mord verantwortlich machen. Ich wusste, dass er recht hatte, also gehorchte ich. Dann brachte man mich in ein entlegenes Dorf. Dort versteckte ich mich, bis mich jemand gegen Bezahlung verriet.«

Alice atmete tief durch. Tränen liefen über ihre Wangen, denn sie glaubte, den toten Patrick vor sich zu sehen und sein Blut zu riechen.

»Was ist mit Ix Chel?«

»Ich habe sie seit jenem Abend nicht mehr gesehen. Entweder wurde sie auch umgebracht, oder sie ist geflohen. Ich weiß nicht viel über sie, nur dass sie aus dem Regenwald in der Nähe von Palenque stammte. Dort wird ein ganz anderer Dialekt gesprochen als hier. Ich kann nur Tzotzil. Patrick hatte ihr ein wenig Deutsch beigebracht, aber das half mir nicht viel. Patrick und sie waren sehr ineinander verliebt, das konnte jeder sehen.«

»Kann es sein, dass er ihretwegen getötet wurde? Von Angehörigen ihres Stammes, die vielleicht zornig waren, weil sie sich mit einem Fremden eingelassen hatte?«

Er lachte erneut, und Alice spürte der Wunsch, ihn anzuschreien.

»Wenn wir jeden Ladino töten würden, der sich an eine unserer Frauen heranmacht, dann wäre dieses Land fast nur von Indios und Ladino-Frauen besiedelt. Unsere Schwestern und Töchter werden ständig missbraucht und in Bordelle verschleppt. Patrick behandelte Ix Chel wie eine Königin. Warum also sollten wir ihn umbringen?«

Nun wusste Alice eine passende Antwort.

»Männer neigen dazu, Frauen aus ihrer Familie als ihr Eigentum zu betrachten. Wird ihnen dieses Eigentum genommen, so werden sie zornig. Ob die Frau nun freiwillig mitging oder verschleppt wurde, ist dabei unwichtig. Und weil Patrick gutgläubig und offenherzig war, konnte er leichter getötet werden als ein Kaffeebaron, der ständig von bewaffneten Männern umgeben ist.«

Andrés neigte den Kopf zur Seite.

»Ja, da haben Sie recht«, gab er zu. »Doch Palenque ist weit weg von hier. Es scheint mir unwahrscheinlich, dass ein paar Männer aus dem Urwald bis ins Gebirge laufen würden. Sie wussten doch gar nicht, wo sie Patrick finden würden. Ix Chel machte auch nicht den Eindruck, Angst vor ihrer Familie zu haben. Warum sollen es denn ausgerechnet Indios gewesen sein, die Ihren Bruder töteten?«

Die letzte Frage hatte angriffslustig geklungen.

»Weil er nach einem alten indianischen Ritual getötet wurde«, erwiderte Alice.

Andrés verzog das Gesicht.

»Diese Rituale sind nach der spanischen Eroberung allmählich in Vergessenheit geraten. Und das ist bereits viele Jahrhunderte her.«

Alice schüttelte den Kopf.

»Ich habe andere Dinge gehört über den letzten Indianeraufstand vor circa fünfzig Jahren. Grauenhafte Dinge. Wie kann man einen fünfjährigen Jungen bei lebendigem Leib ans Kreuz nageln?«

Andrés fuhr sich mit der Hand durchs Haar, das rabenschwarz und glatt war. Er hatte kein schönes, aber ein sehr kluges Gesicht, das eindeutig die Züge seines blutrünstigen Volkes aufwies.

»Die meisten meiner Leute haben nur eine sehr vage Ahnung vom christlichen Glauben entsprechend europäischen Vorstellungen, da sie niemals darin unterwiesen wurden. Wir glauben immer noch, dass Gott die ersten Menschen aus Mais erschuf. Wie ihr Bruder mir erzählte, steht dies auch im ›Popol Vuh‹, der Schrift unserer Vorfahren, die nun von hellhäutigen Gelehrten studiert wird. Wir wissen nichts mehr von ihrer Existenz, doch unser Christentum ist eine Vermischung unserer Traditionen und der Geschichten spanischer Priester. Damals, bei dem Aufstand, da dachten wir, die Kreuzigung eines Gottessohnes hätte den Ladinos unüberwindliche Macht geschenkt, und wollten unseren eigenen Heiland haben. Die meisten unserer Aufstände wurden von Medizinmännern und angeblichen Hexen angeführt, daher spielte Magie dabei eine sehr wichtige Rolle. Und deshalb sind sie alle am Ende gescheitert, denn den Aufständischen fehlten sämtliche Kenntnisse der modernen Welt.«

Alice fühlte die braunen Augen auf sich ruhen, ruhig und doch voller Bemühen, sie das Unbegreifliche verstehen zu lassen. Bisher hatte niemand in diesem Land ernsthaft versucht, ihr das Denken der Indios verständlich zu machen. Alice hatte das Gefühl, unbekanntes Gelände zu betreten, das sie gleichzeitig abstieß und faszinierte.

»Aber bedenken Sie, Miss Wegener, es waren nicht wirklich unsere Traditionen, die damals zu dem grausamen Mord an einem kleinen Kind führten, sondern ein missverstandenes Christentum«, beendete er seine Erläuterungen.

Sie schwieg, obwohl ihr einige Erwiderungen einfielen. Erst in mexikanischen Kirchen war ihr das blutige Element des christlichen Glaubens bewusst geworden, doch sie war nicht hier, um mit diesem Mann darüber zu diskutieren, ob Indianer von Natur aus brutaler waren als Weiße oder nicht.

»Haben Sie Hans Bohremann schon erzählt, was Sie über Patricks Tod wissen?«, fragte sie. »Es könnte dabei helfen, den richtigen Mörder zu finden. Und ich halte es für angebracht, dass die Region nach Ix Chel abgesucht wird. Vielleicht lebt sie ja noch und hat sich ebenfalls irgendwo versteckt.«

Erwartungsvoll sah sie jenen Mann an, mit dem sie das vernünftigste Gespräch seit ihrer Ankunft in Veracruz führte. Er stützte sich mit den Händen ab und streckte die Beine aus, als sei ihm das Sitzen in der Hocke zu anstrengend geworden.

»Hans Bohremann hat mich bisher nicht nach meiner Version der Geschichte gefragt. Für ihn ist meine Schuld daher beschlossene Sache.«

»Aber es wird eine Gerichtsverhandlung geben«, warf Alice ein. »Das bedeutet, Sie bekommen auch einen Anwalt. Hans Bohremann legt Wert auf Gerechtigkeit.«

Wieder stieß Andrés das trockene, spöttische Lachen aus.

»Hans legt vor allem Wert auf ein reines Gewissen, doch darin unterscheidet er sich positiv von den anderen Patrones hier. Aber die Gerichtsverhandlung wird mir nichts nützen. Ich bin Indio, gelte als Aufwiegler, und nach Patricks Ermordung bin ich geflohen, was einem Schuldgeständnis gleichkommt. Wenn ich meine Gründe dafür angebe, hinterfrage ich die hiesige Justiz, und das wird niemandem gefallen.«

Alice schüttelte unwillig den Kopf. Es musste einen Ausweg aus dieser Situation geben.

»Aber ein guter Anwalt kann sicher …«

»Ein guter Anwalt wird keinen Indio verteidigen. Vor allem nicht in Chiapas, wo uralte Hierarchien sich ungestört halten konnten, da Reformen auf den unzulänglichen Straßen durchs Gebirge stecken geblieben sind. Ein junger, unbekannter Berufsanfänger wird die Aufgabe zugeteilt bekommen, mich zu verteidigen, und sie widerwillig ausführen, denn seinem beruflichen Werdegang ist das nicht förderlich. Aber ich will es den Leuten leicht machen. Ich werde gestehen.«

Sie stand so rasch auf, dass der Stuhl hinter ihr ins Wanken geriet.

»Das ist doch feige, so einfach aufzugeben!«, rief sie. »Patrick hätte nicht gewollt, dass seinetwegen ein Unschuldiger stirbt.«

Andrés hob abwehrend die Hände.

»Es geht hier nicht nur um Ihren Bruder. Wenn ich aussage, muss ich die Namen der anderen Indios nennen, in deren Dorf ich mich aufhielt, als Patrick starb. Man wird auch sie nach Tuxtla Gutiérrez bringen und dort erst einmal ins Gefängnis werfen, damit sie nicht davonlaufen. Eine Suche nach Ix Chel macht alles nur noch schlimmer. Dann fallen Truppen der Regierung über alle Dörfer der Umgebung her. Am Ende werden außer mir noch etliche andere Leute darunter leiden müssen, dass irgendjemand Patrick auf so bestialische Weise getötet hat. Den Täter wird man nicht finden, sondern mich und vielleicht noch ein paar Männer aus dem Dorf schuldig sprechen und hinrichten. Wenn ich gleich gestehe und alle Schuld auf mich nehme, dann sterbe wenigstens nur ich.«

Alice stampfte mit dem Fuß auf.

»Ich … ich kann das alles nicht glauben. Ich will Patricks Mörder finden. Und Ix Chel ausfindig machen. Warum sollte das unmöglich sein?«

Andrés beugte sich vor und begann mit eindringlicher Stimme zu sprechen.

»Fahren Sie nach Hause, Miss Wegener. Patrick hätte nicht gewollt, dass Sie seinetwegen in Schwierigkeiten geraten, und das wird geschehen, sobald Sie sich mit der hiesigen Obrigkeit anlegen. Was würde es Ihnen nützen, die Wahrheit zu erfahren? Es macht Ihren Bruder nicht wieder lebendig. Vielleicht fiel er Banditen zum Opfer. Von denen gibt es hier mehr als genug, und sie fassen zu wollen ist nahezu aussichtslos. Wenn es Ihnen hilft, dann reden Sie sich ein, ich hätte ihn ermordet und erhalte die gerechte Strafe dafür. Sie können ja nicht wissen, ob ich Sie nicht die ganze Zeit anlüge.«

Alice schluckte. Sie konnte es in der Tat nicht wissen. Doch dieser

Mann strahlte eine geduldige Gewissenhaftigkeit aus. Deshalb war es ihm auch gelungen, Maschinen zu reparieren, ganz ohne die Beschwörung von Geistern.

»Seit ich hier angekommen bin, raten mir alle Leute, dieses Land wieder zu verlassen«, sagte sie. »Langsam kommt mir das vor wie eine Verschwörung, um mich schnellstmöglich loszuwerden.«

»Aber nein«, entgegnete Andrés, »es ist nur ein gut gemeinter Rat von Leuten, die nicht wollen, dass eine schöne Frau zu Schaden kommt.«

Während Alice nach einer passenden Antwort suchte, hämmerte es an die Tür.

»Das Gespräch ist beendet, sagt der Patron«, rief jemand auf Spanisch. Alice schnaubte, doch sie beschloss, Andrés' Rat zu folgen und sich nicht mit der Obrigkeit anzulegen.

»Ich werde wiederkommen, Señor Uk'um«, versprach sie, während sie ins gleißende Licht des Hofes trat.

Sie ging in ihr Zimmer, wo Mariana auf sie wartete. Rosario Bohremann hatte ihr gestattet, den Hund dreimal täglich im Hof herumlaufen zu lassen, damit er sein Geschäft verrichten konnte, doch ansonsten hatte er sich nicht im Freien aufzuhalten. Sie stellte erleichtert fest, dass keiner der Bohremanns auf sie wartete, um zu erfahren, wie das Gespräch verlaufen war. Doch unmittelbar vor ihrer Tür erblickte sie ein sehr vertrautes Gesicht. Ihr Magen verkrampfte sich, sie konnte nicht sagen, ob aus Freude, vor Aufregung oder Unbehagen. Seit der Nacht in San Cristóbal de las Casas hatte sie nicht mehr unter vier Augen mit Juan Ramirez gesprochen.

»Alice, kann ich hereinkommen?«

Sie nickte, denn alles andere wäre unhöflich gewesen.

»Werden die Dienstboten nicht tratschen?«, fragte sie.

»Das werden sie nicht wagen, jedenfalls nicht laut. Meine Schwester hat sie gut im Griff.«

Es fiel Alice nicht schwer, das zu glauben. Sie kraulte Mariana, die erfreut an ihr hochsprang, und setzte sich dann auf ihren Stuhl. Juan Ramirez nahm nach kurzem Zögern auf dem Bett Platz. Alice vermied es, ihm ins Gesicht zu sehen. Nun, da sie sich allein in einem geschlossenen Raum befanden, beide nüchtern und mit klarem Kopf, war die Spannung fast greifbar, als stünde eine unsichtbare Mauer zwischen ihnen, an der sie sich ratlos entlangtasteten. Sie wusste nicht, was sie sich von diesem gut aussehenden Lebemann erhoffte oder was er in ihr sah. Sie wollte nicht fragen.

»Wie verlief die Unterhaltung?« Er durchbrach als Erster die peinliche Stille.

»Aufschlussreich. Er sagt, er sei unschuldig. Mir scheint er glaubwürdig.«

»Das hatte ich befürchtet. Natürlich sagt er das. Welcher Mörder ist schon gleich geständig? Warte die Gerichtsverhandlung ab, dann wird sich alles klären.«

Kurz stieg ein Sturm des Protestes in Alice auf, aber dann glätteten sich die Wogen. Allmählich begann sie, dieses Land zu verstehen. Welchen Sinn machte es, mit Leuten zu diskutieren, deren Meinung bereits feststand? Sie wollte allein sein, um in Ruhe nachdenken zu können.

»Wann wird Andrés Uk'um nach Tuxtla Gutiérrez gebracht?«, fragte sie. Juan Ramirez entspannte sich ein wenig.

»In drei oder vier Tagen. Hans hat schon eine Nachricht an den Provinzgouverneur geschickt. Wir warten auf die Antwort.«

»Gut«, sagte Alice, »dann warten wir.«

Juan Ramirez musterte sie eindringlich, schien auf ein Zeichen zu warten. Als es nicht kam, stand er verlegen auf.

»Wir sehen uns beim Abendessen«, sagte er lächelnd und ging hinaus.

Alice streckte sich erleichtert auf dem Bett aus und streichelte Mariana, die zu ihr gekommen war. Fast bedauerte sie es, dass der schöne Mexikaner sie verlassen hatte, doch ihr Kopf war nicht frei für jene Art der angenehm kribbelnden Liebschaft, die sie mit Harry erlebt hatte. Ihre Gedanken kreisten um diesen Indio, der in einem winzigen Raum saß und auf seine Hinrichtung wartete, die sie verhindern oder hinauszögern musste. Leider hatte sie nicht die geringste Ahnung, wie sie dabei vorgehen konnte. Vielleicht konnte sie aus Tuxtla Gutiérrez ein Telegramm an die deutsche Botschaft in der mexikanischen Hauptstadt schicken oder an einen von Patricks Anwälten in Berlin. Doch selbst wenn es ihr gelingen würde, gegen den Einfluss Hans Bohremanns aufzubegehren – sollte Andrés Uk'um tatsächlich gestehen, wäre alles umsonst.

Erschöpft schloss sie die Augen, sah wieder das indianische Gesicht mit den ernsten, klugen Augen vor sich. Andrés hatte sie eine schöne Frau genannt, die nicht zu Schaden kommen sollte. Es war ein netter Spruch gewesen, ohne besondere Bedeutung. Für gewöhnlich hasste sie solche Floskeln, doch nun freute sie sich aus unerklärlichen Gründen, ihm gefallen zu haben. Sie lächelte, dann wurde ihr bewusst, dass dies nicht der richtige Zeitpunkt war, sich in selbstverliebter Eitelkeit zu ergehen.

»Ich bin wohl ein hoffnungsloses Weibchen, sosehr ich auch modern und unabhängig sein will«, flüsterte sie in Marianas Ohr. »Aber trotzdem muss ich einen klaren Kopf bewahren. Meine Zukunft liegt in Berlin. Dich würde ich gern mitnehmen, aber sonst passt niemand von hier in mein Leben zu Hause.«

Die Hündin grunzte zufrieden. Alice besann sich wieder auf ihr eigentliches Problem. In drei oder vier Tagen würde Andrés nach Tuxtla Gutiérrez gebracht werden, würde gestehen und auf seine Hinrichtung warten. Sie ahnte, dass sie machtlos wäre, sobald er der ansässigen Gerichtsbarkeit übergeben worden war. Also hatte sie nur ein paar Tage Zeit, irgendetwas zu unternehmen.

Zwei Tage vergingen, ohne dass Alice ihrem Ziel näher kam. Die Bohremanns fragten nicht nach dem Verlauf ihres Gesprächs mit Andrés, sondern begegneten Alice mit Zurückhaltung, hinter der sich spürbares Missfallen verbarg. Sie war ein aus Höflichkeit geduldeter Gast, nichts weiter. Gleichzeitig wurde bereits der Aufbruch nach Tuxtla Gutiérrez geplant, denn die Antwort des Provinzgouverneurs war eingetroffen.

Alice verbrachte den Nachmittag in ihrem Zimmer mit Mariana. Um sich ein wenig abzulenken, ging sie noch mal Patricks Habseligkeiten durch, doch sie fand keine wichtigen Hinweise mehr. Sie musste entscheiden, was sie nach Berlin mitnehmen wollte, und begann schweren Herzens, alles zu sortieren. Die Kleidung konnte sie Rosario überlassen, damit sie an die Bedürftigen im Umland verteilt wurde. Mit den Zeichnungen und Fachbüchern konnte Dr. Scarsdale vermutlich mehr anfangen als sie selbst. Alice versuchte, sich an den Gedanken zu gewöhnen, dass sie von ihrem Bruder nichts weiter behalten würde als sein Tagebuch und die Zeichnung einer verschwundenen indianischen Frau, die er geliebt hatte, als ihr auffiel, dass Mariana aufgeregt an der Tür schnüffelte.

»Was ist denn los? Dein Fressen bringt Marcella erst am frühen Abend, das weißt du doch«, rief sie dem Hund zu, der mit den Pfoten kratzte, als wolle er ein Loch in das Holz der Tür graben. Alice hörte aufgeregte Schreie und dann die Schritte.

»Komm sofort raus in den Patio! Es brennt!«, rief Juan Ramirez. Sie ließ den Stapel von Büchern, die sie gerade aufgehoben hatte, fallen und rannte zur Tür. Sobald sie auf den Balkon gelangt war, riss Juan Ramirez sie an sich und schob sie schnell zur Treppe. Brandgeruch wehte ihnen entgegen und erschwerte das Atmen. Hustend sah sie sich nach Mariana um, die hinter ihr herlief. Der schöne Innenhof mit seinen Pfirsichbäumen und Gartenstühlen schien unversehrt, aber neben dem Eingangstor zur Hazienda standen etliche Gebäude in Flammen, und schwarzer Rauch stieg in den reinen, strahlend blauen Himmel auf. Wo bisher stets tadellose Ordnung geherrscht hatte, liefen Menschen durcheinander, schleppten Eimer mit Wasser herbei und versuchten, Säcke und Kisten aus den brennenden Räumen zu retten.

»Ist das Feuer in einem Lagerraum ausgebrochen?«, fragte Alice, im Schutz von Juan Ramirez' Umarmung.

»Ja. Meine Schwester hortet gern Vorräte. Kartoffeln, Pökelfleisch, Dörrobst. Als Kinder konnten wir uns nicht immer satt essen. Als die Dienstboten das Feuer entdeckten, brannte es bereits lichterloh.«

Alice verspürte erstmals einen Anflug von Mitgefühl für die schöne Rosario, deren perfekter Haushalt nun von Flammen zerstört wurde.

»Gibt es Verletzte?«, fragte sie Juan Ramirez, der ihr in all diesem lärmenden Chaos ein Gefühl von Halt und Sicherheit gab.

»Nein, die gibt es nicht«, antwortete Rosario. Juan Ramirez ließ Alice los und senkte fast schuldbewusst den Blick. Alice verspürte Wut und Enttäuschung und fuhr herum. Rosarios Blick war strenger als gewöhnlich, schien vor Zorn zu glühen, sodass Alice erschrak.

»Diese Indios haben das Feuer gelegt«, zischte die Hausherrin. »Sie sind zornig über die Verhaftung von Andrés Uk'um. Natürlich ist keiner von ihnen verletzt. Aber sie haben gewartet, bis alle Lager in Flammen standen, dann erst schlugen sie Alarm. Die übliche Hinterhältigkeit. Sie werden die Folgen zu spüren bekommen.«

Ein harter Zug legte sich um den schön geschwungenen Mund. Alice trat unwillkürlich einen Schritt zurück. Sosehr sie sich auch bemühte, es fiel ihr schwer, diese Frau zu mögen.

»So wie es aussieht, ist das Feuer bereits unter Kontrolle. Die Wohnräume werden unbeschädigt bleiben. Es hat nur die Lager im Vorhof erwischt«, meldete sich Dr. Scarsdale zu Wort. Alice atmete erleichtert auf. Die nüchterne Sachlichkeit des Gelehrten brachte ein wenig Ruhe in ihr aufgewühltes Gemüt, und sie trat zum Tor in den Vorhof, um das Geschehen genauer betrachten zu können. Tatsächlich wurden die herbeigeschleppten Wassereimer immer zahlreicher, da inzwischen der ganze Haushalt auf den Beinen war, um mitzuhelfen. Schließlich brachten drei Männer einen Schlauch, mit dem auch die Pflanzen im Patio bewässert wurden, und richteten den Wasserstrahl auf die Flammen. Der Kampf zwischen Feuer und Wasser schien sich endlos hinzuziehen. Zwei der Lagerhäuser stürzten ein, und schwarze Wolken aus Ruß wirbelten in den Himmel. Aber die wilde Natur Mexikos meinte es gut mit den Bohremanns, denn nach ungefähr einer Stunde verzweifelter Brandbekämpfung setzte ein heftiger Regen ein, der weitaus effektiver die Flammen löschte als das Wasser sämtlicher Gartenschläuche. Ein Jubelruf ging durch die versammelte Menge, als die letzte Glut von der Wasserflut erstickt wurde.

Alice atmete erleichtert auf. Sie hätte nicht gewollt, dass diese wunderschöne Hazienda zu Schutt und Asche verbrannte. Hans Bohremann, der aufgeregt herumgelaufen war und Weisungen erteilt hatte, holte nun seine Frau auf den Vorhof und schloss sie vor allen Leuten in die Arme. Sie wurden in Sekundenschnelle klitschnass, was niemanden störte. Alice, die den beiden gefolgt war, vernahm ein leises Schluchzen Rosarios, der einzige Hinweis auf alle Ängste, die die Hausherrin ausgestanden haben musste.

»Gott sei gelobt«, murmelte Juan Ramirez, der weiterhin an ihrer Seite blieb, auch wenn er sie nicht mehr berührte. Tropfen trafen sein Gesicht, ließen dunkle Flecken auf seinem blütenweißen Hemd wachsen. Alice wischte sich immer wieder die Wangen trocken. Viele der indianischen Diener, die fleißig bei der Brandbekämpfung mithalfen, wirkten ebenfalls erleichtert. Einige der dunklen Gesichter blieben undurchschaubar, doch das machte diese Menschen nicht unbedingt schuldig.

»Deine Schwester sollte ihren Zorn nicht an den Bediensteten auslassen«, flüsterte Alice Juan Ramirez zu. »Niemand weiß, ob sie den Brand gelegt haben.«

»Hans wird verhindern, dass sie zu heftig reagiert, keine Sorge. Das ist immer so«, entgegnete er ebenso leise und zwinkerte Alice zu. Sie ging nicht auf dieses Angebot heimlicher Verbundenheit ein, denn er hatte sie in der Öffentlichkeit verleugnet.

»Wir sind gerettet!«, rief Juan Ramirez und streckte die Arme dem Regen entgegen. »Und alle haben morgen einen freien Tag, weil ein Fest stattfindet.«

Als wolle die Natur ihn für diesen Entschluss loben, ließ der Regen plötzlich nach. Rosario hatte die Stirn gerunzelt, widersprach aber nicht. Hans Bohremann nickte nach kurzem Zögern. Die Indios lachten und tanzten herum. Alice begriff, dass ihr Liebhaber ohne Rückgrat soeben dafür gesorgt hatte, dass aufgebrachte Gemüter zur Ruhe kamen und die Diener der Hazienda sich ihrem Patron wieder verbunden fühlen konnten.

Sie lächelte ihn an. Waren dies die ungenutzten Talente, von denen Patrick geschrieben hatte?

Dann hörte sie neues zorniges Geschrei. Sie drehte sich um und sah die zwei grimmigen Kerle, die Andrés bewacht hatten, tropfnass und keuchend herbeilaufen.

»Er ist weg!«, riefen sie. »Der verfluchte, dreckige Indio ist abgehauen.«

Bruchstücke fügten sich in Alice' Kopf zusammen. Das Feuer hatte alle Bewohner der Hazienda abgelenkt. Wahrscheinlich hatten auch die Wächter ihren Posten verlassen, um zu sehen, was vor sich ging, und zu helfen. In der Zeit hatte jemand die Riegel geöffnet und Andrés unauffällig herausgelassen. Es schien also wahrscheinlich zu sein, dass einige der Bediensteten das Feuer gelegt hatten. Sie hielt den Atem an. Sie war erleichtert, und gleichzeitig überkam sie eine unklare Angst vor dem, was nun geschehen würde.

»Alle gehen ins Haus zurück!«, rief Hans Bohremann. Er konnte nicht laut schreien, doch die Wachmänner gaben seinen Befehl weiter. Die Diener trotteten los, langsamer als nötig, als ahnten sie, dass ihnen Ärger bevorstand. Sie selbst folgte den Bohremanns in den großen Speisesaal, wo rasch ein paar Gläser mit Tequila gefüllt wurden, um die Gemüter zu beruhigen. Zwar waren sie alle durchnässt, doch die Temperatur war so mild, dass niemand fröstelte.

»Ich habe gleich gesagt, dass die Riegel nicht reichen. Jeder konnte sie von außen öffnen! Wir hätten ein richtiges Schloss gebraucht«, zischte Rosario ihrem Mann auf Deutsch zu, noch bevor sie einen Schluck getrunken hatte. Ihr glattes schwarzes Haar glänzte vor Nässe, doch ihre Frisur saß tadellos.

»Nun reg dich nicht auf!«, erwiderte Hans. Alice sah, wie die schöne Hausherrin für einen winzigen Augenblick das Gesicht verzog, während ihr Mann weiter auf sie einredete: »Er muss noch irgendwo auf der Hazienda sein. Das Ausgangstor wurde trotz des Feuers nicht aufgesperrt.«

Hans Bohremann hatte den Arm um seine Frau gelegt, doch sie wies mit harter Stimme die Dienstboten an, in den vom Brand geschädigten Gebäuden aufzuräumen.

»Sämtliche Räume sollten gründlich durchsucht werden. Ein Mörder versteckt sich hier irgendwo«, sagte Dr. Scarsdale auf Englisch. Seine unerschütterliche Ruhe schien sich auf Rosario zu übertragen, deren Gesicht wieder einen gefassten, stolzen Ausdruck zeigte.

»Die Suche geht gleich los, keine Sorge«, versicherte Hans Bohremann, der nicht erfreut wirkte, an seine Aufgaben erinnert zu werden. »Ich habe bereits ein paar vertrauenswürdigen Männern die nötigen Weisungen gegeben.«

»Keine Indios, hoffe ich. Die stecken doch alle unter einer Decke.«

Rosario zuckte ein wenig zusammen, als Hans ihr nach diesen Worten einen verärgerten Blick zuwarf. Bereits Tante Grete hatte Alice erklärt, dass kein Mann es schätzte, von seiner Frau in der Öffentlichkeit belehrt zu werden. Nun hatte die tadellose Hausherrin ebenjenen Fehler begangen, doch ihr Gemahl war zu gutmütig, um ihr deshalb ernsthaft zu grollen.

Alle stießen mit ihren Tequila-Gläsern an, dann entfernte Hans Bohremann sich, um die Leitung der Suche zu übernehmen. Juan Ramirez schloss sich an, obwohl er nicht dazu aufgefordert worden war. Rosario wies die immer noch verstörten Dienstboten an, Schokolade zu bringen, und setzte sich gelassen auf einen Stuhl, um mit Alice und Dr. Scarsdale zu plaudern. Ihre Versuche, entspannte Stimmung zu verbreiten, indem sie von Belanglosigkeiten sprach, wirkten zu bemüht, um überzeugen zu können. Die Anstrengung ließ eine unschöne Falte zwischen ihren Brauen entstehen, die in ihrer schwungvollen Form Schwalbenflügeln glichen. Alice verstand nicht, warum Rosario sich überhaupt solche Mühe gab, denn sie hatte bisher kaum verheimlicht, dass sie von einer alleinstehenden Malerin, die gern unpassende Bemerkungen machte, nicht besonders viel hielt. Immer wieder glitt der Blick der Hausherrin mit deutlichem Missfallen zu Mariana, die ihren Kopf zufrieden auf Alice' Füße gelegt hatte. Vermutlich ging es Rosario um Dr. Scarsdale, der zwar stets etwas schäbig wirkte und kaum über gesellschaftlichen Schliff verfügte, aber immerhin einen akademischen Titel vorweisen konnte. Eine bessere Erklärung fiel Alice nicht ein.

Es dämmerte bereits, als Hans Bohremann und sein Schwager zurückkamen. Alice sah den Gesichtern an, dass die Suche nicht erfolgreich verlaufen war. Sie freute sich, obwohl ihr die Folgen der Situation nicht wirklich klar waren.

»Wir haben alles auf den Kopf gestellt. Er muss es irgendwie geschafft haben, sich von der Hazienda zu schleichen«, gestand Hans Bohremann. Rosario fuhr auf.

»Das ist eine Verschwörung der Bediensteten. Sie haben ihm geholfen. Wir sollten die Wahrheit aus ihnen herausprügeln, aber das willst du natürlich nicht.«

Hans stieß einen Seufzer aus.

»Lass uns später darüber reden!«

Rosario nahm es hin und lächelte ihre Gäste an.

»Nun können Sie sich alle wieder in Ihre Zimmer begeben, um frische, trockene Kleidung anzulegen. Das Abendessen wird zur gewohnten Zeit serviert. Wir lassen uns nicht so einfach verrückt machen.«

Alice stand erleichtert auf. Mariana brauchte Futter, und sie selbst sehnte sich nach ein wenig Ruhe, um nachdenken zu können.

Ihr Zimmer sah ordentlich und völlig unversehrt aus. Das Tagebuch lag oben auf der Truhe. Sie atmete erleichtert auf, denn sie hatte befürchtet, bei der Suche nach Andrés Uk'um wäre der letzte Winkel durchwühlt worden. Doch falls dies geschehen war, hatte man alle Dinge anschließend wieder dort hingelegt, wo sie vorher gewesen waren. So viel deutscher Ordnungssinn entlockte ihr ein Lächeln. Sie streckte sich auf dem Bett aus und schloss die Augen. Mariana sprang sogleich zu ihr, und Alice kraulte ihr Fell, während sie versuchte, die neuesten Ereignisse auszuloten.

Andrés war geflohen, hatte es vermutlich geschafft, sich von der Hazienda zu schleichen, und würde nun bei seinen Leuten Zuflucht suchen. Mit etwas Glück konnte er sich dort besser verstecken. Das gab ihr einen Grund, länger hierzubleiben. Zu warten. Weiter zu fragen und zu suchen. Doch sie wusste nicht, wo noch weitere Nachforschungen möglich waren. Vielleicht sollte sie einfach nach Hause fahren, wie alle es von ihr erwarteten. Es war an der Zeit, sich wieder der Malerei zu widmen, sonst würde sie nach einem ersten bescheidenen Erfolg in Vergessenheit geraten. Sie atmete tief durch. Patricks Nähe war in diesem Raum nicht spürbar, obwohl er ihn bewohnt hatte. Sie wusste nicht, welches Verhalten er von ihr erwartet hätte, und fühlte sich wie eine Blinde, die durch eine Welt tappte, in der sie bei jedem Schritt gegen ein unbekanntes Hindernis stoßen könnte.

Es klopfte an der Tür, vermutlich Marcella, die Marianas Essen brachte. Der Hund bellte und lief aufgeregt herum.

»Adelante!«, rief Alice so laut wie möglich. Sie wollte nicht aufstehen. Die Bedienstete würde den gefüllten Napf einfach abstellen und wieder verschwinden.

Sie hörte, wie die Tür sich öffnete und wieder zufiel. Mariana bellte laut, dann erklang eine leise, ruhige Männerstimme, die sie verstummen ließ. Alice fröstelte. Als ihr Gedächtnis ihr sagte, dass dieser Eindringling kein Fremder war, weigerte sie sich, daran zu glauben. Langsam drehte sie sich um. Es begann bereits dunkel zu werden, doch sie konnte sehr deutlich sehen, dass ein Mann in ihrem Zimmer stand. Seine Kleidung war zerschlissen, und er roch unangenehm nach Schweiß und nach anderen Dingen, die sie sich nicht vorstellen wollte. Sein Gesicht glich einer archaischen Steinfigur, edel und fremdartig.

»Señor Uk'um.«

Es war mehr eine Feststellung als eine Frage. Er legte schweigend eine Hand auf seinen Mund, um sie zu bitten, nicht zu sprechen.

»Nur ein paar Stunden. Bitte. In der Nacht kann ich nach draußen schleichen.«

Alice bemerkte, dass sie am ganzen Körper zitterte, und versuchte verzweifelt, Haltung zu wahren. Mit einem fremden Mann im Zimmer würde sie sich nicht fürs Abendessen umziehen können, dachte sie und verstand nicht, warum ihr solche Belanglosigkeiten durch den Kopf gingen, während sie einem vermeintlichen Mörder gegenüberstand.

»Wie kommen Sie überhaupt hier herein?«

»Durch die Tür, wie Sie gemerkt haben.«

Er zog rasch die Vorhänge des Fensters zum Innenhof zu und lächelte. Seine Zähne waren nicht ganz so weiß wie die von Juan Ramirez, doch sein Gesichtsausdruck war entspannt, als sei er ein netter, harmloser Gast.

»Ich finde das nicht witzig«, antwortete Alice kühl, ihre Angst begann nachzulassen. Andrés hatte sich indessen zu Mariana gebeugt und redete leise auf sie ein, während er sie an ihrer Lieblingsstelle zwischen den Ohren kraulte. Er schien das Bellen des Hundes mehr zu fürchten als einen Hilfeschrei von Alice.

»Das ist ein sehr zutraulicher Hund. Man merkt, dass er gut behandelt wird«, sagte er, während Mariana seine Hände ableckte. Alice wünschte sich in diesem Moment ein Haustier von etwas mehr Sinn für vornehme Zurückhaltung.

»Danke, aber ich habe sie noch nicht sehr lange. Vorher war sie ein Straßenhund.«

Sie setzte sich auf das Bett und versuchte, ihre Gedanken zu ordnen. Ein als Mörder gesuchter Mann befand sich hier in ihrem Zimmer, auch wenn er keine Anstalten machte, ein Messer auf sie zu richten. Jeden Augenblick konnte jemand die Tür aufreißen und ihn hier finden. Dann würde auch sie einen schuldigen Eindruck machen, da sie mit ihm geplaudert hatte, anstatt sofort nach den Wachen zu rufen.

»Der Hund weiß, wem er vertrauen kann«, sagte Andrés Uk'um und sah sie an. Sie bemerkte das Fremdartige seines Gesichts, die dunkle Haut, die hohen Wangenknochen und die schrägen Augen hinter vertrauten Brillengläsern, wie Intellektuelle sie trugen.

»Würden Sie mir jetzt bitte erklären, was das soll?«, fragte Alice. Andrés ließ von Mariana ab, die wieder zu Alice lief und sich an ihre Seite schmiegte. Dann nahm er auf dem freien Stuhl Platz.

»Während das ganze Haus wegen des Feuers kopfstand, haben ein paar Freunde mich in einen zugemauerten Verschlag gezwängt, der hinter einer Wand verborgen ist. Nur wenn man ein paar Steine entfernt, entdeckt man ihn. Dort verstecken sie manchmal Nahrung, die sie aus dem Lager der Señora stehlen. Doch es ist da drinnen sehr eng, und nach einer Weile wird die Luft knapp. Viel länger hätte ich es nicht ausgehalten. Außerdem beginnt gerade eine weitere, noch gründlichere Suche in den Räumlichkeiten der Dienstboten und auch an Orten, wo sie sich häufig aufhalten. Es wurde zu gefährlich, deshalb holte man mich heraus, und ich schlich mich in einem günstigen Moment hierher.«

Alice hob ratlos die Hände.

»Aber warum gerade in mein Zimmer? Sie kennen mich kaum und ...«

»Hier wird man nicht so gründlich suchen wie bei meinen Leuten. Warum sollten Sie den vermeintlichen Mörder Ihres Bruders verstecken?«

Er verstummte für einen Moment, als wäre ihm bewusst geworden, wie berechtigt diese Frage war.

»Ich hatte die Hoffnung, dass Sie mir helfen würden, so wie Patrick Sie mir geschildert hat. Wenn es Ihnen zu gefährlich ist, dann sagen Sie es, und ich verschwinde bei der nächsten Gelegenheit.«

Er ließ die Arme hängen, als wolle er dadurch seine Harmlosigkeit zum Ausdruck bringen. Alice schluckte. Wusste er, wie wirksam dieses Schauspiel war? Drohungen hätten sie nur zornig gemacht, doch indem er sich ihrer Gnade auslieferte, machte er es ihr fast unmöglich, seine Bitte nicht zu erfüllen.

»Na gut, aber vor Morgengrauen sind Sie verschwunden«, flüsterte sie. »Und falls jemand Sie entdeckt, dann werde ich sagen, Sie hätten mich bedroht und dadurch zum Schweigen gezwungen.«

Er nickte. Alice sah sich ratlos im Zimmer um, das viel zu klein war für zwei Menschen, die einander fremd waren. Wo sollte sie einen ungebetenen Gast unterbringen?

»Wenn Sie sich ein wenig ausruhen wollen, müssen Sie sich auf den Teppich legen«, sagte sie schließlich, denn sie war nicht bereit, ihr Bett einem fremden Mann zu überlassen. Andrés grinste breit.

»Keine Sorge. Ich habe meine ganze Kindheit auf Strohmatten geschlafen, die ich mit fünf Geschwistern teilen musste.«

Alice erinnerte sich an das Dorf seiner Eltern, das in der Tat einen sehr ärmlichen Eindruck gemacht hatte.

»Wie haben Sie es geschafft, von dort wegzukommen?«, fragte sie interessiert. Andrés nahm eine entspanntere Haltung auf seinem Stuhl ein.

»Anna Bernhard, Gemahlin des Patrons, bei dem meine Eltern ihre ständig wachsenden Schulden abarbeiten, hatte ein weiches Herz. Wir Kinder durften nach getaner Arbeit ihren Unterricht besuchen. Die meisten von uns waren so erschöpft, dass sie dabei einschliefen. Mir ging es am Anfang nicht anders. Ich sah keinen Grund, warum ich lesen und schreiben lernen sollte. Niemand von meinen Leuten konnte es. Es hatte nichts mit unserem Leben zu tun.«

»Irgendwann änderte es sich aber«, stellte Alice fest.

»Ja, da war ich schon zehn Jahre alt. Ich hatte in der Schule ein paar Dinge aufgeschnappt, denn mit der Zeit begann mir der Unterricht zu gefallen, auch wenn unsere Lehrerin allzu oft von Gott und Sünde und Strafe redete. Eines Tages wurde ich mit anderen Arbeitern von unserem Patron an die Pazifikküste mitgenommen. Wir sollten Säcke voller Kaffeebohnen auf kleine Boote verladen, die auf den Ozean hinausfuhren, wo ein Dampfer wartete, der sie nach Europa brachte. Ich hatte keine Ahnung, wo Europa lag. Ich hatte auch niemals zuvor einen Dampfer gesehen. Die Größe beeindruckte mich und machte mir Angst. Ich dachte, wir müssten auf den Rücken eines riesigen, schnaufenden Ungeheuers steigen. Mein Vater beruhigte mich. Es sei nur eine Maschine der Ladinos. Ihr Gott hatte ihnen erklärt, wie man solche Maschinen baut, und deshalb konnten sie unser Land an sich reißen, und wir hätten alle Schulden bei ihnen.«

Alice lächelte. Der sture alte Bock war auf seine Art recht schlau.

»Und so wurde der Ingenieur in mir geboren. Ich wollte das Geheimnis der Maschinen ergründen, die den Menschen so viel Macht verliehen. Als mein Vater sagte, nur die Ladinos könnten es verstehen, weigerte ich mich, ihm zu glauben. Ich bot mich freiwillig an, bei der Reinigung der Entpulper mitzuhelfen, eine unbeliebte, da schmutzige Arbeit, bei der man sich leicht verletzen konnte. In der Schule lernte ich wie ein Besessener. Ich beobachtete, wie die Hebel am Entpulper Zahnräder in Bewegung setzten, die die Walze bewegten, und dachte mir eine kleinere Variante aus, um meiner Mutter das Mahlen von Mais zu erleichtern. Allerdings konnte ich sie niemals bauen. Mein Vater prügelte mich windelweich, um mir den Unsinn auszutreiben.«

Wieder lachte er auf. Alice fand diese Geschichte nicht lustig, fühlte den altvertrauten Zorn. Gleichzeitig staunte sie über das

Leuchten in Andrés' Augen, als er von seiner ersten Begegnung mit technischen Geräten sprach. Sie hatte sich niemals vorstellen können, dass eine wuchtige Maschine aus Eisen einen Menschen so in Begeisterung versetzen konnte.

»Schließlich fiel dem Patron auf, wie gut ich mit seinen Maschinen umgehen konnte, und anders als von meinem Vater angekündigt, strafte er mich nicht für ein Wissen, das einem gewöhnlichen Indio nicht zustand. Er begann, mich zu fördern. Da man sich von mir nützlichere Arbeit erhoffte, als die meisten meiner Leute zu leisten vermögen, wurde ich schließlich nach Ciudad de Mexico geschickt, um zum Ingenieur ausgebildet zu werden. Dann enttäuschte ich erst einmal alle, indem ich dort blieb und mir eine Arbeit bei einem großen Schuhfabrikanten suchte, der mich tatsächlich als Ingenieur einstellte. Ich half ihm, seine Maschinen instand zu halten und zu verbessern. Er schätzte mich sehr, was sicher auch daran lag, dass er mir weniger zahlen musste als einem studierten Ladino. Aber plötzlich hatte ich ein kleines steinernes Haus, Anzüge und Schuhe. Mein Vater hatte recht, ich war von den Ladinos angesteckt worden, denn ich hatte gelernt, vor allem an mich selbst zu denken.«

Alice musterte ihn staunend.

»Aber warum sind Sie nicht dort geblieben?«

Wieder grinste er breit.

»Ich dachte, dass Sie das fragen würden. Patrick beschrieb Sie als einen ... sagen wir zielstrebigen Menschen. Ich erhielt einen Brief von Herrn Bernhard, der mir mitteilte, dass mein Vater wegen meiner Ausbildung bei ihm nun so hohe Schulden hätte, dass sie nicht abzuzahlen seien. Ich bot ihm eine monatliche Ratenzahlung an, aber er ging nicht darauf ein, drohte stattdessen, meine ganze Familie ins Gefängnis zu werfen. Also kam ich zurück, um für ihn zu arbeiten, wie er es wünschte. Es ging nicht lange gut. Ich wollte wissen, warum mein Vater mein Studium bezahlen musste, obwohl er niemals damit einverstanden gewesen war. Ständig stritten wir uns. Aus Wut machte ich ihm schließlich die Maschinen kaputt, anstatt sie zu reparieren. Als er mit seinem Stock auf mich losging, kam

Hans Bohremann dazu und handelte einen Preis aus, um mich als sein persönliches Eigentum mitnehmen zu können.«

Alice atmete erleichtert auf. Nichts schmerzte sie mehr, als Talent wegen menschlicher Verbohrtheit verschwendet zu sehen.

»Hans Bohremann ist kein schlechter Patron«, sagte sie.

»Er war besser als Señor Bernhard, das ist richtig. Zunächst behandelte er mich fast wie einen Ebenbürtigen. Aus diesem Grund setzte ich große Hoffnungen in ihn, und das war vermutlich mein Fehler.«

Alice wollte genauer nachfragen, als es an der Tür klopfte. Sie erstarrte, doch es war nur Marcella, die sie zum Abendessen rief. Alice überlegte. Sie wollte ihren Flüchtling hier nicht allein lassen, denn sie wusste nicht, wer alles hereinkommen würde.

»Es geht mir nicht gut nach all der Aufregung«, rief sie Marcella durch die geschlossene Tür zu. »Ich habe schreckliche Migräne. Es wäre nett, wenn man mir etwas von dem Essen bringt, aber ich werde heute Abend in meinem Zimmer bleiben.«

Wahrscheinlich fände man ihr Benehmen unhöflich, aber sie ging davon aus, dass die Bohremanns ihrem Wunsch entsprechen würden. Andrés brauchte einen vollen Magen, um seine Flucht fortsetzen zu können. Sie erwog sogar, nach einem Zuber Wasser zu fragen, doch der konnte nicht hereingebracht werden, ohne dass Andrés entdeckt würde.

»Wird nicht jemand kommen, um nach Ihnen zu sehen?«, fragte Andrés, nachdem Marcella sich entfernt hatte. Alice schüttelte den Kopf.

»Nein, so wichtig bin ich den Leuten hier nicht. Die können es kaum erwarten, bis ich wieder verschwinde.«

Andrés setzte sich auf den Teppich, den sie ihm angeboten hatte. Sie bemerkte, wie fließend seine Bewegungen waren, wie leicht er seine Beine zu einem Schneidersitz unterschlug, bei dessen Anblick ihre Beine zu schmerzen begannen.

»Bei Patrick konnten alle am Ende die Abreise auch kaum erwarten, abgesehen von Ix Chel und mir. Seien Sie vorsichtig. Oder besser noch: Fahren Sie wirklich nach Hause.«

Alice verzog das Gesicht, denn sie war diese Vorschläge leid. Doch bevor sie etwas erwidern konnte, klopfte es erneut an der Tür.

»Ihr Essen, Señorita«, verkündete Marcella. Alice stand auf, dann fiel ihr ein, dass die Bedienstete Andrés sehen könnte, sobald die Tür aufging.

»Keine Sorge. Sie weiß, dass ich mich hier verstecke.«

Alice nahm zur Kenntnis, dass Rosario Bohremann ihre Dienstboten nicht so gut unter Kontrolle hatte, wie es schien. Außerdem hatte sie sich von Marcellas schreckhaftem, unterwürfigem Wesen täuschen lassen.

Marcella schlich mit gesenktem Kopf herein, so wie es bisher ihre Art gewesen war. Falls sie Andrés zur Kenntnis nahm, so zeigte sie es nicht, sondern stellte das Tablett rasch auf dem kleinen Tisch neben dem Bett ab, reichte der aufgeregt herumspringenden Mariana die Futterschüssel und huschte dann wieder hinaus. Ihre Lippen formten ein paar Worte, die Alice nicht verstehen konnte, bevor die Tür zufiel.

Es gab mit Paprika gefüllte Fleischrouladen und Reis. Die Portion war großzügig, zudem stand noch eine Karaffe Wein auf dem Tablett, aber nur ein Glas. Es wäre wohl zu auffällig gewesen, wenn Marcella zwei mitgenommen hätte. Alice wandte sich an Andrés.

»Es ist, wie ich sagte. Wegen der Aufregung habe ich keinen Hunger, aber mir scheint, Sie können eine warme Mahlzeit gebrauchen.«

Nun war sein Lächeln verlegen.

»Wir teilen, schlage ich vor. Marcella hat uns genug gebracht. Aber ich wäre dankbar, wenn ich zuerst essen dürfte.«

Alice nickte, denn sie hatte wirklich nichts dagegen, auch ein paar Bissen abzubekommen. Andrés verschlang einen großen Teil des Fleisches, ließ ihr aber noch genug Reis übrig. Jeder sah schweigend zu, wie der andere aß, sodass sich kein weiteres Gespräch entwickeln konnte. Sie füllte das Weinglas und hielt es ihm hin, doch er schüttelte den Kopf.

»Ich trinke manchmal, aber nicht in einer Lage wie dieser.«

Sie erinnerte sich an Dr. Scarsdales Beschreibung der Trunksucht als Fluch des indianischen Volkes. Da sie selbst diesem Volk nicht angehörte, nippte sie an dem Wein. Irgendwie musste sie sich die Zeit vertreiben, bis ihr ungebetener Gast wieder verschwand, denn sie konnte sich nicht vorstellen, sich in seiner Gegenwart umzukleiden und schlafen zu legen. Nachdem sie den Rest des Fleisches Mariana überlassen hatte, da der Reis ihr genügte, bemerkte sie, dass ihr Glas leer war, und füllte es erneut.

Wieder klopfte jemand an die Tür. Alice fuhr erschrocken zusammen und warf Andrés einen ratlosen Blick zu. Er bewegte die Hand, um sie zu einer Antwort aufzufordern.

»Wer ist da?«, fragte Alice laut auf Spanisch.

»Ich wollte nach dir sehen. Bist du krank?«

Obwohl Juan Ramirez' Stimme leise gewesen war, konnte sie jedes Wort verstehen. Andrés zog seine Brauen hoch. Ein spöttischer Zug lag um seinen Mund, als er Alice noch mal zur Tür winkte.

Er hatte recht. Sie konnte nicht einfach hier sitzen bleiben und hoffen, dass Juan Ramirez wieder verschwand.

»Es ist alles in Ordnung. Ich wollte nur ein bisschen allein sein«, sagte sie durch den Türspalt.

»Aber Alice, der gesuchte Mörder treibt sich vielleicht noch im Haus herum. Kann ich nachsehen?«

Wieder begann sie zu zittern.

»Mein Zimmer wurde doch schon durchsucht. Und wenn jemand hier wäre, hätte ich es wohl bemerkt«, sagte sie mit Nachdruck und schloss die Tür.

»Alice!« Er klang verwirrt und fast flehend wie ein Hund, der vor der Tür kratzte. »Ich möchte mit dir reden.«

»Ein andermal. Jetzt bin ich wirklich sehr müde.«

Eine Weile blieb es still, dann hörte sie, wie Schritte sich entfernten, und atmete erleichtert auf. Sie drehte sich um und sah einen breit grinsenden Andrés. Dabei hatte er die Unterhaltung nicht verstehen können, weil sie auf Französisch geführt worden war.

»Der arme Juan. Er ist schnelle Eroberungen gewöhnt«, sagte ihr ungebetener Gast. Alice wusste, dass sie bereits erobert worden war, und wurde wütend.

»Das ist nicht mein Problem.«

»Natürlich nicht. Aber Sie hatten unrecht, als Sie sagten, dass alle Leute hier auf Ihre baldige Abreise hoffen. Juan Ramirez tut es jedenfalls nicht.«

Alice ging missmutig zu dem Bett zurück.

»Er hat sich Sorgen um mich gemacht, nichts weiter.«

»Um die meisten Frauen dieser Welt macht er sich keine Sorgen. Aber Sie wären ein großer Gewinn für ihn.«

Alice trank von ihrem Wein. Er beruhigte ihre Nerven und half ihr zu vergessen, in welcher Lage sie sich befand.

»Was wollen Sie damit sagen?«, fragte sie den vermeintlichen Mörder ihres Bruders.

»Nun, eine schöne blonde Frau deutscher Abstammung könnte ihm den Weg in die höhere Gesellschaft ebnen. Anders als die Töchter der Kaffeebarone werden Sie nicht von einem mächtigen Vater bewacht.«

Alice schlang die Arme um ihre Knie. Seine Sichtweise der Dinge klang so abgeschmackt, wie es der Heiratsmarkt gewesen war, auf dem sie als junges Mädchen angeboten worden war.

»Vielleicht hat er ja Gefühle für mich. So wie mein Bruder für Ix Chel. Warum sollte es nicht so sein?«, widersprach sie.

»Ich habe nicht gesagt, dass Sie ihm gleichgültig sind. Manchmal harmonieren Leidenschaft und Pragmatismus hervorragend, und so eine Gelegenheit lässt ein Mann wie Juan sich nicht entgehen.«

Alice stellte ihr Glas energisch auf dem Tablett ab.

»Vielleicht sollten Sie sich nicht in Dinge einmischen, die Sie nichts angehen.«

Andrés senkte den Blick.

»Lo siento. Es tut mir leid. Ich mag Juan, ich würde mir nur wünschen, dass er mehr aus sich macht, als ständig an den Frackschößen seines Schwagers zu hängen.«

Alice lehnte sich zurück.

»Das hat Patrick wohl gemeint, als er von Juans ungenutzten Talenten schrieb«, sagte sie mehr zu sich selbst als zu Andrés. Dann kam ihr ein Gedanke, der sie auffahren ließ.

»Sie waren mit meinem Bruder und Ix Chel in Palenque. Haben

Sie da jemals eine Kette gesehen, ich meine, eine aus großen Edelsteinen so wie hier auf dem Bild.«

Sie lief zu der Truhe und holte Patricks Zeichnung hervor. Andrés runzelte die Stirn.

»Ja, das ist eindeutig Ix Chel, in einem jener Momente, da sie sehr schön aussah. Aber diese Kette kenne ich nicht. Patrick hat niemals eine Kette aus Edelsteinen erwähnt. Vielleicht sind es ja nur gewöhnliche bunte Holzperlen.«

Er war ein Mann, der viel von Maschinen, aber wenig von Schmuck verstand, dachte Alice.

»Es sind Edelsteine, das sehe ich, aber in ungeschliffenem Zustand. Trotzdem müssten sie ziemlich wertvoll sein. Für mich sieht das aus wie eine Kette aus präkolumbianischer Zeit, jedenfalls waren in Patricks Büchern ein paar ähnliche Zeichnungen.«

Sie setzte sich wieder auf das Bett.

»Daher wundert es mich, dass niemand etwas von der Kette weiß«, fuhr sie fort.

»Haben Sie Dr. Scarsdale gefragt?«

Alice schüttelte den Kopf. Es war ihr unangenehm, den Archäologen zu behelligen, der so nüchtern in die Welt blickte, dass sie sich neben ihm wie ein albernes Mädchen vorkam.

»Dann fragen Sie ihn«, riet Andrés. »Ich habe, ehrlich gesagt, nicht halb so viel Ahnung von der Geschichte meiner Vorfahren wie er. Was diese Kette betrifft, kann er Ihnen sicher besser helfen.«

Alice zog die Beine an. Bei einem Mann, der vor ihr auf einem Teppich hockte, musste sie nicht unbedingt Haltung wahren. Ihr Kopf schmerzte, was vielleicht an dem Wein oder auch an der Aufregung lag, und der volle Magen löste eine bleierne Müdigkeit aus.

»Ich frage mich, ob die Kette etwas mit Patricks Tod zu tun hat«, sagte sie. »Wissen Sie von irgendwelchen Wertgegenständen, die in Palenque gefunden wurden?«

Sie hatte Patricks wissenschaftliche Aufzeichnungen bisher kaum beachtet, weil sie nichts mit ihnen anfangen konnte. Aber vielleicht lag darin der Schlüssel zur Lösung des Rätsels.

»Auch hier kann Ihnen Dr. Scarsdale sicher besser helfen als ich.

Ehrlich gesagt, bekam ich nichts davon mit, dass irgendetwas von Bedeutung gefunden wurde. Wir mussten Bäume fällen, um die Gebäude freizulegen. Ihr Bruder und der Amerikaner liefen herum, machten Zeichnungen und maßen alles aus. Abends debattierten sie dann am Lagerfeuer. Manchmal stritten sie sich, das habe ich mitbekommen. Aber ich war nicht wirklich neugierig. Was zwei gelehrte weiße Herren an unseren uralten, längst verlassenen Ruinen fanden, verstand ich, ehrlich gesagt, nicht.«

Natürlich nicht. Er liebte Maschinen, insbesondere Dampfschiffe.

»Aber ich erkannte meine Leidenschaft in ihnen wieder, diese Genauigkeit, mit der sie notierten und ausmaßen«, fuhr Andrés fort, als habe er plötzlich Gefallen an der Unterhaltung mit ihr gefunden. »So hatte ich einst versucht, die Wirkung technischer Geräte zu begreifen. Das machte sie mir weniger fremd. Allerdings stellte sich mit der Zeit heraus, dass Patrick lebende Menschen toten alten Steinen vorzog.«

Alice hatte sich auf dem Bett ausgestreckt und die Schuhe abgestreift. Glücklicherweise war ihre Kleidung bequem, denn sie war keinesfalls bereit, sich in Gegenwart eines fast fremden Mannes ein Nachthemd überzustreifen. Da es kühler zu werden begann, wickelte sie sich in ihre Decke.

»Schlafen Sie ruhig, Miss Wegener.« Er deutete ihr Verhalten völlig richtig. »Wir müssen ohnehin die Lampe löschen, sonst wirkt es verdächtig. Ich werde einfach im richtigen Moment verschwinden.«

Alice sah, wie er die Gaslampe ausdrehte. Draußen pfiff der Wind, und unbekannte Tiere kreischten, krächzten und fauchten. Es war Nacht in jener mexikanischen Wildnis, die nur von den Mauern der Hazienda ausgesperrt wurde, und als die Geräusche des geschäftigen Herrenhauses langsam verklangen, wurde Alice bewusst, dass sie hier trotz allem in der Welt der Indios war, denen dieses Land einst gehört hatte. Der Mann in ihrem Zimmer regte sich nicht mehr. Sie hörte nichts als seine ruhigen Atemzüge, während ihre Augen zufielen.

Als sie wieder erwachte, lag nur Mariana an ihrer Seite, das Zimmer war leer.

10. Kapitel

Hans Bohremann brach am nächsten Tag gemeinsam mit Juan Ramirez auf, um im Umland nach dem Flüchtling zu suchen. Die von Juan angekündigte Fiesta wurde angesichts der Umstände wieder abgesagt, stattdessen fand eine gründliche Reinigung der gesamten Anlage statt, um die letzten Spuren des Feuers zu beseitigen, bevor der Wiederaufbau begann. Alice vermutete, dass dies auch ein letzter Versuch sein sollte, nach möglichen Verstecken für Andrés zu suchen, denn Rosario Bohremann beaufsichtigte ihre Dienstmädchen persönlich. Ein paar gestohlene Vorräte tauchten dabei auf. Ob der Verschlag, in dem Andrés fast erstickt war, dadurch auch entdeckt wurde, erfuhr Alice nicht, denn als Rosario beim Mittagsmahl verkündete, sie wolle die unehrlichen Dienstboten gegen Abend zur Abschreckung auf dem Vorhof einer Prügelstrafe unterziehen, ließ sie ihren Löffel fallen. Der Duft der hervorragend gewürzten Kürbissuppe verursachte ihr nur noch Übelkeit. Sie verspürte einen mahnenden Blick von Dr. Scarsdale und straffte die Schultern. Natürlich stand es ihr nicht zu, sich einzumischen. Sie hatte hier nichts zu sagen.

»Warum entlassen Sie die Leute nicht einfach?«, schlug sie so ruhig wie möglich vor. »So hätte meine Tante es gemacht, die nach dem Tod meiner Mutter unseren Haushalt führte.«

Tante Grete hatte ungeschickten Dienstmädchen manchmal Backpfeifen verpasst, aber zum Rohrstock hätte sie niemals gegriffen.

»Es ist nicht einfach, hierzulande gutes Personal zu bekommen«, erwiderte Rosario. »Ich habe viel Mühe in die Ausbildung dieser Menschen gesteckt und werde ihnen daher noch eine Chance geben.«

Es klang so gnädig, als täte sie ihnen einen Gefallen. In ihrem Kopf hörte Alice Harry kichern. Ihr wurde bewusst, dass er sich niemals wirklich über Ungerechtigkeiten aufgeregt, sondern sie nur bespöttelt hatte. Sie staunte, wie viel Empörung sie empfand, denn bisher hatte sie in ihrem Leben andere Sorgen gehabt, als die Härte des Schicksals anderer Menschen zu beklagen.

»Aber wir leben nicht im Mittelalter. Öffentliche Prügelstrafen scheinen mir barbarisch«, sagte sie und hörte, wie Dr. Scarsdale sich räusperte.

»Sie sind hier nicht in Europa, Miss Wegener. Überlassen Sie diese Dinge doch einfach der Hausherrin. Sie weiß am besten, wie sie ihre Leute zu behandeln hat.«

Alice fühlte sich zurechtgewiesen wie ein Schulmädchen, aber ihr war klar, dass sie sich unpassend verhalten hatte. Nun, da Hans Bohremann und Juan Ramirez fehlten, schien die Antipathie zwischen ihr und Rosario deutlich spürbar wie eine Schicht von Eis, die sie voneinander trennte. Solange sie nicht wusste, wie lange sie noch in diesem Land bleiben würde, musste sie einen offenen Streit vermeiden.

»Sie müssen bei der Bestrafung nicht zusehen, wenn sie Ihr Feingefühl verletzt«, sagte Rosario mit unbewegter Miene. Alice hielt alle Worte des Zorns zurück, denn niemand hier kümmerte sich wirklich um ihre Meinung. Im Grunde, so sagte sie sich, hatten die Dienstboten ja die Möglichkeit, sich der Strafe zu entziehen, indem sie fortliefen. Das Tor wurde nicht ständig bewacht.

»Für mich wird es demnächst Zeit, wieder nach Palenque aufzubrechen.« Dr. Scarsdale wechselte taktvoll das Thema, als das Hauptgericht aufgetragen wurde. »Trotz des tragischen Todes meines Gefährten muss ich meine Forschungen fortsetzen. Das wäre auch Patricks Wunsch gewesen.«

Alice überlegte, ob ihr Bruder nicht mehr Wert darauf gelegt hätte, dass Ix Chel gefunden wurde. Aber sie wusste nicht, was wirklich geschehen war, und beschloss, auf alle Einwände zu verzichten.

»Haben Sie dort denn schon interessante Entdeckungen gemacht?«, fragte sie so beiläufig wie möglich. Andrés Uk'um hatte ihr einen guten Rat gegeben, denn sie hatte in Veracruz bereits den Eindruck gewonnen, dass der ansonsten nicht gerade gesprächige Professor zu ausgiebigen Erklärungen neigte, wenn man ihn nach seiner Arbeit fragte.

»Leider befand sich die Stätte in einem recht vernachlässigten Zustand und musste wieder freigelegt werden«, begann er auch schon. Sie bemerkte ein begeistertes Funkeln in seinen Augen, das ihn verjüngte. »Bisher haben wir den Zustand der Ruinen überprüft und mit den Ergebnissen unserer Vorgänger verglichen. John Lloyd Stephens und sein Zeichner Frederick Catherwood haben 1840 bereits umfangreiche Forschungen angestellt und dabei die Technik entwickelt, Modelle aus Papiermaschee von den Reliefs anzufertigen. Die genaueste Untersuchung des Ortes nahm ein Engländer namens Alfred Maudslay im Jahre 1891 vor. Von ihm stammen auch die ersten umfangreichen Fotografien. Ihr Bruder bevorzugte übrigens Zeichnungen, da er glaubte, so mehr Details einfangen zu können. Er war ein herausragender Zeichner, das Talent liegt wohl in der Familie. Jedenfalls glaube ich, es gibt an diesem Ort noch zahlreiche aufregende Entdeckungen zu machen, doch wir hatten hierzu bisher nicht die Zeit. Ich hoffe, während der bevorstehenden Trockenzeit voranzukommen, denn leider sind meine finanziellen Mittel nun etwas beschränkter.«

Alice verstand die Anspielung. Patrick hatte die Expedition hauptsächlich mit seinem Vermögen finanziert, das nun ihr und Tante Grete gehören würde, sobald die Frage der Erbschaft geklärt war.

»Ich werde Ihnen sämtliche Ausgaben, die Sie hierzulande meinetwegen hatten, selbstverständlich ersetzen, sobald ich wieder in Deutschland bin«, versuchte Alice den Archäologen zu vertrösten. Ob sie ihm zusätzliches Geld überlassen würde, da Patrick eine Fortsetzung der Erforschung von Palenque gewünscht hätte, musste sie in Ruhe überlegen. Allerdings hatte sie Dr. Scarsdale nun einen weiteren Grund gegeben, auf ihre baldige Heimreise zu drängen.

»Auch Hans unterstützt das Projekt«, meldete Rosario sich nun zu Wort. »Er würde es begrüßen, wenn unser Land im Rest der Welt mehr Beachtung finden würde. Sie brauchen sich um die Zukunft Ihrer Forschungen keine Sorgen zu machen, Dr. Scarsdale.«

Alice nahm dies als Hieb in ihre Richtung zur Kenntnis, einen Hinweis, dass sie ihre eigene Wichtigkeit nicht überschätzen sollte. Sie schenkte der Hausherrin ein süßes Lächeln.

»Ich bin froh, dass Ihr Mann über derartigen Weitblick verfügt.« Vermutlich nahm Rosario die Bestrafung der Bediensteten deshalb in seiner Abwesenheit vor, überlegte sie, war diesmal aber vorsichtig genug, diesen Gedanken nicht auszusprechen.

Nach dem Mittagsmahl war sie wieder sich selbst überlassen, sah Patricks Zeichnungen durch, ohne auf irgendwelche Hinweise zu stoßen, und führte Mariana schließlich auf dem großen Vorhof spazieren, wo inzwischen alle Brandspuren beseitigt waren. Dabei bemerkte sie, wie ein paar Diener hektisch zum Herrenhaus liefen, und kurz darauf wurde das sorgsam verschlossene Eingangstor geöffnet.

Rosario Bohremann bekam Besuch. Drei Damen in eleganter Kleidung entstiegen einem überdachten Wagen. Ihr Zugpferd wurde angebunden, sie rückten ihre Hüte zurecht und spazierten langsam hinter den Dienstboten her. Die Älteste von ihnen kam auf Alice zu.

»Sie sind Deutsche, nicht wahr?«

Alice nickte.

»Ich bin die Schwester von Patrick Wegener.«

Alice sah, wie die Halsmuskeln der Dame sich bewegten, als sie schluckte.

»Es tut mir sehr leid, was mit Ihrem Bruder geschehen ist. Leider konnten wir die Barbarei in diesem Land noch nicht ganz ausrotten. Ich bin Maria Bernhard. Meinem Mann gehört die Plantage Hamburgo, in unmittelbarer Nähe der von Herrn Bohremann. Ich habe durch meine Dienstboten von dem Unglück gehört, das dieses Haus heimgesucht hat, und wollte meine Hilfe anbieten.«

Sie streckte ihre Hand aus, die Alice nach kurzem Zögern ergriff, während ihr klar wurde, dass sie Andrés ehemaliger Lehrerin gegenüberstand. Die Dame hatte ein sehr freundliches Gesicht. Obwohl sie aufrecht stand, waren ihre Schultern leicht nach vorn gebeugt, als hinge eine unsichtbare Last auf ihrem Rücken.

»Meine Töchter, Frederike und Elisabeth.«

Maria Bernhard wies auf zwei Mädchen, die hinter ihr standen, beide in hellen Rüschenkleidern, beide hatten Locken, die eine mittelbraune, die andere dunkelblonde. Die Blicke, die sie Alice zuwarfen, waren voll verhaltenem Misstrauen, doch sie knicksten so artig, wie es jungen Mädchen aus gutem Hause eigen war.

»Jemand muss Rosario Bohremann Bescheid geben«, sagte Alice, um die Lage in den Griff zu bekommen. Wie die drei Damen beim Aufräumen helfen wollten, war ihr ein einziges Rätsel, denn keine von ihnen hatte die kräftigen, zupackenden Arme einer Isolde Kernhagen. Falls ihre Eltern und Großeltern im Urwald noch Bäume fällen mussten, war ihnen bereits das Leben feiner Damen vergönnt gewesen.

»Ich freue mich sehr über Ihren Besuch, Frau Bernhard!« Alice hörte Rosarios Stimme. Diener mussten die Hausherrin benachrichtigt haben, denn sie schritt gelassen auf die Gäste zu. Ihre Erscheinung war makellos, aber die Freundlichkeit ihrer Worte klang nicht echt.

»Ich bedauere, wie viel Unglück über Ihr Heim hereingebrochen ist«, versicherte Maria Bernhard noch mal. »In gewisser Hinsicht fühle ich mich verantwortlich, da mein Mann es war, der Ihnen diesen überaus schwierigen Andrés Uk'um überlassen hat. Vielleicht habe ich damals mit meiner Idee von dieser Schule für die Indio-Kinder alles Unheil ausgelöst, denn sonst hätte er niemals eine solche Arroganz entwickelt.«

Alice fragte sich, ob diese Frau auch noch die Schuld an Patricks Ermordung auf ihre schwachen Schultern laden wollte. Die beiden Töchter musterten die Umgebung aus den Augenwinkeln, während sie ihrer Mutter zu den herrschaftlichen Wohnräumen folgten. Kurz steckten sie die Köpfe zusammen und tuschelten. Alice, die neben ihnen herging, erhaschte ein paar Worte wie »dumme Idee« und »keine Hilfe mehr nötig«. Vermutlich gingen sie davon aus, diese Reise umsonst gemacht zu haben. Allerdings konnte Alice sich keines der Mädchen mit einem Besen oder Putzeimer in der Hand vorstellen. Ein Blick traf sie, weiterhin misstrauisch und auch missbilligend. Es war die Größere der zwei Töchter, die dunkelblonde Elisabeth. Sie musste mitbekommen haben, dass Alice lauschte, und wirkte darüber keineswegs erfreut. Anders als ihrer Mutter schien es ihr nicht an Selbstvertrauen zu mangeln, denn um ihren Mund lang ein unangenehm hochmütiger Zug. Alice entfernte sich unauffällig ein Stück von den Mädchen. Sie wollte keine weiteren Feindschaften in diesem Land.

Unter den Pfirsichbäumen des Patio wurde wieder Schokolade serviert. Maria Bernhard gab eine ausführliche Version ihres Bedauerns und ihrer Anteilnahme von sich und sah ihre Gastgeberin unsicher an. Vermutlich erhoffte sie sich ein Lächeln, einen Funken von Wärme in Rosarios schönen dunkelbraunen Augen. Obwohl die Hausherrin immer wieder versicherte, der Brand habe nicht allzu viel Zerstörung angerichtet und der flüchtige Andrés würde bald wieder eingefangen werden, blieb sie jene Eisprinzessin, als welche Alice immer von Harry bezeichnet worden war. Ihr wurde bewusst, wie unangenehm ein solches Auftreten auf die Umwelt wirken konnte.

»Ich denke, hier ist alles in Ordnung, Mutter. Die Bohremanns kommen zurecht«, sagte Elisabeth schließlich. Sie klang dabei wie eine Gouvernante, die ihren Zögling ermahnte. Maria Bernhard zuckte mit den Schultern.

»Wenn du meinst. Ich dachte, wir sollten nachsehen, ob wir irgendwie helfen können.«

Elisabeth verzog das Gesicht in einer abfälligen Art, die Tante Grete zu einer Backpfeife veranlasst hätte. Ihre Mutter jedoch lächelte verlegen.

»Es war wirklich sehr freundlich von Ihnen, hier nach dem Rechten zu sehen«, sagte Alice. Das Gesicht von Maria Bernhard leuchtete auf. Alice fragte sich, ob es an dem mexikanischen Klima lag, dass sie etwas herzlicher sein konnte.

»Ich denke, dieser Andrés wird bald gefasst sein. Papa unterstützt Herrn Bohremann bei der Suche. Dann wird hier wieder Frieden einkehren«, meinte Elisabeth. »Aber Papa sagt auch, dass die bevorzugte Behandlung eines vermeintlich begabten Indios keine gute

Idee gewesen ist, weil es immer wichtig ist, Grenzen zu wahren zwischen uns und den Mexikanern.«

Zufrieden lehnte sie sich auf ihrem Stuhl zurück. Die kleinere, schüchterne Frederike warf ihr einen bewundernden Blick zu.

»Die Leute dieses Landes haben eine andere Mentalität«, fuhr Elisabeth fort, ermutigt von ihrer Schwester. »Es fehlt ihnen an Ordnungssinn und moralischem Empfinden.«

Rosario zuckte kurz zusammen. Alice begann, ihren Drang zur Perfektion und auch ihr tiefes Misstrauen allmählich zu verstehen. Seit sie Frau Bohremann geworden war, musste sie wohl immer wieder gegen derartige Vorurteile ankämpfen.

»Aber diese Hazienda wird von einer Mexikanerin geleitet. Ich habe in Deutschland niemals einen ordentlicheren Haushalt gesehen, und als Tochter eines Bankiers war ich in einigen vornehmen Häusern zu Gast«, mischte Alice sich erneut ein. Sie sagte einfach die Wahrheit und nahm das Staunen auf Rosarios Gesicht wahr, die sicherlich nicht damit gerechnet hatte, ausgerechnet von ihr Unterstützung zu bekommen.

»So hat Elisabeth es auch nicht gemeint«, rief Maria Bernhard schrill. »Das Kind redet leider manchmal, ohne nachzudenken. Niemand wollte Ihnen nahetreten, Frau Bohremann.«

Rosario zwang ein Lächeln auf ihre Lippen, während Elisabeth wieder einmal das Gesicht verzog. Wahrscheinlich hatte sie es genau so gemeint und hasste es zudem, von einer Mutter zurechtgewiesen zu werden, auf die sie mit jugendlichem Hochmut hinabsah.

»Ich meinte Mexikaner mit viel indianischem Blut«, sagte sie. »Jene, die hauptsächlich spanischer Abstammung sind, benehmen sich natürlich zivilisierter.«

Rosario schwieg. Alice überlegte, dass Elisabeth auch einfach eine Entschuldigung hätte aussprechen können. Zudem hatte sie ihre Worte nicht zurückgenommen, nur etwas modifiziert. Rosario konnte durchaus auch indianische Vorfahren haben, also blieb die Kränkung weiter im Raum stehen wie ein lästiger Eindringling.

»Es geht hier ja nur um einen einzigen Indio, der geflüchtet ist«, versuchte Alice die Gemüter zu schlichten. Besonders erfolgreich war sie nicht, denn Elisabeth öffnete den Mund, schloss ihn aber unter dem flehenden Blick ihrer Mutter wieder. Frederike betrachtete unterdessen Mariana, die zu Alice' Füßen saß.

»Fräulein Wegener hat durch Andrés Uk'um den größten Verlust erlitten«, sagte die Hausherrin plötzlich. »Meine verbrannten Lagerräume sind im Vergleich dazu lächerlich.«

Elisabeth blickte in Alice' Richtung.

»Leider war auch Ihr Bruder zu freundlich zu den Indios. Das zahlt sich nicht aus.«

Sie verzichtete diesmal auf den Hinweis, dass diese Weisheit von ihrem Vater stammte. Die Halsmuskeln von Maria Bernhard bewegten sich erneut.

»Elisabeth, also wirklich!«, flüsterte sie ihrer Tochter zu und wandte sich dann an Alice.

»Bitte entschuldigen Sie das Kind. Diese Direktheit hat sie von ihrem Vater geerbt.«

»Leider gilt das bei Frauen nicht als lobenswerte Eigenschaft«, erwiderte Alice sogleich. Es hatte nur eine Feststellung sein sollen, denn Tante Grete hatte ihr oft solche Vorwürfe gemacht, doch als sie sah, wie Elisabeths Gesicht erstarrte, spürte sie ein Gefühl des Triumphs. Die hochmütige Göre hatte weiß Gott eine Zurechtweisung verdient!

Für einen Augenblick war es unangenehm still.

»Sie haben einen lustigen Hund«, rief Frederike und begann, Marianas Kopf zu kraulen.

»Ein gewöhnlicher mexikanischer Straßenköter, aber sehr liebenswert. Sie ist unruhig, ich glaube, ich führe sie noch ein wenig spazieren.«

Alice stand auf, sie war diesen Kampf aus kleinen, geschickt verschleierten Gemeinheiten leid. Warum taten Frauen einander so etwas immer wieder an?

»Ich komme mit, wenn Sie nichts dagegen haben.«

Frederike sprang auf, ohne die Erlaubnis ihrer Mutter abzuwarten, und gesellte sich zu Alice. Gemeinsam verließen sie den Patio des Herrenhauses, um eine Runde auf dem Vorhof zu drehen, vorbei an den ausgebrannten Lagerräumen. Es war immer noch eine geordnete Welt inmitten der Wildnis, wo die Bediensteten wie geschäftige Ameisen herumliefen.

»Elisabeth war wieder mal ziemlich taktlos, aber nehmen Sie das nicht persönlich, denn wenn sie jemanden ärgern wollte, dann war es Frau Bohremann«, erklärte das junge Mädchen. Schadenfreude angesichts des Fehlverhaltens ihrer Schwester schwang überaus deutlich in ihren Worten mit.

»Aber was hat sie denn gegen Rosario?«, fragte Alice.

»Na ja, eigentlich nichts, außer dass sie so unglaublich schön ist, wie jede Frau gern wäre, und außerdem Mexikanerin und trotzdem mit Hans Bohremann verheiratet, genau der erfolgreiche, kluge Mann, den Elisabeth gern hätte. Ich glaube, sie betet jeden Abend, dass Rosario einen tödlichen Unfall hat oder aus irgendeinem Grund von ihrem Mann davongejagt wird. Dabei hat Hans Bohremann meine Schwester bisher kaum beachtet.«

Alice dachte, dass es sehr vernünftig von Hans Bohremann war, sich keine derartige Intrigantin ins Haus zu holen. Ihr Zorn auf die hochmütige Elisabeth legte sich. Sie plapperte vermutlich nur die Worte ihres Vaters nach, den sie für einen Quell unermesslicher Weisheit hielt. Außerdem wünschte sie sich die Liebe eines Mannes, der ihr eine gesicherte Zukunft und eine angesehene gesellschaftliche Stellung bieten konnte. All dies waren nur Zeichen für Ehrgeiz und Egoismus, Eigenschaften, die ihr durchaus helfen konnten, kein derart unsicheres, von ständigen Schuldgefühlen geplagtes Wesen zu werden wie ihre Mutter.

»Meine Mutter entschuldigt sich auch sonst ständig«, berichtete Frederike weiter. »Es ist also alles völlig normal. Sind Sie wirklich Malerin?«

Alice nickte.

»Also, das finde ich sehr aufregend. Ich male auch und hätte so gern einen guten Lehrer, aber Papa meint, das wäre unnötige Geldverschwendung, ich soll mich lieber für praktische Dinge interessieren wie Elisabeth. Mama hat versucht, ihn zu überreden, aber dann fing er wieder an, ihr diese Geschichte mit Andrés Uk'um vorzuwerfen. Also, ich muss sagen, dieser Indianer hat mein Leben zerstört!«

Mit tragischer Miene blickte sie zu Alice hoch, die sie tröstend anlächelte.

»Es ist normal, dass einem Steine in den Weg gelegt werden. Wenn Sie wirklich malen wollen, dann werden Sie auch Möglichkeiten finden, es zu tun. Sie sind noch jung und haben vermutlich noch viel Zeit.«

Es war nicht ganz die Antwort, die Frederike hatte hören wollen, denn sie blickte schweigend zu Boden. Alice erwog, zu Rosario und ihren Gästen zurückzukehren, doch dann kam ihr der Gedanke, dass von dem impulsiven Mädchen vielleicht noch mehr zu erfahren war.

»Was wirft Ihr Vater Ihrer Mutter denn wirklich wegen Andrés Uk'um vor? Dass sie ihm lesen und schreiben beibrachte und dann vorschlug, ihn auf eine Universität zu schicken? Er hat sein Studium ja auch erfolgreich abgeschlossen.«

Frederike sah ungläubig zu ihr auf.

»Aber er machte Schwierigkeiten und hetzte die anderen Arbeiter auf. Vater meint, ein jeder Mensch soll an dem Platz bleiben, den Gott ihm zugewiesen hat. Es ist nicht gut, wenn die Welt durcheinandergerät, und Mama hat jetzt auch eingesehen, dass er recht hatte.«

Alice unterdrückte einen Seufzer. Sie mochte Frederikes Vater noch weniger als Elisabeth, die nur nachplapperte, was er predigte. Maria hingegen schien ihr liebenswert. Warum fehlte den wohlmeinenden Menschen dieser Welt so oft das nötige Durchsetzungsvermögen?

»Andrés Uk'um hat ein bestimmtes Talent, ganz gleich, was man sonst von ihm halten mag«, versuchte sie, Frederike zu überzeugen. »Es ist schade, wenn Talente vergeudet werden. So, wie du gern malen möchtest, wollte er Ingenieurwissenschaften studieren. Ich finde, es war völlig richtig von deiner Mutter, ihm dies zu ermöglichen.«

Sie waren stehen geblieben, während Mariana auf dem sandigen

Boden herumschnüffelte und zu buddeln begann. Frederikes Augen waren groß geworden.

»Aber erst wegen meiner Mutter begann er doch, sich anders zu verhalten als gewöhnliche Indios.«

»Er war von vornherein anders«, widersprach Alice. »Ein gewöhnlicher Junge entwirft keine Pläne, eine Maschine, die er ein paarmal gereinigt hat, nachzubauen.«

Frederike schien noch verwirrter und fassungsloser. Alice begann zu ahnen, dass sie das Mädchen schwer von ihren Ansichten würde überzeugen können, als sie plötzlich Marcellas Stimme hörte. Indios waren tatsächlich anders, dachte Alice. Sie konnten sich fast lautlos bewegen.

»Die Señora sagt, dass Sie in den Salon kommen können, denn dort gibt es jetzt Kuchen.«

»Dann gehen wir jetzt«, schlug Alice vor. Sie kehrten ins Herrenhaus zurück und nahmen an dem perfekt gedeckten Tisch Platz, wo bereits Rosario, Maria Bernhard und ihre älteste Tochter saßen. Die Stimmung schien friedlich, was Alice in dem Eindruck bestärkte, wohl selbst der Störenfried gewesen zu sein. Diesmal gab es Kaffee und einen deutschen Apfelkuchen mit Sahne, der frisch aus dem Ofen gekommen sein musste, da er noch warm war. Er schmeckte hervorragend.

»Fräulein Wegener ist wirklich Malerin«, sagte Frederike, während alle anderen Frauen aßen, an ihre Mutter und Schwester gewandt. »Und sie hat gesagt, dass Andrés Uk'um einmal versucht hat, unsere Maschinen nachzubauen.«

Alice glitt fast die Kuchengabel aus der Hand. Frederike war zu unbedarft, um böser Absichten verdächtigt werden zu können. Vermutlich verfügte sie einfach nur über die Vertrauensseligkeit und Naivität ihrer Mutter.

»Ich bezweifle, dass diese Maschine funktionsfähig war.« Elisabeth kicherte. Ihre Mutter sah sie verwirrt an, doch Rosario Bohremanns Blick blieb länger als nötig an Alice hängen.

»Woher wissen Sie das? Haben Sie während der Unterhaltung, die Sie im carcer mit ihm führten, über sein Leben geplaudert?«, fragte sie. Alice rutschte auf ihrem Stuhl herum. Obwohl die Stimme der Hausherrin völlig ruhig gewesen war, meinte sie, verhört zu werden.

»Es war … also, es steht in Patricks Tagebuch. Er sprach mit Andrés in Palenque, und da hat er es ihm erzählt.«

Sie spürte Schweißtropfen über ihren Nacken laufen. Aber die Lüge klang nicht schlecht, schien ihr glaubwürdiger, als zu behaupten, sie hätte den Kindheitserinnerungen des vermeintlichen Mörders ihres Bruders gelauscht.

»Da hat der kleine Indio sich aber ganz schön wichtig gemacht! Man sollte nicht alles glauben, was Leute einem erzählen.« Elisabeth gluckste in ihre Kaffeetasse. Alice war wütend. Sie wollte gerade nach einer passenden Antwort suchen, als sie bemerkte, dass Rosario sie weiterhin sehr aufmerksam betrachtete. Erst als Alice ihren Blick erwiderte, wandte die Hausherrin sich ab.

Sie weiß es, dachte Alice. Sie weiß, dass ich gelogen habe, auch wenn sie die Hintergründe vermutlich nur ahnen kann.

Ihr wurde unwohl. Der Kuchen schmeckte nicht mehr.

»Möchten Sie noch etwas Kaffee, Fräulein Wegener?«, fragte die Hausherrin. Alice nickte und bemühte sich, einen gefassten Eindruck zu machen, während Rosario selbst ihre Tasse füllte, da das Dienstmädchen gerade nicht zugegen war. Kurz trafen sich ihre Blicke über der feinen weißen Spitzendecke und den Porzellantassen auf dem Tisch. Alice spürte die unausgesprochene Warnung so deutlich, als hätte Rosario ihr eine Messerspitze an den Hals gedrückt.

Die Besucherinnen verabschiedeten sich bald nach dem Verzehr des Apfelkuchens und traten die Heimreise an. Alice ging mit Mariana wieder in ihr Zimmer, erfreut über die Aussicht auf ein paar Stunden des Alleinseins vor dem Abendessen. Sie erwog wieder einmal eine baldige Rückkehr nach Deutschland, denn die Mauern, gegen die sie bei ihrer Suche nach der Wahrheit lief, schienen immer dicker zu werden, sobald sie glaubte, ein paar Schritte vorwärts machen zu können.

Vielleicht war Patrick einfach von Banditen überfallen worden, was Andrés als glaubwürdige Möglichkeit angedeutet hatte. Ix Chel hatten sie vermutlich verschleppt, und falls sie noch irgendwo lebte, wäre es so gut wie unmöglich, sie zu finden. Alice blieb nichts anderes übrig, als Patricks Frau ihrem Schicksal zu überlassen. Es gab so viele Dinge, die sie zu Hause zu klären hatte. Vielleicht musste sie auch erst heimkehren, um ihren Frieden zu finden.

Ihr war gerade der Gedanke gekommen, dass Banditen Patrick vermutlich nicht das Herz herausgeschnitten hätten, als es an der Tür klopfte. Wieder bat sie einen Gast herein. Im ersten Moment erwartete sie trotz aller Unwahrscheinlichkeit Andrés und staunte, dass ihr Herz einen winzigen Sprung der Freude tat.

Aber es war ein sehr blasses Gesicht, das im Türspalt auftauchte, ebenfalls bebrillt, doch hagerer und älter.

»Hätten Sie einen Augenblick Zeit für mich?«, fragte Dr. Scarsdale. Alice nickte und räumte die Papiere zusammen.

»Ich wollte mich von Ihnen verabschieden«, begann der Archäologe. »Sobald Herr Bohremann zurück ist, breche ich nach Palenque auf.«

Alice nickte noch einmal und nahm auf dem Bett Platz, sodass der Stuhl für ihren Gast frei war. Dr. Scarsdale setzte sich nach kurzem Zögern. Alice fand, dass er zu farblos für dieses Land wirkte, als hätte er sich die ganze Zeit vor der Sonne versteckt.

»Ich wollte Ihnen noch mal sagen, wie sehr ich alle … Unannehmlichkeiten bedauere, denen Sie hier ausgesetzt waren. Als ich Sie nach Mexiko einlud, hoffte ich, es käme zu einem glücklichen Wiedersehen zwischen Ihnen und Ihrem Bruder. Doch es muss ein Trost für Sie gewesen sein, an seiner Beerdigung teilnehmen zu können.«

Wieder senkte Alice zustimmend den Kopf, obwohl ihr Beerdigungen nicht viel bedeuteten, denn das Leben eines Menschen endete im Moment seines Todes. Welche Bedeutung konnte sein Leichnam noch haben? Sie hatte allerdings gelernt, dass es unklug war, anderen Menschen solche Gedanken mitzuteilen.

»Ich hoffe, dass der flüchtige Andrés Uk'um bald gefunden wird«, fuhr Dr. Scarsdale fort. »Danach ist der Fall abgeschlossen.

Sie werden vermutlich froh sein, wieder die Heimreise antreten zu können.«

»Ich denke, es wird notwendig sein, dass ich nach Hause fahre«, gab Alice zu. Sie hatte sich darauf eingestellt, obwohl sie der endgültigen Heimkehr mit gemischten Gefühlen entgegensah. Mexiko hatte den entscheidenden Vorteil, dass Tante Grete sich dort nicht aufhielt.

»Worum ich Sie bitten wollte.« Dr. Scarsdale räusperte sich. »Ihr Bruder war ein herausragender Zeichner und hat sehr detaillierte Bilder einiger Reliefs von Palenque angefertigt. Wären Sie bereit, mir diese zu überlassen?«

Das also war es!

»Sie können die Zeichnungen haben«, versprach Alice. »Und auch die Bücher aus der Truhe. Mir nützt all das nicht viel. Nur Patricks persönliche Aufzeichnungen möchte ich mitnehmen.«

»Natürlich. Ich verstehe. Könnte ich nun … ich meine, Hans Bohremann kann jederzeit wiederkommen, und dann mache ich mich gleich zum Aufbruch bereit …«

»Ich suche schnell alles zusammen.«

Sie nahm den Stapel von Papieren, die sie bereits mehrfach durchgesehen hatte, und überreichte ihn dem Archäologen. Als er weiterhin keine Anstalten machte, sich zu entfernen, öffnete sie die Truhe und holte alle Bücher heraus, obwohl sie sich sicher war, dass er sie bereits kannte. Schließlich blieb nur noch Patricks Tagebuch übrig. Darauf lag die Zeichnung.

»Das ist … das ist Patricks Geliebte!«, rief Dr. Scarsdale. Auf seinen blassen Wangen erschienen rote Flecken. »Darf ich mir das genauer ansehen?«

Alice überreichte ihm nach kurzem Zögern das Blatt Papier. Er hielt es dicht vor seine Brillengläser, und seine Hände begannen zu zittern.

»Patrick hielt sie für ein unschuldiges Wesen, aber ich habe ihr niemals wirklich getraut.«

Er drehte die Zeichnung um.

»Keinerlei Notizen«, murmelte er.

»Haben Sie diese Kette irgendwo in Palenque gesehen?«, fragte Alice spontan. »Sie erscheint mir alt und wertvoll.«

Der Archäologe ließ die Zeichnung sinken.

»Erstaunlich gut beobachtet, Miss Wegener. Für Juwelen scheinen Frauen immer einen scharfen Blick zu haben. Nein, ich habe diese Kette noch niemals gesehen. Aber ich wäre sehr glücklich, sie irgendwo zu finden. Jedes Museum der Welt würde einen hohen Preis für so ein Fundstück zahlen.«

Alice nahm die Zeichnung wieder an sich, denn sie hatte nicht die Absicht, sie dem Archäologen zu überlassen.

»Wer Ix Chel, Patricks Geliebte, findet, der findet vielleicht auch die Kette«, sagte sie. Dr. Scarsdale runzelte die Stirn.

»Ich weiß, ich weiß, aber Ix Chel ist verschwunden. Eine untergetauchte Indianerin ist ungefähr so einfach zu finden wie die berühmte Nadel im Heuhaufen.«

»Weshalb sind Sie sich denn so sicher, dass sie noch lebt?«, fragte Alice. Er zuckte mit den Schultern.

»Wenn die Indios Ihren Bruder getötet haben, dann ließen sie Ix Chel vermutlich leben. Jedenfalls gehe ich davon aus.«

»Ja, vielleicht«, erwiderte Alice und verabschiedete sich von Dr. Scarsdale. Dann setzte sie sich wieder auf das Bett und musterte eindringlich die indianischen Gesichtszüge eines unbekannten Mädchens. Wieder überkam sie der Drang, Fragen zu stellen, doch sie wusste, dass nur die von gelegentlichen Schritten und Rufen unterbrochene Stille der Hazienda ihr antworten würde. Woher kam das Gefühl, dass diese Kette besonders wichtig sein konnte? Vielleicht aus dem Wissen, dass kaum eine Indianerin wohl kaum ein derart wertvolles Schmuckstück besaß.

Das Abendessen verlief ohne weitere Zwischenfälle. Alice zog sich früh zurück, denn ihr stand nicht der Sinn nach Gesellschaft. Sie hatte sich bereits zu Bett gelegt, als es wieder einmal klopfte. Sie murrte und zog das Kissen über ihren Kopf, doch Mariana lief aufgeregt bellend zur Tür, die sich knarrend öffnete.

»Señorita?«

Es war Marcella. Sie musste dem Hund eine weitere Mahlzeit gebracht haben, denn Alice hörte gierige Schlabbergeräusche. Dann schwebte plötzlich ein Schatten über ihr. Sie unterdrückte im letzten Moment einen Schrei, denn sie hatte vergessen, dass Indios sich geschmeidig wie Katzen bewegen konnten, ohne dabei Geräusche zu verursachen.

»Andrés sagt, dass er auf Sie warten wird. Wenn Sie ihn sehen wollen, kommen Sie morgen nach dem Frühstück aus dem Ausgangstor hinaus.«

Bevor Alice ein Wort sagen konnte, war die Dienerin ebenso lautlos wieder verschwunden.

Alice schlief tief und traumlos, sodass sie am nächsten Tag mit frischem Lebensmut erwachte. Das Frühstück nahm sie zusammen mit Rosario und Dr. Scarsdale ein, wobei hauptsächlich geschwiegen wurde, jedoch war es ein angenehmes, entspanntes Schweigen. Jeder hing seinen Gedanken nach. Alice stellte fest, dass Rosario und sie durchaus miteinander auskommen konnten, solange Gespräche vermieden wurden.

»Ich glaube, mein Hund braucht ein bisschen mehr Freiheit.« Sie unterbrach schließlich die angenehme Stille. »Ich würde ihn gern außerhalb der Hazienda herumlaufen lassen.«

Rosario warf einen kritischen Blick auf die treu neben Alice' Füßen kauernde Mariana.

»Das ist zwar ein gewöhnlicher Mischling, aber Sie halten ihn wie einen Schoßhund. Er scheint mir daran gewöhnt, denn er wirkt nicht gerade wie eine Kämpfernatur.«

Alice vergrub ihre Finger in dem Strubbelfell und hörte ein zufriedenes Grunzen.

»Wahrscheinlich wollte Mariana schon immer ein Schoßhund sein und wartete nur auf die richtige Gelegenheit«, sagte sie. »Doch der goldene Käfig ist nur dann wirklich schön, wenn man ihn ab und an auch verlassen darf und dann freiwillig zurückkehrt.«

Zu ihrem Staunen huschte ein Lächeln über Rosarios Gesicht.

»So reden nur Menschen, die im goldenen Käfig aufwuchsen.

Wer die harte Welt da draußen wirklich kennt, der lässt sie gern auf Dauer hinter sich.«

Alice staunte über den ernsten, fast schwermütigen Unterton, der mühsam hinter leichter Konversation verborgen wurde.

»Es gibt hier Kojoten und vielleicht auch Jaguare, die sich mit Freuden auf so eine gutmütige Kreatur stürzen würden«, fügte Rosario hinzu, wobei ihr Blick Mariana kurz streifte. Alice legte ihre Hand schützend auf den Kopf ihrer Hündin, als könne sie allein dadurch alle gierigen Raubtiere der Welt abwehren.

»Ich gehe natürlich mit ihr nach draußen. Wir drehen nur eine kleine Runde, dann kommen wir wieder zurück. Bitte geben Sie den Wächtern Bescheid, damit es keine Schwierigkeiten gibt.«

»Ja, natürlich. Aber möchten Sie nicht lieber einen bewaffneten Begleiter haben, für alle Fälle?«

Alice schüttelte den Kopf.

»Nein, vielen Dank. Ich möchte ein bisschen allein sein, verstehen Sie? Ich bleibe in der Nähe der Hazienda, machen Sie sich keine Sorgen.«

Nun war es entschieden. Sie konnte nicht mehr zurück, hatte aber auch keinen Augenblick gezögert, Andrés' Einladung anzunehmen, trotz ihrer Erfahrung in San Cristóbal de las Casas.

»Wie Sie meinen, Fräulein Wegener. Aber beeilen Sie sich bitte, damit wir uns nicht wieder Ihretwegen Sorgen machen müssen«, sagte Rosario mit einem Seufzer. Alice nahm die angedeutete Rüge zur Kenntnis. Eigentlich konnte sie es den Bohremanns kaum verübeln, dass sie ihre baldige Abreise herbeiwünschten, denn sie hatte ihnen bisher hauptsächlich Ärger gemacht.

Da ein frischer Wind wehte, holte sie einen Schal aus ihrem Zimmer und kraulte Mariana.

»Du willst sicher mal ein bisschen herumtollen, ohne dass sich jemand aufregt«, flüsterte sie. Dann fiel ihr ein, dass sie Mariana in Berlin würde beibringen müssen, an einer Leine zu laufen. Sie verdrängte diesen Gedanken, denn im Augenblick gab es genug andere Probleme, mit denen sie sich auseinandersetzen musste.

Gemeinsam durchquerten sie den Patio, danach den Außenhof

und traten schließlich ins Freie. Die paar Hütten schienen leer zu sein, da ihre Bewohner wohl gerade ihren Pflichten im Herrenhaus nachgingen. Mariana rannte los, sprang über wild wucherndes Gras und vereinzelte Felsen. Dennoch drehte sie sich immer wieder nach Alice um, als habe sie Angst, deren Schutz und Fürsorge könnten so schnell verschwinden, wie sie gekommen waren. Alice ging langsam, denn sie wollte den Eindruck vermeiden, dass sie nach jemandem suchte. Vielleicht saßen in den vermeintlich leeren Hütten doch Leute, die sie beobachteten und ihr Verhalten der Hausherrin melden würden.

Wahrscheinlich würde Andrés gar nicht kommen. Es wäre Irrsinn, sich in die Nähe einer Hazienda zu wagen, deren Besitzer gerade die Gegend nach ihm durchsuchte. Marcella hatte sich vielleicht einen Scherz mit ihr erlaubt und erzählte den anderen Bediensteten gerade, wie leichtgläubig die junge Fremde war und dass sie einem Indio-Mann entgegeneilte wie eine läufige Hündin.

Alice schlang den Schal enger um sich, da ein kalter Wind wehte. Dieses Land war ebenso unwirtlich wie mächtig und mitreißend. Sie konnte sich nicht vorstellen, hier jemals heimisch zu werden.

Gerade wollte sie den Rückweg zur Hazienda einschlagen, als sie drei Gestalten entdeckte, die ihr aus der entgegengesetzten Richtung entgegenkamen. Es waren gewöhnliche Indios in den üblichen gestreiften Umhängen, über deren Schultern Säcke hingen. Als Alice ihnen erwartungsvoll und gleichzeitig ratlos entgegenblickte, bogen sie plötzlich ab, um einen weiten Bogen um die Hazienda zu machen. Alice blieb stehen. Sie kam sich dumm vor. Wahrscheinlich waren das gewöhnliche Bauern auf dem Weg zum nächsten Märkt, die sich fragten, warum eine fremde blonde Frau hier herumlief. Sie wollte sich gerade umdrehen, um keinen falschen Eindruck zu erwecken, als einer von ihnen die Hand hob und ihr rasch zuwinkte. Es konnte unmöglich Andrés sein, denn dieser Mann war zu klein und zu stämmig. Aber vermutlich würde Andrés sich auch niemals hierherwagen. Hatte er einen Freund geschickt? Leider bestand auch die Möglichkeit, dass Alice die anzügliche Einladung eines völlig Fremden annahm. Eine Weile blieb sie ratlos stehen, dann sah sie, wie das Winken wiederholt wurde. Das Zeichen schien ihr zu energisch und gleichzeitig zu unpersönlich, um ein plumper Verführungsversuch zu sein. Alice setzte sich in Bewegung, hielt aber sicheren Abstand von den drei Männern, für den Fall, dass jemand sie beobachtete. Es ging immer weiter in die Wildnis hinein. Mariana blieb dicht hinter ihr, als habe sie sich Rosarios Warnungen zu Herzen gekommen. Alice wurde zunehmend unwohl, je kleiner die Hazienda hinter ihr schien. Es stand fest, dass Rosario niemanden beauftragt hatte, sie zu beobachten, denn in diesem Fall hätte man sie sicher schon längst zurückgeholt. Sie ging immer weiter, aus Entschlossenheit und Trotz, auch als die letzten vertrauten Umrisse des weißen Gebäudes hinter einem Hügel versanken. Niemand sollte behaupten können, dass sie sich leicht entmutigen ließ. Die Indios schienen ihre Schritte zu verlangsamen, denn Alice konnte sie einholen, doch da sie sich nicht nach ihr umdrehten, zog sie es vor, einen gewissen Abstand zu wahren. Schließlich tauchte zwischen zwei knorrigen Eichen eine kleine Lehmhütte auf, die ebenfalls einen unbewohnten Eindruck machte. Die Indios blieben vor der Eingangstür stehen, luden ihre Säcke ab und sahen Alice an. Ihr Magen wurde zu einem Knoten aus Nervosität und neugieriger Erwartung.

»Wartet hier Andrés Uk'um?«, fragte sie auf Spanisch, doch die braunen Gesichter blieben völlig ausdruckslos. Vermutlich verstanden sie nur ihre indianischen Sprachen.

»Andrés Uk'um!«, wiederholte Alice langsam und deutlich. Einer der Männer wies mit dem Kopf zur Eingangstür der Hütte. Alice ging langsam los. Ihr wurde bewusst, dass sie in diesem Land schon zweimal in eine Falle getappt war, und sie beschloss, diesmal vorsichtig zu sein. Sie würde die Tür aufstoßen, aber aus sicherem Abstand einen Blick hineinwerfen und gleich wieder verschwinden, falls der Raum leer sein sollte. Die Männer machten keinen gefährlichen Eindruck, zwei waren schon vom Alter gekrümmt und ergraut, selbst der jüngere, kräftige dritte, der gewunken hatte, trug keine Waffe. Wichtig war nur, dass sie sich nicht wieder irgendwo hineinstoßen ließ, wo man sie einsperren konnte.

Diesmal warteten alle ruhig, bis sie die Tür geöffnet hatte. Ein enger, fensterloser Raum tat sich vor ihr auf, in dem sie nichts erkennen konnte.

»Andrés!«, rief sie. Als keine Antwort kam, trat sie einen Schritt zurück.

»Er ist nicht hier. Ich gehe jetzt zu der Hazienda zurück, wo Señora Bohremann auf mich wartet.«

Sie hatte den Namen in aller Deutlichkeit ausgesprochen, denn sie wusste bereits, welche Wirkung er in dieser Gegend zeigen konnte. Die indianischen Gesichter blieben starr. Alice drehte sich um. Sie würde jetzt einfach zurückgehen. Sobald sie den vor ihr liegenden Hügel überquert hatte, wäre auch die Hazienda wieder zu sehen. Wahrscheinlich war sie nicht länger als zehn Minuten unterwegs gewesen, und niemand würde Verdacht schöpfen.

Hinter ihr wehte ein Windhauch. Mariana bellte. Dann legte eine Hand sich auf Alice' Mund, und als ihr schwarz vor Augen wurde, hörte sie einen Mann gellend aufschreien.

Ihr Kopf schmerzte, und die Zunge klebte ihr am Gaumen, als hätte sie sich am Abend zuvor betrunken. Alice streckte sich in der Erwartung, ein vertrautes Bettlaken unter sich zu fühlen, doch sie verspürte nur einen glatten Untergrund. Sie riss die Augen auf. Um sie herum waren Baumstämme zu Wänden aneinandergereiht, doch gab es genug Ritzen zwischen ihnen, damit ein wenig Tageslicht eindringen konnte. Das Dach jedoch war undurchdringlich, da die Fugen hier mit Lehm und Stroh abgedichtet worden waren. In einer Ecke dieses schlichten Raumes stand eine schmale Bank als einziges Möbelstück. Ein Stück davor bildeten drei große Steine ein Dreieck, auf dem eine Art tönerne Pfanne lag. Es musste sich um eine primitive Kochstelle handeln. Das Stechen in Alice' Schläfen ließ glücklicherweise nach, je mehr ihr Bewusstsein zurückkehrte. Sie sah einen Schatten um sich herumhuschen und verspürte etwas Feuchtes an ihrer rechten Hand. Als sie zurückzuckte, sprang eine Gestalt auf ihre Brust und drückte ihr eine feuchte Schnauze ins Gesicht. Zwei bernsteinfarbene Augen leuchteten glücklich und hingebungsvoll.

»Mariana!«, rief Alice und schlang ihre Arme um den Hund, der zufrieden grunzte. Erinnerungen stürzten über sie herein, weckten eine verworrene Mischung aus Angst und Zorn auf ihre eigene Dummheit, da sie zum dritten Mal mit offenen Augen in eine Falle gelaufen war. Diesem Land war sie ebenso wenig gewachsen wie Patrick. Sie hätte gleich nach Hause fahren sollen, um das Einzige zu tun, das sie wirklich beherrschte und wollte: malen. Doch nun konnte sie nur noch hoffen, ein allerletztes Mal Glück zu haben und unversehrt aus der Gefangenschaft unbekannter Indios zu entkommen. Diesmal gab es keinen Retter mehr, denn Juan Ramirez durchstreifte gemeinsam mit Hans Bohremann die Gegend und wusste wahrscheinlich noch nichts von ihrem Verschwinden. Dr. Scarsdale liebte seine Ruinen zu sehr, um sich mit dem Schicksal lebender Menschen zu befassen. Und Rosario würde sie nicht vermissen.

Nach Trost suchend, drückte sie den warmen Hund an sich, der ihr Kinn und Wangen ableckte. Wenigstens eine Kreatur dieser Welt liebte sie aufrichtig, trotz all ihres eigensinnigen, dummen Benehmens. Während sie ihr Gesicht in dem rauen Fell vergrub, fiel ihr ein, dass die Indios so brutal und mordlustig nicht sein konnten, sonst hätten sie kaum ihren Hund am Leben gelassen. Alice schob Mariana sanft von sich, stand auf und atmete tief durch. Sie lebte. Und irgendwie würde sie es schaffen, auch aus dieser Lage herauszukommen, doch sie musste zunächst herausfinden, was wirklich geschehen war.

Sie ging zur Tür, voller Entschlossenheit, sie im Notfall mit Gewalt aufzubrechen, denn diese Hütte machte keinen besonders stabilen Eindruck. Ein einziger heftiger Fußtritt genügte, um die Tür zu öffnen, was daran liegen musste, dass sie nicht verschlossen gewesen war. Das Sonnenlicht stach in Alice' Augen, und sie blinzelte gequält, als sie ins Freie trat.

Die drei Indios, die sie in die Falle gelockt hatten, saßen schwatzend unter einem Baumstamm. Sie blickten auf und musterten Alice neugierig, leicht besorgt, aber keineswegs drohend. Im Hintergrund liefen ein paar Frauen herum, die Wassereimer zu einem kleinen steinernen Rundbau schleppten, der wie die abgeschnittene Kuppel eines Turmes aussah. Bei Alice' Anblick wurde ihre

Unterhaltung etwas lauter, doch sie hielten in ihrer Tätigkeit nicht inne. Alice kam alles wie ein Traum vor, der harmlos anfing, aber jederzeit in Grauen umschlagen konnte, da Träume noch unvorhersehbarer waren als das wirkliche Leben.

»Buenos dias!«, rief sie den Dorfbewohnern zu. Ihr Gruß blieb unbeantwortet, und ihr fiel wieder ein, dass die meisten Indios kein Spanisch verstanden. Eine der Eimerträgerinnen stellte ihre Last jedoch kurz vor dem Rundbau ab und begann mit kreischender Stimme zu rufen, bevor sie mit den anderen Frauen in die Kuppel kroch. Alice vermutete, dass sich darin eine Art gemeinsames Badehaus verbarg, denn aus dem Hintergrund stieg Rauch auf, als solle das Wasser erhitzt werden.

Eine Gestalt trat zwischen den Bäumen hervor, die diese kleine Siedlung umgaben. Mariana rannte schwanzwedelnd los und sprang um die Beine des Ankömmlings herum.

Alice sah Brillengläser im Sonnenlicht blitzen. Ihre Hände ballten sich zu Fäusten.

»Was soll das bedeuten? Haben Sie sich einen schlechten Scherz mit mir erlaubt? Ich habe Ihnen vertraut, bin diesen Männern gefolgt, die Sie geschickte haben, und dann … dann … Sie sind ein verfluchter Mistkerl!«

Ihr wurde bewusst, dass sie deutsch gesprochen hatte. Die Botschaft wurde trotzdem verstanden, denn die zwei letzten indianischen Frauen, die noch nicht in das Bad gekrochen waren, sahen mit einer Mischung aus Furcht und Empörung in ihre Richtung. Neugierige Augenpaare beobachteten, wie Andrés unbeirrt auf die fremde schimpfende Frau zuging.

»Lo siento«, sagte er und hob die Arme in einer Geste der Hilflosigkeit. »Aber Sie wollten ja nicht freiwillig in die Hütte gehen, wo Sie auf mich warten sollten, und drohten meinen Freunden mit den Bohremanns.«

Alice schnaubte.

»Ich habe doch gar nicht gedroht. Ich wollte mich nur schützen und habe deshalb den Namen eines Kaffeebarons erwähnt. Was … was ist mit mir geschehen?«

»Zuerst zog man Ihnen einen Sack über den Kopf. Dann wurden Sie betäubt«, sagte er. »Ein Schlag mit der Handkante gegen die Halsschlagader. Der Medizinmann kann das. Er wurde dabei von Mariana in die Wade gebissen, aber er verzieh ihr, weil er weiß, dass ein guter Hund sich so verhält. Ich hoffe, es ist alles in Ordnung mit Ihnen.«

Sie nahm echte Besorgnis in seiner Stimme wahr.

»Ich lebe noch«, entgegnete sie. »Und jetzt will ich wissen, wo genau ich bin.«

»Ein gewöhnliches Indio-Dorf, wie Sie sehen. Nicht so weit weg von der Hütte, wo ich sie ursprünglich treffen wollte, denn die Betäubung hielt nicht lange an.«

Er machte eine ausladende Geste, als zeige er ihr Sehenswürdigkeiten.

»Ein paar Hütten, dort hinten der Temazcal, wo die Frauen sich gerade zum Schwitzbad versammeln, das auch als Geburtsvorbereitung hilfreich sein soll. Die meisten der Männer arbeiten auf den Plantagen oder in Städten. Die Frauen müssen daher sehen, wie sie allein zurechtkommen, aber meistens gelingt ihnen das ganz gut.«

Alice staunte, wie rasch seine Erklärungen sie beruhigten. Das Traumgefühl wich dem Bewusstsein, in einer Wirklichkeit verwurzelt zu sein, die nicht so schlimm war.

»Aber ich habe Ihnen etwas Wichtiges mitzuteilen. Würden Sie mir wieder in die Hütte folgen? Man hat sie Ihnen großzügig überlassen«, sagte Andrés Uk'um schließlich und wies auf jene Tür, gegen die sie vor Kurzem getreten hatte. Alice folgte der Aufforderung, denn die ruhige Vernunft, die dieser Mann ausstrahlte, nahm ihr den letzten Rest an Misstrauen. Sie setzte sich auf die Bank, Andrés ließ sich neben ihr nieder. Allerdings wahrte er respektvollen Abstand. Sein gelegentlicher Spott war frei von jenem spielerischen Flirten, wie sie es von Juan Ramirez kannte. Auch hatte dieser bebrillte Indianer ihr niemals jene teils bewundernden, teils gierigen Blicke zugeworfen, von denen sie regelrecht verfolgt wurde, seit sie in Veracruz den Dampfer verlassen hatte. Alice fragte sich, warum ihr dies gerade jetzt auffiel. Sie horchte in sich hinein, konnte aber keine Enttäuschung feststellen, nur eine leichte Unzufriedenheit, die nicht schmerzte. War sie es so sehr gewohnt, von Männern angestarrt zu werden, dass es sie tatsächlich irritierte, wenn diese Reaktion ausblieb?

»Was ich Ihnen sagen wollte, ist Folgendes.« Andrés riss sie aus ihren Gedanken. »Ix Chel lebt. Ich hatte den Eindruck, es wäre Ihnen wichtig, dies zu erfahren.«

Alice schnappte nach Luft. Alle Gedanken über enttäuschte Eitelkeit wurden aus ihrem Kopf verdrängt.

»Haben Sie sie gefunden?«

»Nein. Aber ich hörte Gerüchte. Und ich fand diesen Ring.«

Er hielt ihr einen schmalen Reif aus Gold entgegen.

»Das ist ein Erbstück aus unserer Familie. Mein Vater trug einen ähnlichen. Vielleicht war es der Ehering meiner Mutter, den Patrick aus irgendeinem Grund nach Mexiko mitnahm«, stammelte Alice.

»Ich weiß nicht, woher Patrick ihn hatte«, erwiderte Andrés. »Aber er steckte ihn Ix Chel an den Finger. Nun ist dieser Ring in einem Indio-Dorf aufgetaucht. Der Kazike hatte sich ihn um den Hals gehängt, und als ich nicht lockerließ, erfuhr ich, dass ein flüchtiges Mädchen ihn schweren Herzens hergegeben hatte, um dafür Hilfe zu bekommen.«

Alice ballte die Hände zu Fäusten.

»Wenn diese Ix Chel sogar den Ring ihres verstorbenen Mannes hergab, dann … dann wollte sie vielleicht nur …«

»Sie wollte überleben«, unterbrach Andrés. »Das ist nicht einfach für eine junge, mittellose Frau. Es mag ihr sehr schwergefallen sein, sich von dem Ring zu trennen, aber ich glaube, Patrick wäre eine lebendige Ix Chel lieber gewesen als ein Leichnam mit einem Ehering am Finger.«

Alice schluckte und gab zögernd nach, obwohl sie immer noch nicht wusste, was von dieser unbekannten Indianerin zu halten war, die sie streng genommen als ihre Schwägerin ansehen musste.

»Kann ich Ix Chel treffen? Ist sie in diesem Dorf oder in einem benachbarten?«, fragte sie. Das bisher fast unerreichbare Ziel schien auf einmal so nah, dass es ihr schwerfiel, ruhig sitzen zu bleiben. Mariana spürte ihren Gemütszustand und lief aufgeregt herum.

Andrés fuhr sich mit der Hand durchs Haar. In den Sonnenstrahlen, die sich durch die Ritzen hereinschlichen, leuchtete es blauschwarz. Alice wurde bewusst, wie schön dieses glatte, schwere Indianerhaar war.

»Ich fürchte, so einfach ist es nicht. Ix Chel wollte zurück zu ihren Leuten. Es gelang ihr, dies dem Kaziken klarzumachen. Für den Ring erhielt sie Begleitschutz in einer Kolonne aus Ochsenwagen, die Waren eines Händlers aus Tapachula transportieren. Ein junges Mädchen kann da jederzeit mitreisen, doch einer der Carreteros, die diese Wagen lenken, muss sie als seine Frau ausgeben, damit sie vor Belästigungen geschützt ist. Diesen Begleitschutz erhielt Ix Chel für den Ring. Ein Sohn des Kaziken brachte sie in die Nähe von Palenque. Ich glaube, sie ist inzwischen wieder zu Hause.«

»Und wo ist das, ihr Zuhause?«, fragte Alice ungeduldig.

»Ein kleines Dorf irgendwo in der Nähe der Ruinen. Indios könnten Ihnen vielleicht erzählen, wie Sie dorthin gelangen, aber einer Ladina, die aussieht wie die Schwester eines Kaffeebarons, werden sie kein Sterbenswörtchen verraten.«

Alice bohrte die Absätze ihrer Schuhe in den Erdboden der Hütte.

»Manchmal habe ich das Gefühl, dieses Mädchen läuft vor mir davon. Hat sie denn diesem Kaziken irgendetwas gesagt, ich meine darüber, was mit Patrick geschah?«

Andrés sah sie nachsichtig an.

»Sie sprach einen anderen Dialekt als Tzotzil. Wir sind keine Affen, die sich einfach durch Grunzlaute verständigen können.«

»Danke für den Hinweis, aber ich kann mich nicht erinnern, etwas Derartiges behauptet zu haben«, erwiderte Alice und warf ihm einen wütenden Blick zu. Andrés ging nicht darauf ein, sondern sprach ruhig weiter.

»Angeblich machte sie einen aufgewühlten, verängstigten Eindruck. Aber das war nicht verwunderlich in ihrer Lage. Die Leute in dem Dorf dachten, sie sei vor einem prügelnden Ehemann oder einem noch schlimmeren Patron davongelaufen. Den Ring hielten sie für Diebesgut. Mehr konnte ich leider nicht herausfinden, und ich bezweifle auch, dass irgendjemand mehr weiß.«

Alice sackte zusammen.

»Das heißt, ich bin ebenso klug wie vorher. Aber das Verhalten von Ix Chel ist eindeutig verdächtig. Warum lief sie fort, anstatt zu warten, bis Sie damals aus dem Dorf zurückkamen? Der Fall hätte längst geklärt sein können, wenn Ix Chel nicht geflohen wäre.«

»Zunächst einmal wollte sie vermutlich vor Patricks Mörder fliehen, wer auch immer das sein mag«, erklärte Andrés. Alice nahm widerwillig zur Kenntnis, dass er ihr gedanklich immer einen Schritt voraus war.

»Aber dann hätte sie doch irgendwo Alarm schlagen können. Ich meine, es muss doch irgendjemanden hier geben, der für sie gedolmetscht hätte in einem so wichtigen Fall. Warum meldete sie sich nicht bei den Bohremanns, die Patrick kannten?«

»Wenn Ix Chel nicht geflohen wäre, würde sie jetzt in einem Gefängnis sitzen. Oder sie wäre tot. Oder irgendein Mann hätte sie in seiner Gewalt. Sie wusste ebenso wie ich, dass man sie für Patricks Tod verantwortlich machen würde. Wir sind Indios«, erwiderte Andrés ungerührt.

Alice dachte eine Weile über seine Worte nach, fühlte sich schuldig, da sie Ix Chel ebenfalls verdächtigt hatte, und stampfte schließlich wütend auf.

»Und was nun? Soll ich unverrichteter Dinge nach Hause fahren?«

Andrés lächelte auf jene stille, wissende Art, die sie nicht mochte, da sie ihr überheblich schien.

»Es liegt bei Ihnen. Sie können natürlich nach Hause fahren. Das wäre wahrscheinlich am vernünftigsten.«

»Danke für diesen klugen Rat, aber ich habe ihn schon oft genug gehört«, erwiderte sie. Andrés verzog keine Miene, als halte er ihre Unhöflichkeit für zu unwichtig, um sich darüber aufzuregen.

»Sie könnten auch nach Palenque fahren. Ich würde Ihnen helfen, nach Ix Chel zu suchen«, sagte er.

Alice riss ungläubig die Augen auf.

»Aber wie … ich meine, bringen Sie mich jetzt hin?«

Er schüttelte den Kopf.

»Das geht nicht. Ich bin schon ein ziemliches Risiko eingegangen, indem ich mich mit Ihnen hier treffe. Sie müssen auf die Hazienda zurück, und zwar bald, sonst wird gleich jedes Dorf in der Gegend durchsucht. Ich werde mit einer dieser Wagenkolonnen reisen. Als einer von etlichen anderen Indios falle ich nicht besonders auf. In Palenque sehen wir uns wieder.«

Alice stieß einen ungeduldigen Seufzer aus.

»Und wie soll ich nach Palenque kommen? Ganz allein auf einem Ochsenwagen?«

Er lachte.

»Sie würden unterwegs für viel Aufsehen sorgen, aber ich glaube, so eine Reise wäre nicht nach Ihrem Geschmack. Ich schlage vor, Sie schließen sich Dr. Scarsdale an, der auch bald aufbrechen will.«

Alice staunte, wie gut er alles durchdacht hatte. Der Archäologe wäre sicher nicht begeistert, aber er konnte ihr diese Bitte schlecht verweigern, vor allem wenn er auf finanzielle Unterstützung aus Patricks Erbe hoffte.

»Warum wollen Sie mir auf einmal helfen, Ix Chel zu finden und den Mord an Patrick aufzuklären? Um Ihre eigene Unschuld zu beweisen?«, fragte sie.

Er hob die Hände.

»Das allein ist es nicht. Ich will selbst die Wahrheit wissen, denn ich habe einen Verdacht.«

»Was meinen Sie damit?«

Er stand auf und drehte eine kleine Runde in der Hütte.

»Ihr Bruder stellte sich auf unsere Seite, vor allem wegen Ix Chel. Ich habe das Gefühl, dass Ladinos für seinen Tod verantwortlich sind. Vielleicht die Aufseher von der Grabungsstätte oder gar mein alter Patron, der Herr Bernhard. Womöglich sogar Hans Bohremann.«

Alice versuchte verwirrt, seinen Überlegungen zu folgen, denn sie hatte bereits gelernt, die Intelligenz dieses Mannes zu schätzen. Doch diesmal glaubte sie, sich in einem Dickicht zu verirren. Die meisten all jener, die er verdächtigte, waren ihr unbekannt, doch Hans Bohremann schien ihr in seiner strebsamen Aufrichtigkeit nicht fähig, einen heimtückischen Mord zu begehen. Tief in ihr schlummerte eine Ahnung, die zu wachsen und sich auszubreiten begann wie eine Pflanze im Sonnenlicht. Der klugen, misstrauischen, harten Rosario traute sie zu, Störenfriede aus dem Weg zu räumen, obwohl sie im Augenblick keinen klaren Grund erkennen konnte, warum die schöne Mexikanerin Patrick als störend hätte empfinden sollen. Bevor sie diese Gedanken in Worte fassen konnte, öffnete Andrés die Tür der Hütte.

»Es tut mir leid, Miss Wegener, aber wir können nicht bis zur Abenddämmerung miteinander reden. Meine Freunde werden Sie zu der Hütte zurückbringen, wo Sie betäubt wurden. Wenn Sie den Weg von dort zur Hazienda nicht finden, hilft Ihnen sicher der Hund.«

Er machte eine auffordernde Handbewegung, und sie gehorchte ihm, wobei sie gleichzeitig über ihr eigenes Verhalten staunte. Dieser indianische Maschinenliebhaber hatte etwas an sich, das sie beruhigte, vielleicht weil ihre Scharfzüngigkeit und ihr Starrsinn ihm nichts weiter entlockten als ein Lächeln. War Ausgeglichenheit ansteckend?

Ihr blieb keine Zeit, darüber nachzudenken. Rasch trat sie ins gleißende Sonnenlicht.

»Wir sehen uns in Palenque!«, rief Andrés ihr nach, als sie zusammen mit den drei Männern das Dorf verließ. Sie drehte sich kurz um und sah ihn winken. Während sie sich durch hohes Gras kämpfte, in dem Mariana fast völlig verschwand, überlegte sie, wie er an der Grabungsstätte Kontakt mit ihr aufnehmen wollte, ohne von jemandem bemerkt zu werden. Aber seltsamerweise zweifelte sie nicht daran, dass es ihm gelingen würde. Sie hatte nur noch zwei Möglichkeiten. Sie konnte die Reise nach Veracruz antreten und den nächsten Dampfer nehmen, der sie ins sichere, vertraute Europa bringen würde. Dort wartete Tante Grete mit Vorwürfen auf sie. Gleichzeitig sehnte sie sich nach ihrer kleinen, unordentlichen Wohnung, nach Zeit und Ruhe, um all jene Wildheit und Farbenpracht, der sie in Mexiko begegnet war, auf die Leinwand zu bannen.

Ihre nächste Ausstellung sollte ein noch größerer Erfolg werden als die erste. Nur so kam ein Mensch im Leben voran. Ihr fiel auf, dass sie diese Denkweise von ihrem Vater gelernt hatte.

Die andere Möglichkeit bestand darin, in Mexiko zu bleiben, einen missmutigen Dr. Scarsdale davon zu überzeugen, dass sie ihm weiter auf die Nerven fallen würde, und darauf zu hoffen, dass ein ihr fast unbekannter Indianer, der als Mörder galt, ihr dabei half, Patricks Mörder zu finden.

Vor der Hütte verabschiedete sie sich freundlich von den drei Männern, die sie betäubt und verschleppt hatten. Dann folgte sie der aufgeregten Mariana zurück zur Hazienda der Bohremanns.

Sie brauchte nicht lange nachzudenken, denn innerlich hatte sie die Entscheidung bereits getroffen.

11. Kapitel

Dr. Scarsdale nahm Alice' Entschluss, ihn nach Palenque zu begleiten, mit Staunen hin, doch nachdem er die üblichen Einwände wie die Unbequemlichkeit der Reise und den mangelnden Sinn eines solchen Unterfangens vorgebracht hatte, wurde sie als unerwünschtes Anhängsel akzeptiert. Hans Bohremann und Juan Ramirez kehrten noch vor Einbruch der Dämmerung zurück, ohne den flüchtigen Indianer gefunden zu haben. Das Abendessen verlief in schlechter Stimmung, doch da wenig gesprochen wurde, kam es auch nicht zu Auseinandersetzungen.

Kurz bevor Alice in ihr Zimmer ging, teilte Dr. Scarsdale ihr mit, dass sie am nächsten Morgen um neun Uhr reisefertig sein sollte. Sie nickte, denn um Aufschub zu bitten hätte den missmutigen Mann nur unnötig verärgert. Alice ging in Gedanken versunken zu ihrem Zimmer. Sollte sie die Staffelei und ihre bisher angefertigten Bilder bei den Bohremanns lassen? Der häufige Transport tat ihnen sicher nicht gut, aber sie wusste nicht, ob und wann sie an diesen Ort zurückkehren würde.

Schritte hinter ihr ließen sie innehalten. Andrés, schoss es ihr durch den Kopf, und sie sah sich um. Ein anderer, größerer und wesentlich besser gekleideter Mann stand hinter ihr.

»Ich muss jetzt wirklich mit dir reden«, flüsterte Juan Ramirez. Sie sog Luft in ihre Lungen. Ihr Herz hüpfte, doch war ihr nicht klar, ob aus Freude oder Nervosität. Warum vergaß sie ihre Liebhaber immer so schnell? Hatte Tante Grete am Ende recht gehabt, als sie ihre Nichte eine widernatürliche, kaltherzige Person nannte?

»Darf ich in dein Zimmer kommen?«

Er klang nicht mehr flehend, sondern ungeduldig. Alice reckte ihr Kinn vor.

»Wenn du uns zum Gerede auf der ganzen Hazienda machen willst, meinetwegen«, gab sie spöttisch zurück. »Aber ich reise ja ohnehin ab. Du wirst dir dann allein die Schimpftirade deiner Schwester anhören dürfen«

Juan schien ihre Anspielung zu verstehen, denn er senkte den Kopf.

»Darüber reden wir später. Geh jetzt einfach hinein, wir sollten hier nicht zu lange herumstehen. Ich komme, wenn alle schlafen. Aber öffne mir bitte diesmal die Tür.«

Sie stieß ein spöttisches Lachen aus.

»Und wenn ich es nicht tue?«

»Alice, die Lage ist zu ernst für dumme Spiele!«, entgegnete er lauter.

»Ganz wie du meinst. Ich bin bereit, mit dir zu reden, auch wenn du mich vor anderen Leuten wie Luft behandelst.«

Er seufzte gequält.

»Bis später, Alice. Ich werde dir alles erklären.«

Sie sah ihn die Stufen hinuntereilen, wo Dr. Scarsdale neben den Pfirsichbäumen stand und mit prüfendem, leicht missbilligendem Blick zu ihnen hochschaute. Alice straffte die Schultern. Sie hatte den Amerikaner für einen Bücherwurm, aber nicht für einen Moralapostel gehalten. Vermutlich gefiele es ihm nicht, wenn die Lage sich durch Liebschaften unnötig verkomplizierte, aber eigentlich schien er klug genug, sich um seine eigenen Angelegenheiten zu kümmern.

Alice stieß die Tür zu ihrem Zimmer auf. Der Raum war sauber wie immer, doch nun standen frische Blüten in einer Vase auf dem kleinen Tisch, und jemand hatte das Spitzendeckchen darunter gegen ein mit Rosen besticktes Tuch ausgetauscht. Ihr war bereits aufgefallen, dass ihr Zimmer seit ein paar Tagen durch winzige Veränderungen an Farbe und Gemütlichkeit gewann, als widme Marcella sich erstmals gern ihrer Aufgabe als Dienstmädchen. Diese Verwandlung hatte nach der Nacht begonnen, in der Alice Andrés bei sich versteckt hatte.

Auch Marianas Fressnapf war bereits gefüllt, und der Hund stürzte sich mit Begeisterung auf sein Futter, während Alice begann, für die Reise nach Palenque zu packen. Sie überlegte, ob sie die Bohremanns bitten konnte, einen Teil ihres Gepäcks bereits nach Veracruz zu transportieren und irgendwo am Hafen lagern zu lassen, doch nach längerem Überlegen schien ihr dies zu riskant. Ihre Bilder könnten durch Nachlässigkeit beschädigt werden, sodass ihr nichts anderes übrig blieb, als sie noch mal quer durch den Süden Mexikos transportieren zu lassen. Von Patricks Hinterlassenschaft nahm sie nur das Tagebuch mit. Die wissenschaftlichen Unterlagen hatte bereits Dr. Scarsdale, und über die Kleidung sollte Rosario verfügen, wie sie wollte.

Ein leises Klopfen machte ihr klar, dass Juan Ramirez vor ihrer Tür stand. Sie öffnete. Dem schönen Mexikaner vorzuwerfen, dass er keine klare Position ihr gegenüber bezog, ergab wenig Sinn, solange sie selbst nicht wusste, was sie von ihm wollte. Vermutlich wäre sie erst wieder frei für eine Romanze, wenn sie das Rätsel um Patricks Tod gelöst hatte.

Er trat schweigend ein, sah sich kurz um und wählte schließlich den einzigen Stuhl als Sitzgelegenheit. Dankbar, dass er ihr das Bett überließ, nahm Alice ebenfalls Platz. Ratlos und ein wenig verwirrt sahen sie einander an.

»Ich möchte dich bitten, deine Entscheidung noch einmal zu überdenken«, sagte er schließlich. »Ich würde dich gern nach Veracruz begleiten.«

»Du kannst ja auch nach Palenque mitkommen, wenn es dir vor allem um mich geht«, erwiderte Alice. Dann wurde ihr bewusst, dass seine Anwesenheit an der Grabungsstätte heimliche Zusammentreffen mit Andrés erschweren würde.

»Alice!« Er hob die Hände zu einer beschwörenden Geste, die sie übertrieben dramatisch und fast lächerlich fand. »Eben weil es mir um dich geht, bitte ich dich, diesen Unsinn zu lassen. Palenque liegt im Dschungel. Dort ist es verflucht heiß, du kannst dir das Sumpffieber holen oder … oder von einem wilden Tier angefallen werden, also jedenfalls ist es gefährlich. Du wirst dort nichts finden außer ein paar Ruinen, für die du nie besondere Begeisterung gezeigt hast. Ich bin mir sicher, dass deine Familie in Deutschland schon in Sorge um dich ist.«

»Und ich bin mir dessen nicht so sicher. Im Gegensatz zu dir kenne ich meine Familie. Wenn ich eines von meinem Vater gelernt habe, dann ist es, sich von Männern, die immer alles besser wissen, keine Vorschriften machen zu lassen.«

Er ließ die Hände sinken und lächelte.

»Madre de Dios, kannst du giftig sein.«

Es klang fast wie eine Kapitulation. Widerwillig erwiderte Alice sein Lächeln.

»Eine meiner herausragendsten Eigenschaften. Es wurde wirklich Zeit, dass du sie kennenlernst.«

Der Graben zwischen ihnen schien ein klein wenig schmaler geworden zu sein. Juan Ramirez lehnte sich auf seinem Stuhl zurück, streckte gleichzeitig seine Arme in ihre Richtung aus. Es lag nichts Drängendes in dieser Geste, nur eine ruhige Bitte. Alice reichte ihm nach kurzem Zögern ihre Hände und staunte, wie wohl es tat, als seine Finger über ihren Handrücken strichen.

»Ich glaube, es gibt Leute, die nicht wollen, dass du weitere Nachforschungen anstellst«, sagte er leise. »Der Vorfall in San Cristóbal macht mir Sorgen. Wer weiß, was man mit dir angestellt hätte, wenn ich nicht gekommen wäre.«

Ein ungutes Gefühl machte sich in Alice' Magen breit, denn sie wusste es auch nicht.

»Du glaubst also auch, dass es nicht so ist, wie dein Schwager und deine Schwester sagen. Dass nicht Andrés meinen Bruder auf dem Gewissen hat. Denn wie und vor allem warum hätte er versuchen sollen, mich nach der Beerdigung zu verschleppen?«

Juan Ramirez hielt weiter ihre Hände fest und zog sie sanft in seine Richtung.

»Ich weiß es nicht. Aber es wäre mir lieber, wenn du nach Hause fahren würdest.«

Abrupt zog Alice ihre Hände zurück und rückte auf dem Bett ein Stück nach hinten.

»Das habe ich bereits oft genug gehört. Aber beantworte bitte meine Frage. Meinst du immer noch, es war Andrés?«

Er stampfte mit dem Fuß auf, als habe seine Laune sich schlagartig verschlechtert.

»Ich bin kein Hellseher. Aber nein, ich glaube es nicht, wenn du es unbedingt wissen willst. Ich mochte ihn. Er war klug und hatte keine Angst, den Mund aufzumachen. Man kann aber sehen, wohin ihn das gebracht hat. Also verhalte dich bitte vernünftig. Wir können morgen schon nach Veracruz aufbrechen.Ich sorge dafür, dass diese Reise angenehmer verläuft als die erste, und den Hund kannst du auch mitnehmen.«

Seine Stimme war wieder lauter geworden. Diese Worte durften also gehört werden, dachte Alice. Langsam stand sie auf und sah auf sein pechschwarzes, dichtes, lockiges Haar hinab.

»Vor wem hast du Angst, Juan?«, flüsterte sie. »Du willst nicht zeigen, was zwischen uns geschehen ist, sondern mich möglichst schnell auf den nächsten Dampfer schleppen. Das wolltest du von Anfang an ... nein, erst seit die Nachricht von Patricks Tod eintraf. Wer möchte verhindern, dass ich irgendetwas entdecke, das verborgen bleiben soll? Hans Bohremann, von dessen Geld du lebst? Nein, das glaube ich nicht. Ich glaube, es ist deine Schwester, die hinter alldem steckt. Was hat die feine Dame angestellt, das du vor mir verheimlichst?«

Er zuckte, als hätte sie ihm einen Schlag versetzt, und erstarrte. Mit zornig funkelnden Augen sah er zu ihr hoch.

»Du weißt nichts über Rosario. Sie ist keine verwöhnte reiche Tochter wie du, die irgendwann beschloss, nur noch ihren eigenen Kopf durchzusetzen, weil sie so mehr Spaß hat. Ihr Leben war viel härter, als du es dir vorstellen kannst. Also urteile nicht über sie!«

Alice trat einen Schritt zurück. Ihr Gesicht brannte wie nach einer Ohrfeige.

»Wie du meinst. Aber du weißt auch nicht genug über mich, um voreilige Schlüsse ziehen zu können. Und jetzt verschwinde!«

Er rührte sich nicht, sah sie an. Seine Augen wurden sanfter, doch Alice verschränkte abwehrend die Arme vor der Brust. »Lo siento«, murmelte er und erhob sich. Seine Umarmung war wie ein wärmender Mantel, in dessen weichen Stoff sie sich bereitwillig schmiegte. Sie brauchte nur die Augen zu schließen und sich fallen zu lassen, denn mit jeder Berührung versprach er, ihr Retter zu sein, der sie in Sicherheit bringen würde. Es wäre alles so einfach, wenn sie seinen Wünschen nachgab, sich von ihm lenken und leiten ließ. Er würde sie sicher an einen vertrauten, zivilisierten Ort bringen, von wo aus sie die Heimreise antreten konnte. Denn sie hatte Angst vor dem Dschungel, der Hitze und den wilden Tieren, die sie an der Grabungsstätte erwarteten, wo niemand, am allerwenigsten Dr. Scarsdale, ihre Anwesenheit wünschte.

»Sag mir die Wahrheit«, flüsterte sie ihm zu, während sie spürte, wie sie sanft zu ihrem Bett geschoben wurde. »Sag mir, was du weißt und vor mir verbirgst, damit ich dir trauen kann.«

Er erstarrte für eine Sekunde, versuchte dann, sie zu küssen, aber Alice wich zurück.

»Du leugnest ja nicht einmal, dass du mir etwas verschweigst.«

Sie war zu erstaunt, um wütend zu werden. Juan ließ sie los, hielt verlegen den Blick gesenkt und wollte zur Ablenkung Mariana streicheln, die aber mit einem leichten Knurren in die Zimmerecke floh.

»Was hat sie denn gegen dich?«

Alice sah verwirrt von ihrem Hund zu Juan.

»War es … ich meine, bist du in das Zimmer gekommen, als ich auf der Plantage war, und hast ihr einen Tritt versetzt?«

Er ging Richtung Tür.

»Du phantasierst. Ich habe genug von diesen Anschuldigungen. Ich hoffe, du findest in Palenque, wonach du suchst, und kommst heil von dort zurück.«

Ehe Alice etwas antworten konnte, war die Tür zugefallen. Sie stand regungslos da und lauschte, wie seine Schritte auf dem Balkon verhallten. Wehmut machte sich in ihr breit, so wie damals nach dem letzten Streit mit Harry. Sie trank ein Glas von dem Wasser, das Marcella ihr hingestellt hatte, und zog die Nadeln aus ihrem Haarknoten. Es gab Schlimmeres im Leben als den Verlust eines unzuverlässigen Liebhabers. Sie schlüpfte in ihr Nachthemd und kroch unter die Decke. Mariana drückte sich so eng an sie, als wolle sie mit ihr verschmelzen. Alice legte zufrieden einen Arm um den Hund.

»Wenigstens habe ich dich«, flüsterte sie in das borstige Fell. Dann machte sich plötzlich jene Verlorenheit in ihr breit, die sie durch Patricks Tod kennengelernt hatte und die wie ein böser Geist in harmlosen Ecken lauerte, um unvermittelt über sie herzufallen. »Verflucht!«, murmelte sie, als sie spürte, wie ihr Tränen über die Wangen liefen. Dann musste sie lachen, denn sie konnte Marianas tröstender Zunge nur knapp ausweichen.

Die Reise nach Palenque verlief ohne besondere Zwischenfälle. Alice erhielt wieder ein kleines, zotteliges Pferd, und es bereitete ihr keine Beschwerden mehr, den Tag im Sattel zuzubringen. Sie hatte wieder die Indio-Kleidung angelegt, da keiner der Bohremanns mitreiste, und konnte in dem weiten Wollrock bequem im Sattel sitzen. Dr. Scarsdale erwies sich als unbarmherzig in seiner Eile, trieb Alice ebenso wie die Lastenträger und den Kutscher des einzigen Wagens sogar bei Regen an. Nur wenn alle im Straßenschlamm stecken blieben, kam es tagsüber manchmal zu unfreiwilligen Pausen. In einem dieser Fälle mussten ihnen vorbeiziehende Carreteros zu Hilfe kommen, da es den fünf Männern, die Hans Bohremann dem Archäologen zur Verfügung gestellt hatte, nicht gelang, den Wagen zu heben und eine gebrochene Achse zu reparieren. Dr. Scarsdale war derart aufgebracht über die Verzögerung, dass er wie ein unruhiger Geist im Regen herumlief. Nach gelungener Reparatur des Wagens, auf die glücklicherweise auch bessere Wetterverhältnisse folgten, musste Alice ihn daran erinnern, die freiwilligen Helfer zu entlohnen, sonst wäre er auf der Stelle weitergezogen. Er bedankte sich aufrichtig für den Hinweis und teilte ohne jedes Zögern Münzen aus. Seine Gleichgültigkeit gegenüber anderen Menschen bedeutete nicht Gefühlskälte, wie Alice erkannte, sondern nur, dass seine Forschungsarbeiten ihm zu wichtig waren, um viel Raum für andere Gedanken und Empfindungen zu lassen.

Obwohl die Trockenzeit erst in vier Monaten begann, fegte schon sandiger Staub über die Gebirgsstraßen. Alice band sich ein Tuch vors Gesicht, um Nase und Mund zu schützen, wie es auch die Indios und Dr. Scarsdale taten. Sie gewöhnte sich an die schlichten Herbergen, in denen sie Räume mit anderen Frauen teilen musste. Sie verspeiste Tortillas und Bohnen, wenn sie im Morgengrauen geweckt wurde, trank dann noch schnell zwei Becher Kaffee und schwang sich nach einer kurzen Wäsche mit kaltem Wasser wieder in den Sattel. Ihr fiel auf, dass sie kaum anders lebte als die Frauen der Carreteros. Für ein paar Tage ließ es sich aushalten. Erstaunlicherweise war sie sogar stolz auf ihr Durchhaltevermögen. Vielleicht würde Andrés sie weniger belächeln, wenn sie ihm davon erzählte.

Eine Woche später hatten sie wieder das flache, tropische Land erreicht. Üppige, feucht glänzende Natur wucherte, so weit das Auge reichte, und manchmal musste man mit scharfen Macheten ein Vorankommen ermöglichen. Alice wurde von Mückenstichen geplagt. Zwar hängte sie nachts sorgfältig das Moskitonetz auf, sogar wenn sie in einem Zelt schlafen musste, doch die Ameisen waren in der Lage hineinzukriechen. Ihre Bisswunden schmerzten noch stärker und verursachten Schwellungen an ihren Füßen, die es zur Qual machten, sich am nächsten Morgen in die Huaraches zu zwängen. Sie musste an die warnenden Worte von Juan Ramirez denken. Für dieses Abenteuer war sie nicht geschaffen, aber nun gab es keinen Weg zurück. Im Schlaf träumte sie, kühle, frische Luft einzuatmen, auf einem schneeweißen Laken zu liegen oder durch gezähmte, liebliche Natur, wie sie in Gärten und Parks zu finden war, zu wandeln. Im Wachzustand begannen ihre Nerven sich in dünne, zerschlissene Fäden zu verwandeln. Der Anblick eines am Straßenrand verendenden Hundes, an dessen offenen Wunden zahllose Würmer wie Zotteln hingen, obwohl seine Brust sich noch hob und senkte, reichte schließlich, um sie nach Mariana rufen zu lassen. Ihr Schoßhund kam sogleich verstört herbeigeeilt.

»Wir erreichen bald eine kleine Stadt«, sagte der Archäologe, der sein Pferd neben das ihre gelenkt hatte. Alice nickte. Sie benahm sich wie ein hysterisches Weibchen und hasste sich dafür.

Sie gelangten schließlich in einen kleinen Ort namens Santo Dominge de Palenque, der ungefähr sechs Kilometer neben der Ruine lag. Er bestand nur aus einer Ansammlung ärmlicher Häuser, doch

Alice wurde wieder ein Bett mit Matratze, Decke und Moskitonetz in einer Herberge zur Verfügung gestellt. Dr. Scarsdale unterhielt sich am nächsten Tag kurz mit dem Alkalden, wie hier der Bürgermeister hieß, dann erhielten sie ein paar weitere Lastenträger und konnten sich durch den Dschungel schlagen. Nun gab es nicht einmal mehr die Ahnung einer Straße, nur schmale Pfade durchs Dickicht. Bäume so hoch wie die Türme von Kathedralen ragten in einen wolkenverhangenen Himmel. Die Luft war feucht und angenehm zu atmen. Das Schreien von Affen war zu hören, doch keines der Tiere ließ sich blicken, als seien sie ebenso misstrauisch gegenüber den Eindringlingen, wie Alice es in dieser fremden Welt war. Bald wären sie am Ziel, jenem Ort, von dem Patrick so lange geträumt hatte. Sie überlegte, ob sie nur Grauen empfinden würde angesichts der uralten Bauwerke einer blutrünstigen Kultur inmitten dieser übermächtigen Natur, die wie ein Zauberwald schien. Unbekannte Mächte herrschten darin, betörten das Auge durch Größe und Farbenpracht, konnten aber im selben Augenblick den Tod bringen.

Dann tauchten eines Abends, als das Glühen der Sonne endlich schwächer zu werden begann, hohe Mauern inmitten des allmächtigen Dschungelreichs auf, als hätten Menschen beweisen wollen, dass es zu besiegen war. »Palenque«, verkündete Dr. Scarsdale, der an ihrer Seite ritt. »Wir sind endlich am Ziel. Leider ist es bisher noch nicht gelungen, die gesamte Anlage freizulegen.«

Alice erkannte, dass einige Gebäude noch in der Umarmung riesiger Baumwurzeln lagen und Lianen an ihnen entlangkrochen. An manchen Stellen hatte der Dschungel die zurückeroberten Mauern mit leuchtenden Blüten geschmückt. Sie sehnte sich nach ihrem Skizzenblock und war erstmals erfreut über die Aussicht, dass sie wahrscheinlich längere Zeit an diesem Ort verbringen würde. Sie hatte nichts weiter als ein paar Ruinen und herumliegendes Geröll erwartet, doch nun wurde sie von einer weitflächigen Anlage aus Türmen und dicken, wehrhaften Steinmauern empfangen, die entfernt an eine mittelalterliche Festung erinnerten und am Fuß eines Berges lagen, der hinter ihnen in Richtung Himmel wuchs.

»Das große Gebäude zu unserer rechten Seite wird der Königspalast gewesen sein. Man kann noch vereinzelte Gemächer betreten, obwohl das meiste natürlich bereits eingestürzt ist. Weiter vorn sehen Sie drei Tempel. Leider kennen wir die Religion der alten Maya kaum und wissen daher auch nicht, welche Götter hier verehrt wurden.«

Alice sah sich um. Ein Gefühl von Ehrfurcht erfasste sie, denn sie betrat eine fremde, magische Welt und begann zu ahnen, weshalb diese archaische Kultur einen so großen Zauber auf Menschen anderer Kontinente ausübte, dass sie ihre Heimat verließen und ihr Vermögen opferten, um sie zu erforschen. Zu ihrer linken Seite führten hohe, wuchtige Stufen zu einem Gebäude, das deutlich kleiner war als die anderen Anlagen, aber eine seltsame Anziehungskraft auf Alice hatte und zudem Ausblick auf den Dschungel versprach. Sie hörte Dr. Scarsdale rufen, ignorierte ihn aber. Nun, da er sein Ziel erreicht hatte, würde sie sich nicht mehr nach ihm richten und in Ruhe jenen Ort erkunden, an dem ein wildes, mächtiges Volk seine Spuren hinterlassen hatte. Beim Erklimmen der Stufen begannen die Muskeln ihrer Oberschenkel schon bald zu brennen, aber Alice kämpfte sich keuchend nach oben, bis der Dschungel wie ein sattgrünes Meer unter ihr lag. Sie stand nun unmittelbar vor einem dieser fremden, uralten Gebäude und betrat einen dunklen Raum, in dem es modrig roch. Als ihre Augen sich an das dämmerige Licht gewöhnt hatten, sah sie, dass die Wände mit Reliefs verziert waren. An manchen Stellen bröckelten sie bereits, doch Alice bewunderte die wie Schneckenhäuser ineinander verschlungenen Umrisse von Zeichnungen, denen ein ihr unbekanntes Empfinden von Ästhetik zugrunde lag. Die im Seitenprofil dargestellten Menschen hatten lang gezogene Ohrläppchen, in denen breite Ringe hingen, und auf ihren Hinterköpfen türmten sich verzweigte Gebilde. Die deutlich markanten, gekrümmten Nasen weckten plötzlich Erinnerungen an Andrés. Es verwirrte Alice, dass er, der moderne Maschinen liebte, diesem uralten, wilden Volk entstammen sollte. Langsam drehte sie sich um ihre eigene Achse, um die archaische Pracht an den Wänden zu bewundern. Die Zeit schien stillzustehen, und Alice versank in einer Welt, die seit Jahrhunderten nicht mehr existierte.

Rufe weckten sie aus ihrer Entrücktheit, doch erst Marianas vertrautes Bellen lockte sie wieder ins Freie. Als sie nach unten blickte, wurde ihr schwindelig, denn sie stellte fest, wie steil die Stufen waren. Sie bewegte sich seitwärts zu den zwei benachbarten Gebäuden, in der Hoffnung, dass von ihnen aus ein leichterer Abstieg möglich wäre, wurde aber enttäuscht. Sobald sie nach unten blickte, lag ein Abgrund zu ihren Füßen. Sie wandte sich um, da sie sich von dem Anblick der soliden Mauern des Gebäudes Beruhigung versprach, doch dann erschauerte sie. Ein winziges Stück neben ihr war ein Totenkopf in die Wand gemeißelt worden, der sie finster und fast höhnisch anstarrte. Hastig trat sie auf die Stufen zu, geriet aber auf der ersten ins Rutschen. Sie taumelte und schaffte es mit rudernden Armen, ihr Gleichgewicht wiederzufinden. Der Abgrund zu ihren Füßen glich einem gierigen Schlund, der sie um ein Haar verschlungen hätte. Mit grimmiger Entschlossenheit kämpfte sie die aufsteigende Panik nieder und trat den Abstieg an, indem sie vorsichtig einen Fuß nach dem anderen auf die Stufen setzte und keinen Augenblick vergaß, darauf zu achten, wohin sie trat. Unter ihr rannte Mariana aufgeregt hin und her. Alice stieß einen tiefen Seufzer der Erleichterung aus, als sie endlich wieder auf der grasbewachsenen Erde stand. Mariana sprang freudig an ihr hoch.

»Sie waren im Tempel der Inschriften und wanderten dann zwei Gebäude weiter zum Totenkopftempel«, kommentierte Dr. Scarsdale tonlos ihren Ausflug. Dass sie von einem dieser Tempel beinahe in die Tiefe gestürzt wäre, hatte er entweder nicht bemerkt oder hielt es nicht für erwähnenswert.

»Der Tempel der Inschriften ist das kleinste, aber, wie ich vermute, auch bedeutendste dieser Gebäude«, dozierte er weiter. »Es dürfte ein Ort besonderer kultischer Handlungen gewesen sein, daher die vielen Zeichen an den Wänden. Wenn es uns nur möglich wäre, sie zu entziffern! Die Antwort auf so viele Fragen steht dort vor unseren Augen, doch sind wir hilflos wie kleine Kinder, die die Kunst des Lesens noch nicht beherrschen.«

Alice kletterte wieder in ihren Sattel. Die Lust am Betrachten von Ruinen war ihr fürs Erste vergangen.

Am hinteren Ende der Anlage war ein Lager aufgebaut worden, aus dem Leute herbeigelaufen kamen, um beim Abladen des Gepäcks zu helfen. Alice sah sich beklommen um. Hier also würde sie die nächsten Tage, vermutlich Wochen verbringen und darauf warten, dass Andrés Kontakt mit ihr aufnahm. Die Unterkünfte waren erschreckend primitiv. Sie bestanden nur aus Zelten und schlichten Holzhütten wie in Indio-Dörfern. Ungefähr ein Dutzend Arbeiter war hier untergebracht, die meisten von ihnen waren Indianer, doch Alice erkannte auch ein paar hochgewachsene, etwas hellhäutigere Männer, deren Aufgabe darin zu bestehen schien, Befehle zu erteilen, denn sie ließen die anderen Kisten und Säcke zu den Hütten schleppen, während sie selbst bei Dr. Scarsdale standen.

»Wir haben Sie nicht so früh erwartet. Wir werden schnell alle Arbeiter auftreiben«, erklärte einer dieser Männer dem Archäologen auf Spanisch. Dr. Scarsdale teilte ihm durch ein Nicken mit, dass ihn dieser Umstand nicht besonders interessierte. Man hätte ihm auch Automaten hinstellen können, solange sie nur ihre Aufgaben erfüllten, dachte Alice. Dann begann sie sich zu fragen, wo sie selbst unterkommen würde.

»Sie können die Hütte dort rechts beziehen, Miss Wegener«, sagte Dr. Scarsdale. »Wir haben dort einige Vorräte gelagert, aber ich werde dafür sorgen, dass diese woanders untergebracht werden. Ich vermute, Sie möchten nicht in einem Zelt schlafen wie Ihr Bruder.«

Alice warf ihm einen dankbaren Blick zu und schämte sich fast, ihn für einen Egoisten gehalten zu haben. Er teilte seine Entscheidung einem der Männer in seiner Nähe mit, der sogleich in der Sprache der Indios Befehle erteilte. Vier halbwüchsige Jungen liefen in die Alice zugeteilte Hütte und begannen, Säcke hinauszuschleppen, die größer waren als sie selbst. Alice überkam Unbehagen, Auslöserin all dieser Arbeiten zu sein, doch sie sehnte sich danach, in dieser Wildnis wenigstens vier hölzerne Wände ihr Eigen nennen zu dürfen. Die Hütte war ziemlich schnell geleert, sodass sie auf ihre

Habseligkeiten deuten konnte, die hineingetragen werden mussten. Die Indios packten wortlos zu, während Dr. Scarsdale den Rest des Lagers in Augenschein nahm. Dann erklang wieder Marianas Bellen. Alice sah entsetzt, wie ihr Hund an einem Jungen hochsprang, der gerade ihre Staffelei vom Wagen hob.

»Mariana, komm her!«, rief sie, doch der Hund gehorchte nicht, sondern führte eine Art Freudentanz um den Jungen auf, der die Staffelei schnell abgestellt hatte, um ihn zu kraulen. Hinter ihr brüllte einer der Aufseher. Sie trat zu dem Hund, als der Junge sich zu ihr umwandte.

»Julio!«, rief sie fassungslos und verzieh Mariana auf der Stelle ihr dummes Benehmen. Sie konnte kein Erstaunen in Julios Gesicht wahrnehmen, aber auch keine echte Freude. Er wirkte wesentlich älter, als sie ihn in Erinnerung hatte. Schatten lagen unter seinen großen braunen Augen, und seine Wangen waren eingefallen wie nach einer längeren Krankheit.

»Wie kommst du denn hierher? Ich dachte, du wärst mit deinem Vater und deinem Bruder nach San Juan Guichicovi zurückgegangen.«

»Das wollten wir, Señorita.«

Er wischte sich die Hände an seiner Hose ab, deren einst weißer Stoff braun vor Schmutz war und zahlreiche Risse aufwies.

»Auf dem Rückweg liefen wir noch mal diesen Männern in die Arme, die meinen Vater auf die Plantage schleppen wollten. Als er versuchte fortzulaufen, erschossen sie ihn.«

Alice riss ungläubig die Augen auf.

»Aber wie … sie können doch nicht einfach jemanden erschießen!«

Hinter ihr brüllte der Aufseher einen Befehl. Alice drehte sich ungeduldig um.

»Lass uns in Ruhe! Wir haben etwas Wichtiges zu besprechen.«

Der Mann war groß für einen Mexikaner, überragte sie fast um eine Haupteslänge. Eine tiefe Narbe zerschnitt seine rechte Wange, was ihn wie den Bösewicht aus einem Bilderbuch aussehen ließ. Als er Alice wütend anfunkelte, war sie bemüht, sich keine Furcht anmerken zu lassen. Wenn sie hier ein klein wenig Einfluss haben wollte, musste sie sich vor diesen Männern Respekt verschaffen. Der Aufseher machte einen bedrohlichen Schritt in ihre Richtung. Sie wich nicht zurück. Kurz trafen sich ihre Blicke, sie hielt seinem Zorn ihre damenhafte Herablassung entgegen und bemerkte zufrieden, wie einer seiner Gefährten ihn am Ärmel zupfte und ihm etwas ins Ohr flüsterte. Beide Aufseher zogen sich zurück.

»Das war Martin, und der ist hart«, flüsterte Julio. »Es ist nicht gut, wenn er Sie nicht mag, Señorita.«

»Ich kann damit leben. Und jetzt sag mir, was genau passiert ist. Wenn dein Vater erschossen wurde, dann … dann … jemand muss das melden.«

Leider hatte sie nicht die geringste Ahnung, wem es gemeldet werden sollte. Die einzige anwesende Autoritätsperson war Dr. Scarsdale, doch der hatte andere Dinge im Kopf als das Schicksal von Indianern.

»Sie werden sagen, dass es ein Unfall war«, widersprach Julio. »Dass er in eine Schlucht fiel, weil er weglaufen wollte. Wer soll das Gegenteil beweisen?«

Er war etwas näher an Alice herangetreten, als erhoffe er sich trotz allem Schutz von ihr.

»Dr. Scarsdale!«, rief Alice dem Archäologen zu. »Sehen Sie doch, wer hier ist!«

»Nein!«, zischte Julio, der zwar kein Englisch sprach, aber den Namen verstanden hatte. »Sagen Sie ihm bitte nicht, wer ich bin. Wenn er mich nicht erkennt, dann liefert er mich auch nicht aus.«

Alice schüttelte ratlos den Kopf.

»Wem sollte er dich denn ausliefern?«

Julio hob zögernd die Hand, als wolle er sie am Ärmel zupfen, wagte es aber nicht.

»Señorita, ich weiß, Sie sind nett. Passen Sie bitte auf, dass ich nicht zurückmuss. In die Montería, wo sie Bäume fällen.«

Alice hatte zwar keine Ahnung, wo sich dieser Ort befand, doch sie versprach Julio, dass er in Palenque bleiben konnte. Sie würde seine Unterstützung brauchen können. Sogleich lief er los, um ihre

Habseligkeiten in die Hütte zu schleppen, gelegentlich behindert von Mariana, die erfreut um seine Beine sprang. Schließlich wurde auf Anweisung von Dr. Scarsdale eine aus Pflanzenfasern gewebte Matte hereingetragen und neben Alice' Habseligkeiten ausgerollt. Sie begriff, dass sie auf ihr schlafen würde. In dem Indio-Dorf, in das Andrés sie hatte bringen lassen, hatte sie bereits auf so einem Geflecht gelegen. Es milderte kaum die Härte des Bodens, schützte vielleicht vor Kälte, doch hier waren die Nächte schwülwarm. Alice seufzte, wusste aber, dass sie die nächste Zeit auf Komfort verzichten müsste. Zum Glück besaß sie ein Moskitonetz, vor den Ameisen konnte es sie aber nicht bewahren.

»Was ist eigentlich mit deinem Bruder?«, fragte sie Julio, nachdem die Einrichtung der Hütte beendet war. Er senkte den Blick.

»Er ist jetzt sicher dort. In der Montería. Wenn er noch lebt. Sie schickten uns hin, um die Schulden unseres Vaters abzuarbeiten.«

Alice ahnte, dass etwas Schlimmes geschehen war.

»Aber wieso bist du jetzt in Palenque?«

Julio trat sehr nahe an sie heran und flüsterte:

»Ich bin unterwegs geflohen. Mein Bruder versuchte es auch, aber sie haben ihn gefangen. Ich weiß, ich hätte zurückkommen sollen, um bei ihm zu sein, aber ich wollte einfach nicht.«

Er sah sie mit schuldbewusster Miene an und hoffte auf Vergebung. Alice strich ihm über das schmutzige Haar.

»Was ist denn so schlimm an diesem Ort, wo sie euch hinbrachten?«

Nun bekam er jenen Blick, den sie manchmal an Andrés gesehen hatte: Ungeduld und mühsame Nachsicht angesichts einer Frage, die ihm unglaublich dumm erscheinen musste.

»Dort schinden sie uns tot. Kaum einer, den sie dort zum Bäumefällen hinbrachten, kommt lebend zurück.«

Alice brauchte eine Weile, um diese Aussage zu verdauen. Es konnte sich um Übertreibungen handeln, Schreckensgeschichten, wie sie unter einfachen Leuten kursierten. Sie wusste es nicht.

»In dem Fall war es sehr vernünftig von dir wegzulaufen«, sagte sie. »Vielleicht schafft dein Bruder es ja auch noch. Was führte dich denn ausgerechnet nach Palenque?«

Julio zuckte mit den Schultern, während er ihr half, ihre Habseligkeiten so in der Hütte zu verstauen, dass man sich noch bewegen konnte.

»Ich wollte nach Hause, aber ich wusste den Weg nicht genau. So lief ich einfach durch den Dschungel. Die Aufseher von hier haben mich gefunden. Ich hatte Glück, denn sie brauchten Leute. Deshalb vermieden sie es, bei der Montería nachzufragen, ob vielleicht jemand vermisst wird.«

Alice verstaute ihre in Tücher gewickelten Bilder auf dem Koffer, denn es schien ihr gefährlich, sie einfach auf den Boden zu legen. Dann wandte sie sich zu Julio um, musterte sein müdes, früh gealtertes Gesicht. Selbst wenn einige seiner Geschichten übertrieben waren, so musste er doch viel mitgemacht haben.

»Du stehst von nun an in meinem Dienst«, versicherte sie. »Ich sorge dafür, dass dich keiner fortschickt.«

Kurz blitzten seine Augen freudig auf, aber dann erschien ein harter Zug um seinen Mund, den sie bisher nicht wahrgenommen hatte.

»Bekomme ich Geld von Ihnen?«

Sie runzelte die Stirn.

»Ja, drei Centavos am Tag.« Sie hatte mitbekommen, dass Dr. Scarsdale den Lastenträgern so viel zahlte. »Außerdem Essen. Und schlafen kannst du auch hier bei mir und dem Hund.«

»Wie viel wird mir dafür abgezogen? Ich kann auch im Freien schlafen«, erwiderte er. Alice stampfte ungeduldig mit dem Fuß auf. Was sollten diese Verhandlungen?

»Du schläfst und isst umsonst und bekommst dein Geld. Hast du das verstanden?«

»Sí Señorita!« Nun war es endlich da, das glückliche Lächeln. Es verwandelte ihn für einen Moment wieder in das Kind, das er viel zu früh aufgehört hatte zu sein.

Bereits am nächsten Tag begannen die Arbeiten an der Ruine. Für die anwesenden Arbeiter bestanden sie vor allem darin, die drei in Kreuzform angelegten Tempel von Baumwurzeln und Geäst zu befreien, ohne sie dabei zu beschädigen. Die stets Anweisungen brüllenden Aufseher schienen nicht das nötige Feingefühl zu besitzen, um dies gewissenhaft zu überwachen, sodass Dr. Scarsdale persönlich auf und ab ging, damit kein Unglück geschah. Alice war indessen sich selbst überlassen, und in Ermangelung einer anderen Beschäftigung spazierte sie in den bereits freigelegten Bereichen herum. Der Totenkopftempel war ihr unheimlich, doch in dem Palastgebäude wurde sie wieder von der Magie uralter Rituale betört, von denen die Reliefs erzählten. Sie verlor sich in den runden, verschnörkelten Formen, die Gesichter darstellten und gleichzeitig Schriftzeichen sein konnten. Der Skizzenblock wurde zu ihrem steten Begleiter, als sie versuchte, sich das Leben in diesem Palast auszumalen, der von Höflingen, Damen und Dienern bevölkert gewesen sein musste wie ein mittelalterlicher Fürstenhof. Manchmal glaubte sie, die Gegenwart längst verstorbener Menschen als einen Lufthauch zu spüren, der sie streifte, doch die Bilder in ihrem Kopf wollten keine klare Gestalt annehmen. Indios kannte sie als Bauern, schlicht, schmutzig und manchmal auch sehr schlau. Sie konnte sie sich nicht als jene Herrscher und Aristokraten vorstellen, die sie einst gewesen waren. Welche Kleidung hatten sie getragen? Die königlichen Damen mussten geschmückt gewesen sein. Ihr fiel nichts weiter ein als die Kette um Ix Chels Hals. Vielleicht sollte sie die Frau ihres Bruders als Königin malen. Sie setzte sich vor einer Mauer hin und versuchte, die fließenden Formen einer Wandfigur mit einem schlichten Bleistift auf ihrem Block wiederzugeben. Bereits der verschnörkelte Kopfputz kostete sie erhebliche Konzentration. Die Figur hielt einen Stab in der Hand, und zwei Gestalten, deren Köpfe im Laufe der Jahrhunderte abgebröckelt waren, kauerten zu ihren Füßen. Bei einer dieser gesichtslosen Personen glaubte Alice den Ansatz von Brüsten zu erkennen. Es handelte sich vermutlich um eine Frau. Alice konnte kaum Zeichen von Bekleidung entdecken, allein der aufrechte Sieger trug einen Lendenschurz, und seine Schultern waren bedeckt, ob von einem Tuch oder einem Schutzpanzer, vermochte sie nicht zu beurteilen. Selbst die Vornehmen des Landes hatten luftige Kleidung getragen, was angesichts der Temperaturen ein Segen für sie gewesen war. Alice zeichnete eifrig weiter, und ihr schien, dass mit jedem Strich, den sie tat, um ein uraltes Relief zu kopieren, jene fremde, versunkene Welt ihr ein klein wenig näherkam. War es Patrick ebenso ergangen, als er seine Skizzen für Dr. Scarsdale anfertigte? Ihr fiel ein, dass sie sich auf ähnliche Weise nützlich machen konnte, um den Archäologen mit ihrer unerwünschten Anwesenheit in Palenque zu versöhnen.

Julio, der es genoss, als ihr persönlicher Diener keine schweren Arbeiten ausführen zu müssen, war zum Lager gelaufen, um Kaffee und ein paar Früchte zu holen, denn Alice wollte bis zur Abenddämmerung in der Palastruine bleiben. Mariana schlief neben ihr in der Sonne. Alice wurde von ihrer Trägheit angesteckt, legte den Skizzenblock zur Seite und schloss für einen Augenblick die Augen. Hinter ihren Lidern tanzten die Sonnenstrahlen als helle Flecken. Alice sah kleine braune Gestalten in Wickelröcken, auf deren Köpfen sich kunstvolle Gebilde türmten. Sie huschten herum, flüsterten, lachten, riefen manchmal Worte, die sie hören, aber nicht verstehen konnte. Mitten unter ihnen entdeckte sie eine Frau mit einer Kette aus großen, ungeschliffenen Edelsteinen um den Hals, die ihr vertraut vorkam. Sie wollte aufstehen und auf die Frau zugehen, doch ihre Füße gehorchten ihr nicht mehr, und ihre Stimme wurde von den Anwesenden nicht wahrgenommen, sie selbst nicht einmal gesehen. Allmählich stieg Angst in ihr hoch, Verwirrtheit und die vage Ahnung, dass sie sich vielleicht in einem Traum befand.

»Señorita!«

Schlagartig wurde es hell. Die Sonne blendete so stark, dass Alice Mariana nur noch als einen Schatten an ihrer Seite wahrnehmen konnte. Die indianischen Gestalten waren mit dem Erwachen verschwunden, es gab hier nur sie, den Hund und Julio, der die Treppen zum Palast heraufeilte. Er trug weder Früchte noch eine Flasche, was Alice ärgerte. Hatte der Junge seinen Auftrag so schnell vergessen?

»Por favor, bitte kommen Sie! Vielleicht können Sie etwas ausrichten. Dem Amerikaner ist es egal«, rief er, mühsam nach Luft schnappend, und zerrte an ihrem Arm, sobald er sie erreicht hatte. Mariana bellte.

»Was ist denn los?«, fragte Alice ungehalten und sammelte ihre Utensilien ein.

»Domingo. Ein Freund von mir. Ich glaube, sie bringen ihn um.«

Nun sah sie Tränen in Julios Augen glänzen, stand auf und klopfte Staub von ihrem Rock.

»Wer bringt diesen Domingo um? Und warum?«

»Die Aufseher. Bitte kommen Sie endlich!«

Er packte noch mal ihren Ärmel und zerrte sie die Stufen hinab. Mariana sprang hechelnd hinterher, während sie im Eilschritt zu einem der anderen großen Tempel liefen, wo Arbeiter seit Tagen damit beschäftigt waren, uraltes Menschenwerk aus den Klauen des Dschungels zu befreien. Doch nun hatte ein Ereignis sie abgelenkt, denn sie bildeten eine Traube am hinteren Ende des dritten Tempels. Julio zog sie mitten hinein. Schreie und ein Stöhnen drangen an ihr Ohr, während der Junge die Leute zur Seite schubste.

»Sehen Sie, Señorita, tun Sie etwas!«

Alice sah einen jungen Mann, der am Boden lag, während zwei Männer mit Stöcken auf ihn eindroschen. Sein Rücken hatte sich bereits in eine blutige Masse verwandelt, und er regte sich nicht mehr. Ein Stück daneben hockte eine wimmernde Indianerin, die ihre Hände gefaltet hatte und sich mit lautem Klagen an eine abwesende Gottheit wandte. Die Männer hoben ihre Stöcke zu einem weiteren kraftvollen Hieb.

»Was soll das?«, sagte Alice zunächst in normaler Lautstärke. Als niemand reagierte, packte sie mit beiden Händen den Arm eines der Aufseher, wurde jedoch abgeschüttelt wie ein lästiges Insekt. Die Stöcke sausten erneut auf den leblosen Mann nieder. Alice warf sich über die reglose Gestalt, die einzige Möglichkeit, einen halb toten Menschen vor weiteren Schlägen zu schützen.

»Jetzt hört auf damit!«, brüllte sie in ihrem besten Spanisch. Sie spürte, wie ihre Bluse sich mit dem Blut des Verletzten vollsaugte.

Über ihr schwebte nur noch ein einziger Schlagstock in der Luft, der andere war bereits verschwunden. Dahinter sah sie ein weit auseinanderstehendes braunes Augenpaar, in dem Zorn sich mit einer plötzlich aufflackernden Lust mischte. Es war jener Martin, den sie bereits einmal zurechtgewiesen hatte. Alice spürte sein Verlangen, den Stock auf ihren Körper niedersausen zu lassen, wollte sich ducken oder fliehen, doch sein Schlag wäre sicher schneller. Unter den umstehenden, ratlos starrenden Menschen erkannte sie Julios besorgtes Gesicht und war sich sicher, dass der Junge sie nicht nur für seine Zwecke benutzte, sondern wirklich mochte. Mit beiden Händen hielt er den Hals einer wild kläffenden Mariana umklammert.

»Da kommt der Patron!«, rief er laut und wies in die entgegengesetzte Richtung. Der Schlagstock verharrte, und Alice wagte sich langsam in eine kniende Position. Der verletzte Mann zeigte immer noch keine Regung, doch sie sah, wie seine Brust sich in regelmäßigen Atemzügen hob und senkte. Das Wimmern der betenden Indianerin war leiser geworden und vermischte sich mit dem Gemurmel der Umstehenden.

»Was in aller Welt geht hier vor?«, fragte Dr. Scarsdale. Der Schlagstock verschwand wie von Zauberhand, stattdessen schob das faltige Gesicht des Archäologen sich vor den Himmel über ihr.

»Mein Gott, Miss Wegener! Ist Ihnen etwas geschehen?«, rief er auf Englisch und reichte ihr seine Hand.

»Nein, zum Glück nicht. Aber ich wurde bedroht. Von diesem Martin.«

Sie streckte anklagend einen Finger in die Richtung des Aufsehers, der steif dastand und Alice mit kalter Verachtung musterte.

»Du kannst gehen. Ich brauche dich hier nicht mehr«, wurde er von Dr. Scarsdale verabschiedet.

»Aber, Patron, sie hat sich eingemischt. Wir mussten einen aufsässigen Indio strafen, und sie warf sich einfach auf ihn. Wir wollten ihr nichts tun«, protestierte der andere Aufseher, von dem Alice nicht bedroht worden war. Martin zuckte nur mit den Schultern.

»Martin wollte die Señorita schlagen«, mischte Julio sich ein und erhielt lautstarke Zustimmung von den anderen Arbeitern.

»Also dann verschwinde, wie ich schon sagte«, beharrte Dr. Scarsdale. Martin murmelte einen Fluch, spuckte zu Füßen des Archäologen aus, dann entfernte er sich. Alice wies auf den bewusstlosen Indianer zu ihren Füßen.

»Ich wollte nur verhindern, dass sie ihn umbringen«, erklärte sie aufgeregt.

»Schon gut. Wir besprechen das später. Seine Leute sollen ihn versorgen, er kommt schon wieder auf die Beine«, sagte Dr. Scarsdale auf Englisch zu ihr. Dann baute er sich vor den versammelten Arbeitern auf.

»Bringt den Mann in ein Zelt. Seine Frau soll sich um ihn kümmern. Dann könnt ihr wieder an die Arbeit gehen.«

Die Versammlung löste sich sogleich auf. Alice kraulte erleichtert Mariana, dann fiel ihr ein, dass sie sich bei dem Archäologen wohl für die Rettung bedanken sollte, doch er kam ihr zuvor.

»Ich würde vorschlagen, Sie gehen jetzt in Ihre Hütte«, sagte er ruhig. »Oder machen Sie einen Spaziergang. Es wäre auf jeden Fall sehr hilfreich, wenn Sie die Arbeit hier nicht mehr behindern würden. Wir besprechen den Vorfall beim Abendessen, wenn Sie einverstanden sind.«

Alice nickte, obwohl der Zorn in ihrem Magen grummelte. Sie hätte sich ein wenig mehr Anteilnahme gewünscht, doch dafür war der verschlossene Archäologe wohl nicht der richtige Mann. Sie sah, wie der verletzte Arbeiter weggetragen wurde, während seine Frau schluchzend hinterherlief. Alice atmete tief durch. Ihre Hände zitterten, doch es war ein angenehmes Gefühl, einen Menschen gerettet zu haben.

»Der Mann hatte Martin angeblich angegriffen«, berichtete Dr. Scarsdale, der sie wie versprochen zu einem gemeinsamen Abendessen eingeladen hatte. Es fand in einem großen Zelt statt, das in unmittelbarer Nähe der drei Tempel errichtet worden war. Dr. Scarsdale wollte nicht, wie andere Forscher vor ihm, die Ruinen bewohnen, da er fürchtete, es könnten noch weitere Reliefs zerstört werden.

Es gab die üblichen Tortillas mit Bohnen und gehacktem Rindfleisch, doch Alice bemerkte, dass der Archäologe ein sauberes Hemd und eine Hose aus feinem Leinen angezogen hatte. Er goss Rotwein in einen Holzbecher. Die Flasche musste er aus dem Schatz seiner Vorräte geholt haben.

»Ich habe die Geschichte auch schon gehört«, sagte Alice, die sich ausgiebig mit Julio unterhalten hatte. »Dieser Domingo hatte Besuch von seiner Frau, die hier in der Nähe in einem Dorf lebt. Martin bekam es mit und … also, Domingo wollte seine Frau schützen, nichts weiter.«

Ihr fiel der von Patrick in seinem Tagebuch geschilderte Vorfall ein. Wenn solche Dinge öfter geschahen, dürfte Dr. Scarsdale keinen Grund haben, an ihrer Geschichte zu zweifeln.

»Hm, ja, so war es wahrscheinlich«, stimmte der Archäologe kauend zu. »Aber die Frau hatte hier nichts verloren. Derartige Besuche sind nicht erwünscht, das habe ich den Leuten gesagt, eben weil ich unangenehme Zwischenfälle verhindern wollte.«

Alice, die gerade an dem Wein nippen wollte, ließ den Becher fassungslos sinken.

»Aber was ist denn so schlimm daran, wenn eine Frau ihren Mann besucht?«

Der Amerikaner schien ihr ein eingefleischter Junggeselle, aber das war keine ausreichende Erklärung für diese Art zu denken.

»Streng genommen gar nichts«, gab er zu. »Aber es geht eben manchmal sehr rau zu in diesem Land. Und Arbeitskräfte sind nicht so leicht zu bekommen. Bereits Maudslay klagt in seinen Aufzeichnungen, von denen ich glücklicherweise eine Kopie besitze, über dieses Problem. Zu freiwilliger Arbeit sind die Indios nicht bereit, man muss sich an die lokalen Autoritäten wenden. Ich kann von Glück sagen, die Unterstützung von Hans Bohremann zu haben, der mir Empfehlungsschreiben mitgab. Aber ich brauche auch Leute, um die Indios zu beaufsichtigen, denn sonst rühren sie keinen Finger. Die meisten Aufseher, die ich beschäftige, haben früher in diesen Holzfällerlagern gearbeitet.«

»Den Monterías?«, fragte Alice.

»Ich sehe, Sie haben auch schon den gängigen Begriff gelernt.« Der Archäologe klang nicht gerade begeistert darüber.

»Dort wird mit den Indios sehr hart umgesprungen«, bestätigte er Julios Geschichten. »Diese Männer sind es gewöhnt, zu prügeln und Frauen zu schänden. Ich wollte solche unschönen Vorkommnisse hier vermeiden, daher habe ich die Besuche von Frauen untersagt. Das Problem ist, dass die indianischen Männer meist sehr an ihren Familien hängen.«

Nur ein eingefleischter Eigenbrötler wie dieser Archäologe konnte ein solches Verhalten bei Männern als Problem betrachten, dachte Alice und unterdrückte ein Grinsen.

»So kommen immer wieder Frauen hierher, und immer wieder gibt es Ärger«, beschwerte sich Dr. Scarsdale.

»Das klingt ja, als würden Sie den Frauen die Schuld geben. Warum stellen Sie derart brutale Männer ein? Ich bin mir sicher, dass die auch anderweitig genug Anlässe zum Schlagen finden.«

»Mitunter, das ist richtig.« Dr. Scarsdale attackierte mit einer leicht verbogenen Messinggabel weiter unbeirrt seine Tortilla. »Aber ich habe gesagt, dass ich keine öffentlichen Auspeitschungen wünsche, und daran hielt man sich bisher. Ich brauche die Aufseher, Miss Wegener. Sie können mit den Indianern umgehen. In Mexiko muss ein Mann ein Pferd und eine Schusswaffe haben, außerdem mehrere Mätressen. Wenn etwas nicht nach seinem Kopf geht, dann muss er mit der Peitsche knallen und kräftig brüllen. Einen verstaubten Gelehrten wie mich nimmt man hierzulande nicht besonders ernst.«

Er stieß ein trockenes Lachen aus, der erste Hinweis darauf, dass er so etwas wie Humor besaß. Alice stocherte auf ihrem Teller herum. Ihr Magen hatte sich wütend zusammengezogen und verlangte nicht mehr nach Nahrung.

»Hans Bohremann ist nicht so und genießt großes Ansehen«, widersprach sie.

»Weil er die richtigen Aufseher beschäftigt«, erwiderte der Archäologe. Dann räusperte er sich wieder und ließ die Gabel sinken, um ihr eindringlich ins Gesicht zu sehen.

»Es gab hauptsächlich Probleme, wenn hier irgendwelche Frauen auftauchten. Ansonsten machten die Aufseher und auch die Indios einfach ihre Arbeit. Leider hat auch Ihre Anwesenheit für Unruhe gesorgt.«

Alice griff nach dem Rotweinbecher und nahm einen tiefen Schluck, um sich zu beruhigen. Sie hatte keinen derart unangenehmen Verlauf des Gesprächs erwartet.

»Eine Person wie Sie sorgt in einer reinen Männerwelt naturgemäß für Aufsehen«, sagte Dr. Scarsdale mit der Andeutung eines Lächelns. »Mit Ihrer heutigen Einmischung haben Sie die Aufseher provoziert. Sie ließen mir keine andere Wahl, als Martin zu entlassen, obwohl er sehr zuverlässig war. Seine Freunde grollen mir deshalb. Ich weiß nicht, wie viel Zeit Sie noch in Palenque verbringen wollen, und will Sie natürlich nicht zur Abreise drängen, aber ich wäre Ihnen dankbar, wenn es nicht mehr zu solchen Vorfällen käme.«

Der Wunsch, ihm den restlichen Wein ins Gesicht zu schütten, wurde so stark, dass Alice ein paarmal durchatmen musste, bevor sie einigermaßen gefasst antworten konnte.

»Welches Verhalten hätten Sie denn heute von mir erwartet? Dass ich in Ruhe zusehen, wie ein Mensch totgeschlagen wird?«

»Nein, das mit Sicherheit nicht. Aber mir scheint, dass Sie ein wenig übertreiben. An ein paar Hieben stirbt ein ausgewachsener Mann nicht so schnell. Sie hätten mich einfach holen können, um den unschönen Vorfall zu beenden. Der melodramatische Auftritt als Retterin war nicht nötig.«

Alice legte beide Hände auf den Tisch.

»Mir schien mein Auftritt nicht im Geringsten melodramatisch.«

Sie holte Luft, sprach die wütenden Worte, die ihr auf der Zunge lagen, aber nicht aus. Es wäre unklug, es sich mit dem Archäologen zu verderben, denn sie wollte noch einige Zeit in Palenque bleiben.

»Aber ich bedauere es, für Unruhe gesorgt zu haben«, zwang sie sich zu sagen. »In Zukunft werde ich mich aus Konflikten heraushalten.«

Obwohl Alice sich keine besonderen Talente als Lügnerin zutraute, schenkte Dr. Scarsdale ihr nun ein ehrliches, zufriedenes Lächeln.

»Es freut mich, dass Sie so vernünftig sind. Reden wir nicht mehr davon. Wie gefällt Ihnen Palenque?«

Alice beschrieb ihre Eindrücke und holte den mitgebrachten Skizzenblock hervor. Die Notwendigkeit, sich bei der Forschungsarbeit als nützlich zu erweisen, war ihr während des Gesprächs noch bewusster geworden.

»Gut, sehr gut«, kommentierte Dr. Scarsdale. »Sie haben einen bemerkenswerten Blick für Details, noch mehr als Ihr Bruder.«

Seine Augen leuchteten, als hätte er Alice auf einmal ins Herz geschlossen, was ihre Erwartungen bei Weitem übertraf.

»Es wäre sehr hilfreich, wenn Sie weitere solcher Skizzen anfertigen würden. Vielleicht können sie in einem Buch veröffentlicht werden, ich meine, wenn Sie einverstanden sind. Natürlich würde ich Sie dafür entsprechend bezahlen.«

Alice lächelte ihn an. In diesem Augenblick genoss sie das Bewusstsein, bald schon eine reiche Erbin zu sein, mehr als jemals zuvor.

»Das ist nicht nötig. Ich bin auf das Geld nicht angewiesen, aber ich unterstütze Sie gern bei einer Arbeit, die auch meinem Bruder wichtig war. Eine Frage hätte ich aber: Welche neuen Entdeckungen hoffen Sie hier genau zu machen?«

Die Tage inmitten der Ruinen hatten auch in ihr Begeisterung an deren Erforschung geweckt.

»Palenque war bereits seit ungefähr siebenhundert Jahren eine Ruine, als die Spanier Mexiko eroberten«, sagte Dr. Scarsdale. »Die Maya-Fürsten hatten diese Stadt verlassen. Niemand weiß, warum. Wenn wir die Inschriften entziffern könnten … aber das ist ein Traum. Dennoch glaube ich, dass es hier zum Beispiel Grabstätten der einstigen Herrscher zu entdecken gibt, die uns Aufschluss über die versunkene Kultur geben können. Zunächst einmal aber muss die Stätte ganz freigelegt und in ihrem Aufbau genau dokumentiert werden.«

Er füllte erneut ihre beiden Weinbecher. Seine Wangen hatten Farbe bekommen.

»Auf neue Entdeckungen«, rief Alice und stieß mit ihm an. Plötzlich erfüllte es sie mit Stolz, bei dieser Arbeit ein klein wenig nützlich sein zu können.

Erst auf dem Heimweg in ihre Hütte wurde ihr bewusst, dass Patrick ähnliche Streitereien mit Dr. Scarsdale gehabt hatte wie sie an diesem Abend. Aber konnte man einem Archäologen wirklich vorwerfen, dass ihm seine Arbeit wichtiger war als das Schicksal irgendwelcher Arbeiter? Alice musste sich eingestehen, dass sie Dr. Scarsdales Besessenheit allmählich zu verstehen begann. Er hatte ein Ziel vor Augen, so wie sie selbst mit ihrer Malerei, wie Hans Bohremann mit seiner Plantage. Und wie Andrés Uk'um, der Ingenieur hatte werden wollen, den man jedoch aus diesem Leben herausgerissen hatte.

Eine Woche verging. Alice brach täglich zu den Ruinen auf und zeichnete, konzentriert und mit einer Begeisterung, die ihr nach Patricks Tod gefehlt hatte. Julio versorgte sie dabei mit Wasser und Nahrung. Der breite Bach, der quer durch die Ruinenanlage plätscherte und den die Indios Otulum nannten, bot jederzeit Gelegenheit, sich den Schweiß von der Haut zu spülen, doch dafür musste Alice sich von den Ruinen entfernen. Sie hatte keine Lust, beim Waschen von sämtlichen anwesenden Männern beobachtet zu werden. Abends speiste sie gemeinsam mit Dr. Scarsdale in dem Zelt und gewöhnte sich an den süffigen Rotwein, von dem er beachtliche Vorräte mitgebracht zu haben schien. Gemeinsam studierten sie ihre Zeichnungen, rätselten über die Bedeutung der Reliefs und den Zweck, welche all die großen, pyramidenförmig angelegten Bauten wohl erfüllt haben konnten. Alice träumte des Nachts von bronzefarbenen Menschen mit wuchtigen Ohrringen und kunstvollem Kopfputz, die eine große, prächtige Stadt bewohnten. Der Wunsch, ein genaueres Bild von einer längst versunkenen Epoche zu gewinnen, begann sie zu beherrschen und erfüllte ihr Denken so sehr, dass kaum Raum für andere Überlegungen blieb.

Am Abend des zehnten Tages nach ihrer Ankunft in Palenque legte sie sich wie gewohnt in der Hütte schlafen, während Mariana auf ihren Füßen schnarchte. Julio lag ein Stück daneben auf einer weiteren Strohmatte, die Dr. Scarsdale ihm großzügig zur Verfügung gestellt hatte. Alice hatte von dem Jungen gelernt, dass diese bei den Indios übliche Schlafstätte »Petate« genannt wurde. Sie war gerade eingeschlafen, als ein Kratzen an der Tür sie wieder weckte. Sie schlug die Augen auf. War dieses Geräusch bereits ein Teil des Traumes gewesen?

Es wiederholte sich. Marianas Ohren zuckten, und sie lief zur Tür der Hütte.

»Julio!«, flüsterte Alice. Als er nicht aufwachte, rüttelte sie ihn an der Schulter.

»Da kratzt jemand an der Tür. Meinst du, das könnte ein Tier sein?«

Ihre Hoffnung, dass der Junge sich im Dschungel besser auskannte, wurde sogleich enttäuscht.

»Woher soll ich das wissen?«, erwiderte er, während er sich die Augen rieb. Dann erklang der Ruf einer Frau, leise, aber sehr dringlich.

»Das ist Domingos Frau«, sagte der Junge und erwies sich wirklich als nützlich. »Ich sehe mal nach, was sie will.«

Durch einen vorsichtig geöffneten Türspalt wurde ein Gespräch im Flüsterton geführt, dann wandte Julio sich wieder an Alice.

»Ich konnte sie nicht ganz verstehen, sie spricht einen anderen Dialekt. Aber jemand wartet da draußen im Wald auf Sie. Es klang, als wüssten Sie, um wen es geht.«

Alice sprang auf die Beine.

»Ich glaube, ich weiß es. Ich muss jetzt nach draußen gehen. Pass bitte auf Mariana auf, damit sie nicht bellt.«

Die Aufseher tranken abends gern Schnaps, und dann schliefen sie so tief und fest wie die uralten Ruinen. Es galt einfach, vorsichtig zu sein, um sie nicht zu wecken.

Sie schlich aus der Hütte. Die kleine Indio-Frau lächelte sie an und winkte. Alice folgte so leise wie möglich in das dunkle Reich des

Urwalds. Sie bewunderte die Fähigkeit der Indianerin, sich geräuschlos über den Boden zu bewegen, denn unter ihren Füßen knackten Zweige so laut, dass sie fürchtete, in jedem Augenblick das ganze Lager aufzuwecken. Sie stützte sich an Baumstämmen ab, wenn sie stolperte, und versuchte, die Gestalt vor ihr nicht aus den Augen zu verlieren, denn ihr graute vor der Vorstellung, allein in einem nächtlichen Urwald zurückzubleiben. Ob sie aus diesem verwunschenen Dickicht den Rückweg ins Lager finden könnte, wurde mit jedem Schritt fraglicher. Die Nacht war laut in dieser Wildnis, sie zischte, kreischte und fauchte, als liefen Myriaden von Geistern herum. Es ging bergab. Ein Wasserfall schoss in die Tiefe. Alice musterte das aufglimmende Licht von Sternen, die sich auf den Fluten spiegelten, und atmete Feuchtigkeit. Das Zischen und Tosen übertönte alle anderen Laute des Regenwalds. Kurz blickte sie zum Himmel hoch, den die Bäume an dieser Stelle freigaben, und meinte, ein Meer von Lichtern zu sehen. Dieser Ort schien viel prächtiger als alle Kunstwerke, die Menschenhand jemals geschaffen hatte.

»Ven! Ven!« Die Indio-Frau zupfte an ihrem Ärmel, um Alice aus ihrer Träumerei zu reißen. Sie folgte dem Drängen. In dieser Welt verlor ein Mensch sehr schnell den Blick für das Wesentliche. War es Patrick ähnlich ergangen?

Sie erreichten schließlich einen weiteren eckigen Steinbau. Licht flackerte in einer Fensteröffnung. Alice glaubte, in längst vergangene Zeiten zu reisen, da die Ruinen bewohnt gewesen waren. Wartete ein Priester mit einem riesigen Kopfputz aus Federn darin?

»Andrés«, flüsterte die India.

»Da also versteckt er sich?«, fragte Alice auf Spanisch und erhielt einen ratlosen Blick als Antwort. Die Sprachkenntnisse der Indianerin beschränkten sich auf ein paar Wörter.

Alice blieb stehen. War dies wieder eine Falle? Sie sah sich noch einmal nach der kleinen Frau um, die ihr kaum bis zu den Schultern reichte, aber zweifellos viel kräftiger war als sie selbst. Sie hatte deren Mann das Leben gerettet, rief sie sich in Erinnerung. Vielleicht war es an der Zeit, ein bisschen Vertrauen zu diesen fremden Menschen zu fassen. Schweigend trat sie ins Innere der Ruine.

Er saß in einer Ecke neben einer brennenden Fackel. Vor ihm lag eine leere Holzschüssel, die von Domingos Frau sogleich aufgehoben wurde. Dann flüsterte die India ein paar Worte und huschte hinaus.

»Es freut mich, Sie wiederzusehen, Miss Wegener!«

Er hatte Alice sein Gesicht zugewandt, und ihr fiel auf, dass die Brille fehlte. Zerbrochen hatte sie ihm wahrscheinlich nicht mehr viel genutzt. Mit nacktem Gesicht sah er wirklich aus wie ein Indio, in seiner einst weißen, inzwischen fleckigen und zerschlissenen Stoffhose und einer Art Tunika, die fast bis zu den Kniekehlen reichte. Um seinen Kopf war ein weißes Tuch gewickelt, das sie bereits bei vielen indianischen Männern gesehen hatte. Sonst besaß er nur einen gestreiften Überwurf, den er im Augenblick als Sitzunterlage verwendete. Er erhob sich höflich, um Alice die Hand entgegenzustrecken. Sie lächelte gewohnheitsmäßig. Es war wie ein Höflichkeitsbesuch bei einem Indianer mit Manieren. Ratlos sah sie sich nach einer Sitzgelegenheit um, sank dann auf den harten Boden. Es war besser, jetzt nicht an mögliche Spinnen und Skorpione zu denken.

»Nehmen Sie doch den Poncho«, schlug Andrés vor und schob seine Sitzunterlage in ihre Richtung. Alice nahm dankend an, auch wenn dies bedeutete, dass er nun umgeben von den Kriechtieren des Urwalds auf harten Steinen saß.

»Werden Sie hier gut versorgt?«, fragte sie, um die plötzliche Stille mit Worten zu füllen. »Halten Indios denn immer zusammen? Ich finde das beeindruckend.«

Die zwei Jahre, da sie sich völlig mittellos in Berlin hatte durchschlagen müssen, hatten sie gelehrt, wie kostbar und rar die Hilfe anderer Menschen war.

»Ganz so einfach ist es nicht«, entgegnete Andrés. »Am Anfang habe ich hier nur die Ladinos verstanden. Die Indios in dieser Gegend gehören zum Stamm der Chol. Ich selbst kann nur Tzotzil. Aber da ich eine Weile mit ihnen an den Ruinen arbeitete, kennen sie mich und haben begriffen, dass ich in Schwierigkeiten stecke. Mit Modesta, so heißt die Frau, die mir Essen bringt, kann ich mich inzwischen ganz gut verständigen.«

»Aber ist es nicht gefährlich, sich in einer Ruine zu verstecken? Dr. Scarsdale lässt sie doch alle erforschen«, fragte Alice weiter. Wenn der Archäologe herausbekam, wen sie hier heimlich besuchte, hätte sie seine neu gewonnenen Sympathien schnell wieder verspielt.

»Die großen Bauwerke werden den Doktor eine ganze Weile beschäftigen, sodass er sich nicht weiter umsehen wird. Dabei liegen viele Schätze in abgelegenen Ecken verborgen. Diese Ruine war sicher nur das Heim unbedeutender Leute, aber ich habe einiges gefunden.«

Er deutete zu mehreren Gegenständen, die neben ihm aufgereiht waren. Alice hatte sie für Felsbrocken gehalten, doch als er die Fackel auf sie richtete, erkannte sie kauernde Figuren mit merkwürdigen Gesichtern, die sie an die Wasser speienden Gargoylen mittelalterlicher Kathedralen erinnerten.

»Der hier hat den Kopf einer Fledermaus«, erklärte Andrés und strich mit den Fingern über die glatte Oberfläche. »Das sieht wie ein Schakalgesicht aus. Einige sind innen ausgehöhlt, als seien sie Gefäße gewesen.«

Er schob mehrere Fundstücke in Alice' Richtung.

»Sie können all das Dr. Scarsdale bringen. Sagen Sie, Sie hätten es selbst gefunden. Er kann sicher mehr damit anfangen als wir beide zusammen, und es wäre schade, wenn diese Figuren hier im Urwald vermoderten.«

Seine Augen glänzten im Licht der Fackel wie polierter Obsidian. Alice begriff, wie sehr das Forscherfieber auch ihn erfasst hatte.

»Ich dachte, Sie halten die Untersuchung uralter Ruinen für unsinnig«, sagte sie spöttisch. Andrés runzelte seine glatte Stirn.

»So war es am Anfang, als ich unter dem Befehl der Aufseher schuftete. Aber würde es Ihnen gefallen, für Dr. Scarsdale zu zeichnen, wenn er dabei die Peitsche über Ihnen schwingt?«

Die Vorstellung ließ sie zusammenfahren.

»Nein, mit Sicherheit nicht!«

Sie staunte selbst, mit welcher Vehemenz sie gesprochen hatte. Andrés grinste.

»Das dachte ich mir!« Er lachte leise. »Patrick sagte, dass Sie jedem Mann, der Ihnen Befehle erteilen will, gleich eine geballte Ladung Zorn entgegenschleudern.«

Ihr war nicht klar, ob dies ein Lob oder ein Vorwurf sein sollte.

»Sind Sie deshalb immer so höflich? Weil Sie Angst haben, ich könnte Ihr Gesicht zerkratzen?«

Nun lachte er noch mal auf angenehme, entspannende Weise.

»Ich war neugierig auf Sie, Miss Wegener, das gebe ich zu. Eine wunderschöne Frau, die von Männern angebetet werden könnte, geht einfach von ihrer Familie fort. Lässt alles hinter sich, als hätte sie niemals Liebe für ihre Angehörigen empfunden. Lebt nur noch für sich selbst und die Dinge, die sie tun will. Offen gesagt, hätte ich nicht gedacht, dass Frauen dazu fähig sind. Im Geist sah ich Sie als Kreatur mit scharfen Krallen und Zähnen, eine Art Raubtier.«

Alices verschränkte ihre Arme wie einen Schutzpanzer vor ihrer Brust. Auf so akkurate und gleichzeitig schonungslose Weise hatte bisher niemand ihr Verhalten beschrieben. Sie hörte sich keuchen. Warum fühlte sie sich so schnell in die Ecke gedrängt?

»Sie verließen ebenfalls Ihre Familie, um Ingenieur zu werden«, erwiderte sie.

»Ich hatte meine Gründe. Mein Vater glaubte an die uralten Traditionen unseres Volkes, doch dessen Blütezeit ist vorbei. Deshalb stehen hier nur noch Ruinen. Ich wollte den Weg in die Moderne gehen, der ganzen Welt beweisen, dass ein gewöhnlicher Indio wie ich es ebenso schaffen konnte wie die Söhne der Kaffeebarone. Aber Sie sind als Prinzessin geboren. Warum wollten Sie kämpfen, wie Männer es tun?«

Alice lehnte sich gegen die angenehm kühle Mauer und streckte ihre Beine aus. Der Dschungel war ein fremdes Reich, das im Dunkel der Nacht Geister zum Leben erweckte. In dieser Welt, die so weit weg war von ihrem Zuhause, konnte sie tun, was sie noch nie getan hatte. Die Verliese in ihrem Inneren öffnen.

»Ich war nicht immer so zornig. Lange versuchte ich, ein gutes Mädchen zu sein. Ich hatte als Kind sehr oft Angst. Vor meinem Vater, der so mächtig war, weil alle Menschen sich seinen Wünschen fügten. Vor der ganzen Welt, denn er hatte mich gelehrt, wie schmal der Pfad war, auf dem ich gehen durfte, um nicht in einen Abgrund zu fallen. Als ich achtzehn war, wurde ich verlobt. Mit einem älteren Herrn, der bei der Bank meines Vaters viel Geld hinterlegt hatte. Ich begehrte nicht dagegen auf, obwohl ich ihn nicht mochte. Es wäre mir niemals in den Sinn gekommen, mich den Wünschen meines Vaters zu widersetzen.«

Sie musterte das ihr aufmerksam zugewandte Indianergesicht. Es war glatt und kupferfarben. Sie verspürte den Wunsch, mit der Hand darüberzustreichen, um nach möglichen Bartstoppeln zu forschen.

»Was ist geschehen, um all dies zu ändern?«, fragte Andrés.

»Ich ertappte meinen Verlobten nach einer Soirée im Haus meines Vaters mit meiner Zofe in meinem Zimmer. Es war nicht …«

Sie hob abwehrend die Hände, obwohl Andrés nur schweigend zugehört hatte.

»Ich war nicht eifersüchtig. Ich hatte keine Gefühle für diesen Mann. Aber ich sah, dass meine Zofe es nicht freiwillig tat. Er hielt ihr den Mund zu und zwängte sich auf sie. Ich lief zu meinem Vater, denn ich hoffte, er würde einschreiten. Aber er herrschte mich nur an, kein unnötiges Aufheben zu machen wegen Dingen, die ich nicht begriff. Meine Zofe wurde entlassen, doch sie erhielt ein gutes Zeugnis und sogar eine Abfindung. Damit sie den Mund hielt.«

Sie holte erschöpft Luft. Sie hatte noch niemals über dieses Erlebnis gesprochen, empfand auch keinerlei Erleichterung, es nun getan zu haben. Sie zitterte. Ihr fehlte die Kraft aufzustehen, obwohl sie sich plötzlich weit weg wünschte. Selbst die uralte, wilde Welt des nächtlichen Dschungels schien nun durch diese Erinnerungen beschmutzt. Als Andrés zaghaft versuchte, einen Arm um ihre Schultern zu legen, wich sie zurück.

»Das Mädchen hatte Glück«, sagte er nur. »Hierzulande hätte man es einfach nur davongejagt. Und Sie wollten diesen Mann dann nicht mehr heiraten, habe ich recht?«

Alice atmete tief durch. Er sprach über dieses Erlebnis, als sei es völlig alltäglich. Plötzlich hätte sie sich gern an der Schulter dieses studierten Indianers ausgeruht, doch genau diese Sehnsucht zwang sie, noch ein Stück von ihm wegzurücken. Niemals Schwäche zeigen, das hatte sie sich einst geschworen. Männer liebten schwache Frauen, weil sie leicht zu beherrschen waren.

»Meine Tante sagte, dass Männer ihre Bedürfnisse hätten, auch wenn wir Frauen es nicht verstehen könnten. Dass er mich aber niemals so grob behandeln würde, wenn ich seine angetraute Ehefrau wäre und keine gewöhnliche Magd.«

Sie war stolz auf sich, denn sie hatte ruhig gesprochen.

»Damit hatte sie vielleicht sogar recht … ich meine, was die Behandlung einer Ehefrau betrifft«, warf Andrés ein. Alice beachtete ihn nicht. Sie wollte einfach nur reden, selbst wenn niemand außer den Geistern des Dschungels ihr zuhörte.

»Ich lehnte die Ehe ab. Auf einmal wusste ich, dass es nicht möglich für mich war, diesen Mann zu heiraten. Dass ich den Verstand verlieren würde, wenn ich etwas täte, das so völlig meinen eigenen Empfindungen von Gut und Schlecht widersprach. Natürlich nahm mich niemand ernst. Man nannte mich überspannt und hysterisch. Schließlich drohte mein Vater mir, mich aus dem Haus zu jagen, wenn ich ihm nicht gehorchte. Ich weiß nicht, ob er es wirklich getan hätte. Ich kam ihm zuvor, indem ich einfach ging, obwohl ich dabei vor Angst fast gestorben bin. Ich dachte, allein da draußen, ganz ohne den Schutz meiner Familie, würde ich krepieren. Aber es gelang mir, mich durchzuschlagen.«

Sie vergrub das Gesicht in den Händen und rückte noch ein Stück von Andrés weg, damit er nicht in Versuchung geraten konnte, sie zu berühren.

»Ich bin all das, was man mir vorwirft. Ich bin erbarmungslos und hart und selbstsüchtig und zornig. Ich schere mich einen Dreck um Traditionen und Familie und Menschen. Alles, das ich tun will, ist malen. Denn ich empfinde Frieden dabei. Dann weiß ich, zu welchem Zweck ich auf dieser Welt bin. Und solange die Malerei mich ernährt, so lange kann ich leben.«

Langsam ließ sie ihre Hände sinken, weigerte sich aber, ihren Zuhörer anzusehen, während sie aufstand. Andrés sagte kein Wort, und sie war ihm dankbar dafür.

»Gibt es Neuigkeiten von Ix Chel?«, fragte sie so beiläufig wie möglich, während sie mit weiterhin zitternden Händen die Figuren einsammelte. Mehr als zwei konnte sie allerdings nicht tragen. Andrés schüttelte den Kopf.

»Es ist nicht einfach, etwas über sie herauszufinden. Ihre Familie hat angeblich keine Ahnung, wo sie ist. Aber …«

Er verstummte für einen Moment, um sie dann zaghaft und fast bittend anzusehen.

»Es wäre eine große Freude für mich, wenn Sie morgen Nacht wiederkämen, Miss Wegener. Ich würde mich sehr gern weiter mit Ihnen unterhalten.«

»Das wird sich wohl nicht vermeiden lassen, denn ich will die übrigen Figuren abholen«, sagte Alice und floh aus der Ruine, ohne sich nach ihm umzusehen. Sie lief ein paar Schritte, bis der Wasserfall neben ihr rauschte. Modesta, Domingos Frau, tauchte wie ein Schatten auf, dessen Existenz Alice durch ein Kopfnicken anerkannte.

Über dem Wasserfall zogen plötzlich hell funkelnde Lichter durch die dunkle Nachtluft, verbreiteten ein derartiges Strahlen, dass für einen Augenblick sogar die satten Farben des Regenwalds sichtbar wurden. Alice zuckte erschrocken zusammen, doch der Anblick war zu zauberhaft, um ihr lange Angst einzujagen. Kaum war sie näher herangekommen, da verschwanden die Lichtkügelchen auch schon im Dickicht.

»Cucuji«, sagte Modesta an ihrer Seite und blickte zu ihr hoch. Als Alice ratlos mit den Schultern zuckte, fuhr sie mit der Hand durch die Luft und ahmte ein summendes Geräusch nach. Alice begriff, dass sie nichts weiter gesehen hatte als einen Schwarm von Leuchtkäfern, doch waren sie unfassbar prächtig und zauberhaft gewesen wie alles in diesem Land.

Spontan lächelte sie Modesta an und freute sich, als dieses Lächeln erwidert wurde. Dann lief sie der kleinen Frau weiter durch den Dschungel hinterher, bis sie ihre Hütte erreicht hatte.

»Ist alles in Ordnung?«, fragte Julio, als sie unter ihre Decke kroch. Alice nickte beiläufig und schloss die Augen. Kurz meinte sie, ein fast bartlos glattes, kupferfarbenes Männergesicht vor sich zu sehen, konnte es aber erfolgreich verdrängen, bevor sie endlich einschlief.

12. Kapitel

»Als ich in Ciudad de México ankam, da kaufte ich mir erst einmal ein Paar Schuhe«, erzählte Andrés, während er jenen Schraubenzieher, den sie aus Dr. Scarsdales Utensilien entwendet hatte, dazu benutzte, eine weitere Steinfigur von einer dicken Kalkschicht zu befreien. »Mein Patron hatte mir etwas Geld auf die Reise mitgegeben, in erster Linie für Nahrung. Was ich sonst noch brauchte, sollte ich mir irgendwie selbst verdienen. Ich zog es vor zu hungern, um mich nicht zu blamieren. Keiner der anderen Studenten trug gewöhnliche Huaraches. Doch ich hatte keine Ahnung, wie unbequem festes Schuhwerk ist. In meinem winzigen Zimmer lief ich die ganze Nacht lang auf und ab, um mich daran zu gewöhnen. Trotzdem musste ich die Zähne zusammenbeißen, um nicht zu humpeln, als ich den Unterrichtsraum betrat. Gekichert wurde dennoch, denn für einen Anzug hatten meinen finanziellen Reserven nicht gereicht.«

Alice zog staunend die Brauen hoch, denn sie hatte Männerkleidung immer für bequem gehalten.

»Ist es denn angenehmer, barfuß zu laufen?«

»Allerdings, wenn man es von Kindheit an gewöhnt ist. Ich hatte dicke Hornhaut an den Füßen, stabiler als Leder. Die widersetzte sich und protestierte schmerzhaft, als sie derart eingezwängt wurde. Andrew, mein amerikanischer Freund, riet mir schließlich, sie mit einem kleinen Messer abzuschälen. So wurden die Schuhe für mich erträglich. Und irgendwann brauchte ich sie. Ich war stolz darauf. Ich war ein Señor geworden.«

Alice nahm dies nickend zur Kenntnis. Das bisherige Leben dieses kupferfarbenen Mannes hatte sich in den letzten Nächten langsam zu einer zusammenhängenden Geschichte gefügt, die ihr spannend schien. Sie wusste, dass Andrew sein Studienkollege gewesen war, dessen Eltern ihm keine Ausbildung in den Vereinigten Staaten bezahlen konnten und deshalb die billigere Variante jenseits der

Grenze gewählt hatten, wo es mütterlicherseits Verwandtschaft gab. Andrew und Andrés, zwei Namensgenossen, hatten einander geholfen, in einer Welt voll fremder Gebräuche und gesellschaftlicher Gruppen, von denen sie ausgeschlossen waren, zurechtzukommen. Der Indianer übersetzte für den Nordamerikaner, wodurch er selbst Englisch lernte. Der überließ ihm abgelegte, zerschlissene Anzüge, die in Hörsälen immer noch akzeptabler waren als die übliche Indio-Kleidung. Ebenso wie sie selbst hatte Andrés allein in einer feindseligen Wirklichkeit überleben müssen.

Er wusste inzwischen von ihrer großen Angst, nach der Flucht aus dem Elternhaus als Straßenmädchen zu enden, jener Zukunft, die der Vater ihr zum Abschied prophezeit hatte. Wie Frauen, die sie einst verachtet hatte, ihr aber geholfen hatten, eine Anstellung im Café Josty zu finden, wo ihr damenhaftes Auftreten gern gesehen war. Dass sie langsam hatte lernen müssen, ledige Mütter um ihren Kampfgeist zu bewundern, anstatt sie als gefallen zu verachten. Wie sehr ihre ganze Wahrnehmung der Welt sich Stück für Stück verschoben hatte, ebenso wie die seine, auch wenn die Richtung völlig anders gewesen war.

Seit zwei Wochen trafen sie sich regelmäßig in der kleinen Ruine. Julio nahm es hin, ohne Fragen zu stellen. Modesta warf Alice manchmal neugierige Blicke zu, doch ihr Spanisch reichte nicht für Fragen. Alice schlief morgens etwas länger als am Anfang, aber Dr. Scarsdale schien das kaum zu bemerken. Danach überreichte sie ihm jene Figuren, die sie angeblich selbst in den Ruinen entdeckt hatte, während sie Zeichnungen anfertigte. Falls ihr Glück als Schatzsucherin ihn erstaunte, so äußerte er sich nicht dazu, denn seine Begeisterung beanspruchte ihn zu sehr. Sie hatte allerdings beschlossen, ein paar Tage mit leeren Händen zurückzukommen, damit er nicht doch noch misstrauisch wurde.

»Vielleicht nehmen Sie diese Figur hier noch«, schlug Andrés vor und polierte ein tönernes Fledermausgesicht mit einem Tuch. »Sie ist etwas größer als die bisherigen und völlig unbeschädigt. Ebenfalls ausgehöhlt. Ich glaube, in diesen Figuren wurde Weihrauch verbrannt. Vielleicht bei rituellen Festen zur Anbetung der Götter.«

Alice warf einen Blick auf das Gesicht der Statue. Dass es von großem künstlerischen Geschick seiner Schöpfer zeugte, vermochte sie nicht zu leugnen. In seiner archaischen Wildheit wirkte es wie ein mahnender Hinweis auf überirdische dunkle Mächte. Unbehagen stieg in ihr auf, und gleichzeitig fiel ihr ein, an welchen Orten in Mexiko dieses Gefühl sie bereits beschlichen hatte.

»Weihrauch wird bei katholischen Messen verbrannt. Vielleicht denken Sie da zu modern.«

Er schüttelte leise lachend den Kopf.

»Nein, ich denke völlig zeitgemäß. Meine Leute haben Ihre Religion angenommen, da sie ihnen aufgedrängt wurde. Aber sie legten sie auf ihre eigene Weise aus, vielleicht weil sie Übereinstimmungen zu ihren alten Kulten erkannten, die kein katholischer Priester jemals zugegeben hätte. Unsere Feste beginnen meist ein paar Tage vor dem eigentlichen Feiertag. Da verehren wir unsere alten Götter, denn wir wollen sie ja nicht verärgern. Sie gehören nur uns, während wir uns den Christengott und all seine Heiligen mit den Ladinos teilen müssen, die er immer bevorzugt hat.«

Sie war bereits im Begriff gewesen aufzustehen, doch seine Worte hielten sie zurück, denn sie hatten Neugierde in ihr geweckt.

»Wie sehen sie denn aus, diese alten Kulte?«

»Nicht wesentlich anders als die christlichen, jedenfalls bei uns.«

Andrés lehnte sich an die Wand der Ruine und streckte die Beine aus. Das Licht der Fackel flackerte über sein Gesicht. Alice wurde plötzlich bewusst, dass er ohne die zerbrochene Brille ein durchaus gefälliger Anblick war mit seinem scharf geschnittenen, feinen Profil.

»In der Kirche von Chamula, der größten Siedlung der Tzotzil, die ungefähr zehn Kilometer von San Cristóbal de las Casas entfernt ist, stehen viele bunte Heiligenfiguren. Mein Vater suchte sich jedes Jahr eine davon aus. Er zündete Kerzen vor ihr an, wovon er sich ausreichend Regen und eine gute Ernte versprach. Trat dies nicht ein, dann schimpfte er diesen Heiligen später tüchtig aus, zerschlug den Spiegel vor dessen Figur, der als Sitz der Seele des Heiligen und als Eingang zur jenseitigen Welt gilt. Bei diesem Angriff gingen mitunter auch manche Teile der Figur selbst zu Bruch. Zur Strafe für deren Versagen suchte mein Vater sich natürlich einen anderen Schutzpatron, der fortan die Kerzen erhalten sollte. Es gibt übrigens keine Priester in dieser Kirche. Jene, die uns von den Ladinos geschickt werden, haben nicht wirklich etwas zu sagen. Bei uns herrschen die Ilols, Angehörige unseres Volkes, die die bösen Geister und die von ihnen ausgelösten Krankheiten vertreiben können.«

Alice rutschte aufgeregt näher an ihn heran. Nun endlich gewährte er ihr Einblick in jene Welt, die sich vor allen verschloss, die keine reinblütigen Indianer waren. Es gab eine Frage, die sie unbedingt stellen musste.

»Werden bei diesen … diesen alten Riten wirklich keine Menschen geopfert?«, flüsterte sie. Andrés schien zu ihrer Erleichterung nicht empört über diese Frage. Er schüttelte den Kopf.

»Ich habe es niemals mitbekommen. Die Ilols schlachten Hühner, in denen die bösen Geister, derer man sich entledigen will, angeblich gefangen sind. Mein Vater ist als Kazike ein angesehener Mann unserer kleinen Gemeinschaft. Privat ist er ein alter Schreihals und Sturkopf. Meine Mutter, die seine Launen mit bemerkenswerter Geduld erträgt, gilt als heilkundig. Viele der Frauen kommen zu ihr, wenn sie keine Kinder bekommen können, und einigen konnte sie tatsächlich zu einer Schwangerschaft verhelfen. Meine Schwester hat viel von ihr gelernt und ist die Hebamme des Dorfes. Meine anderen Geschwister führen ein ganz gewöhnliches Bauernleben. Ich würde gern sagen, dass keiner von ihnen fähig wäre, kaltblütig einen Menschen zu töten. Aber ich habe inzwischen gelernt, dass fast jeder Mensch unter bestimmten Umständen dazu fähig ist.«

Alice musterte ihn verstört und wollte gerade fragen, was er damit meinte, als die ihr inzwischen vertrauten Laute des nächtlichen Dschungels von dem entsetzten Schrei einer Frau durchbrochen wurden.

»Das ist Modesta!«, rief Andrés und sprang auf die Beine. Alice ließ vor Schreck die Statue fallen, nahm erleichtert zur Kenntnis, dass sie nicht zerbrach, und wollte ihm hinterhereilen, doch schob er sie energisch zurück.

»Bleiben Sie hier! Und geben Sie keinen Laut von sich, bis ich wiederkomme. Andernfalls warten Sie, bis es hell wird, und suchen dann den Weg zum Lager.«

Sie sah, wie er die Fackel in eine Wasserschüssel steckte, wo sie zischend erlosch. Es war so dunkel geworden, dass sie Schwierigkeiten hatte, die Hand vor Augen zu sehen. Andrés musste bereits verschwunden sein, denn sie hörte keine Bewegungen mehr in ihrer Nähe. Vorsichtig kroch sie in eine Ecke der Ruine, umschlang die Knie mit ihren Armen und versuchte, nicht daran zu denken, welche tierischen oder menschlichen Gestalten nun in ihrer unmittelbaren Nähe herumkriechen konnten. Keine Panik, befahl sie sich, denn sie wusste, dass sie erst recht in Gefahr geraten konnte, wenn sie aufgeregt herumzulaufen begann. Langsam gewöhnten ihre Augen sich an die Finsternis, denn die riesigen Bäume des Regenwaldes sperrten alle Gestirne des Himmels fast gänzlich aus. Im Dunkeln begannen sich Umrisse von Baumstämmen und Sträuchern abzuzeichnen, die sich mitunter regten, als würden sie von Geisterhand bewegt. Alice wehrte sich entschlossen gegen die in ihrem tiefen Inneren schlummernden Ängste vor dem Übernatürlichen, von deren Existenz sie bisher kaum etwas geahnt hatte. Im Augenblick lief sie hauptsächlich Gefahr, von Mücken zerfressen zu werden, mahnte sie sich, verzweifelt bemüht, ihrer Lage eine heitere Seite abzugewinnen. Aber je länger sie sich hier im Dschungel aufhielt, desto weniger appetitanregend schien sie für diese winzigen Plagegeister zu werden. Andrés hatte einmal erwähnt, dass es Patrick ähnlich ergangen war. Zunächst hatten die Mücken ihn schier aussaugen wollen, als sei er eine seltene Delikatesse, doch mit der Zeit begannen die Fremden allmählich wie Einheimische zu schmecken. Die Erinnerung an dieses Gespräch entspannte Alice, ließ sie kurz lächeln. Sie hatte mit kaum einem Mann jemals so gelassen und fröhlich plaudern können wie mit diesem studierten Indianer.

Andrés. Wo blieb er eigentlich? Die Angst um ihr eigenes Wohlergehen wurde langsam von dem Gefühl einer größeren Bedrohung verdrängt. Wieso konnte sie keine weiteren Schreie und Stimmen mehr vernehmen, wenn er da draußen nach Modesta suchte? Auf allen vieren kroch sie an den Rand der Ruine. Sie glaubte, in der Ferne den Wasserfall rauschen zu hören. Ein Schwarm von Leuchtkäfern zog an ihr vorbei, schenkte dem Regenwald kurz klare Formen und Farben. Sie konnte keine Menschenseele entdecken. Das Gefühl völliger Verlorenheit schnürte ihr die Kehle zu.

»Andrés«, flüsterte sie, doch ihre eigene Stimme klang ohrenbetäubend laut in ihren Ohren, »bitte, komm zurück!«

Sie war sich nicht sicher, ob sie nur aus Angst um sich selbst gesprochen hatte. Die Vorstellung, niemals mehr mit diesem Mann über ihrer beider Vergangenheit plaudern zu können, schmerzte so, als könnte ein wertvoller Teil ihres Lebens einfach im Nichts verschwinden. Sie verschränkte die Arme vor der Brust. Diese nächtliche Einsamkeit tat ihr nicht gut, ließ sie hysterisch werden, wie man es unkonventionellen Frauen gewöhnlich vorwarf. Als hätte jemand ihre Worte gehört, knackten plötzlich Zweige, ein Keuchen war zu hören, gefolgt von leisem Wimmern. Alice wollte gerade vorsichtig zurückweichen, als das Licht einer Öllampe sie blendete.

»Andrés!«, rief sie hoffnungsvoll, dann fiel ihr ein, dass er keine Lampe haben konnte. Panisch fuhr sie herum, suchte nach einer Fluchtmöglichkeit, doch das Klagen der Frauenstimme wurde lauter und schien plötzlich vertraut, sodass Alice nicht einfach weglaufen konnte.

Das Licht der Lampe sank langsam auf den Waldboden, und Alice zwang sich, den unerwarteten Eindringling anzusehen. Modestas Gesicht tauchte vor dem ihren auf, und sie staunte, wie groß die India plötzlich war, denn sie befand sich mit ihr auf Augenhöhe. Modestas Wangen waren nass vor Tränen, und in ihren Augen stand ein stummer Angstschrei. Die scharfe Klinge eines Messers drückte sich an ihren Hals.

»Hier also trifft sie sich mit ihrem dreckigen Indio«, knurrte eine Männerstimme auf Spanisch. Modesta stieß ein Wimmern aus. In dem Blick, den sie Alice zuwarf, lag die wortlose Bitte um Vergebung. Alice' Muskeln spannten sich in dem Wunsch, dieser grässlichen Situation irgendwie zu entkommen, da sah sie, wie dunkle Flüssigkeit aus Modestas Kehle zu sprudeln begann. In den entsetzt aufgerissenen Augen erstarb der letzte Lebensfunke. Alice vernahm einen gellenden Schrei, und erst als er verklungen war, begriff sie, dass sie selbst ihn ausgestoßen hatte. Modestas Körper fiel wie eine Strohpuppe auf den Waldboden, um endgültig den Blick auf eine große, breite Männergestalt freizugeben.

Sobald Alice Martin erkannt hatte, sprang sie zurück, doch sie wusste, dass es keine Rettung sein konnte, ins Innere der Ruine zu flüchten. Während er das blutbefleckte Messer auf sie richtete, suchte sie nach Wegen, an ihm vorbeizukommen. Der finstere nächtliche Regenwald schien plötzlich ein Ort, der Schutz und Sicherheit versprach, wenn es ihr nur gelang, aus dem Blickfeld von Modestas Mörder zu kommen, der sie immer weiter in die Ruine hineindrängte. Der Umstand, dass er die Lampe nicht aufgehoben hatte, verschaffte Alice einen winzigen Vorteil, da es zunehmend finster wurde und Martin sie nicht mehr genau sehen konnte. Schließlich stieß sie mit dem Fuß gegen die von Andrés mühsam gesäuberte Steinstatue, hob sie hoch und warf sie aufs Geratewohl in Martins Richtung. Sein wütender Schrei tat ihr gut. Ein metallener Gegenstand schlug auf dem Boden auf. In der Hoffnung, dass er sein Messer verloren hatte, rannte Alice los. Wenn sie so schnell war, dass er sie nicht zu packen vermochte, konnte sie vielleicht in irgendeinem Dickicht verschwinden und ausharren, bis Dr. Scarsdale einen Suchtrupp losschickte. Sie schaffte es tatsächlich an dem laut fluchenden Martin vorbei und wollte gerade in den Regenwald flüchten, als ein Arm sich um ihre Taille legte und sie wieder zurückriss. Alice schrie vor Empörung und klammerte sich an Sträuchern fest. Zweige zerschnitten ihre Hände, als sie dennoch fortgezerrt wurde. Sie war ein fauchendes, kratzendes, aber völlig machtloses Bündel in Martins Armen, was ihr Zornestränen in die Augen trieb.

Einer seiner Arme reichte, um Alice festzuhalten, während er die Öllampe aufhob. Sie nützte den Augenblick, um ihm einen heftigen Tritt gegen sein Schienbein zu verpassen, doch er verzog keine

Miene, sondern schleppte sie ins Innere der Ruine, wo er sie in eine Ecke stieß.

»Du spielst die feine Dame, wickelst diesen verrückten Amerikaner um den Finger und sorgst dafür, dass er mich davonjagt wie einen Verbrecher. Dann kriechst du heimlich in den Dschungel, um es mit einem Indio zu treiben!«

Seine Worte hinterließen Speichel auf ihrem Gesicht. Zunächst wollte sie eine entsprechende Antwort geben, doch der Hass, der in seinen Augen glomm, erschreckte sie. Eine Frau hatte dieser Mann bereits getötet.

»Du wirst dem Amerikaner alles erzählen, was du angestellt hast. Ich will meine Arbeit wieder!«

Alice nickte. Seit sie ihr Elternhaus verlassen hatte, war sie niemals mehr derart fügsam gewesen.

»Ich werde alles erklären. Bringen Sie mich jetzt bitte ins Lager zurück, damit ich mit Dr. Scarsdale reden kann«, sagte sie so gefasst wie nur möglich. Sobald sie vor dem Archäologen stand, brauchte sie wenigstens nicht mehr um ihr Leben zu fürchten.

Martin holte aus und schlug ihr ins Gesicht. Alice hörte sich aufschreien. Tränen liefen ihr über die Wangen, und ihr Mund schmeckte nach Blut.

»Ich bestimme, was jetzt geschieht, hast du verstanden? Ich lasse mich von keiner Hure mehr herumkommandieren, nur weil sie feine Manieren hat.«

Sein Atem stank nach Alkohol. Als Alice versuchte, sich aufzurichten, trat er ihr in den Magen. Sie krümmte sich vor Schmerz. Aller Zorn war verflogen. Sie fürchtete, ein hilfloses, wimmerndes Wesen zu werden wie Modesta in ihren letzten Minuten in dieser Welt. Doch sie ahnte, dass stumme Unterwürfigkeit ihr Leben nicht retten würde, denn auch der Indianerin hatte dies nichts genützt.

»Wenn Sie mich hier totschlagen, dann bekommen Sie Ihre Arbeit bei Dr. Scarsdale sicher nicht zurück«, sagte sie. Wieder flackerte der Hass in seinen Augen, und Alice fragte sich, warum sie Männer stets provozieren musste. Damit, dass es sie das Leben kosten könnte, hatte sie niemals ernsthaft gerechnet.

Wieder hob Martin seine Hand. Alice fuhr wimmernd zurück, doch es nützte ihr nichts, denn ihr Kopf wurde gegen die steinerne Wand geschlagen. Kurz machte der Schmerz sie blind, dann sah sie, dass Martin ein Stück zurückgetreten war und mit gerunzelter Stirn auf sie hinabsah.

»Ein bisschen Prügel haben noch keinem Weib geschadet, aber ich glaube, jetzt hast du genug.«

Alice schämte sich, dass ihr Tränen der Erleichterung in die Augen schossen. Sie hatte fast vergessen, wie schnell Gewalt einen Menschen brechen konnte. Martin begann, in der Ruine herumzulaufen, als habe er alle Angst vor einem möglichen Fluchtversuch seiner Gefangenen verloren. Er hatte recht damit, denn Alice hätte sich an den Wänden der Ruine abstützen müssen, um gehen zu können.

»Ein Weib wie du hat mich meine erste Anstellung gekostet«, sagte er. »Ich war Verwalter auf einer großen Plantage. Das war eine richtig gute Arbeit. Ich hatte ein eigenes Haus und Bedienstete. Da kam eines Tages der Patron mit seiner Familie vorbei, um sich anzusehen, wie alles vorangeht. Der hatte ein paar Kinder aus erster Ehe, aber deren Mutter war gestorben. Er hatte wieder geheiratet, so eine richtig hübsche junge Schlampe mit Goldlocken wie du. Die machte mir schöne Augen, wenn der alte Herr nicht zusah. Ich war ein Dummkopf damals und wusste noch nicht, wie falsch und verlogen ihr Weiber seid.«

Er versetzte der auf dem Boden liegenden Tonfigur einen Tritt. Die Nase des Fledermausgesichts brach ab. Alice staunte, wie sehr die Zerstörung eines Kunstwerks sie schmerzte.

»Ich traf mich heimlich mit der hübschen Señora, die einen fremden Namen hatte, genau wie du. Es war in einer Hütte im Wald, weit genug von der Plantage entfernt. Sie sagte, da würde uns keiner finden. Zum ersten Mal machte sie so etwas nicht, dazu wirkte sie zu gelassen. Aber diesmal hatte jemand sie verpfiffen. Entweder einer von den verfluchten Indios, der fand, dass ich ihn zu hart angepackt hatte, oder eines der Bälger. Die mochten ihre neue Stiefmama nämlich nicht.«

Die Tonfigur erhielt einen weiteren kräftigen Tritt und flog gegen die Steinwand, an der sie abprallte und in mehrere Einzelteile zerfiel.

»Da stürmte der Patron mit einer Pistole in der Hand in die Hütte. Ich dachte, jetzt geht es uns beiden an den Kragen, mir und der treulosen Gattin. Aber ich hatte die Verschlagenheit der Weiber unterschätzt. Die kleine Schlampe warf sich ihrem Mann heulend zu Füßen und beteuerte, ich hätte sie in eine Falle gelockt und mit Gewalt in die Hütte geschleppt. Der Trottel glaubte ihr, aber ich musste um mein Leben rennen und konnte mich nirgendwo mehr blicken lassen. Mir blieb nur dieser verfluchte Dschungel. Dieses Dreckloch von Montería, wo es nur hässliche Indio-Weiber gibt und Mücken und Schlangen und erbärmlichen Gestank.«

Nun schlug er mit der Hand gegen die Mauer. Alice versuchte, so unauffällig wie möglich von ihm wegzurücken, damit seine blinde Wut sich nicht noch mal gegen sie richten würde. Sie zweifelte inzwischen, ob dieser Mann völlig bei Verstand war. Allerdings verschaffte diese Erkenntnis ihr keinerlei Erleichterung. Trotz der lauen Nacht im Dschungel fror sie und umklammerte ihre Knie mit den Armen, um sich selbst ein wenig tröstende Wärme zu schenken. Wie lange würde es wohl dauern, bis Martin auf die naheliegende Möglichkeit verfiel, sich an einer blonden Frau zu rächen? Sie versuchte, ruhig zu atmen, denn ihr war immer noch bewusst, dass Panik ihre Lage nur verschlimmern würde. Was wohl aus Andrés geworden war? Die Vorstellung, dass er Modestas Schicksal geteilt haben konnte, versuchte sie zu verdrängen. Aber gegen einen so großen, kräftigen Mann wie Martin, an dessen Gürtel zudem ein Revolver hing, hätte er niemals eine Chance. Sie konnte nur hoffen, dass er Dr. Scarsdale benachrichtigen würde, auch wenn er sich dadurch in Gefahr brachte, noch mal verhaftet zu werden.

Sie bemühte sich, nicht über diese Dinge nachzudenken, sondern ihre ganze Aufmerksamkeit auf die Welt zwischen den uralten Wänden dieser Ruine zu richten. Irgendwie musste sie es schaffen, Martin zu beeinflussen, damit er sie ins Lager von Dr. Scarsdale brachte. Von dort aus würde sie vermutlich in Schimpf und Schande zu den

Bohremanns zurückgeschickt werden, aber sämtliche Auseinandersetzungen mit dem Kaffeebaron und seiner Gemahlin waren dieser Situation hier vorzuziehen.

»Aber nun zu dir!«

Alice fuhr zusammen, als ihr bewusst wurde, dass er sich ihr wieder zugewandt hatte. Er hob die Öllampe hoch und hielt sie ihr wie eine scharfe Waffe entgegen.

»Was findet eine wie du an einem dreckigen Indianer? Erkläre es mir. Malhaya! Bist du krank im Kopf, sodass du dich gern im Dreck suhlst?«

Er bohrte seine Finger in Alice' Schulter und begann sie zu schütteln, wobei sie immer wieder gegen die Steinwand prallte. Sie krümmte sich vor Schmerzen. Noch ein paar Stunden solcher Behandlung, und sie wäre nichts anderes mehr als ein um Erbarmen wimmerndes, gebrochenes Wesen.

»Er hatte jedenfalls weitaus bessere Manieren als so manch anderer Mann, den ich hier in Palenque kennenlernte!«, zischte sie Martin ins Gesicht, um ein wenig von jener Person bewahren zu können, die sie stets hatte sein wollen.

Es dauerte eine Weile, bis er ihre Anspielung begriff. Dann hob seine Hand sich zu einem weiteren Schlag. Alice wich nicht mehr zurück, denn falls er wirklich die Absicht hatte, sie umzubringen und im Dschungel vermodern zu lassen, konnte sie ihn nicht daran hindern. Ihre Augen schlossen sich schicksalsergeben, erst als sie ihn zornig aufschreien hörte, sah sie wieder hin. Ein Stein schlug vor ihr auf, und Martin hielt fluchend seinen Arm fest, der getroffen worden sein musste. Sie blickte sich ebenso ratlos um wie er. Der Dschungel stieß seine gewohnten zischenden, zirpenden und krächzenden Laute aus. Es musste hier Tiere geben, die des Nachts zum Leben erwachten. Nur warfen diese keine Steine.

»Das war wohl so ein Geist, der hier in der Ruine lebt. Ein alter, wütender Indio!«, rief Martin und begann zu lachen. Der zweite Stein traf ihn in den Rücken. Er fluchte und fuhr herum.

»No me chingues! Wer ist da?«, brüllte Martin. Der Dschungel schien für den Bruchteil einer Sekunde zu verstummen, dann setzten die gewohnten Geräusche wieder ein, als wollten sie einen zornigen Mann, der nicht hierhergehörte, verhöhnen. Martin war gerade im Begriff, an den Rand der Ruine zu treten, als ein dritter Stein seine Schläfe traf. Er taumelte, stöhnte und sank in die Knie, während er das Blut aus seinem Gesicht wischte.

»Ich kriege dich, hijo de la chingada!«

Martin zog den Revolver aus seinem Gürtel und feuerte zum unsichtbaren Himmel hoch. Kurz rauschte es in dem mächtigen Dach aus Geäst. Ein paar Vögel krächzten vorwurfsvoll, in ihrer Nachtruhe gestört zu werden.

»Komm schon her! Cobarde, ven!«

Ein zweiter Schuss unterbrach noch mal die nächtliche Musik des Dschungels. Alice ahnte, dass sie Martins Verhalten in einer anderen Lage als amüsant empfunden hätte, doch nun starrte auch sie mit einer Mischung aus Angst und Hoffnung in das fremde Reich, das zahllose Geheimnisse verbarg. Sie glaubte, Zweige knacken zu hören.

»Hijo de la chingada, ich sehe dich, ich kann dich sehen!«, rief Martin triumphierend und richtete seinen Revolver zielsicher in die Dunkelheit. Alice reagierte, bevor sie Zeit zum Nachdenken gefunden hatte. Sie empfand keinen Schmerz und keine Demütigung mehr, nur noch den Wunsch, ihren unbekannten Helfer vor Martin zu schützen. Sie rannte los und schlug ihre Zähne in die Hand, die den Revolver hielt.

Sie schmeckte Blut. Der Revolver fiel zu Boden, so wie vorher die Statue und auch die Steine. Martin fuhr herum und packte Alice an beiden Handgelenken. Sie zappelte, doch sie konnte sich nicht aus seinem Griff befreien.

»Jetzt ist es vorbei, du Indio-Hure, jetzt bringe ich dich um!«, spuckte er ihr ins Gesicht. Alice schloss die Augen nicht mehr, sondern trat nach ihm, auch wenn es nichts nützte. Sie bestand nur noch aus Zorn und dem Wunsch, am Leben zu bleiben. Da sah sie, wie zwei braune Hände, die aus weißen Hemdsärmeln herausragten, sich um Martins Kehle legten. Bald darauf tauchte ein Bündel aus männlichen Körpern auf. Martin rang mit einem schmächtigeren, aber wendigen Mann. Eng umschlungen, rollten sie über den Boden der Ruine, fast wie ein leidenschaftliches Liebespaar. Martin war eindeutig der Stärkere von beiden, doch die Wunde an seiner Schläfe beeinträchtigte seine Reaktionen, denn er schaffte es nicht, Andrés zu überwältigen. Seine Hand streckte sich begierig nach dem verlorenen Revolver aus, doch lag der außerhalb seiner Reichweite.

Plötzlich wurde Alice klar, wie sie dieses Schauspiel beenden konnte, anstatt als Zuschauerin auf seinen Ausgang zu warten. Sie griff nach dem Revolver. Er fühlte sich eiskalt an in ihrer Hand, und sie staunte, dass so eine kleine Waffe ausreichen konnte, einen Menschen zu töten. Ihr Vater war manchmal zur Jagd gegangen und hatte daher Schusswaffen besessen, aber Alice war niemals in das Geheimnis ihres Gebrauchs eingewiesen worden. Sie wusste, dass es eine Sicherung gab, doch Martin schien diese bereits gelöst zu haben, als er in den nächtlichen Dschungel schoss. Jetzt galt es nur, den Hebel nach hinten zu ziehen, damit sich ein Schuss löste. Leider musste sie auch treffen, was angesichts der Umstände nicht einfach war. Mal lag Martin oben, dann wieder Andrés. Martin stieß Flüche aus, während Andrés' Gesicht sich vor Anspannung verkrampfte, da er der Kraft seines Gegners überlegte Geschicklichkeit entgegensetzen musste. Die Zeit, während die beiden auf dem Boden der Ruine rangen, schien unnatürlich verlangsamt. Alice hielt sich bewusst im Hintergrund, denn Martin sollte nicht bemerken, dass sie seinen Revolver in der Hand hielt. Erst als er Andrés unter sich gezwängt hatte und ihm Fausthiebe gegen die Schläfen versetzte, vergaß Alice alle Vorsicht.

»Aufhören, oder ich schieße!«

Martin erstarrte und sah in ihre Richtung. Seine Augen weiteten sich ungläubig, dann begann er zu lachen.

»Das ist kein Spielzeug, Mädchen. Du kannst doch gar nicht damit umgehen.«

Er sprang auf, um auf Alice zuzulaufen. Andrés wollte ihm nachsetzen, doch Alice' heftiges Kopfschütteln bedeutete ihm, rasch aus der Schusslinie zu kriechen.

Sie bewegte den Hebel. Es knallte. Die Waffe zuckte in ihrer Hand. Martin kam unversehrt immer näher. Sie erinnerte sich, dass nur eine begrenzte Anzahl von Patronen in der Trommel sein konnte, und feuerte noch mal. Diesmal schrie Martin auf, sank in die Knie und presste eine Hand auf seinen blutenden Oberschenkel.

»Das wirst du bereuen, Chingada!«

Er bewegte sich weiter auf sie zu, wenn auch deutlich langsamer als am Anfang. Alice bewegte den Hebel noch mal, doch der erwartete Knall blieb aus. Sie hielt den Atem an, sah sich nach einem Fluchtweg um, aber Martin stand wieder zwischen ihr und dem Ausgang der Ruine. Er hatte seine Hand gegen sie gehoben, da sprang Andrés ihn erneut von hinten an. Diesmal war es nur ein kurzer Kampf. Martin schien begriffen zu haben, dass er in seinem Zustand unterlegen war, denn er schubste Andrés heftig von sich und rannte in das Dickicht des Dschungels. Zweige knackten, das Zischen und Krächzen schien lauter zu werden. Dann war es für einen Augenblick traumhaft still.

Alice hielt den Revolver weiter umklammert, obwohl sie wusste, dass er nutzlos war. Ohne die Waffe fürchtete sie so hilflos zu werden wie vorher. Andrés kam langsam näher, er humpelte, und sein linkes Auge war zugeschwollen. Mit einer ruhigen, aber bestimmten Bewegung nahm er ihr den Revolver aus der Hand.

»Er ist weg. Und heute Nacht kommt er nicht wieder. Ohne seine Waffe fühlt er sich nicht stark genug.«

Sie atmete tief durch und begann zu ihrem Entsetzen zu weinen.

»Modesta … er … er schnitt ihr einfach die Kehle durch, als würde er ein Huhn schlachten. Er verzog dabei keine Miene.«

Schluchzend sank sie auf die Knie. Sie wollte weg von diesem mörderischen Dschungel, dessen gefährlichste Kreaturen auf zwei Beinen herumliefen. Andrés näherte sich ihr zögernd, und erst als sie sich freiwillig in seine tröstende Wärme drängte, schloss er sie in die Arme.

»Für ihn ist eine gewöhnliche Indio-Frau nicht viel mehr wert als ein Huhn. Er arbeitete lange als Aufseher in der Montería. Dort behandelt man uns schlimmer als Tiere. Aber ich denke, auch für die

Aufseher ist die Arbeit nicht angenehm, wenigstens am Anfang nicht. Sie töten alles in sich ab, das menschlich ist, um nicht den Verstand zu verlieren. Jedenfalls hielt er es dort nicht aus, denn er lief weg und war froh, für Dr. Scarsdale arbeiten zu können. Sie haben ihn um diese Arbeit gebracht, nicht wahr?«

Alice nickte. Sie war immer noch nicht in der Lage zu sprechen, doch seine Nähe beruhigte sie. Die Umarmung war freundschaftlich und tröstend. Bisher war Patrick der einzige Mann gewesen, der sie auf diese Art berührt hatte.

»Er wusste, dass ich mich hier mit einem Indianer treffe«, begann sie langsam jene Gedanken auszusprechen, die sich in ihrem Kopf regten. »Aber er hat nicht nach ihm gesucht.«

»Weil er mich nicht für eine ernste Gefahr hielt. Er hatte seine Waffe, er war stark.«

Sanft schob er Alice wieder in die Ruine zurück, wo sie sich neben der zerbrochenen Figur auf den Boden setzten. Andrés streichelte weiter ihren Rücken, und sie schmiegte sich an ihn. Noch niemals zuvor hatte sie sich derart nach der Nähe eines anderen Menschen gesehnt.

»Nun hat er keine Waffe mehr, und er ist verletzt. Er wird eine Weile Ruhe geben, denn im Dschungel hat er Angst vor meinesgleichen. Er geht wahrscheinlich davon aus, dass wir Indios uns hier so gut auskennen wie die Jaguare.«

Alice sah ihn verwirrt an.

»Aber das ist nicht so?«

»Ich wuchs in den Bergen der Sierra Madre auf«, erzählte Andrés. »Dort gibt es keinen Dschungel. Später wurde unser ganzes Dorf gezwungen, an die Pazifikküste zu ziehen, um auf den Kaffeeplantagen arbeiten zu können. Dort ist das Klima ähnlich heiß wie hier, doch die Kaffeebarone haben dafür gesorgt, dass der Dschungel weitgehend verschwunden ist. Ein gewöhnlicher Tzotzil-Indianer kennt den Regenwald kaum besser als ein Ladino. Nur haben wir keine Schusswaffen, um uns gegen die Jaguare zu wehren.«

Alice lachte. Die Öllampe brannte noch und verlieh Andrés' Gesicht einen goldenen Farbton. Sie staunte, wie wohl sie sich in seiner

Gegenwart fühlte, so als würde sie ihn schon seit vielen Jahren kennen. Ihre Hände zitterten, und jene Stellen ihres Körpers, wo Martins Schläge und Tritte sie getroffen hatten, schmerzten, doch allmählich gewann sie ihren inneren Frieden wieder.

»Haben Sie die Steine geworfen?«, fragte sie. Er schüttelte den Kopf.

»Ich hätte zu nah herankommen müssen, das ging nicht. So besann ich mich auf eine der ersten Erfindungen der Menschheit, die sowohl hier als auch im Rest der Welt entstand. Die Steinschleuder. Doch es dauerte eine Weile, bis ich eine geeignete Astgabel gefunden hatte und eine biegsame Liane. Dann galt es, eine Stelle vor der Ruine zu suchen, wo ich nicht zu sehen war, aber von der aus ich gut zielen konnte. Zum Glück hatte ich schon Übung. Als ich ein Junge war, schossen wir im Dorf gemeinsam um die Wette. Aber es tut mir schrecklich leid, dass es so lange dauerte.«

Alice legte ihren Kopf an seine Schulter. Seltsamerweise erschien es ihr weder anrüchig noch unklug, sich derart zu verhalten. Hier im Dschungel galten andere Gesetze.

»Ich verstehe. Aber Modesta … war es unmöglich, sie zu retten?«

»Ich konnte mich nicht einfach auf ihn stürzen. Er hielt ein Messer an ihre Kehle, und außerdem trug er die Waffe. Wenn er mich umgebracht hätte, wärt ihr beide verloren gewesen.«

Alice hatte Modesta nur kurz gekannt, doch sie ahnte, dass der Anblick eines Menschen, dem vor ihren Augen langsam alles Blut aus der aufgeschnittenen Kehle floss, sie bis an ihr Lebensende verfolgen würde. Außer ihr war nur Andrés Zeuge dieser Tat geworden. Und er hatte sein eigenes Leben aufs Spiel gesetzt, um das ihre zu retten. Sie erschrak fast vor diesem Gedanken. Bisher hatte sie sich als Einzelwesen gesehen, das unabhängig vom Rest der Welt seinen eigenen Weg verfolgte. Doch war es wirklich möglich, sämtliche Bindungen zu meiden?

Sie wusste keine Antwort.

»Wir müssen damit rechnen, dass Martin mit Dr. Scarsdale redet«, erinnerte Andrés sie an dringlichere Probleme. Sie hob abwehrend die Hände.

»Aber wenn ich erzähle, was er getan hat …«

»Alice«, unterbrach Andrés sie, »der Mord an einer Indio-Frau wird den Archäologen nicht so erschüttern, wie Sie meinen. Immerhin führte sie Sie heimlich zu mir, und ich gelte als gesuchter Mörder. Wenn Dr. Scarsdale erfährt, was Sie hinter seinem Rücken getrieben haben, wird er Sie fortschicken. Und mich liefert er den Bohremanns aus, um es sich nicht mit ihnen zu verderben.«

Sie lehnte sich erschöpft an die Wand der Ruine. Sie musste anerkennen, dass er recht hatte.

»Was machen wir nun?«, fragte sie hilflos.

»Ich muss verschwinden. Ich bedauere, Alice, aber unsere heimlichen Treffen werden wir einstellen müssen. Es ist jetzt einfach zu gefährlich geworden.«

Er hatte völlig ruhig und ernst gesprochen. Alice meinte zu spüren, wie ihr Herzschlag für einen Augenblick aussetzte. Wieder lehnte ihr Wille, jene harte, unerbittliche Kraft, die sie seit Jahren vorangetrieben hatte, sich so heftig auf, dass es in ihrem Magen schmerzte.

»Aber wo wollen Sie denn hin?«, fragte sie, denn ein letzter Rest an Vorsicht ließ sie davor zurückschrecken, ihm mitzuteilen, wie sehr sie eine Trennung von ihm bedauerte.

»Ich weiß es noch nicht genau. Irgendein möglichst abgelegenes Dorf, wie schon in der Sierra Madre, wird mich vielleicht aufnehmen«, erwiderte er. Alice erahnte den Schmerz in seiner Stimme, der nach zerstörten Ambitionen klang. Solange man nach ihm als Mörder suchte, hatte er keine Chance auf eine Arbeit, die seiner Ausbildung und seiner Intelligenz entsprach.

»Unter den Chol-Indios hier kursieren Gerüchte, dass es tief im Dschungel noch wilde Stämme gibt, die niemals Kontakt zu einem Ladino hatten«, erzählte er. »Manche Dörfer hier treiben angeblich Handel mit ihnen. Wenn es gar nicht anders geht, kann ich vielleicht dort Zuflucht finden. Zu meinen Urahnen zurückkehren sozusagen.«

Er stieß ein Lachen aus, das in Alice' Ohren bitter klang.

»Was soll denn ein kluger Kopf wie Sie in dieser Wildnis?«, protestierte sie. Er schwieg, während sie angestrengt ihre Gedanken ordnete.

»Wir gehen gemeinsam zurück«, beschloss sie schließlich. »Wir erzählen Dr. Scarsdale alles, was passiert ist.«

»Aber …«

»Hören Sie zu! Sie könnten Dr. Scarsdale nützlich sein, denn er will eine Kultur erforschen, die Sie in einer moderneren Form kennen. Wahrscheinlich können Sie dazu beitragen, wenigstens ein paar Rätsel zu lösen. Wenn ich den Archäologen davon überzeuge, wird er alles vertuschen. Ich kenne ihn. Er lebt vor allem für seine Arbeit. Alles andere wird dabei unwichtig.«

Im Licht der Lampe funkelten Andrés' Augen spöttisch.

»Ich glaube sogar, dass Sie ihn verstehen, Miss Wegener.«

Sie verstummte in dem Bewusstsein, ertappt worden zu sein. Hielt Andrés sie für einen selbstsüchtigen Menschen? Bisher hatte sie es weitgehend ignoriert, was Andere von ihr dachten. Nachdem sie ihr Elternhaus verlassen hatte, war diese Schutzschicht an Gleichgültigkeit notwendig gewesen, um in einer unerwartet feindseligen Welt überleben zu können. Nun meinte sie, deren Bröckeln als feines Rauschen in ihren Ohren zu hören.

»Halten Sie Ehrgeiz denn für einen Fehler?«, fragte sie. Er musterte sie mit einer gewissen Verwirrung, als habe er nicht mit dieser Frage gerechnet.

»Nein«, sagte er schließlich. »Wie könnte ich? Ich bin selbst sehr ehrgeizig gewesen und verstehe die Regeln des Spiels. Aber ich habe auch begriffen, welchen Preis man dabei manchmal zahlen muss.«

Alice senkte den Kopf. Ihr war nicht ganz klar, worauf er anspielte, aber sie ahnte, dass sie es begreifen konnte, wenn sie eine Weile über seine Worte nachdachte. Allerdings ließ er ihr keine Gelegenheit dazu.

»Ich muss mich um Modestas Leichnam kümmern. Er soll hier nicht vermodern und von Würmern zerfressen werden. Ich bringe sie in ihr Dorf zurück, Domingo soll sie begraben.«

Bevor Alice etwas erwidern konnte, war er schon aufgestanden und trat an den Rand der Ruine. Sie folgte ihm zögernd, denn es graute ihr davor, einen Blick auf die tote Modesta zu werfen. Aber Andrés stellte sich zwischen sie und den Leichnam.

»Ich werde mich allein darum kümmern. Alice, finden Sie den Weg zu Dr. Scarsdales Lager?«

Sie nickte, denn sie war die Strecke oft genug mit Modesta gelaufen.

»Kommen Sie dann zurück zur Ruine«, sagte sie zum Abschied. »Ich werde versuchen, mit Dr. Scarsdale zu reden. Wenn ich ihn überzeugen kann, Sie zu decken, dann hole ich Sie hier ab. Andernfalls komme ich nicht und werde sagen, dass ich keine Ahnung habe, wo Sie jetzt sind. Sie müssen sich dann tatsächlich verstecken, und ich werde wohl abreisen.«

Angespannt wartete sie auf seine Reaktion. Es war möglich, dass sie ihn durch das Gespräch mit dem Archäologen in noch größere Gefahr brachte, denn bisher wusste kaum jemand etwas von seiner Anwesenheit in der Nähe der Ruinen. Doch er wies nicht auf diesen Umstand hin, obwohl er sicher klug genug war, ihn zu erkennen. Stattdessen nickte er Alice nur kurz zu, was eine Aufforderung zum Gehen war. Sie begriff, dass sie nicht sehen sollte, wie er die ermordete Modesta hochhob.

13. Kapitel

Als Alice das Lager erreichte, dämmerte bereits der Morgen. Sie hatte an dem kleinen Bach haltgemacht, um sich das Blut aus dem Gesicht zu waschen. Ihr Magen schmerzte von Martins Tritten, und vermutlich würde sie bald schon ein paar Schwellungen und blaue Flecken bekommen, doch ihr Spiegelbild auf der flüssigen Oberfläche schien einigermaßen vorzeigbar. Mit etwas Glück würden ihr Fragen erspart bleiben, denn Dr. Scarsdale achtete wenig auf Äußerlichkeiten.

Alice trat entschlossen aus dem Dickicht des Urwalds, ging an der Palastruine vorbei und dann die drei großen Tempel entlang. Sie sah, wie die Arbeiter zu Füßen der uralten Bauwerke an Lagerfeuern saßen, wo Tortillas aufgewärmt wurden, während das Kaffeewasser in Töpfen köchelte. Als Alice an ihnen vorbeiging, fühlte sie neugierige Blicke auf sich ruhen und begriff, dass sie eine Erklärung für ihr nächtliches Verschwinden finden müsste, falls es unmöglich sein sollte, die Wahrheit zu sagen.

Mariana kam ihr entgegengelaufen, unmittelbar gefolgt von Julio.

»Señorita, wo kommen Sie her? Wollten Sie wieder allein am Bach baden, wo es keiner mitbekommt?«

Er sprach lauter als notwendig, und Alice verstand, dass er ihr eine Notlüge anbot.

»Ja, ich konnte nicht schlafen, weil es so heiß war, und deshalb wollte ich mich ein wenig frisch machen«, entgegnete sie, ebenfalls in deutlich vernehmbarer Lautstärke. Die Arbeiter blickten in ihre Richtung und begannen zu tuscheln und zu lachen. Alice, die es in diesem Moment für einen Segen hielt, ihre Scherze nicht verstehen zu können, straffte wütend die Schultern.

Dr. Scarsdale saß vor seinem Zelt und frühstückte. Sein persönlicher Diener, ein Indio in Julios Alter, schenkte ihm gerade Kaffee ein, der separat gekocht wurde und mit Milch versehen war, wie der Archäologe es mochte.

Alice kam so entspannt wie möglich auf ihn zu und lächelte. »Guten Morgen, Dr. Scarsdale.«

Er zog erstaunt die Brauen hoch.

»Sie sind schon auf? Gewöhnlich schlafen Sie länger.«

Er hatte nicht gehört, was sie gesagt hatte. Das überraschte Alice nicht besonders, denn er achtete wenig auf seine Umwelt, falls es sich nicht um Ruinen handelte.

»Ja, heute bin ich früher aufgestanden.«

Alice setzte sich auf einen Klappstuhl, den er ihr anbot. Sie hatte auf diese Weise schon einige Male mit ihm gefrühstückt. Nun wurde auch ihr Kaffee mit Milch eingeschenkt, dazu erhielt sie eine frische Tortilla mit Eiern und Bohnen. Alice begann zu essen, obwohl sie keinen Hunger hatte.

»Ich habe in der Nähe eine kleine Ruine entdeckt.« Sie ging geradewegs auf ihr Ziel los. »Von dort stammen die Figuren, die ich Ihnen manchmal gebracht habe.«

Er ließ die Gabel sinken. Seine Augen bekamen eine klare blaue Farbe, wie immer, wenn er aufgeregt war.

»Warum haben Sie das nicht gleich gesagt? Wo ist die Ruine? Es ist übrigens nicht ganz ungefährlich, allein durch den Dschungel zu laufen. Sie hätten schon viel früher mit mir reden sollen.«

Alice fragte sich, ob er ihr den Vorwurf wirklich deshalb machte, weil sie sich in Gefahr begeben hatte. Es schien wahrscheinlicher, dass er verärgert war, nicht sofort über eine wichtige Fundstätte informiert worden zu sein. Doch ihrem Plan kam dies entgegen.

»Es gibt jemanden, der diese Ruine noch bis vor Kurzem bewohnt hat«, fuhr sie fort. »Ich war also nicht allein dort. Und er hat mir die Statuen gegeben, sie auch gesäubert und sich überhaupt sehr gut um sie gekümmert. Ich denke, dies ist ein Mann, der bei der Erforschung der Fundstücke nützlich sein könnte.«

Das Leuchten von Dr. Scarsdales Augen wurde zu einem schwachen Glimmen. Sie las Staunen darin, ein wenig Misstrauen, aber auch reges Interesse.

»Es geht mich nichts an, in welche Abenteuer Sie sich hier stürzen wollen, Miss Wegener. Aber für gewöhnlich suche ich mir meine Mitarbeiter selbst aus«, erwiderte er trocken, um nach kurzem Zögern hinzuzufügen. »Wer ist denn dieser Mann?«

Sie nahm einen Schluck Kaffee, um Zeit zu gewinnen. Aus den Augenwinkeln sah sie sich um. Die Männer machten sich unter den lauten Rufen der Aufseher für die Arbeit fertig und hatten Alice völlig vergessen. Der persönliche Diener Dr. Scarsdales brachte gerade weitere Tortillas. Während der Archäologe sie abwartend musterte, ließ Alice sich eine davon auf den Teller legen, obwohl die erste bereits wie ein Stein in ihrem verkrampften Magen lag. Es gab keinen anderen Weg. Sie musste diese Frage beantworten. Glücklicherweise hörte niemand außer Dr. Scarsdale zu.

»Andrés Uk'um«, flüsterte sie, sobald der Diener sich entfernt hatte. Der Archäologe beugte sich vor und musterte sie angestrengt, als rede sie in einer schwer verständlichen Sprache. Eine Weile schwieg er. Alice kippte den Kaffee hinunter, um ihre Nervosität zu bekämpfen.

»Soll das ein Scherz sein, Miss Wegener?«

Alice zuckte leicht zusammen. Der eine Antwort fordernde, harte Tonfall erinnerte sie an ihren Vater. Eine mühsam verdrängte Angst kroch in ihr hoch, das Bewusstsein männlicher Übermacht, der sie hilflos ausgeliefert war. Sie zwang sich, aufrecht sitzen zu bleiben. Männer witterten Schwäche ebenso schnell wie Hunde.

»Nein«, sagte sie schließlich, »es ist kein Scherz. Andrés Uk'um hielt sich die ganze Zeit hier auf, und ich wusste davon. Ich glaube nicht, dass er Patricks Mörder ist, und möchte ihn nicht einer Gerichtsverhandlung ausliefern, die nichts weiter als eine Farce wäre.«

Die Kaffeetasse in Dr. Scarsdales Händen zitterte für einen Moment so stark, dass Tropfen an ihr hinabglitten. Der schmale Mann wirkte auf einmal geradezu hilflos. Ganz plötzlich sprang er auf, und dabei verschüttete er seinen Kaffee.

»Das … das ist unglaublich. Sie sind völlig verantwortungslos, genau wie Ihr Bruder. Sie scheren sich einen Dreck um die Arbeit hier, vergnügen sich und machen, was Sie wollen!«

Er hatte so laut gesprochen, dass einige der Arbeiter, die an den Ruinen bereits gegen Lianen ankämpften, sich erstaunt umdrehten. Alice war fassungslos. Zum ersten Mal empfand sie den beflissenen Wissenschaftler als einen Menschen aus Fleisch und Blut, doch sie hätte sich gewünscht, dabei etwas anderes als Zorn und heftige Empörung zu erleben.

»Ich hatte nicht die Absicht, Ihrer Forschungsarbeit zu schaden«, erwiderte sie kleinlaut und nahm sich vor, sich nicht weiter einschüchtern zu lassen.

»Ach ja, das hatten Sie nicht vor. Wie nett von Ihnen! Vielleicht denken Sie das nächste Mal nach, bevor Sie irgendetwas tun. Und jetzt verschwinden Sie bitte! Ich will Sie hier in Palenque nicht mehr sehen.«

Alice fröstelte. Ihr war, als hätte er sie mit Worten geohrfeigt, doch dieses Gefühl weckte ihren Stolz.

»Ganz wie Sie wünschen«, erwiderte sie kühl und erhob sich. »Ich werde abreisen, sobald ich eine Möglichkeit dazu habe. Bis dahin werde ich mir die größte Mühe geben, Sie nicht weiter zu belästigen.«

Entschlossen schritt sie auf ihre Hütte zu. Mariana sprang hinterher, etwas verwirrt, dass sie von Alice seit Längerem nicht mehr beachtet worden war. Julio war klüger, folgte und stellte keine Fragen. Sobald die Tür hinter Alice zugefallen war, fiel sie auf ihre Petate und vergrub das Gesicht in den Händen. Mariana leckte ihre Finger ab. Julio wartete geduldig, bis Alice sich beruhigt hatte, dann fragte er das übliche: »Que pasa?«

Sie schilderte ihm kurz die neuesten Ereignisse.

»Jemand muss Andrés warnen«, sagte sie schließlich. »Aber ich habe keine Ahnung, wo er sich versteckt. Ich hoffe nur, er ist jetzt nicht wieder in der Ruine, denn Dr. Scarsdale könnte …«

»In der Ruine ist er sicher nicht«, unterbrach Julio. »So viel Verstand hat jeder Indio, nicht im Maul des Jaguars hocken zu bleiben. Ich werde mich umhören. Aber Sie sollten weg, Señorita. Wenn el doctor Sie nicht mehr beschützt, könnte es ungemütlich für Sie werden.«

Alice nickte. Sie war sich sicher, dass Dr. Scarsdale ihr eine Rückreise nach Tuxtla Gutiérrez ermöglichen würde, von wo aus sie einen Weg zu einem Hafen finden könnte. Sie konnte Mexiko verlassen, trotz ein paar blauer Flecke und Schrammen. Der Mord an Patrick würde nicht aufgeklärt werden. Aber wer konnte schon sagen, ob es ihr hier in Palenque jemals gelingen würde? Von Ix Chel fehlte weiterhin jede Spur. Martin hatte sie in aller Deutlichkeit fühlen lassen, welche Gefahren dieses Land barg. Warum also sollte sie es nicht verlassen?

Es gab keinen Grund, aber alles in ihr sperrte sich dagegen, so einfach aufzugeben. Sie drückte Mariana an sich und warf Julio einen betrübten Blick zu. Den Hund würde sie hoffentlich nach Berlin mitnehmen können, denn sie wollte ihm nicht zumuten, irgendwann an einem Straßenrand im Staub zu krepieren. Aber was würde aus Julio werden? Vermutlich ein gewöhnlicher Peon, der auf einer Plantage oder in diesen Monterías schuftete, bis ihn alle Kräfte verließen. Aber dies war das Schicksal der Leute seines Volkes. Sie war eine Fremde in diesem Land, ohne jedes Recht auf Einmischung.

Sie richtete sich auf und versuchte, sich innerlich auf den bevorstehenden Abschied von Mexiko einzustellen, der näher schien als jemals zuvor. Die strahlende Kraft der Farben würde sie vermissen, die satte, feuchte Luft des Dschungels und den brennenden Geschmack des Essens auf ihrer Zunge, doch all dies konnte mit der Zeit zu einer reizvollen Erinnerung werden, die sie für den Rest ihrer Tage im nasskalten Berlin wärmen würde. Woher kam diese leise, aber beharrliche Klage in ihrem Inneren, die Ahnung eines bevorstehenden Schmerzes? Sie wusste es, obwohl ihr dieses Wissen nicht gefiel. Ihre zwei bisherigen Liebhaber hatte sie schnell vergessen, aber der Mann mit dem glatten kupferfarbenen Gesicht, mit dem sie in einer Dschungelruine bis spät in die Nacht geplaudert hatte, ohne dass sie einander berührten, der würde eine Leere in ihrem Leben hinterlassen. Zumal sie unter diesen Umständen nicht einmal die Gelegenheit hätte, sich von ihm zu verabschieden.

Sie strich energisch ihren Rock glatt. Es war nun einmal nicht zu ändern, und sie hatte schon früher gelernt, sich auf die Zukunft zu konzentrieren, wenn die Gegenwart unerträglich wurde. Am besten begann sie jetzt, ihre Heimreise zu planen.

»Ich denke, in ein paar Tagen brechen wir auf«, sagte sie zu Julio. »Versuche herauszufinden, wo Andrés steckt, und ihn zu warnen. Dann könnten wir mit dem Packen beginnen. Du kannst mich bis zum Hafen begleiten, wenn du willst. Und ich verspreche, dass ich dir mein restliches Geld zurücklasse.«

Seine Augen leuchteten auf.

»Gracias, Señorita. Ich höre mich ein bisschen in den umliegenden Dörfern um, wegen Andrés.«

Er sprang auf und eilte hinaus. Alice verspürte einen Stich in ihrer Brust, als sie allein zurückblieb. Sie beschloss, ihren Kleidervorrat durchzugehen, denn Beschäftigung war das beste Heilmittel gegen Trübsal. Vielleicht wäre es vernünftig, ein paar Kleidungsstücke hier zurückzulassen. Julio konnte sicher dankbare Abnehmerinnen in den Dörfern dafür finden. Beim Sortieren stellte sie fest, dass ihre zwei Rüschenblusen gelbe Schweißflecken unter den Achseln aufwiesen, die bei der letzten Wäsche nicht herausgegangen waren. Ihre Kleidung aus der Heimat vertrug die hiesigen Temperaturen nicht, doch sie konnte nicht in indianischen Gewändern den Dampfer besteigen. Um passende Kleidung für die Heimreise zu besorgen, wäre sie darauf angewiesen, dass Dr. Scarsdale ihr Geld lieh, aber darum wollte sie nicht bitten.

Sie begann dennoch, ihre Kleidung ordentlich zusammenzulegen, um ihre innere Unruhe zu bekämpfen. Kurze Zeit später war alles in zwei Stapel aufgeteilt, wobei der größere jene Sachen beinhaltete, die sie auf der Heimreise mitnehmen wollte. Sie hatte beschlossen, die zwei Blusen und einen Rock mit mehreren Rissen zurückzulassen. Die Indio-Frauen konnten sicher alles einfärben oder flicken, sodass es noch gut tragbar wäre. Alice war durchaus zufrieden mit ihrer Erledigung dieser Aufgabe und wollte nun ihre weiteren Habseligkeiten durchsehen, als es an der Tür klopfte. Zunächst dachte sie an Julio, doch der verzichtete inzwischen auf solche Höflichkeiten. Kurz glomm Hoffnung in ihr auf. Andrés. Sie würde wenigstens Abschied von ihm nehmen können. Aber es wäre selbstmörderisch, wenn er sich am helllichten Tag ins Lager wagte.

»Adelante!«, rief sie. Die Tür öffnete sich so langsam und knarrend, dass Alice ein unbehagliches Gefühl erfasste, doch als sie sich umdrehte, stand da nur der graue, zerknitterte Archäologe und räusperte sich.

»Miss Wegener, ich glaube, ich habe vorhin unnötig heftig reagiert.«

Sie richtete sich auf.

»Das könnte man so sagen.«

»Nun.« Dr. Scarsdale rieb sich nervös die Hände. »Ich habe eine Weile nachgedacht. Vielleicht haben Sie recht. Ein gebildeter Indianer wäre sehr hilfreich bei unserer Forschungsarbeit. Es ist nämlich so ...«

Er hockte sich zu Alice auf die Petate.

»Zunächst waren wir Europäer schuld daran, dass fast alles Wissen über die alten Königreiche der Maya in Vergessenheit geriet«, erzählte er mit dem Leuchten in den Augen, das stets aufflammte, wenn er von seiner Arbeit sprach. »Ein spanischer Mönch, Diego de Landa, ließ 1561 sämtliche ihrer schriftlichen Aufzeichnungen verbrennen, die er für Teufelswerk hielt. Nur vier davon konnten gerettet werden. Die Kenntnis der Schrift starb allmählich aus, da sie verboten war. Nun stehen wir vor den Schriftzeichen wie vor Rätseln.«

Alice hatte aufmerksam zugehört, obwohl ihr diese Umstände schon aus Patricks Berichten bekannt waren. Sie verstand nicht, warum der Archäologe ihr dies so ausführlich darlegte, wollte ihn aber nicht weiter verärgern, indem sie sich desinteressiert zeigte.

»Hat dieser Diego de Landa nicht auch einen Code hinterlassen, wie die Schrift zu entschlüsseln wäre?«, fragte sie.

»Ja, das ist richtig. Den Kolonialherren missfiel sein eigenmächtiges Vorgehen, da sie sich in ihrem Einfluss bedroht fühlten. Er musste nach Spanien zurückkehren, um sich zu rechtfertigen. Er verfasste eine Schrift, die ›Relación de las cosas de Yucatán‹. Darin sind einige Hinweise enthalten, wie die Maya-Schrift zu entschlüsseln ist. Nur haben sie bisher nicht wirklich geholfen.«

Alice schlang die Arme um die Knie. Allmählich begann das Gespräch sie wirklich zu interessieren.

»Ich bezweifle, dass die Indios ihm damals allzu viel verraten hätten«, meinte sie. »Und er bemühte sich während seines Aufenthalts in Mexiko sicher nicht sonderlich, Schriften lesen zu lernen, die er für Teufelswerk hielt. Entweder er phantasierte etwas zusammen, um sich klüger zu zeigen, als er war, oder er fiel auf Lügen herein, die einige Mayas ihm damals auftischten.«

»Möglich, durchaus möglich«, gab Dr. Scarsdale zu und fuhr sich mit der Hand durch seine spärlichen Haare. »Aber dann stehen wir völlig ratlos da.«

Alice stieß ein leises Lachen aus.

»Also, wäre ich eine Indio-Frau, so würde ich uns Europäer für sehr merkwürdig halten. Zuerst nutzen wir all unsere Möglichkeiten, um eine Kultur zu zerstören, und dann zerbrechen wir uns den Kopf, wie wir diese Kultur wieder rekonstruieren können. Vielleicht liegt es ja daran, dass sie uns in einem vernichteten Zustand nicht mehr gefährlich werden kann und nur wie eine Kuriosität bestaunt wird.«

Dr. Scarsdale runzelte die Stirn.

»Das ist eine sehr zynische Sichtweise der Dinge. Die Wahrheit ist, dass die Indianer hier in allzu großer geistiger Abstumpfung leben, um sich über solche Dinge überhaupt Gedanken machen zu können. Sie haben nicht das geringste Interesse an meiner Arbeit hier gezeigt.«

Alice verkniff sich die Bemerkung, dass es vielleicht an der Art lag, wie die Indios behandelt wurden. Niemand hatte sich die Mühe gemacht, den Arbeitern zu erklären, worum es hier eigentlich ging.

»Andrés Uk'um hat Interesse an den Untersuchungen der Ruinen«, sagte sie stattdessen.

»Ja … ja … und vielleicht könnte er tatsächlich helfen. Wir sind mitten im Dschungel, und ich wüsste niemanden, der seine Anwesenheit hier den Bohremanns oder anderen Autoritätspersonen melden würde. Natürlich wird er selbst sehen müssen, was er tut, wenn meine Arbeiten hier beendet sind, aber bis dahin … Also, ich habe beschlossen, Ihren Vorschlag anzunehmen.«

Zum ersten Mal sah Alice den Archäologen strahlend lächeln. Seltsamerweise war der Anblick ihr unangenehm, denn er passte nicht zu seiner trockenen, vergeistigten Art. Sie wich seinem Blick aus, fing sich dann wieder und lächelte ebenfalls.

»Das freut mich sehr«, sagte sie höflich.

»Gut, dann verraten Sie mir bitte, wo er jetzt ist, damit wir ihn holen können.«

Alice hörte ein Drängen in seiner Stimme, bei dem ihr unwohl wurde. Beging sie einen Fehler, wenn sie diesem abenteuerlustigen Bücherwurm vertraute?

»Ich weiß nicht, wo er sich im Augenblick aufhält«, erwiderte sie wahrheitsgemäß. »Aber ich werde dafür sorgen, dass er Ihre Botschaft erhält. Dann kann er entscheiden, ob er Ihr Angebot annimmt.«

Ein Schatten huschte über Dr. Scarsdales Gesicht, wurde aber von einem weiteren, etwas ehrlicheren Lächeln verdrängt.

»Nun gut, Miss Wegener, lassen wir ihn selbst entscheiden. Ich würde es aber begrüßen, wenn Sie in Zukunft auf Unternehmungen hinter meinem Rücken verzichten.«

Dies versprach sie. Nach ihren letzten Erfahrungen war ihr jegliche Lust darauf vergangen. Der Archäologe nickte zufrieden.

»Gut, dann lasse ich Sie wieder allein. Im Übrigen scheinen Sie sich verletzt zu haben. Ihr linkes Auge sieht geschwollen aus.«

Sie legte die Finger auf die erwähnte Stelle und zuckte unter dem stechenden Schmerz zusammen.

»Ich habe mich an einem Ast gestoßen, als ich durch den Dschungel lief«, log sie schnell.

»Ja, das kommt leider manchmal vor. Bitten Sie Ihren Indio-Jungen, Ihnen heilende Kräuter zu besorgen. Darin kennen die Indianer sich aus. Und geben Sie mir Bescheid, wenn Sie von Andrés Uk'um gehört haben.«

Er erhob sich rasch und ging hinaus. Alice saß eine Weile reglos da, dann stieg Freude in ihr hoch. Sie konnte bleiben, um weiter an der Erforschung der Ruine mitzuarbeiten. Gemeinsam mit Andrés Uk'um. Und vielleicht würde sich eine Spur finden lassen, die zu Ix Chel führte.

Zwei Wochen später hatte Andrés die Beaufsichtigung der Arbeiter übernommen, was dazu beitrug, dass sie weniger murrten und die Befreiung der Ruinen aus den Klauen des Dschungels deutlich schneller vonstattenging. Er ließ Holzgerüste errichten, die es erleichterten, höher gelegene Teile der Mauern zu erreichen, und entwarf gemeinsam mit Dr. Scarsdale einen Plan, wie ein Gebäude nach dem anderen zunächst auf Fundstücke untersucht werden sollte, die man aufzeichnen und sorgfältig aufbewahren musste. Anschließend galt es, Fotografien und Skizzen der Wandbemalungen anzufertigen, mit möglichst genauen Hinweisen, wo diese sich befanden. Über deren Bedeutung konnte spekuliert werden, wenn die ersten Forschungsarbeiten beendet waren, entschied er, und es wurde hingenommen. Dr. Scarsdale schätzte jeden, der ihm bei seiner Arbeit weiterhalf. Alice staunte, als ihr ein Eintrag in Patricks Tagebuch wieder einfiel. Nachdem ihr Bruder den klugen Indianer damals zum Aufseher befördert hatte, war der Archäologe keineswegs begeistert gewesen, da dies für Unruhe gesorgt hatte. Sie erwog kurz, ihn darauf anzusprechen, verwarf den Gedanken aber wieder. Es war schließlich nur Patricks subjektiver Eindruck gewesen. Die anderen Aufseher akzeptierten Andrés. Sie waren selbst teilweise indianischer Abstammung, und sein Geschick, die Dinge systematisch anzupacken, konnte nicht ignoriert werden.

Sie aßen nun stets zu dritt in Dr. Scarsdales Zelt. Die anderen Indios nahmen Andrés' privilegierten Status ohne Murren hin, da er ihn wirklich verdiente. Falls es den Aufsehern missfiel, so bekam Alice nichts davon mit.

»Dies, würde ich sagen, stellt eine Unterwerfung anderer Stämme dar«, sagte Andrés und wies auf eine Kopie eines großen Reliefs aus dem Palasthof, das Alice vor einiger Zeit angefertigt hatte. »Die Gefangenen knien und schauen ehrfurchtsvoll hoch.«

Dr. Scarsdale nickte.

»Ja, das dachte ich mir auch. Die bildlichen Darstellungen sind nicht so schwer zu deuten. Doch wir wissen nicht, welcher Stamm es war, der sich den Herren von Palenque unterwarf. Auf welche Weise er besiegt wurde und wann. Ich bin mir sicher, dass die Inschriften an den Wänden davon erzählen. Nur gibt es niemanden mehr, der sie lesen kann.«

Er warf Andrés einen eindringlichen Blick zu, als hoffe er auf ein Wunder. Alice sah, wie der Indianer die Stirn runzelte und dann lächelte.

»Lo siento. Es gibt meines Wissens wirklich niemanden mehr. Den meisten meiner Leute ist nicht einmal mehr bewusst, dass diese riesigen Bauwerke von ihren Vorfahren errichtet wurden. Doch wenn es eine spanische Übersetzung eines der erhaltenen Maya-Texte gäbe, so könnte man versuchen, Zusammenhänge zu erschließen. Vielleicht sind die Zeichen Symbole. Falls sie Buchstaben ausdrücken wie die lateinische Schrift, so sollte eine Rückübersetzung angefertigt werden. In Tzotzil oder Tzeltal oder am besten in den Dialekt der Chol, die hier leben. Ich glaube nicht, dass unsere Sprachen sich so stark verändert haben. All das könnte dazu beitragen, die Schrift zu entschlüsseln.«

Dr. Scarsdale lauschte aufmerksam und kratzte sich am Kopf.

»Sie beeindrucken mich, Señor Uk'um. Offen gesagt, habe ich den Mexikanern, den Indios vor allem, nicht besonders viel analytisches Denkvermögen zugetraut. Auch an Organisationstalent scheint es weitgehend zu mangeln.«

Alice zuckte zusammen. Diese Aussage konnte als Beleidigung gedeutet werden, doch Andrés verzog keine Miene.

»Mit Verlaub, Dr. Scarsdale«, sagte er in seinem fließenden Amerikanisch, »ich verstehe, warum Sie diesen Eindruck gewannen. Doch hätten Gebäude wie diese, in deren Schatten wir hier sitzen, ohne jedes Organisationstalent gebaut werden können?«

Sie unterdrückte ein Grinsen, als sie den verlegenen Gesichtsausdruck des Archäologen sah.

»Ich gebe zu, das wäre nicht möglich gewesen. Nur ist es heute schwer, sich vorzustellen … dass … dass …«

»Dass es Indianer waren, die dies bauten«, ergänzte Andrés an seiner Stelle. »Mein Volk scheint inzwischen nur noch in der Lage, Mais anzubauen, Lehmhütten zu errichten oder für reiche Señores zu schuften. Ist es nicht erstaunlich, was ein paar hundert Jahre der

Unterdrückung ausmachen? Und nun kommen ein paar kluge Forscher, um aufzuzeigen, wie groß wir einmal waren. Doch an unserer Lage ändert das nichts, denn wir sind in den Augen dieser Forscher nicht weiter als primitives Bauernpack!«

Der Archäologe runzelte die Stirn, und Alice wurde nervös. Bisher waren die abendlichen Gespräche angenehm verlaufen, und sie fragte sich, ob Andrés der Rotwein, von dem sie gerade eine weitere Flasche geöffnet hatten, nicht guttat. Wenn er Dr. Scarsdale verärgerte, würde das seine Lage verschlimmern, und zudem konnte er diesen bebrillten Bücherwurm kaum für das Schicksal des indianischen Volkes verantwortlich machen.

»Ich bin ziemlich müde«, mischte sie sich ins Gespräch. »Ich denke, ich werde in meine Hütte gehen.«

Sie musterte Andrés aus dem Augenwinkel, und er ging sogleich auf das unausgesprochene Angebot ein, indem er ebenfalls aufstand.

»Ich begleite Miss Wegener. Das ist sicherer, bei all den Kerlen hier im Lager.«

Dr. Scarsdale widersprach nicht, sondern nippte nur an seinem Wein. Alice trat aus dem Zelt hinaus und spürte Andrés in ihrem Rücken. Draußen war der Regenwald bereits zu einer schwarzen Wand hinter den Ruinen geworden, der den Himmel zur Hälfte aussperrte. Andrés führte sie schweigend zu ihrer Hütte neben dem ehemaligen Palast. Alle anderen im Lager ruhten bereits. Die Aufseher hatten sich mit Aguardiente, wie Schnaps hierzulande genannt wurde, in den Schlaf getrunken. Den einfachen Arbeitern wurde er vorenthalten, falls sie nicht über genug Ersparnisse verfügten, doch sie schliefen nach getaner Arbeit meist vor Erschöpfung ein. Nun war es so still, dass Alice meinte, die Ruinen flüstern zu hören, in ebenjener Sprache, die es an deren Wänden zu entschlüsseln galt. Die Luft roch feucht wie immer und duftete nach satter Fruchtbarkeit. Alice merkte, dass sie langsamer ging. Die Augenblicke, in denen sie allein mit Andrés sein konnte, waren selten geworden.

»Dr. Scarsdale kann ein recht empfindlicher Mensch sein«, begann sie. »Doch in Anbetracht der Umstände sollten wir Rücksicht darauf nehmen.«

»Schon gut, ich verstehe«, erwiderte er. »Die Geringschätzung, die man uns Indios entgegenbringt, ist mein wunder Punkt, fürchte ich. Ich dachte, ich hätte den Zorn inzwischen unter Kontrolle, aber manchmal bricht er aus wie ein wildes Tier aus seinem Käfig. So bringe ich mich immer wieder in Schwierigkeiten.«

»Nun, so schlimm war es nicht. Dr. Scarsdale wird darüber schlafen, und morgen hat er sicher wieder andere Dinge im Kopf.« Alice versuchte, ihn zu beruhigen, denn ihr wurde immer klarer, wie gut sie sein Verhalten verstand. Sie wusste, wie sehr es schmerzte, wenn einem sozusagen von Geburt an viele geistige Fähigkeiten abgesprochen wurden, einfach weil man sie nach allgemeiner Überzeugung nicht haben durfte, aber dennoch spürte, dass man sie besaß.

»Ihr Bruder erzählte mir, dass die ersten Forscher, die auf die Ruinen hier stießen, sie für das Werk von Phöniziern hielten oder irgendeinem anderen alten, großen Kulturvolk, das bereits lange vor den Spaniern hier angekommen war«, sagte Andrés, als sie bereits vor ihrer Hütte standen. Alice blickte zu dem Palast hoch. Er wies entfernte Ähnlichkeit mit einer europäischen Festungsanlage auf, doch der stämmige, eckige, in Stufen angeordnete Baustil war mit nichts vergleichbar, das sie in dem ihr vertrauten Teil der Welt je gesehen hatte.

»Dieser Irrtum wurde inzwischen aber aufgeklärt«, sagte sie. »Niemand zweifelt mehr daran, dass diese Bauwerke von Ihren Vorfahren errichtet wurden. Und je bekannter diese Ruinenanlage wird, desto mehr Achtung wird man Ihrem Volk dafür entgegenbringen. So gesehen, leistet auch Dr. Scarsdale eine wichtige Arbeit.«

Andrés erwiderte nichts, sah sie nur nachdenklich an. Es waren nur noch drei Schritte zu Alice' Hütte, wo Mariana und Julio wahrscheinlich bereits schliefen. Sie wusste, dass es keinen Grund für sie gab, nicht ebenfalls hineinzugehen, doch es gefiel ihr zu sehr, hier im Dunkeln mit Andrés zu stehen, als gehöre die Welt für ein paar Augenblicke nur ihnen beiden. Sie glaubte, ein Flackern in seinen Augen zu erkennen, doch sobald sie ihn genauer ansah, senkte er den Blick. Sie ahnte, dass ihn ebenjene Befangenheit plagte, die auch ihren eigenen Körper einschnürte. Wie einfach es doch gewesen war, Juan Ramirez zu berühren, sich wie ein hungriges Tier auf ihn zu stürzen und die elegante Kleidung von seinem schönen Körper zu reißen! Nun wurde sie von einer ihr bisher unbekannten Furcht gelähmt, durch einen unbedachten Schritt etwas Zartes und Kostbares zu zerstören. Ob er sich aus demselben Grund zurückhielt, vermochte sie nicht zu sagen. Es war ebenso gut möglich, dass sie ihm völlig gleichgültig war.

»Ich fürchte, ich kann noch nicht schlafen«, begann Alice hilflos. Sie überlegte, ihn zu bitten, dass er sie zum Bach begleite. Es hätte ihr gefallen, sich noch kurz mit frischem Wasser waschen zu können, aber sie fürchtete, er könne dies als plumpen Versuch der Annäherung werten.

»Wollen wir uns den Palast bei Nacht ansehen?«, fragte Andrés plötzlich, und sie war ihm unendlich dankbar, dass er sie von ihrer Verlegenheit befreit hatte. Etwas kratzte an der Innenseite ihrer Hütte.

»Mariana!«, rief Alice erfreut und öffnete die Tür. Der Anblick des gleich darauf fröhlich um ihre Beine springenden Hundes entspannte sie ein wenig.

»Sollen wir eine Öllampe besorgen?«, fragte sie Andrés, der den Kopf schüttelte.

»Das würde nur die Mücken anlocken. Der Mond scheint hell genug.«

Alice empfand die Nacht als finster, beschloss aber, sich auf seine Führung zu verlassen. Die Stufen zu dem Palast waren nicht ganz so hoch wie bei den Tempelgebäuden, doch als sie den grasbewachsenen Innenhof betraten, wo Alice bereits die meisten der großen Reliefs kopiert hatte, stieß sie hörbar die Luft aus.

Andrés fuhr mit seinem Hut über einen großen Felsen, als wolle er mögliches Ungeziefer verjagen.

»Hier können wir uns für eine Weile setzen«, schlug er vor, und Alice gehorchte. Mariana drehte schnuppernd ein paar Runden, um sich dann zu ihren Füßen niederzulassen.

»Wie es hier wohl ausgesehen haben mag, als der Palast noch bewohnt wurde?« Diese Frage beschäftigte Alice jedes Mal, wenn sie eine der Ruinen betrat.

»Das werden wir im Detail vermutlich nie erfahren. Wir haben nur die Reliefs, um uns ein Bild zu machen«, entgegnete Andrés. Sie unterdrückte den Kommentar, dass ein Ingenieur wohl immer an seiner erbarmungslosen Sachlichkeit zu erkennen wäre. Wieder saßen sie eine Weile stumm beisammen, doch diesmal empfand Alice das Schweigen nicht mehr als quälend und verkrampft, sondern sie genoss es, einfach an seiner Seite sitzen zu können. Als sie zu reden begann, geschah es aus dem Bedürfnis, tatsächlich etwas von ihm zu erfahren.

»Wie war es, als Patrick sich noch an den Arbeiten hier beteiligte? Ähnlich wie die letzten Tage?«

»Nein, nicht ganz. Die Stimmung war deutlich angespannter, denn er und Dr. Scarsdale hatten oft Streit. Vor allem gegen Ende, als Ix Chel hier auftauchte.«

Alice sah ihn neugierig an.

»Kam Dr. Scarsdale denn nicht damit zurecht, dass Patrick eine Geliebte hatte? Ich weiß, er will hier keine Frauen, weil er meint, dass die Männer dann Ärger machen, aber mein Bruder war einer der Patrones, da müsste sein Mädchen doch für die Arbeiter tabu gewesen sein.«

Andrés zog einen Beutel mit Tabak aus der Tasche und begann, eine Zigarette zu drehen. Er hielt sie Alice hin, fertigte dann noch eine für sich selbst an. Sein Feuerzeug bestand aus einem Stück Stahl, einem Feuerstein und einem kleinen Schwamm, der als Lunte genutzt wurde. Alice staunte, wie geschickt er mit diesem archaischen Werkzeug zu hantieren vermochte.

»Patrick beschützte Ix Chel«, berichtete Andrés. »Und das veränderte ihn. Ehrlich gesagt, hatte ich am Anfang Zweifel, wie lange er es in Mexiko aushalten würde. Er war so weich, so nett und verletzlich. Die Arbeiter behandelte er so freundlich, dass nichts voranging, weil sie taten, was ihnen gefiel. Wenn die Aufseher eingriffen, schalt er sie für ihr hartes Vorgehen. Sie verachteten ihn, aber auch die Arbeiter nahmen ihn nicht für voll.«

Alice senkte den Kopf. Diese Worte lösten einen stechenden Schmerz in ihrem Inneren aus, denn sie wusste, dass sie der Wahrheit entsprachen. Bereits in Deutschland waren übertriebene Freundlichkeit und mangelndes Durchsetzungsvermögen jene Schwächen gewesen, die der Vater durch Gebrüll und Schläge Patrick hatte austreiben wollen, allerdings ohne jeden Erfolg.

»Doch als Ix Chel in sein Leben trat, da änderte er sich«, fuhr Andrés fort. »Er wollte sie tatsächlich beschützen und schien zu begreifen, dass er sich bei den Männern hier Respekt verschaffen musste, um dies tun zu können. Plötzlich hörte er auf Ratschläge, die ich ihm im Umgang mit den Arbeitern gab, und ließ ihnen nicht mehr alles durchgehen. Die Aufseher ermahnte er nur noch, wenn sie unnötig brutal vorgingen, und einige von ihnen begannen seine Regeln zu begreifen. Ich hatte den Eindruck, dass Dr. Scarsdale Patricks neue Autorität missfiel, denn vorher hatte er allein bestimmt, was geschah. Zudem verhielt Patrick sich auf sinnvolle Weise gütig. Er gab Arbeitern, die am Sumpffieber litten, Chinin. Dadurch gewann er ihre Loyalität, doch Dr. Scarsdale regte sich darüber auf.«

»Warum?«, fragte Alice erstaunt. Sie wusste, dass der Archäologe von seiner Arbeit besessen war, aber einen wirklich kaltherzigen Eindruck hatte er nicht auf sie gemacht.

»Sie hatten nicht genug Chinin dabei. Dr. Scarsdale fürchtete, es könnte ihnen fehlen, wenn sie selbst krank wurden. Er ging davon aus, dass wir Indianer uns bei diesen Krankheiten schon irgendwie helfen können.«

Alice nickte, denn sie konnte sich eine solche Reaktion bei dem Archäologen vorstellen. Arbeiter, die an Malaria litten, waren ersetzbar. Er selbst war es an der Forschungsstätte nicht.

»Patrick setzte sich durch?«

Es war mehr eine Feststellung, denn hätte Patrick dies nicht getan, wäre es nicht zu einem Streit gekommen.

»Er bot Dr. Scarsdale die Stirn. Ich glaube, Ix Chels Liebe gab ihm das Selbstvertrauen, das er bisher entbehrt hatte.«

Alice schluckte. Sie hatte stets versucht, Patrick vor den Wutausbrüchen ihres Vaters zu schützen, wenn auch nicht immer mit Erfolg. Dennoch hatte sie stets geglaubt, seine engste Vertraute zu sein, war aber kurz vor seinem Tod von einer unbekannten Frau aus einem fremden Volk verdrängt worden. Wer war sie gewesen, diese Ix Chel? Konnte eine intrigante Betrügerin eine solche Wirkung auf einen Mann haben, oder hatte Andrés recht, und die Indianerin hatte den Abenteurer ebenso geliebt wie er sie? Alice erinnerte sich an das Bild mit der Kette. Leise formten ihre Lippen den fremden Namen, der allmählich wie ein Gebetsspruch für sie zu werden begann. Dann fiel ihr plötzlich etwas auf, dem sie bisher keinerlei Beachtung geschenkt hatte.

»Ix Chel, das ist doch kein spanischer Name?«

»Nein«, stimmte Andrés zu, »er klingt reichlich merkwürdig, aber wir hatten hier immer andere Sorgen, als darüber nachzudenken.«

Alice runzelte die Stirn.

»Könnte es vielleicht ein alter Maya-Name sein?«

»Es könnte irgendein Name sein. Ich habe keine Ahnung, warum ihre Eltern sie so nannten. Das könnten wahrscheinlich nur sie uns erklären.«

»Aber die Kette auf dem Bild«, beharrte Alice. »Der womöglich uralte Name und die uralte Kette. Vielleicht hängt beides irgendwie zusammen.«

Er drehte sich zu ihr um und lächelte sie nachsichtig, fast zärtlich an.

»Sie haben das grenzenlose Vorstellungsvermögen einer Künstlerin. Ich halte mich lieber an Tatsachen. Wir wissen nichts von der Kette. Und wir wissen auch nicht, was der Name bedeutet.«

Alice nahm seine Skepsis hin, doch gleichzeitig begann ein neuer Gedanke in ihrem Kopf heranzuwachsen.

»Nachdem Martin uns damals entdeckt hatte, da sagten Sie, Sie würden sich im Dschungel verstecken. Bei diesen Indianern, die kein Weißer kennt, nur einige der Indios hier.«

Er lachte kurz auf.

»Eine aus Verzweiflung geborene Idee, nichts weiter. Ich wusste nicht einmal, wo genau ich nach diesen Leuten suchen sollte. Angeblich ziehen sie herum, haben keinen festen Wohnsitz.«

»Aber wenn Ix Chel Todesangst hatte, dann war sie vielleicht ebenso verzweifelt«, fuhr Alice mit ihren Überlegungen fort. »Sie ging nicht zu ihrer Familie zurück, denn sie wusste, dass man dort nach ihr suchen würde. Aber da sie aus einem der Dörfer hier stammte, konnte sie von diesen wilden Indianern im Urwald wissen. Wäre ich an ihrer Stelle, würde ich mich bei Leuten verstecken, deren Existenz den Ladinos völlig unbekannt ist, denn dort suchen sie mich mit Sicherheit nicht.«

Andrés' Blick war sehr aufmerksam auf sie gerichtet. Sie meinte zu sehen, wie die Gedanken hinter seiner leicht gerunzelten Stirn wanderten, bevor er knapp nickte.

»Sie haben recht. Das wäre durchaus möglich.«

»Und der Name«, fuhr Alice aufgeregt fort. »Sie sagen, die ansässigen Indianer hier haben Kontakte zu den Leuten aus dem Dschungel. Vielleicht hat Ix Chel ja sogar Verwandte unter diesem Dschungelvolk und wurde von ihnen so genannt.«

Andrés begann, sich eine weitere Zigarette zu drehen.

»Dem Namen würde ich zunächst keine große Bedeutung beimessen. Aber ich werde versuchen, Ix Chels Familie aufzusuchen, sobald Dr. Scarsdale mich für ein paar Tage fortlässt. Modesta hat mir bereits beschrieben, wo ich das Dorf finden könnte. Vielleicht kann ich so etwas herausbekommen.«

Alice dachte kurz über seinen Vorschlag nach.

»Wir sollten aufpassen«, meinte sie. »Dr. Scarsdale toleriert Ihre Anwesenheit hier, weil Sie ihm bei der Erforschung der Ruinen helfen. Wenn er bemerkt, dass wir nach Ix Chel suchen, wird ihm das vielleicht nicht gefallen. Bitten Sie ihn besser nicht, Sie für eine Weile gehen zu lassen.«

Andrés hob ratlos die Hände.

»Aber wer soll dann versuchen, mit Ix Chels Familie zu sprechen? Verzeihen Sie mir, Miss Wegener, aber mit Ihnen wird kein Indio offen reden.«

Alice erinnerte sich an ihren Ausflug zum Dorf seines Vaters und wusste, dass er die Wahrheit sprach.

»Ich werde Julio fragen«, sagte sie nach einer Weile.

»Julio ist Tzotzil, so wie ich. Kennt er überhaupt die Sprache der Chol?«

»Er ist ein kluges Bürschchen und hat hier Freunde, mit denen er plaudern kann.«

Ihr fiel Domingo ein, dessen Leben sie angeblich gerettet hatte. Vielleicht würde er bereit sein, ihr zu helfen, doch aus diesem Grund war Modesta gestorben.

»Ich werde Julio einweihen. Er scheint mir vertrauenswürdig«, beschloss sie. Andrés nahm es hin, weil er einsah, dass es keine andere Lösung gab.

»Wir sollten schlafen gehen«, sagte er mit der ihm eigenen Vernunft. Alice nickte, blieb aber sitzen. Sie wollte sich noch nicht von ihm trennen.

»Soll ich Ihnen den Weg zeigen? Es ist schon ziemlich dunkel.«

Alice befand, dass es nicht wesentlich dunkler war als bei ihrem Aufstieg in den Palast, aber sie griff erfreut nach der Hand, die er ihr entgegenstreckte. Seine Finger legten sich warm um die ihren. Sie spürte eine harte Schicht aus Schwielen, die daran erinnerten, dass er nicht sein ganzes Leben in Salons, Kaffeehäusern oder Spelunken zugebracht hatte wie alle anderen Männer, die sie bisher näher gekannt hatte. Sie verließen den Innenhof des Palastes und folgten einem Gang bis zu den Stufen. Alice hörte ein Fauchen und zuckte zusammen. Der Dschungel konnte so betörend schön sein, dass man die Gefahr vergaß, die sich in ihm verbarg.

»Es ist schon gut, wilde Tiere kommen nicht ohne Weiteres ins Lager«, sagte Andrés und drückte beruhigend ihre Hand. Alice wollte gerade erleichtert aufatmen, als sie Mariana leise knurren hörte.

»Der Hund ist unruhig«, stellte sie fest. Andrés sah kurz zu Mariana hinab.

»Wahrscheinlich wittert sie etwas. Aber hier im Dschungel gibt es sehr viele Gerüche, die sie aufregen könnten. Gehen wir einfach zu den Hütten und Zelten, da wird sie sich schon wieder beruhigen.«

Alice folgte weiter seinen Weisungen. Er war Indio, und sie befand sich in seiner Heimat, auch wenn er zugegeben hatte, den Dschungel nicht wirklich zu kennen. Sie hatten bereits die Stufen erreicht, und ihr Magen verkrampfte sich bei der Vorstellung, sie hinabsteigen zu müssen, denn der Mond wurde von Wolken verschluckt, und sie konnte nur mit Mühe Andrés' Rücken vor sich erkennen. Gerade wollte sie seinem Beispiel folgen und den ersten Schritt abwärts wagen, da ertönte hinter ihnen plötzlich ein Knall, als sei ein schwerer Sack zu Boden gefallen. Beide fuhren herum, Mariana bellte laut auf und rannte los. Kurz darauf hörte Alice ihren Hund jaulen. Sie riss sich los, lief wieder zurück in den dunklen Schlund des Ganges und weinte fast vor Erleichterung, als sie Mariana an ihren Beinen spürte. Sie machte einen völlig unversehrten Eindruck, doch ihr kleiner Körper zitterte, als Alice sie hochhob.

»Etwas ist passiert«, rief sie Andrés zu, der bereits an ihre Seite geeilt war. »Sie wurde erschreckt, vielleicht getreten. Sie ist ein sehr empfindsames Wesen.«

»Der Hund scheint ebenso schreckhaft wie Sie, Miss Wegener.«

Der Mond warf einen Lichtstrahl zwischen die Mauern, und sie sah Andrés lächeln.

»Erstaunlich, denn sie ist ein mexikanischer Hund. Da müsste sie doch viel zäher sein«, erwiderte sie, ohne wirklich an ihre Worte zu glauben.

»Und was veranlasst Sie zu der Annahme, dass es hierzulande keine sensiblen Seelen gibt? Sie müssen sich zwar eine harte Schale zulegen, aber die kann sehr schnell bröckeln.«

Alice streichelte Mariana, als sie plötzlich seine Hände auf ihren Schultern spürte. Sie schloss die Augen und lehnte sich an Andrés. Ihr Herz raste, aber ihr war gleichzeitig so wohl, so friedlich zumute, als habe sie einen Ort gefunden, wo sie in Ruhe ausharren konnte. Seine Finger glitten über ihr Gesicht, so sanft und beruhigend, wie sie gerade Mariana getröstet hatte. Gerade wollte sie den Hund sanft auf den Boden setzen, als sie eine dunkle Gestalt den Gang entlanglaufen und hinter einer Mauer verschwinden sah.

»Da war jemand!«, rief sie und hörte Andrés losrennen. Nach einer kurzen Pause folgte sie ihm, begleitet von einer aufgeregt bellenden Mariana. Sie erreichten einen der kleineren Innenhöfe des Palastes, der aber menschenleer war. Zwar meinte Alice, Schatten über die Wände huschen zu sehen, doch bei genauerem Hinsehen stellten sie sich als Zweige heraus, die vom Wind bewegt wurden. Völlig still standen Andrés und sie beieinander, damit ihnen nicht der geringste Laut entging, doch bis auf das Flüstern des nächtlichen Regenwalds blieb es still. Marianas keuchende Atemzüge schienen so laut wie das Fauchen eines Jaguars.

»Vielleicht haben wir einen Geist gesehen, der hier nachts herumschleicht«, unterbrach Alice das Schweigen. Sie stieß ein Lachen aus, das in ihren eigenen Ohren hysterisch klang.

»Aber Miss Wegener, aufgeklärte, moderne Menschen wie Sie glauben doch nicht an Geister. Der Aufenthalt in unserem Land scheint Ihnen nicht gutzutun.«

Sie wandte sich ihm zu und sah ein spöttisches Blitzen in seinen Augen.

»Ich habe hier inzwischen so viel Neues und Fremdes zu sehen bekommen, dass mich ein Geist auch nicht mehr verwundern würde«, entgegnete sie.

»Aber das eben«, sagte Andrés, »war mit Sicherheit keiner.«

Er trat auf den Hof hinaus und hob einen kleinen Gegenstand auf, der im Mondlicht blitzte. Alice trat neugierig näher und sah die scharfe Klinge eines Messers mit einem groben, abgewetzten Holzgriff.

»Das sieht aus wie die Waffe, mit der Modesta getötet wurde«, murmelte sie entsetzt. Andrés ergriff ihren Arm und schob sie an die Palastmauer.

»Wir sollten schnell von hier verschwinden«, flüsterte er. »Ich glaube, Martin hat sich hier irgendwo versteckt und beobachtet uns wahrscheinlich schon die ganze Zeit.«

Alice begann zu frösteln. Sie hob Mariana auf ihren Arm, ließ sich von Andrés widerstandslos zu den Palaststufen ziehen und stieg diese hinab. Je eher sie wieder inmitten der Hütten des Lager standen, desto leichter würde ihr das Atmen fallen. Als sie endlich am Fuß der Ruine angelangt war, wandte sie sich noch mal um. Der Palast lag regungslos in der Finsternis, ein längst verlassenes Stück Erinnerung an vergangene Größe, das der Dschungel viele Jahrhunderte lang verschluckt hatte, bis ein paar abenteuerlustige Fremdlinge gekommen waren, um es von Baumwurzeln und Lianen zu befreien. Verbarg sich tatsächlich ein Mörder darin?

»Haben Sie Dr. Scarsdale von Martins Überfall erzählt?«, fragte Andrés. Sie schüttelte den Kopf.

»Ehrlich gesagt, war es mir ein wenig peinlich. Ich bin hier schon mehrfach überfallen worden, und der Archäologe hält mich für etwas ungeschickt. Nachdem er über Sie Bescheid wusste, war Martin doch keine Gefahr mehr für uns.«

»Ich dachte auch, dass er sich aus dem Staub macht, wenn er merkt, dass wir beide hier aufgenommen wurden«, sagte Andrés. »Aber es war vielleicht unvorsichtig, ihn so einfach zu vergessen. Wir sollten in Zukunft auf der Hut sein und nicht mehr nachts allein irgendwo herumschleichen.«

Alice verspürte einen Stich in ihrem Inneren, denn sie sehnte sich danach, wieder allein mit Andrés sein zu können. Sie hob ihre Hand und berührte seine Wange, die im Vergleich zu seinen Händen erstaunlich glatt war. Wieder wurde sie in eine Umarmung gezogen, nur war sie diesmal inniger, fast gierig.

»Patrick sagte bereits, dass du eine wunderschöne Frau bist«, flüsterte Andrés an ihrem Ohr. »Aber als ich dich damals in diesem stinkenden Loch sah, da dachte ich, jetzt hat das Fieber mich erwischt und ich phantasiere.«

Alice staunte, dass sie auf einmal nichts als Glück empfand, ihn durch ihren Anblick erfreut zu haben. Sie legte beide Hände an seinen Hinterkopf und zog ihn zu sich. Niemals hatte sie einen derart innigen Wunsch verspürt, einen Mann zu küssen, um den seltenen Augenblick, da sie unbeobachtet waren, nutzen zu können. Er drückte sie so fest an seinen Körper, dass sie jeden Muskel spüren konnte. Dies war der Moment, um gemeinsam auf eine Matratze zu fallen, und Alice verspürte ein Verlangen, dessen Heftigkeit ihr unbekannt war. Sie wusste nicht, wie sie die Nacht überstehen sollte, ohne sich an ihn pressen zu können. Als er sie sanft zurückschob, wollte sie vor Empörung schreien.

»Es geht nicht, Alice. Nicht hier im Lager.«

Sie war vernünftig genug, nur ein leises Murren auszustoßen.

»Julio kann sicher eine Nacht woanders schlafen. Ich werde ihm eine Belohnung versprechen.«

»Und morgen sehen mich alle aus deiner Hütte kommen. Es wird sich wie ein Lauffeuer verbreiten, und du giltst als Freiwild. Vergiss nicht, wie Martin dich behandelt hat, weil du dich heimlich mit einem Indio getroffen hast.«

Alice schüttelte sich.

»Aber der war doch krank im Kopf.«

»Das sind die meisten der Aufseher, wenigstens nach ein paar Jahren in einer Montería. Die einfachen Indios sind in einer gewissen moralischen Ordnung aufgewachsen, aber die Aufseher kennen vor allem Gewalt. Alle starren dich an, sobald du irgendwo auftauchst, denn eine Frau wie dich konnten sie bisher nur aus der Ferne bestaunen. Allein deine Stellung als Angehörige der Oberschicht schützt dich. Sie haben gelernt, dass sie Ärger bekommen, wenn sie einer wie dir zu nahe kommen. Du darfst dir keinen Fehler erlauben.«

»Dr. Scarsdale wird mich schützen«, widersprach sie. »Ihm ist es völlig egal, ob ich wie eine Nonne lebe oder fünfzig Liebhaber habe. Solche Dinge interessieren ihn nicht.«

Andrés runzelte die Stirn.

»Glaubst du wirklich, dieser schmächtige Gelehrte kann all die Kerle hier in Schach halten, wenn sie ihm an die Gurgel gehen? Auch er sitzt auf einem Pulverfass, und das weiß er. Wir sind hier im Dschungel. Die staatlichen Autoritäten sind sehr weit entfernt, und er wäre nicht der erste Forschungsreisende, der nicht zurückkehrt.«

Alice bohrte wütend einen Fuß in den Erdboden. Der Regenwald war so riesengroß und mächtig, eine archaische Welt, in der engstirnige moralische Vorschriften keine Gültigkeit haben konnten. Warum hatte sie hier noch weniger Freiheit als in ihrer kleinen Wohnung in Charlottenburg?

»Aber ich möchte …«

Sie verstummte, denn ihr war klar, dass sie sich wie ein trotziges Kind anhörte. Dennoch konnte sie nicht umhin, ihre Hände nach ihm auszustrecken, um eine Erinnerung an das harte Kupfer, aus dem sein Körper gemacht schien, mit in ihre Hütte nehmen zu können.

»Ich will es doch genauso«, erwiderte Andrés und küsste sie, als habe er endlich alle Scheu verloren. »Und ich hätte niemals gedacht … aber wir müssen vernünftig sein.«

Er entzog sich wieder, und Alice ließ ihn widerstandslos gehen. Sie staunte, dass sein Verhalten sie nicht wütend machte, denn jedem anderen Mann hätte sie für eine solche Zurückweisung böse Worte ins Gesicht geschleudert. Doch jene Ruhe, die Andrés ausstrahlte, schien auch jenen Teil von ihr zu erfassen, der aufbrauste wie vom Sturm gepeitschte Wellen.

»Vergiss nicht, dass wir hier sind, um Ix Chel zu suchen«, mahnte er, drückte sie aber noch für einen Moment an sich. »Du wolltest mit Julio reden.«

Sie nickte kurz, schlich dann mit Mariana in ihre Hütte, wo sie hastig Rock und Bluse abstreifte, um sich in ihrem Unterkleid auf die Petate zu legen. Sie hängte das Moskitonetz über sich auf. Sie war jedoch zu unruhig, um einschlafen zu können. Die Sehnsucht nach einer Erfahrung, die zum Greifen nahe gewesen war, aber auf die sie dennoch hatte verzichten müssen, quälte sie wie ein Krampf in ihrem Unterleib, doch gleichzeitig empfand sie etwas, das bisher kein Liebhaber jemals in ihr hatte auslösen können. Sie wusste nicht, wie sie dieses entspannte Wohlbefinden nennen sollte. Glück schien ihr ein zu hochtrabendes Wort.

Julio verließ das Lager zwei Tage später unter dem Vorwand, Alice' abgelegte Kleidung ins nächste Dorf zu bringen und bei der Gelegenheit auch ein paar neue Vorräte zu holen. Domingo, jener Indio, den Alice vor den Knüppeln der Aufseher gerettet hatte, begleitete ihn. Modesta musste inzwischen längst begraben sein, doch sie war nie wieder erwähnt worden.

Indessen wurde die systematische Erforschung der Ruinen fortgesetzt. Sie hatten nun den Tempel der Inschriften erreicht, der Alice besondere Aufmerksamkeit abforderte, denn sie hatte es sich zum Ziel gesetzt, die schneckenartigen Zeichen an den Wänden so akkurat wie nur möglich zu kopieren, um ein Ergebnis zu erzielen, das noch klarer war als jede Fotografie. Andrés' Worte waren ihr in Erinnerung geblieben, und sie glaubte, auf diese Weise vielleicht einen Beitrag dazu leisten zu können, dass die Botschaft dieser merkwürdigen Schrift eines Tages verstanden wurde.

Sie hatte in den frühen Morgenstunden mit dem Zeichnen begonnen, und erst die schwüle Hitze ließ sie erahnen, dass die Sonne bereits hoch am Himmel stand. Dennoch konnte sie nicht immer ohne eine Öllampe arbeiten, denn die Lichtverhältnisse im Tempel waren nicht gut. Mariana lag wie üblich zu ihren Füßen und genoss einen ausgiebigen Mittagsschlaf. Alice beobachtete eine winzige Eidechse, die neben dem Hund saß und die beiden riesigen Kreaturen mit großen, glänzenden Augen musterte. Ohne genau zu wissen, warum, lächelte sie das Tier an. In den letzten Tagen empfand sie immer wieder Augenblicke unerklärlicher Freude. Patricks Tod schwebte noch als Schatten über ihr, aber das Schwarz begann sich langsam in ein feines Grau zu verwandeln, das genug Licht durchließ. Ihr eigenes Leben musste weitergehen, und seltsamerweise hatte es eine Richtung genommen, die von ihr weder geplant noch angestrebt worden war, aber unerwartet bereichernd schien. Sie beugte sich vor, um Marianas Kopf zu kraulen, und schloss für einen Moment die Augen.

»Alice!«

Sie fuhr zusammen und riss die Augen auf. Andrés stand vor ihr. Sie kannte inzwischen jeden seiner Züge, die breiten Wangen, die feine, elegant gebogene Nase und den wachen, abwägenden Blick.

»Ich dachte, du hast vielleicht Hunger.«

Er hielt ihr einen Holzteller mit Tortillas und schwarzen Bohnen entgegen. Sie nahm dankbar an, denn wieder einmal hatte sie seit dem Morgen das Essen vergessen. Mariana verschlang gierig alle Bissen, die sie ihr zuwarf, obwohl Alice mit Dr. Scarsdale abgesprochen hatte, dass der Hund regelmäßig Fleisch bekam. Andrés setzte sich neben Alice und warf einen Blick auf ihren Skizzenblock.

»Man könnte meinen, du willst die Maya-Schrift lernen.«

»Das würde ich auch, wenn es möglich wäre.«

Ihre Arme berührten einander. Er umschloss ihre Finger mit seiner Hand und küsste sie rasch auf die Wange.

»Du wärest sicher eine gute Schülerin, bei diesem Eifer.«

»Wie du weißt, war ich schon immer schrecklich ehrgeizig«, entgegnete sie lachend und biss gierig in ihre Tortilla.

»Hier hast du noch Kaffee.«

Andrés hielt ihr einen zerbeulten Becher aus Blech hin, wie ihn die einfachen Arbeiter im Lager benutzten. Der Kaffee enthielt keine Milch, war aber stark gezuckert, was ebenfalls dem Geschmack der Indios entsprach.

»Warum hast du dir nicht auch einen Becher mitgenommen?«, fragte sie.

»Weil auch ein studierter Indianer nur über zwei Hände verfügt.«

Alice lachte.

»Jetzt bin ich aber enttäuscht. Trotzdem biete ich dir gnädig an, dass wir zusammen nach unten gehen, damit du mir nicht beim Essen und Trinken zusehen musst. Tut mir leid, wenn ich dir nichts abgebe, aber ich habe gerade gemerkt, wie hungrig ich bin.«

Sie biss in die zweite Tortilla.

»Ich habe unten schon gegessen und mich dann angeboten, dir etwas zu bringen. Dass du ständig vergisst, tagsüber zu essen, hat sich bereits herumgesprochen, und das gab mir einen Vorwand, nach dir zu sehen.«

Alice, die auch die zweite Tortilla in Windeseile verschlungen hatte, wischte sich mit dem Handrücken den Mund ab. Ganz leise vernahm sie im Hinterkopf Tante Gretes tadelnde Stimme, verdrängte sie aber wieder. In einem Dschungellager musste sie nicht auf gute Manieren achten.

Andrés legte einen Arm um ihre Schultern, und sie drängte sich an ihn. Es gab nur wenige Momente, wo sie allein sein konnten, und auch diese mussten sie so kurz wie möglich halten, um keinen Verdacht zu erregen. Alice presste ihren Kopf in die warme Kuhle an seinem Hals. Er schwitzte weitaus weniger als sie selbst und wurde auch von den Mücken eher verschmäht, als sei seine Haut nur dazu geschaffen, in diesem Klima golden zu glänzen.

Sie küssten sich wie schon hundertfach in den letzten Tagen, in Ruinen, hinter Bäumen oder im Schutz der Dunkelheit. Alice hatte sich an das Ziehen in ihrem Unterleib gewöhnt und genoss jede kurze Berührung seines Körpers, die ihr vergönnt war. Irgendwann, dachte sie, konnten sie dieses Lager verlassen, doch was danach kommen würde, war nur ein verschwommenes Bild.

»Auch das«, flüsterte Andrés zwischen zwei Küssen, »habe ich in Ciudad de México gelernt.«

»Wie? Du hast niemals in deinem Dorf …« Sie schüttelte den Kopf und begann leise zu lachen. »Lebt ihr denn dort so sittsam?«

»Küssen kennt man unter den einfachen Indios nicht«, erklärte er mit dem gewohnten Ernst. »Ansonsten sind wir auch nicht immer sittsam. Es gab ein Mädchen bei mir zu Hause, das ich heiraten sollte. Das war zwischen unseren Vätern abgesprochen, und ich glaube, sie mochte mich, denn sie ließ zu, dass ich neben ihr am Fluss saß, wenn sie Wäsche wusch, auch wenn sie kaum mit mir sprach. Aber dann ging ich fort, um zu studieren. Ich wusste, dass sie nicht warten würde. Ihr Vater hätte es nicht zugelassen, denn sie wäre bei meiner Rückkehr zu alt gewesen.«

Alice umschlang ihre Knie mit den Armen. Der Drang, mehr von ihm zu erfahren, war auf einmal fast größer als die Sehnsucht nach weiteren Berührungen.

»Hatte das Mädchen dabei denn kein Mitspracherecht?«

Eigentlich kannte sie die Antwort bereits. Es war überall auf der Welt gleich. Töchter hatten ihren Vätern zu gehorchen, anstatt ihren eigenen Wünschen zu folgen.

»Sie hätte vielleicht etwas sagen können«, erwiderte Andrés. »Ein liebender Vater gibt manchmal nach. Wäre ich fortgegangen, um für ein paar Jahre in der Montería zu schuften oder auf einer anderen Plantage, das hätte er akzeptiert. Aber was ich tat, war völlig neu und unerhört. Ich glaube, selbst meine Verlobte rechnete nicht damit, dass ich zurückkommen würde. Und ich wollte es ja bald auch nicht mehr.«

Alice verstand und gab es auf, sich über das Schicksal eines unbekannten Dorfmädchens zu empören.

»Und was hast du dann in der Hauptstadt getrieben?«, fragte sie stattdessen und stieß ihn mit dem Ellbogen an.

»Ich lernte eine neue Frau kennen, eine junge Lehrerin. Ihr Vater war ein studierter Mann, und sie hatte kaum indianisches Blut. Ich war damals stolz, dass sie mich wollte.«

Er senkte den Kopf, als schäme er sich nun dafür, und Alice strich ihm über den Rücken.

»Jeder will eben genau das haben, was verboten ist«, sagte sie, und im selben Moment fiel ihr ein, dass auch sie selbst für Andrés in diese Kategorie fallen musste.

»Wir trafen uns manchmal heimlich, und so lernte ich zu küssen«, beendete er seine Geschichte. »Aber dann musste ich zurück nach Chiapas. Ich kann ihr kaum verübeln, dass sie nicht mitkommen wollte. Sie war nicht dazu geboren, die Frau eines Peon zu sein.«

Er wandte sich Alice zu und sah sie so eindringlich an, als wolle er mit seinem Blick in ihren sorgsam verborgenen Gedanken die Antwort auf eine unausgesprochene Frage finden. Sie schluckte. Es war offensichtlich, was er wissen wollte, doch sie konnte ihm keine befriedigende Antwort geben. Alice Wegener, ungehorsame Tochter eines reichen Bankiers und aufstrebende Künstlerin, wollte den Rest ihres Lebens nicht in einer Lehmhütte verbringen.

Er sah nicht enttäuscht aus, sondern strich ihr nur lächelnd übers Haar.

»Ich bin froh, dich kennengelernt zu haben«, sagte er. »Du bist so, wie Patrick dich beschrieben hat. Eine Frau, die ihren eigenen Weg geht.«

Alice verspürte eine unangenehme Enge in ihrem Hals, aber sie wurde erneut umarmt und geküsst. Seine Hände glitten über ihren Rock und begannen, ihre Knöchel zu ertasten. Sie legte sich zurück, als er langsam den Stoff hochschob. Mit der Zukunft würde sie sich später auseinandersetzen. Ihre Arme legten sich um seinen Nacken, während er die Innenseite ihrer Schenkel streichelte. Die Sehnsucht in ihrem Unterleib wurde zu einem fast schmerzhaften Drängen.

»Wenn wir uns beeilen, dann bekommt vielleicht niemand etwas mit.«

Ungeduldig legte sie eine Hand auf seinen Schenkel und spürte sein Zittern, als er einatmete. Wenn sie forsch genug war, dann würde er jetzt nachgeben, das wusste sie. Aber jene eigenartige Furcht, sie könne durch unbedachtes Vorgehen etwas Zerbrechliches zerstören, ließ sie innehalten.

»Ich will es nicht so in aller Eile. Du bist zu schade dafür«, flüsterte er, als er sich von ihr löste. Sie seufzte, nahm es aber hin.

»Du machst es mir nicht gerade leicht, wieder wegzugehen«, fügte er hinzu, als er sie noch mal in die Arme schloss.

»Na gut, dann bin jetzt eben ich die Vernünftige«, erwiderte sie und streckte die Hand aus, um das leere Geschirr einzusammeln. Er lächelte und küsste sie noch einmal. Hartnäckig tastete sie über die Steine des Tempelbodens, da fühlte sie etwas, das merkwürdig war. Eine der Steinplatten wies Löcher auf, die keine gewöhnlichen Einkerbungen schienen, sondern gleichmäßig angeordnet waren.

Andrés ließ sie los und richtete sich auf.

»So, jetzt muss ich an die Arbeit. Wenn du hier fertig bist, dann solltest du dir alle Reliefs im Palast vornehmen. Wir hacken inzwischen den nächsten Tempel frei, damit dir nicht langweilig wird.«

Sie nickte, überreichte ihm den Becher und sah zu, wie er auch den Teller an sich nahm.

»Wir essen dann abends wieder mit unserem Gelehrten im Zelt«, sagte er, während er sich dem Ausgang zuwandte.

»Andrés!«

Sie war sich nicht sicher, ob sie ihn nicht einfach nur rief, weil sie ihn zurückhalten wollte. Doch als er sich umdrehte, musste sie ihm eine Erklärung anbieten.

»Mir ist etwas Komisches aufgefallen. Hier auf dem Boden, einer der großen Steine hat mehrere Löcher, als hätte jemand hineingebohrt.«

Neugierig betrachtete er den Stein.

»Tatsächlich. Du hast recht. Das sind sogar ziemlich große Löcher.«

Er wischte die Erde weg, steckte seine Finger in die Löcher und rüttelte an dem Stein.

»Mir scheint er etwas lockerer zu sitzen als die anderen. Das hat irgendeine Bedeutung.«

Alice trat zu ihm. Sie erkannte die akkurate Anordnung der Löcher nun in aller Deutlichkeit.

»Vielleicht wurde hier etwas befestigt. Ein Altar oder eine Statue«, sagte sie. Andrés war bereits auf die Beine gesprungen.

»Ich glaube, da hast du eine ungewöhnliche Entdeckung gemacht. Ich muss mit Dr. Scarsdale reden.«

Sie lauschte dem Geräusch seiner Schritte, als er aus dem Tempel eilte, streichelte dann kurz Mariana, bevor sie sich wieder dem Skizzenblock zuwandte. Vielleicht waren diese Löcher unwichtig. Aber die Schriftzeichen an den Wänden erzählten eine Geschichte, die es zu entschlüsseln galt.

14. Kapitel

»Es ist natürlich durchaus möglich, dass in den Löchern etwas befestigt wurde«, sagte Dr. Scarsdale und drehte sein Weinglas in der Hand. Dann gab er dem Indio-Jungen die Anweisung, eine weitere Flasche zu öffnen.

»Aber der Stein scheint lockerer zu sein als die anderen«, beharrte Andrés. Alice begriff nicht ganz, warum ihm dies so wichtig war.

»Er kann sich mit den Jahren gelöst haben. Diese Ruine ist uralt. Es ist ja nicht auszuschließen, dass sich vorübergehend andere Leute dort aufhielten. Diese Löcher kann irgendwer gebohrt haben. Vielleicht einer der Abenteurer, die hier haltmachten«, warf sie in die Runde. Es war bereits dunkel, sämtliche Arbeiter des Lagers schliefen. Gewöhnlich befiel Alice um diese Zeit die Furcht, dass Martin irgendwo herumschleichen konnte, doch nun verschwendete sie keinen einzigen Gedanken mehr an ihn. Ihre zufällige Entdeckung eines durchlöcherten Steins hatte sie alle drei in helle Aufregung versetzt.

»Ich bitte Sie, Miss Wegener.« Dr. Scarsdale musterte sie mit gerunzelter Stirn. »Welcher Forscher sollte hier Steine durchbohren. Wozu denn? Um im Tempel ein Zelt aufzustellen?«

Er kicherte. Hätte er die Idee eines Mannes ebenso verlacht wie die einer zarten blonden Frau?

»Ich bin mir sicher, es könnte Gründe dafür geben«, rief sie wütender als beabsichtigt. »Ich meine … vielleicht …«

Zunächst fiel ihr nichts ein. Hatte sie wirklich Unsinn erzählt? Und machte sie das im Vergleich zu diesem studierten, bebrillten Gelehrten zu einem Dummchen?

»Vielleicht wollte jemand den Stein hochziehen, um nachzusehen, was sich darunter verbirgt«, fügte sie schließlich in Ermangelung einer besseren Idee hinzu.

»In diesem Fall würde man versuchen, Keile zwischen die Ritzen zu schieben und die Steine einem nach dem anderen herauszuhebeln«, erklärte Andrés sachlich, wie sie es von ihm kannte. »Löcher zu bohren, das ergibt keinen Sinn. Man kann zwar Seile oder Stangen hindurchstecken, aber unterhalb des Steins lassen sie sich nicht festmachen, sodass er nicht in die Höhe gezogen werden kann.«

Alice nahm es hin, dass sie wirklich eine dumme Idee geäußert hatte, denn Andrés gab ihr nicht das Gefühl, er würde deshalb auf sie herabsehen.

»Nun gut, dann vergessen wir diese mysteriösen Löcher erst einmal und wenden uns der weiteren Arbeit zu«, schlug Dr. Scarsdale vor. »Südlich des Palastes haben wir noch den Tempel, in dem einst Graf von Waldeck sein Lager aufschlug, hoffentlich, ohne ihn dabei zu durchlöchern.«

Er lachte auf, und Alice verspürte einen Stich in ihrer Brust. Sie war Andrés dankbar, dass er nicht in dieses Lachen einstimmte.

»Außerdem gibt es da diese freie Fläche, die nur von ein paar Mauerresten umgeben ist, fast wie ein Übungsplatz«, fuhr der Archäologe fort. »Für Soldaten vielleicht. Wenn wir uns dort genauer umsehen, entdecken wir hoffentlich ein paar Fundstücke, die uns mehr über den Zweck dieses Ortes verraten. Dann bleiben noch ein paar Tempel auf der anderen Seite des Baches. Wir haben auf jeden Fall noch genug zu tun, bevor im Frühjahr die nächste Regenzeit einsetzt und wir hier im Schlamm zu versinken drohen.«

Alice nippte an ihrem Wein. Sie nahm zur Kenntnis, dass Dr. Scarsdale sie und Andrés in seine weiteren Planungen miteinbezog, und das versöhnte sie ein wenig mit ihm. Ihre Reisepläne rückten mit jedem Tag in immer weitere Ferne. Zwar wusste sie, dass ihr noch ein paar Monate Zeit blieben, um die Bilder für die nächste Ausstellung abzuliefern, doch wenn sie weiter ihre Tage damit verbrachte, Schriftzeichen zu kopieren, würde sie nicht genügend vorweisen können. Sie beschloss, das Problem anzugehen, sobald sie wieder in einer größeren Stadt, vorzugsweise in Veracruz wäre, wo sich ein Telegrafenamt befand. Dann musste sie dem Galeristen eine kurze

Erklärung mit Bitte um Aufschub schicken. Den nächsten Termin würde sie aber einhalten, selbst wenn es bedeuten sollte, ein paar Wochen lang auf Schlaf zu verzichten.

Bei diesem Gedanken begannen ihre Augenlider schwer zu werden, und sie sehnte sich nach ihrer Hütte, die sie nur noch mit Mariana teilte. Andrés hatte sein Lager bei den anderen Indios aufgeschlagen, doch er hatte ihr versprochen, stets in Rufweite zu bleiben, falls Martin zurückkehrte. Aber im Augenblick hatte sie andere Sorgen.

»Ich glaube, ich ziehe mich jetzt zurück. Ich bin todmüde«, teilte sie den beiden Männern mit. Andrés erhob sich wie gewohnt, um sie zu ihrer Hütte zu begleiten. Dr. Scardsdale fand nichts Ungewöhnliches daran, denn er verabschiedete sie mit einem geistesabwesenden Murmeln. Alice überlegte, dass sie sich mit Andrés unmittelbar unter der Nase des Gelehrten im Gras hätte wälzen können, und er würde sie nur eines erstaunten Blickes würdigen, um dann wieder an seine Arbeit zu gehen. Kurz wandte sie sich um und sah, dass im Zelt des Archäologen die Öllampe brannte. Andrés legte langsam einen Arm um ihre Schultern. Die Erinnerung an seine Berührung ihrer Schenkel löste ein Pochen zwischen ihren Beinen aus, und sie überlegte, dass er wenigstens für eine Weile mit in ihre Hütte kommen konnte. Die Arbeiter und auch die Aufseher schliefen bereits, Dr. Scarsdale bekäme mit Sicherheit nichts mit, und Julio war noch nicht zurück. Doch bevor sie ihre Einladung ausgesprochen hatte, spürte sie Andrés zusammenzucken.

»Was ist denn?«, fragte sie und nahm seine ungeduldige Geste zur Kenntnis, mit der er sie zum Schweigen aufforderte. Ein paar Atemzüge lang standen sie völlig still da, hörten das Flüstern des Dschungels, der sie hier umgab, sein Fauchen, Zischen und Krächzen. Es klang in Alices Ohren vertraut.

»Was hast du denn gehört?«, fragte sie Andrés flüsternd.

»Schritte. Da war jemand.«

Sie schüttelte verwirrt den Kopf.

»Aber ich habe nichts Ungewöhnliches gehört. Vielleicht streift ein Tier hier herum, angelockt vom Essensgeruch.«

»Es klang nach den Schritten eines großen, kräftigen Menschen«, beharrte Andrés. Sie wollte schon nachbohren, weshalb er sich dessen so sicher war, als ihr klar wurde, dass diese Frage wirklich dumm gewesen wäre. Im Gegensatz zu ihr war er mit den Geräuschen der Natur aufgewachsen und hatte gelernt, sie zu deuten. Er setzte sich wieder in Bewegung, und sie folgte ihm schweigend.

»Alice«, sagte er ernst, als sie vor ihrer Hütte standen, »verrammele heute Nacht deine Tür. Ich werde mich gleich daneben schlafen legen. Dein Hund taugt zwar kaum als Kämpfer, aber bellen wird er hoffentlich, wenn jemand versucht einzudringen.«

Ein Schauer kroch über ihren Rücken.

»Du meinst, Martin ist immer noch hier?«

Sein Schweigen war Antwort genug.

»Aber warum? Was will er denn von uns?«

»Ich glaube, er beobachtet uns«, erwiderte Andrés. »Mir schien, als hätte ich ihn in der Nähe von Dr. Scarsdales Zelt gehört, doch die Schritte entfernten sich. Vielleicht hat er die ganze Zeit dem Gespräch gelauscht.«

Alice lehnte sich gegen die Wand ihrer Hütte und versuchte, das Gefühl der Angst zu bekämpfen.

»Er hat doch keinen Grund«, sagte sie. »Dr. Scarsdale hat uns wieder aufgenommen. Er kann uns nicht bei ihm anschwärzen. Wenn er vernünftig ist, dann sucht er sich woanders eine Anstellung.«

»Ein Kerl wie er kann fast nur noch als Aufseher arbeiten, und zwar in einer Montería. Doch von dort ist er geflüchtet. Hier gefiel es ihm besser, vermutlich bekam er auch mehr Geld. Nun bist du schuld, dass er diese Arbeit verloren hat. Ich fürchte, er hasst dich aus tiefster Seele und würde dich gern wieder in die Finger bekommen, um zu beenden, was ich unterbrochen habe.«

»Er müsste komplett verrückt sein. Was bringt es ihm, mich zu töten?«, fragte sie aufgebracht.

»Wahrscheinlich hat er in der Montería Geschmack am Quälen und Töten gefunden.« Andrés zerstörte ihre Illusionen, schloss sie aber in die Arme, bis sie wieder ruhig atmete.

»Ich bin immer in der Nähe, und die anderen Indios werden auf mich hören«, versicherte er. »Du bist sicher, solange du dich nicht allein vom Lager entfernst.«

Sie nickte und vermochte sogar zu lächeln. Er strich ihr ein paar Strähnen aus der Stirn.

»Versuche zu schlafen und zerbrich dir nicht den Kopf. Der Hund hat ein gutes Gehör. Und bald kommt Julio wieder, der auch jeden Laut hören wird.«

»Schon gut«, erwiderte Alice, um Fassung bemüht. »Allein komme ich in diesem Land nicht zurecht. Das habe ich begriffen.«

Sie wollte die Tür der Hütte öffnen, doch seine Hand an ihrer Schulter hielt sie zurück.

»Menschen brauchen einander. Das habe ich schon als Kind in meinem Dorf gelernt. Warum fällt es dir so schwer, das zu akzeptieren? Du bist immer so furchtbar empfindlich, als könntest du niemandem trauen.«

Sie drehte sich noch einmal zu ihm um. Im spärlichen Licht des nächtlichen Dschungels glich sein Gesicht einer glatt polierten Statue aus Kupfer.

»Das fällt mir wirklich schwer, bei den meisten Menschen«, gestand sie. Ihr wurde in diesem Moment bewusst, dass sie ihm seltsamerweise völliges Vertrauen schenkte.

»Woran hast du es bemerkt?«, fragte sie und sah ihn lächeln.

»Gerade eben, als Dr. Scarsdale deine Idee nicht ernst nahm, da hast du ausgesehen, als würdest du ihm gleich die Augen auskratzen, ihn in Stücke reißen und diese einzeln in der Erde verscharren. Dabei hat der kleine Bücherwurm doch nur ein bisschen Angst vor Frauen, weil er mit ihnen nicht umgehen kann.«

Alice sah ihn staunend an, denn so hatte sie den Gelehrten bisher nicht wahrgenommen.

»Er hat mich wie ein Dummchen behandelt.«

»Na, wenn schon. Du solltest wissen, dass du keines bist, und ihn nicht ernst nehmen. Im Übrigen …«

Er legte beide Hände auf ihre Schultern.

»So dumm war deine Idee gar nicht, streng genommen. Ich überlege gerade ... diese Löcher könnten tatsächlich dazu gedient haben, den Stein anzuheben.«

»Aber du hast doch gesagt, dass ...«

»Wenn er bereits auf dem Boden lag, konnte er so nicht mehr hochgezogen werden, außer sie hatten dazu besondere Vorrichtungen, was durchaus möglich ist.«

Alice wünschte sich, er hätte dies bereits im Zelt gesagt. Aber das war jetzt egal, denn er konnte es dem neunmalklugen Gelehrten auch morgen mitteilen.

»Was für eine Vorrichtung?«, fragte sie neugierig, doch er schien zu sehr in seine Gedanken versunken, um darauf einzugehen.

»Mehr Sinn würde es aber umgekehrt ergeben. Löcher in einen Stein bohren, Seile hindurchziehen, um ihn dann hochzuhieven und auf eine genau ausgemessene Öffnung im Boden zu legen. Danach schneidet man die Seile einfach durch, und so schnell bekommt das niemand mehr auf.«

Alice schüttelte verwirrt den Kopf.

»Aber die anderen Steine haben doch auch keine Löcher. Sie wurden einfach so nebeneinandergelegt. Warum gerade diesen Stein durchbohren?«

Andrés zuckte mit den Schultern.

»Das kann ich auch nicht auf Anhieb sagen. Vielleicht war es Teil einer Zeremonie, den letzten Stein langsam hinabsinken zu lassen. Vielleicht wurden die Seile nicht durchgeschnitten, sondern irgendwo befestigt, damit es eine Möglichkeit gab, den Stein wieder anzuheben. Doch all dies weist in eine Richtung.«

Alice wollte fragen, was er damit meinte, doch auf einmal lüftete sich ein Vorhang in ihrem Kopf, und sie vermochte seinen Gedankengängen zu folgen, als hätte er einen Weg durch die Wildnis freigehackt.

»Unter diesem Stein verbirgt sich etwas, das für die Bewohner der Ruinen von besonderer Bedeutung war«, sagte sie. »Ein Schatz vielleicht. Ein weiterer Tempel. Oder das Grab eines Herrschers.«

Er schlang beide Arme um sie, zog sie an sich und küsste sie, obwohl sie beschlossen hatten, das im Lager nicht mehr zu tun.

»Genau das dachte ich auch, aber ich war mir nicht sicher. Es freut mich, dass du es bestätigst.«

Alice blieb eine Weile in seiner Umarmung stehen. Sie verstand nicht, woher dieses plötzliche Glücksgefühl kam, gemeinsam mit ihm eine Entdeckung gemacht zu haben.

»Morgen erzählen wir das Dr. Scarsdale«, entschied er. »Und ich glaube, er wird Gott dankbar sein, dass er uns hier im Lager hat.«

»Ein Mensch wie er glaubt nicht an Gott, nur an sich selbst«, entgegnete Alice und öffnete dann die Tür zu ihrer Hütte. Sie bat ihn nicht herein, denn sie wollte auf den Moment warten, da es keinen Grund zur Eile und Heimlichtuerei mehr gab. Sie zweifelte nicht mehr, dass er kommen würde.

»Also, wie bekommen wir den Stein nun heraus?«, fragte Dr. Scarsdale, während er sich aufgeregt die Hände rieb und eine Runde um das mit Löchern versehene Objekt allgemeiner Aufmerksamkeit drehte.

»Er ist sehr groß und schwer«, erwiderte Andrés. »Wir müssten mit kleineren Steinen in der Umgebung anfangen, sie entfernen und schließlich diesen in die Höhe hieven. Das wird dauern.«

Der Archäologe nahm den Vorschlag mit einem kurzen Nicken zur Kenntnis.

Bisher hatten wir Glück mit dem Wetter und bald ist Trockenzeit.

»Schaffen wir es, bis die nächste Regenzeit beginnt?«

»Ich glaube nicht. Aber hier in der Ruine können wir auch weiter arbeiten, wenn draußen alles im Schlamm versinkt. Nur in den Zelten kann dann niemand mehr wohnen.«

Dr. Scarsdale zuckte mit den Schultern.

»Dann ziehen wir eben in die Ruinen um, wie andere Forscher vorher. Wie schnell können die Männer hier arbeiten?«

Andrés richtete sich auf, obwohl er nicht wesentlich kleiner war als der Archäologe.

»Keinesfalls mehr als neun Stunden am Tag. Es wird anstrengend sein, diese Steine zu schleppen. Sie sollten zur Mittagszeit eine längere Pause bekommen, weil es heiß ist und sie essen müssen.«

»Ja, ja, essen sollen sie natürlich«, murmelte der Archäologe und musterte die Steine zu seinen Füßen, die es zu entfernen galt. »Aber wenn die Aufseher vor Ort sind, dann könnte der Arbeitstag länger werden.«

»Nicht mehr als neun Stunden, in Ausnahmefällen zehn. Ansonsten verweigere ich Ihnen meine weitere Unterstützung«, erwiderte Andrés schneidend. Alice sog erschrocken Luft ein, denn er schien zu vergessen, wie abhängig er selbst von der Unterstützung des Archäologen war. Dr. Scarsdale musterte ihn eine Weile schweigend aus seinen blassen Augen, als stünde eine merkwürdige Kreatur vor ihm, die er schwer einschätzen konnte.

»Sie machen es sich nicht leicht im Leben, Señor Uk'um. Mit dieser Sturheit haben Sie schon Herrn Bohremann verärgert, der Ihnen gegenüber sehr großzügig war.«

Andrés schien für den Bruchteil einer Sekunde in sich zusammenzusacken, aber dann straffte er wieder seine Schultern.

»Mein Ingenieurdiplom ändert nichts daran, dass ich Indio bin«, erwiderte er. »Ich werde bei der Ausbeutung meines Volkes nicht einfach schweigend zusehen, nur weil es mir selbst gut geht.«

Alice schluckte. Sie bewunderte seinen Mut, doch es war in seiner Lage nicht angeraten, den Helden spielen zu wollen. Dr. Scarsdale schwieg eine Weile, und sie hörte ihren eigenen Herzschlag wie ein Trommeln im Dschungel.

»Ich könnte Sie einfach davonjagen, Señor Uk'um«, sagte der Archäologe schließlich. »Ihre Idee war genial, aber nun kenne ich sie. Ich könnte Sie unter Bewachung zu Herrn Bohremann schicken oder auch einfach in eine der Monterías, wo Sie Bäume fällen müssten, bis Sie selbst tot umfallen, und den Widerspruchsgeist würde man Ihnen dort schnell aus dem Leib prügeln.«

Ohne weiter nachzudenken, tat Alice einen Schritt an Andrés' Seite.

»Wenn Sie dies tun, dann werde ich auf der Stelle abreisen«, zischte sie. »Und von dem Vermögen meines Bruders bekommen Sie keinen Pfennig für Ihre Forschungen, das verspreche ich Ihnen jetzt schon.«

Dr. Scarsdale warf ihr einen fassungslosen, beinahe verschreckten Blick zu, als wäre er eine graue Maus im Angesicht einer angriffslustigen Katze. Hatte Andrés recht gehabt, und der Archäologe fürchtete sich vor Frauen? Alice verstand eine solche Angst nicht. Männer waren letztendlich stärker, weil sie kräftiger zuschlagen konnten und die offizielle Macht in ihren Händen lag. Hier im Dschungel war sie abhängig von dem Schutz des Archäologen und konnte sich nicht erlauben, ihn zu verärgern. Es war nur eine Frage der Zeit, bis er auch ihre Drohungen höhnisch beiseitefegte.

Plötzlich hörte sie Dr. Scarsdale kichern. Er war ein unangenehmer Laut, so wie das Knirschen von Zähnen oder das Kratzen von Nägeln über eine raue Fläche.

»Meine verehrte Miss Wegener, Sie sind Ihrem Bruder ähnlicher, als Sie vermuten. Derselbe edle Gerechtigkeitssinn. Aber …«

Er verstummte kurz und rieb sich die Hände.

»Ich bin kein Unmensch. Vergeben Sie mir, aber von dem Trotz Ihres indianischen … Gefährten fühlte ich mich ein wenig provoziert. Ich schätze Höflichkeit im zwischenmenschlichen Umgang.«

»Die schätze ich auch«, erwiderte Alice so damenhaft, wie sie es einst gelernt hatte. »Aber sie scheint mir mit Grausamkeit und Ausbeutung nicht vereinbar.«

Dann biss sie sich reumütig auf die Lippen. Warum hatte sie den Archäologen noch mal provoziert, anstatt eine Einigung zu suchen?

»Meine Güte, lassen wir doch diese sinnlosen Zwistigkeiten. Wir haben hier Wichtigeres zu tun«, sagte Dr. Scarsdale. »Neun Stunden am Tag. Unter der Führung des Señor Uk'um arbeiten die Männer sehr gut, daher müsste es genügen. Hauptsache, wir kommen voran.«

Alice atmete erleichtert auf.

»Und was mache ich in der Zwischenzeit?«, fragte sie, denn Steine konnte sie nicht anheben.

»Sie kopieren erst einmal die Reliefs im Palast«, beschloss der Archäologe. »Und sobald wir den Stein entfernt haben, finden wir vielleicht noch so einiges mehr, das aufgezeichnet werden muss.«

Alice akzeptierte die Anweisung. Es gefiel ihr, Teil einer Gruppe zu sein, die ein gemeinsames Ziel verfolgte.

Die Arbeiten begannen bereits am nächsten Tag und wurden ohne Murren verrichtet. Alice staunte, wie schnell auch die Aufseher sich damit abfanden, von einem Indio Weisungen entgegenzunehmen, doch einige von ihnen sahen so aus, als stammten sie selbst von den Ureinwohnern ab. Trotzdem, Patrick hatte es in seinem Tagebuch anders beschrieben. Sie hatte allerdings kaum Zeit, sich darüber Gedanken zu machen, denn der Feuereifer, mit dem alle hier ans Werk gingen, sprang schnell auf sie über.

Sobald die ersten kleineren Steine an den Seiten entfernt worden waren, zeigte sich, dass die Wände der Außenmauern tiefer in den Boden hineinreichten, als für die Errichtung des Tempels nötig gewesen wäre. Dies bestätigte Andrés' Vermutung von einer unter den Steinfliesen verborgenen Kammer, doch zunächst stießen sie zu Dr. Scarsdales Enttäuschung nur auf Geröll. Wie tief diese Schicht sein konnte, vermochte niemand einzuschätzen, und es wurde immer wahrscheinlicher, dass die Forschungsarbeiten sich noch etliche Monate, vielleicht sogar Jahre hinziehen könnten. Während Alice in Marianas Begleitung im Palast Skizzen anfertigte, überlegte sie, wie lange sie noch hier im Dschungel bleiben würde. Es gab so vieles, das sie in ihrer Heimat erledigen musste, aber mit jedem Tag, da sie die feuchte Luft des Regenwalds einatmete, sein Rauschen um sich hörte und in der geheimnisvollen Welt uralter Ruinen versank, schienen die Bande, die sie zurück in ihr altes Leben zogen, schwächer zu werden. Sie hatte sich an die schlichte Hütte gewöhnt, zumal sie von Moskitos zunehmend verschont wurde. Auf Andrés' Rat hin schlief sie in einer Hängematte, um vor Skorpionen sicher zu sein, nahm am Morgen gemeinsam mit den Arbeitern ihren Kaffee und ein paar Tortillas mit Bohnen zu sich und brach dann wie alle anderen zur Arbeit auf. Diese Regelmäßigkeit schenkte ihrem Leben eine Ruhe, die sie in Mexiko bisher nicht empfunden hatte. Der Höhepunkt des Tages war das Abendessen zu dritt in Dr. Scarsdales Zelt, wo bei einem Glas Rotwein über das mögliche Geheimnis des Tempels der Inschriften debattiert wurde. Anschließend begleitete Andrés sie regelmäßig zu ihrer Hütte, was ihnen ein paar Augenblicke ungestörten Beisammenseins schenkte. Alice hatte gelernt, sich darauf zu freuen, anstatt ungeduldig nach mehr zu verlangen. Auf einmal schien es ihr durchaus reizvoll, zu warten und sich gegenseitig kennenzulernen. Eine junge Pflanze vermochte vielleicht besser zu wachsen, wenn man nicht gleich gierig an ihr zerrte und riss.

Ungefähr eine Woche nachdem die Arbeiter mit der Grabung im Tempel der Inschriften begonnen hatten, saß sie wieder einmal im großen Innenhof des Palastes. Ihre Zeichnungen der Reliefs waren fast beendet, und sie überlegte, welche Aufgaben Dr. Scarsdale ihr nun zuweisen würde, denn das Wegräumen des Gerölls hatte bisher zu keinen spektakulären Funden geführt. Am Morgen war leichter Nieselregen gefallen, der für etwas Erfrischung nach den heißen Tagen gesorgt hatte, doch nun brannte die Sonne wieder erbarmungslos auf sie herab, sodass Alice mit ihrem Zeichenblock in den Schatten rückte. Auf der Mauer über ihr landete plötzlich ein schwarzer Vogel, ungefähr so groß wie eine Krähe. Als Alice hochblickte, konnte sie das weiße Lätzchen auf seiner Brust erkennen. Am auffälligsten jedoch war sein kräftiger Schnabel, der mindestens halb so lang war wie der Vogel selbst und in kräftigem Orange leuchtete. Alice starrte ihn fasziniert an. Zum ersten Mal seit Wochen regten sich wieder Ideen zu eigenen Bildern in ihrem Kopf, und sie ergriff rasch den Skizzenblock, um das ungewöhnliche Aussehen dieses Vogels auf Papier bannen zu können. So leise und vorsichtig wie möglich trat sie an die Mauer heran und stand nun unmittelbar vor der Öffnung zu einem kleinen Raum. Während ihr Blick sich zu dem Vogel hob, bemerkte sie etwas, das merkwürdig schien. Verwundert beugte sich Alice vor. In der Kammer, die vielleicht vor vielen hundert Jahren als Wohnraum genutzt worden war, stand eine Blechtasse, so wie sie von den Arbeitern zum Kaffeetrinken verwendet wurden, daneben ein Teller. In der Ecke war eine Petate zusammengerollt. Alice fuhr sich mit der Hand über die Stirn. Vermutlich schlich sich nachts einer der Arbeiter hierher, der ein paar Stunden für sich allein haben wollte. Es gab keinen Grund zur Beunruhigung, sagte sie sich, doch der Palast schien plötzlich düster, beinahe bedrohlich, als hätte sie Geister in ihm herumschleichen gesehen.

An Martin hatte sie kaum noch gedacht, seit die Grabung begonnen hatte. Nach seiner Flucht in den Dschungel war er nur einige Male wie ein Schatten aufgetaucht. Vielleicht täuschte sich Andrés, der Grund genug hatte, Menschen wie Martin zu hassen. Vermutlich war Martin schon längst wieder in einer der Monterías im Inneren des Dschungels untergekommen.

Über sich hörte sie Flügelschläge, blickte hoch und sah den wundersamen Vogel zwischen den riesigen Urwaldbäumen verschwinden. Kurz überkam sie Reue über die verpasste Gelegenheit, denn die farbenprächtigen Bewohner des Dschungels waren sehr scheu. Dann hörte sie Mariana bellen und fuhr herum. Schritte näherten sich auf den Stufen. Alice stockte der Atem. Andrés hatte ihr versprochen, dass zwei Männer die Treppe zum Palast stets im Auge haben würden, wenn sie darin zeichnete. Aber wer konnte schon einen ganzen langen anstrengenden Arbeitstag lang aufmerksam bleiben?

Sie huschte in den kleinen Raum zu der Decke und dem schmutzigen Geschirr, um sich in einer Ecke zu ducken. Mariana folgte unaufgefordert und kauerte zu ihren Füßen. Dankbar für den Verstand ihres Hundes, strich Alice ihm schnell über den Kopf, dann hörte sie eine helle Jungenstimme.

»Señorita! Wo sind Sie?«

Mariana rannte los und sprang bereits um Julios Beine herum, als Alice aus ihrem Versteck kam.

»Du bist zurück!« Sie begrüßte den Jungen und schämte sich ein wenig, dass sie in den letzten Tagen kaum an ihn gedacht hatte. Er blickte zu ihr auf. Wieder staunte sie, wie stark sein junges Gesicht bereits vom Leben gezeichnet war, denn die Schatten unter den braunen Augen ließen es erschöpft wirken.

»Ich glaube, ich weiß jetzt, wo dieses Mädchen ist, nach dem Sie suchen«, sagte er stolz und streckte erwartungsvoll die Hand aus. Alice griff in ihren Beutel, um ein paar ihrer letzten Peso-Münzen herauszufischen und ihm in die Hand zu drücken. Seine Augen funkelten glücklich, und er steckte den Lohn rasch ein.

»Nun«, begann Alice und sah sich sicherheitshalber um, ob nicht irgendjemand zuhörte, doch bis auf die immer noch aufgeregt herumspringende Mariana waren sie allein, »wo ist Ix Chel?«

»Im Dschungel«, antwortete er stolz. Alice verzog das Gesicht.

»Also, das ist kein sonderlich präziser Hinweis.«

»Im Dschungel gibt es aber keine Dörfer oder Städte mit Namen und Straßen«, erwiderte er. »Und deshalb, denke ich, ist sie dort. Um nicht gefunden zu werden.«

Alice setzte sich auf einen Stein an der Palastmauer.

»Das heißt, sie ist in den Dschungel geflohen«, fasste sie die Erkenntnisse mit mäßiger Begeisterung zusammen. »Aber kann selbst ein Indio-Mädchen dort allein mehrere Wochen überleben? Wenn sie seitdem nicht wieder aufgetaucht ist, dann könnte sie schon tot sein.«

»Nein«, entgegnete Julio und ließ sich zu ihren Füßen nieder, »tot ist sie nicht, jedenfalls war sie es letzte Woche noch nicht. Da hat ihr Bruder sie nämlich besucht.«

»Jetzt hör auf, in Rätseln zu reden, und sag mir endlich, wo man sie finden kann«, rief Alice, die ungeduldig wurde. Als sie seinen abwartenden Blick wahrnahm, verstand sie und drückte ihm eine weitere Münze in die Hand.

»Diese Ix Chel ist bei Verwandten, die im Dschungel leben. Nicht immer an derselben Stelle, denn sie ziehen herum, sind aber klug genug, sich von Ladinos fernzuhalten, sodass man sie nicht in eine Montería verschleppen konnte. Nur ein paar Leute aus Ix Chels Dorf wissen, wo man sie findet. Das sollen noch richtige Heiden sein, Señorita, die noch niemals einen Pfarrer zu Gesicht bekommen haben.«

Er schüttelte den Kopf, als sei die Vorstellung von Indianern, die noch in der Art ihrer Vorfahren lebten, für ihn noch schwerer zu glauben als für Alice.

»Und wie hast du das herausgefunden, wenn es ein Geheimnis ist?«, fragte sie, denn sein reger Geschäftssinn hatte ihr Misstrauen geweckt.

»Ganz einfach.« Er streckte stolz das Kinn vor. »Ich habe in dem Dorf ein paar Freunde gefunden, Gerüchte aufgeschnappt und etwas genauer nachgefragt. Der Bruder von dieser Ix Chel trinkt gern Aguardiente. Ich habe etwas besorgt, von dem Geld, das Sie mir immer geben, und da hat er geplaudert. Ich habe ihm alles erzählt, also, dass Sie die Schwester von dem Gringo sind, mit dem seine Schwester zusammen war. Er hat versprochen, dass er sie fragen wird, ob sie Sie sehen will. Aber …«

Er überlegte einen Moment, neigte den Kopf zur Seite und fuhr schließlich fort: »Ich glaube, wenn Sie ihm genug Geld für mehr Aguardiente versprechen, dann bringt er Sie zu ihr hin, auch wenn seine Schwester nicht einverstanden ist. Aber das sage ich nur, weil ich weiß, dass Sie nett sind, Señorita, und dass Sie dem Mädchen nichts tun.«

Alice strich ihm mit der Hand über die Schulter. Es rührte sie, dass er so positiv über sie sprach.

»Ich will nur mit ihr reden, nichts weiter«, versicherte sie. »Sie kann in diesem Dschungeldorf bleiben, wenn sie möchte.«

»In dem Fall warten wir ab, was der Bruder sagt. Er versprach, in zwei Wochen hier zu sein, wenn seine Schwester mit einem Treffen einverstanden ist.«

Alice musste tief durchatmen. In den letzten Tagen waren ihre Gedanken vor allem um die Frage gekreist, was sich unter dem Tempel der Inschriften verbergen konnte. Nun wurde sie wieder mit der Realität ihrer Sorgen konfrontiert. Die Möglichkeit, Patricks Geliebter gegenüberzutreten, die vielleicht auch die Umstände seines Todes kannte, war in greifbare Nähe gerückt. Ungeduld kroch kribbelnd bis in ihre Fingerspitzen. Sie sprang auf.

»Ich muss mit Andrés reden!«

Sie trat zu den Stufen, dann wurde ihr bewusst, dass es einen merkwürdigen Eindruck machen würde, wenn sie in die Grabungsarbeiten hineinplatzte, um ihn zur Seite zu ziehen.

»Hast du auch die Vorräte mitgebracht?«, fragte sie Julio.

»Natürlich, Señorita. Zwei Esel mit Säcken. Mais, Eier, Obst und Gemüse, ganz wie man mir aufgetragen hatte.«

Wieder klang er stolz. Alice überlegte, dass dieser Junge ein Gewinn für jeden Händler oder Geschäftsmann wäre, der eine zuverlässige Hilfskraft brauchte. Und wenn er die Chance auf eine gewisse Schulbildung bekäme, dann könnte er eines Tages seinen eigenen Laden führen. Sie beschloss, ihm dies zu ermöglichen, sobald sie Patricks Erbe erhalten hatte.

»Geh jetzt zu dem Tempel schräg gegenüber, dort, wo alle Arbeiter sind«, wies sie ihn an. »Sag Dr. Scarsdale, dass die Vorräte da sind. Und bei der Gelegenheit teile Andrés Uk'um mit, dass ich dringend mit ihm reden muss.«

Er stellte keine Fragen, sprang auf und lief los. Mariana trabte ihm hinterher, doch als Alice sie rief, kam sie wieder zurück.

Alice packte ihren Skizzenblock ein, denn sie war nicht mehr in der Lage, sich zu konzentrieren. Zwei Wochen, hatte Julio gesagt, dann träfe vielleicht Ix Chels Bruder ein. Sie ahnte, dass ihr diese Zeit wie eine Ewigkeit vorkommen würde.

Andrés erschien erst am späten Nachmittag, da Dr. Scarsdale ihn vorher nicht entbehren konnte. Alice hatte indessen in ihrer Hütte gewartet und wieder einmal die Zeichnung von Ix Chel angestarrt. Sie fragte sich, ob sie bald auch diese Kette zu sehen bekäme. Als Andrés seinen Kopf durch den Türspalt schob, erschrak sie und ließ das Blatt fallen.

»Ich habe nicht viel Zeit«, sagte er. »Dr. Scarsdale ist wie besessen von dem Wunsch, immer tiefer zu graben. Ich habe den Eindruck, dass er am liebsten auch nachts weiterarbeiten würde, doch ich lasse nicht zu, dass er die Leute derart schindet.«

»Er hofft eben auf eine herausragende Entdeckung«, sagte Alice, die zugeben musste, dass sie den Archäologen verstand. Dennoch war es gut, dass jemand diese Besessenheit bremste.

»Julio hat mir schon erklärt, was er herausgefunden hat«, fuhr Andrés fort, als er ihre Hütte betrat. Die anderen Arbeiter waren noch an der Grabungsstätte, sodass es niemand mitbekam. Er sah sich kurz um, hockte sich schließlich auf die Petate. »Du hattest recht mit deiner Annahme. Ix Chel ist also bei diesen Urwald-Indios. Ich muss zugeben, neugierig wäre ich schon, diese Leute einmal zu treffen.«

»Und ich will vor allem Ix Chel treffen«, entgegnete Alice und begann, aufgeregt in der Hütte herumzulaufen. »Ich kann die zwei

Wochen kaum abwarten. Und was ist, wenn der Bruder dann nicht kommt?«

»Vermutlich kommt er nicht rechtzeitig, denn einfache Indios wie er haben ein anderes Zeitgefühl«, sagte Andrés. »Er wird mit seiner Schwester reden, denke ich. Und irgendwann wird er sich auch auf den Weg machen, um uns diese Entscheidung mitzuteilen, denn er verspricht sich Geld für Aguardiente dafür. Aber wann, das kann auch ich nicht sagen.«

Alice stieß ein leises Schnauben aus.

»Am Ende braucht er länger als Dr. Scarsdale mit seinen Forschungen.«

Andrés grinste.

»Deine deutsche Ungeduld! Aber ich denke, ich kann dir helfen. Ich werde Dr. Scarsdale vorschlagen, dass wir Seile und Spaten brauchen, damit das Geröll im Tempel schneller weggeräumt werden kann. Und dass ich persönlich losziehe, um alles zu besorgen. Dann brauchst du noch eine Erklärung, warum du mitkommst. Wir suchen Ix Chels Bruder auf, versprechen ihm eine Belohnung, für die er sich ein paar Nächte lang kräftig betrinken kann, und so kommen wir zu Ix Chel.«

Alice überlegte einen Augenblick, dann fiel sie ihm freudestrahlend um den Hals.

»Also eigentlich«, murmelte sie, »hätte ich Patricks Geliebter einen Bruder mit mehr Verantwortungsgefühl gewünscht.«

Andrés erstarrte in ihrer Umarmung.

»Urteile nicht so schnell. Der Rausch ist oft die einzige Freude im Leben eines armen Mannes.«

Alice nickte. Ihr Herz überschlug sich vor Aufregung, in die sich auch ein wenig Angst mischte. Bald schon würde sie erfahren, wie Patrick gestorben war. Sie wusste nicht, was sie erwartete und wie sie mit diesem Wissen leben könnte.

15. Kapitel

Eine Woche später konnten sie aufbrechen. Dr. Scarsdale überließ ihnen jene zwei Esel, die Julio bereits beaufsichtigt hatte, sowie einen Karren, der von einem der Esel gezogen wurde. Ihr offizielles Ziel war Santo Dominge de Palenque, der nächstgelegene größere Ort, wo das von Andrés benötigte Hilfsmaterial zu besorgen wäre. Alice hatte vorgegeben, dass sie sich noch mehr von der Gegend ansehen wollte. Dr. Scarsdale hatte diese in ihren eigenen Ohren schal klingende Erklärung kommentarlos hingenommen. Vielleicht ahnte er etwas von der beginnenden Liebschaft zwischen ihr und Andrés, hielt das aber nicht für besonders wichtig. Sie selbst war nicht mehr von Bedeutung für ihn, da sein Interesse an einer genauen Aufzeichnung der Tempelreliefs nachgelassen hatte. Er lebte für den Moment, da er das Geheimnis unter der dicken Geröllschicht lüften konnte, und hatte daher keine Zeit, zu viele Gedanken an eine junge Malerin zu verschwenden.

Sie waren nicht lange unterwegs. Die Herberge, in der sie auf der Hinreise übernachtet hatten, stand nicht zur Verfügung, da der Besitzer gerade Besuch von zahlreichen Familienmitgliedern hatte. Nachdem Andrés hartnäckig nachgebohrt hatte, erhielten sie im Haus des ansässigen Gemischtwarenhändlers ein freies Zimmer. Es war so klein, dass man keine fünf Schritte darin tun konnte, ohne mit der Nase an die nächste Wand zu stoßen, enthielt nur ein schmales Bett und einen wackeligen Ecktisch. Dafür wurden sie in der Küche mit einer köstlichen Mahlzeit aus mit Käse überbackenen Tortillas und dem für Chiapas typischen Schnaps, Comiteco genannt, belohnt. Alice leerte drei Gläser, denn ihr Magen war gut gefüllt, und sie hoffte, so trotz ihrer Aufregung besser schlafen zu können. Auch Andrés trank, doch er beschränkte sich auf ein Glas. Julio bekam ebenfalls eines. Danach alberte er ausgelassen mit den Söhnen des Ladenbesitzers herum, während Andrés unter dem

Tisch nach Alice' Hand tastete und sie mit seinem warmen Griff umschlang. Ihr wurde bewusst, dass sie die folgende Nacht nicht mehr im Lager verbringen würden, sondern unter dem Dach von Leuten, von denen sie sich am nächsten Tag bereits verabschieden konnten. Für einen winzigen Augenblick war sogar Ix Chel vergessen.

Eine Weile später stiegen sie die Stufen hoch, gefolgt von Julio und Mariana. Kaum war die Tür aufgegangen, wirkte das Zimmer entsetzlich klein. Andrés scharrte mit seiner Sandale auf dem Boden und wich Alice' Blick aus. Mariana schnüffelte in allen Ecken.

»Also, zu dritt passen wir nicht auf das Bett«, rief Julio in das allgemeine Schweigen. »Aber das macht nichts, denn ich kann bei den Jungen schlafen. Das haben wir schon ausgemacht.«

Alice nickte kurz. Sie wusste nicht, ob er dies aus Rücksichtnahme tat oder wirklich bei seinen neuen Freunden übernachten wollte.

»Den Hund nehme ich mit. Er kann da unten im Kellerraum sicher ein paar Ratten fangen«, sagte Julio, bevor er gemeinsam mit Mariana, die noch nie besondere Talente als Jägerin gezeigt hatte, durch die Tür entschwand. Auf einmal wurde es gespenstisch still, nur aus der Ferne erklang der heisere Gesang einer Frau.

Alice trat einen Schritt zurück. Sie hatte sich so oft ausgemalt, wie es wäre, mit Andrés allein in einem Raum zu sein, wo sie ein paar Stunden lang ungestört wären. Nun wagte sie nicht, sich auf das Bett zu setzen.

Andrés rieb sich die Hände an seinen Hosenbeinen ab. In der Küche hatte es erwartungsgemäß keine Servietten gegeben.

»Du … du wirst wieder abreisen, wenn alles hier geklärt ist, nicht wahr?«

Alice vermochte nicht zu glauben, dass ein Mann in einer solchen Lage diese Frage stellte. Bei Andrés sah sie sich einer Ernsthaftigkeit gegenüber, die sie bei Liebschaften nicht kannte. Sie machte ihr Angst, denn sie vermochte damit nicht umzugehen.

»Ja, ich werde abreisen«, gestand sie wahrheitsgemäß. »Ich muss in meine Heimat zurück, um das Erbe meines Bruders zu regeln.

Außerdem soll spätestens im nächsten Sommer eine weitere Ausstellung meiner Bilder stattfinden. Ich könnte gar nicht hierbleiben, selbst wenn ich wollte.«

Er senkte den Blick, und ein Schatten glitt über sein Gesicht. Alice überkam eine Wehmut, die bisher kein Mann in ihr hatte auslösen können.

»Ich … ich könnte zurückkommen«, begann sie hilflos zu stammeln. »Wenn alles erledigt ist. Mir gefällt dieses Land.«

Er trat einen Schritt näher, streckte endlich die Hand aus und strich sanft über ihr Gesicht.

»Warum solltest du gleich wieder über den Ozean fahren? Sobald du zu Hause bist, gibt es genug Dinge, die dich beschäftigen. Du wirst das alles hier nach einer Weile vergessen haben.«

Alice stampfte mit dem Fuß auf. Warum meinte er, sie so gut zu kennen?

»Ich habe vor, Mariana mitzunehmen. Und Julio würde ich gern ein paar Jahre in einer Schule finanzieren, damit er ordentlich rechnen und schreiben lernt. Ich glaube, wenn er eine eigene Tienda hätte, wäre er bald erfolgreich.«

Andrés nickte.

»Dein Bruder meinte immer, du würdest zwar vor allem für dich selbst leben, hättest aber auch Verantwortungsgefühl gegenüber anderen.«

Alice trat einen Schritt zurück. Ärger grummelte in ihrem Magen, verbunden mit Schmerz, gegen den sie trotzig ankämpfte. Wenn Andrés sie jetzt nicht wollte, dann konnte er sich auch zum Teufel scheren!

»Man könnte meinen, Patrick und du habt euch die ganze Zeit vor allem über mich unterhalten«, zischte sie. Andrés' Gesicht verriet keine Gefühlsregung, als nehme er ihren Ärger gar nicht wahr.

»Du warst eine wichtige Person in seinem Leben«, sagte er. »Vor Ix Chel vermutlich sogar die wichtigste.«

Wieder stach eine Nadel in ihr Herz.

»Ich war wirklich neugierig darauf, dich kennenzulernen«, fuhr er unbeirrt fort. »Frauen wie dich gab es in meinem Dorf nicht. In

Ciudad de México vielleicht, aber ich hatte keinen Umgang mit ihnen. Diese Lehrerin, die ich kannte, erwartete natürlich, geheiratet zu werden. Sie dachte, ich würde es schon schaffen, genug Geld für ihre Bedürfnisse zu verdienen, obwohl ich gebürtiger Indio war. Unser derzeitiger Präsident, Porfirio Díaz, ist ja auch Mischling. Aber er pudert sein Gesicht.«

»Was du natürlich niemals tun würdest«, sagte Alice. Er zuckte mit den Schultern.

»Ich könnte es versuchen, aber meine Haut ist zu dunkel. Ich müsste eine sehr dichte Schicht auftragen und würde aussehen wie ein Zirkusclown.«

Alice lachte. Zum ersten Mal war sie zornig auf ihn gewesen, doch der Zorn hatte nicht lange angehalten.

»Du gefällst mir so, wie du bist«, sagte sie. »Und wir wissen beide nicht, was geschehen wird. Vielleicht kann man im Leben nicht alles planen.«

Er musterte sie mit einem staunenden Lächeln.

»Ich dachte, dass du gerne planst.«

Wieder streckte er seine Hand nach ihr aus, doch er verzichtete diesmal auf eine Berührung.

»Welchen Platz könnte ein gesuchter Mörder in deinem Leben haben?«

Die Frage war so nackt in ihrer Ehrlichkeit, dass Alice den letzten Groll über sein Zögern vergaß.

»Im Augenblick hat er einen sehr wichtigen«, erwiderte sie. »Vielleicht kann er bald schon seine Unschuld beweisen. Wir wissen doch beide nicht, was Ix Chel uns erzählen wird, falls wir sie überhaupt finden. Ich glaube, dass…«

Sie schluckte hilflos. Es entsprach nicht ihrem Naturell, die Liebe eines Mannes zu erflehen. Doch in Andrés' Blick lag eine warme, ruhige Zuneigung, die Alice noch an keinem anderen Mann gesehen hatte. Etwas in ihr veränderte sich, lockte eine weichere, nachsichtigere Frau aus den Tiefen ihrer Persönlichkeit hervor.

»Vielleicht sollte man einfach die Gelegenheiten nutzen, die das Leben einem bietet«, sagte sie, streckte die Hände nach ihm aus und legte sie auf seine Wangen. Sie sah seine Augen freudig aufleuchten, während er seine Arme um ihre Taille schlang und sie an sich zog. Mit ein paar Schritten hatten sie das schmale Bett erreicht. Alice spürte ein leichtes Zittern der Finger, die ohne Hast und fast ehrfürchtig über ihren Körper strichen, doch er wagte lange nicht, den Leinenstoff, der ihre Körper noch voneinander trennte, zu entfernen. Sie küsste ihn ermutigend und schob ihre Hand unter sein Hemd, um die harten Muskeln zu ertasten. Er atmete hörbar ein, erstarrte für einen Augenblick und drückte sie dann auf die Matratze. Bettfedern quietschten. Der Ladenbesitzer war sehr stolz gewesen, ihnen ein richtiges Bett anbieten zu können, aber wahrscheinlich durfte man sich darauf im Schlaf nicht bewegen, weil man sonst von diesem Geräusch aufzuwachen drohte. Alice sah, wie Andrés' Augenlider flatterten, als scheue er sich plötzlich, ihr ins Gesicht zu sehen. Auf einmal begann sie sich zu fragen, mit wie vielen Frauen er sich schon in einer solchen Lage befunden hatte. In der Enge des traditionellen Dorflebens gab es sicher nicht viele Gelegenheiten, und während seines Studiums hatte er über den Büchern gesessen, während andere sich amüsierten. Er war ein zu ernsthafter Mensch, um über viel Erfahrung als spielerischer Verführer zu verfügen. Alice legte beide Hände um seinen Nacken und küsste ihn, in der Hoffnung, ihm den letzten Rest an Verkrampfung zu nehmen. Tatsächlich spiegelte jene frohe Leichtigkeit, die sie selbst empfand, sich bald in seinem Gesicht wider. Er befreite Alice ungeduldig von ihrer Kleidung und schmiegte sich an sie. Im Dämmerlicht sah sie den Farbkontrast, der ihr gefiel, denn zwei Gegenpole von hell und dunkel schienen sich zu ergänzen. Seine Hand strich ihre Schenkel entlang wie bereits im Tempel, doch es gab diesmal keinen Grund mehr für vorsichtige Zurückhaltung. Alice schlang ihre Beine um seine Hüften und stieß einen leisen Schrei aus, als er endlich jene Stelle ihres Körpers berührte, die sich seit Wochen nach ihm verzehrte. Die zügellose Bereitschaft, mit der sie sich ihm öffnete, nahm ihm die letzte Unsicherheit, und ihre Körper glitten von selbst in einen Rhythmus, der sie zueinanderfinden ließ. Andrés erwies sich nicht als so unerfahren, wie sie zunächst angenommen hatte. Als ihn das letzte heftige Zucken durchfuhr, zog er sich zurück, wie es auch Harry und Juan Ramirez getan hatten. Ihre Finger blieben in seinen Rücken gekrallt, denn ein Teil von ihr sehnte sich wider besseres Wissen danach, ihn weiter in sich zu spüren. Dann strich sie den Schweiß von seiner Stirn. Er ließ seine Hand über ihre Schenkel entlanggleiten und bewegte geschickt seine Finger, bis die Anspannung in ihrem Unterleib sich löste. Stöhnend brachte sie die Bettfedern zum Quietschen.

»Gracias«, flüsterte er ihr ins Ohr. Alice schlang die Arme um seinen Hals.

»Jetzt müsste ich mich eigentlich bedanken.«

»Aber es war wunderschön, dir zuzusehen«, erwiderte er und vergrub sein Gesicht in ihrem Haar.

Alice schloss die Augen, schmiegte ihre Stirn gegen die Stelle an seiner Kehle, wo der Herzschlag pulsierte, und streichelte noch eine Weile seinen harten Körper. Andrés war ihr dritter Liebhaber, aber der erste, in dessen Armen sie einschlief.

Am nächsten Morgen schickten sie Julio mit den erworbenen Schaufeln und Seilen zu Dr. Scarsdale zurück, ebenso mit der Entschuldigung, dass Alice sich noch eine Weile die Landschaft ansehen wolle und dabei Andrés als Begleitschutz brauche. Die zwei Esel und auch den Karren gaben sie ihm mit, um alle erworbenen Güter mühelos transportieren zu können. Alice wollte Dr. Scarsdale nicht das Gefühl geben, dass sie sein Eigentum stahl, denn er hatte während der Reise schon genug für sie bezahlt. Sie gingen beide davon aus, dass der Archäologe zwar nicht begeistert wäre, ihre Abwesenheit aber in der Hoffnung auf weitere finanzielle Unterstützung durch die Schwester seines verstorbenen Partners hinnehmen würde. Die Grabungen würden ihn auf jeden Fall zu sehr beschäftigen, als dass er Zeit für eine Verfolgung hätte. Alice beschloss nach einigem Überlegen, Mariana mit Julio zurückzuschicken. Der Hund war tatsächlich keine Kämpfernatur, und Andrés wies sie darauf hin, dass ihm bei einer Reise in die Tiefen des Dschungels Gefahren durch giftige Schlangen und Raubtiere drohten. Sie staunte, wie schmerzhaft es war, den kleinen Körper in die Arme des Jungen zu drücken, doch sie tröstete sich mit der Hoffnung auf ein baldiges Wiedersehen.

Von Alice' letztem Geld erwarben sie ein Maultier, auf dem sie reiten würde. Andrés war bereit, zu Fuß zu laufen. Julio wies ihnen den Weg in das Dorf, in dem Ix Chels Familie lebte. Allein der Gedanke, dass sie kein Geld mehr für Aguardiente hatten, beunruhigte Alice, denn es wäre nun nicht mehr so leicht, Ix Chels Bruder für ihre Interessen zu gewinnen.

Die Frau des Ladenbesitzers hatte ihnen freundlicherweise zahlreiche Tortillas eingepackt, die unterwegs ihren Magen füllten. Zum ersten Mal musste Alice im Freien schlafen, ohne Moskitonetz und Hängematte, doch die Anwesenheit von Andrés schenkte ihr ein wenig Ruhe. Er blieb die meiste Zeit wach, um auf mögliche Raubtiere und sonstige Gefahren zu achten, und sie schlief im Schutz seines Rückens. Am nächsten Tag hatten Flohbisse ihre Füße in mit roten Flecken übersäte Klumpen verwandelt, und ihre Augen waren von Mückenstichen verquollen. Andrés führte sie zu einem Bach, wo sie ihren Körper kühlen konnte. Mit einem kleinen Messer schnitt er unter ihren rechten Fußnagel, weil dort der Sandfloh, Nigua genannt, angeblich Eier abgelegt hatte. Wurde der Eiersack nicht gleich entfernt, drohten böse Geschwüre. Alice wusste nicht, was schlimmer war, der kurze Schmerz oder jene Vorstellung. Dann musste es weitergehen. Die Ungeduld, Ix Chel treffen zu können, und das Vertrauen auf Andrés' Fähigkeiten ließen Alice die drei Tagesreisen in das Dorf einigermaßen gefasst überstehen. Sie erreichten kurz vor Sonnenuntergang jene Ansammlung von Hütten aus aneinandergereihten, dünnen Baumstämmen, die mit Grasdächern bedeckt waren. Hier in der Tierra caliente, wie die heißesten Regionen Mexikos genannt wurden, verwendete man keinen Lehm zum Hüttenbau, da es nicht nötig war, die Wände gegen Kälte abzudichten. Ein Dickicht aus Dornenhecken umschloss diese Siedlung wie ein gescheiterter Versuch, eine Mauer zu errichten, die ohnehin niemanden abwehren konnte. Hier also war Patricks Geliebte aufgewachsen.

Einige Indianerinnen saßen mit Webstühlen vor den Hütten oder stickten, als wollten sie das letzte Tageslicht nutzen. Andere rieben bereits den Mais in der Metate, um ihren Männern eine Mahlzeit auftischen zu können, wenn sie von den Milpas, wie die Felder genannt wurden, zurückkamen. Abgesehen von ein paar Greisen, die rauchend unter einem großen Baum hockten, und spielenden kleinen Jungen waren nur Frauen zu sehen. Alice bemerkte, wie sich alle ihnen zuwandten, als sie auf dem schmalen Pfad aus dem Dickicht der Bäume herauskamen. Gespräche verstummten, die Arbeiten wurden unterbrochen, und selbst die Kinder schienen die Freude an ihrem Spiel mit einem Strohball zu verlieren und flüchteten in die Sicherheit der Hütten. Andrés gab Alice ein Zeichen, im Hintergrund zu bleiben, während er auf jene Menschen zutrat, deren Gesichter mit den markanten Nasen und den hohen Wangenknochen dem seinen glichen. Einer der rauchenden alten Männer erhob sich und ging ihm, auf einen Stock gestützt, entgegen. Sie vermutete, dass es sich um den Kaziken handelte, und seine wichtige Miene bestätigte dies. Eine kurze Unterhaltung fand statt, dann wurde Alice herbeigewunken. Sie stieg von dem Esel herab. Alle Blicke waren auf sie gerichtet, während sie langsam in die Mitte der Hütten trat. Ihr wurde bewusst, dass sie eine verschwitzte, vermutlich stinkende Gestalt war, denn nicht immer waren sie unterwegs auf Bäche getroffen, um sich zu waschen. Sie trug wieder die bequeme Indio-Kleidung, und auf ihrem Kopf ruhte ein breiter Strohhut. Andrés wies sie immer wieder auf die Notwendigkeit hin, ihn aufzusetzen, da sie die stechende Sonne nicht so gut vertrug. Darunter lugten verklebte Haarsträhnen hervor. Insgesamt boten die anwesenden Frauen mit ihren Zöpfen und farbenfrohen Blusen einen gepflegteren Anblick als sie selbst, doch sie wurde trotzdem angestarrt wie ein außerirdisches Wesen. Jene Gesichter, die Andrés noch mit offener Neugier angesehen hatten, verschlossen sich bei ihrem Anblick. Sie meinte, einen Luftzug zu spüren, als würden um sie herum Türen schwungvoll zufallen. Eine Mauer aus Feindseligkeit und Misstrauen blieb zurück. Alice' Kehle wurde eng, während ihre Hoffnung, die Unterstützung dieser Leute zu gewinnen, endgültig schwand. Sie hörte Andrés in einer fremden Sprache auf den Kaziken einreden, die er offenbar nicht beherrschte, denn er musste immer wieder Pausen einlegen, um nach Worten zu suchen oder seine Hände zu Hilfe nehmen.

»La Señorita Wegener, hermana de Patrick!«, wurde sie schließlich auf Spanisch vorgestellt und fragte sich, ob das hier überhaupt irgendjemand verstand. Der alte Mann wandte sich ihr zögernd zu. Er war einen halben Kopf kleiner als sie, hatte ein ledriges, faltiges Gesicht mit klugen Augen. Alice bemerkte, dass er nicht so herrisch auftrat wie Andrés' Vater bei ihrem Besuch in seinem Dorf. Seine Stimme klang sanfter, und er musterte Alice ohne Abneigung, auch wenn er über ihr Auftauchen nicht begeistert schien. Er winkte eine kleine Frau herbei, deren Gesicht ein paar Schattierungen dunkler war als das seine, was einen erstaunlichen Kontrast zu ihrem schlohweißen Haar bildete. Die braunen Augen blitzten neugierig, fast verschmitzt.

»Das ist seine Frau und Ix Chels Mutter. Sie heißt übrigens auch Ix Chel«, erklärte Andrés. Alice lächelte mit bemühter Herzlichkeit. Sie konnte keinen Grund dafür nennen, aber sie wollte von dieser Frau akzeptiert werden. Ob es ihr gelang, vermochte sie nicht einzuschätzen, doch sie wurde von ihr in eine der Hütten gewunken. Ratlos sah sie sich nach Andrés um, der mit einem kurzen Nicken seine Zustimmung erteilte, ohne ihr zu folgen. Alice duckte sich, um die Hütte zu betreten.

Im Inneren war es dunkel und verqualmt, denn die alte Ix Chel schien zu kochen. Alice' Augen begannen zu tränen, und nach ein paar Versuchen, sie trocken zu wischen, brannten sie noch mehr. Sie konnte fast nichts mehr sehen, als sie sich auf einer Petate niederließ. Neben sich erahnte sie andere Lebewesen. Als ihre Augen sich an die schlechte Luft und das dämmerige Licht gewöhnt hatten, entdeckte sie drei kleine Mädchen, die in einer Schüssel Maismehl in Wasser kneteten. Über einer Feuerstelle brutzelten Bohnen, mit denen die Tortillas angereichert wurden, sobald sie fertig waren. Ein Stück daneben stand ein kleiner Hausaltar mit Heiligenfiguren, die Alice in ihrer Schlichtheit und unbeschwerten Farbenpracht an jene

Kette mit Marienbild erinnerten, die sie von Señora Duarte zum Abschied erhalten hatte.

Die alte Ix Chel hockte sich nieder und begann, mit einem Holzlöffel in der Pfanne zu rühren. Alice hörte ihren Magen sehnsüchtig knurren. Ein unverständlicher Wortschwall ergoss sich über sie, während sie von der alten Frau und den Mädchen, die wahrscheinlich ihre Enkelinnen waren, neugierig gemustert wurde.

»No entiendo«, sagte Alice hilflos, was die alte Ix Chel aber nicht zum Schweigen brachte. Alice vermochte nicht zu sagen, wie viel Zeit verging. Vielleicht, so erwog sie, sollte sie bei der Vorbereitung des Abendessens mithelfen, doch wusste sie nicht so recht, wie. Erst als Holzgeschirr auf dem Boden verteilt wurde, packte sie mit an.

Eine Weile später betraten weitere Leute den winzigen Raum, ein junger Mann, auf dessen Gesicht sich die Züge der alten Ix Chel spiegelten, gefolgt von einer hübschen Frau mit leuchtend roten Bändern in ihren Zöpfen. Sie trugen beide große Körbe auf ihren Rücken, die mit einem ledernen Band an ihrer Stirn befestigt waren und die sie in einer Ecke des Raumes abstellten. Geplauder in der fremden Sprache erklang, die Mädchen drängten sich um die junge Frau, die ihnen übers Haar strich, bevor sie begann, der alten Ix Chel beim Zubereiten der Tortillas zu helfen. Kleine Teigbällchen wurden mit den Händen geformt, dann flach gedrückt und in die Pfanne gelegt. Die Bohnen waren bereits in eine tönerne Schale gefüllt worden. Alice beobachtete das Vorgehen fasziniert. Bisher hatte sie sich kaum fürs Kochen interessiert, doch nun, da sie die energischen, geübten Bewegungen der Frauen beobachtete, schien es ihr plötzlich ein durch jahrelange Übung eingespieltes Ritual, das sie gern gezeichnet hätte. Im Augenblick wäre aber ihre Mithilfe angebracht. Zögernd streckte sie ihre Hände in Richtung der Schüssel, aus der die Frauen die Teigbällchen holten. Die kleinen Mädchen musterten sie staunend, ihre hübsche Mutter stieß ein Kichern aus, doch die alte Ix Chel zeigte Alice, was sie zu tun hatte. Trotzdem blieb ihre erste Tortilla ein unförmiger Klumpen, der unangenehm an ihren Handflächen klebte, bis eines der Mädchen ihr half, ihn abzustreifen. Es war schwieriger, als es aussah, stellte sie fest, doch gleichzeitig stachelte dies ihren Ehrgeiz an.

»Comal!«, hörte sie die Alte rufen und auf die Pfanne weisen. Alice ließ den Teigfladen hineinfallen. Eines der Mädchen wendete ihn nach einer Weile geschickt. Als eine richtige, von ihr selbst geschaffene Tortilla vom Comal geholt wurde, überkam Alice ein Gefühl von Stolz. Durch den ersten Erfolg ermutigt, griff sie noch mal in die Teigschüssel. Ihre Bewegungen wurden allmählich sicherer, doch das Herstellen der Tortillas war eine unerwartet anstrengende Tätigkeit. Allein die aufmunternden Blicke der alten Ix Chel trösteten sie über den stechenden Schmerz in ihren Schultern und Armen hinweg. Sie fühlte sich an jene Zeit erinnert, als sie zehn Stunden täglich Tabletts mit Kaffeetassen und Kuchentellern herumgetragen hatte, um ihren Lebensunterhalt zu bestreiten. Eigentlich hatte sie gedacht, dieser Plackerei endgültig entkommen zu sein. Nach einer Weile schien es ihr, als sei sie tatsächlich Teil dieser Gemeinschaft aus Teig knetenden und Tortillas bratenden Frauen geworden, auch wenn sie deren Unterhaltung nicht verstand.

Der einzige anwesende Mann, der Sohn der alten Ix Chel, hatte eine Weile zwischen zwei schlafenden Hunden in der Ecke gesessen. Nun blickte er zur Eingangstür und begrüßte den Kaziken, der die Hütte betrat. Hinter diesem erblickte Alice Andrés. Sie sah das Staunen in seinem Blick und war stolz auf ihre neu erworbenen Fähigkeiten.

Die Männer verteilten sich in der Runde, als die alte Ix Chel fertige Tortillas mit Bohnen bedeckte und auf die bereitstehenden Holzteller legte. Alice stellte fest, dass selbst ihre abendlichen Gelage mit Dr. Scarsdale sehr förmlich gewesen waren im Vergleich mit dieser schmatzenden, mit vollem Mund sprechenden Gruppe. Die alte Ix Chel gestikulierte heftig und unterbrach den Kaziken, dessen Frau sie war, mehrfach. Er runzelte zwar die Stirn, nahm es aber hin. Die hübsche Schwiegertochter schien zurückhaltender, doch auch ihr Mann redete nicht so viel, trank stattdessen oft aus einer Flasche, die vermutlich Aguardiente enthielt. Alice wurde bewusst, dass dies der Bruder jener jungen Frau sein musste, nach der sie suchten. Aus den Augenwinkeln versuchte sie, Blicke mit Andrés zu wechseln. Er lächelte sie kurz an. Auf einmal sehnte sie sich danach, dass er seine Hand nach ihr ausstrecken und vor der versammelten Runde deutlich machen würde, wie sie zueinander standen, doch seit dem Betreten dieses Dorfes wahrte er wieder respektvollen Abstand von ihr. Sie vermutete, dass er es für notwendig hielt, doch sie staunte, wie stark ihr Verlangen nach einer Berührung von ihm war.

Das Gerede zog sich noch eine Weile hin, dann räumten die kleinen Mädchen das Geschirr weg, und Matten wurden in der Hütte ausgerollt. Alice wurde ein Platz dicht an der Wand zugewiesen. Die zwei Ehepaare schliefen nebeneinander, und sie fragte sich, ob in derart engen Hütten neue Kinder in unmittelbarer Nähe von bereits geborenen gezeugt wurden. In der ersten Zeit nach der Flucht aus dem Elternhaus hatte sie eine solche Enge bereits in billigen Herbergen erlebt, wo sie dank ein paar verkaufter Schmuckstücke untergekommen war. Später hatte sie bei einer der Kellnerinnen aus dem Café Josty gewohnt, die zwei uneheliche Kinder hatte und gelegentlich neue Liebhaber mit in die winzige Wohnung nahm. Ihr war eine fehlende Privatsphäre also nicht neu. Sie lauschte dem nächtlichen Seufzen und Schnarchen der schlafenden Menschen und sehnte sich nach der Nähe eines warmen Körpers, an den sie sich schmiegen könnte. Aber Andrés lag am anderen Ende der Hütte, und nicht einmal Mariana war bei ihr.

Der Tag von einfachen Menschen begann früh. Alice wurde im ersten Morgengrauen von der jungen, hübschen Frau geweckt, die über sie hinwegstieg, um an einem Bach Wasser zu holen. Die alte Ix Chel machte sich bereits an den vom gestrigen Abend übrig gebliebenen Tortillas zu schaffen, die als Morgenmahl dienten. Sie wickelte einige von ihnen in Tücher und überreichte sie ihrem Sohn, der sie in sein Bündel packte. Die zwei kleinen Mädchen halfen wieder bei der Verteilung des spärlichen Essgeschirrs, als der Kazike sich mit langsamen Bewegungen aufrichtete. Seine Stellung und sein Alter schienen ihn von den meisten Arbeiten zu befreien. Zwar sprach die alte Ix Chel keineswegs demütig mit ihm, doch sie überreichte ihm seinen Teller mit Tortilla und auch einen Becher von dem Kaffee, den sie rasch auf der Kochstelle erhitzt hatte. Ihr Sohn und Andrés wurden ebenfalls bedient, erst danach hatten die Frauen Gelegenheit, sich selbst etwas zu holen. Alice beschloss, dass es ihr nicht zustand, diesen Umstand ärgerlich zu finden, sondern sie wartete geduldig, bis sie ihren Becher in den Händen hielt. Der Kaffee war ungefiltert, stark gesüßt und schmeckte leicht nach Zimt. Im Vergleich zu dem Getränk, das die Arbeiter im Lager erhalten hatten, war er geradezu paradiesisch. Alice knabberte an einer kalten Tortilla und spürte Andrés' Blick auf sich ruhen. Er saß zwischen den zwei Männern, mit denen er sich angeregt unterhielt. Alice hatte er bisher kaum beachtet, seit sie die Hütte betreten hatten, doch nun schienen seine Augen sie zur Geduld zu mahnen. Sie begann zu ahnen, dass die Leute sich vielleicht erst einmal an ihre Anwesenheit gewöhnen mussten, bevor Andrés ihr Anliegen zur Sprache bringen konnte. Sie hatte kein Geld mehr, dass sie irgendjemanden anbieten konnte, um zu Ix Chel zu gelangen, sodass sie auf das Wohlwollen von deren Familie angewiesen war.

Der Bruder jener Frau, derentwegen sie gekommen waren, hieß Manuel, das hatte Alice inzwischen mitbekommen. Gemeinsam mit seiner Gemahlin, deren Namen sie nicht kannte, machte er sich auf den Weg. Zuvor hatten sie wieder die ledernen Bänder um ihre Stirn gelegt, um ihre Bündel besser tragen zu können. Diese enthielten bemalte Töpferwaren und bestickte Kleidung, die von den Frauen in mühsamer Arbeit angefertigt worden waren, um im nächstgrößeren Ort verkauft zu werden. Kurz darauf stolzierte der Kazike mit seinem Stock hinaus. Andrés nutzte den frei gewordenen Raum, um unauffällig an Alice heranzurücken.

»Es ist gar nicht so übel losgegangen«, flüsterte er ihr auf Englisch zu. »Ich glaube, die alte Ix Chel mag dich, und sie hat Einfluss auf ihren Mann, der wiederum Einfluss auf die anderen hier hat.«

Alice lächelte.

»Ich habe gestern Abend bereits erwähnt, dass du nach einem verschwundenen Mädchen aus diesem Dorf suchst«, fuhr er fort. »Sie haben nichts gesagt, aber ich glaube, sie können sich denken, um welches Mädchen es sich handelt.«

Alice sah ihn ratlos an.

»Dann wollen sie es mir nicht sagen. Ich meine, wenn sie wissen, wen ich suche, warum …«

»Du musst ihnen Zeit geben«, sagte Andrés. »Wir haben im Laufe der Jahrhunderte gelernt, Ladinos zu misstrauen, uns ihnen gegenüber wie unterwürfige Idioten zu benehmen und alles, was an unserem Leben wichtig ist, vor ihnen zu verbergen, damit sie es uns nicht auch noch zerstören. Solche Lektionen vergisst man nicht so schnell. Es war schon ein großer Erfolg, dass sie sich gestern in deiner Gegenwart völlig normal benommen haben.«

Alice ahnte, dass sie ohne seine Begleitung nicht einmal über die Schwelle der Hütte gelassen worden wäre, und gab alles Drängen auf.

»Ich würde mich jetzt gern waschen«, sagte sie. »Und … und, also ich glaube, eine Toilette gibt es hier nicht.«

Er lachte leise.

»Danach wirst du in jedem Indio-Dorf vergeblich suchen. Aber in den Büschen hier ist es sauberer als in so mancher Toilette, die ich in Ciudad de México gesehen habe. Übrigens, in diesem Palast in Palenque, da habe ich ein Loch im Boden entdeckt und mich gefragt, ob meine Vorfahren nicht auch so etwas wie Toiletten kannten.«

»Bei einem Fürstenhof würde ich davon ausgehen«, erwiderte Alice. »Und du denkst jetzt sicher, dass diese Toiletten viel sauberer waren als alle, die du in der modernen Hauptstadt gesehen hast.«

Sie grinste ihn verschmitzt an.

»Ich habe keine Ahnung«, gab er zu. »Aber wir waschen uns so oft wie möglich. Reinlichkeit ist uns wichtig.«

Alice erinnerte sich an das Schwitzbad, das sie damals in dem Dorf nahe der Hazienda der Bohremanns gesehen hatte.

»Dann zeig mir jetzt, wo ich das hier auch tun kann.«

Er nickte und sagte einige Worte zu der alten Ix Chel, die gerade gemeinsam mit ihren zwei Enkelinnen einen schlichten Webstuhl aufbaute. Er bestand aus vier Pfosten und zwei Balken, zwischen denen sie Fäden zu spannen begannen. Alice bewunderte deren Farbenpracht. Vielleicht konnte sie irgendwann herausfinden, aus welchen natürlichen Stoffen diese Farben gewonnen wurden.

Die Alte antwortete ohne Zögern. In den schmalen Augen blitzte Belustigung auf, als sie von Andrés zu Alice blickte und wieder zurück.

Sie weiß es, schoss es Alice durch den Kopf. Er versucht, es vor allen Leuten hier zu verbergen, aber sie hat schon längst begriffen, was uns verbindet.

»Sie sagt, dass gleich hinter der Hütte ein Bach fließt«, erklärte Andrés. »Und … und dass …«

»Ja, was hat sie noch gesagt?«

»Dass sie mit den Mädchen nach draußen gehen wird, um im Freien zu weben, denn da haben sie besseres Licht.«

Er senkte verlegen den Blick, bevor er fortfuhr: »Und dass die Hütte dann eine Weile leer sein wird. Also, wenn du dich gewaschen hast, dann … dann kannst du dich hier in Ruhe umziehen.«

»Aber ich habe doch gar nichts zum Umziehen dabei. Viel konnte ich nicht mitnehmen, denn sonst hätte Dr. Scarsdale Verdacht geschöpft.«

Ermutigt von den Blicken der Alten, wagte sie, Andrés spielerisch anzustupsen. Seine kupferne Gesichtsfarbe wurde ein wenig dunkler, doch er führte Alice schweigend hinaus zum Bach, wo er ihr den Rücken zuwandte, als sie sich wusch. Vermutlich fürchtete er, dass sie von den Frauen des Dorfes beobachtet wurden. Alice bemerkte nur ein paar Hühner, die in der Nähe des Baches herumspazierten. Die Dorfbewohner hatten sich bereits auf den umliegenden Maisfeldern verteilt, wo sie zwischen den hohen Pflanzen bis zu den Hüften verschwanden und reife, goldgelbe Kolben in Säcke packten. Ein paar Mädchen fütterten die Hühner mit Körnern. Ställe gab es hier offenbar nicht, denn auf dem Rückweg zur Hütte stolperte Alice fast über ein kleines Schwein, das ihr vor die Füße gelaufen war. Empört quiekend, gesellte es sich wieder zu seinen Geschwistern, die sich auf der Erde wälzten. Ein Stück daneben sah Alice die alte Ix Chel mit ihren Enkelinnen das Schiffchen an dem Webstuhl herunterziehen. Gern hätte sie bei dieser Arbeit länger zugesehen, denn das Weben von Stoffen schien ihr eine faszinierende Tätigkeit, doch der Wunsch, mit Andrés in die leere Hütte zu gehen, war dringlicher. Sobald die Tür hinter ihnen zugefallen war, schlang er die Arme um sie, wagte aber nicht mehr, als über ihren Rücken zu streichen.

»Dieses Dorf, das ist fast wie bei mir zu Hause«, flüsterte er in ihr Ohr.

»Und dort verhielten sich alle Leute stets vorbildlich keusch?«

Sie lächelte ihn an. Allmählich begann sie seine Zurückhaltung rührend zu finden.

»Nein … nein, das natürlich nicht. Aber wenn Männer eine Frau verführten, die nicht die ihre war, so sahen sie nichts weiter als eine Trophäe in ihr. Leute redeten darüber, denn sonst geschah nicht viel Aufregendes. Es gab Kämpfe zwischen dem Verführer und dem Ehemann, der seine Frau vorher natürlich verprügelt hatte. All das schien mir immer so … so erbärmlich. Ich fragte mich, ob mein Volk nichts Vernünftigeres tun kann, als sich wegen solcher Kleinigkeiten gegenseitig die Schädel einzuschlagen.«

»Ich fürchte, in dieser Hinsicht sind andere Völker auch nicht besser«, erwiderte Alice und schob ihre Finger in sein schwarzes, kräftiges Haar. »Und ich habe keinen Ehemann, der dich und mich verprügeln würde. Glaubst du wirklich, das ganze Dorf ist jetzt empört und wird uns mit Steinen bewerfen, nur weil wir nicht gleich wieder herauskommen?«

Ein Lachen entspannte sein Gesicht. Er drückte Alice langsam auf die Petate. Seine Bewegungen schienen sicherer geworden zu sein. Alice krallte ihre Finger in seine Schultern. Jenseits der dünnen Mauern der Hütte gackerten Hühner, quiekten Schweine, und Frauenstimmen waren zu hören. Sie wussten beide, dass sie sich still verhalten mussten, denn auch Alice wäre es unangenehm gewesen, wenn das ganze Dorf Zeuge ihres Treibens würde. Aber genau dieses Wissen, wenig Zeit für sich zu haben, schenkte dem Verschmelzen ihrer Körper mehr Intensität.

Alice wusch sich mit dem restlichen Wasser, das sie noch im Eimer fand, erneut rasch ab, bevor sie wieder in ihre verschwitzte Kleidung schlüpfte und vor die Hütte trat. Andrés hatte diese bereits eine Weile vorher verlassen, denn Hand in Hand hinauszuspazieren wäre allzu auffällig gewesen. Er saß neben der webenden alten Frau und ihren Enkelinnen. Auf den vertikalen Kettfäden waren bereits zwei Fingerbreit Stoff gewachsen, ein Mädchen hantierte mit roten und blauen Fäden, um die Muster zu gestalten, während das andere immer wieder energisch das Schiffchen nach unten schob. Beide standen unter strenger Aufsicht ihrer Großmutter, die fast jede ihrer Bewegungen mit einem Wortschwall kommentierte. Alice fühlte sich an Tante Grete erinnert, die ihr stets das Gefühl gegeben hatte, dass kein einziger Benimmfehler unbeobachtet bliebe. Bei Handarbeiten hatte Alice sich allerdings sehr geschickt angestellt, obwohl sie das Zeichnen vorgezogen hatte.

Sie wurde von Andrés herangewunken und setzte sich. Seine Nähe nahm ihr etwas von dem Gefühl, eine unerwünschte Fremde zu sein, Angehörige eines Volkes, das den Indianern bisher nichts als Unglück und Elend gebracht hatte. Der Blick der alten Ix Chel streifte sie, wissend und leicht verschmitzt.

»Muk!«, sagte sie plötzlich, während sie den Finger hob und auf Alice deutete. »Muk ta Patrick!«

Alice zuckte zusammen. Ihr Herz schlug heftig.

»Was hat sie gesagt?«, fragte sie Andrés und packte ihn am Ellbogen. »Was hat sie über meinen Bruder gesagt?«

»Sie hat nur erkannt, dass du seine Schwester bist«, entgegnete er mit einem mahnenden Blick. »Und sie spricht Tzotzil. Das macht die Dinge etwas einfacher, denn so kann ich besser mit ihr reden.«

Es folgte ein reger Wortwechsel in der harten, kehligen Sprache. Die zwei Mädchen konnten endlich unbeaufsichtigt ihre Webarbeit fortsetzen, da ihre Großmutter abgelenkt war. Alice rutschte nervös auf dem ausgetrockneten Boden hin und her. Sie verschwendete keinen Gedanken mehr an mögliche Schlangen und Insekten, wünschte sich nur, Andrés möge ihr endlich mitteilen, worüber sie sprachen.

Eine gefühlte Ewigkeit verging, bevor die alte Ix Chel wieder auf ihre Enkeltöchter einzureden begann und Andrés sich ihr endlich zuwandte.

»Sie weiß, wo ihre Tochter ist«, sagte er. »Und sie hat sich gedacht, dass du hier bist, um sie zu sehen.«

Alice konnte sich nur mühsam zurückhalten, um nicht gleich auf die Alte zuzustürmen und sie mit Fragen zu überschütten, die sie ohnehin nicht verstanden hätte. Vermutlich wusste Andrés viel besser, wie nun vorzugehen war.

»Wird sie mir helfen, zu ihrer Tochter zu kommen?«, flüsterte sie ihm ins Ohr.

»Ich denke, das wird sie. Wie ich schon sagte, sie scheint dich zu mögen, sonst hätte sie nicht so offen mit uns gesprochen. Aber sie selbst kann uns nicht durch den Dschungel führen. Wir müssen warten, bis ihr Sohn zurückkommt. Dann wird sie mit ihm reden.«

Alice unterdrückte einen Seufzer der Ungeduld.

»Wie lange wird er unterwegs sein?«

»Das weiß ich nicht. Er läuft mit seiner Frau zu Fuß in die nächste Stadt, um dort Waren zu verkaufen. Wenn wir Glück haben, ist er morgen wieder da.«

Mit großer Mühe zwang Alice sich zur Ruhe und versuchte, ihre Gedanken zu ordnen. Allzu gern hätte sie sich allein mit der alten Ix Chel unterhalten, die ihr vielleicht mehr über Patricks Beziehung zu ihrer Tochter hätte erzählen können. Sie wusste, dass es Dinge gab, über die Frauen lieber mit anderen Frauen sprachen, doch sie war auf Andrés angewiesen. Dann fiel ihr plötzlich ein, dass sie mit ihrer Vermutung, wo die verschwundene Geliebte ihres Bruders sich aufhielt, recht gehabt hatte. Vielleicht waren auch ihre anderen Annahmen nicht falsch.

»Frag sie, was der Name Ix Chel bedeutet. Es ist doch kein spanischer Name. Warum heißt sie so? Und ihre Tochter auch?«

Andrés zögerte einen Augenblick, dann übersetzte er die Frage. Die alte Frau lachte und begann zu erzählen, und Andrés übersetzte gewissenhaft: »Sie stammt aus dem Dschungel, von einem Volk, das sich ›die wahren Menschen‹ nennt. Sie sagt, dass die älteste Tochter in ihrer Familie immer Ix Chel hieß. Warum das so ist, kann sie nicht sagen. Ihren Mann traf sie, als er verwundet im Dschungel lag. Er war aus einer Montería geflohen, und die Aufseher hatten ihn zwar gefangen, aber zurückgelassen, als sie ihn für tot hielten. Sie pflegte ihn gesund und folgte ihm schließlich in sein Heimatdorf. Seitdem lebt sie hier. Aber sie wollte, dass ihre älteste Tochter den traditionellen Namen erhält.«

Alice blickte mit weit aufgerissenen Augen zu der Frau. Ihr war, als hätten sie soeben eine jener großen Entdeckungen gemacht, von denen Dr. Scarsdale träumte.

»Frag sie wegen der Kette!«, drängte sie Andrés. »Du weißt schon, die Zeichnung von Ix Chel! Du dachtest, es wären Holzperlen, aber es sind vermutlich Edelsteine. Also, ich glaube, diese Kette hängt mit dem Namen Ix Chel irgendwie zusammen.«

Andrés runzelte die Stirn, begann aber wieder mit der alten Frau zu sprechen. Diesmal lachte sie nicht, zögerte einen Augenblick und sprach dann leise, aber entschieden.

»Sie sagt, dass sie nichts von einer solchen Kette weiß«, gab Andrés ihre Worte wieder. Alice senkte enttäuscht den Kopf. Als sie wieder aufblickte, sah sie, dass die alte Ix Chel wieder auf ihre Enkelinnen einredete. Nur kurz wurde Alice von einem weiteren Blick aus den Augenwinkeln gestreift, misstrauisch und verhalten, doch er zeugte von einem Wissen, das gerade geleugnet worden war.

Manuel kam erst am übernächsten Tag wieder ins Dorf. Er sah müde aus. Seine hübsche Gemahlin, deren Name Maruch war, machte ein missmutiges Gesicht. Alice erfuhr von Andrés, dass Manuel das gesamte durch den Verkauf der Waren erworbene Geld noch am ersten Abend verspielt und versoffen hatte, sodass die beiden mit leeren Händen zurückkehrten. Der Kazike hielt seinem Sohn eine Strafpredigt, die durch das ganze Dorf zu hören war. Bald darauf ertönte Geschrei in der Hütte, doch es stammte aus einer weiblichen Kehle. Maruch kam wenige Minuten später weinend herausgerannt, presste eine Hand auf ihren Mund, aus dem Blut tropfte, und verschwand hinter ein paar Büschen, um zum Bach zu gelangen.

»Er hat sie geschlagen!«, rief Alice, die wieder draußen bei den webenden Frauen saß. Andrés hatte kurz mit dem Kaziken geredet und wandte sich dann ihr zu.

»Als Mann hat er nach dem Verständnis der Leute hier ein Recht dazu. Er meint, sie sei ihm in den Rücken gefallen und hätte ihn angeschwärzt. Es ist eine Angelegenheit unter Eheleuten.«

»Großartig!«, zischte Alice. »Wirklich großartig!«

Sie kochte vor Wut und wusste nicht, wie sie sich beruhigen konnte. Dies war nicht ihr Volk, und als Fremde hatte sie kein Recht auf Einmischung. Sie erinnerte sich nur zu gut, wie oft ihr eigener Vater, ein angesehenes Mitglied der besseren Gesellschaft, zugeschlagen hatte, bei Dienstboten und Familienmitgliedern. Das schlichte Dorf mit seiner ursprünglichen Lebensart verlor schlagartig an Zauber, denn die Menschen hier waren nicht besser als die im Rest der Welt, nur ärmer.

Wieder spürte Alice den Blick der alten Ix Chel auf sich ruhen und empfand ihn als überraschend verständnisvoll. Die alte Frau schien ihr wortlos mitteilen zu wollen, dass manche Dinge nicht zu ändern waren, die Welt deshalb aber nicht unterging.

»Manuel!« Die schrille Stimme der Alten hallte über den Dorfplatz. Ein paar Hühner schlugen aufgeregt mit den Flügeln. Die Schweine wühlten unbeirrt in der Erde weiter. Der Kazike wandte nur kurz den Kopf, um seine Frau mit einem hoheitsvollen Blick zu streifen, der keinerlei Empfindungen verriet. Die Enkelinnen webten schweigend weiter, und auch alle anderen gingen ihrer Arbeit nach, als sei nichts Ungewöhnliches geschehen.

»Manuel!«

Diesmal folgte ein unverständlicher Wortschwall, dem der Ton wüster Beschimpfungen anhaftete. Die alte Ix Chel erhob sich und schaffte es, allein durch ihre Haltung würdevoll zu wirken. Eine Weile schalt und zeterte sie in die schwüle Luft hinein, obwohl niemand ihr besondere Beachtung schenkte. Dann ging die Tür der Hütte langsam auf.

Manuel sah nicht aus wie ein stolzer, sich seiner Kraft bewusster Mann. Seine Schultern sackten herab, als habe er Prügel bezogen, und er wollte rasch zu den Büschen huschen, hinter denen sich seine Frau versteckte, als ein erneuter schriller Ruf seiner Mutter ihn zurückhielt. Nach kurzem Zögern ging er zu ihr und versuchte erfolglos, eine trotzige Haltung anzunehmen.

Die alte Frau redete ruhig mit ihm. Manuel widersprach nicht, sah verlegen zu Boden und versuchte vergeblich, sich abzulenken, indem er die Hühner beobachtete. Schließlich senkte er den Kopf und knurrte ein paar Worte, bevor er entlassen wurde, um nach seiner Frau zu sehen.

Die alte Ix Chel wandte sich an Andrés, der bald darauf für Alice übersetzte, dass Manuel sie beide zu seiner Schwester bringen würde. Am nächsten Tag sollten sie aufbrechen.

Alice wusste, dass all ihre Reisen durch Mexiko sicher und bequem gewesen waren im Vergleich zu dem, was ihr nun bevorstand. Dass sie kein Geld mehr hatte, war unbedeutend, denn im Dschungel hätte es ihr ohnehin nichts genützt. Andrés erklärte, dass es feste Routen gab, doch diese führten meist zu den Monterías, wurden von Aufsehern benutzt, die Indios dort hintrieben, oder auch von Händlern, die an solchen Orten Geschäfte machen wollten. Aber diesen Leuten wollten sie unterwegs nicht begegnen. Alice war klar, dass sie nicht in der Lage wäre, zwei indianische Begleiter zu schützen. Der Umstand, dass sie allein mit ihnen unterwegs war, konnte ausreichen, damit viele Männer dieses Landes sie für eine Frau hielten, die keinerlei Anspruch auf respektvolle Behandlung hatte. Manuel kannte den Weg, wiederholte sie immer wieder wie einen Gebetsspruch. Er hatte seine Schwester schon häufiger besucht und würde es diesmal auch in Begleitung schaffen. Sie selbst musste allerdings versuchen, den zwei Indios unterwegs keine unnötige Last zu sein.

Sie brachen bereits im Morgengrauen auf. Diesmal gab es keinen Packesel, denn die einzigen zwei Bündel wurden von Andrés und Manuel getragen. Die alte Ix Chel hatte Tortillas eingepackt, von denen sie sich unterwegs ernähren konnten. Ansonsten bekam jeder der Männer ein Messer, das er sich um den Gürtel schnallte. Mehr wurde angeblich nicht gebraucht, denn Manuel war in der Lage, im

Dschungel mit einer Steinschleuder oder einem Holzspeer Tiere zu erlegen. Alice erhielt von Ix Chel einen neuen Rock aus dickem, schwarzem Leinen und eine jener bunt bestickten Blusen, wie sie von Indianerinnen getragen wurden, denn ihre eigene Kleidung war bereits stark verschmutzt und teilweise zerrissen. Sie begriff den Sinn dieses Geschenks nicht sofort, erst als Andrés die Kleidungsstücke zusammenrollte und in sein Bündel packte, wurde ihr klar, dass sie der Geliebten ihres Bruders nicht dreckig und zerlumpt gegenübertreten sollte. Dadurch in ihrer Eitelkeit ermutigt, beharrte sie darauf, auch einen Kamm mitzunehmen. Zudem wurde Kampferpulver eingepackt, das gegen Mückenstiche half.

Dann folgte der Abschied von Manuels Familie. Maruch, deren rechte Wange einen blaugrünen Fleck aufwies, warf ihrem Mann nur einen kühlen Blick zu und wich vor seiner zaghaft angedeuteten Berührung zurück. Der Kazike musterte seinen Sohn und dessen Begleiter stumm und drückte durch ein Kopfnicken aus, dass er ihren Aufbruch zur Kenntnis nahm. Die zwei kleinen Mädchen hingen an den Rockschößen ihrer Mutter und betrachteten den Vater aus großen, dunklen Augen. Sie mussten es gewöhnt sein, dass er regelmäßig fortging, und Alice fragte sich, wie sehr sie den häufig betrunkenen, prügelnden Mann wirklich vermissten. Allein die alte Ix Chel redete fast ununterbrochen, schien ihren Sohn regelrecht mit Ratschlägen zu überschütten und warf auch immer wieder hastige Blicke auf seine zwei Reisegefährten. Schließlich baute sie sich vor Alice auf, klopfte ihr kurz auf die Schulter und sagte ein paar unverständliche Worte.

»Sie sagt, du sollst auf uns aufpassen. Männer machen oft Unsinn«, übersetzte Andrés. Alice hätte fast gelacht, so absurd schien ihr diese Aufforderung. Sie selbst war völlig hilflos in dem Regenwald und brauchte Manuel und Andrés weitaus nötiger, als es umgekehrt der Fall war. Doch etwas an dem forschen, zahnlosen Lächeln dieser kleinen Frau sorgte dafür, dass ein Knoten in ihrer Kehle sich löste und sie wieder ruhiger atmen konnte. Auf einmal traute sie es sich zu, auch diese Reise heil zu überstehen, so wie bisher all ihre Abenteuer in diesem Land.

Und so marschierten sie schließlich los. Alice versuchte gar nicht erst, sich auszumalen, was nun auf sie zukam. Sie würde sich jedem Tag aufs Neue stellen, beschloss sie, und auf das Wissen ihrer zwei Begleiter vertrauen, sobald die ersten Schwierigkeiten auftauchten. So tat sie einen Schritt nach dem anderen, drang immer tiefer in dieses gewaltige, fremde Reich ein, in dem die Natur noch alle Regeln bestimmte und der Mensch ein ganz gewöhnliches, hilfloses Lebewesen unter vielen war.

An manchen Stellen war das Geäst der riesigen Bäume so dicht, dass es fast alles Tageslicht aussperrte und eine düstere Stimmung verbreitete, als würde bald schon ewige, finstere Nacht heraufziehen. Dann wieder drang gleißendes Sonnenlicht durch das Dach aus Blättern und Ästen, sodass die feuchte Erde zu dampfen schien. Alice gewöhnte sich daran, dass ununterbrochen Schweiß an ihrem Körper hinabrann. Da ihre Begleiter entschlossen voranschritten, wagte sie nicht, um Ruhepausen zu bitten, denn sie wollte ihnen nicht zur Last fallen. Ihre Füße begannen nach ein paar Stunden so unerträglich zu schmerzen, dass sie sich bei jedem Schritt auf die Lippe beißen musste. Ihr fiel auf, dass Andrés sich immer wieder zu ihr umdrehte und Manuel dann etwas zurief. Das Tempo, das ihr Anführer vorgab, verlangsamte sich dann ein wenig, ohne dass sie selbst darum hätte betteln müssen. Zweimal stolperte Alice über eine Baumwurzel und wurde von Andrés wieder auf die Beine gestellt. Manuel drehte sich nur kurz um und gab Alice durch seinen Blick das Gefühl, nichts weiter als ein lästiges Anhängsel zu sein. Trotzig schleppte sie sich weiter, obwohl die Riemen der Huaraches ihre Füße blutig gescheuert hatten. Am zweiten Tag ging es erstaunlicherweise besser, als seien ihre Füße abgestorben und dienten ihr nur noch als Werkzeuge, die nicht zu ihrem Körper gehörten. Die zwei Männer liefen mit unermüdlicher Energie voran, und Alice fragte sich, ob es irgendeine Strapaze gab, die diese zähen Indios nicht ertragen konnten.

Mit der Zeit vermochte sie genauer auf ihre Umgebung zu achten, die anfangs nur übermächtig und Furcht einflößend gewirkt hatte. Nun entdeckte sie die verschiedensten Gewächse zu Füßen der riesigen Bäume, die an ihnen hochkrochen oder bescheiden in ihrem Schatten lebten. Ein unermesslicher Reichtum an Formen und Farben von Blüten tat sich vor ihr auf, doch ihr fehlten die Zeit und auch die Utensilien, um Skizzen anzufertigen. Sie versuchte, diese Bilder in ihr Gedächtnis zu meißeln, denn sie machten ihre mühselige Wanderung zu einem einzigartigen Erlebnis. An manchen Stellen duftete es betörend süß, dann wieder glaubte sie, den Gestank von Fäulnis einzuatmen. Tausende von Tieren mussten hier ihr Zuhause haben, doch nur ein gelegentliches Zischen, Fauchen und Pfeifen deutete auf ihre Existenz hin, denn sie schienen zu wissen, dass Menschen nicht hierhergehörten und man sich von ihnen fernhalten sollte. Gelegentlich flatterten bunte Vögel durch das Dickicht der Äste. Als Alice einmal sehr deutlich Blicke in ihrem Rücken spürte, drehte sie sich erschrocken um und sah mehrere braune Affen durch das Geäst schwingen, bevor der dichte Wald sie verschlang. Ganz allein waren sie hier wohl nie. Andrés hatte auf die Gefahr von Jaguaren hingewiesen, weshalb nachts stets ein Lagerfeuer brennen sollte, auch wenn es nicht besonders kalt war.

Am Abend des zweiten Tages taten sich plötzlich Licht und Weite inmitten der Dichte des Regenwalds auf. Wassermassen schossen tosend wie eine Urgewalt durch das Reich der Bäume. Die Luft war von Rauschen erfüllt, und Alice meinte, das Wasser einzuatmen, so intensiv war die Feuchtigkeit.

»Das ist der Usumacinta«, sagte Andrés. »Er trennt Mexiko von Guatemala. Auf ihm werden die gefällten Mahagonibäume transportiert. Und wir werden auch eine Weile auf ihm fahren.«

Bevor Alice weitere Fragen stellen konnte, hatte Manuel ein Boot auf das Wasser geschoben. Es musste am Ufer gelegen haben, vermutlich nutzte er es regelmäßig, um zu seiner Schwester zu gelangen. Es schien aus einem einzigen Stamm geschnitzt, da es weder Schrauben noch Seile aufwies, und wirkte primitiv. Die Aussicht, wenigstens eine Weile sitzend zubringen zu dürfen, trieb Alice Tränen der Erleichterung in die Augen. Sie stieg ohne Murren in das schmale Gefährt, das von Manuel mit einem der Ruder auf den Fluss geschoben wurde. Solange es genug Licht gab, fuhren sie stromaufwärts. Der Urwald schien, vom Wasser aus betrachtet, noch gewaltiger. Alice hatte den Eindruck, als bestünde die Welt nur noch aus gigantischen Bäumen, über denen ein langsam verdunkelnder Himmel lag. Das Licht der Gestirne spiegelte sich auf der schwarzen Wasserfläche. Alice wusste, dass hier zahlreiche Gefahren lauerten, doch der Anblick war zu überwältigend, um Angst zu bekommen. Bevor es völlig finster wurde, tat sich eine flache, von Gewächsen befreite Stelle am Ufer auf, wo eine kleine Holzhütte an den Baumstämmen lehnte. Alice freute sich, dass sie in dieser Nacht ein Dach über dem Kopf haben würde.

Ihre Begleiter unterhielten sich leise, aber aufgebracht, während sie auf das Ufer zufuhren. Sie sprang als Erste aus dem Boot. Die ersten Schritte auf festem Boden waren eine Wohltat.

»Ich halte es für keine gute Idee, in der Hütte zu schlafen«, sagte Andrés im Hintergrund.

»Warum?«, fragte Alice.

»Weil sie sicher von Aufsehern aus einer Montería errichtet wurde, die hier regelmäßig haltmachen.«

Alice erschauderte.

»Dann sollten wir vielleicht …«

Sie sah sich ratlos um, konnte die Umgebung jedoch nur noch als dunkle Schatten wahrnehmen. Bald schon würden sie keine Hand vor Augen mehr sehen können und hatten daher nicht die Möglichkeit, sich weit von dieser Hütte zu entfernen. Manuel stieß bereits ungeduldig die Tür auf. Alice folgte nach kurzem Zögern. Kein vernünftiger Mensch war nachts im Dschungel unterwegs, sagte sie sich. Sie mussten nur im allerersten Morgengrauen aufbrechen, dann wären sie nicht in Gefahr.

Die Hütte war klein, doch es befanden sich ein paar Matten darin, die Andrés aufrollte. In der Ecke standen ein paar lederne Flaschen. Manuel stöpselte sie alle auf, schnupperte kurz daran und begann dann gierig zu trinken.

»Aguardiente«, flüsterte Andrés Alice ins Ohr. »Deshalb wollte er hier haltmachen. Er trinkt wohl regelmäßig die Flaschen leer, wenn er zu seiner Schwester unterwegs ist.«

Ein leises Lachen drang aus Alice' Kehle.

»Bisher hat ihn offensichtlich noch niemand erwischt«, sagte sie und drückte beruhigend Andrés' Hand. Sein Gesicht war kaum noch zu erkennen, doch sie war sich sicher, dass er die Stirn runzelte.

»Mir gefällt das nicht. Ich würde lieber draußen übernachten.«

Sie stieß einen Seufzer aus, lauschte geduldig seinem erneuten Wortwechsel mit Manuel und ließ sich dann von ihm ins Freie ziehen. Hinter dem nächsten großen Baum rieben sie beide ihre Körper mit Kampfer ein und legten sich auf die Erde.

»Hier können wir von Schlangen und Skorpionen gebissen werden«, murrte Alice und schmiegte sich an seinen Rücken.

»Die kommen auch in die Hütte«, entgegnete er. »Doch die Aufseher werden nicht hinter jeden Baum spähen.«

Alice schloss schicksalsergeben die Augen. Sie hatte bereits ein paar Nächte im Freien überstanden, und die Nähe von Andrés gab ihr ein Gefühl von Sicherheit. Aus der Hütte drangen noch Geräusche, die im nächtlichen Dschungel unangenehm laut schienen. Vermutlich trank Manuel, stieß im Dunkeln gegen die Wände oder warf die paar Gegenstände um. Alice fragte sich, in welcher Verfassung er wohl am nächsten Morgen sein würde, da sie früh aufbrechen wollten. Sie hätte selbst nichts gegen ein paar Schlucke von Aguardiente einzuwenden gehabt, der sich mit beruhigendem Brennen in ihrem Körper verbreiten würde, um ihr das Einschlafen zu erleichtern, doch sie vertraute auf Andrés' Urteilsvermögen. Im Dschungel konnte getrübte Wahrnehmung eine Gefahr darstellen.

Auf einmal sah sie ein kleines Dorf inmitten des Dschungels und ahnte, dass sie träumte. Menschen in schlichten, weißen Kitteln liefen herum. Männer wie Frauen sahen aus, als trügen sie Nachtgewänder, und alle hatten pechschwarzes, langes Haar, das offen über ihre Schultern fiel. Sie plauderten, sammelten Holz, Männer schärften Speere, und Frauen hockten vor Kochtöpfen. Am Hals eines Mädchens, das über einen einfachen Webstuhl gebeugt war, blitzen bunte Steine auf.

»Ix Chel!«, rief Alice. Sie war sich nicht sicher, ob diese Leute sie sehen konnten, denn bisher hatte sich niemand überrascht gezeigt.

Das Mädchen aber hob den Kopf und wandte ihr ein offenes, lächelndes Gesicht zu, als freue sie sich über den unerwarteten Besuch. Alice wurde leicht ums Herz. Sie hatte das Ziel ihrer Reise erreicht, stand der Geliebten ihres Bruders gegenüber. Trotz all der Fragen, die sie seit fast zwei Monaten mit sich herumschleppte, vermochte sie nichts zu sagen. Dieses Dorf wirkte so friedlich und gleichzeitig unwirklich, dass sie fürchtete, ein falsches Wort könnte genügen, damit es wieder im Dickicht des Dschungels verschwand.

Dann hörte sie ein Rumpeln und laute Männerstimmen. Jemand rüttelte an ihrer Schulter. Das Dorf war so plötzlich verschwunden, wie es aufgetaucht war. Sie befand sich wieder hinter einem Baum im finsteren Dschungel. Ein Stück neben ihr rauschte der breite Fluss, und vereinzeltes Sternenlicht drang durch das Dach der Riesenbäume. Sie hatte nicht zum ersten Mal von Ix Chel geträumt, nun war der Traum vorbei, und sie musste hier einfach liegen bleiben, bis es hell zu werden begann.

Auf einmal wurde es laut. Manuel schrie gellend auf, während fremde Männer ihn auf Spanisch einen dreckigen Dieb nannten.

»Da ist jemand in der Hütte. Sie haben Manuel entdeckt«, flüsterte Andrés und bestätigte damit ihre schlimmsten Vermutungen. Sie kauerte sich hinter den Baumstamm und begann zu zittern.

»Was machen wir jetzt?«, fragte sie Andrés so leise wie möglich. Er schwieg eine Weile, und sie begann zu begreifen, dass er ebenso hilflos war wie sie. Er trug ein Messer am Gürtel, doch so eines besaß auch Manuel. Mit einer Steinschleuder hatte er einst Martin abgewehrt, aber aus der Hütte drangen mehrere Männerstimmen. Er käme niemals gegen all diese Aufseher an, daher war es am vernünftigsten, wenn er neben ihr hinter dem Baumstamm sitzen blieb. Vermutlich würden sie Manuel verlieren, und ohne ihn wäre es schwer, Ix Chel zu finden. Alice versuchte, sich auf die veränderte Situation einzustellen. Sie würden aus dem Dschungel wieder hinausfinden, redete sie sich ein. Am wichtigsten war es, nicht entdeckt zu werden. Sie wollte Andrés enger an sich heranziehen, spürte aber, wie er sich versteifte.

»Ich kann Manuel jetzt nicht im Stich lassen«, erklärte er flüsternd. »Er ist nur unseretwegen aufgebrochen. Ich werde versuchen, mit den Männern zu reden. Allzu viel Aguardiente kann nicht in der Hütte gewesen sein, vielleicht lassen sie uns laufen.«

Alice streckte entsetzt die Hand aus, um ihn zurückzuhalten, begriff aber, dass es keinen Sinn hätte. Er würde sich niemals verzeihen, seinen Gefährten der Gewalt der Aufseher überlassen zu haben.

»Vielleicht sollte ich auch mitkommen«, schlug sie vor. »Ich sage, dass … dass ich eine Verwandte von Hans Bohremann bin und dass ihr meine Begleiter seid, die mich beschützen sollen. Ich werde versprechen, dass der gestohlene Aguardiente ersetzt wird.«

Kurz schöpfte sie Hoffnung, sich als nützlich erweisen zu können, doch Andrés winkte ab.

»Das wäre zu gefährlich. Wenn sie eine Frau wie dich bei uns sehen, verlieren sie völlig den Kopf. Bitte zeige dich nicht, ganz gleich, was geschieht. Wenn ich nicht wiederkomme, dann nimm das Boot und fahr weiter den Fluss stromaufwärts. Früher oder später taucht irgendwo eine Siedlung auf. Dann sage, dass du die Schwester eines deutschen Kaffeebarons bist, die von Banditen entführt wurde. Sie werden sich eine Belohnung erhoffen, wenn sie dich heil zurückbringen.«

Bevor sie etwas erwidern konnte, war er verschwunden. Alice duckte sich, als die Stimmen lauter wurden. Sie hörte Manuel erneut schreien, und dann erklang ein qualvolles Stöhnen von Andrés. Ihre Muskeln spannten sich an, um ihm zu Hilfe zu eilen, doch der dringliche Klang seiner Abschiedsworte hielt sie zurück. Sie wollte die Lage nicht noch unnötig verschlimmern. So blieb sie zusammengekauert hinter dem Baumstamm sitzen, während Männer Befehle brüllten und dann Schritte zu hören waren. Als es langsam hell zu werden begann, wagte sie es nicht einmal, an dem Stamm vorbeizuspähen. Die Stimmen schienen sich zu entfernen, wurden von dem Rauschen des Flusses und den Lauten des Dschungels verschluckt. Sobald die Sonne den Himmel erobert hatte, hörte Alice nur noch das übliche Zischen und Krächzen der unsichtbaren Lebewesen des Dschungels. Nur schienen diese Geräusche viel mächtiger als bisher, übertönten sogar ihren hämmernden Herzschlag.

Ohne nachsehen zu müssen, wusste sie, in welcher Lage sie sich befand. Die unbekannten Männer waren aufgebrochen und hatten ihre zwei Gefangenen mitgenommen. Sie saß allein hinter einem Baum vor einer leeren Hütte.

Alice hoffte verzweifelt, wieder die Männer zu hören, gleichzeitig fürchtete sie sich vor deren Rückkehr, und daher wagte sie auch nicht, aus ihrem Versteck herauszukommen. Sie saß da, bis die Sonne gnadenlos vom Himmel brannte. Erst dann bemerkte sie den Schmerz in ihren Gliedmaßen und begann zaghaft, sie zu strecken. Als sie den schuppig glänzenden Rücken einer Schlange ein Stück neben sich im Unterholz aufblitzen sah, sprang sie auf die Beine und rannte zur Hütte, um sich hinter Holzwänden vor dieser heimtückischen Dschungelwelt zu verstecken. Sobald die Tür zugefallen war, vermochte sie ruhiger zu atmen. Sie trat ein paar Schritte zurück und ließ sich auf eine ausgerollte Petate fallen. Ein paar Spuren menschlichen Lebens erblicken zu können trieb ihr Freudentränen in die Augen. Sie spürte eine weiche Unterlage und ertastete Stoff. Ungeduldig zerrte sie einen jener Beutel hervor, die Manuel und Andrés auf dem Rücken getragen hatten. Ein paar der Tortillas, von der fürsorglichen alten Ix Chel eingepackt, befanden sich noch darin. Sie wirkten angeknabbert, als hätten winzige, scharfe Zähne an ihnen genagt, aber Alice verschlang gierig zwei davon. Mit vollem Magen vermochte sie etwas klarer zu denken, und das Wissen um ihre Lage stürzte bedrohlich auf sie herab.

»Andrés!«, rief sie, zunächst leise, dann immer lauter. »Komm zurück. Bitte, bitte komm wieder!«

Sie spürte, wie ihr Tränen der Verzweiflung über die Wangen rannen, und wischte sie ungeduldig ab. Sosehr sie auch rief und klagte, es änderte nichts an ihrer Einsamkeit. Andrés war verschleppt worden, ebenso Manuel. Selbst wenn es ihr gelänge, die beiden hier irgendwo im Dschungel zu finden, könnte sie nichts zu ihrer Befreiung beitragen. Sie würden in die Montería gebracht werden, um dort Holz zu fällen. Nur mit Geld und Einfluss konnten sie von dort wieder herausgeholt werden. Alice begriff, dass sie zu Dr. Scarsdale oder zu Hans Bohremann zurückkehren und einen dieser Männer davon überzeugen musste, ihr zu helfen. Wie sie das anstellen würde, konnte sie sich überlegen, wenn sie am Ziel war. Doch dieses Ziel schien ihr im Augenblick völlig unerreichbar. Sie kannte nicht einmal den Weg zurück in Manuels Dorf. Wieder wurde die Verzweiflung überwältigend. Sie verbarg das Gesicht in den Händen.

Nach einer Weile wagte sie sich schließlich aus der Hütte, denn sie musste herausfinden, wo genau sie sich befand. Der Usumacinta rauschte nur ein paar Schritte von ihr entfernt dahin. Das kleine, schmale Boot, auf dem sie mit Andrés und Manuel gekommen war, tanzte am Ufer auf den Wellen. Es war festgebunden, stellte Alice erleichtert fest. Sie konnte Andrés' Rat folgen und den Fluss hinaufpaddeln.

Eine Weile stand sie unschlüssig da und versuchte, die aufsteigende Panik niederzukämpfen. Sie brauchte einen klaren Kopf, wenn sie überleben und Andrés retten wollte. Gleichzeitig war ihr bewusst, dass die Aussicht auf ein Überleben im Augenblick nicht besonders groß war. Sie konnte in der Hütte sitzen bleiben, sich von den Tortillas ernähren und hoffen, dass jemand kam, bevor sie verhungert war. Doch sehr wahrscheinlich kämen ebenjene Männer, die Andrés und Manuel mitgenommen hatten. Sie erinnerte sich noch sehr gut an Martins Schläge und Tritte, spürte den Schmerz und wusste nicht, ob es besser wäre, einem hungrigen Jaguar oder diesen Kerlen zu begegnen. Andrés hatte von anderen Siedlungen am Ufer des Flusses gesprochen. Angeblich zogen Händler durch den Dschungel, um Waren an die Monterías zu verkaufen. Mit etwas Glück konnte sie einem von ihnen begegnen und ihm eine Belohnung versprechen, wenn er sie zu Dr. Scarsdale zurückbrachte. Andrés hatte recht gehabt, ihre einzige Hoffnung bestand darin, auf dem Fluss weiterzufahren.

Also kletterte sie ins Boot und löste mit zitternden Händen das Seil, mit dem es festgebunden war. Die Ruder lagen noch darin, stellte sie erleichtert fest, denn sie waren gegen die Strömung gefahren, und genau dies würde sie auch tun müssen, um an belebte Orte zu gelangen. Dann sah sie Metall im Sonnenlicht aufblitzen. Ein Messer war ebenfalls im Boot zurückgeblieben. Obwohl sie wusste, dass sie niemals in der Lage wäre, sich damit gegen Krokodile zu verteidigen, schluchzte sie vor Erleichterung auf und umklammerte den hölzernen Griff, denn so fühlte sie sich nicht völlig hilflos.

Die Strömung des Usumacinta erfasste sie, und sie glitt langsam über seine breiten Fluten. Ein Stück neben ihr flatterten hochbeinige, rosafarbene Vögel mit spitzen Krummschnäbeln zum Himmel empor. Sie bestaunte deren Eleganz, doch sie wusste, dass die Schönheit des Regenwalds zahllose Gefahren barg. Sie konnte es sich nicht mehr erlauben, in Träumereien zu versinken, denn nun war jeden Augenblick absolute Aufmerksamkeit notwendig. Das Rudern erwies sich als unerwartet anstrengend, auch wenn die Strömung, gegen die sie ankämpfte, nicht besonders stark war. Um sie herum schien die Vegetation allmählich dichter zu werden, als kämpften die Pflanzen gegeneinander ums Überleben. Majestätische Riesen wuchsen auf beiden Seiten des Flusses in den Himmel. Allein ihre Wurzeln waren so dick, dass Alice sich an Drachen aus alten Sagen erinnert fühlte. Dies mussten die Mahagonibäume sein, überlegte sie und fragte sich, wie ein mit einem einzigen Beil bewaffneter Mensch es schaffen konnte, diese uralten, mächtigen Gestalten zu Fall zu bringen.

Die Sonne brannte gnadenlos auf sie herab. Alice schalt sich, weil sie ihren Hut hinter dem Baumstamm zurückgelassen hatte. Wenn sie jetzt krank wurde, wäre sie endgültig verloren. Doch ebenso konnte sie in Stromschnellen oder einen Wasserfall geraten, wovon Andrés manchmal gesprochen hatte. Sie musste dankbar sein für jede Stunde, da es ihr vergönnt war zu leben.

Als sie wieder eine freie Fläche am Ufer entdeckte, die als Landeplatz geeignet schien, lenkte sie das Boot dorthin. Vielleicht war sie nicht ganz so hilflos, wie sie vermutet hatte, denn sie musste bereits einige Stunden auf dem Wasser unterwegs gewesen sein, ohne sich durch ungeschicktes Verhalten in Gefahr gebracht zu haben. Am Ufer würde sie wieder ein paar der Tortillas verzehren und sich nach einem großen Blatt und Lianen umsehen, woraus sie vielleicht eine Kopfbedeckung basteln konnte.

Es tat gut, wieder festen Boden unter sich zu spüren. Ihre Angst begann nachzulassen, denn sie begriff, dass sie sich Schritt für Schritt durch diese unbekannte Welt würde kämpfen müssen. Sie sah sich am Ufer um, entdeckte die letzten Spuren eines Lagerfeuers, abgenagte Knochen und einen völlig verbeulten Metallbecher, der bereits stark angerostet war. Ihr Herz überschlug sich vor Angst und Hoffnung. Sie lauschte angestrengt, nahm aber keinen einzigen Ton wahr, der auf die Nähe anderer Menschen schließen ließ. Vermutlich hatte sie den nächsten Ort erreicht, an dem Reisende im Dschungel gewöhnlich haltmachten. Die Anzeichen, dass bereits andere Menschen vor ihr hier gewesen waren, beruhigte sie, sie fühlte sich weniger allein in diesem Reich der Riesenpflanzen. Im Hintergrund erblickte sie einen Baum mit großen Blättern und beschloss, dass sie für ihre Zwecke genügen mussten.

In dem Moment, als sie ein Blatt vom Ast abriss, hörte sie das Wimmern. Es war zunächst so leise, dass sie es für Einbildung hielt, dann schwoll es zu einem Heulen an. Dennoch klang es so menschlich, dass Alice trotz der Hitze zu frösteln begann. Es musste ein Tier sein, vermutlich ein verletztes. Ihr fiel ein, dass ein sterbendes Tier mögliche Nahrung wäre. In dem Bündel, das sie bei sich trug, steckten noch sechs Tortillas, die höchstens noch zwei Tage reichten, und ein paar Streichhölzer. Vielleicht sollte sie einen Versuch wagen, das Lagerfeuer neu zu entfachen, um etwas Fleisch zu braten. Dazu musste sie zunächst nachsehen, welches Tier da verendete. Eine Weile blieb sie unschlüssig stehen. Verletzte Tiere konnten besonders gefährlich sein, hatte sie einmal gehört. Ein weiterer Klagelaut drang an ihr Ohr, so elend und verzweifelt, dass ihre Bedenken nachließen. Wer derart litt, vermochte nichts Übles mehr anzurichten. Obwohl ihr Magen sich bei der Vorstellung, diese gepeinigte Kreatur zu verspeisen, protestierend verkrampfte, ergriff sie ihr Messer und bewegte sich in die Richtung, aus der die Laute kamen.

Ihr Unbehagen wuchs, als sie den Dschungel betrat. Auf dem Wasser hatte sie sich sicherer gefühlt, denn sie konnte einen großen Bereich überblicken. Hier musste sie sich langsam vorwärtstasten und nach Schlangen und Insekten Ausschau halten, was jeden Schritt erschwerte. Dann verstummte das Wimmern plötzlich. Alice blieb ratlos stehen, blickte von einem Baum zum anderen. Zum Glück konnte sie den Fluss noch rauschen hören, sodass sie den Weg zum Ufer zurückfinden würde. Das Tier, nach dem sie suchte, musste verendet sein, doch nun hatte sie keinerlei Möglichkeiten mehr, es zu finden. Ein paar Schritte ging sie noch weiter in die Richtung, aus der das Klagen gekommen war. Plötzlich knackten die Zweige hinter ihr. Ihr Herzschlag setzte aus, ihr Atem stockte, als sie sich langsam umdrehte. Im Dickicht blitzten zwei bernsteinfarbene Augen auf, die sie aufmerksam musterten, aber sogleich wieder verschwanden.

Obwohl sie einmal von Dr. Scarsdale gewarnt worden war, vor wilden Tieren niemals die Flucht zu ergreifen, da ebendieses Verhalten deren Jagdinstinkt weckte, setzten ihre Füße sich in Bewegung, ohne ihren Verstand um Zustimmung gebeten zu haben. Vier oder fünf Schritte rannte sie, stolperte, ohne sagen zu können, was genau sie zu Fall gebracht hatte, und stieß gegen eine kleine Palme, deren Dornen sich in ihre Handflächen bohrten, als sie sich vergeblich festzuhalten versuchte. Sie stürzte zu Boden, schlug mit dem Kopf gegen einen Stein und spürte Blut über ihre Stirn fließen, das sie mit dem Ärmel ihrer Bluse abwischte. Eine Weile saß sie keuchend da, gelähmt vor Angst und Schmerzen. Das Knacken war verstummt, auch die fremden, wilden Augen starrten sie nicht mehr an. Vielleicht hatte sie sich alles nur eingebildet. Mit gnadenloser Klarheit erkannte sie, wie maßlos dumm ihr Verhalten gewesen war. Derartig unüberlegte Panik konnten an diesem Ort lebensgefährlich sein. Nach ein paar Atemzügen beschloss sie, zum Boot zurückzugehen. Sie sehnte sich nach dem Usumacinta, auf dessen Wellen sie wenigstens die Illusion von Sicherheit verspürt hatte. Eine Weile würden die Tortillas noch reichen, und vielleicht würde sie bald schon auf andere Menschen stoßen. Ganz gleich, was diese dann mit ihr anstellen mochten, sie wusste, dass sie den Verstand verlieren würde, wenn sie allzu lange allein durch diese grüne, feuchte, unheimliche Wildnis irrte.

Kaum hatte sie sich endlich aufgerafft, um den Rückweg anzutreten, das hörte sie das Klagen erneut. Diesmal war es näher, lauter, schmerzerfüllter. Und es klang grauenhaft menschlich. Der Schreck packte Alice so heftig wie ein unerwarteter Angreifer, und das Messer entglitt ihrer Hand. Sehr langsam drehte sie sich um. In unmittelbarer Nähe befand sich ein Mensch, der große Qualen litt. Sie war sich plötzlich nicht mehr sicher, ob sie wirklich wissen wollte, was ein Stück weit entfernt vor sich ging.

16. Kapitel

Alice musste nur ein paar Schritte machen, dann tauchten auf Augenhöhe zwei Beine in ihrem Blickfeld auf, als seien an einem der Urwaldriesen ungewöhnliche Früchte gewachsen. Sie waren braun, steckten in zerfetzten weißen Hosen und regten sich nicht. An dem rechten Fuß klebte eine schmutzig braune Schicht verkrustetes Blut. Am liebsten hätte sie die Augen geschlossen, um das Grauen nicht sehen zu müssen, aber sie hatte keine Wahl, als sich der Wirklichkeit zu stellen.

Der Mann hing mit beiden Armen an einem Seil, das irgendwo im Geäst der Riesenbäume befestigt worden war. Seine Füße baumelten ungefähr einen Meter über dem Erdboden. Der ganze Körper war mit Stichen und Schwellungen übersät, da sämtliche Insekten des Urwalds sich ungehindert auf ihn hatten stürzen können. Auf seiner Brust hatten Hiebe das Hemd zerrissen und blutige Striemen hinterlassen. Es dauerte eine Weile, bis Alice das zugeschwollene Gesicht erkennen konnte. Tränen begannen über ihre Wangen zu laufen, als ihr Entsetzen sich mit tiefer Erleichterung mischte.

»Andrés!«, flüsterte sie, um dann immer lauter seinen Namen zu rufen. Seine Augenlider schienen zu flattern, doch sie war sich nicht sicher, ob dies nicht eine aus verzweifelter Hoffnung geborene Einbildung war.

»Ich hole dich runter. Gleich. Es dauert nur einen Augenblick!«

Sie konnte eine Bewegung seiner Gesichtsmuskulatur erkennen. Seine Mundwinkel zuckten, als versuche er zu sprechen, aber es kam kein Ton aus seiner Kehle. Alice umklammerte seine Beine, um ihm Halt zu geben. Zum ersten Mal in ihrem Leben wünschte sie sich aus tiefstem Herzen, über eine größere, kräftigere Statur zu verfügen. Er stieß ein leises Stöhnen aus, und sie wusste nicht, ob sie seine Qualen nicht noch größer machte.

»Ich hole dich sofort runter, keine Sorge!«, wiederholte sie ihr

Versprechen, ohne genau zu wissen, wie sie es erfüllen konnte. Das Seil war mehrfach um einen Ast geschlungen, dann führte es abwärts und endete in einem Knoten an einer Baumwurzel. Sie zerrte eine Weile daran herum, doch reichte ihre Kraft nicht aus, den Knoten zu lösen. Das Messer, schoss es ihr durch den Kopf, kurz bevor sie verzweifelt aufgeben wollte. Atemlos rannte sie zu der Stelle, wo sie es hatte fallen lassen, und jauchzte fast auf, als sie es entdeckte. Sie begann an dem dicken Seil zu säbeln. Eine Ewigkeit verging, bis es endlich riss. Ein Stück neben sich hörte sie Andrés' Körper auf dem Boden aufschlagen. Sie zuckte entsetzt zusammen, wusste aber, dass sie nicht anders hatte vorgehen können.

Er lag auf dem Rücken und rührte sich nicht, als sie sich über ihn beugte. Mit zitternden Fingern strich sie ihm die schweißverklebten Strähnen aus der Stirn.

»Wach auf, bitte!«, flehte sie leise. Als seine Wimpern zuckten, schossen ihr Tränen der Erleichterung in die Augen. Sie schmiegte sich an seinen geschundenen Körper und legte den Kopf auf seine Brust. Das regelmäßige Pochen seines Herzens schien der schönste Klang zu sein, den sie jemals vernommen hatte. Leicht wie ein Windhauch fuhr seine Hand ein Stück über ihren Arm.

»'A'al«, flüsterte er heiser. Alice versuchte, seinen trüben Blick zu erhaschen. Für den Bruchteil eines Moments leuchteten seine Augen, dann fielen die Lider zu, als hätte es ihn zu sehr angestrengt, ein einziges Wort zu sprechen. Ratlos blieb Alice an seiner Seite sitzen. Sie wusste nicht, wie lange er an dem Baum gehangen hatte, und es war ihr ein Rätsel, wie sie ihm helfen konnte, außer weiter in seiner Nähe zu bleiben.

»Ich verstehe kein Tzotzil«, sagte sie schließlich. »Bitte sprich so, dass ich dich verstehen kann.«

Eine Weile rührte er sich nicht, begann aber ruhiger zu atmen. Seine Augen blieben geschlossen, und sie erwog, ihn eine Weile schlafen zu lassen. Doch sie konnte nicht einschätzen, wie gefährlich es war, im Dschungel zu liegen. So wagte sie schließlich, ihn sanft anzustupsen, und erschrak, als er aufstöhnte. Sein Blick traf mit völliger Klarheit den ihren.

»Agua«, krächzte er, »Agua, por favor.«

Der Umstand, dass er selbst in dieser Lage noch höflich bat, ließ sie erneut in Tränen ausbrechen. Sie wischte beschämt ihre Wangen trocken und schalt sich innerlich, weil sie nicht von selbst auf die Idee gekommen war, dass er am Verdursten sein musste.

»Ich werde Wasser holen«, versprach sie, erinnerte sich erleichtert an den rostigen, verbeulten Becher am Ufer und wollte aufstehen, doch ein zartes Ziehen an dem Ärmel ihrer Bluse hielt sie zurück.

»Nicht weggehen!«, flüsterte er auf Englisch. Sie blieb an seiner Seite hocken und weinte eine Weile vor sich hin, bis er seine Bitte leise, aber beharrlich wiederholte und dabei etwas hartnäckiger an ihrer Bluse zupfte.

»Dann musst du aufstehen«, erwiderte sie, denn allmählich vermochte sie klarer zu denken. »Der Fluss ist nicht weit weg, aber ich kann dich nicht tragen.«

Er schloss die Augen und machte ein paar Atemzüge, sodass sie befürchtete, er wäre nicht mehr ansprechbar. Dann aber gelang es ihm, sich mit einem lauten Stöhnen aufzurichten. Wieder einmal staunte sie über seine Zähigkeit. Sein Arm lag schwer auf ihren Schultern, während sie gemeinsam durch das Dickicht stolperten. Immer wieder sackte Alice zusammen und brachte auch ihn dadurch zu Fall, aber er drängte sie, nicht aufzugeben. Es dämmerte bereits, als sie das Ufer erreichten. Andrés bat sie, ihn einfach ins Wasser sinken zu lassen, und als sie in der Nähe keine verdächtig aussehenden Tiere erblicken konnte, erfüllte sie seinen Wunsch. Lange saß er mit geschlossenen Augen im kühlenden Nass, das Schmutz, Schweiß und Blut von seinem Körper spülte. Erst als die Nacht hereinbrach, schaffte er ohne Hilfe den Weg zurück ans Ufer. Mit beiden Armen umschlang er Alice, und sie schliefen dicht aneinandergepresst neben dem Usumacinta ein.

Als sie von den ersten Sonnenstrahlen geweckt wurde, war Andrés bereits im Begriff, das Boot wieder zum Wasser zu schieben. Sie sah, dass er ein Lagerfeuer entfacht hatte. Ein paar große Eier lagen auf den verkohlten Agavenblättern, die anstelle von Brennholz benutzt wurden. Alice überlegte, dass er vermutlich die Nester der Flamingos geplündert hatte, was angesichts der Größe dieser Vögel sicher nicht ungefährlich gewesen war. Die Tortillas hatte er aus dem Beutel geholt, doch nur eine davon gegessen. Die restlichen vier lagen für Alice bereit, ebenso wie der zerbeulte Becher, mit Wasser gefüllt, ein Stück neben ihr stand.

Sie richtete sich auf und rieb ihre verschlafenen Augen. In ihren Händen steckten noch ein paar Dornen von der Palme, zudem waren sie zerstochen, da sie gestern Abend vergessen hatte, sich mit Kampfer einzureiben. Trotzdem war ihr weitaus wohler als am vergangenen Tag, als sie im Morgengrauen allein im Dschungel gesessen hatte. Andrés winkte ihr zu, trat zu ihr und sank in die Hocke. Er konnte seinen Körper wieder mühelos bewegen, wie sie staunend feststellte.

»Hier, iss das! Von den Tortillas allein werden wir uns auf Dauer nicht ernähren können.«

Er überreichte ihr eines der gekochten Rieseneier. Alice entfernte die Schale. Das Eigelb war weich, erinnerte vom Geschmack her in etwa an ein Hühnerei und füllte ihren Magen. Sie wischte sich den Mund ab und leerte ihren Wasserbecher.

»Wir sollten baldmöglichst aufbrechen. Vielleicht kommen die Capataces zurück«, sagte Andrés nach dem Frühstück.

»Wer ist das, die Capataces?«

»So heißen die Aufseher der Monterías«, antwortete er knapp, ohne ihr dabei ins Gesicht zu sehen. Stattdessen musterte er kurz ihre Hände.

»Die Dornen können sich entzünden. Sie sollten herausgezogen werden«, erklärte er. Alice wollte ihn schnippisch fragen, wie sie dies ohne eine Pinzette bewerkstelligen solle, da war er auch schon im Dschungel verschwunden, um bald darauf mit einem anderen Dorn in der Hand zurückzukehren. Es gelang ihm tatsächlich, die Fremdkörper zu entfernen, auch wenn die Prozedur etwas schmerzhaft war. Danach half Alice ihm, die wenigen herumliegenden Utensilien einzupacken, und kletterte ins Boot, das bereits auf den Wellen schaukelte. »Die Capataces können uns auf dem Wasser sehen«, wandte sie ein, während er das Boot zur Flussmitte lenkte. Sie teilte seinen Wunsch, diesen Kerlen nicht mehr zu begegnen.

»Das stimmt. Aber sie sind mit Pferden unterwegs und ziehen nicht immer am Ufer entlang. Wir müssen die üblichen Rastplätze und Hütten meiden.«

Alice nahm es hin, war im Grunde erleichtert, dass er ihr in dieser fremden Welt die Entscheidungen abnahm.

»Wohin fahren wir?«, fragte sie.

»Tiefer in den Dschungel hinein, mitten ins Reich der Mahagonibäume. Manuel hat gesagt, dass dieses Volk, bei dem seine Schwester jetzt lebt, sich dort aufhält. Wir werden sie wahrscheinlich nicht finden und können nur hoffen, dass sie freiwillig mit uns Kontakt aufnehmen.«

Alice zweifelte, dass sie dies tun würden, denn welchen Grund hätten diese wilden Indios, ein paar Fremden zu vertrauen.

»Wäre es nicht besser umzukehren?«, fragte sie zaghaft. »Findest du zurück in Manuels Dorf?«

Erleichtert sah sie ihn nicken.

»Ich denke, ich würde den Weg aus dem Dschungel herausfinden, wenn auch nicht in das Dorf. Ich habe schon als Kind gelernt, mich an den Gestirnen zu orientieren. Aber ich will nicht umkehren, bevor ich weiß, was mit Patrick geschehen ist.«

Seine Hände umklammerten die Ruder auf einmal so heftig, dass die Adern und Sehnen an ihnen hervortraten.

»Sie wollten es mir anhängen«, murmelte er. »Aber ich glaube, Hans Bohremann steckt da selbst mit drin. Für ihn sind wir doch nichts weiter als dreckige Indianer, und wer uns unterstützt, ist fast schon einer von uns.«

Alice erschrak. Sie hatte ihn noch niemals so bitter sprechen hören. Wo war der kluge, stille, rücksichtsvolle Mann geblieben, den sie in Palenque kennengelernt hatte? Sie fragte sich, ob in der Zeit, als er hilflos an einem Baum hing, etwas in ihm zerbrochen war.

»Was ist gestern geschehen?«, wagte sie ihn endlich zu fragen. »Wo ist Manuel?«

Er starrte eine Weile stumm auf das Wasser hinaus. Erst als sie die

Hoffnung schon aufgegeben hatte, dass er über seine Erlebnisse sprechen würde, wandte er sich ihr wieder zu. Die Schwellungen waren zurückgegangen, doch seine linke Wange wurde durch einen bläulichen Fleck entstellt, und auf der Stirn war eine verkrustete Schnittwunde zu sehen. Der Anblick versetzte ihr einen Stich. Sie wollte die Hand heben und über sein Haar streichen, wagte es aber nicht.

»Manuel haben sie mitgenommen«, sagte er. »Er verhielt sich so, wie sie es von einem Indio erwarten, soff, stellte Unsinn an und bettelte dann um Erbarmen. Sie haben ihm mehr Aguardiente in Rechnung gestellt, als jemals in diese Hütte gepasst hätte, und nun soll er seine Schulden in der Montería abarbeiten, was bis an sein Lebensende dauern wird. Er widersprach nicht, zeigte sich sogar dankbar, dass sie ihn nicht gleich erschlugen.«

Alice musterte eine Weile das ruhige Gewässer. Sie dachte an Manuels junge, hübsche Frau und seine zwei Töchter und war sich nicht mehr sicher, ob sie ihn trotz all seiner Fehler nicht doch vermissen würden.

»Warum nahmen sie dich nicht auch mit?«, fragte sie schließlich. Sie hörte ihn lachen und erschrak, wie bitter es klang.

»Ich fürchte, ich war ihnen zu frech. Ich versuchte, wie ein denkender Mensch zu reden, wies darauf hin, dass Manuel nur ein paar halb leere Flaschen ausgetrunken haben konnte, was er nicht zu bestätigen wagte. Sie gingen nicht einmal darauf ein, aber etwas an mir missfiel ihnen. Zunächst zogen sie mich ebenso hinter ihren Pferden her wie Manuel, doch als ich bei dem nächsten Halt darauf hinwies, dass sie kein Recht hätten, mich mitzunehmen, da ich bei ihnen keine Schulden habe, hatten sie endgültig genug von meinem Mundwerk. Sie beschlossen, mich an einem Baum hängen zu lassen, anstatt mich in die Montería zu schleppen. Indios wie ich müssen ihnen Angst machen.«

Alice holte mühsam Luft.

»Sie wollten dich dort einfach sterben lassen?«

»Das weiß ich nicht. Vielleicht sollte es nur eine Lektion sein, und sie hätten mich später wieder geholt. Oder sie beschlossen, dass ein derart unverschämter Indio wie ich für ihre Zwecke nicht taugte, und wollten mich den Wildschweinen überlassen, damit mein Dasein auf dieser Welt nicht völlig nutzlos wäre.«

»Warum Wildschweine?«

Alice hatte die Frage leise geflüstert. Der schneidende Spott in seiner Stimme machte ihr Angst. Das Grauen, von dem er sprach, hatte ihren freundlichen, klugen, schüchternen Liebhaber in einen fremden Menschen verwandelt.

»In der Montería ist es eine weitverbreitete Strafe, langsame oder renitente Arbeiter über Nacht an einem Baum aufzuhängen«, erwiderte er emotionslos. »Dass manche dabei sterben, nimmt man in Kauf. Sie werden von Krokodilen oder Wildschweinen gefressen, je nachdem, ob sie am Wasser hängen oder im Wald. Manche verdursten auch vorher. Wer vermisst schon einen gewöhnlichen Indio?«

»Ich hätte es getan«, erwiderte Alice, senkte dann schweigend den Kopf, denn ihr fehlten die angemessenen Worte für die Zustände, die er geschildert hatte. Es tat ihr weh, dass er auf ihre Bemerkung nicht reagierte. Verurteilte er sie nun wegen ihrer Herkunft, weil sie im Haus der Bohremanns willkommen gewesen war und in San Cristóbal de las Casas auf den schmalen, hohen Bürgersteigen gehen durfte?

Nach einer Weile legte er seine Hand endlich auf die ihre.

»Danke, dass du mich gerettet hast. Dabei traute ich dir nicht einmal zu, allein in das Boot zu steigen. Die ganze Zeit machte ich mir Vorwürfe, dich zurückgelassen zu haben.«

Sie presste seine Hand an ihre Wange.

»Wie du siehst, bin ich nicht ganz so hilflos.«

Ein Lächeln erhellte sein Gesicht. Erleichtert rückte Alice näher an ihn heran und staunte, wie viel Glück sie empfand, als er seinen Arm für einen kurzen Moment um ihre Taille legte, bevor das Rudern wieder seine ganze Aufmerksamkeit in Anspruch nahm. Hier in der Wildnis geschah etwas, das sie früher niemals zugelassen hätte. Ein Mann begann zum Mittelpunkt ihres Daseins zu werden. Die Vorstellung gefiel ihr nicht, doch sie fühlte sich im Augenblick zu wohl, um etwas daran ändern zu wollen.

Sie glitten weiter über das Gewässer dahin, bis die Sonne hinter den Bäumen zu versinken begann. Dann lenkte Andrés das Boot zum Ufer. Diesmal gab es keinen Anlegeplatz, sie traten unmittelbar in den Dschungel, und Andrés zog das Boot aus dem Wasser. Im Dickicht der Bäume verzehrten sie ein paar Tortillas und tranken abwechselnd aus dem zerbeulten Becher. Andrés schlich immer wieder zum Wasser zurück, um ihn erneut zu füllen.

»Morgen werde ich mich umsehen, damit ich eine Steinschleuder basteln kann«, versprach er. »Mit etwas Glück kann ich eine warme Mahlzeit für uns erlegen.«

Alice wusste, dass er sich auf den rasch schrumpfenden Vorrat an Tortillas bezog. Zwar konnte sie sich kaum vorstellen, wie es möglich sein sollte, in diesem von Gewächsen überwucherten Dschungel ein Tier mit einem Stein zu treffen, doch die Bewohner dieser Wildnis mussten sich von irgendetwas ernähren. Mit einem leisen Seufzer schmiegte sie sich an Andrés. Ohne ihn wäre sie hier völlig verloren, aber sie hatte ihm auch das Leben gerettet. Als ihr Kopf an seiner Schulter ruhte und sie zwischen den gewaltigen Bäumen das glühende Rot des Sonnenuntergangs sah, konnte sie endlich die überwältigende Pracht dieses Ortes auf sich wirken lassen, ohne von dem Wissen geplagt zu werden, dass jeder falsche Schritt sie umbringen würde.

Eine Weile lauschten sie gemeinsam dem Rauschen des Wassers und den Geräuschen des Regenwaldes. Andrés begann fast andächtig, über ihren Rücken zu streichen. Sie wandte ihm ihr Gesicht zu. Er empfand keine Scheu mehr, sie zu küssen. Während der ersten Nächte, die sie im Freien verbracht hatten, hatte er stets auf die Gefahren hingewiesen und Abstand von ihr gewahrt, doch die Zeit, als er hilflos an einem Baum hängend den Tod erwartet hatte, schien seine Einstellung verändert zu haben. Seine Bewegungen waren forscher und drängender, als wolle er jede Minute, die ihnen gemeinsam vergönnt war, nutzen. Alice ließ zu, dass er ihr die Kleider auszog und danach auch seine eigenen, küsste die wunden Stellen auf seiner Haut und genoss das Gefühl, ihn die erlebten Qualen für eine Weile vergessen zu lassen. Ohne an Moskitos und bissige Ameisen zu denken, blieb sie neben ihm liegen, bis er eingeschlafen war. Dann nahm sie die herumliegenden Kleidungsstücke, um sie beide zuzudecken.

Sie staunte, wie glücklich sie hier in dieser Wildnis war, obwohl sie nicht einmal wusste, was sie am nächsten Tag essen würden.

Schreie drangen an ihr Ohr, und sie fuhr auf. Durch das Dach aus Ästen fiel spärliches Licht. Die Sonne war bereits aufgegangen. Das Rauschen des Usumacinta klang anders, lauter und unruhiger. Ein Schauer lief ihr über den Rücken, denn sie meinte, Männer rufen zu hören.

»Andrés!«, flüsterte sie und rüttelte ihn wach. »Da ist jemand auf dem Fluss.«

Er sprang sofort auf die Beine, schlüpfte in die zerschlissene weiße Hose und schlich fast geräuschlos zum Flussufer. Nach einer Weile folgte Alice ihm so leise wie möglich, doch das Knacken der Zweige hallte unter jedem ihrer Schritte. Sie entdeckte Andrés hinter einem der Bäume, wo er regungslos dasaß und aufs Wasser starrte. Bevor sie ein Wort sagen konnte, hatte er sich schon umgedreht.

»Was ist …«

Er brachte sie durch ein Zeichen zum Schweigen, winkte sie aber an seine Seite. Unmittelbar neben ihm ließ sie sich nieder, um auf das Wasser hinauszusehen.

Der Fluss schien fast völlig mit riesigen Baumstämmen bedeckt, die aneinandergebunden waren. Vielleicht wäre es sogar möglich gewesen, über dieses Floß bis ans andere Ufer zu laufen, doch ihm folgten Boote mit Männern. Die Worte, die sie sich zuriefen, hallten über das Wasser.

»Capataces«, flüsterte Andrés. »Sie transportieren das in der Montería gefällte Holz.«

Alice sah die breiten Baumstämme langsam den Fluss hinabgleiten, bis sie allmählich aus ihrem Sichtfeld entschwanden. Noch vor Kurzem waren sie die wuchtigen Säulen des Dschungelreichs gewesen, nun würden sie zu Möbelstücken verarbeitet werden. Sie hatte prächtig geschnitzte Tische und Stühle aus Mahagoni in ihrem Elternhaus gesehen, aber niemals darüber nachgedacht, woraus sie entstanden waren. Auf einmal empfand sie Wehmut, als seien stolze Krieger getötet worden.

»Wir hätten diesen Kerlen unterwegs leicht begegnen können«, sagte sie. Sie wusste nicht, ob irgendeine Gefahr von den Männern ausgegangen war, doch nach ihrer Begegnung mit Martin und dem, was Andrés widerfahren war, legte sie keinen Wert auf ein Wiedersehen mit den Aufsehern der Monterías.

»Es ist vielleicht zu gefährlich, weiter auf dem Fluss zu fahren«, stellte Andrés fest.

»Aber was sollen wir machen? Zu Fuß laufen?«

Sie schämte sich fast, so kläglich klang ihre Frage. Er drehte sich zu ihr um.

»Es wird uns nichts anderes übrig bleiben, fürchte ich. Ich werde langsam laufen und Pausen machen, wenn du nicht mehr kannst. Wir haben so auch bessere Aussichten, Ix Chels Leuten zu begegnen.«

Angesichts des Dickichts, das sie umgab, war Alice davon nicht überzeugt.

»Die Capataces, die dich fortschleppten, waren zu Pferd unterwegs. Wir könnten ihnen ebenso über den Weg laufen«, warf sie ein.

»Pferde kann ich aus der Ferne hören. Wir werden uns in dem Fall einfach verstecken. Hier im Dschungel gibt es genug Möglichkeiten.«

Sie konnte dem nichts mehr entgegenhalten, nur, dass es ihr vor einer solchen Reise graute, zudem sie kein klares Ziel hatten.

»Vertraue mir«, bat Andrés, »ich bringe dich zu Ix Chel.«

Sie atmete tief durch und begann sich dann innerlich auf den Fußmarsch vorzubereiten.

Andrés gelang es tatsächlich, ein Kaninchen zu erlegen, das von ihm gehäutet und anschließend über einem Lagerfeuer gebraten wurde. Das Fleisch erwies sich als erstaunlich wohlschmeckend, und Alice begann sich an die Vorstellung zu gewöhnen, dass sie die nächste Zeit so leben würde. Sie wusste nicht, wann sie den Dschungel wieder verlassen würden, doch er begann mit jedem Tag etwas weniger furchteinflößend zu werden.

Sie gingen langsam dahin. Alice stellte fest, dass sie an Zähigkeit gewann, denn allmählich konnte sie mit Andrés Schritt halten. Sie lernte, Agavenblätter zu pflücken und ein Lagerfeuer anzuzünden, während er mit seiner Steinschleuder unterwegs war. Nicht immer erwies seine Jagd sich als erfolgreich, doch er zeigte ihr, welche Früchte essbar waren, sodass sie selbst Nahrung sammeln konnte. Es erstaunte sie, dass sie tatsächlich in der Lage schien, in dieser Wildnis zu überleben. Während sie gemeinsam durch das Dickicht liefen, sprachen sie kaum miteinander, trotzdem wuchs eine Verbundenheit zwischen ihnen, die an einem anderen Ort vielleicht nicht möglich gewesen wäre. Obwohl sie nachts manchmal von weichen Betten, Tassen mit duftendem Kaffee und elegant eingerichteten Räumen träumte, empfand sie kein Entsetzen, im Regenwald aufzuwachen, sobald Andrés sich über sie beugte.

Am dritten Tag ihrer Wanderschaft bekam Alice am Nachmittag Kopfschmerzen. Sie führte dies auf die feuchte Hitze zurück, obwohl sie bisher kaum darunter gelitten hatte, und hoffte, sich besser zu fühlen, sobald die Abenddämmerung hereinbrach. Sie wollte Andrés gerade um eine kurze Pause bitten, als plötzlich ein heftiger Krampf ihre Eingeweide erfasste und sie in die Knie zwang. Mit einer Hand hielt sie sich an einem Ast fest und erbrach die Bananen, die sie kurz zuvor gegessen hatte. Andrés war sogleich an ihrer Seite, um sie zu stützen. Sie ahnte, dass es ihr früher unangenehm gewesen wäre, von einem Liebhaber in einer solchen Lage beobachtet zu werden, doch hier im Dschungel herrschten andere Regeln.

»Ich habe irgendetwas gegessen, das nicht gut war«, sagte sie, als sie sich verlegen den Mund abwischte. Ihr Kopf schmerzte inzwischen so heftig, dass sie meinte, er könnte jeden Moment zerspringen. Sie war sich nicht sicher, ob sie allein stehen könnte. Und niemals hätte sie gedacht, dass es möglich war, in diesem Land derart zu frieren. Etwas stimmte nicht, mahnte eine leise Stimme im Kopf. Etwas mit ihr war ganz und gar nicht in Ordnung.

Sie ließ zu, dass Andrés sie auf den Boden setzte wie ein hilfloses

Kind. Wieder verkrampfte sich ihr Magen, und diesmal schrie sie vor Schmerz, obwohl sie nur noch Galle erbrach. Andrés strich ihr beruhigend über den Rücken, doch sie konnte deutlich die Sorge in seinen Augen sehen.

»Ich brauche nur eine Pause. Gleich geht es wieder«, versicherte sie, obwohl sie kaum die Kraft besaß, sich aufzurichten. Auf einmal war der Dschungel wieder eine fremde, gefährliche Welt geworden, und vor Sehnsucht nach ihrem kleinen, schäbigen, vertrauten Zimmer in Charlottenburg schossen ihr Tränen in die Augen.

Andrés legte seine Hand auf ihre Stirn, und sie konnte sehen, wie seine Kiefer sich verkrampften.

»Du hast Fieber«, stellte er fest. »Ziemlich hohes, würde ich sagen.«

Alice lehnte sich an einen Baumstamm. In ihrem Kopf brannte ein Feuer, aber wenigstens ihr Magen schien sich beruhigt zu haben.

»Es musste ja irgendwann geschehen«, sagte sie und versuchte zu lächeln. »Seit ich in Mexiko angekommen bin, habe ich immer wieder gehört, dass Europäer hier erst einmal richtig krank werden. Ich habe lange durchgehalten, findest du nicht?«

Er stimmte nicht in ihr Lächeln ein.

»Du musst trinken«, meinte er. »Ich helfe dir, zum Fluss zu kommen.«

Er legte seinen Arm um ihre Schultern und zog sie in die Höhe. Alice wollte mithelfen, aber ihre Beine hatten alle Kraft verloren, sodass sie wie ein schwerer Sack in seiner Umarmung hing. Der Weg zum Flussufer schien endlos, der Dschungel war zu einem Gefängnis geworden. Andrés füllte den Becher und hielt ihn an ihre Lippen. Sie trank zwei Schlucke, dann setzten die Magenkrämpfe wieder ein und machten sie zu einem hilflos wimmernden Bündel aus Schmerz und Elend.

»Ich will nach Hause«, flüsterte sie. »Heim. Weg von hier.«

Ihr wurde bewusst, dass sie auf Deutsch gesprochen hatte und Andrés sie nicht verstehen konnte. Sein Gesicht drückte nichts als Sorge aus, als er mit einer nassen Hand über ihr Gesicht strich.

»Wir warten hier bis zum Morgen. Hoffentlich geht es dir dann besser«, murmelte er und legte sich an ihre Seite. Als Alice vor Kälte zu schlottern begann, zog er sein zerfetztes Hemd aus, um sie zuzudecken. Dann zündete er ein Lagerfeuer in der Nähe an.

»Man kann uns sehen. Vom Fluss aus. Vom anderen Ufer«, stieß sie mühsam hervor. Er erwiderte nichts, schmiegte sich an sie und schloss sie in die Arme. Lange verwehrte der bohrende Kopfschmerz ihr den Schlaf, doch als bereits völlige Finsternis herrschte, fiel auch sie in ein tiefes, erlösendes Dunkel.

Am nächsten Morgen war ihr so elend, dass sie nichts zu sich nehmen wollte als ein paar Schlucke Wasser. Andrés brachte Früchte, doch als sie auf sein Drängen hineinbiss, setzten die Magenkrämpfe erneut ein. Ihr Körper brannte innerlich, ihr Kopf drohte zu bersten, und sie fror, als hätte der Dschungel sich plötzlich in eine winterliche Alpenlandschaft verwandelt. Die Umrisse der Bäume am gegenüberliegenden Ufer begannen vor ihren Augen zu verschwimmen, während Patricks Gesicht mit völliger Klarheit vor ihnen auftauchte. Über das Wasser hinweg schwebte er auf sie zu. Sie rief seinen Namen, wollte die Hand heben, um ihn zu berühren, doch ihr fehlte die Kraft.

»Du lebst«, rief sie. »Gott sei Dank, du lebst!«

Er lächelte traurig, bewegte die Lippen, als wolle er ihr etwas mitteilen, doch das Rauschen des Wassers schwoll zu einem Brüllen an, und der Fluss verschlang ihn. Alice schrie verzweifelt auf. Sie sehnte sich nach Patrick, nach ihrem Zuhause, jenem Teil ihres Lebens, den sie freiwillig hinter sich gelassen hatte. Dann saß sie auf einmal wieder mit Tante Grete und ihrem Vater am Mittagstisch. Es gab Rinderbraten, den sie nie besonders gemocht hatte, und die Stimmung war gedrückt. Woran es lag, wusste sie nicht, aber es war oft so gewesen, daher fand sie es nicht ungewöhnlich. Sie sah das breite, von einem Backenbart bewachsene Gesicht ihres Vaters an und stellte fest, dass sein Anblick nichts weiter als Zorn und Schmerz in ihr auslöste. Diese Erkenntnis stimmte sie unendlich traurig, obwohl sie das nach väterlicher Liebe hungernde kleine Mädchen schon längst in sich abgetötet hatte. Wieder wollte sie ihre Hand ausstrecken, und diesmal gelang es ihr sogar, doch je mehr sie sich anstrengte, den großen, strengen Mann zu berühren, desto weiter entfernte er sich.

»Warum magst du mich nicht?«, rief sie. »Was habe ich getan, dass du mich derart verabscheust?«

Sie erhielt keine Antwort. Nebel zog vor ihren Augen auf, verfärbte sich zu einem finsteren Grau. Wie konnte ein Tag so schnell vergehen? Das Feuer in ihrem Körper wurde heißer und heftiger. Sie versuchte, zum Wasser zu robben, um nicht zu verbrennen. Obwohl sie es nicht erreichte, floss plötzlich Nass über ihren Körper, das ein paar der gefräßigen Flammen löschte.

»Alice, bitte sprich mit mir!«, rief ein Mann auf Englisch. Sie wurde geschüttelt, was wehtat, aber den Nebel vor ihren Augen vertrieb. Sie sah Andrés. Sein Gesicht schien eingefallen, und aus seinen Augen sprach die nackte Angst. Etwas stimmte nicht.

»Du brauchst einen Arzt«, sagte er. »Wir brechen am besten gleich auf. Ich werde dich tragen.«

Für einen Moment konnte sie ihre Lage mit völliger Klarheit erfassen. Sie war krank, sehr krank. Und sie saß mitten im Dschungel.

»Bring mich … bring mich zu Dr. Scarsdale«, flüsterte sie. »Er hat Medikamente.«

Er schüttelte den Kopf.

»Das ist zu weit. Wir würden es nicht schaffen. Ich werde versuchen, die nächste Montería zu finden. Dort gibt es Ärzte. Für den Besitzer und seine Capataces. Erzähle deine Geschichte, dass du eine Verwandte von Hans Bohremann bist, die verschleppt wurde. Dann wirst du wichtig genug für sie sein, um gerettet zu werden.«

Er schob seine Hände unter ihren Körper. Sie schrie auf, als er sie hochhob, doch sie lag weich in seinen Armen. Der Rhythmus seines Herzschlags beruhigte sie.

»Aus der Montería lassen sie dich nicht mehr weg, wenn sie dich einmal haben«, widersprach sie schwach. Er erwiderte nichts und ging langsam am Flussufer entlang.

»Es tut mir leid«, flüsterte Alice. »Ich habe alles verdorben.«

»Das ist nicht deine Schuld«, erwiderte er knapp. Ihre Lider wurden schwer. Wieder versank sie in einer erlösenden Finsternis.

Gesichter zogen vorbei. Noch mal Patrick, ihr Vater und Tante Grete, deren missmutige Miene Alice daran erinnerte, wie dumm und ungeschickt sie sich oft anstellte. Dann sah sie ihre Bilder, die sie bei der ersten Ausstellung verkauft hatte. Harry lächelte sie verschmitzt an, seine Züge verschmolzen mit denen von Juan Ramirez. Sie glaubte, an all diesen Menschen vorbeizuschweben, denn ihr Körper hatte kein Gewicht mehr. Ihr Atem ging leicht und schnell. Sie genoss diesen Zustand, doch er wurde von lauten Stimmen zerstört, die in einer unverständlichen Sprache krächzten. Fremde Menschen mit dunklen Gesichtern und langen Haaren erschienen. Es war ein Traum, erkannte sie, denn sie hatte schon einmal von diesen Gestalten in weißen Nachthemden geträumt. Doch nach Ix Chel suchte sie vergeblich, obwohl sie deren Namen rief. Es war kein schöner Traum, nicht so friedlich wie beim ersten Mal. Andrés sprach laut und aufgebracht mit den Fremden, aber sie hörten nicht auf ihn, sondern schubsten ihn mit spitzen Speeren vor sich her. Es ging wieder in den Dschungel zurück. Alice wand sich verzweifelt und schrie, denn sie wollte nicht vom Wasser weg. Andrés drückte sie fester an sich.

»Hab keine Angst. Wenn sie uns töten wollten, dann würden sie es gleich tun«, flüsterte er ihr zu. Sie fand diese Worte nicht sonderlich beruhigend, denn es gab viele unschöne Dinge, die man mit Gefangenen anstellen konnte. Aber das war unwichtig. Ihr Körper schwebte. Sie konnte davonfliegen. Doch als sie es versuchte, gelang es ihr nicht mehr, und sie wurde immer mehr von dem dunklen Dickicht des Dschungels verschlungen.

Sie nahm wahr, wie sie in eine Hütte getragen und auf den Boden gelegt wurde. Das Gesicht einer Frau schob sich über sie. Es war breit und von Falten durchfurcht. Die schmalen Augen blitzten freundlich, während Alice mit einer stark riechenden Salbe eingerieben wurde. Dabei murmelte die Frau unverständliche Worte und wiegte sich vor und zurück, als höre sie leise Musik. Schließlich wurde Alice eine bitter schmeckende Flüssigkeit eingeflößt, die sie schluckte, da ihr die Kraft zum Widerstand fehlte. Vielleicht wollte man sie vergiften. Oder betäuben, um sie anschließend bei einem

Ritual zu opfern. Das wäre alles nicht schlimm, weil sie es nur träumte, sagte sie sich und begann zu lachen. Die alte Frau warf ihr einen mahnenden Blick zu, der Alice verstummen ließ. Andrés war verschwunden, vielleicht hatte man ihn bereits umgebracht. Sie schloss die Augen. Der Kopfschmerz hatte nachgelassen, und eine erlösende Schwere drückte sie nieder. Vielleicht würde sie nie wieder aufwachen, wenn sie jetzt einschlief, aber daran war nichts zu ändern.

Sie öffnete die Augen und sah ein Geflecht aus Palmwedeln über sich, durch das spärliches Licht drang. Um sie herum waren dünne Baumstämme zu Wänden aneinandergereiht. Sie lag auf dem Boden und hatte keine Ahnung, wo sie sich befand.

Als sie sich aufrichtete, wurde ihr schwindelig. Sie begriff, dass sie in einer dämmerigen Hütte saß, die noch primitiver war als alle indianischen Behausungen, die sie bisher kennengelernt hatte. Selbst der Comal fehlte hier, ebenso wie jedes Anzeichen von Mobiliar. Draußen krächzte ein Papagei, und Alice erinnerte sich daran, dass sie sich im Dschungel befand. Verzweifelt kramte sie in ihrem Kopf nach Erinnerungen. Sie war mit Andrés unterwegs gewesen, das wusste sie noch genau, doch danach gab es nur Bruchstücke von Bildern, die kein zusammenhängendes Ganzes ergaben. Sie wusste noch, dass sie sich sehr schlecht gefühlt hatte, doch jetzt waren Schmerz und Übelkeit verschwunden. Sie erhob sich. Ihr Kopf berührte fast das Palmdach der Hütte, die für kleinere Menschen erbaut worden war. Ihre Beine zitterten, und als sie an sich hinabblickte, bemerkte sie ein grob gewebtes, grauweißes Gewand, das nur knapp ihre Oberschenkel bedeckte. Sie konnte sich nicht erinnern, es jemals getragen zu haben. Um ihren Hals hing eine Kette, die sie erstaunt abriss. Sie schien aus Pflanzenfasern gewebt. Alice sah sich ratlos in der Hütte um. Neben ihren Füßen lag eine Schale mit einer Hühnerkeule, die köstlichen Duft verströmte. Ihr Magen begann zu knurren, und Alice griff zu, ohne weiter nachzudenken. Sie musste sich stärken. Das Hühnchen schmeckte ungewohnt, aber es stillte ihren Hunger.

Als sie die Knochen säuberlich abgenagt hatte, öffnete sich die Tür der Hütte. Eine fremde Frau stand vor Alice. Sie trug das gleiche Nachthemd aus grobem, schmutzig weißem Stoff, doch es reichte bei ihr über die Kniekehlen, denn sie war klein und stämmig. Das zerzauste Haar fiel über ihre Schultern und hätte einen Kamm vertragen können. Braune Haut, eine markante Nase und hohe Wangenknochen zeichneten sie als Indianerin aus, doch ihrem Auftreten fehlte die von Misstrauen ausgelöste Scheu gegenüber einer Europäerin. Ihr Gesicht strahlte eine warme Freundlichkeit aus, die Alice ein wenig beruhigte. Sie bemerkte ein stolzes Leuchten in den schwarzen Augen und wagte, die Fremde zaghaft anzulächeln. Sogleich wurde sie von einem Schwall unverständlicher Worte überschüttet. Andere Frauen drängten sich nun in die Hütte, junge, alte, hübsche und unscheinbare, und alle trugen sie das gleiche Nachtgewand. Es waren eindeutig Indias, nur fehlten die farbigen Stickereien an ihrer Kleidung und die bunten Schleifen in ihrem Haar. Einige hatten sich Papageienfedern in ihre zerzausten Mähnen gesteckt. Man hätte sie ungepflegt nennen können, hätten sie nicht wie Wesen aus einer uralten, längst versunkenen Welt gewirkt. Nur ihr lautes Lachen, die unverhohlene Neugier, mit der sie Alice anstarrten, all dies machte sie höchst lebendig und real. Alice atmete tief durch. Ihr war wieder ein wenig schwindelig geworden, aber diesmal lag es nicht an ihrem geschwächten Zustand, sondern an der Lage, in der sie sich befand. Wer waren diese ungewohnt dreisten Indianerinnen? Zwar drückte ihr bisheriges Verhalten keine bösen Absichten aus, doch es missfiel Alice, wie eine seltene Tierart bestaunt zu werden. Als eine besonders forsche Frau sie an der Schulter packte, wich Alice entsetzt zurück.

»Andrés!«, rief sie verzweifelt und wiederholte seinen Namen immer wieder, obwohl sie nicht wusste, ob er sich in der Nähe aufhielt. Die Frauen begannen, aufgeregt miteinander zu sprechen, was sie weniger fremd wirken ließ. Schließlich ging die Alte hinaus, um eine Weile später zurückzukehren. Mit ihrer rechten Hand schob sie Andrés vor sich her, und die anderen Frauen sprangen zur Seite, um ihm Platz zu machen.

»Du bist wieder gesund!«, rief er auf Englisch. Ein Ruck fuhr durch seinen Körper, als wolle er auf sie zueilen, um sie zu umarmen, aber die Anwesenheit der Frauen erzwang eine Zurückhaltung, die sie an ihm kannte. Er beschränkte sich aufs Reden.

»Sie wollten uns nicht fortlassen, weil du einen weiteren Marsch durch den Dschungel nicht geschafft hättest. Aber hier gab es keine Medikamente. Die Heilkräuter waren wirksamer, als ich zu hoffen wagte.«

Aus seinen ernsten Augen sprach Erleichterung. Alice fiel auf, dass auch er den weißen Kittel trug, doch er hatte seine zerfetzten Hosen anbehalten. Verwirrt trat sie einen Schritt auf ihn zu. Die anwesenden Frauen schienen jene Verbundenheit, die zwischen ihnen herrschte, zu spüren, denn sie wichen schweigend zur Seite.

»Wie lange sind wir schon hier?«, fragte Alice.

»Ungefähr zwei Wochen. Ich habe bald aufgehört, die Tage zu zählen. Du warst sehr schwer krank. Auch die Heilerin schien am Anfang nicht sehr zuversichtlich.«

Alice wandte sich der kleinen Frau zu. War es möglich, dass sie dieser einfachen Dschungelbewohnerin ihr Leben verdankte?

»Kannst du mit ihnen kommunizieren?«

»Ein wenig, aber es ist nicht einfach. Sie reden anders als alle Indios, die ich bisher getroffen habe.«

Alice sah ihre erste Ahnung bestätigt. Es war nicht einmal notwendig, genauer nachzufragen, denn sie wusste nun, wo sie sich befand.

»Sag ihr, dass ich ihr für ihre Hilfe danke«, bat sie Andrés. Der Wortwechsel fiel kurz aus, aber die Heilerin schien zu begreifen, denn sie klopfte Alice anerkennend auf die Schulter, als sei ihre Genesung ein gemeinsamer Erfolg.

»Sie hat etwas von einem bösen Geist erzählt, den jemand auf dich gehetzt hat, damit du nicht hierherfindest«, erklärte Andrés mit deutlicher Skepsis in der Stimme. »Sie hat ihn erfolgreich vertrieben. Solche Dinge tut mein Vater auch in seinem Dorf, er bekämpft das Malaire, Krankheiten, die durch den bösen Willen von Nachbarn ausgelöst werden. Kräuter und Zaubersprüche. Er schlachtet auch Hühner, um den Dämon zu besiegen. Manchmal hilft es tatsächlich, doch bei einer so schweren Krankheit wie deiner hätte er vermutlich versagt.«

»Dann war diese Heilerin besser«, stellte Alice fest. »Ich lebe, kein böser Fluch hat mich daran gehindert hierherzukommen. Wo ist Ix Chel?«

Sie ließ ihren Blick von seinem Gesicht zu dem der Heilerin wandern. Andrés holte Luft, doch die Alte fiel ihm ins Wort.

»Ix Chel«, wiederholte sie den Namen deutlich langsamer und weicher. Sie lächelte triumphierend, da sie begriffen hatte, worum es ging. Dann folgte wieder ein Wortschwall.

»Soweit ich verstanden habe, ist sie in der Nähe«, übersetzte Andrés. Dann schüttelte er verwirrt den Kopf.

»Diese Leute haben mehrere Dörfer im Dschungel. Ich glaube, Ix Chel lebt in einem von ihnen. Sie kennen sie alle. Und über unser Auftauchen sind sie nicht wirklich überrascht.«

»Woher wussten sie, dass wir kommen?«, fragte Alice. Der Traum fiel ihr ein. Ix Chel hatte ihr zugelächelt, um sie willkommen zu heißen. Aber ihr Verstand wehrte sich gegen diese Erklärung.

»Wahrscheinlich haben sie uns schon eine Weile beobachtet, als wir durch den Dschungel wanderten«, erklärte Andrés. Er hatte recht, das klang wahrscheinlicher.

»Chan Nuk, so heißt die Heilerin, wird Ix Chel sicher Bescheid gegeben haben«, fuhr er fort. »Wenn wir Glück haben, dann ist sie bald hier.«

Alice spürte, wie ihr Herzschlag sich beschleunigte, doch gleichzeitig überkam sie ein Gefühl tiefer Zufriedenheit. Sie saß irgendwo im Dschungel und wusste nicht, ob sie ihn jemals wieder verlassen würde. Aber sie war am Ziel.

»Komm nach draußen. Die anderen Leute im Dorf wollen dich sicher auch sehen«, forderte Andrés sie auf. Sie nickte knapp, obwohl ihr Magen sich verkrampfte. Sie musste sich dieser neuen Welt stellen.

Das Dorf bestand nur aus fünf Hütten. Alle Bewohner trugen die gleiche Kleidung, waren mit Arbeiten wie Weben, dem Schnitzen von Speeren und dem Sammeln von Holz beschäftigt, doch Alice' Auftauchen sorgte dafür, dass alle Werkzeuge fallen gelassen wurden. In Windeseile war sie von neugierig starrenden, tuschelnden, kichernden Menschen umringt und fühlte sich wieder wie ein seltenes, in die Fremde verschlepptes Tier. Ein kleiner, würdevoller Mann rief ein paar Worte, und die Dorfbewohner wichen zurück, um ihm Platz zu machen. Mit langsamen Schritten trat er auf Alice zu. Seine Kleidung unterschied sich nicht von der seiner Stammesgenossen, doch er machte durch seine Haltung deutlich, der Anführer zu sein. Alice neigte den Kopf, in der Hoffnung, dies sei ein überall auf der Welt erkennbares Zeichen der Begrüßung. Er musterte sie schweigend. Dann sprach er ruhig ein paar Worte. Im Hintergrund erklangen Gespräche, die er mit einer ungeduldigen Handbewegung zum Verstummen brachte.

»Ich denke, er will dich willkommen heißen«, versuchte Andrés zu übersetzen. »Er heißt Chan K'in und ist hier der Kazike.«

Alice wagte ein Lächeln, das der alte Mann nicht erwiderte. Sie verstand, denn ihr Vater hätte eine dahergelaufene, völlig fremde Frau mit Sicherheit auch nicht angelächelt. Zu viel Freundlichkeit konnte einem Mann von Autorität als Schwäche ausgelegt werden.

Chan K'in sprach noch ein paar Worte, dann mischte die Heilerin sich mit energischer Stimme ein und schob Alice wieder in die Hütte zurück. Andrés folgte. Als die Tür hinter ihnen zugefallen war, setzte er sich auf den Boden, und Alice tat es ihm gleich. Die Heilerin Chan Nuk murmelte noch ein paar Worte, dann griff sie nach einer ausgehöhlten Kokosnussschale, um Alice einen Kräutersud einzuflößen. In diesem Augenblick erinnerte sie an eine fürsorgliche Großmutter. Alice trank die bitter schmeckende Flüssigkeit. Dann stellte sie erleichtert fest, dass Chan Nuk sie beide allein lassen wollte, da sie sich gestenreich verabschiedete. Sobald die Heilerin verschwunden war, schloss Andrés sie endlich in die Arme und gab ihr ein Gefühl der Sicherheit. Er war hier nicht so fremd wie sie.

»Ich dachte, du würdest sterben«, flüsterte er in ihr Ohr. »Und ich machte mir Vorwürfe, dich hierhergeschleppt zu haben.«

»Aber ich bin doch freiwillig mitgekommen. Und bald schon

treffe ich die Geliebte meines Bruders. Das war mein Ziel, seit ich von seinem Tod erfahren habe.«

Mit einem beruhigenden Lächeln strich sie über seine Wange. Sie wusste nicht, wann es begonnen hatte, aber er war ein fester Bestandteil ihres Lebens geworden.

»Ich weiß, du hörst es vermutlich nicht gern«, sagte er, »aber ich glaube, dass Ix Chel hier einen neuen Mann gefunden hat. Er scheint ein Sohn des Kaziken zu sein, soweit ich es verstanden habe.«

»Sehr lange hat sie nicht um meinen Bruder getrauert«, stellte Alice fest.

»Dazu fehlten ihr die Möglichkeiten. Auch hier kommt eine Frau ohne Mann schwer zurecht. Manche Männer haben sogar mehrere Frauen. Und eine Frau im Dorf scheint mit zwei Brüdern gleichzeitig vermählt zu sein«, erzählte Andrés kopfschüttelnd. »Deshalb haben diese Leute wohl einen so schlechten Ruf bei den anderen Indios. Sie kennen keine christliche Moral.«

Alice nahm es nickend hin. Im Augenblick war es unwichtig. Sie wollte endlich erfahren, was mit Patrick geschehen war. Dann fiel ihr Blick auf die abgenagten Hühnerknochen.

»Wo halten sie hier eigentlich das Geflügel? Ich habe keinen Stall gesehen, auch keine anderen Hühner?«, fragte sie, denn sie war es gewöhnt, in Indio-Dörfern über Vieh zu stolpern.

»Sie haben keine Hühner, auch keine Schafe oder Rinder. Nicht einmal Hunde halten sie. Sie bauen Mais und Tabak an, aber nur sehr maßvoll. Sobald der Boden ausgelaugt ist, ziehen sie weiter. Grundbesitz ist ein Konzept, das ihnen fremd ist. Ansonsten leben sie von gesammelten Früchten, vom Fischfang und von der Jagd. Mit ihren Pfeilen können sie sogar Jaguare erlegen. Ich habe vor ein paar Tagen mitbekommen, wie sie die Beute ins Dorf trugen.«

»Aber was habe ich da gegessen?«, fragte Alice unbehaglich. Sie hörte ihn lachen.

»Einen Papageien. Er gilt hier als Delikatesse. Chan Nuk wollte dir eine Freude machen.«

Obwohl Alice die bunten, lauten Vögel inzwischen ins Herz geschlossen hatte, blieb sie auch innerlich erstaunlich ruhig. Ihr war klar, dass sie in dieser Welt andere Lebensweisen hinnehmen musste, solange sie sich in ihr aufhielt.

»Das also sind die letzten richtigen Indianer Mexikos«, stellte sie fest und schaute Andrés mit einem verschmitzten Lächeln an. Sein Gesicht blieb ernst, doch schien er nicht verärgert.

»Die Lebensbedingungen hier sind sehr einfach, noch einfacher als in meinem Heimatdorf. Die Leute sind völlig den Naturgewalten ausgeliefert und leben von der Hand in den Mund. Viele von ihnen fallen Schlangenbissen zum Opfer, gegen die es hier kein Heilmittel gibt. Doch unglücklich scheinen sie nicht zu sein.«

Alice nickte. Diese Einschätzung entsprach auch ihrem ersten Eindruck. Die Indios in dem Elendsviertel von San Cristóbal hatten abgestumpft und verwahrlost gewirkt. Aber hier gab es keinen Aguardiente, der ihre Sinne abtötete, keine Befehle brüllenden Ladinos und keine Capataces, die sie an Bäumen aufhängten.

»Sie nennen sich Hach Winik«, erklärte Andrés. »Ich weiß nicht, was es bedeutet. Aber sie scheinen stolz auf ihre Lebensart zu sein.«

Alice war nicht wirklich klar, was in ihm vorging. Sie wusste, dass ihm seine indianische Herkunft wichtig war, doch er schien sie mal als Last und dann wieder als Verantwortung zu empfinden. Wie verwirrend musste nun ein Volk auf ihn wirken, das abgeschottet vom Rest der Welt einfach nur seinen Traditionen folgte und damit zufrieden war?

»Möchtest du denn bei ihnen leben? So wie Ix Chel es tut?«

Kaum hatte sie diese Frage ausgesprochen, empfand sie Angst, er würde zustimmen. Sie konnte sich nicht erklären, woran es lag. Für sie war hier kein Platz, sie wollte ihre Bilder malen und nicht den Rest ihrer Tage in einem winzigen Dschungeldorf zubringen. Doch welche Rolle spielte Andrés in ihren Zukunftsplänen? Sie hatte bisher keine Zeit gehabt, darüber nachzudenken. Und jetzt war auch nicht der richtige Moment dazu.

»Mein Weg ist ein anderer«, unterbrach Andrés ihre Gedanken. »Ich war zufrieden als Ingenieur in Ciudad de México. Ich wünsche mir für andere Leute meines Volkes solche Möglichkeiten. Alice, das alles hier …«

Er wies auf die Wände der Hütte, das schlichte Tongeschirr, die aufgehängten Tabakblätter und die Säcke mit Maiskolben, Dinge, die sie bisher in fast allen Indio-Hütten gesehen hatte, obwohl sie ihr in dieser nicht gleich aufgefallen waren.

»All das ist ein Teil der Vergangenheit. Man ist bereits im Begriff, die Bäume des Regenwalds zu fällen. Sehr lange werden diese Leute sich hier nicht mehr verstecken können.«

Mehr noch als sie selbst schien Andrés ein Mensch, der vom Verstand geleitet wurde. Bei der Vorstellung, dass diese kleine, in sich ruhende Welt der Hach Winik dem Untergang geweiht war, überkam sie eine Wehmut, die sie bei ihm nicht erkennen konnte.

»Als du krank warst, da gelang es der Heilerin, mir eine hier weitverbreitete Vorstellung begreiflich zu machen«, fuhr er fort. »Sie halten die Mahagonibäume für heilig, Alice. Sie sagen, wenn einer von ihnen gefällt wird, dann stürzt ein Stern vom Himmel.«

Nun lag Schmerz in seiner Stimme. Alice staunte, dass ihre Augen feucht wurden. Es war nur eine Frage der Zeit, bis vielleicht das ganze Firmament über diesen Menschen einstürzte, doch noch vor zwei Monaten hätte das Schicksal irgendwelcher Urwaldindianer sie nicht interessiert.

»Kannst du sie nicht irgendwie warnen?«, fragte sie Andrés. »Damit sie sich verstecken.«

»Ich glaube, sie wissen von der Gefahr«, erwiderte er. »Flüchtlinge aus den Monterías, die auf dem Fluss transportierten Baumstämme und herumbrüllende Capataces können ihnen nicht entgangen sein. Sie sind vorsichtig, denke ich. Solange es den Dschungel noch gibt, werden sie sich in ihm verkriechen.«

Diese Worte beruhigten Alice ein wenig. Der Regenwald schien zu riesig und zu übermächtig, um so einfach von Menschenhand ausgelöscht zu werden.

»Wir werden warten, was Ix Chel uns zu erzählen hat«, sagte Andrés schließlich und legte einen Arm um ihre Schultern. »Dann sehen wir weiter.«

Allerdings wusste keiner von ihnen, wann Ix Chel kommen würde. Die Dorfgemeinschaft ging ihren täglichen Arbeiten nach und bildete dabei einen engen Kreis um ihre Gäste. Andrés half mit, das Dach einer benachbarten Hütte auszubessern, nachdem es einem heftigen Regenfall in der Nacht nicht standgehalten hatte. Alice blieb noch einen Tag auf ihrer Matte liegen, um sich auszukurieren, aber schließlich wurde der Bewegungsdrang übermächtig, und sie beschloss, sich nach draußen zu wagen. Ein paar Kinder tollten in dem Dorf herum, jagten sich gegenseitig, schubsten einander und lachten ausgelassen. In den Indio-Dörfern, die Alice bisher besucht hatte, wären sie vermutlich längst zu irgendeiner Arbeit gerufen worden, doch hier verlief die Kindheit unbeschwert. Einige Frauen saßen an ihren Webstühlen, kochten oder flochten jene Ketten aus Pflanzenfasern, die vermutlich böse Geister abwehren sollten. Die Männer mussten zur Jagd aufgebrochen sein, und Alice war sich sicher, dass auch etliche Frauen, die sie bereits gesehen hatte, fehlten. Chan K'in kauerte im Schatten eines Baumes dicht neben seiner Hütte und schnitzte mit einem Steinmesser an einer Kokosnussschale herum. Alice staunte, denn sie hatte das Anfertigen von Geschirr für Frauenarbeit gehalten. Andrés, der nun, da das Dach repariert war, dabei half, Zweige zu Pfeilen zuzuspitzen, saß ein Stück neben dem Kaziken und schien ganz in diese Tätigkeit vertieft. In dem weißen Gewand wirkte er bereits wie ein Teil des Dorfes. Alice wurde bewusst, dass sie selbst niemals ganz dazugehören würde, und erstaunlicherweise versetzte ihr diese Erkenntnis einen Stich.

»Andrés!«, rief sie und war erfreut, als er sein Werkzeug gleich zur Seite legte.

»Was macht der Kazike da? Essschalen verzieren?«

»Es sind rituelle Gefäße, deshalb will er sie selbst anfertigen, denn er führt hier alle wichtigen Zeremonien durch.«

Er lächelte sie kurz an und beugte sich dann wieder über seine Arbeit. Alice kam sich nutzlos vor. Sie wusste nicht, wie man webte, und wagte nicht, die Frauen um eine Unterweisung zu bitten, zumal sie nicht einmal mit ihnen reden konnte. Sie beschloss, in den Dschungel zu gehen, denn sie wollte ihre Blase leeren, was sie bisher dicht hinter ihrer Hütte getan hatte, doch nun sehnte sie sich nach etwas mehr Privatsphäre. Allzu gefährlich konnte es nicht sein, denn sie würde sich nicht weit vom Dorf entfernen, und der Regenwald war ihr nicht mehr völlig fremd. Entschlossen lief sie los und stellte fest, dass zwei junge Mädchen sich an ihre Fersen hefteten. Sie musste aufmerksamer geworden sein, denn früher hatte sie die Schritte von Indios für geräuschlos gehalten. Alice drehte sich um und versuchte, durch Gesten verständlich zu machen, dass sie allein sein wollte. Die Mädchen sahen einander ratlos an, folgten ihr aber trotzdem. Alice gab auf und hockte sich hinter einen dichten Busch, um zu tun, was sie tun musste. Die Mädchen hielten immerhin taktvollen Abstand, klebten aber wieder wie Schatten an ihr, als sie ins Dorf zurückging. Erst als sie wieder von Hütten umgeben war, entfernten sie sich so unauffällig, wie sie die Verfolgung aufgenommen hatten.

»Ich glaube, man will uns nicht von hier fortlassen«, sagte sie zu Andrés, der konzentriert schnitzte. »Ich gehe nur kurz weg, und sofort sind zwei Dorfmädchen hinter mir her.«

»Vielleicht wollten sie einfach auf dich aufpassen. Der Dschungel ist gefährlich.«

Er winkte sie zu sich auf den Boden. Alice spürte neugierige Blicke, als sie an seiner Seite saß, beschloss aber, diese zu ignorieren.

»Ich möchte manchmal allein sein. Ich bin das so gewöhnt«, klagte sie. Andrés grinste sie spöttisch an.

»Du bist in einem Indianerdorf, mein Herz. Hier ist man nie völlig allein. Je kleiner eine Gemeinschaft ist, desto genauer beobachten Menschen einander. Geh in deine Hütte, wenn du Ruhe haben willst.«

Alice seufzte.

»Ich fürchte, ich werde immer ein Stadtmensch bleiben.«

Es freute sie, dass er tröstend ihre Hand drückte.

»Ich kann dich verstehen. Hab Geduld. Und sei nicht immer so schrecklich misstrauisch.«

Trotz der neugierigen Blicke lehnte Alice den Kopf an seine Schulter. Er versteifte sich ein wenig, wich aber nicht zurück.

Sie musste warten. Die Bewohner dieses Dorfes empfanden weder Respekt noch Angst vor ihr, wie sie es bisher bei Indianern erlebt hatte. Sie war hier einfach eine Fremde, deren ungewöhnliches Aussehen Neugier weckte, aber man verhielt sich dennoch freundlich und ausgesprochen hilfsbereit. Trotzdem legten diese Leute viel Wert darauf, vor dem Rest der Welt verborgen zu bleiben. Alice war sich nicht sicher, ob man Fremde, die diese Welt entdeckt hatten, so einfach gehen lassen würde.

17. Kapitel

Sie verbrachten drei weitere Tage in der kleinen Hütte. Chan Nuk trug regelmäßig Essen herein, meist gebratene Papageien oder Fisch. Hinzu kamen Früchte und Maisfladen, die nicht ganz so flach waren wie die vertrauten Tortillas, aber dennoch gut schmeckten. Allein der Umstand, dass Nahrung stets gegen die auf dem Boden herumlaufenden Kakerlaken verteidigt werden musste, vergällte Alice manchmal die Freude am Essen. Brot, Milch und Aguardiente gab es hier nicht. Tabak war bekannt, denn er gehörte zu den Pflanzen, die auf den kleinen Feldern in der Umgebung angebaut wurden, und einige der Dorfbewohner liefen mit braunen Zigaretten im Mundwinkel herum. Andrés erzählte ihr, dass aber hauptsächlich bei rituellen Zeremonien geraucht würde. Der Tagesablauf im Dorf drehte sich um die Beschaffung von Nahrungsmitteln und die Versorgung der Nachkommen. Bei alldem hatte Alice keinen Platz. Andrés hingegen verließ regelmäßig die Hütte, um den Männern zu helfen, obwohl er ihnen bei der Jagd aus Mangel an Übung deutlich unterlegen war. Dass ein Indianer mit einer hellhäutigen, blonden Frau zusammenlebte, schien den Leuten eher ein Kuriosum denn ein Grund zur Empörung. Chan Nuk unternahm einige Versuche, der Fremden das Kochen und Weben beizubringen, und Alice ließ sich auf diese Unterrichtsstunden ein, da dadurch die Zeit schneller verging. Leider musste sie bald feststellen, dass ihren Händen die notwendige Geschicklichkeit fehlte, obwohl sie sich gewissenhaft bemühte. Die anderen Frauen brachen immer wieder in Lachen aus, wenn sie ihre schiefen Stoffbahnen oder die nach einer Ewigkeit noch nicht vollständig gerupften Papageien musterten, nur die alte Heilerin blieb unerschütterlich geduldig. Wahrscheinlich staunte man im ganzen Dorf über Andrés' Bereitschaft, mit einer Frau zusammenzuleben, die ihn nicht angemessen versorgen konnte. Ihr Blondhaar aber schien den Männern zu gefallen, denn sie wurde oft auf sehr eindeutige Weise angestarrt. Hatten die Leute anfangs noch eine gewisse Scheu vor ihr empfunden, so legte diese sich sehr schnell, und Alice musste immer wieder Zudringlichkeiten abwehren, wenn mit kindlicher Neugier nach ihren Haaren gegriffen wurde. Zwischen diesen Dschungelbewohnern und den gleichzeitig ängstlichen sowie nicht selten verschlagenen Indios der anderen mexikanischen Orte lagen Welten.

Am vierten Tag öffnete sich die Tür der Hütte kurz nach Sonnenaufgang. Alice, die noch in Andrés' Armen ruhte, richtete sich auf. Sie erwartete Chan Nuk und deren morgendliche Bananen oder Mangos. Doch eine weitaus jüngere Frau stand vor den Strahlen der aufgehenden Sonne und warf einen langen Schatten auf den Boden der Hütte. Sie zögerte einen Augenblick, bevor sie eintrat.

»Alice«, murmelte sie, »Alice Wegener.«

Ihre Betonung zeugte von der Anstrengung, den Namen einer fremden Sprache auszusprechen, doch es klang so, als hätte die Frau lange geübt. Alice begann vor Aufregung zu zittern. Sie bemerkte, wie Andrés sich im Hintergrund schnell den weißen Kittel überzog, der Xikul genannt wurde, wie sie inzwischen wusste. Rasch folgte sie seinem Beispiel. Anzuklopfen war hier offensichtlich nicht üblich.

Die Frau kam langsam näher. Sie schloss die Tür nicht. Auf den ersten Blick sah sie nicht anders aus als die anderen Mädchen des Dorfes. Das pechschwarze, glanzlose, ungekämmte Haar fiel über ihre Schultern, ihr Gewand bedeckte die Knie, und sie trug keine Schuhe.

Auf Patricks Zeichnung hatte sie wesentlich hübscher ausgesehen, doch Alice konnte inzwischen auch indianische Gesichter unterscheiden. Es gab keinen Zweifel: Sie war am Ziel ihrer Reise, denn die verschollene Geliebte ihres Bruders stand vor ihr.

»Ix Chel!« Mehr vermochte sie nicht zu sagen. Ihr Herz schlug so schnell, dass sie fürchtete, es könnte ihre Brust zersprengen.

Das Mädchen hockte sich auf den Boden. Als sie Andrés bemerkte, verbarg sie ihr Gesicht in den Händen, eine Geste der Scham, die Alice an den jungen Indianerinnen außerhalb des Dschungels bereits beobachtet hatte, doch in diesem archaischen Dorf waren die Frauen gewöhnlich weniger zurückhaltend. Als Andrés ein paar unverständliche Worte gesprochen hatte, hob Ix Chel ihren Kopf und unterhielt sich kurz mit ihm.

»Sie ist hier, um mit uns … also eigentlich mit dir zu reden. Sie hat eine Weile gezögert, ob sie wirklich kommen soll. Sie hat Angst, weil sie glaubt, dass sie verfolgt wird. Aber um ihres verstorbenen Mannes willen wollte sie dich treffen.«

Alice nahm die Erklärung mit einem Nicken hin. Deshalb also hatten sie hier so lange warten müssen.

»Was ist damals geschehen? Wie starb mein Bruder?«, fragte sie ungeduldig.

Sie zitterte so stark, dass sie die Arme vor der Brust verschränkte. Sie gierte nach den Neuigkeiten, hatte aber auch eine unerklärliche Angst vor dem, was sie erfahren würde. Sollte Hans Bohremann tatsächlich für Patricks Tod verantwortlich sein, wie Andrés vermutete, dann hätte sie kaum Möglichkeiten, ihn deshalb zu belangen. Die Aussage eines flüchtigen Indianermädchens würde sicher nicht genügen, so viel hatte sie von diesem Land schon begriffen. Ix Chel hatte gut daran getan, sich an diesem Ort zu verstecken.

Patricks Geliebte lächelte sie an, als wolle sie ihre trüben Gedanken verjagen. Plötzlich fühlte Alice sich wieder an ihren Traum erinnert. Das Dorf hatte darin so ausgesehen, wie es wirklich war. Und auch das Lächeln dieser Indianerin, ein wenig scheu, aber gleichzeitig freundlich und offen, sah sie nicht zum ersten Mal. Die Erkenntnis ließ sie noch stärker frösteln, als sei sie endgültig in eine magische Welt eingedrungen, wo keine ihr bekannten Naturgesetze mehr galten.

Ix Chel saß in der Hocke, blickte einen Moment ratlos zu Andrés, der sie offenbar mit ein paar Worten ermutigte, mit ihrem Bericht zu beginnen, dann ließ sie erneut ihre leise, aber erstaunlich tiefe Stimme erklingen, die so gar nicht zu ihrer mädchenhaften Erscheinung passte. Sie sprach ein paar Sätze, machte eine kurze Pause, die es Andrés ermöglichte, ihre Worte ins Englische zu übertragen.

Ix Chel Mendoz war vor einem Jahr zur Trockenzeit zu den Ruinen aufgebrochen, wo zwei ihrer Brüder für einen Gringo eine ungewöhnliche Arbeit verrichteten. Der Enganchador, der die beiden angeworben hatte, hatte ihnen eine viel leichtere Tätigkeit versprochen als in den Monterías oder auf den Kaffeeplantagen, doch durften keine Frauen mitkommen. Maruch war über Manuels Fortgehen sehr unglücklich gewesen, und auch Ix Chel hatte sich Sorgen gemacht, denn sie wusste, wie selten die Versprechen von Ladinos sich als wahr erwiesen. So schlichen beide sich zusammen davon, um nach den Männern zu sehen. Ix Chel war von ihrer Mutter oft auf Ausflüge in den Dschungel mitgenommen worden, wo sie sich mit Verwandten aus ihrem Heimatdorf traf. Das war bei den Chol-Indianern ungewöhnlich, denn meistens wurden Mädchen angehalten, in der Nähe des Hauses zu bleiben und ihren Müttern zu helfen. Aber Ix Chels Mutter war eine Fremde, eine Wilde aus dem Dschungel, manchmal wurde deshalb auch schlecht über sie geredet, man nannte sie eine Hexe, die Leute mit bösen Flüchen belegen konnte. Aber das stimmte nicht. Genauso wenig war sie schamlos und trieb sich mit anderen Männern herum, obwohl die Leute das erzählten, weil sie aus einem Volk stammte, in dem Frauen die gleiche Kleidung wie Männer trugen. Ix Chels Mutter war ihrem Mann immer treu gewesen, auch wenn sie sich nicht an alle Regeln des Dorfes hielt.

Alice lauschte geduldig den Beteuerungen. Sie hatte bereits geahnt, dass die alte Ix Chel eine mutige, eigenwillige Frau war, daher überraschte es sie nicht zu hören, wie sie in der Enge einer traditionellen Dorfgemeinschaft immer wieder aneckte.

Jedenfalls hatte all dies zur Folge, dass die junge Ix Chel von ihrer Mutter lernte, sich im Dschungel zurechtzufinden, und daher die Strecke nach Palenque zurücklegen konnte, gemeinsam mit Maruch, die sie mit einiger Mühe davon überzeugt hatte, sie zu begleiten. Sie waren über vier Tage unterwegs, dann sahen sie die Bauwerke, welche den meisten Indios der Region bekannt waren, aber für unwichtig gehalten wurden. Die Leute ihrer Mutter hingegen wussten, dass diese Steinbauten die Häuser der Götter gewesen waren, als sie noch auf Erden weilten, um Menschen und Tiere zu erschaffen. Deshalb hatten sie dort früher bei Ritualen das Harz heiliger Bäume verbrannt, aber dann waren die Fremdlinge gekommen, und beanspruchten die Ruinen für sich. Was el doctor, wie dieser verrückte Gringo genannt wurde, dort wollte, konnte sich niemand genau erklären, doch vermutete Ix Chel, dass er vielleicht auch Kontakt zu den alten Göttern suchte und dafür die Hilfe der Männer dieses Landes benötigte.

Sie versteckte sich mit Maruch hinter einem Gebüsch und beobachtete von dort aus, wie die Häuser der Götter auf Wunsch des Gringos von den Lianen befreit und gereinigt wurden. Vielleicht gefiel dies den Göttern, sie sah jedenfalls keinen Grund, sich darüber zu empören. Candido und Manuel, ihre zwei Brüder, arbeiteten bis zum Anbruch der Abenddämmerung, erst dann war es möglich, mit ihnen Kontakt aufzunehmen.

Ein Stück neben der Ruine zündeten sie im Schutz von Büschen ein Lagerfeuer an, kochten Kaffee und verspeisten die von der alten Ix Chel eingepackten Tortillas. Ix Chels Brüder versicherten, dass die Arbeit tatsächlich nicht zu anstrengend war, dass sie gut behandelt wurden und den versprochenen Lohn erhielten, wobei ihnen nicht einmal das Essen abgezogen wurde, wie das sonst allgemein üblich war. Obwohl die Aufseher aus den Monterías stammten, war es ihnen nicht erlaubt, die Peitsche einzusetzen oder jemanden auf irgendeine Weise zu quälen. El doctor hatte noch einen anderen Gringo bei sich, der so zimperlich war, dass Witze gerissen wurden, ob er nicht ein verkleidetes Mädchen sei. Er ließ sich von den Indios betrügen und bestehlen, ohne es überhaupt zu merken, und nahm sie stets vor den Aufsehern in Schutz. Ix Chel dachte, dass er ein sehr netter Mensch sein musste und dass die Arbeiter dumm waren, seine Gutmütigkeit derart auszunützen. Sie sagte es aber nicht, denn ihre Brüder mochten keine derartigen Zurechtweisungen.

Sobald es völlig dunkel geworden war, verschwand Manuel mit Maruch in den Büschen. Candido fand es sicherer, ins Lager zurückzugehen, nachdem Ix Chel ihm versichert hatte, dass sie seine

Hilfe nicht brauchte. Sie hatte gerade die mitgebrachte Petate ausgerollt und wollte sich niederlegen, als er zurückkam, gefolgt von einem großen Ladino, der eine Pistole an seine Schläfe hielt. Der Mann musste das Tuscheln und Kichern gehört haben, was ihn angelockt hatte. Ix Chels Bruder sah sie niedergeschlagen an, denn er hatte früh gelernt, dass er Ladinos gehorchen musste, wenn er am Leben bleiben wollte. Deshalb hatte er ihn auf Befehl zu seiner Schwester geführt und überließ sie ihm nun, indem er mit gesenktem Kopf davonschlich.

Ix Chel hingegen wehrte sich. Sie kratzte und biss, kam sogar für einen Moment frei und wollte in den Dschungel fliehen, doch im letzten Augenblick wurde sie an einem ihrer Zöpfe gepackt und zurückgerissen. Als der Ladino sie mit seinem riesigen Körper niederdrückte, schrie sie vor Wut und Empörung auf. Weder Manuel noch Maruch kamen ihr zu Hilfe. Sie schloss die Augen und versuchte, ihre Seele in eine andere Welt wandern zu lassen, so wie es gewöhnlich im Schlaf geschah, aber auch diese Flucht wollte ihr nicht gelingen. Langsam begann ihre Empörung, die ihr die Kraft zum Widerstand gegeben hatte, sich in Angst zu verwandeln, und nur ein letzter Funken von Stolz hinderte sie daran, um Erbarmen zu betteln, was ohnehin sinnlos gewesen wäre. Da hörte sie plötzlich eine andere Männerstimme, die leise, aber hart vor Zorn in einer fremden Sprache etwas sagte. Seltsamerweise wusste sie, wer es war, bevor sie ihn gesehen hatte, und war nicht einmal erstaunt über sein Auftauchen. Der Ladino gab sie frei, obwohl er schimpfte und fluchte. Ix Chel erblickte einen kleineren, schmächtigen Mann, dessen Schultern auf eigenartige Weise nach vorn gebeugt waren. Keiner der Männer in ihrem Dorf hatte eine solche Haltung, denn ihre Rücken waren von harter Arbeit gestählt. Das Gesicht des jungen Mannes war sogar im spärlichen Mondlicht bleich, aber Gringos hatten milchfarbene, manchmal auch rosige oder krebsrote Gesichter, hatte Ix Chel von ihrer Mutter erfahren, die gelegentlich in größere Orte wanderte, um Waren zu verkaufen. Sie stand auf, ordnete ihre Kleidung und lächelte den Caxlán an. Er erwiderte das Lächeln nach kurzem Zögern. Dabei nahm sein Gesicht tatsächlich die beschriebene rosige Farbe an, und sie dachte, dass ihr Anblick ihm guttun musste, denn so wirkte er gesünder.

Er scheuchte den Ladino fort. Zorn lag in dessen Augen, und Ix Chel bekam Angst, denn er schien kräftig genug, um ihren Retter einfach niederzuschlagen, aber das wagte er nicht. Sie begriff, dass ein Mann vor ihr stand, der über Autorität verfügte, auch wenn er nicht mit ihr umzugehen verstand. Er brauchte Hilfe, dann würde er es lernen.

Sie folgte ihm, als er sie zum Lager winkte, obwohl sie leicht hätte in den Dschungel fliehen können. Kurz vor dem Betreten seines Zeltes überlegte sie, was sie tun würde, wenn er sich ihr auf ähnliche Weise näherte wie der Ladino. Sie hätte auch ihm das Gesicht zerkratzt, egal, ob es rosig oder weiß war, aber er gab ihr keinen Anlass dazu. Er wies sie zu der Petate, um selbst auf dem nackten Boden zu schlafen.

In dieser Nacht wanderte Ix Chels Seele, und die Träume zeigten ihr, dass die Götter den netten, schwachen Caxlán zu ihren alten Häusern geschickt hatten, damit sie ihm dort begegnete. Ihre Aufgabe war es, ihm zu helfen, damit seine Güte nicht weiter von seiner Ungeschicklichkeit gefährdet wurde. Deshalb kam sie am nächsten Abend unaufgefordert wieder in sein Zelt, obwohl Maruch sie zur Heimkehr drängte.

Nun verbarg Ix Chel noch mal das Gesicht in den Händen. Andrés übersetzte, dass sie in ihrem Leben niemals zuvor derart schamlos gewesen war, obwohl ihre Mutter von dem als wild bezeichneten Volk im Dschungel abstammte. Alice empfand keinen Ärger mehr über die Unterbrechung, denn allgemein begann sie das Mädchen zu verstehen.

»Sag ihr, dass ich ihr Verhalten sehr mutig finde«, wies sie Andrés an. »Und dass sie einfach weitererzählen soll.«

Ix Chel ließ die Hände sinken und lächelte wieder auf ihre kindliche Art. Alice staunte, wie naiv und schlicht dieses in Wahrheit kluge Mädchen wirkte.

Patrick hatte der jungen Indianerin zunächst ein paar deutsche Worte beigebracht. »Guten Morgen«, sagte Ix Chel stolz, auch wenn sie kaum zu verstehen war. »Mir geht es gut. Und dir?«

Dann kicherte sie wieder.

Mit der Zeit, so erzählte sie zögerlich, also erst nach ungefähr zehn Tagen, da wurde der Caxlán Patrick ihr Malalil, ihr Ehemann. Er betonte immer wieder, dass er sie als seine Frau ansah, nicht als Geliebte. So stellte er sie auch dem doctor vor, der nur die Stirn runzelte. Ix Chel war glücklich. Es war die glücklichste Zeit ihres Lebens gewesen, betonte sie. Dabei füllten ihre Augen sich mit Tränen.

Sie wies Patrick darauf hin, dass er heimlich bestohlen wurde, und bestand darauf, dem nachzugehen. Sie lauerte hinter seinem Zelt, während er mit el doctor zu Abend aß, spähte durch ein kleines Loch und ertappte einen der jungen Arbeiter, wie er in Patricks Tasche herumwühlte, bis er einen Beutel mit Münzen fand. Sie hielt ihn auf, stimmte ein riesiges Geschrei an, und als Patrick herbeigeeilt kam, bestand sie darauf, dass der Junge wenigstens durch einen Lohnabzug bestraft werden musste, ganz gleich, wie arm er auch war. Sonst würden die Diebstähle niemals aufhören.

Nach einigen Wochen nahmen die Arbeiter Patrick ernster. Ix Chel lernte Andrés kennen, den einzigen Indio außer ihr, der ihrem Caxlán nahestand. Er hatte die Aufgabe, die Arbeiter zu beaufsichtigen, doch die anderen Capataces störten sich daran, zeigten ihm die kalte Schulter und beschwerten sich ständig bei el doctor, weil er ihrer Meinung nach nicht hart genug durchgriff. Deshalb gab es auch häufig Streit zwischen Patrick und Dr. Scarsdale. Alice fragte sich, weshalb das später nicht mehr der Fall war. Vielleicht weil diesmal nicht Patrick, sondern der Archäologe selbst Andrés zum Aufseher ernannt hatte und die Capataces ihn als Autorität anerkannten.

Ix Chel wusste mit Andrés zunächst nicht viel anzufangen. Er war Indio, beherrschte aber fließend die Sprache der Ladinos, konnte sogar lesen und schreiben. Dadurch war er ihr noch fremder als Patrick, denn sie wusste nicht, wo sie ihn einordnen sollte. Manchmal, wenn niemand, nicht einmal Patrick, zuhörte, erzählte er den Arbeitern, dass sie Rechte hätten, mehr Lohn verlangen sollten und eine kürzere Arbeitszeit. Dabei waren die Arbeitsbedingungen an den Häusern der Götter weitaus besser als auf den Plantagen oder in den Monterías. Ix Chel gab vor, Andrés' Tzotzil nicht zu verstehen, obwohl es dem Chol-Dialekt nicht fremd war. Sie fand sein Gerede einfach nur anstrengend.

Andrés übersetzte diese Worte gewissenhaft mit unbewegter Miene. Alice konnte nicht widerstehen, ihn verschmitzt anzugrinsen. Er war nicht verärgert, erklärte nur kurz auf Englisch, dass er wohl nicht auf die richtige Weise vorgegangen war.

Ix Chel blieb mit Patrick in Palenque, bis die Regenzeit begann und die Grabungen unterbrochen wurden. Er bot an, sie mitzunehmen zu dem deutschen Kaffeebaron, bei dem er ein paar Monate unterkommen würde, um seine Notizen und Zeichnungen zu sortieren. Aber Ix Chel musste mit ihrer Familie reden und ihnen erklären, dass sie die Frau eines Caxlán geworden war. Sobald die nächste Trockenzeit begonnen hätte, wollte sie Patrick bei den Ruinen treffen. Sie zog mit ihren zwei Brüdern wieder in das Heimatdorf. Manuel gab seinen Lohn bereits unterwegs für Aguardiente aus, aber Candido erwies sich als vernünftiger, sodass die Familie ein paar neue Hühner und Schweine kaufen konnte. Ix Chel hatte gehofft, dass die Neuigkeit ihrer Heirat ein weiterer Grund zur Freude sein könnte, doch sie stieß nur auf zornige oder verlegene Gesichter. Ihr Vater hatte bereits mit einem jungen Mann aus dem Dorf den Brautpreis ausgehandelt und zudem großzügige Geschenke von ihm erhalten. Sie hatte kein Recht, seine Pläne derart zu durchkreuzen, vor allem nicht wegen eines Caxláns, der die Traditionen ihres Volkes nicht kannte. Nach längeren Streitgesprächen, bei denen Ix Chel Ungehorsam und Aufsässigkeit vorgeworfen wurden, riet die Mutter ihr schließlich heimlich zur Flucht. Sie erhielt sogar die letzten Centavos, die von Candidos Lohn noch übrig waren, und wurde von ihm nach Jovel gebracht. Alice erfuhr zum ersten Mal, dass dies der indianische Name von San Cristóbal de las Casas war. Von dort aus schloss Ix Chel sich einer Ochsenkolonne an und gelangte schließlich zu der Hazienda von Hans Bohremann. Sie war klug genug vorzugeben, dass sie einfach nur eine Arbeit als Muchacha suchte, sonst wäre sie nicht einmal durchs Eingangstor gelassen worden. Aber bald schon konnte sie Patrick wieder in die Arme schließen.

Sie fühlte sich nicht wohl in dem großen, prächtigen Haus, wurde von den anderen Indias als glückliche Hure eines wohlhabenden Mannes beneidet und aus Missgunst ignoriert. Die Hausherrin, Doña Rosario, behandelte sie wie Schmutz an ihren Füßen. Dennoch war sie glücklich, wieder bei ihrem Malalil zu sein, und hoffte, ihm bald ein Kind schenken zu können.

Die ganze Zeit über war Hans Bohremann nicht auf der Hazienda, sondern besuchte seine Kaffeeplantage. Eines Tages erfuhr Patrick etwas, das ihn sehr wütend machte, und er beschloss, ihn dort aufzusuchen.

»Frag sie, was es war!«, drängte Alice Andrés. »Patrick hat es ihr mit Sicherheit erzählt.«

Zu ihrem Erstaunen sah sie nur betretene Gesichter. Ix Chel blickte fragend zu Andrés, als wolle sie zunächst seine Zustimmung einholen, bevor sie die Frage beantwortete.

»Ich war schuld«, gab er schließlich zu, ohne dass Ix Chel etwas gesagt hatte.

»Schuld an was?«, flüsterte Alice.

»Schuld daran, dass Patrick zornig auf Hans Bohremann wurde«, gestand er mit gesenktem Blick. »Er hatte mich überredet, mit ihm auf die Hazienda zurückzukommen, denn er wollte Hans Bohremann davon überzeugen, dass ich kein so gefährlicher Aufwiegler war wie angenommen. Zunächst bot sich eine gute Gelegenheit. Das Wasserkraftwerk, mit dem die Maschinen zur Kaffeeverarbeitung betrieben werden, hatte eine Störung an der Turbine. Ich sollte das Problem lösen und dadurch wieder die Gunst des Patrons gewinnen. Dazu war ich bereit. Unsere Reise zu der Plantage war eigentlich schon geplant, aber da schnappte ich eine Neuigkeit von dem Bruder der Hausherrin auf.«

Die Erwähnung von Juan Ramirez verursachte Alice Unbehagen. Sie hatte Andrés nichts von ihrem Verhältnis zu diesem Mann erzählt, da sie selbst kaum noch mehr daran gedacht hatte.

»Was sagte er dir denn?«

»Dass Hans Bohremann ins Mahagonigeschäft einsteigen und eine Montería erwerben wollte, die dann von einem Vertreter verwaltet werden würde. Er hatte seinem Schwager vorgeschlagen, diese Aufgabe zu übernehmen, doch der eitle Juan war nicht begeistert von der Idee, sich im Dschungel mit einem Haufen grobschlächtiger Capataces, störrischer Indios und Schwärmen von Moskitos herumzuschlagen. Er schüttete mir nach mehreren Gläsern Comiteco das Herz aus. Er hält sich für einen Schöngeist, der im wilden Chiapas völlig fehl am Platz ist.«

»Und das hast du Patrick erzählt«, stellte sie fest, ohne zu begreifen, was dies genau bedeutete.

»Ich war wütend«, gestand er. »Dein Bruder hatte mir klargemacht, dass Hans Bohremann kein schlechter Patron ist, denn er lässt nicht zu, dass man die Peones schlägt oder um ihren Lohn betrügt. Sie müssen nur das als Vorschuss erhaltene Geld abarbeiten, dann können sie gehen. Aber eine Montería ist eine andere Sache. Dort wird unter extremen Bedingungen gearbeitet, die Aufseher sind verrohte Kerle, und wenn der Patron sehr weit weg ist, kann er nichts kontrollieren. Das sagte ich Patrick, und er bot sich an, selbst mit Hans Bohremann zu reden, denn Ix Chel hatte ihm bereits einige Geschichten über das Schicksal ihres Vaters erzählt, der halb tot aus einer solchen Montería geflohen war.«

Alice lehnte sich gegen die Wand der Hütte.

»Warum hast du mir das bisher verschwiegen?«, fragte sie scharf. Andrés starrte weiterhin betreten auf den Boden, und Ix Chel blickte verwirrt von einem zum anderen. Sie konnte vermutlich kein Wort des Gespräches verstehen, spürte aber deutlich die Spannung zwischen den beiden.

»Ich fühlte mich schuldig«, gab Andrés leise zu. »Ich hatte deinen Bruder zu einem Streit mit Hans Bohremann aufgehetzt. Meinen Verdacht kennst du.«

»Aber …« Alice hob ratlos die Hände. »Der Streit fand doch gar nicht statt. Patrick starb auf dem Weg zur Plantage.«

Andrés sackte in sich zusammen.

»Ich habe dir nicht die ganze Wahrheit gesagt. Das Gespräch zwischen deinem Bruder und Hans Bohremann fand statt. Als Patrick starb, befanden wir uns bereits auf dem Rückweg.«

Kälte schien aus dem Boden der Hütte bis tief in Alice' Knochen zu kriechen. Abwehrend verschränkte sie die Arme vor der Brust.

»Du hast mich belogen. Warum?«

»Weil … weil es mir damals, als du plötzlich in mein Verlies hereinspaziert bist, richtig schien. Ich kann es nicht einmal genau erklären. Ich wollte nicht, dass du mich für die Ereignisse verantwortlich machst. Und vor allem wollte ich vermeiden, dass du deinen eigenen Krieg mit Hans Bohremann beginnst, der dich unnötig in Gefahr gebracht hätte. Ich war es deinem Bruder schuldig, dich zu schützen.«

Sie richtete sich zu jener steifen Haltung auf, die Tante Grete ihr einst eingetrichtert hatte, damit sie wohlerzogen und damenhaft wirkte.

»Und warum hast du mir später trotzdem von deinem Verdacht gegen ihn erzählt? Du widersprichst dir selbst. Ich will gar nicht wissen, was du mir noch alles verheimlichst.«

Er fuhr zusammen, als hätte sie ihm einen Hieb versetzt.

»Als ich dich etwas besser kannte, wurde mir klar, dass du die Wahrheit zu hören verdienst. Du hattest ein Recht zu erfahren, wer deinen Bruder getötet hat. Deshalb beschloss ich, dir zu helfen. An meine erste Lüge dachte ich nicht mehr. Hin- oder Rückweg, das war doch unwichtig.«

Er unternahm einen zaghaften Versuch, sie zu berühren, aber sie wich zurück.

»Nun gut. Es war der Rückweg. Patrick, Ix Chel und du. Dann bist du aufgebrochen, um in einem Indio-Dorf Nahrung zu besorgen. Oder ist das auch eine erfundene Geschichte?«

»Nein«, beteuerte er, »alles andere habe ich wahrheitsgemäß erzählt.«

»Dann frag Ix Chel endlich, was geschah, als du weg warst!«

Alice zwang sich, ruhig zu atmen. Sie wollte möglichst schnell herausfinden, wer Patrick ermordet hatte, danach wäre Zeit genug für eine Auseinandersetzung mit Andrés. Gedanken rasten durch ihren Kopf, während Andrés mit Ix Chel redete. Warum hätte Hans Bohremann ihren Bruder töten sollen, nur weil der mit seinen geschäftlichen Plänen nicht einverstanden gewesen war? Es ergab keinen Sinn. Doch sie kannte eine Person, die es hasste, wenn dem Kaffeebaron irgendein Vorwurf gemacht wurde. »Rosario«, flüsterte eine Stimme in ihrem Kopf. Ihr erster Instinkt musste richtig gewesen sein.

Ix Chel lächelte verlegen, aber auch erleichtert, dass ihre zwei Gäste ihr Streitgespräch beendet hatten und sie zum Weitersprechen aufgefordert wurde.

Damals, auf dem Rückweg zur Hazienda, war es bereits finstere Nacht geworden. Patrick und sie saßen nebeneinander an ihrem Lagerfeuer, und ihr Malalil zeigte ihr Bilder aus einem Buch über seine Heimat, um ihnen beiden die Zeit zu vertreiben. Der Aufbruch von der Plantage war recht überstürzt vonstattengegangen, und sie hatten nicht einmal Zeit gehabt, Proviant mitzunehmen. Daher erwarteten sie hungrig Andrés' Rückkehr. Sie begannen bereits zu befürchten, er käme erst am nächsten Tag zurück, da hörte Ix Chel das Hufklappern eines Pferdes und forderte Patrick auf, sich mit ihr zu verstecken, denn es gab zahlreiche Banditen in den Bergen der Sierra Madre. Rasch krochen sie hinter einen Felsen, doch es war keine Zeit mehr, das Lagerfeuer zu löschen. Der Reiter brachte unmittelbar daneben sein Pferd zum Stehen und stieg ab. Er schien allein zu sein, war daher selbst vorsichtig und suchte zunächst die Gegend ab. Dabei musste er das Buch auf dem Boden entdeckt haben, denn Patrick hatte es in der Hast liegen lassen. Nun rief der fremde Neuankömmling seinen Namen.

Ix Chels Malalil erkannte den Mann an seiner Stimme, deshalb verließ er sein Versteck. Ix Chel blieb vorsichtshalber hinter dem Felsen sitzen, denn sie hatte ein ungutes Gefühl. Gewöhnlich reisten Menschen nicht nachts allein in der Sierra Madre herum. Sie hörte, wie beide Männer miteinander in einer Sprache redeten, die sie nicht verstand und die auch nicht wie das Spanisch der Ladinos klang. Zunächst unterhielten sie sich ruhig, doch dann wurde aus dem Gespräch recht schnell ein heftiger Streit. Schließlich rangen sie miteinander. Ix Chel sah eine Gestalt fallen und reglos auf dem Boden liegen bleiben. Sie erkannte, dass es Patrick war, und musste sich eine Faust auf den Mund pressen, um nicht laut aufzuschreien. Der andere Mann hockte eine Weile neben Patrick, rief immer wieder seinen Namen und schüttelte ihn. Erst als jede Reaktion ausblieb, legte er ihn auf das Pferd, das er dann langsam fortführte. Ix Chel blieb in ihrem Versteck sitzen, bis sie keine Schritte mehr hören konnte. Dann begann sie zu laufen, stolperte immer wieder und schlug sich die Knie auf. Vor Tränen konnte sie nichts mehr sehen. Die Götter hatten sie zur Gefährtin des netten Caxlán gemacht, aber als seine Beschützerin in der ihm fremden Welt hatte sie versagt. Sie wusste nicht, wohin sie gehen und wie sie weiterleben sollte. Es war nicht ungewöhnlich, dass eine Frau ihren Mann schon früh verlor, aber niemand hatte Ix Chel auf den Schmerz vorbereitet, den ein solcher Verlust auslösen konnte. Schließlich blieb sie einfach liegen, bereit, darauf zu warten, bis ein Jaguar sie fraß oder ein Erdgeist sie in sein finsteres Reich zerrte. Doch nichts dergleichen geschah. Im Morgengrauen wurde sie von Tzotzils aus einem nahe gelegenen Dorf gefunden und mitgenommen.

Alice verbarg das Gesicht in den Händen. Sie wurde von Schluchzern geschüttelt, doch als Andrés tröstend eine Hand auf ihre Schulter legen wollte, wehrte sie ihn ab. Sie wusste, wer Patrick im Auftrag von Rosario Bohremann getötet hatte. In den letzten Monaten war sie die Geliebte eines Lügners geworden, aber schlimmer noch, auch die eines Mörders.

»Juan Ramirez!«, rief sie auf Deutsch. »Er würde alles tun, was seine Schwester verlangt. Er hat Patrick getötet, nicht wahr? Er war es!«

Ix Chels Augen waren groß und rund wie die einer Eule. Zaghaft hob sie eine Hand in Alice' Richtung, ließ sie aber wieder sinken.

»Nein«, sagte sie dann in ihrem schwer verständlichen Deutsch. »Nicht Don Juan. El doctor.«

Alice schüttelte ungläubig den Kopf.

»Dr. Scarsdale? Aber warum sollte er? Das muss ein Irrtum sein, es war dunkel, du konntest kaum etwas sehen.«

»El doctor«, wiederholte Ix Chel eisern.

»Sie kannte seine Stimme«, sagte Andrés auf Englisch. Zwar hatte er Alice' Gespräch mit Ix Chel nicht verstehen können, wohl aber den Namen.

»War sie sich denn sicher, dass Patrick tot war, als er fortgebracht wurde?«, flüsterte Alice fassungslos. »Und wieso … ich meine, er wurde auf der Straße zur Plantage gefunden, und jemand hatte … jemand hatte ihm …«

Sie vermochte das Grauen, das ihrem Bruder angetan worden war, nicht auszusprechen. Wohin nur hatte Dr. Scarsdale ihn gebracht?

Wieder folgte ein kurzer Wortwechsel zwischen Andrés und Ix Chel.

»Sie weiß nichts mehr«, übersetzte er schließlich. »Sie versteckte sich in dem Dorf, dann tauschte sie den Ring, den Patrick ihr geschenkt hatte, gegen eine Rückreisemöglichkeit in ihre Heimat. Sie hatte große Angst vor Dr. Scarsdale, vor Hans Bohremann, vor allen Ladinos. Sie hörte Gerüchte, dass ich als der Mörder ihres Mannes galt und gesucht wurde, aber sie wusste, niemand würde ihr glauben, wenn sie mich verteidigte. Schließlich gelangte sie nach Hause, aber ihr Vater jagte sie wieder davon. Sie hatte ihn vor der Dorfgemeinschaft blamiert, indem sie ihm den Gehorsam verweigerte und mit einem Caxlán davonlief. Ihre Mutter half ihr schließlich, hierher zu den Hach Winik zu gelangen, wo sie aufgenommen wurde.«

Alice stützte sich mit beiden Händen auf dem Boden ab. Auf einmal fühlte sie sich unendlich erschöpft. Sie wusste, dass Dr. Scarsdale Patrick niedergeschlagen, vielleicht sogar getötet und dann fortgebracht hatte, doch sie konnte nicht begreifen, warum das geschehen war. Sie war an der Seite von Patricks Mörder durch halb Mexiko gereist, hatte Geld von ihm geliehen bekommen und sich auf ihn verlassen.

»Ix Chel möchte sich jetzt verabschieden.« Andrés riss sie aus ihren Gedanken. »Dieses Gespräch war auch für sie sehr anstrengend, denn sie hatte bisher geschwiegen. Sie sagt, dass sie sehr froh ist, dir begegnet zu sein.«

Alice versuchte zu lächeln, doch es fiel ihr schwer. Vermutlich hätte Patrick gewollt, dass sie seine Auserwählte in die Arme schloss, aber dieses kindliche und doch gleichzeitig sehr kluge Indianermädchen schien ihr zu fremd, um ihm derart nahekommen zu können.

»Bitte sage ihr, wie dankbar ich ihr bin, dass sie bereit war, mit mir zu reden«, ließ sie Andrés übersetzen. Ix Chel schenkte ihr noch mal ein offenherziges Lächeln, das aber nicht über die tiefe Trauer in ihrem Blick hinwegtäuschen konnte. Dann stand sie auf.

»Morgen …«, sagte sie auf Deutsch, »Zeremonie für Patrick. Dann seine Seele frei.«

Bevor Alice weiter nachfragen konnte, war sie verschwunden. Schweigen trat ein. Sie nahm Andrés als Schatten an ihrer Seite wahr, den sie immer noch nicht ansehen wollte. Tief in ihrem Inneren ahnte sie, dass ihr Zorn übertrieben war, aber in all ihrer Verwirrung schien ihr dieses Gefühl wie ein sicherer Ast in einem Strudel, an den sie sich klammern konnte.

»Dr. Scarsdale«, sagte er leise, »niemals wäre ich auf diese Idee gekommen. Wir aßen regelmäßig mit ihm. Er weiß, dass du nach Ix Chel suchst. Wahrscheinlich kann er sich denken, warum wir nicht nach Palenque zurückgekehrt sind.«

Nun richtete Alice ihren Blick auf sein Gesicht. Es gab sonst niemanden hier, mit dem sie reden konnte.

»Hast du eine Ahnung, warum … warum er Patrick getötet hat? Und das … ich meine, was mit Patricks Herz geschah? Wer hat das getan und aus welchem Grund?«

Andrés zuckte ratlos mit den Schultern.

»Es gab öfter Streit zwischen Dr. Scarsdale und deinem Bruder. Bei dieser letzten Begegnung in der Sierra Madre ist er vermutlich eskaliert. Ich glaube, es gefiel dem Archäologen nicht, dass Patrick Hans Bohremann verärgert hatte, der die Forschungsarbeit in Palenque unterstützte. Eine andere Erklärung habe ich nicht. Vielleicht hielt er Patrick zunächst nur für verletzt und nahm ihn mit, um einen Arzt zu suchen. Als er merkte, dass er tot war, ließ er ihn irgendwo liegen. Was danach geschah, werden wir vielleicht nie erfahren.«

»All das bedeutet, dass wir jetzt keinesfalls nach Palenque zurückgehen können«, stellte Alice fest. »Ich wäre nicht in der Lage, Dr. Scarsdale etwas vorzuspielen, und ich bin mir nicht mehr sicher, wozu er fähig ist. Es wäre nicht so schwer, uns umzubringen und einfach im Dschungel zu verscharren. Wir müssen …«

Voll neuer Energie richtete sie sich auf.

»Wir müssen zu Hans Bohremann und ihm mitteilen, was wir von Ix Chel erfahren haben. Er hat genug Macht und Einfluss, um uns vor Dr. Scarsdale zu schützen und ihn zur Strecke zu bringen«, rief sie entschlossen und staunte über Andrés' düstere Miene.

»Du kannst es versuchen, aber für mich wäre es zu riskant«, sagte er nur.

»Aber wenn wir ihm doch erzählen, dass…«

»Wir haben nichts weiter als die Aussage eines gewöhnlichen Indio-Mädchens, um einen amerikanischen Gelehrten zu belasten. Und Ix Chel wird uns niemals freiwillig zu einem Kaffeebaron begleiten, was ich verstehen kann. Ich fürchte, wenn du mit dieser Geschichte bei Hans Bohremann auftauchst, wird er glauben, dass du unter Fieberwahn gelitten hast oder einer geschickten Betrügerin auf den Leim gegangen bist.«

Alice sackte wieder zusammen. Er hatte recht, ohne überzeugende Beweise vermochten sie nicht viel auszurichten. Andrés würde zweifelsohne verhaftet werden, sobald Hans Bohremann seiner habhaft wurde.

»Aber was machen wir jetzt?«, fragte sie ratlos. »Wir können weder nach Palenque zurück noch sonst irgendwohin, wo man dich erkennt.«

Andrés schwieg, was ihre Niedergeschlagenheit verstärkte. Sie hatte erreicht, was sie fast zwei Monate lang angestrebt hatte, war der verschollenen Geliebten ihres Bruders begegnet und hatte endlich erfahren, wer sein Mörder war. Aber nun wusste sie nicht weiter.

»Ich könnte mich erst einmal hier verstecken, so wie Ix Chel«, schlug Andrés nach einer Weile vor. »Du kannst zu Hans Bohremann zurückgehen und versuchen, ihn von Dr. Scarsdales Schuld zu überzeugen.«

»Und wenn er mir nicht glaubt?«

Andrés seufzte.

»Ich hatte dich von Anfang an gewarnt, dass es dir vielleicht nichts nützen wird, die Wahrheit zu erfahren. Du allein kannst hier nicht für Gerechtigkeit sorgen. Wenn Hans Bohremann dich nicht unterstützt, dann tue, wozu dir alle von Anfang an geraten haben. Fahre wieder nach Deutschland, wo du in Sicherheit bist. Vielleicht kann dir irgendein deutscher Anwalt helfen, gegen Dr. Scarsdale vorzugehen. Ansonsten musst du dich damit abfinden, dass Patricks Tod ungesühnt bleibt.«

Sie stieß einen Protestschrei aus und unterdrückte mühsam den Wunsch, auf ihn einzuschlagen.

»Das kann ich nicht«, sagte sie nach ein paar Atemzügen. »Ich würde verrückt werden. Bevor ich einfach nach Hause fahre, gehe ich lieber selbst zu Dr. Scarsdale und stelle ihn zur Rede.«

Andrés schüttelte energisch den Kopf.

»Das wäre Irrsinn. Er ist sehr wahrscheinlich ein Mörder und könnte versuchen, dich ebenfalls aus dem Weg zu räumen.«

Alice vergrub das Gesicht in den Händen und zwang sich mit aller Kraft, ruhig zu überlegen.

»Er ist ein Verstandesmensch, kein brutaler Schläger. Ihm geht es um seine Ausgrabungen«, sagte sie. »Ich darf ihn nicht offen bedrohen, müsste ihn in ein Gespräch verwickeln, und … und vielleicht kann ich ihm eine Falle stellen, um ihn zu überführen.«

Sie war im Augenblick zu erschöpft und verwirrt, um einen genauen Plan auszuhecken, vertraute aber auf ihr Einfallsvermögen.

»Stelle ihn erst zur Rede, wenn ihr beide wieder auf Hans Bohremanns Hazienda seid. Dort kann er dir nicht viel anhaben«, riet Andrés ihr. Dann wagte er, seine Hand nach ihr auszustrecken, und diesmal wich sie nicht zurück.

»Ich werde dich nach Palenque begleiten, wenn du möchtest. Aber zu Hans Bohremann kann ich dir nicht folgen. Ich werde wieder im Dschungel verschwinden. Ich glaube, hier bin ich erst einmal sicher. Ebenso wie Ix Chel.«

Sie sah ihn staunend an.

»Es war doch niemals dein Wunsch, zu den Wurzeln deines Volkes zurückzukehren. Du bist Ingenieur und willst mithelfen, Mexiko zu modernisieren. Was solltest du hier anfangen?«

»Zunächst einmal am Leben bleiben«, erwiderte er trocken. »Wenn es dir gelingt, Hans Bohremann zu überzeugen, dass ich nicht Patricks Mörder bin, könnte ich mein altes Leben weiterführen. Andernfalls ...«

Er zuckte nur mit den Schultern. Alice ergriff spontan seine Hand und drückte sie.

»Ich werde tun, was ich kann«, versprach sie. »Aber wenn es mir nicht gelingt, dann ... dann ...«

Sie wusste nicht, was geschehen würde, hoffte aber mit einer ihr bisher unbekannten Intensität, er möge sie bitten, zu ihm zurückzukommen. Ob sie in der Lage wäre, den Rest ihres Lebens in einem versteckten Dorf im Dschungel unter den einfachsten Bedingungen zu verbringen, vermochte sie in diesem Augenblick nicht zu entscheiden. Doch wenn er sie nur dazu aufforderte, dann wüsste sie endlich, woran sie bei ihm war.

Andrés schwieg. Er schien bedrückt und nicht willens zu weiteren Gesprächen.

»Ich gehe mal nach draußen und versuche herauszufinden, von welcher Zeremonie Ix Chel vorhin gesprochen hat«, sagte er. Alice schluckte Worte des Widerspruchs tapfer hinunter. Sie hatte von Anfang an gewusst, dass es für sie beide vermutlich keine gemeinsame Zukunft gab. Nun staunte sie, wie sehr sie dieses Wissen plötzlich schmerzte. Sobald er verschwunden war, legte sie sich auf die Petate und rollte sich zusammen. Sie weinte so laut und hemmungslos wie damals in Veracruz, als sie von Patricks Tod erfahren hatte.

18. Kapitel

Am späten Nachmittag des nächsten Tages ertönte ein Horn, und die ganze Dorfgemeinschaft versammelte sich vor einer der Hütten, die keine Wände hatten und nur ein schlichtes Dach aus Palmenblättern. Auf dem Boden waren zahlreiche Schalen aus ausgehöhlten Kokosnüssen und auch aus Ton aufgestellt worden. Alice ahnte, dass die Lebensbedingungen dieser Indianer nicht ganz so primitiv waren, wie sie zunächst angenommen hatte, denn die Formen dieser Gefäße wiesen eine schlichte Eleganz auf, die von Kunstfertigkeit zeugte. Die Männer reichten ein paar Zigaretten herum, einige der Frauen griffen ebenfalls zu und zu Alice' Erstaunen sogar manche Kinder.

»Tabak gilt hier als rituelles Rauschmittel«, flüsterte Andrés ihr ins Ohr. »Ebenso wie dieses Getränk in den Schalen. Er wird aus der Rinde des Balchébaumes gewonnen, die man mit Wasser und Honig kocht. All das hilft Menschen beim Träumen.«

Alice sah den Kaziken Chan K'in langsam zwischen den Menschen hindurchgehen. In seiner Hand lag ein grüner Stab aus Pflanzenfasern. Er tunkte ihn in die Gefäße, in denen sich das Rauschgetränk befand, und rührte anschließend in den Tonschalen, die bereits nach Weihrauch rochen.

»Darin wird das Harz der Pinien und Copalbäume verbrannt, die als heilig gelten«, erklärte Andrés leise. Alice, die das Geschehen neugierig verfolgt hatte, sah ihn erstaunt an.

»Seit ich die Sierra Madre verlassen habe, kann ich mich an keine einzige Pinie erinnern. Hier ist es viel zu heiß.«

»Es gibt auch höher gelegene Gegenden im Dschungel, wo Pinien wachsen. Die Leute wandern dorthin, um das Harz zu sammeln, das sie dann im Götterhaus verbrennen.«

Das Feuer in den ersten Schalen flammte auf, und Rauch stieg Alice in die Augen, sodass sie für eine Weile kaum etwas sehen konnte. Die Dorfbewohner waren erstaunlich entspannt für eine rituelle Feier. Sie rauchten die Zigaretten, plauderten und lachten, während Kinder im Hintergrund herumtollten, ohne zurechtgewiesen zu werden.

Chan K'in verteilte die Schalen mit dem Rauschgetränk und nippte schließlich selbst daran. Er begann, Worte zu murmeln, die Alice an die Gebete des Priesters in der Kathedrale erinnerten, denn sie klangen ebenso monoton und unverständlich. Allerdings waren die Anwesenden weitaus weniger diszipliniert als die Trauergäste bei Patricks Beerdigung und unterhielten sich munter weiter, wobei ihre Stimmen aber immer schleppender wurden. Alice nahm nur einen winzigen Schluck von dem Getränk, das eine energische Chan Nuk ihr hinhielt, ohne die verstörten Blicke der anderen Dorfbewohner zu beachten. Der Saft schmeckte süß und weckte unangenehme Erinnerungen an Kopfschmerzen, die von schwerem Portwein ausgelöst wurden. Andrés lehnte mit einer entschiedenen Handbewegung ab, was ihr unhöflich erschien. Sie überlegte, ob er schon als Kind so skeptisch gegenüber indianischen Sitten gewesen war und dadurch den Zorn seines Vaters auf sich gezogen hatte, doch dies war nicht der richtige Moment, um ihn zu fragen. Sie sah die alte Chan Nuk mit ein paar anderen Frauen sprechen, aber allmählich verstummten die Gespräche, da der Saft zu wirken begann. Die Anwesenden versanken in sich und suchten eine geeignete Stelle, um ins Reich der Träume zu gleiten.

»Wenn du willst, können wir in unser Zelt zurückgehen«, murmelte Andrés an ihrer Seite. Für sie war all dies eine gleichzeitig befremdliche und faszinierende Erfahrung, doch er schien sich unwohl zu fühlen.

»Gehe vor, ich komme gleich nach«, versprach Alice, denn sie wollte noch nicht gehen. Gleichzeitig war sie sich nicht sicher, ob ihre Anwesenheit bei einem derart eigentümlichen Ritual wirklich erwünscht war. Die Anwesenden nahmen sie kaum noch wahr. Wurde sie nicht noch mehr zum Eindringling, wenn sie sie in diesem wehrlosen Zustand beobachtete? Sie wollte Andrés bereits folgen, da tauchte plötzlich eine andere vertraute Gestalt an ihrer Seite auf.

»Guten Abend«, sagte Ix Chel. Ihr Blick schien völlig klar, als habe auch sie nur kurz an dem Getränk genippt. Alice lächelte und erwiderte die Begrüßung.

»Das wegen Patrick. Damit er kann mit Hach Winik reden«, fuhr Ix Chel fort. Sie hatte jedenfalls genug getrunken, um ohne Hemmungen deutsch zu sprechen. Alice fröstelte für einen Moment, denn Ix Chels letzte Bemerkung schien ihr ein schlechter Scherz.

»Patrick ist tot. Er kann mit niemandem mehr reden«, zischte sie und fürchtete dann, zu schnell gesprochen zu haben, um verstanden zu werden. Aber Ix Chel schenkte ihr das übliche herzliche Lächeln.

»Nun kann reden mit Hach Winik. Ist einer davon.«

Alice erinnerte sich, dass dieses gemeinsame Plaudern und Trinken eine Zeremonie sein sollte. Sie begann zu ahnen, welchem Zweck sie diente.

»Was bedeutet das, Hach Winik?«, fragte sie.

»Wahre Menschen. Patrick jetzt auch Hach Winik. Ich kann reden mit ihm. Jetzt und auch später, wenn Leben hier vorbei. Wenn Traum vorbei.«

Verwirrt schüttelte Alice den Kopf. Sie wünschte sich, Andrés wäre wieder an ihrer Seite, um ihr die Bedeutung dieser verworrenen Aussage zu erklären.

»Patrick jetzt bei unsere Volk«, mühte Ix Chel sich weiter ab, denn sie schien zu bemerken, dass sie nicht verstanden worden war. »Ich das wollen, deshalb Zeremonie. Auch mit mir. Mit Frauen. Danach ich nehme andere Mann.«

Ohne es wirklich zu wollen, runzelte Alice die Stirn. Ix Chel, die ihr kaum bis zur Schulter reichte, hob das Gesicht, in dem Bemühen, sie eindringlich anzusehen. Ihre großen braunen Augen flehten förmlich um Verständnis.

»Ich noch jung. Wollen Kinder. Aber Patrick jetzt immer hier. Später, wenn ich ganz bei ihm, ich wieder seine Frau.«

»Du meinst, nach deinem Tod seid ihr dann wieder zusammen? Und damit das möglich ist, musste es diese Zeremonie geben?«

Ix Chel strahlte.

»Mit ihm zusammen, wenn Traum vorbei.«

Es gab nur die eine Erklärung, dass Ix Chel ihr irdisches Leben als einen Traum betrachtete, überlegte Alice. Dies schien ihr eine sehr verwirrende religiöse Vorstellung, die völlig ihrem eigenen Realitätsempfinden widersprach. Sie hatte aber nicht viel Gelegenheit, darüber nachzudenken, denn Ix Chel ergriff ihre Hand und zog sie mit erstaunlicher Energie von den inzwischen in Trance versunkenen Menschen weg und hinter eine der Wohnhütten, wo sie unbeobachtet waren. Ix Chel grub eine Weile in der Erde und förderte schließlich ein Ba'ay zutage, wie jene Tragenetze aus Baumrinden hießen, die von den Frauen geflochten wurden. Mit flinken Fingern entfernte sie alle Erdklumpen, die noch daranhingen.

Der Sonnenuntergang ließ Rottöne durch das Geäst der Bäume schimmern. Nebelschwaden hingen in den Zweigen. Im Dickicht des Dschungels begannen die strahlend weißen Blüten der Nachthyazinthen einen betörend intensiven Duft zu verbreiten.

Alice starrte sprachlos auf die Pracht der großen, unebenen, zu einer Kette aufgereihten Edelsteine, die Ix Chel ihr entgegenhielt. Sie hatte keine Zweifel mehr, dass dieses Schmuckstück uralt sein musste, denn es strahlte jene archaische Ästhetik aus, die sie an den Ruinen von Palenque kennengelernt hatte. Zunächst zögerte sie, die Kette zu berühren, denn vielleicht könnte ein Kunstwerk, das Jahrhunderte überlebt hatte, allein durch ihre Ungeschicklichkeit plötzlich zu Staub zerfallen.

»Ich haben von meine Mutter«, erklärte Ix Chel. »El doctor es wollen.«

»Aber er sagte, dass er die Kette niemals gesehen hat«, erwiderte Alice. Sie wusste nicht, ob Ix Chel sie verstehen konnte, doch dies war unwichtig. Ihr fiel ein, dass ein Mann, der ihren Bruder getötet hatte, sicher auch in der Lage gewesen wäre, sie anzulügen.

»Wollte Dr. Scarsdale die Kette von Patrick haben? Und der weigerte sich, sie ihm zu geben? Kam es deshalb zum Streit?«

Ix Chel nickte. Ihre Augen blitzten erfreut, dass sie so schnell verstanden worden war. Alice erinnerte sich, mit welcher Faszination der Archäologe Patricks Zeichnung betrachtet hatte. Sehr wertvoll, hatte er gesagt, eine bedeutende Entdeckung. Auf einmal begriff sie, was geschehen sein musste.

»Was wollte Patrick mit der Kette machen?«, fragte sie langsam und deutlich. Ix Chel hatte nicht viel Zeit gehabt, von Patrick Deutsch zu lernen, aber ihre Entschlossenheit, ihm zur Seite zu stehen, hatte sie vielleicht besonders aufmerksam gemacht. Sie rang nach Worten, machte ein angestrengtes, manchmal sogar verzweifeltes Gesicht, aber schließlich begann sie zu berichten.

»Patrick sagen, Kette mein. Soll bleiben bei mir. Ich nicht mögen el doctor. Kranke Seele, immer allein, nicht glücklich. Nicht wollen ihm geben Kette.«

Es passte zu Patrick, dass er die Wünsche seiner Geliebten respektiert hatte. Er musste jedoch unvorsichtig genug gewesen sein, die Existenz der Kette gegenüber Dr. Scarsdale zu erwähnen. Auch dieses Vertrauen in seine Mitmenschen entsprach seinem Charakter. Sogar ihr strenger, stets unzufriedener Vater hatte es nicht aus ihm herausprügeln können. Vielleicht hatte Patrick sich auch aus Trotz dagegen gewehrt, den Glauben an das Gute im Menschen aufzugeben – und dafür mit dem Leben bezahlt.

Alice wischte sich Tränen aus den Augen. Sie spürte Ix Chels Finger an ihrem Handgelenk. Obwohl sie es nicht mochte, von Fremden berührt zu werden, wich sie nicht zurück.

»Chan K'in sagen, dein onen Quetzal. Seltene Vogel. Und schön.«

Sie kicherte fröhlich wie ein kleines Mädchen. Alice ahnte, dass sie sich geschmeichelt fühlen sollte, denn der Quetzal, den man selten zu Gesicht bekam, galt tatsächlich als die schönste Vogelart des Dschungels. Aber was war ein onen?

»Deshalb Patrick jetzt auch onen Quetzal. Dein Bruder. Du auch Hach Winik.«

Alice erinnerte sich, wie Andrés ihr einmal erzählt hatte, jeder Indio betrachte eine bestimmte Tierart als seinen Seelenverwandten. Die Schamanen bestimmten, welches Tier es war, indem sie die Träume des Betroffenen interpretierten. In ihrem Fall also der Quetzal, obwohl sie nie von ihm geträumt hatte. Als Erbschaft erhielt Patrick nun auch posthum diesen prächtigen Vogel. Alice fühlte sich tief gerührt, dass Ix Chel weiter mit ihrem Malalil verbunden sein wollte, auch wenn er tot war und sie bald einen anderen Mann heiraten würde. Ihre letzte Scheu schwand, was vielleicht an dem Rauschgetränk liegen mochte, und sie schloss diese Frau aus einem fremden Volk, deren Gesicht auf einer Zeichnung sie viele Wochen lang Fragen gestellt hatte, in die Arme.

»Du nehmen Kette«, flüsterte das Mädchen ihr ins Ohr. Alice wich zurück und starrte sie ungläubig an.

»Ich … aber warum? Sie gehört dir.«

»Ich nicht mehr wollen. El doctor nicht soll kommen hierher und suchen. Ich will Frieden bis wieder bei Patrick.«

Nach ein paar Atemzügen setzte Alice sich auf den Boden und forderte Ix Chel mit einer Handbewegung auf, ihrem Beispiel zu folgen.

»Diese Kette«, bemühte sie sich zu erklären, »ist sehr viel wert. Mucho dinero.«

Das Spanische half nicht. Ix Chel sah sie nur fragend an.

»Deine Kette«, versuchte Alice einen weiteren Anlauf, »davon kannst du viel kaufen. Und Patrick war ein reicher Mann. Er wollte sicher nicht, dass du jetzt arm bist. Du könntest an einem anderen Ort leben als hier. In einem großen Haus mit Dienstboten, du, deine Mutter, eure ganze Familie. Du könntest eine Señora sein.«

Ix Chel blickte weiterhin ratlos drein. Alice war sich nicht sicher, ob sie die Worte nicht verstand oder deren Aussage nicht begriff. Sie atmete tief durch, musterte den abendlichen Regenwald mit seinen Geräuschen und Gerüchen, jene Hütten, die fast wie ein Teil der sie umgebenden Natur wirkten, und ihre inzwischen in Rauschträumen versunkenen Bewohner. Auf einmal wusste sie selbst nicht, was der Erlös für die Kette hier zum Besseren verändern könnte, außer dieses Dorf aus seiner Abgeschiedenheit zu reißen, was vielleicht seinen allmählichen Niedergang bedeutete.

»Bist du hier zufrieden?«, fragte sie schließlich. Ix Chel nickte zustimmend.

»Das Leute meiner Mutter«, bestätigte sie.

»Gut, in diesem Fall … ich werde die Kette mitnehmen. Dann

kommt niemand hierher, um nach ihr zu suchen«, sagte Alice schließlich. Ihre Finger umschlossen das Schmuckstück, das schwerer war als erwartet.

»Ich danke dir«, sagte Alice, als sie aufstand. »Ich bin sehr froh, dass mein Bruder dich getroffen hat. Du hast ihn glücklich gemacht.«

Diesmal lächelte Ix Chel nicht.

»Zuerst er krank, da nicht glücklich. Chan K'in sagen, unglückliche Mensch krank, braucht Heiler. Du und Andrés auch manchmal krank.«

»Wir werden versuchen, gesund zu werden«, erwiderte Alice und ging, die Kette in ihrer Hand, zu der Hütte zurück, wo Andrés auf sie wartete.

»Sieh her, was ich von meiner indianischen Schwägerin erhielt.«

Andrés wandte sich um und hielt ihr eine angezündete Fackel entgegen. Das Staunen auf seinem Gesicht war geringer, als sie erwartet hatte.

»Die Kette von Patricks Zeichnung«, stellte er fest und nahm das Schmuckstück an sich, um es näher zu betrachten.

»Was sind das für Steine?«, fragte er. Alice war froh, endlich einmal eigenes Wissen zum Besten geben zu können. Vom Überleben im Dschungel wusste sie auch jetzt nur das Allernotwendigste, aber mit Schmuck kannte sie sich aus.

»Malachit, Onyx und Jade, würde ich sagen. Sie gelten als Halbedelsteine, sind aber wertvoll. Doch es ist das Alter der Kette, das ihren wahren Wert ausmacht. Ich denke, sie stammt noch aus der Zeit, da Palenque ein Herrschersitz war.«

Sie ging in die Hocke und griff nach der Schüssel mit gekochten Flussschnecken, die hier fast so gern gegessen wurden wie Papageien. Die Aufregung hatte sie hungrig gemacht, und inzwischen war sie die seltsamen Speisen gewöhnt.

»Und was machen wir jetzt damit?«, fragte Andrés, dessen Begeisterung sich in Grenzen hielt. Bevor sie antworten konnte, stieß er ein bitteres Lachen aus. »Ich hätte fast vorgeschlagen, sie Dr. Scarsdale zu bringen, was ihn dir gegenüber gnädig stimmen würde. Aber dann wüsste er auch, dass du Ix Chel gefunden hast, und damit wärest du in Gefahr.«

»Eben. Die Kette könnte als Beweis dienen«, erwiderte Alice, um ihm gleich darauf mitzuteilen, was ihr auf dem Weg zur Hütte klar geworden war. »Ich werde sie Hans Bohremann zeigen, gemeinsam mit der Zeichnung. Dann weiß er, dass ich Ix Chel wirklich getroffen habe. Und ich denke, er wird mir glauben, wenn ich ihre Geschichte wiedergebe. Dann wärest du von allem Verdacht befreit.«

Sie sah ihn erwartungsvoll an, aber sein Gesicht drückte nichts weiter als verhaltene Nachdenklichkeit aus.

»Die Kette bedeutet nicht, dass Ix Chel die Wahrheit sagt«, meinte er. »Das wird Hans Bohremann ebenso sehen. Ich bin Indio wie sie. Er könnte es als einen Versuch auslegen, mich zu schützen.«

Alice seufzte leise.

»Aber wie sollen wir sonst deine Unschuld beweisen?«, widersprach sie. »Willst du dich wirklich bis an dein Lebensende hier verstecken? Außerdem hast du selbst gesagt, dass dieses Dorf früher oder später entdeckt werden wird. Was machst du dann?«

»Bis dahin könnte noch sehr viel Zeit vergehen. Ich kann hoffen, dass ich es nicht mehr erlebe.«

Er lehnte sich zurück und rieb sich müde seine Schläfen.

»Alice, manchmal frage ich mich, ob all dies nicht eine Strafe ist für das, was mein Vater mir stets vorwarf. Ich wollte aus meinem Dasein als gewöhnlicher Peon ausbrechen, maßte mir an, wie ein Ladino zu leben, und am Ende sitze ich an einem Ort, wo niemand weiß, was ein Ingenieur überhaupt ist. Mein Vater würde vermutlich sagen, es sei mir recht geschehen.«

»Das ist doch Unsinn!«, rief Alice, die eine derartige Resignation wütend machte. »Nur weil du als Indianer auf die Welt kamst, darfst du nichts anderes tun als deine Vorfahren? Warum solltest du kein Recht haben, frei über dein Leben zu entscheiden?«

Andrés gab ihr keine Antwort, scharrte nur mit einem kleinen Ast in der Erde herum.

»Für Ix Chel ist dieser Ort der richtige, das habe ich heute begriffen«, fuhr Alice fort. »Sie will kein anderes Leben als dieses. Aber du hast einen anderen Weg gewählt. Gib jetzt nicht auf!«

Er hob seinen Blick zu ihrem Gesicht, in seinen braunen Augen lag der Ausdruck von Vertrauen und Zuneigung, vielleicht sogar ein wenig Hoffnung. Mit seiner rechten Hand zog er sie zu sich.

»Ich werde dich zu Hans Bohremann bringen«, versprach er. »Allein schaffst du den Weg dorthin kaum. Aber ich werde mich im Umland verstecken, bis ich weiß, wie dein Gespräch mit ihm verlaufen ist. Das ist sicherer.«

»Ich werde tun, was ich kann, damit du dein altes Leben wieder aufnehmen kannst«, erwiderte Alice und lehnte den Kopf an seine Schulter. »Du bist ein guter Ingenieur, und Hans Bohremann weiß das. Ich bin mir sicher, er wäre froh, wenn ihr euch irgendwie einig werdet. Vielleicht bist du ihm gegenüber zu stur gewesen.«

Andrés widersprach nicht, sondern zog sie in eine innigere Umarmung. Während die Nacht sich über den Dschungel legte und die Dorfbewohner noch reichlich betäubt in ihre Hütten krochen, lauschte Alice seinen ruhigen Atemzügen, bis sie selbst langsam in den Schlaff glitt. Wieder zogen Gesichter an ihr vorbei. Sie sah Patrick, der ihr zulächelte. Seltsamerweise löste sein Anblick keinen Schmerz mehr aus, sondern war jener endgültige, friedliche Abschied, den sie niemals voneinander nehmen konnten. Dann erschien plötzlich eine indianische Frau in einer bunt bestickten Bluse und einem Wickelrock, der mehrere Gestalten in weißen Kitteln folgten. Sie stiegen die Stufen zum Palast in Palenque hoch, der aber keine Ruine mehr war, denn es waren ihm plötzlich Mauern und auch ein Turm gewachsen. Alice war sich sicher, diese Indianerin niemals zuvor gesehen zu haben, doch ihr Gesichtsausdruck erinnerte sie an die gelangweilten, unzufriedenen Damen der vornehmen Gesellschaft, die sie von den Empfängen ihres Vaters kannte. Eine einfache Bäuerin konnte es jedenfalls nicht sein, dazu war ihre Haltung zu stolz und ihr scharf geschnittenes Profil zu aristokratisch. Um ihren Hals hing die Kette aus Edelsteinen.

Danach hörten die Träume auf. Alice schlief friedlich weiter, bis die Stimmen der Dorfbewohner sie weckten, denn hier im Dschungel begann der Tag mit dem ersten Morgengrauen. Sie verspürte ein leichtes Stechen in den Schläfen, wie sie es von süßem Portwein kannte. War es möglich, dass der Schluck aus dem Becher ihr die seltsamen Bilder der gestrigen Nacht geschenkt hatte? Chan Nuk brachte Wasser, Weintrauben und Maisfladen herein wie jeden Morgen. Alice bedankte sich wie gewohnt mit einem Kopfnicken. Es wurde ihr allmählich unangenehm, ständig bedient zu werden, aber die Heilerin traute ihr offenbar immer noch nicht zu, sich selbst und ihren Mann versorgen zu können.

Es war an der Zeit aufzubrechen.

Die Abreise fand bereits zwei Tage später statt. Chan Nuk überreichte Alice ein weiteres aus Pflanzenfasern gesponnenes Band, das sie sich um den Hals wickeln sollte, um unterwegs vor bösen Geistern geschützt zu sein. Ix Chel umarmte sie zum Abschied, Chan K'in sprach ein paar Worte, die Alice nicht verstand, und vier kleine Mädchen schenkten ihr einen Kranz aus Blüten. Alice war über diese unerwartete Gabe so erfreut, dass sie das neugierige Zupfen an ihrem Haar widerspruchslos hinnahm. Die Dorfbewohner begleiteten sie und Andrés zum Ufer des Usumacinta, wo bereits eines der schmalen Indianerboote auf sie wartete. Alice hatte sich umgezogen. In dem weißen Kittel der Dschungelbewohner wollte sie niemandem begegnen, die Kleidung, mit der sie angekommen war, wies zu viele Risse auf, um verwendbar zu sein, doch zum Glück hatte Ix Chels Mutter ihr eine weitere Indianertracht eingepackt. Andrés trug seine zerschlissene Hose und den Xikul. Die Männer des Dorfes hatten ihm einen Bogen und mehrere Pfeile überreicht, zur Verteidigung und für die Jagd. Er versicherte Alice, im Umgang darin geübt zu sein, was sie ein wenig beruhigte.

Als sie auf den Usumacinta hinausglitten, winkten die Dorfbewohner, liefen am Ufer entlang und lachten aufgeregt Vielleicht hatte Patrick jenes schlichte, naturverbundene Dasein gesucht, als er nach Mexiko aufgebrochen war. Sie hob die Hand, um zurückzuwinken. Sie wollte ihre Dankbarkeit zum Ausdruck bringen – für ihre Genesung, die ihnen beiden erwiesene Gastfreundschaft und vor allem für die Gelegenheit, mit Ix Chel sprechen zu können. Aber sie konnte diesen Leuten keinen anderen Gefallen tun, als ihre Existenz weiter vor dem Rest der Welt geheim zu halten.

Die Reise über den Fluss verlief problemlos. Sie mieden alle Hütten oder gelöschten Lagerfeuer, die auf die Nähe anderer Menschen hinwiesen. Chan Nuk hatte ihnen Maisfladen und Früchte mitgegeben, wovon sie sich den ersten Tag ernähren konnten. Abends legten sie an einer dicht bewaldeten Uferstelle an, versteckten das Boot im Gebüsch und übernachteten im Schutz der Bäume. Alice staunte, wie gut sie schlafen konnte. Der Dschungel hatte an Schrecken verloren.

Am nächsten Morgen fuhren sie weiter, blieben dabei meist in Ufernähe, damit sie schnell im Wald verschwinden konnten, falls ihnen plötzlich Boote oder Baumstämme entgegenkommen sollten. Doch sie trafen niemanden. Eines Abends gelang es Andrés, mit seinen Pfeilen einen wilden Truthahn zu erlegen. Alice, die in ihrem Leben niemals ein Huhn zubereitet hatte, half fleißig beim Rupfen mit, denn das hatte sie von Chan Nuk gelernt. Dann drehten sie den riesigen Vogel auf einem Spieß über dem Lagerfeuer. Das Fleisch schmeckte erstaunlich gut, und sie konnten sogar Vorräte für den nächsten Tag mitnehmen.

Zu ihrem Staunen erkannte Andrés die Stelle, wo sie zu Fuß weiterlaufen mussten. Wieder versteckten sie das Boot, um keine Verfolger anzulocken. Alice wusste, dass sie den Dschungel in etwa zwei Tagen verlassen würden. Der bevorstehende Fußmarsch schien ihr harmlos im Vergleich zu den bereits überstandenen Abenteuern. Bald schon wäre sie wieder in einer ihr einigermaßen vertrauten Welt, doch sie hatte kein Geld mehr, was die Rückkehr zu Hans Bohremann schwierig machte. Nach Palenque wäre es nicht so weit gewesen, aber sie konnte Dr. Scarsdale nicht mehr um Unterstützung bitten, ohne in Gefahr zu geraten. Der einzige Wertgegenstand in ihrem Besitz war die Kette, die sie nicht verkaufen wollte. Im Gegenteil, es galt, sie vor Dieben zu schützen, auch wenn sie hoffte, dass gewöhnliche Mexikaner ihren Wert nicht erkennen würden. Schweigend folgte sie Andrés durch das Dickicht, denn trotz aller

Sorgen wuchs mit jedem ihrer Schritte der Wunsch, in die Zivilisation zurückzukehren.

Sie erreichten das Dorf am nächsten Abend kurz vor Sonnenuntergang. Alice lachte fast vor Freude, als die ärmlichen Hütten im Dämmerlicht auftauchten, denn die Aussicht auf ein Lehmdach über ihrem Kopf, Tortillas und vor allem frischen Kaffee lockte wie ein irdisches Paradies. Die Familien hockten bereits in ihren Hütten, als Andrés und Alice den Dorfplatz betraten. Essensgeruch füllte die abendliche Luft, und Alice hörte ihren Magen knurren. Nachdem Andrés ein paar Worte gerufen hatte, erschien die alte Ix Chel, gefolgt von ihrem Ehemann, dem Kaziken. Die Neuankömmlinge wurden ohne Zögern in die Hütte gebeten. Maruch hatte bereits die Teller gefüllt, und alle rückten etwas zusammen, um Platz zu machen. Erst nachdem Alice und Andrés sich satt gegessen hatten, begannen die Fragen. Andrés erzählte, was Manuel widerfahren war. Maruch schien davon unberührt, aber die zwei kleinen Mädchen weinten. Der Kazike sprach ein paar zornige Worte, doch war es unmöglich einzuschätzen, ob er sich über die Dummheit seines Sohnes oder die Ungerechtigkeit der Welt empörte.

»Was wird Maruch jetzt machen?«, flüsterte Alice Andrés zu, während sie einen weiteren Schluck von dem herrlich duftenden Kaffee nahm.

»Vermutlich sucht sie sich einen anderen Mann. Manuel hatte es sich bereits gründlich mit ihr verdorben. Sie hätte ihn ohnehin bald verlassen.«

»Aber sie hat schon zwei Töchter«, erwiderte Alice. Sie fragte sich, wie viele Männer bereit wären, diese Verantwortung zu übernehmen. In Berlin hatten ledige Mütter oft darüber geklagt, wie schnell Kindergeschrei neue Liebhaber in die Flucht schlug.

»Das spricht für sie«, erwiderte Andrés. »Kein Mann will eine unfruchtbare Frau. Für die Mädchen wird gesorgt werden, und Maruch bleibt nicht lang allein, sie ist hübsch und fleißig. Bei uns geht das ohne viele Formalitäten. Sie braucht keine Scheidung einzureichen. Wenn Manuel lange genug fort ist, dann gilt sie wieder als unbemannt.«

Alice stellte fest, dass die Sitten der Indianer ihre Vorzüge hatten. Sie spürte den Blick der alten Ix Chel auf sich ruhen. Ihr schien, dass kein Gespräch vonnöten war. Die Frau wusste, dass sie ihre Tochter getroffen hatte und nun im Besitz der Kette war.

»Sag ihr, dass alles in Ordnung ist. Ihrer Tochter geht es gut, und ich werde alles versuchen, um Patricks Mörder zur Strecke zu bringen«, sagte sie zu Andrés, der leise übersetzte. Ein kurzes Gespräch fand statt, dann wandte er sich wieder an Alice.

»Sie sagt, dass ein Ladino hier war, der nach uns fragte. Eine blonde Frau und ein Indio sind ein ungewöhnliches Gespann. Er wollte wissen, ob uns jemand gesehen hat.«

Alice spürte, wie ihr ein Schauer über den Rücken lief.

»Meinst du, Dr. Scarsdale hat ihn geschickt?«, flüsterte sie. »Ich hätte ihm nicht so viel erzählen sollen, das war dumm von mir!«

»Irgendwie musstest du ja begründen, warum du ihm bis nach Palenque folgen wolltest«, erwiderte Andrés. »Mach dir nicht zu viele Sorgen, er hat keine Ahnung, wohin wir gegangen sind. Und ein Ladino, der in Indio-Dörfern herumfragt, wird meistens mit Lügengeschichten abgespeist. Aber trotzdem sollten wir so schnell wie möglich aus dieser Gegend verschwinden. Kannst du dein Haar nicht irgendwie färben?«

Sie hob ratlos die Hände.

»Womit denn? In einer großen Stadt könnte ich sicher ein Mittel auftreiben, aber hier? Ich bezweifle, dass die Indianerinnen schwarze Haarfarbe brauchen. Ich werde einen Hut aufsetzen, mehr kann ich nicht tun.«

Andrés nickte.

»Wir reisen morgen ab. Je eher wir in die Sierra Madre kommen, desto sicherer dürften wir vor unserem Verfolger sein. Auf die Idee, dass ich freiwillig zu Hans Bohremann zurückgehe, wird er wohl kaum kommen.«

Alice nahm es seufzend hin. Sie hätte sich zwar gern noch ein wenig ausgeruht und innerlich auf das Gespräch mit Hans Bohremann vorbereitet, doch sie sah ein, dass sie schnell vorwärtskommen mussten. Dann fiel ihr ein weiteres dringliches Problem ein.

»Wie reisen wir denn? Ich habe keinen einzigen Centavo mehr, um einen Esel zu kaufen, von einem Karren ganz zu schweigen.«

»Ix Chels Eltern sind bereit, uns zu helfen. Wir bekommen unser Maultier wieder«, beruhigte Andrés sie. »Und ein Junge aus dem Dorf wird uns einen schnellen Weg nach San Juan de Chamula zeigen, dem Indianerdorf, das nahe bei Jovel, also San Cristóbal, liegt. Ich soll seinen Vater dafür morgen bei der Verhandlung mit einem Enganchador unterstützen, der ihn für eine Plantage anwerben will. Wer den Vertrag lesen kann, wird nicht so leicht betrogen.«

»Das hast du alles ausgehandelt, während wir beim Abendessen saßen?«, fragte Alice anerkennend. Er lächelte sie spöttisch an.

»Ix Chels Mutter hatte es bereits so geplant, bevor wir ankamen. Ich glaube, die Alte kann hellsehen.«

»Sie wusste sogar, dass wir zu Hans Bohremann gehen wollen?« Alice fand die Fähigkeiten der alten Frau sehr erstaunlich.

»Nein, aber dass wir einen Führer brauchen würden, das ahnte sie. Sie schlug dem Vater des Jungen den Handel vor, noch bevor wir hier eintrafen. Jedenfalls rechnete sie mit unserer baldigen Rückkehr.«

»Also das«, erwiderte Alice grinsend. »würde ich einfach indianisches Organisationstalent nennen. Dr. Scarsdale würde staunen.«

Ihr war fast zuversichtlich zumute, als sie sich wieder in der Hütte niederlegten. Wenigstens würde sie bald an ihr Ziel gelangen, auch wenn sie keine Ahnung hatte, was dann weiter geschehen sollte.

Der Enganchador traf früh am Morgen ein. Er war ein großer, ungepflegter Mann mit indianischen Gesichtszügen. Allein seine Größe deutete auf europäische Vorfahren hin. Zudem sprach er Spanisch und schien lesen zu können, behauptete er zumindest. Das Gespräch zwischen Andrés, diesem Mann und dem Indio, der auf einer Zuckerrohrplantage arbeiten sollte, fiel kurz aus. Andrés überflog den Vertrag, sprach ein paar Worte auf Tzotzil, das die Chol verstehen konnten. Der Enganchador reiste unverrichteter Dinge ab, was nicht dazu beitrug, seine ohnehin schlechte Laune zu verbessern.

»Es war wie erwartet«, sagte Andrés auf Englisch, als er wieder zu Alice in die Hütte trat. Die Frauen der Familie stellten gerade den Teig für Tortillas her. Dazu war, wie Alice inzwischen gelernt hatte, eine Kalklösung notwendig, in der die Maiskörner ungefähr eine Dreiviertelstunde lang gekocht wurden, bis ihre Schalen sich abgelöst hatten. Anschließend wurden sie auf der Metate zu einer Masse zerrieben, die zu kleinen Klumpen geformt, später platt geklatscht und schließlich auf dem Comal gebraten wurde. Die Frauen im Dschungel hatten es ebenso gemacht, auch wenn die Maisfladen bei ihnen etwas dicker und unförmiger gewesen waren und sie andere Begriffe für die Kochutensilien verwendet hatten.

»Was war wie erwartet?«, fragte Alice, die den Frauen wieder einmal nur zugesehen hatte. Ihr mit Gesten vorgetragenes Angebot zur Hilfe war von Maruch freundlich lächelnd abgewiesen worden. Sie wusste nicht, ob Manuels Frau ihren seltsamen Gast schonen wollte oder ihr nichts zutraute, beschloss aber, sich darüber nicht den Kopf zu zerbrechen.

»Es sind immer dieselben Verträge. Sogar mein Vater, der sich weise und stark gab, fiel darauf herein, und am Ende wurde unser ganzes Dorf umgesiedelt«, erzählte Andrés und ließ sich an ihrer Seite nieder. »Man bekommt Geld als Vorschuss, den man dann während der Ernte abarbeiten kann. Das klingt alles sehr vielversprechend, aber gleichzeitig werden einem noch viele andere Dinge in Rechnung gestellt. Das Essen während des Weges zur Plantage, die Unterkunft, dazu kommen die hohen Preise in den Tiendas, wo der Plantagenbesitzer Waren anbietet. Woanders kann man sie aber nicht kaufen. Nach der Erntezeit sitzt man fest, muss nächstes Jahr wieder dort arbeiten, um die Schulden zu bezahlen, wodurch neue Schulden entstehen. Meine Leute kamen niemals mehr weg, obwohl sie das heiße Klima nicht mochten und von der kühlen Luft in den Bergen träumten.«

Alice erinnerte sich an den störrischen Kaziken, der seinen Sohn verflucht hatte.

»Du bist entkommen«, erinnerte sie ihn. »Und du musst nicht mehr zurück.«

Die Andeutung eines Lächelns zeigte sich auf seinen Lippen, und er zuckte mit den Schultern.

»Wir werden sehen. Zunächst einmal bringe ich dich zu Hans Bohremann.«

Der Junge, der ihnen den Weg weisen sollte, war etwa in Julios Alter, doch er wirkte weniger aufgeweckt. Sein Blick war stumpf, er musterte Alice zunächst mit unverhohlener, fast dreister Neugier, um sie dann nicht mehr zu beachten. Sie vermutete, dass er über den Hut enttäuscht war, unter dem sie ihre blonden Haare verbarg.

»Yo soy Ricardo«, teilte er ihr mit, wobei er auf ihre Huarachas starrte. Danach sprach er kaum ein Wort, führte lediglich das Maultier, auf dem sie saß. Er schritt flott voran, lotste sie abseits der ausgetretenen Pfade an den Bäumen vorbei. Den Weg schien er gut zu kennen. Alice genoss seine Schweigsamkeit, da sie so ihren eigenen Gedanken nachhängen konnte. Dann fiel ihr ein merkwürdiger Umstand auf.

»Andrés«, flüsterte sie auf Englisch, »dieser Junge kann doch Spanisch.«

»Er war mit seinem Vater öfter unterwegs, um Waren zu verkaufen. Dabei hat er ein paar Brocken Spanisch aufgeschnappt«, erwiderte Andrés, der neben dem Maultier herlief. »Was ist so wichtig daran?«

»Er hätte doch selbst mit diesem Enganchador reden können. Wozu haben sie dich gebraucht?«

»Er kann spanisch sprechen, aber nicht lesen. Wahrscheinlich war selbst der Enganchador nicht in der Lage, den Vertrag zu entziffern. Ohne mich hätte der Vater unterschrieben.«

Er klang stolz, einen Mann davor bewahrt zu haben, sich durch ein einziges Kreuz zum Sklaven eines Patrons zu machen. Aber wenn Ricardos Vater dringend Geld brauchte, woher würde er es nun beziehen?

Alice beschloss, dass dies nicht ihr Problem war. Ricardo sollte sie in die Sierra Madre bringen, dann war seine Aufgabe erfüllt. Wenn er bereit wäre, sie bis zu Hans Bohremann zu begleiten, konnte sie ihm zum Abschied vielleicht ein paar Münzen in die Hand drücken, was ihr Gewissen beruhigen würde.

Wieder stand eine Übernachtung im Freien bevor, weil Geld für eine Herberge fehlte. Alice hatte sich inzwischen daran gewöhnt, auch wenn die bevorstehende Ankunft in Hans Bohremanns Hazienda durch die Aussicht auf ein bequemes Bett zu einem verlockenden Traum wurde. Ein paar Tage würde sie es noch aushalten müssen, auf der harten Erde zu schlafen, dann wäre es hoffentlich für immer vorbei.

Andrés erlegte gemeinsam mit Ricardo ein Gürteltier, das ihnen neben den üblichen Tortillas als Abendmahl diente. Der Indio-Junge zauberte völlig unerwartet eine Flasche Aguardiente hervor. Alice verkniff sich die Frage, womit er ihn bezahlt hatte, und nippte gierig daran. Der Schnaps schmeckte bitter und verursachte in größeren Mengen sicher höllische Kopfschmerzen, doch ein paar Schlucke würden ihr das Einschlafen erleichtern.

Sie wusch sich in einem Bach in der Nähe des Lagerfeuers. Daran, wie ihre Kleidung aussehen würde, wenn sie Hans Bohremann erreichte, wollte sie nicht denken. Vermutlich würde Rosario ihr blitzschnell eine neue Garderobe verschaffen, dabei auf ein paar abfällige Blicke aber nicht verzichten. Es war unwichtig, sagte Alice sich, als sie ihre Petate ausrollte und die dünne Wolldecke über sich legte. Sie spürte, wie Andrés, der ein Stück neben ihr lag, sanft ihre Hand berührte.

»Du machst dich erstaunlich gut. Als ich mich damals in dein Zimmer auf der Hazienda geschlichen hatte und du nicht so recht wusstest, ob du in Ohnmacht fallen sollst oder um Hilfe schreien oder beides, da hätte ich dir niemals zugetraut, eine solche Reise zu überstehen.«

»Der Mensch wächst mit seinen Aufgaben«, erwiderte Alice spöttisch. »Ich tat es wegen Patrick, sonst hätte mich niemand in den Dschungel treiben können. Aber vergessen werde ich diese Erlebnisse wohl niemals.«

Sie umklammerte seine Finger. Zwar hielt er es für ratsam, die Art ihres Verhältnisses vor Ricardo zu verbergen, um den Jungen nicht unnötig zu schockieren, doch eine solche Berührung würde im Dunkeln nicht auffallen. Zudem hatte Ricardo seine Petate ein gutes Stück von ihnen entfernt ausgerollt.

»Ich habe den Eindruck, unser indianischer Führer mag mich nicht besonders leiden«, flüsterte sie Andrés nun zu, dessen Augen spöttisch aufblitzten.

»Er hält dich vielleicht für einen Erdgeist, der arme Indio-Jungen in sein unterirdisches Reich lockt, um sie nie wieder freizulassen. Derartige Geschichten kursierten jedenfalls in meinem Dorf.«

Alice schubste ihn scherzhaft.

»Waren diese Erdgeister denn immer weiblich? In diesem Fall träumten vielleicht einige Jungen von einer solchen Entführung.«

»Sie waren nicht immer weiblich«, entgegnete er. »Doch sie hatten immer gelbes Haar und blaue Augen, so wie die Leute, auf deren Plantagen wir schufteten. Nicht einmal ich hätte mir damals so eine Entführung gewünscht. Heute ...«

Wieder blitzten seine Augen in der Dunkelheit auf, und er rückte näher an Alice heran.

»Heute würde ich es vielleicht anders sehen«, fügte er hinzu. Ihre Finger verflochten sich ineinander. Plötzlich fiel Alice ein, was sie Andrés schon lange hatte erzählen wollen.

»Ich habe von Ix Chel geträumt. Im Dschungel, aber noch bevor ich ihr begegnet bin. Es war fast, als wolle sie mich rufen.«

Er regte sich nicht.

»Du hattest die Zeichnung von ihr. Und sie hat dich lange beschäftigt. Für die meisten Träume gibt es meines Erachtens eine sachliche Erklärung. Sie sind Spiegel unserer Sorgen und Wünsche, nicht Botschaften von Göttern.«

Alice musste lachen.

»Meine Güte, du bist wirklich Ingenieur mit Leib und Seele. Hast du auch mit deinem Vater so geredet?«

»Nein«, erwiderte er ernst. »Vieles habe ich erst begriffen, als ich studierte und in Kontakt mit Ladinos, Europäern und Nordamerikanern kam. Aber du täuschst dich, wenn du uns Indios alle für völlig abergläubisch und rückständig hältst. Ich glaube, auch mein Vater zweifelt an der Existenz von Geistern und Göttern. Er will nur unsere alten Traditionen und Rituale bewahren, damit wir nicht vergessen, wer wir sind.«

»Ich habe niemanden als rückständig bezeichnet!«, protestierte Alice. Sie musste laut gesprochen haben, denn über ihr krächzten die in ihrer Nachtruhe gestörten Vögel. »Ich sagte doch schon, dass ich selbst über die Träume staune, die ich im Dschungel hatte. Ich sah Ix Chel in ihrem Dorf, obwohl ich das Dorf nicht kannte. Und später, da sah ich Patrick, fast als wollte er mir etwas mitteilen, und …«

»Du hattest sehr hohes Fieber«, unterbrach Andrés sie und drückte ihre Hand. »Daher diese Träume. Du steigerst dich in etwas hinein. Wir Indios sind einfach nur arme Bauern, keine edlen Wilden mit übernatürlichen Fähigkeiten, die wir sogar auf andere Menschen übertragen können.«

»Vielleicht unterschätzt du die Fähigkeiten deines Volkes«, beharrte Alice. »Vielleicht habt ihr Talente, die bei uns Europäern verloren gegangen sind.«

Seine Antwort war ein Murren, das nicht überzeugt klang.

»Träumst du denn nie?«, fragte sie.

»Doch, natürlich«, gab er zu. »Aber ich halte diese Träume nicht für wichtig. Nur das, was ich mir im Wachzustand denke und wünsche, zählt.«

Alice gab die Diskussion auf. Sie hätte ihn gern gefragt, wie seine Wünsche bezüglich ihrer Person aussahen, hielt das aber für unpassend. Es war nicht ihre Art, Liebeserklärungen zu erflehen, und tief in ihrem Herzen wusste sie, dass eine solche Erklärung ihr Angst gemacht hätte. Aber gleichzeitig sehnte sie sich danach.

Sie hörte seine Atemzüge tiefer und ruhiger werden. Er konnte sehr schnell einschlafen, wachte aber auch ebenso schnell auf, wenn das geringste verdächtige Geräusch erklang. Ihr selbst fiel es deutlich schwerer einzuschlafen. Plötzlich tauchte Marianas Hundegesicht auf und sah sie traurig, fast vorwurfsvoll an. Der Hund war noch in Palenque. Sie durfte nicht vergessen, ihn zu holen, wenn alles geklärt war. Auch Julio hatte eine Belohnung für seine treue Unterstützung verdient. Die Möglichkeit, dass es ihr nicht gelingen würde, Hans Bohremann von ihrer Geschichte zu überzeugen, und sie daher nicht nach Palenque zurückkehren könnten, schob sie entschieden beiseite.

Ein leichtes Rütteln an ihrer Schulter weckte sie. Sie schlug die Augen auf, sah aber nur dichtes Geäst über sich, durch das spärliches Mondlicht drang.

»Ich habe Schritte gehört«, flüsterte Andrés. »Und Ricardo ist verschwunden.«

Alice rieb sich die Augen. Es musste mitten in der Nacht sein, und ihr Körper war schwer wie Stein. Sie sehnte sich danach, bis zum Morgengrauen weiterschlafen zu können.

»Wahrscheinlich ist er aufgestanden, weil … weil es hier zwar keine Toiletten gibt, aber Baumstämme, hinter denen man sich verstecken kann«, murmelte sie und drehte sich herum, um weiterzuschlafen.

»Mir gefällt das nicht«, beharrte Andrés. »Ich werde nach ihm sehen.«

Alice schloss wieder die Augen, konnte aber nicht mehr einschlafen. Tief in ihr nagte Unruhe. Angespannt lauschte sie und hörte, wie Andrés sich vorsichtig entfernte. Ihr wurde bewusst, dass ihre Sinne in der letzten Zeit schärfer geworden waren, denn anfangs hatte sie die Schritte der Indianer für geräuschlos gehalten. Sie blieb starr auf ihrer Petate liegen und wartete auf seine Rückkehr. Lange blieb es nahezu unheimlich still, als seien in dieser teils gerodeten, an manchen Stellen aber noch von dichtem Wald überwucherten Landschaft am Rande des Dschungels sogar alle Tiere verstummt. Dann hörte sie plötzlich Ricardos Stimme und atmete erleichtert auf. Schon knackten Zweige, jemand trat sehr schwer auf. Nach Andrés klang es nicht.

»Quién está?«, rief sie, erhielt aber keine Antwort. Die Schritte kamen näher. Alice richtete sich auf und starrte angestrengt ins Dunkel. Zwei Gestalten traten aus dem Dickicht der Bäume. Sie erkannte Ricardo, was sie ein wenig beruhigte, doch gleich hinter ihm tauchte ein großer Mann auf.

Ohne weiter nachzudenken, begann Alice loszulaufen. Diesmal gelang es ihr, im Dunkeln nicht zu stolpern, doch bald schon wurde sie am Rock gepackt und zurückgerissen. Sie erkannte Ricardos verlegenes Gesicht im Mondlicht und zerkratzte zornig eine seiner Wangen.

»Maldita Bruja!«, rief er. Verfluchte Hexe. Sie trat nach ihm, um sich freizukämpfen, denn für einen kleinen Jungen war er erstaunlich kräftig. Fast wäre es ihr gelungen, seinen Griff abzuschütteln, da schob sich ein breites, grimmiges Männergesicht in ihr Blickfeld, und sie schrie auf, als sie Martin erkannte. Nun schlug sie mit aller Kraft um sich und schaffte es tatsächlich, Ricardo zurückzustoßen, sodass er gegen Martin prallte. Wieder rannte sie ein paar Schritte, dann wurde sie an den Haaren gepackt. Ein rauer Stoff schob sich über ihr Gesicht. Es musste ein Sack sein, erkannte sie, schnappte nach Luft und versuchte verzweifelt, ihren Kopf freizubekommen, doch zwei kräftige Pranken umklammerten ihre Handgelenke. Bald darauf schnitten Seile in ihre Haut und beraubten sie aller Bewegungsfreiheit. Sie wurde auf das Maultier gehoben.

»Andrés!«, kreischte sie verzweifelt. Martin lachte.

»Dein dreckiger Indio hat sich aus dem Staub gemacht. Der hat genug von dir, du kleine Hure!«

Sie spürte, wie seine Hand unter ihren Rock griff und ihren Oberschenkel entlangglitt. Verzweifelt trat sie um sich, doch da sie nichts sehen konnte, traf sie nur ins Leere.

»Wir sollen sie nur zu ihm bringen, hat er gesagt – unversehrt«, mahnte Ricardo leise.

»Kümmere dich um deine Angelegenheiten, Muchacho!«, knurrte Martin, ließ aber von Alice ab.

Das Maultier setzte sich langsam in Bewegung.

»Wir müssen noch ihre Sachen holen. Das ist wichtig, hat er gesagt«, fuhr Ricardo fort. Martin stimmte knurrend zu. Alice wusste nicht, ob sie erleichtert oder entsetzt sein sollte, dass die Kette nicht am Lagerplatz zurückbleiben würde. Mit aller Kraft kämpfte sie gegen die Angst an, unter dem dicken Stoff nicht mehr atmen zu können, denn ihr begann bereits schwindelig zu werden. Ein Atemzug nach dem anderen, ermahnte sie sich und stellte fest, dass es möglich war, Luft zu bekommen. Sie würde nicht sterben. Sie sollte heil und gesund irgendwo hingebracht werden, so viel hatte sie begriffen. Sobald sie an diesem Ort angekommen war, erwartete sie sicher nichts Gutes. Sie konnte gar nicht wieder in die Freiheit entlassen werden, da sie sonst von ihrer Entführung berichten würde. Einen Menschen hier in dieser Wildnis verschwinden zu lassen, das war nicht besonders schwierig.

Sie konzentrierte sich auf ihre Atmung, um die Panik im Zaum zu halten. Martin und Ricardo wechselten nur die nötigsten Worte miteinander. Andrés, hallte es bei jedem einzelnen Herzschlag in ihrem Kopf. Wo war er? Hatte er sie wirklich im Stich gelassen? Sie klammerte sich an die Erinnerung, wie er sie bereits in Palenque vor Martin gerettet hatte. Er würde sicher eine Steinschleuder basteln. Oder Hilfe holen, was in der gegenwärtigen Lage vielleicht sinnvoller wäre. Aber würde es ihm noch gelingen, sie zu finden, wenn sie bereits ein paar Tage unterwegs war?

Sie verjagte diese Gedanken, denn sonst hätte sie begonnen, vor Angst und Verzweiflung zu schreien. Seit ihrer Ankunft in Mexiko war sie mehrfach in einer gefährlichen Lage gewesen, doch niemals hatte sie so wenig Hoffnung gehabt, sich selbst retten zu können. Niemand hielt es für nötig, wenigstens den Sack von ihrem Kopf zu entfernen, obwohl der Schweiß in Strömen über ihre Haut lief. Sie hatte Martin bereits zu gut kennengelernt, um sich Hoffnungen zu machen, dass sie ihn durch Bitten würde erweichen können. Vermutlich hasste er sie so sehr, dass es ihm Freude machte, sie leiden zu sehen.

Sie biss die Zähne zusammen, um nicht zu wimmern. Allmählich gewöhnte sie sich daran, nichts sehen zu können, doch sie schwitzte so unerträglich, dass sie fürchtete, in Ohnmacht zu fallen. Sie versuchte, in Erinnerungen an schöne Tage und Ideen für neue Bilder zu flüchten. Ihr Körper passte sich dem schaukelnden Gang des Maultiers an. Wenigstens saß sie einigermaßen bequem.

Nach einer Weile wurde sie aus dem Sattel gehoben, und der Sack wurde entfernt. Sie nahm eine weite Landschaft mit Büschen und Agaven wahr. Allzu weit konnten sie sich aber nicht vom Dschungel entfernt haben, denn im Hintergrund ragten die ihr inzwischen vertrauten riesigen Bäume in den Himmel. Erstaunlicherweise fand sie diesen Gedanken beruhigend, als sei der Regenwald keine Bedrohung mehr für sie, sondern auch möglicher Schutz, da man sich gut in ihm verstecken konnte. Sie ließ sich zu Boden gleiten. Ricardo hielt ihr eine Wasserflasche hin, aus der sie gierig trank. Dann fütterte er sie mit einer Tortilla. Alice kaute wie ein fügsames Kind, denn sie musste essen, wenn sie bei Kräften bleiben wollte. Ihr fiel auf, dass Ricardo ihrem Blick auswich, was er von Anfang an getan hatte. Martin saß etwas weiter im Hintergrund, aß ebenfalls und nippte immer wieder an der Flasche mit Aguardiente, die er Ricardo abgenommen haben musste.

»Wenn du Geld brauchst, kann ich dir mehr geben als er«, flüsterte Alice dem Jungen so leise wie möglich zu. »Ich bin reich.«

Er schnaubte nur.

»Reiche Ladino-Frau keine Indio-Hure.«

Es war Andrés also nicht gelungen, die Beziehung zwischen ihnen geheim zu halten. Und er hatte recht gehabt. Sie sank dadurch im Ansehen seiner Leute, da sie sich nicht so verhielt, wie sie es von einer Frau ihres Standes erwarteten.

»Geld habe ich trotzdem«, beharrte Alice.

»Warum dann reisen auf Maultier? Schlafen im Wald?

Alice seufzte.

»Ich wurde entführt«, log sie, da ihr nichts Besseres einfiel. »Andrés wollte mich zu Hans Bohremann zurückbringen, um eine Belohnung zu bekommen. Wenn du es jetzt tust, dann …«

»Hör auf, mit der Indio-Hure zu quatschen!«, brüllte Martin dazwischen. Ricardo erschrak und entfernte sich rasch. Alice sackte zusammen. Sie wehrte sich nicht einmal mehr, als ihr wieder der Sack über den Kopf gezogen wurde. Ihre Hoffnungen auf eine baldige Befreiung schwanden langsam. Andrés konnte nicht wissen, wo sie sich aufhielten. Sie musste irgendeine Möglichkeit finden, sich selbst zu helfen, doch mit gefesselten Händen und ohne etwas zu sehen, war es schwierig. Ihr blieb nichts anderes übrig, als zu warten, bis sie das Ziel dieser unfreiwilligen Reise erreicht hatte.

Alice musste zwei Nächte in gefesseltem Zustand verbringen. Auch der Sack wurde ihr nicht abgenommen. Nur wenn sie zu essen bekam, durfte sie eine Weile die Umgebung betrachten. Manchmal führte Ricardo sie hinter einen Baum, damit sie ihre Notdurft verrichten konnte. Dabei wurde eine ihrer Hände befreit, doch hielt er den Strick, an den die andere gebunden war, fest umklammert. Den Sack durfte sie nur kurz nach oben schieben. Während sie auf dem Maultier saß, lauschte sie aufmerksam und hoffte, dass andere Reisende ihnen begegnen würden. Eine gefesselte Frau mit einem Sack auf dem Kopf musste Verdacht erregen. Doch nur ein einziges Mal vernahm sie Schritte dicht neben sich, die aus der entgegengesetzten Richtung kamen, sich aber einfach wieder entfernten. Vermutlich waren es Indianer, die niemals gewagt hätten, sich gegen einen Mann wie Martin zu stellen. Davon abgesehen, mochte das Schicksal einer fremden Frau ihnen gleichgültig sein.

Am dritten Tag blieb das Maultier bereits kurz nach dem morgendlichen Aufbruch wieder stehen, und Alice wurde aus dem Sattel gehoben. Sie hörte, wie Martin sich entfernte, während Ricardo sie vor sich herschob. Obwohl sie nichts sehen konnte, spürte sie deutlich, dass sie einen geschlossenen Raum betrat. Sie streckte die Arme aus und ertastete Holz. Sie war in einer Hütte.

»Setzen Sie sich hin, Señorita«, forderte Ricardo sie auf. Sein Ton war die meiste Zeit über respektvoll gewesen. Alice gehorchte. Sie spürte das Geflecht einer Petate unter sich.

»Wo bin ich?«, fragte sie. Ricardo antwortete nicht, aber er löste die Fesseln an ihren Händen. Dann eilte er hinaus. Alice hörte eine Tür zufallen und staunte, wie still es plötzlich war.

Sie zog den Sack von ihrem Kopf. Es tat gut, wieder sehen und frei atmen zu können. Eine Weile lag sie auf der Matte, und Tränen der Erleichterung liefen ihr über die Wangen. Dann betrachtete sie ihre Umgebung. Ein zerbeulter Koffer lag in der Ecke der Hütte, daneben stapelten sich ein paar Papiere mit Zeichnungen von Schriftzeichen und Ruinen. Eine Staffelei stand ein Stück neben ihr. Die Bilder waren immer noch so sorgfältig abgedeckt, wie sie sie vor ihrer Abreise zurückgelassen hatte.

Es erleichterte Alice, wieder in ihrer Hütte in Palenque zu sein, obwohl es genug Gründe zur Sorge gab. Sie war nicht einmal überrascht. Im Grunde hatte sie die ganze Zeit geahnt, wer sie hatte entführen lassen. Als sie ein Kratzen und Bellen außerhalb der Hütte vernahm, rief sie erfreut Marianas Namen. Der Hund grüßte lautstark zurück. Alice stand aus alter Gewohnheit auf, um die Tür zu öffnen, doch sie war von außen verrammelt. Wütend zerrte sie daran, erst als Schritte erklangen, wich sie wieder zurück. Die Tür öffnete sich wie von Geisterhand, Mariana stürmte herein und sprang an Alice hoch, um ihr Gesicht abzulecken.

»Willkommen in Palenque«, sagte Dr. Scarsdale, der im Türrahmen stand.

19. Kapitel

Alice setzte sich wieder auf die Petate und kraulte mechanisch Marianas Fell. Eine innere Stimme sagte ihr, dass sie versuchen musste, einen völlig normalen, entspannten Eindruck zu machen. Sie hatte Dr. Scarsdale stets als distanzierten, aber auch zuverlässigen Menschen empfunden. Es fiel ihr immer noch schwer, ihn jetzt anders zu sehen.

»Ich bedauere, dass ich Sie auf so unbequeme Art hierherbringen lassen musste«, sagte er und ging ihr gegenüber in die Hocke. »Aber ich fürchte, Sie hätten sonst weiter sehr viel Unsinn angestellt. So wie Sie es eigentlich seit Ihrer Ankunft in Mexiko taten.«

Sie staunte, dass sie in diesem Augenblick mehr Zorn als Angst empfand.

»Warum soll es Unsinn gewesen sein, den Mörder meines Bruders zu suchen?«

Dr. Scarsdales Miene blieb völlig unbewegt.

»Weil es Dinge gibt, die Sie nicht verstehen.«

Er griff in die Tasche seiner Jacke. Alice stieß einen Schrei aus, als sie die Steine der Kette aufleuchten sah. Nur ein allerletzter Rest an Vernunft hinderte sie daran, sich auf ihn zu stürzen, um ihm den Schmuck wieder zu entreißen. Er war der letzte Mensch auf Erden, dem sie Ix Chels Geschenk überlassen wollte.

»Sie können sich nicht vorstellen, wie sehr ich mir gewünscht habe, dieses Schmuckstück in den Händen halten zu können«, sagte er, ohne ihr dabei ins Gesicht zu blicken. Er machte einen versonnenen, fast weltentrückten Eindruck, als rede er zu einem unsichtbaren Publikum.

»Ein Stück uralter Vergangenheit, ein prächtiges Exemplar, von dem jedes Museum begeistert wäre.«

Er fuhr sich mit der freien Hand durchs Haar. Seine Augen begannen zu leuchten, wie immer, wenn er von seiner Arbeit sprach.

»Ihr Bruder hatte mir von dieser Kette erzählt und sie mir auf Wunsch sogar gezeigt. Das war erst auf Hans Bohremanns Hazienda, als seine Liebste ihm hinterhergelaufen kam und diese Kette mitbrachte, um nicht ganz mittellos dazustehen. Hier im Dschungel war Patrick nur damit beschäftigt gewesen, sich mit seiner süßen Indianerin auf der Petate zu wälzen. Unsere Arbeit war ihm völlig egal geworden, stattdessen redete er von Misshandlungen der Indianer und ihrer Entrechtung, als hätte dieses dumme Mädchen ihm völlig den Verstand geraubt.«

Alice richtete sich auf. Der Drang, Patrick zu verteidigen, wurde so übermächtig, dass sie alle Vorsicht vergaß.

»Ich habe gehört, dass Patrick sich von Anfang an für die Rechte der Indianer einsetzte, bereits vor Ix Chels Auftauchen. Und was ist daran so verkehrt? Sind Menschen nicht wichtiger als Ruinen?«

Dr. Scarsdales Lachen hatte immer einen sehr unangenehmen Klang gehabt, doch erst jetzt wurde ihr bewusst, woran es lag. Diesem rauen Geräusch fehlte der Ausdruck von Freude.

»Menschen, Miss Wegener, gibt es auf dieser Welt zuhauf. Die meisten sind völlig unwichtige Kreaturen, die niemals in ihrem Leben etwas Bedeutendes schaffen werden. Die Entdeckung eines uralten Maya-Schatzes hingegen, das wäre eine herausragende Leistung. Etwas, worauf man stolz sein kann.«

»Um einen Schatz geht es hier doch gar nicht«, gab Alice zurück. »Nur um eine einzige Kette.«

»Dort, wo sie herkam, war sicher noch mehr. Ich glaube, dieses Indio-Mädchen wusste, wo ein verborgenes Grab zu finden ist. Wenn Patrick etwas schlauer gewesen wäre, dann hätte er es aus ihr herausgeholt, aber er … er hatte eben andere Dinge im Kopf.«

Ihr schien, als hätte Dr. Scarsdale sich im letzten Moment zusammengerissen, um nicht etwas noch Verletzenderes zu sagen.

»Wie sind Sie denn zu der Kette gekommen, Miss Wegener?«, fragte er sachlich, so, wie er stets mit ihr gesprochen hatte. »Wo haben Sie diese Ix Chel gefunden?«

»Sie ist im Dschungel«, erklärte Alice, denn ihr fiel keine passende Lüge ein. »An einem Ort, der nicht leicht zu finden ist. Den Weg dorthin könnte ich selbst unter Zwang nicht erklären, denn diese Leute sind Nomaden. Sie werden nur gefunden, wenn sie es wollen.«

Es stimmte im Wesentlichen. Sie ging davon aus, dass Dr. Scarsdale nicht die Mittel für eine groß angelegte Suche hatte. Er nahm ihre Erklärung mit einem schlichten Nicken hin.

»Es gelang Ihnen also tatsächlich, das Mädchen aufzuspüren. Haben Sie von ihr denn auch etwas Wichtiges über den Tod Ihres Bruders erfahren?«

Sein Blick war nüchtern und ausdruckslos wie oft zuvor. Sie hatte niemals geahnt, wie viel sich dahinter verbarg. Erst begriff sie den Sinn dieser Frage nicht, dann wurden ihr die Zusammenhänge plötzlich klar. Ix Chel hatte hinter dem Felsen gesessen und den Streit zwischen Patrick und dem Archäologen beobachtet. Dabei war sie aber nicht gesehen worden.

Sie holte Luft und bemühte sich, so gelassen wie möglich zu antworten. Eine erfolgreiche Lüge war ihre einzige Rettung.

»Leider konnte sie es auch nicht sagen. Sie war mit Andrés fortgegangen, um Nahrung zu besorgen. Als sie zurückkamen, war Patrick tot. Andrés lief weg. Ich fürchte, er ist nicht besonders mutig. Ix Chel weinte eine Weile beim Leichnam meines Bruders, dann suchte auch sie das Weite.«

Sie musterte Dr. Scarsdales Gesicht aufmerksam, suchte nach Zeichen von Unsicherheit, Misstrauen oder Erleichterung. Doch er sah aus wie immer, wenn sie mit ihm gesprochen hatte. Gefasst, vergeistigt und an vielen Dingen desinteressiert.

»Ich bedauere, dass Sie nicht mehr herausfinden konnten«, sagte er freundlich. »Aber wenigstens wissen Sie nun, dass Andrés Uk'um nicht Patricks Mörder gewesen sein kann, denn er war zu dem Zeitpunkt, da Patrick getötet wurde, nicht anwesend.«

»Ja, das ist richtig«, erwiderte Alice. Dieses Gespräch verlief so nüchtern und sachlich, dass sie es fast ernst zu nehmen begann. Dann fiel ihr wieder ein, dass sie nicht freiwillig hier war.

»Wie konnten Sie mich finden?«, fragte sie, um Gelassenheit

bemüht. »Ich zog mit Andrés und Julio los, dann kehrte Julio zurück.«

»Ja, und er sagte, dass Sie eine kleine Reise machen wollen.«

Dr. Scarsdale kicherte.

»Aber ich kannte Ihren Dickkopf schon gut genug. Sie reisten nicht zum Vergnügen hier herum, sondern wollten das Mädchen finden, das die Kette hat. Und ebendies wollte ich auch.«

»Das hätten Sie mir einfach sagen können«, erklärte Alice. Er winkte nur ab.

»Ich hatte Sie beobachten lassen, die ganze Zeit. Von Martin, der Sie nicht unbedingt in sein Herz geschlossen hatte. Die anderen Capataces waren eingeweiht, daher tolerierten sie einen studierten Indianer als Jefe.«

»Aber …« Alice blieben die Worte im Hals stecken, als sie langsam begriff. Sie hatte gedacht, Dr. Scarsdale würde sie und Andrés unterstützen, doch der vermeintlich vertriebene Martin musste ihn ebenfalls aufgesucht haben und war sein heimlicher Verbündeter geworden.

»Als Sie Palenque verließen, folgte Martin Ihnen und sammelte Informationen, wohin Sie gingen«, gab der Archäologe unumwunden zu. »Im Dschungel hat er Sie wohl eine Weile verloren, aber Sie tauchten ja wieder auf und hatten die Kette dabei.«

Alice lehnte sich seufzend zurück. Sie spürte, wie Mariana sich an sie presste.

»Jetzt haben Sie die Kette«, fuhr sie vorsichtig fort. »Ich verstehe, warum Sie sie wollten. Ich hätte sie Ihnen sicher freiwillig gegeben, wollte nur vorher mit Hans Bohremann sprechen. Nun sollte ich mich auf den Weg zu ihm machen.«

Sie sah in Dr. Scarsdales Gesicht, das weiterhin keinerlei Gefühlsregung verriet. Er rieb sich nur die Hände. War dies ein erstes Zeichen von Unsicherheit?

»Natürlich können Sie zu Hans Bohremann reisen«, sagte er schließlich. »Aber zunächst sollten Sie sich ein wenig ausruhen. Ich möchte Ihnen auch gern zeigen, wie die Grabungen am Tempel der Inschriften vorangegangen sind.«

»Haben Sie etwas entdeckt?«, fragte Alice interessiert.

»Nichts Wesentliches. Wir entfernten weiter Steine aus dem Boden, kamen aber gut voran.«

Er stand auf.

»Ich muss jetzt nach Martin und den anderen Männern sehen. Man wird Ihnen bald etwas zu essen bringen. Ruhen Sie sich einfach aus.«

Alice nickte. Sie empfand sogar ein wenig Erleichterung.

»Wo ist Julio?«

Die Frage war ihr plötzlich eingefallen.

»Weg. So wie die anderen Indianer.«

Sie riss ungläubig die Augen auf.

»Wieso weg. Ich verstehe nicht …«

»Es ist ganz einfach. Ich habe die Grabungen für eine Weile unterbrochen und den Arbeitern erlaubt, ihre Familien zu besuchen. Nur die Capataces sind noch hier.«

Alice begann zu frösteln.

»Julio hat hier in der Nähe keine Familie«, erwiderte sie.

»Ich weiß.«

Dr. Scarsdale trat ein paar Schritte Richtung Tür.

»Er wollte zunächst auf Ihre Rückkehr warten und sich um den Hund kümmern. Aber als ich ihm genug Geld anbot, da ging er. Schlafen Sie eine Weile, Miss Wegener, danach fühlen Sie sich sicher besser.«

Er entfernte sich mit einem Kopfnicken. Alice blieb wie betäubt zurück. Marianas Schwanz klopfte aufgeregt auf den Boden, und die raue Hundezunge fuhr über Alice' Hände.

»Wir müssen überlegen, was wir jetzt machen«, flüsterte Alice ihr ins Ohr. »Wie wir von hier wegkommen.«

Sie drückte den Hund an sich. Wieder einmal glaubte sie, dass es niemanden gab, auf den sie sich verlassen konnte.

Bei Einbruch der Dämmerung erschien Ricardo und stellte Alice eine Schüssel mit Tortillas hin.

»El doctor sagt, dass er beschäftigt ist und heute nicht mit Ihnen essen kann. Aber Sie können etwas von seinem Wein haben.«

Eine geöffnete Flasche und ein Glas wurden Alice überreicht. Sie bedankte sich höflich. All dies war ein Spiel, dessen Regeln sie nicht verletzen durfte. Solange sie sich nicht wie eine Gefangene benahm, sah Dr. Scarsdale vielleicht keinen Grund, sie als solche zu behandeln.

Als sie nachts versuchte, die Tür der Hütte zu öffnen, war sie verschlossen. Alice überlegte, dass sie vielleicht ein Loch graben könnte, um unter der Wand hindurchzukriechen, doch dies hätte sicher zu lange gedauert. Sie wusste auch nicht, was sie allein im Dschungel tun sollte. Den Weg nach Santo Dominge de Palenque würde sie niemals finden. Ihre einzige Chance war, Dr. Scarsdale davon zu überzeugen, dass er sie ohne Bedenken zu Hans Bohremann zurückschicken konnte.

In der Hoffnung, dies irgendwie schaffen zu können, fiel sie in einen unruhigen Schlaf.

Am nächsten Morgen wurde sie früh geweckt und mit Tortillas und einem Becher Kaffee versorgt. Sie konnte sich am Bach waschen und in einem Gebüsch ihre Notdurft verrichten, doch Ricardo hielt sich immer in der Nähe auf. Anschließend forderte er sie auf, ihm zu Dr. Scarsdale zu folgen. Es ging die Stufen zum Tempel der Inschriften hinauf. Alice bemerkte, wie verlassen die Ruinenstätte im Vergleich zu früher wirkte, nun, da die Arbeiter fort waren. Doch die fünf Capataces standen zu Füßen der Stufen und beobachteten aufmerksam jeden ihrer Schritte. Sie wusste, dass jeder von ihnen eine Waffe trug und jeden Fluchtversuch verhindern würde. Ihr Magen war ein Ball aus Zorn, Angst und Unsicherheit, als sie Dr. Scarsdale gegenübertrat.

»Guten Morgen, Miss Wegener, ich hoffe, Sie haben gut geschlafen.«

Er lächelte. Ihr fiel zum ersten Mal auf, dass seine Zähne gelb waren. Dabei rauchte er nicht einmal.

»Ja, es ging. Ich war froh, wieder in einer Hütte zu liegen.«

Das war nicht einmal gelogen.

»Ich möchte Ihnen die Fortschritte der Grabung zeigen«, erklärte der Archäologe und schickte Ricardo mit einer Handbewegung fort. Alice begann zu zittern, als sie mir Dr. Scarsdale allein zurückblieb.

Die Fortschritte bei der Grabung waren bescheiden. Vor ihrer Abreise mit Andrés hatte es ähnlich ausgesehen, nur ein paar wenige Steine mehr waren aus dem Boden entfernt worden. Der Archäologe musste die Arbeiten bereits eingestellt haben, nachdem sie mit Andrés verschwunden war. Vielleicht war es ohne Andrés nicht mehr gut vorwärtsgegangen. Wahrscheinlicher aber schien ihr, dass er andere Dinge im Kopf gehabt hatte.

»Ich glaube, dass die Priester der alten Maya gern hier oben standen, um auf die Stadt hinabzusehen. Der Ausblick ist großartig«, sagte Dr. Scarsdale. Er wies auf die Landschaft aus Büschen, Gras und Bäumen, die ebenerdig vor ihnen lag. Alice ließ ihren Blick schweifen, um ihn nicht zu verärgern. Der Dschungel hinter der Ruine war weitaus eindrucksvoller, doch auf dieser Seite konnte man besser in die Ferne sehen.

Sanft, fast zärtlich legten sich die Hände des Archäologen auf ihre Hüften. Alice lief ein Schauer über den Rücken, denn zunächst dachte sie an eine Berührung aus Verlangen. Aber dann spürte sie den Druck, der sie in Richtung der Stufen lenkte. Instinktiv stemmte sie die Fersen in den Boden, doch sie fand auf den steinernen Fliesen keinen Halt. Kraftvoll wurde sie vorwärtsgeschoben. Der Abgrund rückte immer näher. Sie ruderte mit den Armen, wollte um Hilfe schreien, doch ihre Lungen versagten. Es wäre ohnehin niemand gekommen. Die steilen Stufen tanzten vor ihren Augen, als es ihr gelang, zum Stillstand zu kommen. Sie schnappte japsend nach Luft, trat ein paar Schritte zurück und stützte sich an einem Pfeiler des Tempels ab. Hinter ihr erklangen Schritte. Sie sah sich verzweifelt nach einem Fluchtweg um. Sie konnte versuchen, zum benachbarten Tempel mit dem Totenkopf zu rennen, doch auch von dort wäre Dr. Scarsdale in der Lage, sie hinabzustoßen. Ihre einzige Chance war, in den Dschungel hinter den Gebäuden zu gelangen, wo sie sich vielleicht eine Weile würde verstecken können. Doch sobald der Archäologe die Capataces zu Hilfe rief, würde sie wahrscheinlich bald gefunden werden. Als sie Dr. Scarsdale hinter sich spürte, begann sie loszulaufen.

»Doctor! Sehen Sie, wer sich hier in der Nähe herumgetrieben hat«, hörte sie plötzlich Martin rufen. Dr. Scarsdale trat an ihre Seite und blickte hinab. Martin schob einen Mann in zerlumpter, weißer Indio-Kleidung vor sich her und hatte seinen Revolver an dessen Schläfe gerichtet. Sie schrie auf. Andrés hatte sie nicht im Stich gelassen. Er wurde vor den Tempel geschubst, während Martin ihm die Arme auf den Rücken bog. Sie hielt den Atem an. Nun war die Lage völlig verändert. Wenn das Spiel weitergehen sollte, brauchte Andrés eine Rolle darin.

»Lass ihn los!«, hörte sie Dr. Scarsdale rufen. »Wir haben schon auf ihn gewartet.«

Der Archäologe stieg die hohen Stufen hinab, und Alice folgte ihm sogleich. Sie spürte Andrés' besorgten Blick, als sie sich ihm näherte, und lächelte ihn beruhigend an. Sie lebte noch. Das allein zählte erst einmal.

»Wir haben einander unterwegs verloren«, sagte sie zu Dr. Scarsdale, »doch Señor Uk'um machte sich offenbar allein auf den Weg.«

Der Archäologe kommentierte diese Lüge nicht weiter.

»Nun bin ich endlich hier, obwohl ich etwas unsanft empfangen wurde«, sagte Andrés stattdessen, ohne eine Miene zu verziehen. »Sind Sie mit den Arbeiten am Tempel inzwischen gut vorangekommen?«

Wieder fiel Alice auf, dass Dr. Scarsdale sich die Hände rieb.

»Die Arbeiter sind weg«, erklärte er. »Sie … sie wurden schwierig. Aufsässig. Ich musste sie entlassen.«

Alice sah sich nach den Capataces um, die schweigend dastanden. Es wäre ihre Aufgabe gewesen, die Arbeiter zu kontrollieren. Dass ihr Jefe ihnen diese Fähigkeit absprach, ließ sie kalt. Sie mussten eingeweiht sein in sein Spiel. Vermutlich war ihnen eine Belohnung versprochen worden.

»Das ist bedauerlich«, sagte Andrés. »Aber ich kann in den umliegenden Dörfern neue Arbeiter anwerben, die handsamer sind. Morgen schon kann ich mich auf den Weg machen. Dann gehen die

Ausgrabungen schnell voran. Ich bin mir sicher, dass sich unter diesem Tempel eine bedeutende Entdeckung verbirgt. Ein Grabmal vielleicht.«

Sie sah Dr. Scarsdales Augen aufleuchten und lobte Andrés innerlich für seine Schlauheit.

»Das ist …« Dr. Scarsdale räusperte sich. »Das ist keine schlechte Idee. Wir reden in ein paar Stunden darüber. Jetzt wollen Sie sich sicher waschen und ein wenig ausruhen. Sie können die Hütte von Miss Wegener beziehen, falls die Dame nichts dagegen hat.«

Er sah Alice an, als warte er tatsächlich auf ihr Einverständnis. Martin knurrte spöttisch.

»Chingada«, hörte sie einen der Capataces murmeln. Hure. Sie straffte ihre Schultern.

»Natürlich möchte ich allein in meiner Hütte schlafen, aber Señor Uk'um kann sich dort gern eine Weile ausruhen«, erklärte sie. Auch wenn die Capataces unter dem Befehl des Archäologen standen, wäre es unklug, zu sehr in ihrem Ansehen zu sinken, denn vielleicht würde sie ein paar Verbündete unter ihnen finden können.

»Natürlich kann ich nicht in der Hütte der Señorita schlafen, aber ich bin dankbar, dass sie sie mir für eine Weile überlässt«, erwiderte Andrés, und sie glaubte, ein leichtes Zwinkern seines rechten Auges wahrzunehmen.

»Sie können dort gemeinsam das Mittagessen einnehmen. Ich selbst habe viel zu tun und bin mir sicher, dass Sie sich einiges zu erzählen haben«, sagte Dr. Scarsdale. Er schien geradezu erleichtert, seine zwei unfreiwilligen Gäste irgendwo unterzubringen. Vermutlich würde er die Tür verschließen, aber Alice war zu glücklich über die Möglichkeit, sich allein mit Andrés unterhalten zu können, um sich daran zu stören.

Sie gingen schweigend hinein. Die Tür wurde geschlossen. Ein knarrendes Geräusch folgte. Alice hatte bereits den hölzernen Riegel bemerkt, der bei ihrer Abreise noch nicht da gewesen war.

»Wie bist du hierhergekommen?«, fragte sie, noch bevor sie sich auf die Petate gesetzt hatten.

»Ich sah, wie sie dich entführten, und folgte, weil ich auf eine

Gelegenheit hoffte, dich befreien zu können. Aber sie waren immer wachsam. Es hätte uns nicht geholfen, wenn Martin sein Gewehr auf mich abgefeuert hätte, und Ricardo hat das scharfe Gehör der Indianer. Ich konnte mich nicht unbemerkt anschleichen. Also folgte ich in sicherem Abstand bis hierher. Ich hielt mich in den Büschen versteckt, bis ich dich und el doctor oben auf dem Tempel sah. Ich ahnte, was er tun wollte, noch bevor er dich schubste. Deshalb gab ich mich freiwillig zu erkennen, um ihn abzulenken. Es hat funktioniert.«

Alice umschlang ihre Schultern, um sich zu wärmen. Der Schrecken saß ihr noch tief in den Knochen.

»Zuerst tut er so, als ob alles in Ordnung wäre. Dann versucht er plötzlich, mich umzubringen«, murmelte sie ratlos. »Er hätte mich gleich töten können, als ich hier ankam. Es gibt kaum Zeugen, und die stehen alle in seinen Diensten.«

Andrés runzelte die Stirn.

»Hast du ihm erzählt, was Ix Chel gesagt hat?«

Sie schüttelte den Kopf.

»Er hat die Kette, die ihm sehr wichtig war. Dass Ix Chel gesehen hat, wie Patrick starb, weiß er nicht, und ich habe es nicht erwähnt.«

»Dann weiß er vermutlich selbst nicht, was er tun soll«, meinte Andrés. »Er scheint mir kein kaltblütiger Mörder, aber ihm ist klar, dass er in Gefahr ist, und das könnte ihn gefährlich machen. Wir müssen so schnell wie möglich von hier weg.«

Alice lachte bitter.

»Aber wie? Er gibt sich freundlich, aber er lässt mich niemals aus den Augen. Mit dir wird es genauso sein.«

Andrés kreuzte seine Beine mit der gewohnten Geschmeidigkeit zu einem Schneidersitz und beugte sich vor.

»Ich werde heute Nacht draußen schlafen wie früher. Ich warte eine gute Gelegenheit ab, dann öffne ich die Tür der Hütte. Wir schleichen uns davon.«

»Wie du meinst«, sagte Alice, ohne darauf einzugehen, wie wenig erfolgversprechend dieser Plan war. Sie kraulte Mariana. Der Hund, der sich zu ihren Füßen niedergelegt hatte, grunzte zufrieden. Wenn sie flohen, musste sie ihn mitnehmen, beschloss sie. Es schien ihr unwahrscheinlich, dass Dr. Scarsdale seinen Zorn an einem wehrlosen Tier auslassen würde, doch sie wusste nicht mehr, was von dem Archäologen zu halten war.

Wenn sie flohen. Es schien mehr eine unwahrscheinliche Möglichkeit als ein glaubwürdiger Plan, aber sie weigerte sich, die Hoffnung aufzugeben.

Ricardo brachte ihnen das Mittagessen. Dann ging Andrés hinaus, denn er hielt es für klüger, sich Dr. Scarsdale anzuschließen und eine mögliche Fortsetzung der Grabungen zu besprechen. Alice legte sich auf die Petate und versuchte, Ruhe zu finden. Wenigstens war sie jetzt nicht mehr allein.

Sie ging einige Male hinaus, um sich die Beine zu vertreten und Mariana herumzuführen. Die Tür wurde jedes Mal geöffnet, wenn sie klopfte, so wie es auch bei Andrés der Fall gewesen war. Als Gefangene wurden sie sehr höflich behandelt, doch sie blieben unter Bewachung. Sobald es dunkel wurde, schmiegte sie sich an den Körper des Hundes und wartete angespannt auf ein Geräusch, das die Möglichkeit zur Flucht versprach. Zunächst hörte sie nur die Stimmen der Capataces, die noch eine Weile zusammensaßen und sich offensichtlich betranken, denn sie begannen, immer lauter zu werden. In Alice wuchs die Hoffnung wie eine kleine, aber zähe Pflanze im Sonnenschein. Dr. Scarsdale würde wahrscheinlich in seinem Zelt schlafen, das am anderen Ende der Ruinenstätte lag. Von dort aus würde er es kaum hören, wenn Andrés sie aus der Hütte befreite, und die Capataces bekämen es wahrscheinlich auch nicht mit, da ein Übermaß an Aguardiente ein gutes Schlafmittel war. Alice verzehrte ihr Abendessen. Andrés hielt sich vermutlich noch bei Dr. Scarsdale auf und wartete, bis es draußen still zu werden begann. Die Aussicht, bald schon durch den nächtlichen Dschungel laufen zu müssen, erschreckte sie nicht mehr, denn sie würde Andrés in ihrer Nähe wissen. Als sie plötzlich ein Kratzen an der hinteren Wand der Hütte hörte, schoss sie in die Höhe.

»Señorita, sind Sie hier?«, flüsterte eine Stimme auf Spanisch.

Alice schloss ihre Hand um Marianas Schnauze, um sie am Bellen zu hindern, denn sie hatten beide erkannt, dass nur die Wand der Hütte sie von Julio trennte.

»Wie kommst du hierher?«, fragte sie verwirrt.

»Ich habe in einem der verlassenen Gebäude in der Nähe gewartet. Als el doctor uns alle fortschickte, aber Martin plötzlich wieder herumstolzierte, wusste ich, dass etwas nicht in Ordnung war. Martin sagte einmal, dass er Ihnen den Hals umdrehen würde, wenn er die Gelegenheit dazu bekäme. Und auch Andrés will er umbringen, keine Frage.«

Alice begann zu frösteln.

»Andrés und ich wollen heute Nacht fliehen«, wisperte sie durch einen Spalt zwischen den Baumstämmen. »Du kommst am besten mit, denn hier kannst du nicht bleiben. Warte einfach eine Weile, dann taucht er hier auf.«

»Ich fürchte, das wird er nicht, Señorita. Er kann nicht«, erwiderte Julio ebenso leise. Alice zuckte zusammen.

»Was ist mit ihm?«

»Er wurde gefesselt, bevor el doctor sich schlafen legte. Auf dessen ausdrücklichen Befehl, denn er hatte sich schon einmal unerlaubt von der Grabungsstätte entfernt. Ich habe mitbekommen, wie der Jefe den Capataces den Befehl erteilte.«

Alice vergrub beide Hände in Marianas Strubbelfell. Das Spiel schien endgültig vorbei. Was hatte der Archäologe vor?

»Du musst zu Hans Bohremann, dem Kaffeebaron, laufen und ihm sagen, dass ich Hilfe brauche. Schnell!«, zischte sie. Dann wurde ihr bewusst, dass viele Tage vergehen würden, bis er sein Ziel erreichte. Aber es gab keine andere Möglichkeit. Vielleicht konnte Julio sie jetzt aus der Hütte befreien, aber sie war nicht bereit, Andrés hier allein zurückzulassen.

»Warum sollte er einem gewöhnlichen Indio glauben?«, erwiderte der Junge. Alice dachte kurz nach, dann fiel ihr ein, dass sie noch ihren Zeichenblock und ihre Stifte hatte. Rasch schrieb sie im Dunkeln ein paar Zeilen an Hans Bohremann, erwähnte, dass Dr. Scarsdale Patricks Mörder war und dass er sie in Palenque gefangen hielt.

Sie unterschrieb klar und deutlich, dann schob sie das Papier durch den Spalt.

»Nimm das und lauf.«

Sie wollte noch an ihr Versprechen erinnern, dass sie Julio eine eigene Tienda kaufen würde, sobald sie das dafür nötige Geld hätte, da war er bereits verschwunden. Sie lauschte eine Weile, ob irgendwelche schweren Schritte erklangen, doch es rauschte, krächzte und knurrte nur im nächtlichen Dschungel. Julio war unterwegs. Nun musste sie Dr. Scarsdale eine Weile hinhalten und hoffen, dass bald Hilfe kam. Morgen würde sie auf eine Gelegenheit warten, Andrés einzuweihen, damit auch er nicht die Hoffnung verlor.

Sie umschlang Marianas Körper, und nach einer Weile gelang es ihr, in einen unruhigen Schlaf zu fallen.

Am nächsten Tag stiegen sie alle wieder die Stufen zum Tempel der Inschriften hinauf, denn so war es von Dr. Scarsdale gewünscht. Andrés, dessen Hände noch gefesselt waren, wurde von Martin vorwärtsgestoßen. Er stürzte und fiel auf die scharfen Kanten der Stufen, doch sein Peiniger riss ihn wieder hoch.

»Ist das wirklich notwendig?«, fragte Alice Dr. Scarsdale, der vor ihr ging.

»Bedauerlicherweise ja. Er ist bereits einmal unzuverlässig gewesen, indem er nicht wie verabredet zurückkam.«

»Aber … es geschah auf meinen Wunsch hin. Ich brauchte ihn als Begleiter.«

Der Archäologe lächelte eisig.

»Ich bin es, der hier die Befehle erteilt, Miss Wegener. Nicht Sie. Das hätte er wissen müssen.«

Alice schluckte alle empörten Widerworte, die ihr auf der Zunge lagen. Sie hoffte, dass Andrés verstand, warum sie nichts anderes tun konnte, als zu schweigen.

Im Tempel stellten sich alle um Dr. Scarsdale auf.

»Die Grabungen sollen hier fortgeführt werden«, verkündete er knapp. »Da uns die Arbeiter fehlen, müssen alle anwesenden Männer mit anpacken.«

Die Gesichter der Capataces nahmen teils erstaunte, teils offen zornige Mienen an.

»Wir sind keine Peones!«, knurrte einer von ihnen.

»Nein, denn ihr bekommt mehr Geld«, hielt der Archäologe demjenigen entgegen. »Und deshalb solltet gerade ihr meinen Anweisungen folgen.«

Alice meinte, die allgemeine Empörung wie einen Sturm in der Luft spüren zu können. Die Männer murmelten und riefen durcheinander. Der kleine, schmächtige Dr. Scarsdale hielt dem erstaunlich gut stand. Alice hatte ihm nicht so viel Durchsetzungsvermögen zugetraut.

»Als wir im Dschungel waren«, sagte Andrés plötzlich, »da erzählte mir einer der Indios – der Kazike, der hier früher heilige Rituale durchführte –, dass unter den Pyramiden die Herrscher und Priester der Stadt begraben sind.«

Alice schnappte nach Luft und warf ihm einen verwirrten Blick zu. Er nickte ernst in ihre Richtung, und sie begann zu ahnen, dass er die Wahrheit sagte. Da sie die ganze Zeit über andere Sorgen gehabt hatten, war dieses Thema bisher nicht zur Sprache gekommen.

Dr. Scarsdales Gesicht bekam einen fast fiebrigen Glanz. Vermutlich hatte Andrés ebendies gewollt. Bei den Grabungen konnte er helfen, und deshalb würde der Archäologe ihn nicht töten, vielleicht auch sie selbst verschonen, um ihn nicht zu verärgern.

»Na also. Wir müssen weitergraben, und zwar schnell. Es gibt sehr viel zu tun!«, rief Dr. Scarsdale. Seine Stimme klang so entschieden, dass einige der Capataces ergeben die Köpfe senkten.

»Ich weigere mich«, hörte sie Martin plötzlich sagen. »Ich bin kein dreckiger Indio und werde auch nicht wie einer arbeiten.«

Dr. Scarsdale schenkte ihm ein gefälliges Lächeln.

»Du bist kein Peon, daher steht es dir frei zu gehen. Deinen Lohn hast du bereits erhalten.«

Eine Weile bleib Martin breitbeinig stehen, als hoffe er, dadurch Eindruck zu machen. Als Dr. Scarsdale ihn nicht beachtete, drehte er sich brüsk um und stampfte davon. Ein einziger Capataz folgte ihm, die anderen blieben mit missmutiger Miene zurück.

Alice atmete erleichtert auf. Dass Martin ging, machte ihr und vor allem Andrés das Leben ein wenig leichter.

»Bindet den Indianer los, wir brauchen ihn«, wandte Dr. Scarsdale sich an die verbliebenen Aufseher. Andrés wurde von seinen Fesseln befreit. Er rieb sich die Handgelenke und warf Alice einen besorgten Blick zu. Sie fragte sich, wann sie endlich die Gelegenheit bekäme, ihm von Julio zu erzählen.

»So, nun fangt mit der Arbeit an. Andrés Uk'um erteilt jetzt die Anweisungen«, erklärte Dr. Scarsdale den Capataces. Das Murren schwoll wieder an. Alice sah, wie Andrés ihr einen beruhigenden Blick zuwarf. Zunächst einmal waren sie gerettet.

»Für Sie habe ich auch eine Aufgabe, Miss Wegener«, rief der Archäologe und riss Alice aus ihren Gedanken. »Bitte folgen Sie mir in den benachbarten Tempel. Es gibt dort einige sehr interessante Reliefs. Ich würde mir wünschen, dass Sie einige davon zeichnen.«

Sie scharrte nervös mit dem Fuß. Wollte er sie tatsächlich allein gehen lassen? Vor zwei Tagen noch wäre sie froh gewesen, denn dadurch bot sich eine Gelegenheit zur Flucht. Aber nun konnte sie Andrés nicht zurücklassen.

»Ich habe meinen Zeichenblock nicht dabei«, wich sie der Aufforderung aus.

»Das macht nichts. Ricardo wird alles Nötige aus der Hütte holen.«

Alice sackte zusammen, als er dem Jungen die Anweisung auf Spanisch erteilte.

»Wir gehen inzwischen hinüber und sehen uns die Reliefs an«, sagte er zu Alice. Ihr lief ein Schauer über den Rücken.

»Ich kann auch hier ein paar Zeichnungen machen, während gearbeitet wird«, sagte sie schnell. Sie ging davon aus, dass er sie nicht vor aller Augen hinabstoßen würde, auch wenn sie sich nicht darauf verlassen konnte.

»Hier und im Palast haben Sie schon sehr gute Arbeit geleistet, Miss Wegener«, erwiderte Dr. Scarsdale freundlich. »Es ist wirklich an der Zeit, sich einem anderen Gebäude zuzuwenden.«

Er winkte ihr zu, während Andrés die ersten Versuche unternahm, den missmutigen Capataces Anweisungen zu erteilen. Alice nahm sich ein Beispiel an ihm. Sie hatten keine andere Wahl, als weiter Dr. Scarsdales Spiel mitzumachen, auch wenn sie immer weniger begriff, was er damit bezweckte.

Der Totenkopftempel war bereits ziemlich verfallen, und Alice konnte die Reliefs kaum erkennen, außer jenes schauerliche Schädelgesicht auf einem Pfeiler, das dem Gebäude seinen Namen gegeben hatte.

»Absolut faszinierend«, sagte Dr. Scarsdale und wies auf dieses Relief. »Ich denke, es war Teil einer ganzen Gruppe von Symbolen und Figuren, die wir nicht mehr erahnen können. Doch weisen die alten Indio-Kulturen auf eine regelrechte Obsession, was den Tod betrifft, hin.«

»Aber in der europäischen Kultur lässt sich dies auch feststellen«, sagte Alice, die sich dem Sog eines Gesprächs über Kunst nicht entziehen konnte. »Es gibt einige Gemälde, auf denen Totenschädel zu sehen sind.«

Verzweifelt kramte sie in ihrem Gedächtnis nach Beispielen, doch sie konnte sich nur erinnern, derartige Gemälde gesehen zu haben, wusste aber nicht mehr, von wem sie stammten.

»Ja, das mag sein«, stimmte Dr. Scarsdale zu. »Doch dieser hier hat eine sehr merkwürdige Form. Man könnte fast sagen, es ist ein Hasenkopf.«

Er stieß ein unangenehmes Kichern aus, und als Alice jenes Relief musterte, das sie bei ihrer Ankunft in Palenque ziemlich erschreckt hatte, musste sie ihm zustimmen. Es konnte durchaus der Schädel eines toten Hasen sein. Auch andere Figuren waren Tierköpfe gewesen, wie sie es von den Götterfiguren der alten Ägypter kannte.

»Vielleicht sollte es eine Gottheit darstellen«, rätselte sie herum, während sie den Skizzenblock und Bleistift entgegennahm, die Ricardo ihr gebracht hatte. Nun war ihre Aufmerksamkeit gefesselt, und sie machte sich mit Eifer an die Arbeit. Je länger sie den Totenschädel anschaute, desto weniger grässlich wirkte er, ja, er bekam geradezu skurrile Züge, als hätte sein Schöpfer dem Tod das Grauen nehmen wollen, indem er dieses Relief schuf.

»Sie sind in der Tat eine begabte Künstlerin«, sagte Dr. Scarsdale. »Patrick hat nicht übertrieben, als er sagte, Sie wären weitaus besser als er selbst.«

Alice verspürte einen Stich. Für einen Moment ließ sie den Zeichenblock sinken.

»Ich versuche, von der Malerei zu leben, und habe daher weitaus intensiver geübt als mein Bruder«, erklärte sie. »Patricks Traum war die Archäologie. Er tat für Sie und Ihre Ausgrabungen hier, was er konnte.«

Sie stellte besorgt fest, dass diese Worte hart geklungen hatten.

»Nein, ebendas tat er leider nicht. Ich hatte große Hoffnungen in ihn gesetzt, doch er erwies sich als Enttäuschung«, erwiderte der Archäologe gelassen und setzte sich neben sie an den Fuß des Pfeilers. Alice erschauerte, denn seine Schulter berührte fast die ihre. Zum Glück wuchsen ein paar Sträucher in der Nähe, an denen sie sich vielleicht würde festkrallen können, falls er ihr einen Stoß versetzte. Doch er tat nichts dergleichen.

»Es war nicht nur die Angelegenheit mit der Kette«, fuhr er fort, als wolle er ein vertrauliches Gespräch beginnen. »Über diese Sentimentalität beschloss ich hinwegzusehen, hoffte, er würde mit der Zeit zur Vernunft kommen. Falls das Schmuckstück tatsächlich Eigentum seiner Indianerin war, dann hätte er ihr ja einen Anteil ausbezahlen können. Unverzeihlich aber war sein Benehmen gegenüber Hans Bohremann. Er mischte sich in Angelegenheiten ein, die ihn nichts angingen, erreichte dadurch überhaupt nichts, außer einen einflussreichen Mann zu verärgern und unsere Arbeit hier zu gefährden. Hans Bohremann hätte nur mit ein paar Leuten reden müssen, und wir hätten keinen einzigen Arbeiter mehr aufgetrieben, wahrscheinlich hätte man uns sogar aus den Ruinen verjagt.«

Alice legte die gerade begonnene Skizze zur Seite. Auf einmal war sie von der Unterhaltung noch mehr gefesselt als von dem Relief.

»Meinen Sie wirklich, das hätte Hans Bohremann getan? Er scheint mir kein derart rachsüchtiger Mensch. Patrick hat ihn vermutlich verärgert, indem er seine Geschäftspläne kritisierte, aber allzu dramatische Folgen hätte das wohl kaum gehabt.«

Sie fügte nicht hinzu, was sie sich außerdem dachte. Patricks empörter Auftritt vor dem Kaffeebaron hatte vermutlich nicht die geringste Wirkung gehabt, denn Hans Bohremann hätte sich die Aussicht auf gute Geschäfte sicher nicht durch die Vorwürfe eines Träumers verderben lassen, der sich in ein Indianermädchen verliebt hatte.

»Das hoffte ich auch«, sagte Dr. Scarsdale und rieb sich die Schläfen. »Nachdem ich von Patricks Plänen erfahren hatte, brach ich sofort selbst zur Plantage auf, um einen möglichen Streit zu schlichten. Aber ich kam zu spät. Patrick befand sich bereits auf dem Rückweg. Da nur eine einzige Straße von der Hazienda zur Plantage führt, war es fast unvermeidlich, dass wir einander begegneten.«

Alice erstarrte und wandte leicht den Kopf, um sein Profil mustern zu können. Er blickte starr auf die Landschaft zu Füßen der Pyramide. Seine Hände waren zu Fäusten geballt, das einzige Anzeichen von Anspannung. Wollte er ihr jetzt tatsächlich erzählen, was in jener Nacht geschehen war? Und war es angesichts der Umstände nicht klüger, ihn an einem Geständnis zu hindern?

»Ich wollte es nicht«, hörte sie ihn leise murmeln. »Ich wollte wirklich nicht, dass irgendjemandem ein Leid geschieht.«

Alice legte den Skizzenblock auf den Boden. In ihrem Rücken kreischten ein paar Affen, was sie erschreckte.

»Es ist natürlich nicht auszuschließen, dass der Tod meines Bruders zunächst ein Unfall war«, bot sie Dr. Scarsdale eine Ausflucht an. Die nächste Frage, nämlich wer ihrem bereits toten Bruder das Herz herausgeschnitten hatte, vermied sie geflissentlich. Je mehr sie wusste, desto gefährlicher war sie für den Archäologen.

»Ist es ein Unfall, wenn man jemanden schubst, der dann fällt und plötzlich nicht mehr aufsteht?«

Seine Stimme war nur ein Flüstern. Er starrte weiter in die Ferne. Seine Finger hatten sich ineinander verkrallt, und er kratzte mit den Nägeln an seiner blassen, schuppigen Haut.

»Ja, das würde man wohl einen Unfall nennen«, erwiderte Alice, denn sie ahnte, dass er dies hören wollte.

»Er muss sich den Kopf angestoßen haben. Ich wollte nichts weiter als die Kette von ihm. Und als ich hörte, dass er von Hans Bohremann hinausgeworfen worden war, da war ich so wütend wie noch nie zuvor in meinem Leben. Ich dachte, ich könnte hier in Palenque endlich etwas erreichen, jemand sein, den man ernst nahm, weil er eine bedeutende Entdeckung gemacht hatte. Dass hier in der Ruinenstadt noch Schätze verborgen sind, davon war und bin ich überzeugt. Und dann zerstörte Ihr Bruder alles, nur weil ihm eine kleine Indianerschlampe den Kopf verdrehte.«

Alice presste die Hand auf den Mund. Ein paar tiefe Atemzüge halfen ihr, die Fassung zu wahren. Sie musste versuchen, dieses Gespräch auf vernünftige Weise fortzuführen, auch wenn sie am liebsten geschrien und um sich geschlagen hätte.

»Wenn es so war, dann sind Sie kein Mörder«, erklärte sie ruhig. Sie wusste, dass dies stimmte, obwohl sie nicht genau sagen konnte, wie ein Richter das Maß von Dr. Scarsdales Schuld einschätzen würde. Dass er so lange geschwiegen und es hingenommen hatte, dass ein anderer Mann an seiner Stelle verdächtigt wurde, spräche sicher gegen ihn.

»Dr. Scarsdale«, fuhr sie fort, »wir können jetzt alle zu Hans Bohremann zurückkehren. Dann erzählen Sie ihm, wie es wirklich war. Er wird sicher froh sein, wenn diese unangenehme Geschichte geklärt ist. Ich werde einfach den nächsten Dampfer nach Europa nehmen. Ohne Anklage gibt es auch keinen Prozess.«

Im Augenblick war ihr Wunsch nach Sicherheit tatsächlich größer als jedes Verlangen, Dr. Scarsdale für seine Tat büßen zu lassen. Aber er war ein zu kluger Mann, um sich auf ein Versprechen zu verlassen. Während er eisern schwieg, kam ihr eine rettende Idee.

»Selbst wenn ich jemandem von unserem Gespräch erzählen würde, dann könnten Sie es einfach leugnen, denn es hat niemand anderer zugehört«, schlug sie vor. »Ich bestätige einfach die Unschuld von Andrés, und dann reise ich ab. Ich habe dieses Land sowieso allmählich satt.«

Der letzte Satz war gelogen. Es war inzwischen selbstverständlich für sie, in Mexiko zu sein. Sie liebte die feuchte duftende Luft, die

Wärme und das Strahlen der Farben. Außerdem waren ihr einige Menschen ans Herz gewachsen.

Dr. Scarsdales Lachen war kurz, trocken und derart bitter, dass sie fast versucht war, Mitgefühl zu empfinden.

»Wenn es nur so einfach wäre, wie Sie mir hier weismachen wollen. Ich habe mir so oft gewünscht, es könnte alles so wie vorher sein, als wäre in jener Nacht nichts geschehen. Manchmal, wenn ich mich auf meine Arbeit konzentrierte, kam es mir tatsächlich so vor. Aber dann tauchten Sie wieder irgendwo auf, um Ihre Nase in diese Angelegenheit zu stecken!«

Seine Hände verkrampften sich so stark ineinander, dass die Adern blau hervortraten. Alices eben noch zaghaft aufkeimendes Verständnis wurde von einer Welle des Zorns hinweggespült. Wollte er ihr die Schuld für sein schlechtes Gewissen zuschieben?

»Ich denke, wenn Sie offen über das Ereignis reden, dann können Sie besser damit leben«, sagte sie knapp. Aus den Augenwinkeln beobachtete sie, wie er aufstand. Kurz zog sich ihr Magen angstvoll zusammen, denn nun hatte er einen noch viel gewichtigeren Grund, sich ihrer entledigen zu wollen. Aber er ging schweigend ein paar Schritte in Richtung des Tempels der Inschriften, wo einige Männer laut fluchten. Es war wohl nicht leicht für Andrés, jene Capataces zu befehligen, die ihn noch in der vergangenen Nacht gefesselt hatten.

Ihr fiel ein, dass sie Dr. Scarsdale erneut hätte darauf hinweisen sollen, dass hier immer noch die Möglichkeit zu einer großartigen Entdeckung bestand. Schnell stand sie auf, um ihm zu folgen, da hallte plötzlich eine Stimme die Stufen der Pyramide hoch.

»Jefe! Sieh, wen ich gefunden habe!«

Sie fröstelte, denn sie wusste, es war Martin. Er kam auf die Tempel zu und zerrte den gefesselten Julio hinter sich her. Alice stockte der Atem. Panisch erwog sie, in das Dickicht des Dschungels hinter den Ruinen zu fliehen, aber das hätte bedeutet, dass sie nicht nur Andrés im Stich ließ, sondern auch einen Jungen, der in ihrem Auftrag losgezogen war.

So blieb sie stehen und sah zu, wie Martin Julio die Stufen emporschleppte. Aus der Nase des Jungen floss Blut, aber ansonsten wirkte er unversehrt. Vielleicht konnte sie Dr. Scarsdale davon überzeugen, dass all dies ein harmloser Zufall war.

»Mein persönlicher Diener!«, rief sie und war bemüht, Staunen vorzutäuschen. »Ich habe ihn nicht mehr gesehen, seit ich mit Andrés in den Dschungel aufbrach.«

Sie stellte sich mitten im Tempel der Inschriften auf und sah Julio ins Gesicht. Gern hätte sie ihn beruhigend angelächelt, wagte es aber nicht.

»Hast du dich hier im Dschungel versteckt, weil du nicht wusstest, wo du hingehen sollst?«

»Sí, Señorita«, erwiderte er leise. Seine braunen Augen waren riesig und angsterfüllt. Spontan streckte sie die Hand aus, um das Blut von seinem Gesicht zu wischen, aber Dr. Scarsdale schob sie weg.

»Das ist jetzt nicht der Moment für Sentimentalitäten. Hast du den Jungen durchsucht?«

Martin nickte knurrend.

»Das habe ich gefunden.«

Er hielt Dr. Scarsdale den Brief entgegen, den Alice an Hans Bohremann geschrieben hatte. Kurz schloss sie die Augen und sehnte die Fähigkeit herbei, sich aus einer unerträglichen Lage wegzuträumen. Dennoch spürte sie Andrés' fragenden Blick, konnte ihm aber nichts erklären.

Sie staunte, wie ruhig sie blieb, als Dr. Scarsdale das Papier entfaltete und mit gerunzelter Stirn überflog. Eine Ewigkeit verging, während er auf ihre Schriftzüge starrte. Sie spürte Martins verächtlichen Blick auf sich ruhen und hörte Julio leise wimmern, während Ricardo ein wenig ratlos auf den gleichaltrigen Jungen starrte. Das also geschah, wenn man sich auf die falsche Seite schlug, musste er wohl denken.

Andrés sah weiterhin in ihre Richtung. Er schwieg, doch sie war sich sicher, dass er bereits begriffen hatte, in welch übler Lage sie sich nun befanden. Obwohl sie verzweifelt nach einer Möglichkeit suchte, wie sie Dr. Scarsdale die Botschaft an Hans Bohremann erklären konnte, fiel ihr keine rettende Notlüge ein. Ihre einzige Hoffnung war, dass er die deutsche Sprache nicht gut genug beherrschte, um ihr Schreiben richtig zu verstehen. In dem Moment, als er das Papier sinken ließ und seine farblosen Augen in ihre Richtung starrten, wusste sie, dass sie verloren war. Das Atmen fiel ihr plötzlich leichter, nun, da sie keine andere Wahl mehr hatte, als auf ihr Ende zu warten.

»Sie haben mich belogen, Miss Wegener«, stellte der Archäologe völlig nüchtern fest.

Ein Lachen drang aus ihrer Kehle, wurde lauter und hysterischer, obwohl sie das nicht wollte.

»Ich glaube nicht, dass Sie es sich erlauben können, mir Lügen vorzuwerfen. Seit ich in Veracruz angekommen bin, haben Sie mir ein Märchen nach dem anderen aufgetischt.«

Der Zorn war befreiend und machte es auf einmal leicht, sich ihrer Lage zu stellen. Wer war dieser vertrocknete Professor denn schon? Ein unscheinbarer Mann, der nicht über besondere Kraft verfügte. Vielleicht wäre sie sogar in der Lage, mit ihm fertig zu werden. Erst Martins Knurren erinnerte sie wieder daran, wie viele andere, weitaus kräftigere Männer hier seinem Befehl unterstanden.

»Sollen wir sie wieder einsperren, Jefe?«, fragte Martin. Alice sah seine Augen aufblitzen, denn nichts schien ihm größere Freude zu bereiten als die Aussicht, sie quälen zu können. Nun kam die Angst. Der Schweiß floss in Bächen über ihren Körper, und es fiel ihr schwer, sich auf den Beinen zu halten. Die Enge des Tempels schien ihr plötzlich bedrohlich und finster. Sie sehnte sich nach Licht.

»Ich weiß es nicht«, hörte sie Dr. Scarsdale murmeln. »Was soll ich jetzt mit Ihnen tun?«

Es klang wie eine ehrlich gemeinte Frage. Er musterte Andrés, dann Alice, als erhoffe er sich von ihnen eine Antwort.

»Wir gehen einfach fort«, schlug Andrés vor. Er sprach so ruhig und vernünftig wie bei seinen früheren Unterhaltungen mit dem Archäologen. »Sie führen hier die Grabungen weiter. Es gibt kaum eine Möglichkeit, wie wir Ihnen schaden könnten.«

Alice atmete auf. Ähnliches hatte sie dem Archäologen bereits gesagt, und es war nicht ausgeschlossen, dass er sich überzeugen ließe.

Im Augenblick fiel ihr tatsächlich nichts ein, das sie gegen ihn unternehmen könnte. Es schien unwichtig geworden zu sein, denn der Wunsch zu überleben war weitaus stärker als jedes Verlangen, ihn für seine Taten büßen zu lassen.

»Ich muss darüber nachdenken«, erwiderte Dr. Scarsdale schließlich höflich. »Gehen Sie bitte wieder in die Hütte zurück. Sie verstehen hoffentlich, dass ich Sie weiter bewachen lassen muss.«

Alice nickte, denn etwas anderes blieb ihr nicht übrig.

»Kann Señor Uk'um gleich mitkommen?«, fragte sie höflich. Sobald sie mit Andrés in der Hütte saß, war die schlimmste Gefahr für eine Weile gebannt, und sie konnten in Ruhe ihre Lage besprechen.

»Nein«, erwiderte der Archäologe entschieden. »Ich brauche ihn hier, damit die Grabungen endlich weitergehen.«

Noch bevor sie etwas erwidern konnte, hörte sie, wie Andrés dem zustimmte, obwohl er nicht nach seiner Meinung gefragt worden war. Sie begriff, dass die Botschaft in erster Linie ihr galt. Sie sollte einfach wieder in die Hütte gehen, ohne Dr. Scarsdale weiter zu widersprechen. Gehorsam wandte sie sich um, aber Martin versperrte ihr den Weg.

»Was ist mit dem Jungen?«, fragte er Dr. Scarsdale und packte Julio dabei so hart an den Schultern, dass dieser zu wimmern begann. Der Archäologe streifte die beiden nur mit einem Blick.

»Der ist unwichtig. Mach mit ihm, was du willst.«

Wieder blitzte es in Martins Augen. Alice begann zu frösteln. Als er ihr grinsend ins Gesicht blickte, begriff sie, dass, was auch immer jetzt geschehen würde, in erster Linie für sie bestimmt war. Sie schnappte nach Luft, wollte dem Archäologen vorschlagen, ihr Julio wieder als Diener zu geben, da sah sie, wie Martin ihn in die Höhe hievte und zu den Stufen trug. Entsetzt schrie sie auf. Im selben Moment stürmte Andrés los, wurde aber von zwei Capataces zurückgerissen. Verzweifelt zerrte sie an Martins Schultern. Er schüttelte sie einfach ab wie ein lästiges Insekt. Julio stürzte mit weit aufgerissenen Augen die Pyramide hinunter, ohne dabei auch nur einen Laut auszustoßen, als sei er es gewöhnt, dass Männer wie Martin mit ihm verfuhren, wie es ihnen beliebte. Ein dumpfer Schlag hallte nach oben, als er auf einer der Stufen aufprallte und liegen blieb. Er war nicht bis auf den Boden gefallen, stellte Alice erleichtert fest, doch dort wäre er weicher gelandet.

»Julio!«, rief sie und starrte auf sein Gesicht. Ein paar Blutflecken waren auf den steinernen Stufen zu erkennen. Der Junge rührte sich nicht mehr, und etwas an seiner Haltung ließ nur eine Schlussfolgerung zu. Der letzte Rest an Selbstbeherrschung, zu der Alice noch fähig gewesen war, brach unter einem Sturm aus Zorn, Entsetzen und Schuldgefühlen zusammen.

»Mörder!«, schrie sie auf Deutsch, stürmte dann aber nicht auf Martin los, der bereits breitbeinig einen solchen Angriff erwartete, sondern sprang Dr. Scarsdale an. Sie hatte recht gehabt, er war nur ein schmächtiger Mann, dem es noch mehr vor körperlicher Gewalt grausen musste als ihr selbst, denn er unternahm nur sehr zaghafte Versuche, ihre Handgelenke festzuhalten, während sie ihn schlug und kratzte. Doch bald schon wurde sie in die Höhe gehoben und von dem Archäologen weggezerrt. Es tat ihr gut zu sehen, dass Blut aus seiner Nase floss.

»Das reicht jetzt, Jefe. Lass mich die bruja erledigen«, sagte Martin und schleppte sie ebenfalls zu den Stufen, ohne die Zustimmung von Dr. Scarsdale abzuwarten.

»Vergessen Sie nicht, was das für Folgen haben könnte!«, hörte sie Andrés rufen. Auf Englisch, damit keiner der Capataces ihn verstehen und sich einmischen konnte. Während der Abgrund immer näher rückte, staunte sie wieder einmal, wie scharf der Verstand ihres Geliebten war.

Dr. Scarsdale sagte nichts. Sie hörte Andrés laut aufstöhnen und wusste, dass er gewaltsam daran gehindert worden war, Martin aufzuhalten. Die spitzen Kanten der Stufen erstreckten sich bis zum grasbewachsenen Boden hinab, der weit entfernt schien. Sie sah Julios Leichnam und ahnte, dass sie schon bald neben ihm liegen würde. Erstaunlicherweise konnte auch sie nicht schreien. Warme Flüssigkeit floss plötzlich über ihre Schenkel. Sie begriff, was geschehen war, und staunte, dass sie sich so kurz vor ihrem Tod noch dafür schämte.

Etwas regte sich dort unten. Sie glaubte, Reiter auf Pferden zu erkennen, hielt das jedoch für eine Phantasie. Als sie die Augen schloss, sah sie Ix Chels Gesicht, dann tauchte wieder jene vornehme, unzufriedene Indianerin mit der Kette auf. Sie verstand nicht, warum Patrick sich nicht zeigte. Vielleicht wären sie bald schon wieder vereint.

Oder sie würde einfach aufhören zu existieren, denn so hatte sie den Tod immer gesehen. Ein Verschwinden im Nichts. Das Ende des Bewusstseins. Schwärze und Leere. Falls dies nicht stimmte, würde sie es bald erfahren.

Ein ohrenbetäubender Knall erschütterte die Ruine. Alice riss die Augen wieder auf. Unter ihr sackte Martin zusammen. Sie entglitt seinem Griff und fiel. Alles verlief erstaunlich langsam, als sei die Zeit stehen geblieben. Sie lag auf einer Stufe und versuchte, sich an der Kante über ihr festzuhalten, doch der Schwung war zu heftig, und sie rollte weiter. Sie verspürte den Aufprall als dumpfen Schlag in ihrem Rücken, als sie auf der nächsten Stufe landete, von der aus es weiter abwärtsging. Es war übel, was mit ihr geschah, doch es war nicht aufzuhalten. Ihre Hände, die nach Halt suchten, griffen weiter ins Leere. Ein Sturz folgte dem nächsten. Sie hörte Schreie. Andrés kam die Stufen herabgeeilt, ohne aufgehalten zu werden. Unten brüllte jemand: »Que pasa?« Plötzlich lag sie auf dem Rücken, und die Sonne brannte auf sie herab. Dann setzte der Schmerz ein. Unsichtbare Messer bohrten sich in ihren Körper, der an Stellen wehtat, die sie noch nie bewusst gespürt hatte. Sie versuchte, sich aufzurichten, doch war sie ein zerschlagenes Bündel aus Fleisch und Knochen, dem jede Kraft fehlte. Aber sie lebte.

»Alice, Gott sei Dank«, rief Andrés. Sie schrie gequält auf, als er sie in die Höhe hob, stellte aber fest, dass sie sich mit seiner Hilfe aufrecht halten konnte.

»Was ist geschehen?«, fragte sie.

»Martin wurde erschossen, aber er stand schon so nah an der Treppe, dass du trotzdem heruntergefallen bist. Aber du hattest Glück, denn du scheinst nicht schwer verletzt zu sein. Ich glaube, wir sind gerettet.«

Weiter unten hörte sie Schritte. Männer mit Pistolen in den Händen stürmten heran, angeführt von einem hochgewachsenen Mann, der vor Alice stehen blieb.

»Madre de dios, was ist hier passiert?«, wollte Juan Ramirez wissen, doch Alice fühlte sich außerstande, seine Frage zu beantworten.

»Dr. Scarsdale«, flüsterte sie, »er darf nicht weglaufen. Haltet ihn auf.«

20. Kapitel

Gestützt von beiden Männern, gelang es Alice, den Tempel zu erreichen.

»Was ist mit Julio?«, fragte sie Andrés, sobald sie, an einen Pfeiler gelehnt, saß.

»Ich sehe gleich nach ihm. Erzähle inzwischen, was wir herausgefunden haben und warum du die Treppe hinabgestürzt bist.«

Er nickte Juan Ramirez kurz zu, dann verschwand er. Alice musterte die eleganten Gesichtszüge und den glatt polierten Schnurrbart ihres ersten mexikanischen Liebhabers. Sie hatte ganz vergessen, wie gut er aussah, doch sein Anblick weckte nur eine Mischung aus Verlegenheit und Erleichterung in ihr. Als er sanft über ihr Gesicht strich, wollte sie zunächst zurückweichen, aber die tröstende Berührung war angenehm, denn sie fühlte sich wie eine verdreckte, zerbrochene Gliederpuppe.

»Dr. Scarsdale hat meinen Bruder getötet, doch so, wie er es schildert, muss es ein Unfall gewesen sein. Er hat nicht gesagt, was dann geschah, wer Patrick das Herz … wo ist Dr. Scarsdale?«

Sie drehte sich um. Die bewaffneten Männer hatten sich im Tempel verteilt. Die Capataces leisteten keinerlei Widerstand, sondern sprachen mit den Neuankömmlingen, um ihnen eine Zusammenarbeit anzubieten. Aber Dr. Scarsdale war noch hier. Er zerrte Ricardo in eine Ecke des Tempels, um ihm einen Revolver an die Schläfe zu halten. Alice unterdrückte einen Schrei. Warum ließ sie sich immer wieder von dem harmlosen Äußeren des Gelehrten täuschen?

»Wenn mir jemand zu nahe kommt, dann ist der Junge tot«, zischte er. Gelächter erklang.

»Ein dreckiger Indio mehr oder weniger, was macht das schon?«

Alice fuhr auf, obwohl diese Bewegung wie Hunderte Messerstiche schmerzte.

»Nein! Es soll kein Kind mehr sterben!«

Juan Ramirez brüllte einen Befehl, und der Archäologe wurde in Ruhe gelassen, doch er saß weiterhin in der Falle. Über Ricardos Gesicht flossen Tränen, denn nun stand er plötzlich auf der falschen Seite und könnte ebenso wie Julio mit dem Leben bezahlen müssen. Eine Weile blieb es still. Dr. Scarsdales Gesicht glänzte vor Schweiß. Er sah so verwirrt und ratlos aus, als wäre er hier das eigentliche Opfer.

»Ich wollte nicht, dass jemandem ein Leid geschieht«, wiederholte er. »Es war ein Unfall. Ich sah, dass Patrick Wegener tot war. Danach bekam ich Panik und lief fort. Es tut mir leid. Aber ein Mörder bin ich nicht.«

»Das hätten Sie gleich erzählen sollen«, sagte Juan Ramirez. »Und was hatten Sie damals in San Cristóbal mit der Señorita vor?«

Der Archäologe riss fassungslos die Augen auf.

»Ich habe den Mann aufgetrieben, den Sie bezahlten, damit er Alice nach dem Begräbnis ihres Bruders in die Falle lockte«, fügte Juan Ramirez hinzu. »Sie wollten sie gefangen nehmen. Und was sollte dann geschehen?«

Alice starrte von einem Mann zum anderen. Sie vermutete, dass ihr Gesichtsausdruck dem des Archäologen ähnelte, denn sie war ebenso entsetzt.

»Nichts. Gar nichts«, stammelte Dr. Scarsdale und presste die Mündung des Revolvers noch fester an Ricardos Schläfe. »Die Leute sollten sie nach ein paar Tagen wieder laufen lassen. Ich wollte, dass sie einen richtigen Schrecken bekommt, nichts weiter. Damit sie endlich nach Hause fährt.«

Sein zorniger Blick streifte Alice.

»Ich dachte niemals, dass diese feine Dame sich freiwillig bis nach Chiapas wagen würde. Spätestens in der Sierra Madre hoffte ich, dass sie genug hat und aufhört, ihre Nase in diese Angelegenheit zu stecken. Ich wollte nicht, dass noch ein Unglück geschieht, verflucht!«

»Dann legen Sie jetzt die Waffe nieder und lassen den Jungen los«, erwiderte Juan Ramirez mit einer Entschiedenheit, die Alice ihm niemals zugetraut hätte.

Dr. Scarsdales Gesicht zuckte, und sie fürchtete, er würde Ricardo in einem Anfall von Zorn und Verzweiflung erschießen, doch er kam der Aufforderung nach einigem Zögern nach. Ricardo rannte sofort zum Ausgang des Tempels, wo zwei Männer ihn zurückhielten. Der Archäologe ging langsam auf Juan Ramirez zu.

»Sie sehen, ich bin vernünftig. Ich hätte gleich reden sollen, aber das Erlebnis war zu verstörend ... ich hatte Angst, in Schwierigkeiten zu geraten, weil ich den Leichnam einfach liegen ließ. Ich hoffe, wir können uns einigen, denn ich glaube, dass ich hier kurz vor einer wichtigen Entdeckung stehe.«

Seine Augen blitzten auf, dann wandte er sich an Alice und lächelte. Ihr Magen verkrampfte sich.

»Ihr Sturz, Miss Wegener, ist ebenfalls ein tragisches Missgeschick gewesen. Martin handelte ohne mein Einverständnis. Es ging alles so schnell, ich konnte es nicht verhindern. Bitte akzeptieren Sie meine Entschuldigung. Glücklicherweise haben Sie überlebt.«

Alice schnappte vor Zorn nach Luft, doch sie fand keine passenden Worte, um ihrer Wut Ausdruck zu verleihen. Plötzlich fiel ihr etwas ein. Sie packte Dr. Scarsdale am Ärmel.

»Sie haben meinen Bruder nicht liegen lassen. Sie hoben ihn aufs Pferd und nahmen ihn mit. Warum lügen Sie schon wieder?«

Nun wirkte Dr. Scarsdales Gesicht plötzlich nackt, als sei er nicht mehr in der Lage, seine Fassungslosigkeit zu verbergen.

»Woher ...?«

»Von Ix Chel, die alles beobachtet hat.«

Dr. Scarsdale schluckte, dann straffte er die Schultern, lächelte auf eine fast triumphierende Weise und stellte sich so dicht vor sie hin, dass sie seinen Schweiß riechen konnte.

»Ich hätte nie gedacht, dass ich dazu in der Lage wäre. Ich hatte natürlich darüber gelesen, es gab sogar Augenzeugenberichte der Konquistadoren, die genau beschrieben, wie die Priester der Azteken lebenden Menschen das Herz herausschnitten. Ich wusste, es konnte meine Rettung sein, dieses Ritual durchzuführen. Patrick war tot. Ich hatte zunächst gehofft, ein Arzt könne ihn retten, aber dann merkte ich, dass es zu spät war. Die Señora Bohremann wusste, dass ich ihm nachgeritten war, denn sie hatte mir von seinem Vorhaben erzählt, das ihr sehr missfiel. Die ganze Arbeit wäre umsonst gewesen, Hans Bohremann hätte mir seine Unterstützung entzogen, und von Patricks Familie hätte ich kein Geld mehr bekommen, wenn ich in Verdacht geriet, seinen Tod verursacht zu haben. Aber wenn er auf eine Art starb, die so eindeutig indianisch war, dann konnte mich niemand verdächtigen. Ich musste es tun, verstehen Sie? Zuerst dachte ich, dass ich nicht dazu in der Lage wäre. Doch es war … sogar recht einfach. Und ich ahnte, was diese Priester fühlten – nämlich gar nichts. Es war einfach eine Sache, die sie taten, weil sie es tun mussten.«

Alice vermochte sich nicht zu rühren. Ein Schrei steckte in ihrer Kehle fest, an dem sie zu ersticken drohte. Auch Juan Ramirez schwieg, als fehlten ihm die Worte, um das Geständnis des Archäologen zu kommentieren.

»Alice, er atmet noch!«, hörte sie plötzlich Andrés rufen und blickte in die Richtung, aus der seine Stimme kam. Den reglosen Julio in den Armen, kämpfte er sich die hohen Stufen hoch und wollte durch einen anderen Eingang ins Innere des Tempels treten.

Es ging so schnell, dass Alice nicht verstand, wie es hatte überhaupt geschehen können. Andrés' Auftauchen musste auch die anderen Männer abgelenkt haben, obwohl ihnen das Schicksal eines Indio-Jungen egal war. Dr. Scarsdale, der gerade noch zwischen zwei Pfeilern gestanden hatte, verschwand so plötzlich, dass Alice zunächst meinte, er wäre die Stufen hinabgestürzt.

»Schnell! Er läuft weg!«, rief sie auf Spanisch und sah, wie die Männer sich in Bewegung setzten. Ein paar Schüsse knallten, Schritte entfernten sich, während Andrés den bewusstlosen Julio an ihrer Seite niederlegte. Blut rann aus seiner Nase, und an der rechten Schläfe klaffte eine Fleischwunde, die er sich vermutlich an der Kante einer Stufe zugezogen hatte, doch seine Brust hob und senkte sich regelmäßig.

Alice wurde ein wenig wohler. Schnell erzählte sie Andrés, was der Archäologe gestanden hatte. Er schien nicht einmal schockiert, nur überrascht.

»Niemand hätte das diesem Bücherwurm zugetraut. Wir haben ihn alle unterschätzt«, stellte er fest. »Aber auch wenn er jetzt entkommt, ist das sein Ende. Wo kann er sich denn noch blicken lassen? Ihm bleibt nichts anderes übrig, als sich im Dschungel zu verstecken. Ich bezweifle, dass die Hach Winik ihn sehr wohlwollend empfangen werden, sobald Ix Chel ihn als Mörder ihres ersten Gatten identifiziert hat.«

»Aber er hat die Kette!«, rief Alice entsetzt. Bei seinem Besuch in ihrer Hütte hatte sie in seine Hosentasche gesteckt, und sie ahnte, dass er seinen bisher wertvollsten Fund stets mit sich herumtrug, damit er nicht gestohlen werden konnte. »Ix Chels Kette. Ich will nicht, dass ausgerechnet er sie behält.«

»Er bringt sie nur in den Dschungel zurück, wo sie die ganze Zeit vorher gewesen ist«, sagte Andrés zu ihrer Beruhigung und zog sein Hemd aus, um es unter Julios Kopf zu schieben. Alice tastete nach dem Puls des Jungen.

»Ich werde Juan Ramirez bitten, ihn schnellstmöglich nach San Cristóbal zu bringen. Dort gibt es sicher einen Arzt«, versprach sie und spürte, wie Andrés seinen Arm um ihre Schultern legte.

»Wenn Dr. Scarsdale sich im Dschungel verstecken muss, dann ereilt ihn jenes Schicksal, das er dir fast aufgezwungen hätte, indem er zuließ, dass du verdächtigt wurdest«, sagte sie. »Man könnte es fast ausgleichende Gerechtigkeit nennen.«

Andrés nickte, schien aber nicht sehr beeindruckt von dieser Erkenntnis.

»Ich bin so froh«, stammelte Alice schließlich. »So froh, dass Patrick schon tot war, als es geschah.«

Sie schmiegte sich weinend an Andrés, der sie wortlos festhielt. Ganz gleich, ob Dr. Scarsdale gefasst wurde oder nicht, sie wussten beide, dass nun alles ausgestanden war.

Die Capataces, die in den Diensten des Archäologen gestanden hatten, nutzen Juan Ramirez' Abwesenheit, um sich davonzumachen. Weder Alice noch Andrés versuchten, sie aufzuhalten, denn ihr eigentlicher Gegner, Martin, war bereits tot. Ricardo harrte ein wenig länger aus, schlich sich schließlich in Alice' Richtung, um ihr eine zusammengerollte, schon ziemlich ausgetrocknete Tortilla zu überreichen. Dann lief er hinab zum Bach und kehrte mit einem Becher Wasser zurück.

»Lo siento …«, begann er mühsam auf Spanisch, um dann in seine Muttersprache zu verfallen.

»Er sagt, dass es ihm leidtut, dass er nicht wollte, dass du stirbst, und dass er nicht wusste, dass el doctor ein schlechter Mensch ist«, übersetzte Andrés. Alice nahm es nickend hin, obwohl ihr klar war, dass der Junge vor allem Geld gebraucht hatte. Gestern noch wäre sie sogar bereit gewesen, ihm eine bescheidene Summe zu versprechen, falls er sie bis zu Hans Bohremann begleitete. Doch neben ihr lag ein anderer schwer verletzter Indio. Hätte Ricardo sich nicht als Verräter erwiesen, wäre all dies nicht geschehen.

»Sag ihm, dass ich seine Beweggründe kenne und dass er zu seiner Familie zurückgehen soll«, bat sie Andrés, der die Botschaft weitergab. Ricardo verschwand kurz vor der Rückkehr von Juan Ramirez, als es bereits zu dämmern begann. Die Männer machten einen mürrischen Eindruck, als sie an den Tempeln entlangschritten und auf Alice zukamen.

»Wir haben ihn nicht gefunden«, erklärte Juan Ramirez mit sichtlichem Bedauern.

»Er kennt die Gegend um die Ruinen wohl sehr gut und weiß, wo er sich verstecken muss«, sagte Andrés.

Juan Ramirez ging vor Alice in die Hocke.

»Wir können morgen weitersuchen. Im nächsten Ort Hunde besorgen, die uns helfen.«

Alice schloss die Augen, um eine Weile in Ruhe nachzudenken.

»Julio braucht einen Arzt«, entschied sie schließlich. »Ich möchte, dass er so bald wie möglich nach San Cristóbal de las Casas gebracht wird. Und du musst vor deinem Schwager das Geständnis von Dr. Scarsdale bestätigen, damit Andrés nicht mehr verdächtigt wird. Lass ein paar Männer hier, die nach dem Archäologen suchen, aber wir sollten im Morgengrauen aufbrechen.«

Juan Ramirez nickte, dann stand er auf.

»Möchtest du jetzt wieder in deine Hütte?«

»Ja, aber ich habe jemanden, der mir nach unten hilft«, erwiderte sie. »Kümmert ihr euch bitte um den Jungen, tragt ihn ebenfalls in meine Hütte und besorgt ihm ein paar Decken.«

Dann legte sie ihren Arm um Andrés' Schultern und wurde langsam in die Höhe gezogen. Die Schmerzen waren noch etwas stärker geworden, aber sie spürte, dass ihr Körper insgesamt in Ordnung war, da keine seiner Funktionen versagte. Vermutlich hatte sie etliche Prellungen und Schürfwunden abbekommen, doch sie wollte sich erst am nächsten Morgen am Bach waschen und den Schaden genauer begutachten. Im Augenblick war sie völlig erschöpft und sehnte sich nur noch danach, auf einem halbwegs weichen Untergrund liegen und schlafen zu können. Sie bekam mit, wie Juan Ramirez in das Zelt von Dr. Scarsdale ging und seine Männer sich im Lager verteilten. Bald darauf brachte Andrés ihr frischen Kaffee und ein paar Tortillas mit Bohnen. Julio regte sich wimmernd, und es gelang ihr, ihm etwas Wasser einzuflößen, doch er schien sie nicht wahrzunehmen. Mariana lief eine Weile aufgeregt in der Hütte herum, dann rollte sie sich zu Alice' Füßen zusammen.

»Ich sollte jetzt gehen«, sagte Andrés. Alice streckte die Hand nach ihm aus, aber er schüttelte den Kopf.

»Es ist besser, wenn ich bei den Männern schlafe. Wir sollten nicht für unnötiges Gerede sorgen, bevor die ganze Angelegenheit geklärt ist.«

Alice stieß ein ungeduldiges Murren aus.

»Wie lange sollen wir uns denn noch vor der Welt verstecken?«

Er strich sanft über ihre Wange, ging dann aber weiter zur Tür.

»In San Cristóbal können wir besprechen, wie es mit uns weitergeht. Zunächst einmal musst du wieder auf die Beine kommen.«

Alice ließ ihn gehen und umarmte dann Mariana, die freudig zu ihr unter die Decke kroch.

Sie brauchten mehrere Tage, um nach San Cristóbal de las Casas zu gelangen, denn Julio musste auf einer Bahre getragen werden. Immer wieder kam er zu Bewusstsein und wimmerte vor Schmerzen.

Andrés besorgte in einem nahe gelegenen Indianerdorf Kräuter, die ihn beruhigten. Nur gelegentlich gelang es Alice, ihm etwas von dem Pozol einzuflößen, jenem Gemisch aus Wasser und Maismehl, mit dem Indios sich unterwegs stärkten. Sie selbst war bereits in der Lage, im Sattel zu sitzen, auch wenn das Pferd langsam laufen musste. Die kühlen Temperaturen der Sierra Madre taten ihr gut, zumal sie nachts nicht mehr von Moskitos geplagt wurden. Mit jedem Atemzug saugte Alice frische Luft in ihre Lungen. Dann lag der kleine, zauberhafte Ort eines Nachmittags wieder wie ein farbenprächtiges Juwel zu ihren Füßen, eingerahmt von dicht bewachsenen Hügeln. Alice' Herzschlag beschleunigte sich vor Freude, denn nun ritt sie endlich einem richtigen Bett und einem Zimmer mit Waschgelegenheit entgegen. Die Stadt schien unruhiger geworden zu sein als bei Alice' letztem Aufenthalt, die vielen Menschen wirkten erdrückend und ohrenbetäubend laut. Ihr wurde klar, dass es an ihrer veränderten Wahrnehmung lag, denn sie hatte mehr Zeit in der Abgeschiedenheit unberührter Natur verbracht als jemals zuvor in ihrem Leben. Juan Ramirez lotste sie alle zu dem Hotel, wo sie bereits bei Patricks Beerdigung übernachtet hatte. Dann wurde sogleich jemand losgeschickt, um einen Arzt für Julio zu holen, der auf Alice' Wunsch in ihr zukünftiges Zimmer getragen wurde. Ein kleiner weißhaariger Mann traf bald darauf ein, der sich als médico vorstellte und nach einem kurzen Blick auf Julio das Gesicht verzog.

»Das ist ein Indio! Wer wird die Behandlung bezahlen?«

Alice nannte den Namen Hans Bohremann, der die übliche magische Wirkung zeigte. Bald schon wurden bei Julio mehrere Knochenbrüche festgestellt, er erhielt Schienen und Verbände sowie ein schmerzstillendes Mittel. In Lebensgefahr befand er sich nicht, wie ihr versichert wurde, doch es würden einige Wochen vergehen, bis er wieder irgendeine Arbeit verrichten könnte. Mit dem Versprechen, morgen noch einmal vorbeizukommen, verabschiedete sich der Arzt, während ein Muchacho Alice' Koffer hereintrug. Erleichtert stellte sie fest, dass sie nun endlich Gelegenheit hätte, frische Kleidung herauszusuchen und ein ausgiebiges Bad zu nehmen, bevor sie diese anzog. Glücklicherweise gab es hier ein Badezimmer, das durch eine Wand abgetrennt war, sodass sie sich in der Wanne ausstrecken konnte, während Julio auf dem Bett lag. Danach zog sie wieder ihr cremefarbenes Sommerkleid an und genoss den Luxus eines Wandspiegels, vor dem sie ihr Haar durchkämmen und zu einem Zopf flechten konnte. In ihrem Koffer entdeckte sie ein paar Muschelohrringe, die sie kurz nach ihrer Ankunft in Veracruz erworben hatte, steckte sie in ihre Ohrlöcher und lächelte ihr Spiegelbild an. Sie hatte ganz vergessen, wie wohltuend befriedigte Eitelkeit sein konnte. Leise summend, trat sie aus dem Badezimmer hinaus.

»Señorita«, hörte sie Julio leise flüstern. Sie eilte auf ihn zu und bemerkte erleichtert seinen klaren, wachen Blick.

»Ich werde diese Schulden niemals zahlen können«, sagte er mit weit aufgerissenen, unglücklichen Augen. »In meinem ganzen Leben nicht.«

»Welche Schulden denn?«, fragte sie verwirrt, während sie in ein Paar weicher Lederschuhe mit kleinem Absatz schlüpfte, die ihr eng und unbequem schienen. Aber Huaraches waren hier nicht akzeptabel.

»Den Arzt kann ich nicht bezahlen«, meinte Julio kläglich. »Und im Moment kann ich nicht einmal arbeiten, um wenigstens ein paar Pesos zu verdienen. Ich kann mich ja kaum bewegen.«

Nun war es an Alice, die Augen weit aufzureißen.

»Du musst doch nichts davon bezahlen. Es geht zunächst auf die Rechnung von Hans Bohremann, und ich werde ihm das Geld später schicken.«

Bei all den Schulden, die sie während ihrer Reise gemacht hatte, würde sie ihr Erbe sehr dringend brauchen, dachte Alice. Dann fiel ihr ein, dass sie Dr. Scarsdale nichts mehr zurückzahlen müsste. Im Grunde wäre es sehr einfach für ihn gewesen, all ihre Nachforschungen zu verhindern, denn er hätte sich nur weigern müssen, ihre Reisekosten zu übernehmen. Allerdings hätte dies ihre Hartnäckigkeit verstärkt, und irgendwie hätte sie das nötige Geld in Veracruz schon aufgetrieben. Dr. Scarsdale war für ein solches Verhalten zu schlau gewesen.

»Ich habe gleich gemerkt, dass Sie nett sind, Señorita.« Julio riss sie aus ihren Gedanken. »Ricardo war ein Dummkopf, weil er sich auf el doctor verließ. Der hätte ihm niemals einen Arzt bezahlt.«

»Nein, vermutlich nicht.« Alice wandte sich zu dem Jungen um, der sie glücklich angrinste. Er hatte von frühester Jugend an schwer arbeiten müssen und betrachtete es vielleicht sogar als Wohltat, nun auf absehbare Zeit einfach nur hier im Bett liegen zu dürfen.

»Aber Ricardos Vater brauchte dringend Geld«, fuhr sie fort. »Vermutlich hatte er Schulden gemacht. Ein gelehrter Gringo schien ihm zahlungsfähiger als eine verrückte junge Frau aus Europa, die erst nach Hause fahren muss, um zu Geld zu kommen.«

»Sie fahren wieder nach Hause?«

Sie staunte, wie enttäuscht Julio klang, als habe sie mit dieser Mitteilung seine gute Laune zunichtegemacht. Sie hob Mariana hoch, um sie als Trost neben ihn zu legen.

»Ich muss nach Hause, um viele Dinge zu regeln. Aber ich werde mich um deine Zukunft kümmern und auch um die von Mariana. Ihr könnt einander jetzt Gesellschaft leisten, denn ich muss unten etwas essen. Dir lasse ich eine Portion nach oben bringen.«

Mit raschen Schritten eilte sie zur Tür, als es plötzlich klopfte.

»Alice? Hast du einen Moment Zeit? Ich würde gern mit dir reden.«

Es enttäuschte sie ein wenig, dass es nicht die Stimme von Andrés war. Seit ihrer Ankunft in dem Hotel war sie so beschäftigt gewesen, dass sie kaum darauf geachtet hatte, wo er untergebracht worden war. Sie öffnete Juan Ramirez die Tür. Ebenso wie sie selbst hatte er es wohl kaum erwarten können, die Spuren der Reise von sich abzuwaschen, denn er strahlte wieder jene makellose Eleganz aus, die sie aus Veracruz in Erinnerung hatte.

»Du siehst gut erholt aus, das freut mich«, sagte er zur Begrüßung. »Können wir uns eine Weile im Patio unterhalten?«

Sie nickte. Jedes andere Verhalten wäre unhöflich gewesen, zumal es dieser Mann war, dem sie ihr Leben verdankte. Andrés würde sie sicher beim Abendessen treffen und konnte dann nach einer Gelegenheit suchen, sich mit ihm auszusprechen.

Sie stiegen Stufen hinab und gelangten in den wunderschönen Patio des Hotels. Blühende Pflanzen in allen Farben des Regenbogens waren in großen, bunt bemalten Töpfen um Korbstühle aufgestellt worden, und auf einem Tisch wartete köstlich duftender Kaffee. Alice hatte während ihrer Zeit im Dschungel fast vergessen, wie komfortabel und angenehm Mexiko sein konnte. Sie setzte sich auf ein weiches Kissen. Im Hintergrund erklang der Gesang einer rauen, kräftigen Frauenstimme.

»Ich danke dir«, sprach sie ihren ersten Gedanken aus. »Ich will gar nicht wissen, was mit mir passiert wäre, wenn du keine Nachforschungen angestellt hättest.«

Juan rieb sich zufrieden die Hände und zog zwei Zigaretten aus seiner Westentasche. Alice griff gierig zu. Das letzte Mal hatte sie bei den Indios im Dschungel eine Gelegenheit zum Rauchen gehabt.

»Mir ließ die Geschichte von deiner Entführung in San Cristóbal keine Ruhe«, berichtete er. »Daher fuhr ich wieder hierher und suchte nach den zwei Indios, die dich gefangen hielten. Die Frau lebte immer noch in der heruntergekommenen Hütte, der Mann steckte inzwischen aus irgendwelchen Gründen im Gefängnis. Ich versprach seiner Frau, ihn freizubekommen, wenn sie mir half, den Caxlán zu finden, der dich damals in die Falle gelockt hatte. Dann hatte ich eine gute Idee, und es ging viel schneller als erhofft. Ich gab vor, einen neuen Aufseher für die Plantage meines Schwagers zu suchen. Für solche Positionen melden sich gern Leute, die dringend Geld brauchen und nicht wie ein Peon mit den Händen arbeiten wollen. Der Kerl war tatsächlich darunter und wurde von der Indio-Frau wiedererkannt. Dann setzte ich ihm ein bisschen zu. Es dauerte nicht lange, da wusste ich, wer ihn damals beauftragt hatte.«

Alice nippte an ihrem Kaffee und versuchte, sich auf den aromatischen Geschmack zu konzentrieren, um nicht von unangenehmen Erinnerungen geplagt zu werden.

»Und dann«, fuhr Juan Ramirez fort, »dann wusste ich, dass du mit dem Mann, der dich hatte entführen lassen, in die Wildnis aufgebrochen warst. Es war nicht schwer, Hans zu überzeugen, dass ich nach dir sehen musste. Er gab mir ein paar Männer mit, und ich zog los. Ich machte mir natürlich Sorgen, aber als ich bei den Ruinen ankam, war es schlimmer als erwartet. Da hielt ein Kerl dich in die Höhe, um dich die Stufen der Pyramide hinunterzuwerfen. Ich ritt so nahe heran wie möglich und schoss auf ihn, denn etwas anderes konnte ich nicht mehr tun. Es tut mir leid, dass du dennoch gestürzt bist.«

Alice senkte den Kopf.

»Wahrscheinlich hast du mir das Leben gerettet. Oder mich vor ein paar Knochenbrüchen bewahrt. Martin hätte mich mit Schwung hinabgeschleudert. So bin ich einfach nur über ein paar Stufen gerollt.«

Es gelang ihr, tapfer zu lächeln. Julio hatte überlebt, aber ohne ärztliche Hilfe wäre er verloren gewesen. Sie hätte ebenso schwer verletzt liegen bleiben können.

»Ich danke dir«, sagte sie noch mal und blickte ihm ins Gesicht, denn ihr wurde bewusst, wie viel dieser Mann, den sie für schwach und oberflächlich gehalten hatte, für sie getan hatte. Zu ihrem Staunen senkte er verlegen den Blick.

»Du hast mich verdächtigt, bevor du fortgingst. Und damit hattest du recht.«

Seine Augen richteten sich traurig auf ihr Gesicht.

»Es stimmt, was du mir vorgeworfen hast. Ich war in deinem Zimmer, als du mit meinem Schwager auf seiner Plantage warst. Ich habe auch deinen Hund getreten, weil er sich in meiner Wade festbiss.«

»Aber warum?«, fragte Alice fassungslos.

»Wegen Dr. Scarsdale. Vor allem aber wegen meiner Schwester.« Er seufzte und rieb sich die Schläfen.

»Dr. Scarsdale holte dich nach Mexiko, denn er hoffte, du würdest deinen Bruder zur Vernunft bringen. Ich wurde von Hans losgeschickt, um dich abzuholen. Ich hatte bereits gehört, dass du eine sehr attraktive, ungewöhnliche Frau bist, also war ich neugierig.«

Alice unterdrückte ein zufriedenes Lächeln. Sie war in der Tat ein hoffnungsloses Weibchen, weil sie sich geschmeichelt fühlte.

»Ich hoffte, dir zu gefallen, und zunächst glaubte ich, Erfolg zu haben. Dann kam Dr. Scarsdale mit der Nachricht von Patricks Tod, und alles brach zusammen. Während du in deinem Zimmer warst, um dich von dem Schock zu erholen, da … da drohte er mir und wollte, dass ich die Finger von dir lasse, damit du so schnell wie möglich nach Berlin zurückfährst.«

Die letzten Worte hatte er sehr leise gesagt, als koste es ihn Überwindung, sie auszusprechen. Alice schüttelte ungläubig den Kopf. War das wieder eine von seinen Ausflüchten und Entschuldigungen?

»Aber womit denn? Das ist doch albern, ich meine …«

»Er wusste Dinge über meine Schwester, die sonst kaum jemand weiß. Der Kerl wirkte wie ein weltfremder Bücherwurm, doch in Wahrheit war er ziemlich berechnend und schlau«, unterbrach Juan Ramirez sie. Er machte eine kurze Pause, in der er Alice weiterhin mit einem schuldbewussten Blick fixierte. Männer guckten stets wie Hunde, wenn sie etwas ausgefressen hatten, dachte sie.

»Was kann er schon über die makellos schöne Rosario, die einen perfekten Haushalt führt und wahrscheinlich noch niemals in ihrem Leben eine Dummheit gemacht hat, herausgefunden haben?«, fragte sie spitz.

»Überleg doch einmal, und vergiss dabei, dass du meine Schwester nicht leiden kannst«, erwiderte er. »Ich sagte schon, meine Eltern hatten einen kleinen Verkaufsstand am Hafen, der uns gerade mal ernährte. Dann brach die Cholera aus, und wir wurden innerhalb von wenigen Tagen zu Waisen. Rosario war damals gerade fünfzehn Jahre alt, ich war zwölf. Verwandte, die uns hätten aufnehmen können, gab es nicht. Sie schuftete bis zum Umfallen, um den Stand behalten zu können, den ihr zum Glück auch niemand streitig machte. Aber es war einfach zu viel Arbeit für einen Menschen allein. Sie wollte, dass ich weiter in die Schule ging, dass etwas aus mir wurde, damit ich sie später gut versorgen konnte. Rosario träumte immer von einem besseren Leben, doch die ganze Schufterei half ihr nicht, es zu bekommen. Aber sie war eine Schönheit. Immer wieder erhielt sie eindeutige Angebote von wohlhabenden Señores. Und eines Tages nahm sie diese an.«

Alice atmete tief durch. Diese Vergangenheit also verbarg sich hinter der perfekten Fassade der Frau eines Kaffeebarons. Sie hatte bereits zu viele ähnliche Geschichten von den Mädchen im Café Josty gehört, um ernsthaft schockiert zu sein. Das Leben alleinstehender Frauen ohne Erbschaft oder besondere Fähigkeiten war verflucht hart.

»Hans Bohremann weiß nichts von dieser Geschichte?«

Es war eher eine Feststellung denn eine Frage. Sie schätzte den Kaffeebaron als fähigen, neuen Ideen gegenüber durchaus aufgeschlossenen Mann, aber eine ehemalige Hure hätte er niemals zum Traualtar geführt.

»Am Anfang dachte sie, er wäre wie die anderen«, erzählte Juan Ramirez weiter. »Es hatte sich am Hafen schnell herumgesprochen, dass sie für Geld zu haben war, und an Angeboten mangelte es ihr nicht. Doch sie litt unter diesem Leben, glaube mir. Manchmal musste sie sich übergeben, wenn sie spätnachts nach Hause kam. Einmal, da hatte sie blaue Flecken im Gesicht ... aber dieser Deutsche, der behandelte sie wie eine Prinzessin, war tadellos höflich und lud sie zaghaft immer wieder ein, mit ihm ein bisschen den Malecon, also die Uferpromenade, entlangzuflanieren. Sie begriff nicht sofort, dass er nicht wusste, was sie war. Hans war damals nur ein paar Tage in Veracruz, doch er versprach, bald wiederzukommen. Rosario war niedergeschlagen. Sie wollte ihre Stammkunden nun abweisen, wurde von ihnen aber unter Druck gesetzt. Es waren einflussreiche Männer darunter, verstehst du? Rosario hatte keine Wahl, auch wenn sie Hans bereits aus tiefster Seele liebte.«

»Und er kam tatsächlich wieder, um sie zu heiraten.« Alice fasste die Geschichte zusammen. Viel Zeit für eine lange Werbung hatte er nicht gehabt, denn er war nur selten in Veracruz.

»Sie hoffte, er würde ihr vielleicht ein schönes Haus bauen, wo er sie regelmäßig besuchte. Viele reiche Männer haben eine oder mehrere Mätressen.« Juan Ramirez beharrte auf seiner ausführlichen Fassung der Geschichte. »Als er ihr dann plötzlich einen Heiratsantrag machte, fiel sie aus allen Wolken.«

»Sie hätte ihm die Wahrheit sagen sollen«, meinte Alice nach kurzem Überlegen. »Gerade weil er sich so anständig verhielt, hatte er es verdient.«

»Das sagst du nur, weil du ein verwöhntes, reiches Mädchen bist«, entgegnete er scharf, holte dann Luft, um etwas sanfter fortzufahren: »Sie hatte einfach Angst, er würde das Interesse an ihr verlieren und sie nicht einmal mehr als Mätresse wollen. Das hätte sie nicht ertragen. Sie wusste, dass Chiapas sehr weit weg von Veracruz ist und nur wenige Leute jemals dorthin reisen, schon wegen der schlechten Straßen. Daher hoffte sie, ihr Vorleben erfolgreich vertuschen zu können. Und das ging auch gut, bis Dr. Scarsdale auftauchte.«

»Wie fand er es denn heraus?« Alice hatte tatsächlich gedacht, dass ein derart vergeistigter Mensch wie der Archäologe andere Interessen hatte als die zwielichtige Vergangenheit der Señora Bohremann.

»Das weiß ich, ehrlich gesagt, nicht. Er verbrachte einige Zeit in Veracruz, als er auf Patricks Eintreffen wartete. Da muss er etwas erfahren haben. Vielleicht redete jemand mit ihm. Jedenfalls drohte er mir, Hans Bohremann die ganze Wahrheit zu verraten, wenn ich nicht tat, was er verlangte. Ich musste mich fügen. Das war ich meiner Schwester schuldig, denn sie hatte viele Opfer für mich gebracht.«

Alice dachte rasch nach.

»Deine Schwester hat das bessere Leben, von dem sie träumte«, fasste sie das Ergebnis ihrer Überlegungen zusammen. »Aber sie sitzt auf einem Pulverfass. Was Dr. Scarsdale erfuhr, kann auch jemand anderer herausfinden. Es soll ja eine Eisenbahn gebaut werden, dann ist Chiapas nicht mehr so schwer zu erreichen. Und Hans Bohremann könnte es noch sehr weit bringen, dann wird sie als seine Frau auch mehr in der Öffentlichkeit stehen.«

»Aber was soll sie denn tun? Wenn er sie verstößt, das würde ihr das Herz brechen.«

Juan Ramirez hatte einen ausgeprägten Sinn für Dramatik, dachte Alice.

»Wäre ich Hans Bohremann«, sagte sie und stellte die inzwischen leere Kaffeetasse entschlossen auf den Tisch, »dann würde ich Rosario ihre Vergangenheit vergeben, denn sie hatte tatsächlich nicht viele andere Möglichkeiten. Aber jahrelanges Lügen, das könnte ich nicht verzeihen. Ich finde, es wäre das Beste für sie, ihm die Wahrheit irgendwie schonend beizubringen. Um sie wieder ins Elend zurückzustoßen, dazu scheint er mir zu anständig. Und wenn er ein Einsehen hat, was er vielleicht mit der Zeit haben wird, da er sie liebt, dann wird er seinen ganzen Einfluss einsetzen, um jedes Gerücht im Keim zu ersticken. Das wäre ihre Rettung.«

Zufrieden mit ihren Schlussfolgerungen, lehnte sie sich auf dem Korbstuhl zurück. Juan Ramirez hatte nachdenklich die Stirn gerunzelt.

»Heißt das, du könntest nun mir vergeben, nachdem ich dir die Wahrheit gesagt habe und du meine Beweggründe kennst?«

Alice sah ihn staunend an. Darum also ging es. Ein böser Gedanke schlich sich in ihren Kopf. Sie war inzwischen nicht nur eine attraktive, ungewöhnliche Frau, sondern auch eine reiche Erbin und somit eine hervorragende Partie. Juan Ramirez wollte ebenso wie seine Schwester ein besseres Leben, und als ihr Ehemann wäre er nicht mehr vom Wohlwollen seines Schwagers abhängig.

Sie schluckte und schämte sich ein wenig. Andrés hatte recht, sie vermochte ihr Misstrauen nie abzulegen. Dabei war sie sich doch wirklich sicher, dass Rosario Hans aufrichtig liebte. Und nur weil sie selbst ihre Romanze mit Juan Ramirez inzwischen fast vergessen hatte, bedeutete dies nicht, dass es ihm ebenso ging.

»Alice«, fuhr er auch schon fort, »es hat mir sehr viel bedeutet, dich kennenzulernen. An unsere gemeinsame Nacht in diesem Hotel habe ich oft gedacht und mir gewünscht, ich hätte mich danach anders verhalten können. Sag mir bitte, dass du mir vergeben kannst.«

Er legte seine Hand auf die ihre, und sie wagte nicht, sie ihm zu entziehen. Hartherzig und egoistisch, so hatte Tante Grete sie immer genannt. In der Tat hatte sie sich verhalten wie ein Mann, eine Liebesnacht einfach hinter sich gelassen und sich ins nächste Abenteuer gestürzt.

»Jetzt, da alles geklärt ist, werde ich hinter dir stehen«, beschwor er sie. »Ich begleite dich nach Veracruz und werde dafür sorgen, dass du eine wirklich schöne Reise hast. Mexiko gefällt dir doch, nicht wahr?«

»Aber ja, es gefällt mir sehr. Ich würde gern zurückkommen, sobald es möglich ist«, sagte sie spontan. Er legte seinen Arm um ihre Schultern und zog sie an sich. Alice gab nach, denn immerhin war er ihr Lebensretter. Erst als er sie zu küssen versuchte, wich sie aus und vergrub ihr Gesicht in dem edlen Stoff seines Hemds.

»Dann lass uns einfach so bald wie möglich heiraten. Ich reise auch nach Deutschland mit dir, wenn du willst. Du wirst Beistand brauchen, wenn du um dein Erbe kämpfst. Für eine Frau allein ist das schwer.«

Es ärgerte sie, derart überrumpelt zu werden. Sie fühlte sich bevormundet und überlegte, wie sie aus seiner Umarmung entkommen konnte, ohne ihn völlig vor den Kopf zu stoßen. Zu allem Übel hörte sie Schritte, die sich entfernten. Dass ein Bediensteter des Hotels diese Szene mitbekommen hatte, war ihr überaus peinlich. Schließlich schob sie Juan Ramirez sanft, aber bestimmt zurück.

»Ich kann mich allein um meine Angelegenheiten zu Hause kümmern, keine Sorge. Und … und es ist nicht so, dass ich mich demnächst vermählen möchte. Ich habe andere Pläne.«

Er sackte leicht zusammen.

»Du kannst mir also nicht vergeben?«

»Doch, das kann ich«, erwiderte sie wahrheitsgemäß. »Aber ich kann nicht zu der Frau werden, die du dir wünschst. Es tut mir leid, aber ich sehe keine gemeinsame Zukunft für uns. Und jetzt sollten wir endlich in den Speisesaal gehen. Dort wartet man sicher schon auf uns.«

Sie stand entschlossen auf und ging. Juan Ramirez folgte ihr nach kurzem Zögern. Sie wusste, dass sie ihn tief gekränkt hatte, doch es hatte keine andere Möglichkeit gegeben. Ihr Herz pochte aufgeregt in der Erwartung, einen anderen Mann wiederzusehen und ein klärendes Gespräch mit ihm führen zu können.

Doch als sie den Speisesaal betrat, war Andrés nirgends zu entdecken. Eine ungute Ahnung erfasste sie, und sie blieb stehen, bis Juan

Ramirez sie eingeholt hatte. Es gehörte sich für eine Dame, von ihrem Begleiter zu ihrem Tisch geleitet zu werden.

»Ist sonst niemand hier?«, fragte sie ihn so beiläufig wie möglich auf dem Weg zum Tisch. »Was ist mit den anderen?«

Er verzog leicht das Gesicht, als er ihr den Stuhl zurechtrückte, damit sie sich setzen konnte.

»Das hier ist keine billige Absteige für einfache Leute. Unsere Begleiter sind anderweitig untergekommen.«

Alice begann, sich unwohl zu fühlen.

»Aber … aber Andrés Uk'um ist Ingenieur!«

Sie fragte sich, ob er in ihrem Gesicht lesen konnte wie in einem Buch. Falls dem so war, dann verbarg er seine Empfindungen hervorragend, denn er hatte wieder jene glatte, gefällige Miene aufgesetzt, die sie früher verwirrt und zornig gemacht hatte.

»Lo siento«, sagte er, während er nach dem Kellner winkte. »Ich wollte auch ihm ein Zimmer hier bezahlen, aber es gab Probleme mit dem Hotelbesitzer, weil man ihm trotz akademischen Titels den Indianer leider ansieht. Ich habe wirklich versucht zu verhandeln, aber der Herr Ingenieur fühlte sich gekränkt und spazierte sogleich davon, um sich anderweitig eine Bleibe zu suchen.«

Alice' Magen zog sich zusammen. Sie verspürte keinerlei Appetit mehr und wäre am liebsten gleich losgerannt, um nach Andrés zu suchen. Ein letzter Rest an Vernunft fesselte sie an ihren Stuhl. Wenn sie jetzt einfach davonlief, machte sie sich nicht nur lächerlich, sondern blamierte auch noch Juan Ramirez.

»Julio ist doch auch im Hotel untergekommen«, sagte sie.

»Als dein Diener«, erklärte Juan Ramirez. »Weil es dein ausdrücklicher Wunsch war. Aber ein eigenes Zimmer für einen Indio, das war dem Hotelbesitzer dann doch suspekt.«

Der Kellner erschien und reichte ihnen die Speisekarten

»Such etwas aus. Ich nehme dasselbe«, sagte Alice schnell, denn sie wollte dieses Abendessen hinter sich bringen.

Juan Ramirez gab eine Bestellung auf. Sie war zu sehr in ihre Gedanken versunken, um darauf zu achten, welche Speisen er ausgewählt hatte.

»Weißt du, wo die anderen Männer heute übernachten?«, fragte sie.

»Nein. Ich habe ihnen Geld gegeben, damit sie sich eine Unterkunft suchen, und in drei Tagen sollen sie sich hier melden, damit wir die Weiterreise planen können. Ich dachte …«, er verstummte, als falle es ihm plötzlich schwer weiterzureden. »Ich dachte, wir könnten etwas Zeit in San Cristóbal verbringen, damit du dir diese wunderschöne Stadt noch mal in Ruhe ansehen kannst.«

Alice schlug die Augen nieder. Sie wusste inzwischen, dass er sich von dieser Zeit mehr erhofft hatte als das Besichtigen von Gebäuden. Am liebsten wäre sie gleich zu Hans Bohremann weitergereist, um Andrés' Unschuld zu bezeugen, doch Julio würde es sicher guttun, noch einige Tage auf dem Hotelbett liegen zu können.

Daher stimmte sie seinem Vorschlag zu und verzehrte einen Rinderbraten mit den üblichen Tortillas und Gemüse. Dazu nippte sie immer wieder an dem Rotwein, den Juan Ramirez für sie bestellt hatte. Die Stimmung zwischen ihnen war erwartungsgemäß verkrampft, doch sie musste zugeben, dass er sich tadellos benahm. Als sie nach dem Dessert meinte, sich wegen Kopfschmerzen zurückziehen zu wollen, sah er erleichtert aus, ihrer Gesellschaft für eine Weile zu entkommen.

»Wenn es dir nichts ausmacht, würde ich das Frühstück morgen gern in meinem Zimmer einnehmen, damit Julio nicht dauernd allein essen muss«, bat sie, bevor sie sich trennten. Sie hoffte, dass er sie nicht unhöflich fand, doch es würde ihnen beiden sicher guttun, die Unterhaltung im Patio erst einmal in Ruhe zu verarbeiten.

»Wie du möchtest«, erwiderte er gleichmütig und begleitete sie zur Treppe, die zu ihrem Zimmer führte. Dann verabschiedete er sich mit einem Kopfnicken. Alice ging davon aus, dass er nun eine Taverne aufsuchen würde, um seine enttäuschten Hoffnungen mit Aguardiente zu ertränken. Schon aus diesem Grund war er sicher erleichtert gewesen, als sie ihm vorschlug, das gemeinsame Frühstück morgen ausfallen zu lassen. Sie eilte die Stufen hinauf, um nach Julio zu sehen. Vielleicht würde er ihr ein paar Hinweise geben können, wo Andrés untergekommen war. Zwar verspürte sie kein großes Verlangen nach einem weiteren nächtlichen Ausflug in die Stadt, doch wenn sie unauffällige Kleidung anzog und ihr Haar unter einem Hut verbarg, hatte sie gute Aussichten, unbehelligt zu bleiben. Ungeduldig öffnete sie die Tür. Mariana sprang ihr freudig entgegen. Sie konnte den Hund mitnehmen. Er würde sich über die Gelegenheit zu einem Spaziergang sicher freuen.

Neben Julio stand ein leerer, schmutziger Teller auf dem Nachttisch, was deutlich machte, dass auch er sein Essen erhalten hatte.

»Da sind Sie ja, Señorita. Sehen Sie, was für mich gebracht wurde!«

Er wies auf ein Paar Krücken, die neben dem Bett abgelegt worden waren.

»Der Arzt, der heute hier war, hat sie geschickt. Extra für mich.«

Seine Augen leuchteten freudig, als sei dies der Lohn für besondere Leistungen. Alice lächelte zufrieden. Der Name Hans Bohremann war in dieser Gegend wirklich wie ein Zauberwort, das Wunder geschehen ließ.

»Hast du schon versucht, damit zu laufen?«

»Ich habe es bis zum Klosett geschafft, aber das war nicht einfach«, erklärte er stolz. Alice staunte. Laut Aussage des Arztes hatte er zwei gebrochene Rippen, außerdem waren ein Bein und ein Arm geschient worden. Dazu kamen zahlreiche Prellungen und Schürfwunden.

»Morgen helfe ich dir«, versprach sie. »Heute Abend musste ich noch einige Dinge klären.«

»Natürlich. Ich verstehe. Hat Andrés auch schon mit Ihnen gesprochen?«

Alice setzte sich seufzend auf die Bettkante und kraulte Marianas Ohren.

»Nein. Er hat das Hotel verlassen. Ich habe keine Ahnung, wo er jetzt ist. Weißt du vielleicht, wo ein Indio hier in der Stadt günstig übernachten kann?«

»Entweder bei Verwandten oder draußen«, sagte Julio grinsend. »Aber Andrés war hier und hat Sie gesucht. Ich habe ihm gesagt, dass Sie mit Don Juan im Patio sind. Dann ging er auch dorthin.«

»Aber nein, er ist nicht gekommen ...« Alice erstarrte, als ihr die Schritte, die sie im Patio gehört hatte, wieder einfielen. Andrés musste die Umarmung von Juan Ramirez mitbekommen haben und auch den Heiratsantrag. An sich wäre das nicht schlimm, doch sie hatte ihm niemals etwas von ihrer Affäre mit Rosarios Bruder erzählt.

Er war einfach fortgegangen, ohne auf eine neue Gelegenheit zu einem persönlichen Gespräch zu warten. Ihre Enttäuschung und ihr Erschrecken begannen, sich mit Wut zu mischen, je länger sie überlegte. Sie wollte ihn anschreien und mit Vorwürfen überhäufen, weil er sich so einfach zurückgezogen hatte. Ihn fragen, ob sie ihm derart unwichtig war, dass er sie ohne jedes Bemühen aufgab, und ihm dann die Augen auskratzen. Vor allem aber wollte sie ihn so bald wie möglich sehen.

»Wo kann er nur hingegangen sein?«, fragte sie ratlos.

»Das weiß ich nicht, Señorita, aber er hat einmal erwähnt, dass er Verwandte in San Juan de Chamula hat. Tzotzils, wie auch er.«

»Wo ist dieses San Juan de Chamula?«

»Ein Indianerdorf in der Nähe von Jovel, also San Cristóbal. Wenn ich irgendwo in der Fremde bin und weiß, es leben Verwandte in der Nähe, dann würde ich dorthin gehen.«

Alice traf ihre Entscheidung ohne jedes Zögern. Es gab nur einen einzig möglichen Weg, den sie jetzt einschlagen konnte.

»Wie weit ist es dorthin?«

»Nicht weit. In ein paar Stunden ist man dort. Ich würde Sie gern begleiten, aber leider geht es nicht.«

»Das ist kein Problem«, versicherte Alice. »Aber sag mir bitte, wo ich morgen einen anderen Führer auftreiben kann.«

21. Kapitel

Alice nahm ihr Frühstück auf dem Zimmer mit Julio ein, wie sie es ihm versprochen hatte. Dann wartete sie eine Weile, ob Juan Ramirez anklopfen würde, doch zwei Stunden vergingen, ohne dass er sich blicken ließ. Schließlich beschloss Alice aufzubrechen. Sie zog einen bequemen Rock und eine alte Bluse aus ihrem Koffer, verzichtete aber auf die Indio-Kleidung, da Julio davon abriet. Wenn sie einen indianischen Führer brauchte, dann musste sie wie eine Ladina aussehen. Das eigentliche Problem bestand darin, dass sie nicht über eigenes Geld verfügte. Es widerstrebte ihr, Juan Ramirez beim Ausschlafen seines Rausches zu stören, zumal sie dann auch hätte erklären müssen, wozu sie das Geld brauchte. Schließlich fand sie in der Seitentasche ihres Koffers einen schmalen Silberring, der zu ihrem mütterlichen Erbe gehörte. Sie hatte ihn völlig vergessen, doch nun war er ihre Rettung, denn den Saphirschmuck wollte sie nicht opfern.

»Suchen Sie sich einen jungen Mann, der nicht betrunken ist«, riet Julio. »Sagen Sie ihm, dass Sie eine Bekannte von Hans Bohremann sind, und geben Sie ihm der Ring als Vorauszahlung. Sie müssen aber noch eine spätere Entlohnung versprechen, sonst verschwindet er vielleicht einfach gleich. Versprechen Sie ihm … ich weiß nicht … eine gut bezahlte Stellung, aber nicht auf der Kaffeeplantage, denn jeder weiß, wie man dort schuften muss. Am besten als Hausdiener. Wenn er selbst es nicht machen will, dann wird er seine Schwester schicken.«

Alice nickte.

»Was ist, wenn er mir nicht glaubt?«, fragte sie nach einigem Überlegen. »Jede Frau könnte ihm doch erzählen, von Hans Bohremann unterstützt zu werden?«

Julio grinste.

»Ihr blondes Haar, Señorita. Sie sind sehr hübsch. Und außerdem braucht er nur in diesem Hotel nachzufragen. Dass Don Juan der Schwager von Hans Bohremann ist, das wissen die Leute.«

Alice zuckte mit den Schultern. Wahrscheinlich hielt man sie für die Geliebte von Juan Ramirez, aber das allein reichte wohl als Garantie dafür, dass sie nicht ohne Einfluss war.

»Sie brauchen auch noch eine Erklärung, warum Sie als Frau allein reisen, denn das ist sehr ungewöhnlich. Lassen Sie mich nachdenken …«

Julio lag eine Weile mit angestrengt gerunzelter Stirn da, dann sagte er:

»Am besten, Sie erzählen von einer Dienerin, die verschwunden ist und um die Sie sich Sorgen machen. Sie wollen nachsehen, ob sie wieder bei ihrer Familie ist, und dabei will Hans Bohremann Sie nicht unterstützen, weil er es für unwichtig hält. Wenn Sie Glück haben, dann glaubt der Indio Ihnen und hält Sie für eine gutherzige Frau, der er gern helfen will.«

Alice hatte ihre feinen Lederschuhe wieder angezogen, denn Julio untersagte ihr auch Huarachas. Dann griff sie nach dem breitkrempigen Hut, um sich vor der Sonne in den Bergen zu schützen.

»Könnte ich nicht gleich eine Frau fragen?«, schlug sie vor, denn die Vorstellung, wildfremde Männer auf der Straße anzusprechen, widerstrebte ihr.

»Die wird Sie nicht selbst durchs Gebirge führen, aber eigentlich ist es keine schlechte Idee. Nur sprechen unsere Frauen meist nicht so gut Spanisch. Aber vielleicht finden Sie ja eine, die Sie versteht. Sie hat sicher einen Bruder oder Sohn, dem sie eine gut bezahlte Arbeit verschaffen möchte.«

Mit einem erleichterten Nicken verabschiedete Alice sich von ihrem Berater.

»Wenn Sie bis Einbruch der Dämmerung nicht zurück sind, werde ich Don Juan sagen, dass er nach Ihnen suchen lassen soll«, versprach Julio zum Abschied. Sie überlegte, dass Rosarios Bruder ihr vielleicht schon früher Männer nachschicken würde, doch mit etwas Glück würde sie dieses Indianerdorf erreichen, noch bevor er aufgestanden war. Später musste sie ihm alles erklären. Aber dann würde sie wenigstens wissen, ob Andrés weiterhin zu ihr stand.

Sie verließ das Hotel und ging zum Zócalo, jenem zentralen Platz vor der ockerfarbenen Kathedrale. Auf einer kleinen Tribüne in der Mitte spielten mehrere Musiker gefällige Melodien. Händler hatten Verkaufsstände mit Nahrung, Tongeschirr, Schmuck und anderem Krimskrams aufgebaut, an denen Leute aller Gesellschaftsschichten vorbeiflanierten. Alice mischte sich unter die Schaulustigen. Sie versuchte, eine junge Indianerin anzusprechen, die hübsch bemalte Tontöpfe feilbot, doch sie erhielt nur ein freundliches Lächeln und Nicken zur Antwort, während die Frau den Preis ihrer Waren mühsam auf Spanisch nannte. Die nächste Frau flüchtete, bevor Alice ihr nahe genug gekommen war, um etwas sagen zu können. Nachdem sie weitere erfolglose Versuche unternommen hatte, sich mit einer Indianerin zu verständigen, tauchte schließlich ein junger Mann in Ladino-Kleidung und mit gestutztem Schnurrbart neben ihr auf. Trotz aller Versuche, seine Herkunft zu verbergen, waren seine Gesichtszüge eindeutig indianisch.

»Suchen Sie eine Bedienstete, Señorita?«

»Nein«, entgegnete Alice, deren Geduld inzwischen aufgebraucht war, ohne Umschweife, »ich suche jemanden, der mich nach San Juan de Chamula bringt.«

Sie hielt ihm den Silberring entgegen. Er betrachtete ihn eine Weile eindringlich, biss dann darauf. Sie wusste nicht, was er auf diese Weise überprüfte, doch er sah zufrieden aus. Alice erzählte den Rest ihrer Geschichte, wie sie es mit Julio abgesprochen hatte.

»Ich behalte den Ring«, sagte er nur. »Ich besorge Ihnen ein Maultier und bringe Sie hin. Jetzt gleich, wenn Sie wollen.«

Alice wäre ihm vor Erleichterung fast um den Hals gefallen. Dann wurde ihr bewusst, dass er ein Betrüger sein konnte. Aber sie hatte keine andere Wahl.

Kurz darauf saß Alice auf einem Maultier und wurde von Roderigo, wie ihr neuer Begleiter sich nannte, aus der Stadt hinausgeführt. Er erkundigte sich knapp und sehr sachlich, ob sie gesucht würde.

Alice verneinte zunächst überrascht, dann fügte sie zur Sicherheit hinzu, dass man sie aber vermissen würde, wenn sie bei Einbruch der Dämmerung noch nicht zurückgekommen war.

»Dann haben Sie nicht viel Zeit in Chamula. Ich will keinen Ärger. Wenn Sie nicht freiwillig mit mir zurückkommen, gehe ich allein und sage jedem, den es interessiert, wo Sie sind.«

Alice nickte. Diese Drohung machte ihn sogar zuverlässiger, denn ein Betrüger hätte ihr sicher alle möglichen Versprechungen gemacht, damit sie ihm folgte.

Die Reise führte wieder ins Gebirge. Ungefähr eine halbe Stunde später begann ein kalter Wind zu wehen, und Regen peitschte auf sie ein. Nach der langen Hitze in den Tiefen des Dschungels genoss sie die frische Bergluft, zumal das Maultier sie davor bewahrte, die Höhen selbst erklimmen zu müssen.

Für ein Indio-Dorf wirkte San Juan de Chamula recht schmuck, was an seiner perlmuttfarbenen Kirche liegen musste, dem unübersehbaren Mittelpunkt der kleinen und ärmlichen Ortschaft. Die Sonne schien inzwischen wieder, der Wind war zu einem lauen Lüftchen geworden, und kleine, flauschige Wölkchen segelten über einen leuchtend blauen Himmel. Die bunten Malereien am Kirchenportal strahlten in den frischen, hellen Farben, die typisch für dieses Land waren. Dieser Kirche fehlte all jene düstere Größe, die Alice an mittelalterlichen Kathedralen bewundert hatte, ebenso der goldene Prunk der Bauten aus der Kolonialzeit. Alice atmete erleichtert auf. Sie war am Ziel, und der Ort gefiel ihr. Nun musste sie Andrés finden. Ungeduldig sah sie sich um. Ihr Auftauchen hatte bereits für einiges Aufsehen gesorgt. Indios wandten sich in ihre Richtung, starrten sie staunend an, während Roderigo auf Tzotzil mit einigen Männern sprach, die zögernd näher gekommen waren. Die Frauen hielten sich wie üblich im Hintergrund, und Alice glaubte, wieder jene Mauer aus Misstrauen und Ablehnung zu spüren. Der als eitler Ladino herausgeputzte Roderigo wirkte wohl ebenso wenig vertrauenswürdig wie eine blonde, fremde Frau, denn auch er wurde nicht freundlich empfangen.

»Ich habe gefragt, ob hier ein Mädchen kürzlich von seinem

Dienst bei einem Zuckerbaron zurückgekommen ist, aber sie verneinen es alle«, teilte er ihr schließlich mit. Gelassen wartete er ihre Reaktion ab.

»Vielleicht … vielleicht wollen sie es mir einfach nicht sagen«, stammelte Alice ratlos. Die von Julio vorgeschlagene Lüge hatte sich als Sackgasse erwiesen, denn nun sollte sie unverrichteter Dinge wieder abreisen. Allerdings wehrte alles in ihr sich dagegen, Roderigo zu gestehen, dass sie in Wahrheit auf der Suche nach ihrem entflohenen indianischen Liebhaber war.

»Lo siento, Señorita, aber wenn das Mädchen nicht gefunden werden will, dann werden Sie es hier auch nicht finden«, erwiderte ihr Begleiter. »Da müssen Sie schon mit ein paar bewaffneten Männern kommen und die Hütten durchsuchen lassen. Aber selbst dann … die Chamulas sind eine verschworene Gemeinschaft, verflucht gute Gauner und Betrüger. Ich würde Ihnen natürlich trotzdem gern helfen. Aber seien Sie jetzt bitte ehrlich: Die kleine Muchacha hat doch was ausgefressen, oder? Vermissen Sie irgendwelchen Schmuck?«

Er grinste, sichtlich zufrieden über seine Schlauheit. Alice begann er zunehmend unsympathisch zu werden. Aber sie wusste, dass sie ihn hier brauchte.

»Nein, ich wurde nicht bestohlen«, erwiderte sie. »Aber ich … ich suche jemanden, und es ist wichtig, eine persönliche Angelegenheit.«

Sie sah Roderigos Augen spöttisch blitzen und warf ihm einen strengen Blick zu, der ihn tatsächlich daran hinderte, weiter nachzubohren.

»Vielleicht finde ich auch einen Verwandten des Mädchens, den ich kenne. Sind denn alle Bewohner des Dorfes jetzt hier?«, drängte sie Roderigo, sie weiter zu unterstützen. Er zuckte mit den Schultern.

»Viele Männer sind vermutlich auf den Plantagen, um Geld zu verdienen, oder auf ihren eigenen milpas. In der Kirche dürften auch ein paar Leute beten. Chamulas sind schrecklich abergläubisch. Heute ist übrigens ihr Totenfest. Sie werden den Verstorbenen Gaben bringen, die sie dann über Nacht verzehren können.«

Er grinste abfällig. Alice fiel ein, dass ihr bereits in San Cristóbal festliche Blumengirlanden auf den Straßen aufgefallen waren, doch sie hatte in diesem Moment andere Sorgen. Sie versuchte, ihre Gedanken zu ordnen. Auf einer Plantage war Andrés keinesfalls. Möglicherweise half er seinen Verwandten bei der Feldarbeit. Oder die Kirche? Er war ebenso wenig religiös wie sie selbst und hielt vielleicht nicht viel von diesem Totenfest, doch sie wusste, dass die Umstände einen zwingen konnten, trotzdem ein Gotteshaus aufzusuchen.

»Könnten wir in der Kirche nachsehen?«, fragte sie.

»Man wird davon nicht begeistert sein, aber die Leute trauen sich sicher nicht, eine Ladina hinauszuwerfen. Ich habe schon gesagt, dass Sie Hans Bohremann gut kennen.«

Roderigo reichte ihr selbstzufrieden die Hand, um ihr vom Maultier zu helfen. Sie zögerte einen Moment, denn sie war durchaus in der Lage, allein abzusteigen. Dann fiel ihr wieder ein, dass sie ihn brauchte. Vielleicht hatte Andrés sie dies gelehrt – ihre eigene Unvollkommenheit und Hilfsbedürftigkeit anzunehmen.

Roderigo führte sie in die Kirche, und sie war ihm dankbar dafür, denn in Begleitung eines Indios, ganz gleich, wie er sich verkleidet hatte, kam sie sich nicht so sehr als Eindringling vor. Die Tür schwang auf, und sie stand in einer fremden Welt.

Es war dämmerig, denn der helle Tag durfte nicht über die Türschwelle. Auf dem Boden waren Zweige und Tannennadeln verstreut. Hunderte von Kerzen glommen im Dämmerlicht, und das monotone Murmeln zahlloser Stimmen füllte den mittelgroßen, schlichten Raum. Alice konnte keinen Priester erkennen, doch sehr viele Gläubige, die vor bunt geschmückten Heiligenfiguren auf dem blanken Boden knieten und in ihre Gebete versunken waren.

Obwohl dies eine christliche Kirche sein musste, war sie anders als alles, was Alice bisher in Europa, aber auch in mexikanischen Städten gesehen hatte. Das Erbe der alten indianischen Rituale, die sie im Regenwald hatte miterleben dürfen, saugte man hier mit jedem Atemzug ein. Zwei Welten mussten ineinander verschmelzen, um die Magie eines solchen Ortes entstehen zu lassen. Gebannt beobachtete sie, wie Leute weitere Kerzen anzündeten, die Figuren mit

Ketten aus Blumen und bunten Steinen behängten und immer wieder ihre Gebetssprüche murmelten, wobei sie vor- und zurückschaukelten wie in Trance.

Alice wagte es nicht, einen Schritt weiter in den Raum zu treten, denn sie wusste, dass sie nicht hierhergehörte. Auch Roderigo verharrte an ihrer Seite, als sei er trotz aller abfälligen Kommentare über Chamulas dennoch nicht bereit, sie in ihren Ritualen zu stören. Als Alice' Augen sich allmählich an das Dämmerlicht gewöhnt hatten, entdeckte sie Andrés. Er kniete neben einem kleinen, weißhaarigen Mann vor einer Figur, die einen leuchtend roten Mantel trug. Der Schein all jener Kerzen, die bereits zu Ehren dieses Heiligen angezündet worden waren, erhellte auch sein Gesicht. Er hatte die Augen geschlossen, war völlig in sich gekehrt, auch wenn er keinen so entrückten Eindruck machte wie sein Begleiter und die anderen Leute hier. Alice fragte sich, ob auch hier Rauschmittel im Spiel waren, um der göttlichen Macht näherzukommen. Andrés hatte sicher nichts genommen, dachte sie mit einem Lächeln. Was ihm wohl durch den Kopf ging, während er hier kniete? Er schien so in seine Gedanken versunken, dass sie keine Möglichkeit sah, ihn auf sich aufmerksam zu machen, ohne laut zu rufen, was einer Entweihung dieses Ortes gleichgekommen wäre. Sie würde draußen warten müssen, bis auch er wieder herauskam. Gerade wollte sie sich Roderigo zuwenden, um ihm diesen Entschluss mitzuteilen, da hörte sie plötzlich laut und deutlich Andrés' Stimme: »Alice!«

Er klang völlig fassungslos und starrte in ihre Richtung, als glaubte er, an diesem magischen Ort sei ihm ein Geist erschienen. Alice fühlte sich von neugierigen, zornigen und schlichtweg fassungslosen Blicken durchbohrt. Ihre Wangen begannen zu glühen, und sie war dankbar für die spärliche Beleuchtung am Eingang der Kirche.

Andrés stand auf und eilte mit langen Schritten auf sie zu. Alice atmete erleichtert auf und wandte sich an Roderigo:

»Ich habe jetzt den Mann gefunden, den ich suchte. Wir gehen besser hinaus, denn hier drinnen kann ich mich schlecht mit ihm unterhalten.«

Wieder funkelte die Neugier in Roderigos Augen, aber er folgte ihrer Anweisung. Erneut wurde sie angestarrt, obwohl es hier nicht so auffiel wie in der Kirche, wo sie für einen Augenblick zu einer bedenklichen Konkurrenz für alle Heiligenfiguren geworden war. Alle warfen möglichst unauffällige Blicke in Alice' Richtung. Sie atmete tief durch und wartete, bis auch Andrés durch das Kirchenportal getreten war.

»Wie in Gottes Namen kommst du hierher?«, begrüßte er sie fassungslos auf Englisch. Roderigo schien so verblüfft über die Anrede in einer unverständlichen Sprache, dass ihm das süffisante Grinsen verging.

»Das könnte ich ebenso gut dich fragen«, erwiderte sie. »Du bist ohne jede Erklärung einfach verschwunden.«

Andrés schlug die Augen nieder.

»Wir müssen uns in Ruhe unterhalten. Nicht hier, vor allen Leuten«, sagte er nur. Alice stimmte nickend zu.

»Warte eine Weile, ich komme gleich wieder«, wies sie Roderigo an, der das Gesicht verzog, aber ohne Widerspruch gehorchte. Andrés führte sie an den Hütten vorbei zu einer Eiche, um die ein paar leere Kisten verteilt waren. Er ergriff die größte davon und trug sie hinter den Stamm.

»So, hier können wir reden, ohne dass das ganze Dorf zusieht.«

Alice setzte sich gehorsam neben ihn. Sie merkte, dass er Abstand von ihr wahrte, und verspürte einen Stich in der Brust. Seine Augen funkelten fast zornig.

»Wer ist dieser herausgeputzte Kerl, mit dem du hier aufgetaucht bist?«

»Er heißt Roderigo und war bereit, mich hierherzubringen. Mehr weiß ich auch nicht von ihm.«

Das Funkeln in Andrés' Augen wurde zu einem Blitzen.

»Heißt das, du bist mit einem wildfremden Mann allein losgezogen? Er hätte in den Bergen alles Mögliche mit dir anstellen können!«

»Das hat er aber nicht«, sagte Alice belustigt zurück. »Er brachte mich einfach hierher, wie vereinbart.«

»Trotzdem war es sehr leichtsinnig von dir, dich auf so ein gefährliches Abenteuer einzulassen«, tadelte Andrés. Alice wurde wütend. Er hatte sich ihr gegenüber bisher niemals so schulmeisterlich benommen.

»Du hast doch selbst gesagt, dass ich den Leuten mehr vertrauen sollte«, entgegnete sie schnippisch. »Außerdem bin ich nur deinetwegen hier.«

Kaum waren diese Worte ausgesprochen, biss sie sich auf die Lippen. Alice Wegener hatte soeben gestanden, einem Mann nachgelaufen zu sein.

Doch sie hatte mit diesem Geständnis Erfolg, denn Andrés wandte sich ihr nach kurzem Zögern zu.

»Du wolltest mir vermutlich alles erklären«, sagte er knapp. »Aber das ist nicht nötig. Ich verstehe dein Verhalten.«

Alice schüttelte ratlos den Kopf.

»Was verstehst du denn?«

Er seufzte.

»Eine Frau wie du braucht einen Mann, der ihr ein Leben in Wohlstand und Ansehen bieten kann. Juan Ramirez ist in vielerlei Hinsicht der Richtige.«

Sie lachte ungläubig auf.

»Warum lässt du nicht mich selbst darüber entscheiden?«

»Mir schien, du hattest deine Entscheidung schon getroffen«, sagte er kalt. Nun war es an Alice, laut zu seufzen.

»Ich hatte eine kurze Affäre mit Juan Ramirez«, gestand sie schließlich. »Es ging nach meiner Ankunft in Veracruz los, und dann, in San Cristóbal, waren wir eine Nacht lang ein Liebespaar. Danach war es auch schon wieder vorbei. Für mich hörte es endgültig auf, als ich dich näher kennenlernte.«

Er musterte sie so kühl und misstrauisch, dass es wehtat.

»Vergisst du alle deine Liebhaber so schnell, wenn sich die Aussicht auf Abwechslung bietet?«

Alice fuhr auf, denn diese Worte hatten in die von Tante Grete geschlagene Wunde getroffen.

»Ich habe nie behauptet, dass ich wie eine Heilige gelebt hätte, bevor wir uns trafen. Das hast du selbst auch nicht, denke ich. Doch über Frauen urteilt man natürlich anders.«

Es erstaunte sie, wie ruhig sie gesprochen hatte. Ganz richtig war ihre Aussage nicht, denn sie hatte von Anfang an geahnt, dass Andrés' Vorleben unschuldiger gewesen war als das ihre. Doch wenn er sie dafür verurteilte, so gab es für sie beide keine Zukunft, denn sie war nicht zu Reue bereit.

»Warum sollte ich über dich anders urteilen, nur weil du eine Frau bist?«, fragte er, doch ein böser, beißender Sarkasmus schwang in seiner Stimme mit. »Ein jeder Europäer hat das Recht, sich in unserem Land nach Gutdünken zu amüsieren.«

Als Alice mit dem Fuß aufstampfte, sah er sie schweigend an, als warte er in Wahrheit auf eine Erklärung für ihr Verhalten. Sie zwang sich, Ruhe zu bewahren.

»Ja, vielleicht wollte ich mich am Anfang einfach nur amüsieren«, gestand sie. »Aber sehr bald wurde es für mich ernst. Mein Bruder starb, ich war in einem fremden Land und wusste nicht, wem ich trauen konnte. Bisher hatte ich mir im Leben immer irgendwie selbst helfen können, aber nun ging das auf einmal nicht mehr. Und während ich hier ziemlich ungeschickt durch eine unbekannte Welt irrte, traf ich zufällig einen Mann, der mir völlig anders schien als alle, die ich vor ihm kannte, mein Bruder ausgenommen. Ich konnte mit ihm über persönliche Dinge reden und fühlte mich verstanden. Er machte mich nicht schon nach den ersten zehn Minuten wütend. Jedenfalls nicht vor diesem Gespräch.«

Andrés sah sie eine Weile schweigend an und lehnte sich gegen den Baumstamm.

»Nun gut, dann mache ich dich jetzt wütend. Vielleicht ist es besser so. Das erleichtert dir den Abschied.«

Sie unterdrückte einen Wutschrei und sprang auf. Sie hatte sich mehr um ihn bemüht als um irgendeinen anderen Menschen zuvor in ihrem Leben. Jetzt war es genug.

»Wunderbar, dann nehmen wir jetzt Abschied«, zischte sie. »Ich bedauere die Zeit, die ich mit dir verschwendet habe. Fahr einfach zur Hölle!«

Drei Schritte war sie gelaufen, da wurde sie zurückgerissen. Andrés' Arme umschlangen sie wie eiserne Ketten, aus denen es kein Entkommen gab. Sie wandte trotzig ihren Kopf ab, als er sie küssen wollte, doch der flehende Blick seiner Augen ließ sie nachgeben.

»Ich dachte, du würdest mich so schnell ablegen wie deine verschmutzte Indio-Kleidung«, flüsterte seine Stimme an ihrem Ohr. »Sobald du mich nicht mehr brauchst. Als ich dich mit Juan Ramirez sah, wusste ich nicht, ob ich lieber euch oder mich selbst erschießen wollte. Ich musste weg, sonst wäre ein Unglück geschehen.«

»Unsinn«, flüsterte Alice und streichelte sein glattes Gesicht, »du hättest nur mit mir reden sollen, anstatt einfach fortzulaufen.«

Er antwortete nicht, doch sie sah die Tränen in seinen Augen. Fast erschrak sie, denn ihr war nicht klar gewesen, welche Gefühle sie in diesem zurückhaltenden, stillen, klugen Mann geweckt hatte. Aber wie sollte es mit ihnen weitergehen?

Es freute sie, dass seine Hand immer noch die ihre umklammerte, während sie ins Dorf zurückkehrten. Er sprach ein paar Worte auf Tzotzil. Als Roderigo weiterhin staunend in ihre Richtung starrte, sagte Andrés laut und deutlich: »Mi mujer.«

Das unruhige Raunen und die nun unverhohlen neugierigen, fassungslosen, teils sogar feindseligen Blicke – all dies machte Alice klar, dass er soeben höchst unvorsichtig gewesen war. Doch gleichzeitig war es an der Zeit gewesen, dass er diese Worte endlich öffentlich sagte. Ihr war leichter zumute, nun, da sie beide einen Entschluss gefasst hatten, ohne genau zu wissen, wie er umgesetzt werden konnte. Das Verhalten der Dorfbewohner war nur ein Vorgeschmack auf das, was ihnen bevorstand, sobald sie sich offen zueinander bekannten.

Der ältere Mann, neben dem Andrés in der Kirche gesessen hatte, kam mit langen Schritten auf sie zugeeilt und begann auf Tzotzil zu reden. Er klang weniger erstaunt als verärgert.

»Mein Onkel sagt, wir sollen jetzt in einer Hütte verschwinden, bis das ganze Dorf sich an die unerhörte Neuigkeit gewöhnt hat«, übersetzte Andrés. Alice folgte den beiden ohne Widerspruch.

»Sie hassen jegliche Veränderung«, erklärte Andrés, als sie gemeinsam neben dem Comal saßen, wo eine ältere Frau schweigend ihre Tortillas briet. »Wer eine Tradition bricht, ist eine Bedrohung für die Gemeinschaft. Ein Kind, das in einem Dorf wie diesem zur Welt kommt, hat ein vorbestimmtes Leben, noch bevor es den ersten Schrei getan hat.«

Seine Stimme klang bitter. Alice fuhr ihm mit der Hand über den Rücken.

»Das Leben der meisten Menschen ist von ihrer Familie vorbestimmt.« Sie versuchte, ihn mit seiner Herkunft zu versöhnen. »Meines war es auch.«

»Aber du bist ausgebrochen. Das faszinierte mich, als Patrick von dir erzählte. Ich hatte noch keine Frau getroffen, die so mutig war. Ich war schrecklich neugierig, dich kennenzulernen. Vor allem deshalb und nicht, weil er dich als wunderschön beschrieb, obwohl das stimmt.«

Alice schmiegte ihren Kopf an seine Schulter, denn seine Worte hatten sie glücklicher gemacht, als er ahnen konnte. Dass es einem Mann irgendwann gelingen würde, hinter ihre Fassade zu blicken und Gefallen an dem zu finden, was er dort entdeckte, hatte sie niemals in Erwägung gezogen. Ihr Verhältnis zu Harry war ein bewusster Bruch mit Tabus gewesen, ein gemeinsames Spiel, das keine echte Nähe zuließ. Bei Juan Ramirez war sie zunächst offener gewesen, doch er hatte sie im Stich gelassen, als sie ihn am nötigsten gebraucht hatte. Seine Reue war ehrlich gewesen, aber zu spät gekommen. Ein Mann aus einem anderen Volk, der für sie am wenigsten infrage kam, war nun derjenige, den sie wollte. Sie rückte noch näher an ihn heran und ließ ihre Finger über seine hohen Wangenknochen und die geschwungene Nase gleiten. Sie hatte niemals geahnt, wie viel Glück die bloße Gegenwart eines anderen Menschen auslösen konnte.

Ihr fiel auf, dass die alte Indianerin von ihrer Tortilla aufblickte, um sie beide neugierig zu mustern. Ihr Gesicht war frei von Vorwurf und Feindseligkeit, und ein feines Lächeln umspielte ihre Lippen.

Andrés täuscht sich, dachte Alice. Nicht alle Leute in Chamula hassten den Bruch mit Traditionen. Die alte Frau schien sich ertappt zu fühlen, denn sie wandte sich rasch wieder ihrer Tortilla zu. Die Fladen durften auf jeder Seite nur kurz angebraten werden, wie Alice von der alten Ix Chel gelernt hatte.

»Dieses Totenfest heute Abend, an dem solltest du teilnehmen«, sagte Alice. »Nimm ein bisschen Rücksicht auf die Gefühle dieser Leute.«

Ihr wurde bewusst, dass sie ihm zu einem Verhalten riet, das sie gegenüber ihrer eigenen Familie verweigert hatte.

»Jetzt redest du wie Patrick«, erwiderte er. »Dabei bist du ihm nicht besonders ähnlich.«

Alice zuckte zusammen.

»Schon gut, ich weiß, ich bin egoistisch und kalt und keine richtige Frau, weil es mir an Herz mangelt. Aber gerade eben klang es so, als würdest du mich trotzdem mögen.«

»Das tue ich auch.«

Er lachte auf und drückte ihre Hand.

»Du bist einfach wie dein Vater, das ist alles. Patrick war der Weiche und Sanftmütige in eurer Familie. Und deshalb hackte dein alter Herr ständig auf ihm herum.«

»Das tat er bei mir auch«, erwiderte sie.

»Ja, aber du konntest dich besser wehren. Das beeindruckte ihn, auch wenn er es niemals zugegeben hätte. Und der arme Patrick wurde dadurch noch mehr zum Schwächling.«

»Mein Bruder war kein Schwächling!«, rief Alice empört.

»Nein. Ich bin froh, dass du es begreifst, denn dein Vater vermochte es nicht. Du bist so geworden, wie sein Sohn hätte sein sollen: ehrgeizig, entschlossen und eisenhart, wenn es sein muss. Dein Bruder hätte niemals eine Tochter derart in die Enge getrieben, dass sie keine andere Möglichkeit mehr sah, als vor ihm davonzulaufen. Aber er hätte seinen Vater auch nicht sterben lassen, ohne von ihm Abschied zu nehmen.«

Alice begann zu frieren und flüchtete sich in Zorn, um dem schlechten Gewissen zu entkommen.

»Er hatte mir, gleich nachdem ich fortgegangen war, ausrichten lassen, dass er mich nie mehr sehen will«, verteidigte sie ihr Verhalten.

»Du hättest es wenigstens versuchen können. Das Sterben kann Menschen weicher machen, als sie jemals zuvor gewesen sind. Aber du warst zu stolz.«

Sie senkte den Kopf.

»Ja, es stimmt. Das war ich. Kannst du mich denn gar nicht verstehen?«

»Natürlich verstehe ich dich«, erwiderte er nachsichtig lächelnd. »Ich selbst wäre vielleicht nicht anders gewesen. In dieser Hinsicht war dein Bruder stärker als wir beide zusammen, denn er konnte vergeben.«

Andrés wischte Staub von seiner Hose und sagte ein paar Worte zu der alten Indio-Frau, die ihm ein zahnloses Lächeln schenkte.

»Ich will heute Abend deinem Rat folgen und mit zum Friedhof gehen, um den Toten Gaben zu bringen, obwohl ich mit ihnen nur sehr entfernt verwandt bin«, sagte er zu Alice. »Nachdem ich dir gerade eine Moralpredigt gehalten habe, sollte ich vielleicht versuchen, selbst etwas weniger störrisch zu sein.«

Alice lehnte sich lächelnd zurück.

»Ich komme mit, wenn du willst.«

Er schüttelte den Kopf.

»Bleib besser hier. Das wäre zu viel. Sie werden alle froh sein, wenn wir morgen verschwinden.«

Sie hatten Roderigo nach San Cristóbal zurückgeschickt. Er sollte Juan Ramirez mitteilen, dass die Señorita am nächsten Tag mit Señor Uk'um zurückkäme.

»Ich habe versucht, den Weg in die moderne Zeit zu finden, indem ich Ingenieur wurde«, fuhr Andrés fort, »doch niemand in meinem Dorf verstand mich. Und hier in Chamula, da sind die Leute noch sturer und verbohrter, weil es ein uraltes Tzotzil-Dorf ist. Aberglaube und Traditionen bestimmen alles. Sollte in Mexiko wieder eine Veränderung beginnen, dann versäumen wir Indios es wie üblich, rechtzeitig aufzuspringen, weil wir noch ein paar Kulte zu zelebrieren haben.«

»Diese Sturheit hat eure Kultur davor bewahrt, völlig auszusterben«, gab Alice zu bedenken.

»Aber auf Dauer schadet sie uns«, beharrte Andrés. »Wir bleiben Relikte aus einer versunkenen Welt, wenn wir nicht versuchen, uns zu modernisieren.«

»Ihr seid bereits anders als die Leute im Dschungel«, stellte Alice fest. Sie hatte manchmal gedacht, dass die Hach Winik glücklicher waren als viele andere Menschen, die allgemein als zivilisiert galten, aber sie verstand, warum Andrés diese Meinung nicht teilen würde.

»Ihr habt euch mit der Zeit verändert«, fuhr sie fort. »Hab Geduld mit deinen Leuten, dränge nicht zu sehr. Nicht jeder hat einen so scharfen Verstand wie du.«

Plötzlich sah sie ihn lächeln.

»Gracias«, murmelte er nur und drückte ihre Hand, bevor er aufstand, um mit der alten Frau wegzugehen.

Am nächsten Tag brachen sie bereits früh auf. Roderigo hatte das Maultier zurückgelassen, sodass Alice darauf reiten konnte, während Andrés neben ihr herging. Sie erreichten San Cristóbal noch am Vormittag, begleitet von anderen Indios, die dort ihre Waren verkaufen wollten. Das Hotel hatten sie schnell gefunden, doch der Portier teilte ihnen mit, dass Juan Ramirez abgereist war. Er hatte für Alice noch zwei weitere Übernachtungen bezahlt und auch die Arztrechnung für Julio beglichen, aber keine Nachricht hinterlassen, wie sie sich nun verhalten sollten.

»Sieh erst einmal nach dem Jungen, nimm ein Bad, und warte dann so gegen sechs vor dem Hotel auf mich. Ich werde versuchen, Geld aufzutreiben, damit wir wenigstens Proviant für die Weiterreise kaufen können«, sagte Andrés, nachdem sie eine Weile ratlos dagestanden hatten. Alice wollte gerade vorschlagen, dass er mit ihr auf das Zimmer gehen könnte, dann wurde ihr die Unmöglichkeit eines solchen Verhaltens bewusst. Dem Hotelbesitzer und seinen Angestellten war eine alleinstehende Frau, die mit fremden Männern unterwegs war, suspekt genug, auch ohne einen erwachsenen Indio in ihrem Zimmer.

»Am Abend können wir nicht aufbrechen. Wo wirst du die Nacht verbringen?«, fragte sie. Andrés versicherte ihr, dass er eine Schlafgelegenheit finden würde, und ging dann fort. In dem ausschließlich von Ladinos bewohnten Hotel schien er sich unwohl zu fühlen. Alice stieg die Stufen zu ihrem Zimmer hoch, denn die Aussicht auf ein weiches Bett und eine Wanne voll warmem Badewasser war verlockend.

»Señorita, da sind Sie ja endlich!« Julio begrüßte sie erfreut, während Mariana aufgeregt an ihren Beinen hochsprang. »Ich habe mir schon Sorgen gemacht. Und Don Juan war sehr verärgert, dass Sie so einfach verschwunden sind. Als ich ihm dann erzählt habe, dass Sie Andrés suchen, da sah er auch nicht begeistert aus.«

Alice setzte sich erschöpft auf ihr Bett und befreite ihre Füße von den Schuhen. Juan Ramirez ahnte wohl, warum sie sich von ihm abgewandt hatte, denn einem flüchtigen Bekannten wäre sie nicht so hastig hinterhergeeilt. Das war vermutlich auch der Grund für seine überstürzte Abreise. Trotzdem ärgerte es sie, dass er sie einfach so ohne jede Unterstützung zurückgelassen hatte, nur aus verletztem Stolz. Eine Weile drohte die Sorge, wie sie mit einem verletzten Julio zur Hazienda kommen sollten, sie niederzudrücken, dann fiel ihr ein, dass sie mit Andrés auch eine Reise durch den Dschungel bewältigt hatte. Der gekränkte Stolz eines abgewiesenen Liebhabers hatte einige Probleme geschaffen, doch würde sie die Situation mit Andrés' Hilfe schon meistern.

Zur Mittagszeit nahm sie mit Julio eine kleine Mahlzeit ein, die ihnen unaufgefordert serviert wurde. Dann wusch sie sich ausgiebig, zog ein sauberes Kleid an und flocht ihr Haar zu einem Zopf. Als der Zeiger der Uhr auf die sechste Stunde zurückte, verbarg sie wieder einmal ihr Haar unter einem Hut, um nicht unnötig aufzufallen, schlang einen Schal um ihre Schultern und machte sich auf den Weg. An der Rezeption teilte sie mit, dass Julio noch ein Abendessen bekommen sollte, dann ging sie nach draußen.

Die Stadt war recht belebt. Einige elegant gekleidete Herrschaften zogen in Einspännern vorbei. Spaziergänger flanierten auf den hohen Bürgersteigen, während die zahlreichen Indios rasch die Straße entlanghuschten, immer bestrebt, keinen Ärger auf sich zu ziehen. Ihr fiel ein, dass Andrés hier vermutlich den Gehsteig auch nicht benutzen durfte. Wenn er sich so kleiden würde wie ein wohlhabender Ladino, wäre es vielleicht anders. Roderigo war auf dem Gehsteig gelaufen, erinnerte sie sich. Aber sie ahnte, dass Andrés trotz aller Kritik an seinem Volk niemals bereit wäre, sich durch Verkleidung Vorteile zu verschaffen.

Sie trat von einem Fuß auf den anderen und spähte in die Menge. Der Glockenturm el Arco del Carmen hatte bereits die sechste Stunde verkündet. Es würde bald zu dämmern beginnen. Einige der vorbeigehenden Männer musterten sie eindringlich und lächelten ihr verstohlen zu. Bald schon würde es dunkel werden, und da anständige Frauen dann auf der Straße nichts mehr zu suchen hatten, würde sie sicher deutlichere Angebote erhalten. Alice wanderte ein bisschen auf und ab, doch auch dabei fehlte ihr der männliche Begleiter, um sie vor der Aufmerksamkeit anderer Männer zu bewahren. Wenn wenigstens Julio wieder auf den Beinen wäre! Und wo zum Teufel steckte Andrés?

Als vor dem Hotel die Straßenlaternen zu leuchten begannen, da die Dunkelheit sich wie ein schweres Tuch auf die kleine Stadt gelegt hatte, verwandelte Alice' Ärger sich in Unruhe, schließlich in Angst. Sie schalt sich, dass sie Andrés nicht genauer gefragt hatte, wo er hingehen würde. Dass er einfach wieder verschwunden war, vermochte sie sich nicht vorzustellen, doch mit der Zeit begannen Zweifel in ihr zu nagen. Sie bohrte die Nägel in ihre Handflächen. In ihr Zimmer zu gehen und sich erst einmal schlafen zu legen, dazu war sie nicht fähig. Aber was sollte sie tun?

»Señorita!«, hörte sie schließlich einen Mann rufen. Sie fuhr herum. Roderigo kam auf sie zugeeilt, immer noch makellos gekleidet, auch wenn sein weißes Hemd ein paar Flecken abbekommen hatte. Eines zum Wechseln besaß er offenbar nicht.

»Su amigo«, keuchte er. »Dieser Indio aus Chamula, der sagte, dass Sie … aber egal, er sitzt im Gefängnis.«

Alice schnappte nach Luft. Zunächst einmal empfand sie tiefe

Erleichterung, eine Erklärung für Andrés` Verspätung zu erhalten. Dann wurde ihr schwindelig.

»Aber warum denn?«

»Genau weiß ich es nicht.« Er blieb heftig atmend vor ihr stehen, denn er war sehr schnell gerannt. »Er wurde verhaftet, weil er sich mit einem Ladino stritt, ich glaube, weil man ihn für eine Arbeit verpflichten wollte, der er nicht zugestimmt hatte. Dann kam der Polizeichef hinzu und stellte fest, dass ebendieser Indio, Andrés Uk'um, gesucht wird. Und da sperrten sie ihn ein.«

»Aber das ist alles ein Irrtum. Er ist unschuldig!«, rief Alice aufgebracht und sah sich ratlos um. Außer Roderigo und dem verletzten Julio gab es niemanden in der Stadt, den sie kannte. Doch sie kannte die hiesige Gesellschaft inzwischen gut genug, um zu wissen, dass die Unterstützung zweier Indios ihr gegenüber Autoritätspersonen nicht viel nutzen würde. Sie brauchte einen Mann, den man ernst nahm. Dr. Scarsdale kam nicht mehr infrage. Hans Bohremann war weit weg auf seiner Hazienda, und Juan Ramirez hatte sie erfolgreich vergrault. Angst begann ihr die Kehle zuzuschnüren.

»Ich wusste, dass Sie in diesem Hotel wohnen«, fuhr Roderigo fort. »Und ich dachte, Sie wollen es vielleicht erfahren.«

Seine Augen ruhten abwartend auf ihr, und sie begriff, dass er sich eine weitere Belohnung für seine Hilfsbereitschaft erhoffte.

»Bring mich zu diesem Gefängnis!«, sagte sie schließlich, denn es blieb ihr nichts anderes übrig, als die Dinge erst einmal allein zu regeln. »Sobald Hans Bohremann von der ganzen Geschichte erfährt, wird er sich erkenntlich zeigen, weil du mir geholfen hast.«

Er verzog kurz das Gesicht, denn sie hatte den Namen des Kaffeebarons wohl schon zu oft erwähnt, ohne ihre Bekanntschaft mit ihm unter Beweis zu stellen. Schließlich winkte er ihr aber, ihm zu folgen. Trotz der eleganten Kleidung stand es wohl nicht allzu gut um seine Finanzen, sodass er die sich bietende Gelegenheit nicht aus purer Skepsis ausschlagen konnte.

Das Gefängnis befand sich am Stadtrand und war ein unauffälliges mittelgroßes Gebäude. Der Gefängnisdirektor erklärte sich bereit, Alice trotz der fortgeschrittenen Stunde zu empfangen, nachdem wieder einmal der Name des Kaffeebarons gefallen war. Er saß rauchend hinter einem niedrigen Tisch und erinnerte an einen Bilderbuchmexikaner mit untersetzter Statur, Schnauzbart und grimmiger Miene. Er teilte Alice mit, dass er Weisung von höherer Stelle habe, Andrés Uk'um unter Verschluss zu halten. Sie könne den Gefangenen morgen besuchen, wenn sie es wünsche. Danach wartete er schweigend, bis sie sich verabschiedet hatte.

»Ich muss eine Nachricht an Hans Bohremann schicken«, erklärte sie Roderigo auf dem Heimweg. »Könntest du sie überbringen?«

Sie verzichtete auf das übliche Versprechen einer Belohnung. Roderigo zögerte kurz, dann stimmte er zu. Alice lief in ihr Zimmer und kritzelte eine kurze Botschaft auf ein Stück Papier, das sie ihm übergab. Er versprach, am nächsten Morgen sogleich aufzubrechen.

Nachdem Alice wieder auf ihr Zimmer zurückgekehrt war, fiel sie erschöpft auf ihr Bett und erstattete Julio Bericht.

»Wenn sie ihn für einen Mörder halten, ist das nicht gut für ihn im Gefängnis«, sagte er. »Ein Indio ist nicht wichtig, wenn er stirbt, kümmert das niemanden außer seinen eigenen Leuten. Und wenn ein einflussreicher Mann ihn für einen Verbrecher hält, dann finden die Gefängniswärter es vielleicht sogar gut, ihn sterben zu lassen.«

Entsetzt fuhr sie auf. Warum musste Julio ihr jede Hoffnung auf Schlaf rauben?

»Aber vielleicht«, fuhr der Junge fort, »vielleicht werden sie ihn leben lassen wollen, eben damit Hans Bohremann ihn nach Gutdünken strafen kann.«

Das Atmen fiel Alice wieder etwas leichter.

»Juan Ramirez ist bereits zu seinem Schwager unterwegs«, sagte sie, »er wird alles erklären.«

Julio erwiderte nichts, vermutlich war er schon eingeschlafen. Sie bereitete sich innerlich auf den Besuch im Gefängnis vor. Ihren restlichen Schmuck würde sie wohl doch verkaufen müssen, denn sie brauchte Geld, um Andrés Essen zu bringen und vielleicht ein paar Wärter zu bestechen, damit sie ihn besser behandelten. Juan Ramirez könnte die Hazienda inzwischen schon erreicht haben, und sie ging davon aus, dass Hans Bohremann nicht begeistert von dem

Umstand wäre, dass sie allein in San Cristóbal zurückgelassen worden war. Vielleicht würde er Männer losschicken, noch bevor Roderigo die Nachricht überreicht hätte. Andrés' Unschuld wäre eindeutig bewiesen, sobald nicht nur sie selbst, sondern auch Juan Ramirez …

Plötzlich ließ ein neuer Gedanke sie entsetzt in die Höhe schießen. Ein eitler Liebhaber, der Erfolg bei Frauen gewöhnt war, könnte rachsüchtig werden, wenn er einmal abgewiesen wurde. Was wäre, wenn er ihre Geschichte von Andrés' Unschuld nicht bestätigte, sondern aller Welt erzählte, dass sie die Geliebte des Mörders ihres Bruders geworden sei und ihn daher schützen wolle? Sie schlug die Hand auf den Mund und biss hinein, um einen Entsetzensschrei zu unterdrücken. An Schlaf war nicht mehr zu denken.

Andrés saß in einer winzigen Zelle gemeinsam mit etlichen anderen Indianern. Das Erste, was Alice bei ihrem Besuch auffiel, war der Gestank von Unrat, Fäulnis und stumpfer Verzweiflung wie in dem Elendsviertel der Stadt. Ihr Auftauchen vor dem Gitter, das die Männer von der Freiheit trennte, löste Tuscheln und auch ein paar laute Scherze aus, die aber in indianischen Dialekten gerufen wurden. Alice hörte das grölende Gelächter und war froh, nichts verstehen zu können. Sie bemühte sich, Andrés aufmunternd anzulächeln, als er aufstand und seine Finger um die Stäbe des Gitters krallte.

»Geht es dir gut?«, fragte er. Ihr schien, dass es eher an ihr wäre, ihm diese Frage zu stellen. Er sah müde aus, und an seiner linken Schläfe erkannte sie eine offene Platzwunde.

»Ich habe eine Nachricht an Hans Bohremann geschickt. Du kommst sicher bald frei«, versicherte sie und legte ihre Finger auf die seinen, obwohl sie die neugierigen Blicke der anderen Männer wie feine Stiche in ihrem Körper spürte. Andrés zog seine Hände nicht zurück, wie er es früher vermutlich getan hätte. Freude leuchtete in seinen Augen auf.

»Angeblich habe ich einen Vertrag für ein Jahr Arbeit auf einer Zuckerrohrplantage unterschrieben«, erklärte er. »In Wahrheit suchte ich nur nach einer Möglichkeit, mir etwas Geld für unsere Reise zur Hazienda auszuleihen, und unterzeichnete einen Schuldschein.«

»Aber du konntest doch lesen, was du unterschreibst«, rief sie verwirrt und hörte ihn bitter auflachen.

»Natürlich. Ich vermute, sie haben meine Unterschrift einfach auf den Vertrag kopiert, als sie merkten, dass sie mich nicht auf die übliche Art hereinlegen können. Aber es wird mir nichts nützen, das zu beteuern. Das waren sogar meine eigenen Leute, keine Ladinos, denn vor denen nahm ich mich in Acht.«

Alice dachte an Roderigo, der sich teure Kleidung leisten konnte, indem er seine Dienste für alle möglichen Zwecke anbot. Sie war sich nicht sicher, ob er vor einer solch hinterhältigen Aufgabe zurückgeschreckt wäre.

»Ich wurde auf dem Weg zum Hotel verhaftet, weil ich angeblich versucht hatte, mit dem Geld zu fliehen, anstatt meine Verpflichtung zu erfüllen«, fuhr Andrés fort. »Sie schleppten mich auf die Polizeistation, da merkte der Präfekt, dass ich jener Übeltäter war, der von Hans Bohremann gesucht wurde. So bin ich schließlich hier gelandet.«

»Aber das war doch eigentlich ein Glück«, sagte Alice. »Jetzt warten wir auf Hans Bohremann, dann bestätige ich deine Unschuld, und Juan Ramirez wird es auch tun.«

Sie verschwieg bewusst ihre Bedenken, was Juan Ramirez betraf, um ihm nicht noch größere Sorgen zu bereiten. Dennoch erhellte sein Gesicht sich nicht. Er ging hinter den Gitterstäben in die Hocke, und Alice tat es ihm gleich. Inzwischen war sie nicht mehr die einzige Besucherin hier. Mindestens zehn Indio-Frauen standen neben ihr an dem Gitter, redeten mit ihren Männern und versuchten, ihnen eingepackte Tortillas zu überreichen, woran sie von den Wärtern gehindert wurden.

»Sobald Hans Bohremann mich nicht irgendwo aufknüpfen möchte, gibt es keinen Grund mehr, nicht auf die Zuckerrohrplantage zu gehen«, erwiderte Andrés. Alice schluckte, als sie den Sinn seiner Worte begriff.

»Aber Hans Bohremann wird es nicht zulassen!«, versicherte sie.

Andrés zuckte mit den Schultern.

»Warum sollte er etwas dagegen unternehmen? Ich habe ihm nichts als Ärger bereitet, obwohl er sich mir gegenüber recht freundlich zeigte. Es war meine gottverdammte Starrköpfigkeit, mit der ich gegen seine Allmacht auf der Plantage wetterte, gegen seinen riesigen Landbesitz.«

»Aber du hattest doch recht«, widersprach Alice. »Es ist euer Land, und sie lassen euch darauf schuften wie Sklaven.«

Er grinste und drückte ihre Finger.

»Wenigstens dich habe ich überzeugt. Bei meinen eigenen Leuten hatte ich weniger Erfolg. Sie hielten mich für völlig närrisch, denn Hans Bohremann ist ein erträglicher Patron, und dass die Ladinos uns beherrschen, das ist eben so.«

Er verzog das Gesicht zu einem Ausdruck von Spott, hinter dem sich Zorn und Enttäuschung verbargen.

»Es waren einfache Leute«, versuchte Alice, ihn zu trösten. »Sie begriffen nicht, worum es dir wirklich ging.«

Gleichzeitig wurde ihr klar, dass die meisten Indios einfache Leute waren. War dies der Grund, warum man es für so gefährlich hielt, ihnen Schulbildung zuzugestehen? Weil sie dann beginnen könnten, so wie Andrés zu denken?

»Egal, wie Hans Bohremann entscheidet, ich kann dich von der Zuckerrohrplantage freikaufen.« Dann fiel ihr ein, dass es Monate dauern konnte, bis sie in Deutschland ihr Erbe angetreten hatte, um dann wieder nach Mexiko zu fahren. Aber es wäre allemal besser, Andrés diese Hoffnung zu geben, als ihn völlig im Stich zu lassen.

»Das Geld kannst du mir natürlich zurückzahlen, sobald du wieder Arbeit als Ingenieur gefunden hast«, fügte sie hinzu, um seinen Stolz nicht zu verletzen. Er musterte sie nachdenklich.

»Du willst also tatsächlich nach Mexiko zurückkommen, wenn du zu Hause alles geklärt hast?«, fragte er. Sie nickte ohne Zögern, denn spätestens in San Juan de Chamula war ihre Entscheidung gefallen. Erwartungsvoll sah sie ihn an und verspürte einen Stich der Enttäuschung, als jedes Anzeichen von Begeisterung ausblieb.

»In deinem Leben geht es doch vor allem um das Malen, Alice«, sagte er.

»Malen kann ich auch hier. Mein Bruder hat dieses Land geliebt, und jetzt verstehe ich auch, warum«, erwiderte sie. »Aber wenn du mich lieber auf Dauer nach Deutschland verfrachten willst, dann …«

Ärger funkelte in seinen Augen.

»Kannst du nicht einmal mit deinem Misstrauen aufhören?«, unterbrach er sie lauter als notwendig. »Ich will nicht, dass du nur meinetwegen eine Entscheidung triffst, die du später bereust, das ist alles.«

»Aber ich bin kein kleines Kind und kann selbst beurteilen, welches Leben ich führen will«, erwiderte Alice und merkte, dass sie dabei ebenso trotzig wie ein Kind klang.

Die heisere Stimme eines Wärters verkündete das Ende der Besuchszeit. Ein paar der Frauen protestierten, wurden aber gepackt und hinausgezerrt.

»Los, geh schon! Sie nutzen diese Gelegenheit, die Frauen anzufassen, und bei dir täten sie das ganz besonders gern«, drängte Andrés, und sie gehorchte, denn diesmal war ihr klar, dass er um ihre Sicherheit besorgt war. Niedergeschlagen machte sie sich wieder auf den Weg ins Hotel. Zwei Nächte konnte sie dort noch verbringen, mehr hatte Juan Ramirez nicht bezahlt. Danach blieb ihr nur noch die Möglichkeit, ihren restlichen Schmuck zu verkaufen und abzuwarten, bis Hans Bohremann eintraf.

Drei Tage vergingen. Alice konnte einen weiteren Aufenthalt im Hotel bezahlen, indem sie ihre Ohrringe zu einem Pfandleiher brachte, der ihr dort empfohlen wurde. Sie besuchte Andrés regelmäßig im Gefängnis und wurde stets zur selben Stunde gemeinsam mit den anderen Frauen hinausgejagt. Bereits nach dem zweiten Besuch gesellte sich ein junges Mädchen vor dem Gefängnistor zu ihr und fragte nach kurzem verlegenen Kichern, bei dem sie sich die Hand vor den Mund hielt: »De dónde es?«

Alice, die über das fehlerfreie, gut verständliche Spanisch des Mädchens staunte, erklärte, aus Deutschland zu stammen. Zunächst erntete sie nur einen verwirrten Blick, fügte daher hinzu, dass dies ein Land in Europa sei, nördlicher gelegen als Spanien. Auf dem schmalen, haselnussbraunen Gesicht zeigte sich ein Hauch von Verständnis.

»Alemaña, Alemaña«, wiederholte das Mädchen mit einem ungläubigen Lachen. Dann wandte sie sich zu den anderen Frauen um, die in sicherem Abstand stehen geblieben waren und ihre mutige Gefährtin verstohlen musterten, als warteten sie auf den Moment, da sie von der fremden, blonden Frau entweder empört verjagt oder mit dem bösen Blick getötet würde. Das Mädchen kam jedoch unversehrt und lebendig zurück, um die soeben erfahrenen Neuigkeiten weiterzugeben. Erneut wurde Alice zum Mittelpunkt der allgemeinen Aufmerksamkeit, doch die Blicke der Frauen waren jetzt weniger verhalten, sondern neugierig. Das Mädchen machte wieder ein paar Schritte in Alice' Richtung, kicherte noch mal, ohne sich den Mund dabei zuzuhalten.

»Yo soy Maria Bonita«, stellte sie sich vor. Alice nannte ihren Namen. Maria Bonita wandte sich zu den anderen Frauen um, winkte sie heran und sagte, wie sie alle hießen. Alice lächelte so freundlich wie möglich und war bemüht, sich alle Gesichter zu merken.

»Hasta luego!«, verabschiedete sie sich und brach in die Stadt auf, während die Frauen den Heimweg in ihre Dörfer einschlugen. Sie wusste, dass sie am folgenden Tag die meisten von ihnen wiedersehen würde, und fühlte sich dadurch etwas weniger allein.

Beim nächsten gemeinsamen Besuch nutzte Maria Bonita einen Augenblick, als die Wächter unaufmerksam waren, um Alice eine etwas breitere Stelle am unteren Ende des Gitters zu zeigen, durch die sich Bündel mit Tortillas und Bohnen schieben ließen. Die Männer griffen sofort danach und versteckten das Essen unter einer Decke, die vermutlich genau zu diesem Zweck dicht neben dem Gitter lag.

Als sie gingen, erfuhr Alice, dass Maria Bonita ihren Bruder besuchte, der zwei Ladinos angegriffen hatte und nun auf unbestimmte Zeit hinter Gittern saß. Sie wollte nicht näher auf die Umstände eingehen, ihr Spanisch reichte dazu nicht aus, aber Alice wusste, dass bisher kein indianisches Mädchen außer Ix Chel ihr ein derartiges Vertrauen entgegengebracht hatte. Die anderen Frauen konnten zwar nicht mit ihr sprechen, nahmen sie aber als Teil ihrer Gruppe hin.

Julio vermochte bereits seit zwei Tagen ohne Krücken zu laufen. Der Arzt war noch einmal erschienen, um ihm die Beinschiene abzunehmen, doch die Verletzung an seinem Arm war noch nicht so gut verheilt. Der Junge genoss es, wieder gehen zu können, und führte Mariana regelmäßig spazieren. Für Alice begann jedes Mal, wenn sie von dem Gefängnis zurückkehrte, eine Zeit des Wartens. Sie hatte noch niemals in ihrem Leben mit solcher Intensität gewartet, als sei ihr ganzes Dasein auf einen Augenblick hin ausgerichtet. Und dann, am späten Nachmittag des fünften Tages, als sie nach dem Besuch bei Andrés gerade den Schmutz und Staub von ihrem Körper waschen wollte, während Julio mit Mariana draußen war, klopfte es an der Tür.

»Alice? Tu es là?«

Sie erkannte ihn an der französischen Sprache, aber auch am Klang seiner Stimme.

»Da bist du ja endlich!«, rief sie und riss die Tür auf. Juan Ramirez sah nicht so tadellos aus, wie sie ihn in Erinnerung hatte. Bartstoppeln sprossen auf seinem Kinn, und er trug ein schlichtes Hemd, dessen Kragen Schmutzflecken aufwies.

»Lo siento«, begann er, und sie fragte sich, wie oft sie diese Worte des Bedauerns schon von ihm gehört hatte. »Ich hätte nicht so überstürzt abreisen sollen.«

»Ich verstehe, warum du es getan hast«, erwiderte Alice freundlich, obwohl sie von seinem Verhalten alles andere als begeistert gewesen war. »Ich hatte dir nicht die ganze Wahrheit gesagt. Aber ich glaube, du hast ohnehin schon alles begriffen.«

Er nickte, ohne ihr dabei ins Gesicht zu sehen. Verlegen schob sie einen Stuhl in seine Richtung, auf dem er Platz nahm.

»Es war offensichtlich, nachdem du ihm nachgerannt bist«, knurrte er. Alice schluckte.

»Ich hätte es dir gleich erzählen sollen, aber es schien mir nicht der richtige Augenblick. Dann bist du einfach verschwunden.«

Juan Ramirez richtete sich auf und sah sie aus müden Augen an.

»Ich weiß, es war nicht richtig. Jetzt bin ich wieder hier, um dich zu Hans Bohremann zu bringen.«

»Andrés ist im Gefängnis«, berichtete Alice, während sie ihm ein Glas Wasser reichte und seinen überraschten Blick darüber, dass er von ihr bedient wurde, zur Kenntnis nahm. »Du kannst dafür sorgen, dass er freikommt. Dich kennen die Leute hier.«

»Ich weiß, dass er im Gefängnis ist«, sagte Juan Ramirez, während er trank. »Es traf ein Bote des Polizeipräfekten ein, kurz nach mir, und teilte uns mit, dass der flüchtige Indio gefangen genommen worden sei. Mein Schwager schickt mich, um ihn wieder auf die Plantage zu holen.«

Alice blieb ratlos vor ihm stehen.

»Du hast doch alles erklärt, nicht wahr?«, fragte sie nervös. Er stieß einen Seufzer aus.

»Es tut mir leid, dass du so schlecht von mir denkst«, sagte er. »Ja, ich habe von Dr. Scarsdales Geständnis erzählt. Außerdem erklärte ich, dass du dich in San Cristóbal von allen Strapazen erholen wolltest, bevor du weiter auf die Hazienda reist. Mehr sagte ich nicht.«

Erleichtert atmete sie auf.

»Hast du auch etwas anderes als Wasser zu trinken hier?«, fragte Juan Ramirez und streckte die Beine aus. Alice öffnete die Tür und rief einem Hotelangestellten zu, dass sie gern eine Flasche Comiteco und zwei Gläser hätten.

Sie schenkte Juan Ramirez ein, um sich von ihrer besten Seite zu zeigen. Sie stießen miteinander an, und Alice setzte sich auf das schmale Bett, wo für gewöhnlich Julio schlief.

»Wie gesagt, ich habe alles Weitere verschwiegen«, fuhr Juan Ramirez fort. »Du kannst diesem Irrsinn immer noch ein Ende setzen, ich werde dich nicht verraten.«

Sie richtete sich auf.

»Welchen Irrsinn meinst du?«, fragte sie, obwohl sie die Antwort kannte.

»Dein Bruder konnte sich eine indianische Geliebte erlauben, denn viele Männer hier tun das«, erklärte Juan Ramirez. »Doch eine europäische Frau und ein Indio, das ist unerhört. Du wirst überall an Ansehen verlieren, manche werden dich behandeln, als wärst du eine gewöhnliche India aus irgendeinem Dorf. Aber ich weiß, wie verrückt du sein kannst. Und du warst ganz allein mit ihm. Ich werde schweigen, und du kannst Gras über die Sache wachsen lassen.«

Zufrieden nippte er an seinem Comiteco und musterte sie über den Rand des Glases hinweg. Alice atmete tief durch. Einen Streit mit Juan Ramirez zu beginnen wäre ein schwerer Fehler.

»Es ist sehr nett von dir, dass du Rücksicht auf meinen Ruf nimmst«, sagte sie. »Aber ich werde mein Leben nicht auf Hans Bohremanns Plantage verbringen. Zunächst einmal fahre ich nach Deutschland, und dann sehe ich weiter. Ich schäme mich nicht für mein Verhalten, und wenn manche Leute hierzulande mich dafür verurteilen, dann muss ich damit leben.«

Juan Ramirez stellte sein Glas auf einem kleinen Tisch ab, schenkte sich selbst noch mal ein und hielt Alice die Flasche hin. Sie schüttelte den Kopf. Sie hatte bisher an ihrem Comiteco nur genippt, denn sie wollte einen klaren Kopf behalten.

»Du willst also nach Hause«, stellte er fest und sah nicht unzufrieden aus. »Das verstehe ich. Trotzdem wäre es sinnvoll, wenn du deine … kleine Romanze mit einem Indio einfach verschweigst. Glaub mir, bei meiner Schwester kommt das nicht gut an, und sie hat großen Einfluss auf ihren Mann.«

Alice begriff, dass er recht hatte. Das verkomplizierte die Situation noch weiter.

»Ich danke dir für deinen Rat«, sagte sie ehrlich. »Aber es gibt noch ein weiteres Problem, was Andrés betrifft.«

Sie erzählte von dem Vertrag, der Andrés auf betrügerische Weise aufgezwungen worden war. Als sie geendet hatte, überlegte sie, ob es nicht vielleicht klüger gewesen wäre, die Sache mit Hans Bohremann zu besprechen, doch ihr Wunsch, Andrés so schnell wie möglich frei zu wissen, war übermächtig gewesen.

»Nun« – Juan Ramirez rieb sich kurz die Hände –, »es liegt an meinem Schwager, darüber zu entscheiden. Er kann Andrés sicher von dieser Verpflichtung freikaufen. Aber ob er das tun wird, das weiß ich nicht.«

»Er hat Andrés zu Unrecht verdächtigt, ihn eingesperrt, und wenn er nicht geflohen wäre, dann hätte er ihn vielleicht schon hinrichten lassen«, rief Alice empört. »Da ist er ihm doch eine Entschädigung schuldig. Ich vertraue auf sein Ehrgefühl.«

Mit trotzig verschränkten Armen stellte sie sich vor Juan, der sich in seinem Stuhl zurücklehnte. Etwas an seinem Gesichtsausdruck gefiel ihr nicht. Er sah verbissener aus, als sie ihn in Erinnerung hatte, und schien in Gedanken versunken, was sonst nicht seine Art gewesen war.

»Wie ich schon sagte. Mein Schwager hört in vielen Dingen auf meine Schwester.«

Alice nickte, ohne wirklich zu wissen, worauf er hinauswollte.

»Rosario mag keine Indios. Vor allem solche, die Ärger machen, die kann sie gar nicht leiden«, fuhr er fort.

»Das weiß ich«, entgegnete Alice. »Aber Hans Bohremann gefällt ihre Härte nicht immer. Das hast du selbst gesagt. Und … und ich hatte den Eindruck, dass sie dir auch nicht immer gefällt.«

Abwartend sah sie ihn an. Sie hatte den eitlen Schönling für einen leichtlebigen, nicht unbedingt charakterfesten Menschen gehalten, doch Grausamkeit und Ungerechtigkeit mochte er nicht, das wusste sie. Worauf wollte er nun hinaus?

Zunächst hob er noch mal sein Glas, um mit ihr anzustoßen.

»Als wir das letzte Mal zusammen in diesem Hotel Comiteco tranken, da verstanden wir uns wesentlich besser«, sagte er.

»Die Dinge haben sich geändert«, erinnerte sie ihn, doch er blieb gelassen, fast wie ein Kartenspieler, der wusste, dass er noch einen Trumpf in der Hand hielt.

»Ich könnte Rosario gut zureden, damit sie sich für Andrés einsetzt. Dann muss er nicht auf die Zuckerrohrplantage. Mein Schwager könnte ihn einfach nach Ciudad de México zurückschicken. Dort ging es ihm doch viel besser als hier.«

Eine unangenehme Ahnung kroch in Alice hoch, aber sie verdrängte alle Befürchtungen. Juan Ramirez war kein schlechter Kerl.

»Das wäre sehr nett von dir«, sagte sie.

»Dann sei du auch ein bisschen nett zu mir.«

Nun war es nicht mehr möglich, ihn falsch zu verstehen. Mühsam unterdrückte sie den Wunsch, ihm das Comiteco-Glas ins Gesicht zu schleudern.

»Bisher hatte ich keine schlechte Meinung von dir. Warum willst du das jetzt kaputt machen?«, fragte sie stattdessen.

»Weil ich auf deine gute Meinung pfeife! Du weist mich wegen eines Indios zurück, obwohl ich alles versucht habe, um meine Fehler wiedergutzumachen. Du bist einfach verwirrt. Das wird sich wieder legen. Komm zu mir, Alice.«

Er streckte beide Arme aus und lächelte auf die charmante, siegesgewisse Weise, die sie an ihm einmal anziehend gefunden hatte. Aber die Dinge hatten sich wirklich geändert. Alice zitterte, vor Wut, vor Widerwillen und, wie sie zugeben musste, auch vor Angst. Vielleicht blieb ihre keine andere Wahl, als sich erpressen zu lassen. Eine Möglichkeit, die sie bisher nur kurz erwogen, aber sofort von sich gewiesen hatte, wurde plötzlich ihre letzte Rettung.

»Ich kann deine Schwester unter Druck setzen«, sagte sie. »Vergiss nicht, was du mir von ihr erzählt hast.«

Es war wie ein Tritt in eine stinkende, schmierige Kloake. Sie hasste sich dafür, einer anderen Frau derart drohen zu wollen, doch sie hatte keine andere Wahl mehr.

Juans Gesicht zuckte kurz, dann lachte er.

»Hans Bohremann würde einer verrückten Künstlerin wie dir niemals glauben.«

»Vielleicht würde er das nicht. Aber verunsichert wäre er auf jeden Fall. Er könnte Nachforschungen anstellen. Für Rosario wäre es jedenfalls sehr unangenehm. Wenn sie meine Wünsche erfüllt, so ist es einfacher für sie.«

Eine Weile drehte er das Glas in seiner Hand, dann beugte er sich vor, um einen weitaus härteren Ton anzuschlagen, als sie jemals von ihm gehört hatte.

»Ich könnte dafür sorgen, dass dein studierter Indio morgen schon am Galgen baumelt. Ich bin der Schwager eines wichtigen, mächtigen Zuckerbarons, und das wissen alle hier. Also nimm Vernunft an. Du wirst es nicht bereuen.«

Wieder streckte er ihr fordernd seine Arme entgegen, und Alice erfasste den Ernst der Lage. Mit zitternden Knien trat sie einen Schritt auf ihn zu, denn sie durfte ihn nicht weiter verärgern. Seine Hände legten sich um ihre Taille, während er sie auf seinen Schoß zog. Ihr Körper erstarrte vor Widerwillen, aber sie zwang sich, eine willenlose Puppe zu werden, die fremde Wünsche erfüllte. Wie lange hatte sie um ihre Unabhängigkeit gekämpft, damit sie ebendies für keinen Mann der Welt sein musste! Ihre Liebe zu Andrés machte sie abhängig und wehrlos, doch sie wusste tief in ihrem Inneren, dass diese Liebe ein solches Opfer wert war.

Juan roch nach Rasierwasser, doch ihr kam dieser Geruch nun ekelerregend vor. Mit größter Anstrengung zwang sie sich, ihren Kopf nicht abzuwenden. Konnte er nicht auf Küsse verzichten und einfach schnell erledigen, wonach es ihm verlangte, so wie Männer es angeblich mit Huren taten? Seine Hände glitten mit qualvoller Langsamkeit über ihren Körper. Dann wurde sie plötzlich zu Boden gestoßen wie eine unerwünschte, aufdringliche Hure. Schnaubend sprang Juan Ramirez vor ihr auf die Füße.

»Ich widere dich an, nicht wahr?«

Alice blickte zornig zu ihm hoch, obwohl ihr Tränen der Demütigung über die Wangen liefen.

»So, wie du sich gerade benommen hast, tust du es tatsächlich.«

Er ergriff die Comiteco-Flasche und schleuderte sie gegen die Wand, wo sie in zahllose Scherben zersprang.

»Du findest mich abstoßend, würdest dich aber für deinen verfluchten Indio opfern. So sehr hat mich noch keine Frau beleidigt!«

Alice wollte soeben erwidern, dass diese missliche Lage seine eigene Schuld war, als plötzlich die Tür aufflog. Mariana kam hereingestürmt und leckte ihr freudig das Gesicht ab. Julio folgte. Er blieb im Türrahmen stehen und ließ seinen Blick durchs Zimmer wandern.

»Ist etwas nicht in Ordnung, Señorita?«

»Aber nein, ich bin nur gestolpert«, log Alice und zwang sich auf die Beine. Ein paar Stellen ihres Körpers schmerzten von dem Aufprall, aber sie war nicht ernsthaft verletzt.

»Sie hat zu viel Comiteco getrunken. Das macht sie immer ein bisschen linkisch«, sagte Juan Ramirez. Alice widersprach nicht, denn sie wusste, wie wichtig es ihm war, sich keine Blöße zu geben.

»Buenas noches«, sagte er zum Abschied, neigte kurz den Kopf und ging hinaus. Als die Tür hinter ihm zugefallen war, warf Julio Alice einen besorgten Blick zu, und sie zwang sich, ihn anzulächeln. Was hier vorgefallen war, würde ein Junge seines Alters kaum verstehen.

»Wir gehen jetzt besser schlafen. Morgen reisen wir weiter zu Hans Bohremann«, informierte sie ihn und eilte ins Badezimmer, um Juans Berührungen von ihrem Körper zu waschen. Sie wusste, dass sein verletzter Stolz eine neue, gefährliche Seite in ihm geweckt hatte, konnte ihn aber nicht aufhalten. So spät am Abend würde er keine sofortige Hinrichtung von Andrés durchsetzen können.

Sie würde am nächsten Tag versuchen müssen, Juan Ramirez zu umgarnen. Eine andere Wahl hatte sie nicht.

22. Kapitel

Als es Alice im Morgengrauen endlich gelungen war einzuschlafen, wurde sie von einem Klopfen an der Tür geweckt.

»Sie sollen nach unten kommen, Señorita!«, verkündete ein quicklebendiger Julio mit unangenehm lauter Stimme. Alice rieb sich ihre vor Erschöpfung verquollenen Augen. Ihr Kopf tat weh, als hätte sie tatsächlich zu viel Comiteco getrunken, und sobald sie sich aus dem Bett gequält hatte, schmerzte wieder einmal jeder ihrer Knochen. Sie wankte ins Badezimmer und fuhr vor dem Spiegel entsetzt zurück. Wie sie mit diesem rot gefleckten Gesicht und den verquollenen Augen einen Mann betören sollte, war ihr ein Rätsel, zumal sie kaum Übung in verführerischem Auftreten hatte. Vielleicht war es an der Zeit, sich Tante Gretes Ratschläge in Erinnerung zu rufen. Beschränktheit vortäuschen und bewundernd lächeln, dabei würde jeder Mann schwach. Wäre Juan Ramirez tatsächlich so dumm, sich von dieser Komödie täuschen zu lassen?

Sie zog ihr bestes cremefarbenes Kleid an, bürstete ihr Haar und erfrischte ihr Gesicht mit kaltem Wasser. Danach war sie etwas zufriedener mit ihrem Spiegelbild. Allmählich schwand das Gefühl von Hilflosigkeit und Schwäche, um verbissener Wut Platz zu machen. Sie würde nicht zulassen, dass Andrés der Eitelkeit eines selbstgefälligen Schönlings zum Opfer fiel! Wenn es ihr gelang, Juan Ramirez zum Narren zu halten, dann wäre dies ein Triumph.

Gefolgt von Julio und Mariana, schritt sie die Stufen zum Patio hinab. Es gelang ihr, dabei ein wenig mit den Hüften zu schwingen. Sie galt doch allgemein als schöne Frau. Lächelnd betrat sie den Raum, wo das Frühstück serviert wurde. Juan Ramirez sah reichlich zerknittert und müde aus, als hätte er ebenso schlecht geschlafen wie sie selbst. Er mied ihren Blick. Mit ihm am Tisch saß der Grund für sein frühes Aufstehen: ein tadellos gekleideter, frisch wirkender Hans Bohremann, neben ihm Rosario, deren elegantes Auftreten

Alice bewusst machte, wie peinlich ihr hüftschwingender Auftritt womöglich gewesen war.

»Guten Morgen, Fräulein Wegener«, sagte der Kaffeebaron und erhob sich, um ihr seine Hand entgegenzustrecken. Alice reichte ihm die ihre und war erstaunt, als sie einen tadellosen Handkuss erhielt. Sie setzte sich auf einen freien Stuhl. Hans Bohremann lächelte sie an, Rosario gönnte ihr einen kurzen Blick, und Juan musterte weiterhin das Tischtuch.

»Sobald Ihre Nachricht eintraf, bin ich aufgebrochen, um alles in Ordnung zu bringen«, erklärte der Kaffeebaron. »Ich bedauere die unerfreulichen Vorfälle. Andrés Uk'um wird mit mir auf meine Hazienda zurückkehren. Ich wollte Ihnen das bereits gestern Abend erzählen, als wir hier eintrafen, aber mein Schwager meinte, Sie seien sehr erschöpft und hätten gern Ihre Ruhe.«

Alice warf einen Blick in Juans Richtung. Seine Schultern sackten ein wenig herab, während er weiterhin auf die Tischdecke starrte. Rosario schenkte ihr eine Tasse Kaffee ein.

»Ich habe meinen Mann daran erinnert, dass Andrés Uk'um sehr nützlich für unsere Plantage sein könnte«, sagte die unterkühlte Schöne mit unbewegter Miene. »Und nachdem er zu Unrecht verdächtigt wurde, sind wir ihm natürlich ein Entgegenkommen schuldig. Von allen Verpflichtungen, die er in einer Notlage auf sich lud, werden wir ihn befreien.«

Ein Lächeln folgte diesen Worten, unnatürlich und ausdruckslos, doch Alice begriff die wesentliche Botschaft. Rosario wusste von ihrer Drohung und bot ihr einen Friedensvertrag an.

»Das war sehr nett von Ihnen, Frau Bohremann«, entgegnete Alice auf Deutsch. Rosarios Blick war kalt, fast abfällig.

»Wann wird Andrés aus dem Gefängnis geholt?«, fragte Alice ungeduldig. Juan sah zu ihr und erinnerte sie an einen getretenen Hund.

»Wir werden alles gleich erledigen. Nach dem Mittagessen brechen wir auf«, versicherte Hans Bohremann. Alice atmete auf. Als die üblichen gebratenen Eier mit Bohnen vor ihr abgestellt wurden, griff sie nach ihrem Besteck. Mit einem vollen Magen kehrten auch ihre Lebensgeister zurück. Sie leerte drei Tassen Kaffee, und die weiterhin unzufriedene Miene von Juan Ramirez vermochte ihr nichts mehr anzuhaben, denn bald schon wäre Andrés auf freiem Fuß.

»Ich gehe jetzt am besten meine Sachen packen«, sagte sie, als sie ihr Frühstück beendet hatte, und wollte sich höflich verabschieden, doch Rosario erhob sich ebenfalls.

»Brauchen Sie nicht ein paar neue Kleidungsstücke für die Heimreise?«, fragte sie.

Alice blieb nachdenklich stehen. Für die Reise nach Veracruz mochte ihre Indio-Kleidung genügen, aber spätestens auf dem Schiff würde sie nicht so herumlaufen können. Ihre anderen Sachen waren zerschlissen oder verdreckt. Rosario dachte wie üblich an alles.

»Vielleicht kann ich mir in Veracruz neue Sachen kaufen«, erwiderte Alice.

»Hier in San Cristóbal sind die Preise moderater«, erklärte Rosario. »Ich habe meinen Schneider, der auch fertige Modelle auf Lager hat. Wenn Sie wollen, können wir ihn kurz aufsuchen.«

Sie sah Alice abwartend an. Der hinter diesem Angebot verborgene Wunsch nach einem persönlichen Gespräch war nicht schwer zu erkennen. Alice beschloss anzunehmen, denn eine Frau Bohremann jetzt zu verärgern wäre sicher unklug.

»Das ist sehr freundlich von Ihnen«, erwiderte sie daher betont höflich. »Wir können gleich losgehen, wenn Sie wollen.«

Es war nur ein kurzer Fußweg zum Zócalo, dann bogen sie in eine der kleinen Seitenstraßen ein, die von hübschen, farbenfrohen Häusern und hohen Bürgersteigen gesäumt wurden. Der Schneider hatte dort seinen Laden. Er war französischer Abkunft, begrüßte die Señora Bohremann überschwänglich mit betont starkem Akzent und holte gleich mehrere Kleider aus seiner Truhe. Sie entsprachen Rosarios Geschmack, denn sie waren von klassisch elegantem, schlichtem Schnitt und in dezenten Farben gehalten. Alice vermisste die Buntheit, an die sie sich in Mexiko gewöhnt hatte, doch sie hatte keine Wahl. Rosario zeigte sich außerordentlich großzügig, indem sie ihr ein paar unbenutzte Kleider schenken wollte. Sie suchte sich ein schwarzes mit Volants an den Ärmeln aus, zudem einen grauen Leinenrock und zwei Blusen mit Rüschenkragen. Gemeinsam mit ihrem noch verbliebenen Vorrat würde dies für die Heimreise genügen. Der Franzose verabschiedete sich mit Verbeugung und Handkuss von beiden Damen, nachdem Rosario bezahlt hatte. Alice war unwohl. Sie wollte endlich wieder über eigenes Geld verfügen, doch sie musste warten, bis sie in Deutschland wäre.

»Wenn Sie wollen, können wir uns noch ein wenig in der Stadt umsehen«, schlug Rosario vor. Alice nahm auch diesen Vorschlag an, obwohl San Cristóbal recht überschaubar war und sie es bereits bei einigen Spaziergängen erkundet hatte. Sie schlenderten an einer hübschen Kirche mit weißer und himmelblauer Fassade vorbei, wo Rosario sich auf einer Bank in der Sonne niederließ. Es schien ein unpassender Platz für die schöne, stolze Mexikanerin. Im Hintergrund lagen ein paar betrunkene Gestalten. Zwei Indianerinnen versuchten, Tongefäße, Maiskolben und Kürbisse an Vorbeigehende zu verkaufen, während zahllose Kinder an ihren Rockschößen hingen. Ein mahnender Blick von Rosario genügte, damit sie sich rasch zurückzogen. Alice setzte sich ebenfalls auf die Bank und beobachtete, wie Rosario ihren Hut zurechtrückte und ihre hauchdünnen rosa Spitzenhandschuhe glatt strich. Neben der tadellos gekleideten Señora musste sie reichlich verknittert und zerrupft wirken. Es war erstaunlich, mit welcher Selbstverständlichkeit Rosario anderen Frauen das Gefühl vermitteln konnte, ihr nicht ebenbürtig zu sein.

»Ich bedauere, was Ihrem Bruder hier widerfahren ist«, sagte Alice. »Und natürlich auch die unangenehmen Umstände, denen Sie hier ausgesetzt waren.«

Alice dachte, dass ein Fußmarsch durch den Dschungel und ein Sturz von einer Maya-Pyramide mit dem Begriff »unangenehme Umstände« nicht ganz treffend beschrieben wurden, sagte dies aber nicht.

»Aber Sie haben sicher begriffen, dass der Tod Ihres Bruders, so bedauernswert er ist, nichts mit unserem Land zu tun hat. Auch mein Gemahl hätte ihn nicht verhindern können«, fuhr Rosario fort, wobei ihr Blick auf das Portal der Kirche gerichtet war. Die in zartrosa Spitze gehüllten Hände waren zu Fäusten verkrampft. Irgendwie wirkte diese Frau immer angespannt.

»Ich mache weder Mexiko noch Ihrem Mann irgendeinen Vorwurf«, versicherte Alice. Rosario wandte ihr endlich den Kopf zu und lächelte kurz.

»Das freut mich. Hans ist es sehr wichtig, dass man in Deutschland nicht schlecht über uns hier denkt.«

Darum also zählte plötzlich sogar die Meinung einer verrückten Künstlerin! Was Hans Bohremann sich wünschte, hatte auch für Rosario allerhöchste Bedeutung. Alice musterte die Señora staunend. Sie wusste, dass sie selbst niemals eine derart mustergültige Gattin sein könnte, denn dazu war sie zu selbstständig und starrköpfig.

»Mein Bruder ist von Ihnen sehr angetan, Fräulein Wegener.«

Ihr Blick ruhte abwartend auf Alice, die verunsichert auf der Bank herumrutschte. Sollte sie noch mal erpresst werden?

»Ich weiß«, gestand sie schließlich, »aber es haben sich Dinge ereignet, die … die es mir unmöglich machen, mich so zu verhalten, wie Ihr Bruder es sich wünscht.«

Rosarios Augenlider senkten sich.

»Sind Sie sich völlig sicher, dass Sie die richtige Entscheidung treffen?«, fragte sie nur. Alice nickte. Rosario stieß einen leisen Seufzer aus.

»Nun denn.« Sie machte eine Pause und strich ihre Handschuhe glatt, obwohl sie keinerlei Falten aufwiesen. »Mein Bruder«, fuhr sie mit gesenktem Kopf fort, »war Ihnen gegenüber sehr vertrauensselig. Das ist mitunter seine Art.«

Alice stockte für einen kurzen Moment der Atem, denn sie ahnte, dass sie sich nun dem eigentlichen Thema dieses Gespräches näherten.

»Ich will Andrés Uk'um nicht das Leben schwer machen, obwohl ich es nicht befürworte, wenn Indios in höhere Positionen aufsteigen«, sagte Rosario schließlich. »Doch in dieser Angelegenheit überlasse ich die Entscheidung meinem Mann. Und was Sie tun, Fräulein Wegener, bleibt ebenfalls Ihnen überlassen. Sie werden mit den Folgen leben müssen.«

Die Worte klangen leicht abwertend, doch gleichzeitig waren sie das Friedensangebot, auf das Alice gehofft hatte. Kurz wollte sie Rosario vor Freude umarmen, doch der Wunsch prallte an der eisigen Fassade dieser Mexikanerin ab.

»Ich will Ihnen nicht schaden«, versicherte Alice. Rosario zuckte zusammen. Vermutlich empfand sie es als demütigend, von der Großmut anderer Menschen abhängig zu sein. »Aber meinen Sie nicht, dass …« Alice hielt inne, aber da sie ihren Satz begonnen hatte, wollte sie ihn auch beenden. »Vielleicht sollten Sie Ihrem Mann bestimmte Dinge erklären. Ich denke, seine Liebe zu Ihnen ist stark genug, um die Wahrheit auszuhalten.«

Rosario musterte Alice fassungslos. Rasch sah sie sich nach möglichen Lauschern um, obwohl hier sicher kaum jemand Deutsch verstand. Dann stand sie auf.

»Ich bedanke mich für Ihren Rat, aber lassen Sie einfach mich entscheiden, worüber ich mit meinem Mann spreche.«

Sie ging los, ohne sich nach Alice umzudrehen, doch es war offensichtlich, dass sie den Rückweg eingeschlagen hatte. Alice lief ihr hinterher, denn etwas anderes konnte sie kaum tun. Schweigend kehrten sie zu dem Hotel zurück, wo bereits Gepäck auf einen Karren geladen wurde und ein Reisewagen sowie gesattelte Pferde bereitstanden. Hans Bohremann begrüßte seine Frau mit einem ungeduldigen Lächeln.

»Euer kleiner Einkauf hat aber lange gedauert. Wir haben nur noch auf euch gewartet. Selbst Andrés Uk'um ist schon hier.«

Alice ahnte, dass ihr die ungeduldige Erwartung ins Gesicht geschrieben stand, als sie sich umsah. Tatsächlich entdeckte sie Andrés hinter dem Karren zwischen ein paar Hoteldienern und anderen Indios. Er musste eine Gelegenheit bekommen haben, sich zu waschen und sein Hemd zu wechseln, denn er sah deutlich sauberer aus als im Gefängnis. Glücklich rief sie seinen Namen. Er blickte kurz auf, während er eine Kiste auf die Ladefläche des Karrens stellte, und wischte sich den Schweiß von der Stirn. Seine Augen leuchteten freudig, und er neigte den Kopf zum Gruß, doch dann machte er sich sofort wieder an die Arbeit. Alice schämte sich, weil ihr Tränen der Enttäuschung in die Augen schossen. Nachdem sie um sein Leben hatte bangen müssen, hätte sie sich eine innigere Begrüßung gewünscht, doch sie musste einsehen, dass jetzt nicht der richtige Moment war. Sie stellte die Tasche mit ihrer neuen Kleidung neben ihrem Koffer ab, der bereits aufgeladen worden war. Julio hatte dafür gesorgt, dass ihre Habseligkeiten eingepackt wurden. Auch er saß schon mit Mariana auf dem Reisewagen und winkte Alice zu. Seine Armschiene war in der Zwischenzeit entfernt worden. Hans Bohremann musste es ohne seine Frau geschafft haben, alles Nötige zu organisieren.

»Wir fahren auf die Hazienda!«, rief der Junge freudig und wies auf einen freien Platz an seiner Seite.

»Ich soll dort eine Stelle als Hausdiener bekommen, weil ich so gut Spanisch kann«, berichtete er weiter, während Alice sich neben ihn setzte und Mariana auf ihren Schoß sprang. »Don Juan hat es mir versprochen.«

Er sah so glücklich aus, dass Alice ihn erfreut anlächelte, obwohl sie sich eine andere Zukunft für ihn wünschte. Aber sie würde schon Mittel und Wege finden, damit er seine eigene tienda bekam, sobald er alt genug war. Bis dahin konnte er bei den Bohremanns arbeiten, denn er hatte bisher nicht den Wunsch geäußert, in sein Heimatdorf zurückzukehren.

Rosario Bohremann stieg ebenfalls in den Wagen und ließ sich auf dem Sitz gegenüber nieder. Nach einer Weile folgte Juan Ramirez, der Alice nicht ansah, sondern die Fassaden der Häuser musterte. Im Flüsterton wechselte er ein paar Worte auf Spanisch mit seiner Schwester, dann setzte der Wagen sich in Bewegung. Alice sah sich ratlos um. Würde Andrés auf einem Pferd reiten so wie Hans Bohremann und jene Männer, die ihnen als Begleitschutz dienten?

»Julio kann bei uns sitzen, weil er verletzt ist«, beantwortete Rosario ihre unausgesprochene Frage. »Aber ansonsten laufen Indios entweder zu Fuß oder reisen auf Transportkarren.«

Tatsächlich saß Andrés nun mit ein paar anderen Indianern beim

Gepäck. Er sah sie nicht an, und sie verstand, weshalb. Im Dschungel waren sie ebenbürtig gewesen, doch nun galten wieder die Regeln einer hierarchischen Gesellschaft.

Sie beschloss, auf eine Gelegenheit zu warten, bis sie allein mit ihm reden konnte. Seltsamerweise war es im Gefängnis einfacher gewesen als hier. Nun nahm sie Abschied von San Cristóbal de las Casas mit seiner Farbenpracht, seinen zahllosen Indianern und den hohen Gehsteigen, die sie nicht benutzen durften. Eines Tages hoffte sie zurückzukommen, denn dieser kleine Ort gehörte zu den bezauberndsten Städten, die sie kannte. Es schmerzte sie, dass sie keine Gelegenheit gehabt hatte, sich von Maria Bonita und den anderen Frauen zu verabschieden, und sie wünschte ihnen, dass sie ihre Männer ebenfalls bald freibekämen.

Die Hazienda hatte nichts an ihrer Pracht eingebüßt. Die durch den Brand im Vorhof entstandenen Schäden waren bereits ausgebessert worden, und alles machte einen tadellos gepflegten Eindruck, so wie die Hausherrin es sich wünschte. Das Wetter war hier deutlich milder als in San Cristóbal, da Hans Bohremanns Wohnsitz nicht so hoch in den Bergen lag. Alice wurde bewusst, dass es bereits Mitte November war. Vermutlich würde sie Deutschland erst im tiefsten Winter erreichen, und sie fragte sich, ob sie die Eiseskälte überhaupt noch ertragen könnte.

Bedienstete trugen ihren Koffer wieder in das kleine Zimmer, das vor ihr schon Patrick bewohnt hatte. Auch Marcella war sogleich wieder zur Stelle, um ihr Kaffee, Limonade und ein paar Früchte zu bringen. Julio verschwand irgendwo in den Behausungen, die seinen Leuten zur Verfügung standen. Nur Mariana blieb bei ihr. Alice kraulte das Fell ihres Hundes und sah sich wieder einmal in dem Raum um, wo sie vor etlichen Wochen die ersten Hinweise auf das Schicksal ihres Bruders entdeckt hatte. Sie wusste jetzt, wer die geheimnisvolle Indianerin auf der Zeichnung war, deren Identität ihr so viele Rätsel aufgegeben hatte. Sie hatte die uralte Kette in den Händen halten dürfen, sie dann aber wieder verloren. Nun war dieses alte Schmuckstück wieder irgendwo im Dschungel bei einem flüchtigen Archäologen, der seinen Traum von internationalem Ruhm trotzdem niemals würde verwirklichen können. Sie begriff, dass dies die größtmögliche Strafe für Dr. Scarsdale war. Selbst wenn es ihm gelingen sollte, sich bis an sein Lebensende zu verstecken, würde er ein verbitterter, enttäuschter Mann bleiben. Sie sehnte sich nicht nach Rache. Auch spürte sie Patricks Gegenwart in diesem Zimmer nicht mehr so stark und schmerzhaft wie nach ihrer ersten Ankunft. Im Dschungel war sie dem toten Bruder näher gewesen als jemals zuvor und hatte Abschied von ihm nehmen können. Es war ein anderer Mensch, nach dessen Anwesenheit sie sich nun sehnte, doch sie wusste nicht, wo in diesem riesigen Haushalt er untergebracht worden war. Zudem ahnte sie, dass sie sich und auch ihn nur in Verlegenheit bringen würde, wenn sie jetzt mit allzu großer Ungeduld nach ihm zu suchen begann.

Als Marcella ihr einen Bottich mit Wasser brachte, beschloss sie, sich erst einmal in Ruhe für das bevorstehende Abendessen fertig zu machen, bei dem sie Andrés am Tisch zu sehen hoffte.

Er war nicht da, nur Hans Bohremann, seine Frau und Juan Ramirez warteten auf sie. Alice hatte ihr neues Kleid mit Volants angezogen und zufrieden festgestellt, dass es ihr hervorragend passte. Marcella hatte ihr kurz vor dem Abendessen unaufgefordert jene Ohrringe gebracht, die sie in San Cristóbal beim Pfandleiher versetzt hatte. Alice begriff, dass es nun an der Zeit war, sich dafür bei Hans Bohremann zu bedanken, denn er musste sie auf die Bitte von Julio hin ausgelöst haben. In dem Bewusstsein, noch auf unbestimmte Zeit ein mittelloses Anhängsel zu sein, begrüßte sie den Hausherrn und seine Familie. Vielleicht konnte sie vor ihrer Abreise anbieten, Porträts von ihnen zu malen, um sich wenigstens damit ein wenig erkenntlich zu zeigen.

»Sie sehen gut erholt aus. Das freut mich«, sagte Hans Bohremann, als sie sich am Tisch niederließ. Es gab eine Kohlsuppe als Vorspeise, die so schwach gewürzt war, dass sie Alice an ihre Heimat erinnerte. Sie hatte fast vergessen, wie sehr Rosario bemüht war, einen deutschen Haushalt zu führen.

»Es geht mir recht gut, vielen Dank«, erwiderte Alice und fügte gleich noch Dank für die von Hans Bohremann ausgelösten Ohrringe hinzu, die ihr dabei geholfen hatten, sich in eine elegante Dame zu verwandeln. Sie sehnte sich im Augenblick nicht nach ihrer Rolle als Abenteurerin. Der große Speisesaal mit seinen kristallenen Lüstern gefiel ihr zu sehr, als dass sie die Strohdächer gewöhnlicher Hütten vermisst hätte. Es hätte ein durchaus angenehmer Abend sein können, nur fehlte Andrés. Sie vermutete, dass er bei den indianischen Dienstboten saß, denn an diesem Tisch war er nicht erwünscht. Doch ohne ihn an ihrer Seite fühlte sie sich hier nicht wirklich wohl.

Sie aßen gemeinsam, ohne dass längere Gespräche aufgekommen wären. Alice kam nicht gegen das Gefühl an, dass die Bohremanns ihrer Abreise mit einer gewissen Ungeduld entgegensahen, denn sie hatte ihnen bisher hauptsächlich Ärger bereitet und zudem Juan unglücklich gemacht, wofür Rosario ihr sicher grollte. Sie wusste selbst, dass sie abreisen sollte. Es gab keinen Grund mehr, noch länger in Mexiko zu bleiben. Aber sie wurde erneut von Zweifeln geplagt, ob ihre Rückkehr wirklich erwünscht war.

»Würden Sie mir noch für ein paar Augenblicke in mein Arbeitszimmer folgen, Fräulein Wegener?«, fragte Hans Bohremann, nachdem das Geschirr abgetragen worden war. Alice stand gehorsam auf. Sie fragte sich, ob er mit ihr über Andrés reden wollte, doch für Hans Bohremann gab es sicher wichtigere Dinge als einen Indianer, selbst wenn er studiert hatte.

»Ich habe bereits die ersten Vorkehrungen für Ihre Reise nach Veracruz getroffen«, sagte der Kaffeebaron, als er ihr einen Stuhl hinter seinem großen Schreibtisch aus Mahagoni anbot. »Ich hoffe, das ist in Ihrem Interesse. Ich möchte Ihnen keinesfalls das Gefühl vermitteln, dass Sie hier unerwünscht sind.«

»Das tun Sie nicht«, erwiderte Alice höflich, obwohl sie wusste, dass er keinen großen Wert auf ihre längerfristige Anwesenheit legen konnte. »Ich danke Ihnen für Ihre Großzügigkeit.«

»Ist das Billett für Ihre Rückreise noch gültig?«

Alice zuckte mit den Schultern.

»Ich werde mich in Veracruz erkundigen. Falls nicht, so habe ich von dort aus die Möglichkeit, meiner Tante zu telegrafieren. Ich denke, sie wird mir so bald wie möglich Geld schicken, damit ich die Heimreise bezahlen kann.«

Sie hatte keine Zweifel, dass Tante Grete dies tun würde. Vielleicht machte sie sich sogar inzwischen Sorgen, was aus Alice geworden war. Falls nicht, so wäre ihre Tante zu anständig, um sie mittellos in einem fremden Land sitzen zu lassen.

»Ich werde Ihnen ein Schreiben an einen meiner Geschäftspartner mitgeben«, sagte Hans Bohremann. »Falls Sie Geld für die Rückfahrt brauchen, werden Sie es von ihm erhalten.«

Alice musste zugeben, dass dieses Versprechen sie trotz allem beruhigte.

»Ich danke Ihnen, Herr Bohremann. Sie sind wirklich sehr großzügig. Ich verspreche Ihnen, dass ich meine Schulden begleichen werde, sobald ich in Deutschland bin.«

»Daran zweifle ich nicht. Ihnen steht eine beachtliche Erbschaft bevor.«

Alice schluckte. In Wahrheit wusste sie nicht, was ihr bevorstand, hatte bisher kaum Gedanken daran verschwendet, da es dringendere Sorgen gegeben hatte. Ob Hans Bohremann sie wohl ebenso unterstützt hätte, wenn sie nur eine mittellose kleine Malerin gewesen wäre?

Er rieb sich nachdenklich die Nase. Sie fragte sich, ob er darauf wartete, dass sie in ihr Zimmer ging. Aber vielleicht wäre ebendieses Verhalten in seinen Augen unhöflich. Sie wusste keinen Rat.

»Sie hatten …« Er räusperte sich. »Sie hatten zunächst keine sehr gute Meinung von mir.«

»Das bedauere ich. Mein Verdacht war völlig unbegründet.«

Das stimmte nicht ganz, denn er hatte seinen Einfluss tatsächlich nutzen wollen, um Andrés schnell aus der Welt zu schaffen. Aber dies war nicht der angemessene Moment für solche Vorwürfe.

»Ich danke Ihnen«, sagte er völlig unerwartet. »Fast hätte ich einen unschuldigen Menschen töten lassen. Sie haben es verhindert.«

Er schien es ehrlich zu meinen. Alice atmete auf. Der Kaffeebaron war kein schlechter Mensch, daran konnte sie nun nicht mehr zweifeln.

»Was geschieht jetzt mit Andrés Uk'um?«, wagte sie endlich zu fragen.

»Ich habe ihm angeboten, weiter für mich zu arbeiten, aber er lehnte ab.«

Alice fuhr zusammen.

»Er ist zu intelligent, um ein einfacher Peon zu sein«, protestierte sie. Hans Bohremann lächelte.

»Das weiß ich. Ich wollte ihn als Ingenieur beschäftigen, natürlich bei angemessener Bezahlung. Mein Wasserkraftwerk braucht jemanden, der es in Schwung hält. Und außerdem würde es nicht schaden, wenn er sich ein wenig mit Eisenbahnen befasst. Ich hoffe immer noch, dass bald eine Zugstrecke nach Tuxtla Gutiérrez in Betrieb genommen werden kann. Sie würde Geschäftsleuten wie mir das Leben sehr erleichtern.«

Alice hatte es die Sprache verschlagen. Es war ein überaus gutes, gerechtes Angebot, das Andrés abgelehnt hatte.

»Er hätte auch heute mit uns am Tisch sitzen können, wollte es aber nicht«, fügte Hans Bohremann hinzu. Sein Blick war aufmerksam und prüfend. Alice fragte sich, wie viel Rosario ihm erzählt hatte.

»Wollen Sie wirklich eine Montería im Dschungel erwerben?«, fragte sie, denn es schien ihr die einzig mögliche Erklärung für Andrés' Verhalten.

»Ja, das will ich in der Tat. Es ist ein gutes Geschäft. Chiapas gilt als rückständigste Ecke in einer Nation, der es in den letzten Jahren endlich gelungen ist, Anschluss an die moderne Welt zu finden. Es wird Zeit, dass Industrie und Wirtschaft auch hier in Schwung kommen.«

Wieder klang er völlig ehrlich, denn dies war seine Art zu denken.

»Die Arbeiter werden in den Monterías sehr übel behandelt«, sagte Alice.

»Ich weiß«, entgegnete der Kaffeebaron gelassen. »Auf den Kaffeeplantagen ist das leider ebenso. Ich lege aber Wert darauf, dass alle Leute, die für mich tätig sind, ihren versprochenen Lohn bekommen, und lehne jede Art körperlicher Züchtigung grundsätzlich ab. Ebenso wird es auch in meiner Montería sein.«

Alice fragte sich, wie er das bewerkstelligen wollte, wenn er selbst weit vom Dschungel entfernt auf seiner Hazienda saß. Doch Hans Bohremann schien ein geschickter Organisator zu sein, zudem ein Mann, auf dessen Wort man sich verlassen konnte. Trotzdem steckte das Gefühl, dass er etwas tat, was nicht richtig war, wie ein Stachel in ihrer Brust.

»Es gibt …« Sie zögerte, sah aber keine Gefahr darin, ihm die Wahrheit zu sagen. »Es gibt im Dschungel noch ein paar Indianerstämme, die abgeschirmt vom Rest der Welt nach uralten Traditionen leben. Sie halten die Mahagonibäume für heilig. Wenn man diese fällt, zerstört man ihren Lebensraum.«

Hans Bohremann schaute sie für den Bruchteil einer Sekunde ungläubig an, als könne er nicht fassen, was sie ihm erzählte. Dann lachte er auf. Es klang unangenehm spöttisch, doch ahnte Alice, dass dies eher ihr galt als den Hach Winik.

»Meine Güte, Fräulein Wegener, ich hatte stets den Eindruck, Sie hätten mehr Realitätssinn als Ihr Bruder. Und nun reden Sie genauso wie er bei unserem letzten Gespräch.«

»Ein Gespräch, das Sie mir bisher verschwiegen hatten«, erwiderte sie, denn sein Hohn machte sie wütend. Hans Bohremann senkte kurz den Blick.

»Ich wollte nicht, dass Sie sich noch weiter in unsinnige Verdächtigungen hineinsteigern, und vermied es daher zu erzählen, wie unerfreulich meine letzte Unterhaltung mit Ihrem Bruder verlief«, gestand er etwas weniger selbstsicher. »Aber ich hatte keinerlei Gründe zu der Annahme, dass diese Unterhaltung irgendetwas mit seinem Tod zu tun hatte.«

Alice nickte, denn dem konnte sie nicht widersprechen.

»Angeblich haben Sie meinen Bruder mehr oder weniger von der Plantage gejagt«, sagte sie. Hans Bohremann sah verlegen aus.

»Ich konnte nicht ahnen, dass es unser letztes Gespräch sein würde. Aber Ihr Bruder wurde mir gegenüber sehr ausfallend. Seine

Affäre mit einem Indio-Mädchen hatte endgültig einen Träumer aus ihm gemacht, und er sah in den Ureinwohnern dieses Landes auf einmal nur noch edle Wilde, deren Rechte es um jeden Preis zu verteidigen galt.«

Wieder lachte er abfällig.

»Dass die Indianer sehr oft sehr schlecht behandelt werden, haben Sie doch selbst zugegeben«, beharrte Alice.

»Ja, und das ist bedauerlich. Aber es hat doch keinen Sinn, sich in Träumereien zu verrennen. Da wollen Sie mir wegen ein paar Leuten aus dem Dschungel ausreden, dort Mahagonibäume zu fällen. Dabei verbergen sich im Regenwald noch so viele andere Schätze, die wir zum Wohle des Landes nützen können. Kautschuk, zum Beispiel. Und durch die Abholzung gewinnen wir zusätzliches Ackerland.«

»Aber was geschieht mit den Bewohnern des Regenwaldes?«, fragte Alice hartnäckig.

»Sie werden begreifen müssen, dass wir nicht mehr in der Steinzeit leben, und sich der modernen Welt anpassen. Es wird zahlreiche Möglichkeiten für sie geben, als Arbeitskräfte Geld zu verdienen.«

Und wenn sie dabei nicht spurten, würden sie an Bäumen aufgehängt werden, dachte Alice. Vielleicht konnten sie auch in die Stadt ziehen, um dort betrunken neben den Gehsteigen zu liegen, die sie nicht betreten durften. Aber sie wusste, dass es keinen Sinn hatte, Hans Bohremann dies zu sagen. Er war zu sehr von praktischem, auf Gewinn ausgerichtetem Denken bestimmt, um andere Lebensformen verstehen zu können. Sie selbst hätte vielleicht ähnlich geredet wie er, wenn sie nicht einige Zeit bei den Hach Winik verbracht hätte.

»Was werden Sie machen, wenn es im Dschungel keine Mahagonibäume mehr gibt?«, fragte sie. Er zuckte gleichmütig mit den Schultern.

»Es besteht die Möglichkeit, neue anzupflanzen. Oder das Land eben anderweitig zu nutzen. Ein wacher Geist findet immer einen Weg, sich auf veränderte Situationen einzustellen.«

Sie senkte den Kopf. Diese Diskussion würde sie nicht gewinnen können.

»Wie Sie meinen, Herr Bohremann. Für wann ist meine Abreise geplant?«

»Ich dachte an nächste Woche«, antwortete er gutmütig. »Dann können Sie sich noch ein wenig von den Strapazen erholen, die Sie hinter sich haben. Ich muss jemanden finden, der Ihnen Begleitschutz bietet. Mein Schwager ist ...«

Er hob mit einem hilflosen Lächeln die Hände.

»Manchmal launisch wie eine Diva. Er bezeichnet sich als unpässlich und ist daher außerstande, die lange Reise erneut anzutreten.«

»Dann soll ihn auch niemand dazu drängen«, erwiderte Alice schnell. In dieser angespannten Lage noch mal gemeinsam durch halb Mexiko zu reisen wäre für sie selbst ebenso schlimm wie für Juan.

»Natürlich nicht. Ich werde jemand anderen finden, der ebenso zuverlässig ist. Und nun wünsche ich Ihnen eine gute Nacht, Fräulein Wegener.«

Alice begriff, dass sie entlassen war, verabschiedete sich und trat in den Patio, um die Treppe zu ihrem Zimmer hinaufzugehen. Es war eine angenehm frische Nacht. Irgendwo erklang Gitarrenmusik. Alice atmete die nach Pflanzen und Gewürzen duftende Nachtluft ein. Alles hier roch und schmeckte viel intensiver als in ihrer Heimat. Noch eine Woche, dann würde sie Chiapas verlassen und auch Mexiko.

Sie wollte nicht, dass es ein Abschied für immer wäre, aber welchen Grund hatte sie, hierher zurückzukommen? Ihr Leben fand in Berlin statt, und wenn sie erst einmal dort war, würde sie sich rasch wieder eingewöhnen. Und hoffentlich bald einen Mann vergessen, der lieber stolz bei seinen Leuten saß, anstatt sich zu ihr zu gesellen. Andrés Uk'um und sie selbst gehörten verschiedenen Völkern an, die beide gegen eine Verbindung zwischen ihnen waren. Vielleicht hatte er einfach nur mehr Vernunft als sie, indem er einsah, wie sinnlos jede Auflehnung dagegen wäre.

In ihrem Zimmer angekommen, drehte sie die Gaslampe auf und begann, ihre Sachen zu sortieren. Wenn sie sich beschäftigte, versank sie nicht in Schwermut. Zudem sollte ihre nächste Ausstellung bereits im Februar stattfinden, und sie hatte kaum mehr als fünf Bilder vorzuweisen. Bereits auf dem Schiff würde sie anfangen müssen, wieder ernsthaft zu malen. Glücklicherweise mangelte es ihr nicht an Ideen nach all den neuen Eindrücken, die sie in diesem Land gewonnen hatte.

Sie setzte sich neben Mariana aufs Bett und ergriff ihren Skizzenblock, um erste Entwürfe anzufertigen. Die majestätischen Mahagonibäume mit ihren riesigen Drachenwurzeln wuchsen bald schon in Miniaturform auf einem Blatt Papier. Sie würde sich einen größeren Vorrat an Ölfarben besorgen, um die zahllosen Farbtöne der Landschaft wiedergeben zu können. Dann legte sie dieses Blatt zur Seite und begann eine Frau zu zeichnen, die plötzlich in ihrer Erinnerung aufgetaucht war. Gesichtszüge, die gleichzeitig indianisch und aristokratisch waren. Gelangweilt. Unzufrieden. Verwöhnt. Doch in den dunklen Augen lag ein durch Willenskraft gezähmter, alter Schmerz. Die starren Schultern deuteten Angst an, die durch eine stolze Haltung verborgen werden sollte. Die Frau trug ein bunt besticktes Hemd, wie Alice es an Indianerinnen gesehen hatte, doch es wirkte weitaus wertvoller. An ihren Hüften hing ein Wickelrock, der knapp unter die Kniekehlen reichte. Um ihren Hals lag die schwere Kette aus Halbedelsteinen.

Wann hatte sie diese Frau gesehen, deren Erscheinung sich so deutlich in ihr Bewusstsein gebrannt hatte, dass sie in aller Klarheit wieder heraufbeschworen werden konnte? Es war ein Traum gewesen, wie ihr nach einer Weile einfiel, und sie fragte sich, welche Bedeutung ein indianischer Schamane dem beimessen würde. Ihr Stift jagte über das Papier, als wisse er genau, was er zu erschaffen hatte.

Alice hatte gerade begonnen, den kunstvollen Kopfputz aus Federn und Schmucksteinen zu skizzieren, als Mariana plötzlich vom Bett sprang und bellend an der Tür zu kratzen begann. Es klopfte.

»Señorita, darf noch Besuch kommen?«, fragte Marcella, nachdem Alice ihr geöffnet hatte.

»Natürlich. Wer ist es denn?«

Die Dienerin antwortete nicht, sondern entfernte sich nur mit schuldbewusstem Blick. Alice befürchtete, dass Juan Ramirez sich wieder Eintritt in ihr Zimmer verschaffen wollte, aber ihr Besucher war etwas kleiner, drahtiger und dunkelhäutiger.

»Es war gar nicht so einfach, Marcella zu überzeugen, dass sie mich hierherlotst«, sagte Andrés mit einem verlegenen Grinsen, als er hereinkam. Alice schnappte nach Luft. Sie fühlte sich an eine ähnliche Situation vor etlichen Wochen erinnert, nur war er damals noch ein Fremder gewesen. Sie wandte sich ab, damit er ihr ihre Freude nicht anmerkte. Immerhin hatte er sie kaum beachtet, seit er aus dem Gefängnis entlassen worden war. Die Vereinbarung, die sie in San Juan de Chamula getroffen hatten, konnte nicht mehr als die Laune eines Augenblicks gewesen sein.

»Mach dir keine Sorgen. Niemand hat mitbekommen, wie ich hier hereingegangen bin«, sagte er. »Marcella ist sehr vorsichtig in diesen Dingen, denn sie findet meinen Besuch hier ebenso skandalös, wie die Bohremanns es täten.«

»Die Bohremanns wissen Bescheid«, erwiderte Alice kühl. »Rosario hat es von ihrem Bruder erfahren. Und es würde mich sehr überraschen, wenn sie es ihrem Mann noch nicht erzählt hätte.«

Andrés riss staunend die Augen auf.

»Ich habe nur einen sturzbetrunkenen Juan Ramirez in der Küche getroffen, wo er sich eine weitere Flasche Comiteco holen wollte. Er fiel fast über mich her, doch glücklicherweise hinderte die resolute Köchin ihn daran, ihr Geschirr zu zerbrechen. Dann fing er an, laut zu fluchen und dich als gottverdammte Närrin zu beschimpfen, weil du dich in einen dreckigen Indio verguckt hast. Sag mal, Alice, was hast du mit dem Kerl angestellt?«

Er lachte kurz auf, verstummte aber sogleich, als Alice ihm einen eisigen Blick zuwarf.

»Hat er dir etwas angetan?«, fragte er ernst.

»Nicht der Rede wert.«

Sie setzte sich auf ihren Stuhl und sah zu, wie Mariana freudig an Andrés hochsprang. Für Tiere war das Leben in vielerlei Hinsicht einfacher.

»Was ist denn los? Warum behandelst du mich plötzlich wie einen Fremden?«, fragte er sichtlich verwirrt.

»Weil du mich wie eine Fremde behandelst, seitdem die Bohremanns aufgetaucht sind.«

Er hob ratlos die Hände.

»Ich wusste nicht, was mir bevorstand. Ich wollte dich nicht in Schwierigkeiten bringen.«

Sie richtete sich auf.

»Dir wurde eine gute Stellung bei Hans Bohremann angeboten. Du hast sie abgelehnt. Du hättest auch heute Abend mit uns allen essen können, hast es aber verschmäht. Was willst du, Andrés? Zu deinen Leuten zurückkehren? Du weißt, dort ist kein Platz für mich. Also geh jetzt besser, sonst machst du es uns nur unnötig schwer.«

Sie war stolz auf sich, weil sie nicht bettelte. Doch als sie den nackten Schmerz auf seinem Gesicht sah, bereute sie ihre Worte.

Andrés setzte sich im Schneidersitz auf das Bett und gestikulierte, als er zum Reden ansetzte. In diesem Augenblick wirkte er ganz und gar indianisch.

»Ich hatte die Möglichkeit, Hans Bohremanns bevorzugter Hund zu werden«, sagte er.

»Du unterschätzt ihn. Er kennt deine Fähigkeiten. Und er will sie für seine Zwecke nutzen. So ist er immer, bei Maschinen, Rohstoffen und Menschen. Doch er bemüht sich durchaus, jene Leute, die ihm nützlich sind, gerecht zu behandeln.«

»Aber hier auf der Hazienda könnten wir niemals zusammen sein, Alice. Es würde eine Ordnung durcheinanderbringen, die das Fundament der Gesellschaft in Chiapas ist. In einer großen Stadt wie Veracruz oder Ciudad de México, da würde es vielleicht gehen.«

Wärme floss durch ihren Körper. Sie lächelte ihn endlich an.

»Hast du deshalb Hans Bohremanns Angebot abgelehnt?«

»Nein«, sagte er nach kurzem Zögern, »nicht nur deshalb. Ich habe stets damit gerechnet, dass du wieder in deine Heimat zurückkehrst, um dein altes Leben weiterzuführen. Aber im Gefängnis, da traf ich einen Mann. Einen Halbindio, der aus Ciudad de México stammte und hier Schullehrer gewesen war, bevor sie ihn wegen aufwieglerischer Reden einsperrten. Von ihm habe ich erfahren, dass es inzwischen in diesem Land viel mehr Leute wie mich gibt, als ich jemals gehofft hatte.«

»Du meinst studierte Indianer?«, fragte Alice staunend, denn sie hatte bisher nicht gedacht, dass es allzu viele davon geben konnte.

»Ich meine Menschen, die mit der aktuellen politischen Lage so unzufrieden sind, dass sie sich nicht weiter fügen wollen. Es beginnen sich Gruppen zu formen, die einen Sturz von Porfirio Díaz anstreben und eine Neuverteilung unseres Landes, das er ausländischen Siedlern zu einem Spottpreis überließ, wünschen.«

Alice fuhr erschrocken zusammen und blickte zur Tür. Für Hans Bohremann wären solche politischen Bestrebungen eine derartige Bedrohung, dass er bei ihrer Bekämpfung vielleicht auch seinen Anstand vergessen würde.

»Schon gut, ich weiß, dass ich nicht zu laut reden darf«, beruhigte Andrés sie.

»Diese Gruppierungen sind doch sicher nicht neu«, erwiderte Alice nach kurzem Überlegen. »Überall auf der Welt gibt es Unzufriedene, die die gegebene Ordnung umkehren wollen. Meistens handeln sie sich dadurch nur eine Menge Ärger ein.«

»Ich weiß. Als ich in Ciudad de México studierte, hörte ich auch von Anarchisten und Kommunisten und hielt sie für weltfremde Träumer. Damals fühlte ich mich meinem alten Patron noch zu Dankbarkeit verpflichtet, da er mir die Ausbildung zum Ingenieur ermöglichte. Doch als ich dann zwangsweise nach Chiapas zurückkehren musste, da sah ich plötzlich alles, vor allem die Lage meiner Leute, mit anderen Augen.«

Alice griff nach der Karaffe und schenkte ihnen beiden Limonade ein. Dann setzte sie sich zu Andrés auf das Bett.

»Was also hast du jetzt vor, wenn du nicht bei Hans Bohremann bleiben willst?«, fragte sie.

»Ich möchte wieder nach Ciudad de México. Dort wird die Politik dieses Landes gemacht. Ich will mir eine Arbeit suchen, die mich am Leben hält, aber nicht mehr nur an mich selbst denken, sondern dabei mithelfen, dass die Dinge sich in Mexiko zum Besseren wandeln.«

»Bist du dir sicher, dass es nicht nur dein persönlicher Rachefeldzug gegen Hans Bohremann ist?«, fragte Alice. Andrés wurde nicht wütend, er schüttelte nur den Kopf.

»Ich habe nichts gegen Hans Bohremann. Als Patron ist er nicht einmal besonders übel. Aber er ist Teil eines Systems, das mein Volk versklavt.«

Alice nippte an ihrer Limonade und sah ihn schweigend an. Er wollte ein Revolutionär werden wie Harry, doch er würde sich dabei nicht nur auf schöne Reden beschränken. Als sie sich seine Zukunft genauer auszumalen begann, zog ihr Magen sich vor Angst zusammen. Mit Aufwieglern ging man in diesem Land vermutlich noch härter um als in ihrer Heimat.

Sie wusste nicht, was sie nun sagen sollte. Lieber hätte sie ihn heil und sicher im Dienst von Hans Bohremann gewusst, aber dies hätte bedeutet, dass er seine eigene Überzeugung aufgab.

Staunend spürte sie, wie er seine Hand zaghaft auf die ihre legte.

»Was ist nun mit dir, Alice? Willst du wirklich nach Mexiko zurückkommen?«

Sein Blick war offen wie immer, doch sie bemerkte erstmals die Angst vor einer Zurückweisung darin. Er fuhr ihr sanft durchs Haar, spielte mit den silberblonden Strähnen, so wie er es in ihrer ersten Liebesnacht getan hatte.

»Eine Frau wie du könnte wahrscheinlich jeden Mann haben, den sie will«, sagte er völlig ernst. Alice hielt sich die Hand vor den Mund, ein erfolgloser Versuch, ihr Lachen zu unterdrücken.

»Also, dafür müsste ich mir das Reden abgewöhnen, denn mein betörender Charme treibt die Männer meist in Sekundenschnelle in die Flucht. Und kaum lerne ich einen kennen, den ich wirklich will, da versucht er auch schon, mich loszuwerden.«

Obwohl sie einen scherzhaften Ton angeschlagen hatte, schlich sich ein Hauch von Bitterkeit in ihre Worte.

»So war es nicht gemeint«, erwiderte Andrés stirnrunzelnd. »Und bevor du dich gleich wieder in eine Kratzbürste verwandelst, höre mir bitte zu.«

Er ergriff ihre Hand und hielt sie fest, obwohl Alice einen ersten trotzigen Versuch unternahm, sie ihm wieder zu entziehen. »Als ich mein Dorf verließ, um zu studieren, da verstieß mich mein Vater«, erzählte er. »Ich hatte keine Familie mehr. Doch für die meisten Leute in Ciudad de México blieb ich ein dreckiger Indio, der lieber seine Milpa bewirtschaften sollte, als Maschinen zu entwerfen. Ich fühlte mich wie ein Mensch ohne Wurzeln, der an keinem Ort wirklich dazugehörte. Dein Bruder, der behandelte mich wie einen wahren Freund, und als er tot war, wurde mir meine Einsamkeit wieder bewusst. Ich dachte nicht, dass Patricks schöne, zielstrebige Schwester mir mit derselben Offenheit begegnen würde, aber da täuschte ich mich wohl. Es erstaunte mich von Anfang an, wie gut wir einander verstanden.«

Alice erwiderte schweigend den Druck seiner Finger.

»Natürlich will ich, dass du wiederkommst«, fuhr er fort. »Und ich würde sogar vor dir auf die Knie fallen und dich anflehen, wenn du es dir wünschst.«

Wieder musste Alice lachen, doch diesmal war es ein leichter, beschwingter Laut, der aus ihrer Kehle drang.

»Du hast Glück, ich habe keine besonders romantische Ader und reagiere allergisch auf Melodramatik«, sagte sie, legte ihre Hände an seine Wangen und küsste ihn.

»Ich war noch nicht fertig«, flüsterte er ihr ins Ohr, um sie nach einer Weile sanft von sich zu schieben.

»Na gut, ich lausche andächtig«, gab Alice nach. »Aber erspare mir bitte Geschichten über diese Myriaden von Männern, die vor meiner Tür Schlange stehen, um mir die Welt zu Füßen zu legen.«

»Woher weißt du so genau, wovon ich reden wollte?«

Alice packte ihn an den Schultern und schüttelte ihn, was er geduldig über sich ergehen ließ.

»Hast du Dummkopf denn überhaupt keine Ahnung, wie sehr ich darauf gewartet habe, diese drei Wörter von dir zu hören? Bitte komme wieder. Einfach nur das, ohne Kniefälle und Liebesschwüre. Ich hätte auf der Stelle zugestimmt, denn meine Entscheidung muss schon irgendwann im Dschungel gefallen sein, ohne dass es mir überhaupt bewusst war.«

Andrés schwieg und streichelte ihr Gesicht, als wolle er wie ein Blinder jeden ihrer Züge ertasten, um sie sich besser einprägen zu können.

»Du bist völlig verrückt, einen wie mich zu wollen. Wann kannst du wieder hier sein?«

Das ungeduldige Drängen widersprach seiner ruhigen Art und befreite sie von den letzten Zweifeln. Doch nun brach die Wirklichkeit über sie herein, denn ihr wurde bewusst, dass jenseits des Ozeans eine andere Welt auf sie wartete, in der sie Verpflichtungen zu erfüllen hatte.

»Es gibt viele Dinge, die ich in meiner Heimat regeln muss«, begann sie ihm zu erklären. »Ich werde eine neue Ausstellung machen. Ein halbes Jahr wird es mindestens dauern, bis ich wieder einen Dampfer besteigen kann. Ich hoffe, bis dahin hast du es noch nicht geschafft, dich verhaften zu lassen.«

Sie lachte auf, um dem letzten Satz den Ernst zu nehmen, konnte aber selbst hören, wie gekünstelt es klang.

Andrés schlang seine Arme um ihre Schultern und zog sie an sich.

»Ich werde auf dich warten, auch länger als ein halbes Jahr, wenn es sein muss. Hinterlasse mir eine Adresse, an die ich schreiben kann. Morgen rede ich mit Hans Bohremann. Ich werde mich anbieten, dich nach Veracruz zu bringen, denn der gute Juan will lieber hierbleiben und seine Wunden lecken. Ich denke, man wird mir die Aufgabe überlassen, schon deshalb, weil es niemand anderen dafür gibt.«

Alice spürte erleichtert, wie ihre Sorgen von einem Gefühl der Freude verdrängt wurden. Noch einmal konnte sie dieses wunderbare Land durchqueren, begleitet von dem Mann, den sie liebte. Die gemeinsamen Wochen würden helfen, das Band zwischen ihnen zu festigen, damit sie eine längere Trennung überstehen konnten.

Sie zog die Decke von ihrem Bett und machte eine einladende Geste. Andrés' Augen leuchteten auf, als er ohne jede Scheu die Knöpfe des schlichten schwarzen Kleides zu öffnen begann.

Es war bereits Dezember, als sie Veracruz erreichten, doch die schwüle Hitze lag immer noch über der Stadt. Alice fielen sehr deutlich die Unterschiede zu Chiapas auf. Dies war nicht mehr Indianerland, sondern ein internationaler Hafen, in dem sich Siedler aus aller Welt niedergelassen hatten. Das Völkergemisch brodelte, pulsierte und schwelgte in exotischer Buntheit.

Tante Grete hatte tatsächlich ein Telegramm geschickt, das viele Wochen lang auf Alice gewartet hatte, ebenso wie ein mit der Post eingetroffener Geldvorrat für die Heimreise. Sie zeigte sich entsetzt über Patricks plötzlichen Tod und drängte ihre störrische Nichte zu einer raschen Heimkehr. Alice konnte ihr Rückfahrticket einlösen, sodass ihr noch eine Woche in Mexiko blieb.

Sie fanden ein schlichtes Hotel, und Alice freute sich auf ein paar angenehme Tage in der Stadt, denn Hans Bohremann hatte sich sehr großzügig gezeigt, als er ihr Geld für die Rückreise überreichte. Andrés erwarb einen europäischen Anzug und eine neue Brille, sodass er weniger indianisch wirkte und als ihr vermeintlicher Ehemann akzeptiert wurde, mit dem sie ein Zimmer teilte. Julio nahm freiwillig eine Rolle als Diener an und schlief in einem kleinen Nebenraum. Sie besuchten abends den Zócalo und sahen zu, wie Paare den Danzon tanzten, tranken gemeinsam köstlichen Kaffee und aßen in Restaurants. Es war geliehene Zeit, ein kurzer letzter Aufschub einer unausweichlichen Trennung, und jede Sekunde schien sie enger aneinanderzuschweißen. Alice gewöhnte sich an die verwunderten, mitunter empörten Blicke mancher Europäer und auch Mexikaner, wenn sie Arm in Arm mit einem dunkelhäutigen Mann durch die Stadt spazierte. Wenn es dabei bleiben würde, ließe es sich ertragen. Manchmal wurden auch Andrés lachend Kommentare zugerufen, die Alice nicht verstand und die er nur zögernd zu übersetzen bereit war.

»Sie beneiden mich und wollen wissen, wie ich es geschafft habe, mir eine Extranjera aus dem Bilderbuch zu angeln«, erklärte er schließlich, nachdem Alice hartnäckig gedrängt hatte. Sie konnte sich recht gut erinnern, wie wütend derartige Reaktionen sie nach ihrer Ankunft in Mexiko gemacht hatten. Nun fand sie es nicht einmal mehr schlimm, als Trophäe betrachtet zu werden, weil sie wusste, dass sie für Andrés keine war.

Am Vorabend ihrer Reise zogen sie sich früh in ihr Hotelzimmer zurück, um die letzten Stunden miteinander allein sein zu können. Alice schob den letzten Rest des Geldes von Hans Bohremann in Andrés' Beutel, als er bereits eingeschlafen war. Sie wusste, dass er zu stolz wäre, ein solches Geschenk anzunehmen, doch sie wollte ihm die Reise nach Mexiko-Stadt erleichtern, damit er sich dort in Ruhe eine Arbeit suchen konnte, die seinen Fähigkeiten entsprach. Die Urkunde mit dem Ingenieurdiplom hatte Hans Bohremann ihm freiwillig überreicht, bevor sie die Hazienda verließen. Dann kroch sie wieder zu ihm unter die Decke und schmiegte sich an den glatten, kupferfarbenen Körper, der noch bis zum Morgengrauen ganz allein ihr gehörte.

Sie hatte sich ausgemalt, wie sie Andrés noch einmal umarmen und mit jenen Liebesworten überhäufen würde, die auszusprechen ihr weiterhin schwerfielen, aber es wurde ein hektischer Abschied in einem Gedränge von Menschen. Überall wurde geweint, gelacht und lautstark geredet, sodass sie einander nur »bis bald« zurufen konnten, bevor Alice sich auf den Weg zu dem Ozeanungetüm machte. Im Grunde war sie froh, dass jener schmerzliche Schritt der Trennung von dem Mann, der etliche Wochen lang fester Bestandteil ihres Lebens gewesen war, auf so schnelle Weise vonstattengehen musste, denn sie vergoss nicht gern Tränen in der Öffentlichkeit. Wieder hatte sie sich ihr Ridikül um den Hals gehängt. In einer Hand trug sie den Koffer, mit dem anderen Arm hielt sie Mariana umschlugen, die ihr Dasein als Schoßhund in Europa fortsetzen sollte. Andrés hatte dafür gesorgt, dass ihre Staffelei und die bereits fertigen Bilder von Lastenträgern transportiert wurden. Sie irrte durch das Getümmel, bis sie ihre kleine Kabine gefunden hatte, die nun für die nächsten Wochen ihr Zuhause wäre. Ein kurzes Winken an der Reling war ihr noch vergönnt, doch sie konnte jene beiden Menschen, die ihr so ans Herz gewachsen waren, in der bunt zusammengewürfelten Menge nicht entdecken. Dann flüchtete sie wieder in die Stille ihrer Kabine.

Schließe Frieden, hatte Andrés ihr geraten. Aber wie sollte sie es schaffen, sich mit Tante Grete zu vertragen, wenn sie einander niemals wirklich verstanden hatten? Sie wusste nicht, was sie erwartete, und als der Dampfer auf den weiten Ozean hinausfuhr, wurde ihr bewusst, dass sie nun ebenso ins Ungewisse fuhr wie auf der Reise nach Mexiko. Sie hatte nicht einmal eine genaue Ahnung, wie viel Geld ihr bleiben würde, nachdem Tante Grete und alle wichtigen Angestellten ausbezahlt worden waren. Es wäre sicher eine Erleichterung, nicht mehr ums tägliche Überleben kämpfen zu müssen, doch sie ahnte, dass nun neue Verpflichtungen und Sorgen auf sie zukamen. Würde man sie als unverheiratete Frau überhaupt frei über das Vermögen verfügen lassen, oder gäbe es irgendeinen Vormund?

Eine weitere Reise nach Mexiko könnte sie mit Sicherheit finanzieren, beruhigte sie sich, sank auf ihr Bett und schloss die Augen.

Bilder zogen an ihr vorbei. Sie sah die stolzen Bauten von Palenque, in deren Tiefen sich Geheimnisse verbargen, die einem ehrgeizigen Archäologen zu Weltruhm hätten verhelfen können, wenn er nicht zum Verbrecher geworden wäre. Nun würden diese unbekannten Toten noch eine Weile in Frieden ruhen können, bis jemand anderer sie ans Licht der modernen Welt holte. Alice fragte sich, ob sie diesen Moment noch erleben würde. Sie war durchaus neugierig, zu erfahren, welche Personen in den Grabstätten ruhten, würde den Wunsch von Ix Chel aber respektieren, so wie Patrick es auch getan hatte, und keine anderen Wissenschaftler auf die Möglichkeit eines sensationellen Fundes aufmerksam machen. Die Toten sollten ihren Frieden haben, bis das Schicksal es anders entschied.

Sie streifte ihre Schuhe ab und machte es sich so gemütlich wie möglich. Die Sehnsucht nach Andrés steckte wie ein Stachel in ihrer Brust, der sich mit jedem Tag der Trennung tiefer hineinbohren würde. Julio hatte beschlossen, ihn nach Ciudad de México zu begleiten, anstatt zu den Bohremanns zurückzukehren. Sie würde beide eines Tages wiedersehen, beruhigte sie sich, vielleicht schon im Laufe des kommenden Jahres. Dann drückte sie Mariana an sich, die als Einzige der neu gewonnenen Freunde die Reise nach Deutschland mit ihr antrat.

Doch vielleicht gab es noch jemanden, der mit ihr reiste. In Veracruz war ihr aufgefallen, dass ihre monatliche Blutung seit Wochen überfällig war. Vorher war sie zu beschäftigt gewesen, um darauf zu achten. Sie hatte Andrés nichts davon erzählt, da es vielleicht nur eine Folge der durchlebten Strapazen war. Doch sie staunte, welche Ruhe sie empfand, denn früher hatte die Vorstellung einer möglichen Schwangerschaft panische Angst in ihr ausgelöst. Kinder waren Fesseln, die eine Frau ans Heim ketteten und all ihre anderen Ambitionen zunichtemachten. Doch ein Heim, das sie mit Andrés teilte, glich in ihrer Vorstellung keinem Gefängnis mehr, und sie begann allmählich, ihren eigenen Fähigkeiten stärker zu vertrauen. Sie würde einen Weg finden, auch mit einem Kind an ihrer Seite weiter Bilder zu malen. Nachdenklich strich sie über ihren Bauch, der so flach war wie immer. Auf einmal wünschte sie sich mit aller Kraft, einen Teil dieses klugen, störrischen Indianers mit nach Deutschland nehmen zu können. Doch in diesem Moment wurde die Sehnsucht nach ihm zur Qual, denn sie wusste, dass sie mit jedem Atemzug weiter von ihm fortgetragen wurde.

Schließlich griff sie nach ihrem Skizzenblock, da Malen die bestmögliche Ablenkung gegen die beginnende Trübsal war. Ihre Zeichnung von dem Gesicht der fremden Indianerfürstin tauchte vor ihr auf. Sie stand auf, um ihre Leinwand zu bespannen und die in Veracruz erworbenen Farben auszupacken. Dieses Porträt einer Unbekannten, die vielleicht nur in ihrem Traum jemals existiert hatte, sollte ihr erstes Werk auf der Heimfahrt werden.

Epilog

Lakamha' (heutiges Palenque), 830 n. Chr.

Es beginnt, langsam dunkel zu werden, doch wir sind bereits so tief in den Regenwald eingedrungen, dass die Sonne ohnehin nur noch spärlich zu sehen ist. Ix Chel hat mir ein Lager aus Palmblättern geschaffen und mich neben blühenden Nachthyazinthen niedergelegt, in der Hoffnung, der angenehme Geruch möge mich aufheitern. Dann ging sie fort, um Kräuter zu suchen, die mein Fieber senken würden.

Ich glaube nicht, dass sie zurückkommen wird. Ebenso wie ich weiß sie, dass keine Pflanze der Welt mich zu heilen vermag, und je länger sie in meiner Nähe bleibt, desto größer ist die Gefahr, dass die Krankheit auch von ihr Besitz ergreift.

Janaab Pakal, seine Priester, Anhänger und Diener sind weiter den schmalen Pfad entlanggezogen. Ich wurde zurückgelassen, da ich zu langsam war und zudem den Tod in mir trage, vor dem sie alle fliehen wollten. Ix Chel folgte ihnen nicht, obwohl ich ihr erlaubte, mit den anderen weiterzuziehen, falls sie es wünschte. Sie sagte nichts. Es war noch nie ihre Art gewesen, viele Worte zu verlieren. Sie blieb einfach neben mir stehen, während alle Sänften und ihre Träger vom Dickicht verschluckt wurden.

Man hat uns einen Sack mit Früchten überlassen, außerdem in Bananenblätter gewickeltes gehacktes Fleisch. Einer der Diener ließ diese Dinge unauffällig fallen, bevor er weiterzog. Ich glaube, dass er es vor allem für Ix Chel tat, damit sie nicht verhungert und fortgehen kann, sobald ich tot bin. Das war vernünftig von ihm, denn ich kann keine Nahrung mehr bei mir behalten, sodass es Verschwendung wäre, sie mir zu geben.

Ich hülle mich in die Decke, die Ix Chel mir überließ, denn ich zittere vor Kälte. Niemals in meinem Leben habe ich derart gefroren. Der Regenwald um mich scheint friedlich, und ich hoffe, dass die Wildschweine und Jaguare mich in Frieden sterben lassen, bevor sie mein Fleisch verzehren. Vielleicht können auch sie die Krankheit an mir riechen und bleiben deshalb fern. Dann werde ich hier neben den duftenden Blüten allmählich verfaulen. Einst dachte ich, dass mir ein Grab unter einem der großen Tempel zusteht, wo ich in alle Ewigkeit neben meinem Gemahl ruhen würde. Der Gedanke, dass auch er nicht mehr in der Stadt beigesetzt werden wird, über die er herrschte, beruhigt mich. Wir haben beide versagt.

Kurz scheint Ahmoks Gesicht über mir zu schweben. Meine Augenlider flattern, und es verschwindet. Ich kralle meine Hände in den feuchten Boden, denn weitere Krämpfe erschüttern meinen Unterleib. Ich vermochte als Gemahlin eines Herrschers nicht meine Pflichten zu erfüllen, gebar keine Nachkommen und war Janaab Pakal keine Hilfe. Nun kann ich nicht einmal in Würde sterben, hinterlasse Erbrochenes und Exkremente an dem Ort, wo mein Körper verrotten wird.

Als ein neuer Krampf mich zerreißt, stelle ich mir vor, in einer Hütte zu liegen, wo ein gesichtsloser Gemahl tröstend meine Hand hält, während unsere Kinder und Enkel sich Tränen aus den Augen wischen. Aber wäre es dann nicht noch schwerer, von dieser Welt Abschied zu nehmen?

Wieder denke ich an Ahmok und sehe mich als eine andere Frau als die, welche ich gewesen bin. Ich rede, auch wenn es mir nicht zusteht, ich mische mich in Dinge ein, die nicht zu den Aufgaben einer Gemahlin gehören, und ich vermag sie zu ändern. Es gab Priesterinnen und Königinnen, die Lakamha' beherrschten, weil die Männer zu schwach waren, dies zu tun, und jemand die Wünsche der Götter erfüllen musste. Ich erhebe Ahmok zu meinem Berater, beschränke die Macht der Priester und führe wieder alte Sitten ein. Nur noch Schuldner müssen als Sklaven arbeiten, bis ihre Schuld beglichen ist. Kriegsgefangene können ein Teil der Gemeinschaft werden, sobald sie sich in diese eingefügt haben. Geopfert werden Freiwillige, die eine solche Ehre anstreben und dafür von ihren Nachkommen verehrt werden.

Gleichzeitig fällt es mir schwer zu glauben, dass es so eine Zeit jemals gab. Doch dass mutige Männer wie Ahmok die Dinge zum

Besseren wenden können, sobald man ihnen die Möglichkeit gibt, daran zweifle ich nicht. Seltsamerweise schenkt dieser Gedanke mir Ruhe. Das Brennen in meinen Eingeweiden lässt nach, und ich schließe die Augen, um friedlich aus dem Traum in die wirkliche Welt jenseits von dieser zu gleiten.

Zweige knacken. Ich zucke zusammen, denn wieder fürchte ich die scharfen Zähne eines Raubtiers. Aber es ist Ix Chel, die tatsächlich zurückgekommen ist. Sie zerreibt Kräuter zwischen ihren Händen und murmelt dabei Gebetssprüche. An einem Bach in der Nähe schöpft sie Wasser, das sie über mein Gesicht gießt. Danach versucht sie, die Kräuter in meinen Mund zu schieben, der sich aller Nahrung verschließt. Tränen rinnen über ihr Gesicht, das ich stets nur so starr und ausdruckslos wie eine Tonmaske kannte.

Ich begreife es jetzt, obwohl ich nicht verstehen kann, wie es geschehen konnte. Meine Ix Chel liebte weder den schönen, klugen Gemahl, den ich ihr gab, noch alle Kinder, die sie zusammen hatten. Ich war es, für die ihr Herz schlug. Und nun droht es zu zerbrechen.

»Ich werde dich in die Stadt zurücktragen, Herrin«, verspricht sie mir. »Du sollst in einem Grabmal ruhen, wie es deinem Rang gebührt.«

Ich hebe abwehrend die Hand, obwohl mich das sehr viel Anstrengung kostet. Wenn Ix Chel mich zurückschleppt, läuft sie am Ende den Kriegern der Tonina in die Arme.

Ich will, dass sie lebt.

Mühsam schaffe ich, was selbst Janaab Pakal nicht zu tun wagte. Ich reiße die Kette, die mein Hochzeitsgeschenk war, von meinem Hals und drücke sie in die Hand meiner Dienerin.

»Hier, nimm das. Du kannst dir damit Unterstützung kaufen. Gehe ins nächste Dorf und bleibe dort, bis wieder Frieden herrscht.«

Sie sieht mich fassungslos an, aber sie ist es gewohnt, mir zu gehorchen.

»Du sollst mit dieser Kette begraben werden«, wagt sie zu widersprechen. »Sie mit in die andere Welt nehmen.«

»Aber ich brauche sie nicht«, sage ich, denn ich war keine gute

Herrscherin und auch diese Kette wird mich nicht dazu machen. »Behalte sie. Schaffe dir so ein neues Leben.«

Ix Chels Gesichtsausdruck bleibt widerwillig und empört, doch sie tut, was ich ihr sage, so wie sie es immer tat. Ich kann wieder die Augen schließen und spüre, wie ihre Hand die meine hält.

Es ist seltsam, aber nun, da ich weiß, dass es einen Menschen gibt, der mich sein Leben lang liebte, vermag ich in Frieden zu sterben.

Nachwort

Zunächst eine kurze Anmerkung zu der Rahmenhandlung, die in präkolumbianischer Zeit spielt: Zwar sind die Inschriften an den Wänden der Tempel inzwischen großteils entziffert, doch vieles in der Geschichte Palenques bleibt weiterhin ein Geheimnis. Vor allem über das Alltagsleben gewöhnlicher Menschen gibt es nur spärliche Informationen. Die von mir geschilderte kurze Episode ist daher nicht historisch belegt. Janaab Pakal soll der letzte Herrscher über Palenque gewesen sein, bevor die Stadt aus ungeklärten Gründen verlassen wurde. Über den Kollaps des Maya-Reiches gibt es verschiedene Theorien, man geht allgemein von Seuchen, Hungersnöten und sozialen Unruhen aus.

Als man sich im 19. Jahrhundert mit der Erforschung präkolumbianischer Hochkulturen zu befassen begann, wurden die Maya zunächst für ein friedfertiges, esoterisch interessiertes Volk gehalten, das nichts mit den blutrünstigen Azteken und ihren Menschenopfern gemein hatte. Diese Annahme war nur möglich, da ihre großen Staaten zur Zeit der spanischen Eroberung bereits untergegangen waren, und stellte sich mit der Entzifferung ihrer Schrift endgültig als falsch heraus. Das Opfern von Menschen war auch bei den Maya üblich. Es wird davon ausgegangen, dass die Praxis, Herzen herauszuschneiden, zunächst nicht sehr verbreitet war und erst von den Azteken übernommen wurde, doch da gerade bezüglich Palenque keinerlei Informationen vorliegen, habe ich es so geschildert, wie es am besten in meine Geschichte passte. Auch ist nicht hundertprozentig geklärt, aus welcher Gesellschaftsschicht die Opfer stammten. In vielen Fällen dürfte es sich um Kriegsgefangene gehandelt haben und auch um Leute höheren Rangs, da es ursprünglich als Ehre angesehen wurde, den Göttern geopfert zu werden. Dass eine zunehmend dekadente Priesterkaste die Menschenopfer nutzte, um Angst zu verbreiten und Aufwiegler aus dem Weg zu räumen, ist nur eine von vielen Möglichkeiten, doch sie schien mir naheliegend.

Auch die eigentliche Handlung dieses Romans ist frei erfunden, und eventuelle Ähnlichkeiten mit real existierenden Personen sind rein zufällig. Ein amerikanischer Archäologe namens Dr. Scarsdale hat niemals in Palenque Ausgrabungen durchgeführt. Zu der Zeit, in der mein Roman spielt, fanden keine mir bekannten Untersuchungen der Ruine statt. Die Tempelanlage ist seit dem 18. Jahrhundert bekannt. 1840 wurde sie von Frederick Catherwood und John Lloyd Stephens zum größten Teil freigelegt. 1891 unternahm Alfred P. Maudslay eine Expedition in die Ruinenstadt und entfernte bis zu fünfzehn Zentimeter dicke Kalkschichten von den Reliefs. Er beklagte sich, dass Arbeitskräfte schwer aufzutreiben waren, und war sehr abhängig von der Unterstützung ansässiger Machthaber, beides Umstände, die ich auch in meinen Roman einfließen ließ. Eine gründliche archäologische Erforschung der Gebäude begann allerdings erst später. Unterhalb des »Tempels der Inschriften« verbarg sich die Grabkammer des Maya-Fürsten Pakals des Großen, der im 7. Jahrhundert über die Stadt herrschte. Sie wurde 1949 von dem mexikanischen Archäologen Alberto Ruz Lhuillier entdeckt, der den von mir erwähnten Stein mit Löchern aus der Oberfläche der Pyramide entfernte. Darunter lag zunächst einmal eine dicke Schicht aus Geröll, dessen Beseitigung sich über mehrere Monate hinzog. In einem benachbarten Tempel wurde 1994 das »Grab der roten Königin« gefunden, doch die Identität der dort beigesetzten Frau liegt im Dunkeln. Die Ausgrabungen dauern bis heute an, und man geht davon aus, dass ein großer Teil der Anlage noch nicht freigelegt worden ist.

Chiapas galt stets als Hinterland Mexikos, das hauptsächlich von Indianern bewohnt wurde. Unter der Präsidentschaft von Porfirio Díaz wurde deren Land annektiert und zu sehr günstigen Bedingungen an europäische Investoren verkauft. Das Ziel dieser Maßnahme war eine technische und wirtschaftliche Modernisierung der Region. Das gelang, denn die meist deutschstämmigen Kaffeebarone legten dort weitflächige Plantagen an, die ihnen sehr guten Gewinn einbrachten. Dadurch gewannen sie auch großen politischen Einfluss in der Region. Allerdings führte diese Entwicklung zu einer massiven Verarmung und Ausbeutung der indianischen Bevölkerung, die in Schuldsklaverei gedrängt wurde. Die Kaffeeplantagen befinden sich heute noch im Besitz der Nachfahren dieser Auswanderer. Ich habe bewusst darauf verzichtet, historisch dokumentierte Namen zu erwähnen, und mich um eine ausgewogene Darstellung der Problematik bemüht.

Die im Dschungel lebenden Indianerstämme sind heute als »Lakandonen« bekannt. Sie werden oft als Nachfahren der Bewohner Palenques bezeichnet, doch ist dies nicht belegt. Vermutlich flohen sie vor den spanischen Eroberern und lebten sehr lange unbehelligt im Regenwald. Ihre Existenz soll den ansässigen Behörden nicht völlig unbekannt gewesen sein, doch die Welt des Dschungels war zu unwirtlich für Expeditionen, sodass sie in Frieden gelassen wurden. Erst eine systematische Abholzung der Mahagonibäume, die zu Beginn des 20. Jahrhunderts einsetzte, brachte sie in Kontakt mit der modernen Welt. Frans Blom und Gertrude Duby-Blom, beides gebürtige Europäer, die vor den Nationalsozialisten nach Mexiko geflohen waren, begannen um 1950, sich mit der Kultur dieser von westlicher Zivilisation unberührten Nachfahren der Maya zu befassen, und kämpften auch für deren Rechte. Daher haben die Lakandonen im Vergleich zu anderen Indianerstämmen im heutigen Mexiko einen eher privilegierten Status. Meine Darstellung beruht auf den Berichten von Anthropologen, die längere Zeit in ihren Dörfern verbrachten, doch ich habe mir einige Freiheiten genommen. So sind bei den Zeremonien im Götterhaus gewöhnlich keine Frauen erwünscht.

Die Begriffe aus der Sprache der Lakandonen sind ebenfalls Reiseberichten entnommen. Für die wenigen Zitate auf Tzotzil benutzte ich das »Great Tzotzil Dictionary of Santo Domingo Zinancantán« von Robert M. Laughlin. Es gibt keine andere mir bekannte schriftliche Aufzeichnung dieser Sprache, von der darüber hinaus viele regionale Varianten existieren. Ich kann daher nicht garantieren, dass die von mir verwendeten Ausdrücke damals in dieser Gegend auch so verwendet wurden und dass meine Übersetzung immer völlig richtig ist.

Die in dem Roman aufgezeigten sozialen Spannungen halten in Chiapas übrigens bis heute an, wie unter anderem an dem Zapatisten-Aufstand 1994 deutlich wurde.

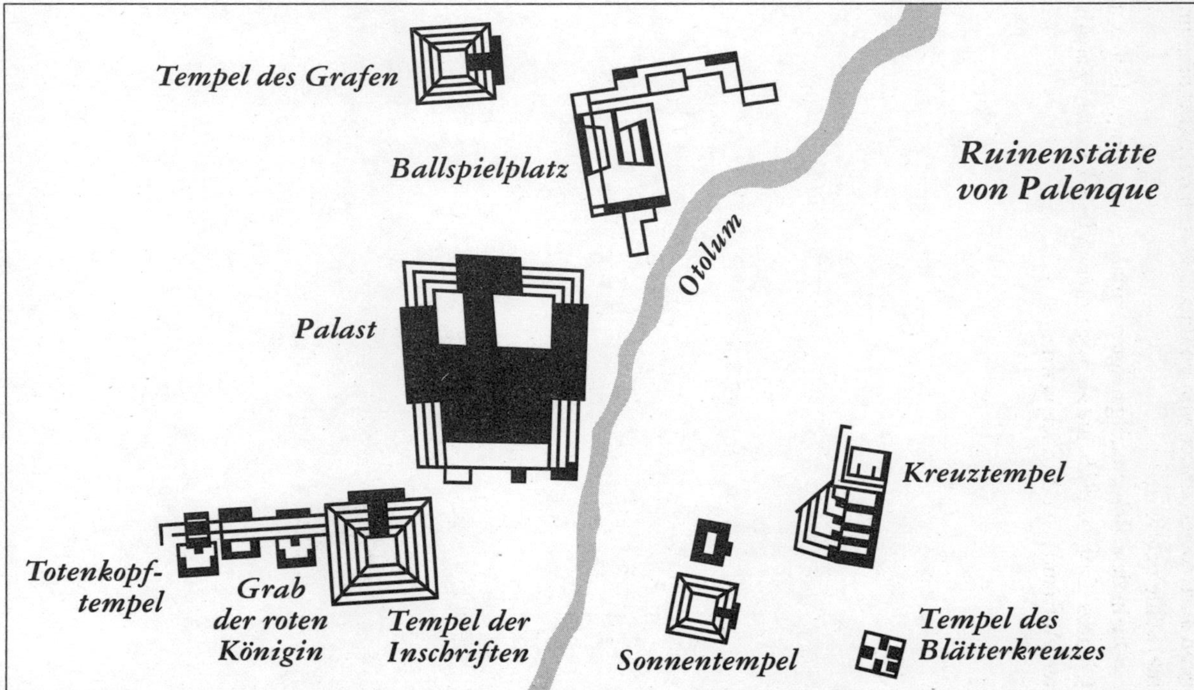
Ruinenstätte
von Palenque
Tempel des Grafen
Ballspielplatz
Otolum
Palast
Kreuztempel
Totenkopf-
tempel
Grab
der roten
Königin
Tempel der
Inschriften
Sonnentempel
Tempel des
Blätterkreuzes

Lucy Clarke

Die Landkarte der Liebe

Roman. Übersetzung aus dem Englischen von Astrid Mania. 352 Seiten. Piper Taschenbuch

Ein meerblaues Reisetagebuch. Das ist alles, was Katie von ihrer Schwester bleibt. Denn Mia ist tot. In Bali stürzte sie von einer Klippe. Katie hat nur eine Chance, das Geheimnis um den Tod ihrer unnahbaren Schwester zu lüften: ihr Tagebuch zu lesen und den Stationen ihrer letzten Reise zu folgen. Und so taucht Katie immer tiefer ein in das Leben ihrer Schwester ein und entziffert Stück für Stück Mias ganz persönliche Landkarte der Liebe …

05/2729/01/L

Noemi Jordan

Tal der tausend Nebel

Roman. 464 Seiten. Piper Taschenbuch

Elisa hat die strapaziöse Schiffspassage von Europa nach Hawaii gut überstanden. Auf der Insel Kauai soll sie einen vermögenden Kolonialherren heiraten, um die Zuckerrohrplantage ihrer Familie zu retten. Doch auf dem Weg zum Festland passiert das Unvorstellbare: Elisa wird von einem Hai angegriffen. Der Hawaiianer Kelii rettet ihr zwar das Leben, aber fortan ist die junge Frau körperlich gezeichnet, und aufgrund ihrer Narben wird die Hochzeit abgesagt. Elisa verzweifelt am Leben. Nur bei Kelii, der sie in die faszinierende Welt der Hawaiianer einführt, fühlt sie sich als Frau. Da rächt sich ihr ehemaliger Verlobter auf grausame Weise und hinterlässt ihr eine Frucht des Hasses …

05/2721/01/R